In dem abgelegenen, wildromantischen Küstennest Merrin in Cornwall genießt Robyn Swinton die letzten Sommertage und stürzt sich mit ihrem Surfbrett in die Fluten. Dann geschieht ein Unglück. Doch in allerletzter Sekunde wird sie gerettet. Dieser Moment verändert ihr Leben für immer, und nicht nur ihres, auch das von Jago Winters, der sie gerade noch aus den Wellen ziehen konnte. In den folgenden sieben Jahren führen Robyns und Jagos Wege sie in unterschiedliche Richtungen, in pulsierende Großstädte und verträumte Küstenorte, kreuzen sich aber dennoch immer wieder. Wird das Band, das beide seit dem Tag am Meer verbindet, stark genug sein, um sie zusammenzuführen? Oder hat das Leben sie bereits zu weit voneinander entfernt?

EMYLIA HALL, geboren 1978, Tochter eines englischen Künstlers und einer aus Ungarn stammenden Kostümbildnerin, wuchs in einem Vorort von Devon im Südwesten Englands auf. Nach ihrem Studium in York und Lausanne arbeitete sie für eine Werbeagentur in London, bevor es sie in die französischen Alpen verschlug. Dort entschloss sie sich, ihren lang gehegten Traum vom Schreiben Wirklichkeit werden zu lassen. Inzwischen lebt sie mit ihrem Mann und ihrem kleinen Sohn in Bristol. Ihr Debütroman »Mein Sommer am See« war international erfolgreich.

EMYLIA HALL

In unendlicher Ferne

Roman

Aus dem Englischen
von Astrid Mania

btb

Die englische Originalausgabe erschien 2015 unter dem Titel
»The Sea Between Us« bei Headline Review, London.

FSC
www.fsc.org
MIX
Papier aus verantwortungsvollen Quellen
FSC® C014496

Verlagsgruppe Random House FSC® N001967

1. Auflage
Deutsche Erstveröffentlichung März 2017

Umschlaggestaltung: semper smile, München
Umschlagmotiv: © Doug Armand/Getty Images
Satz: Uhl + Massopust, Aalen
Druck und Bindung: GGP Media GmbH, Pößneck
AH · Herstellung: sc
Printed in Germany
ISBN 978-3-442-71466-7

www.btb-verlag.de
www.facebook.com/btbverlag
Besuchen Sie unseren LiteraturBlog www.transatlantik.de

Für Bobby und CJ

Lebe im Sonnenschein, schwimme im Meer
und trinke die wilde Luft.

Ralph Waldo Emerson

Prolog

Jago, New Mexico, die Gegenwart

Jago hörte die Pferde, noch ehe er das Feuer hörte. Er hatte geschlafen und sich aus seinem Laken frei gestrampelt. Etwas hatte ihn geweckt. Die Nacht war tief an diesem Ort, sie kam aus den Bergen und ergoss sich in einem schwarzen Strom über den Wüstengrund. Manchmal wurde sie von einer Salve Kojotengebells begleitet, dem Hin und Her der rasselnden Zikaden, doch sie war fern vom städtischen Getöse, von Rufen und Sirenen, Reifenquietschen, dröhnender Musik. Die Nacht war eine dunkle Decke, die sich erst im rosig-frühen Licht des Tages hob.

Jago riss die Augen auf. Er lag still da und lauschte. Eine spürbare, wenn auch unerklärliche Unruhe hatte ihn erfasst. Da erklang ein gellender Schrei, der warnende Ruf eines jungen Hengstes. Jago schwang die Beine aus dem Bett und eilte zur Tür. Seine nackten Füße klatschten über die Veranda und ihr Holz. Draußen war es stickig, ein brütend heißer Wind bewegte rasch die Luft. Jago wandte den Kopf in alle Richtungen und atmete tief ein. Asche. Der charakteristische Geruch setzte sich ihm in den Rachen. Jago suchte den Himmel ab. Angst stieg in ihm auf. Dann sah er die neonstichige Wand aus Rauch, die von Westen heranrollte. Hörte, wie sie sich durch trockenes Gebüsch fraß. Wie Kakteen barsten. Der erbarmungslose Heißhunger des Buschfeuers.

Jago stürzte zurück ins Haus, zog sich Stiefel an und mühte einen Arm in sein Hemd. Im Haupthaus war niemand, den er wecken musste. Annie war in Phoenix auf der Hochzeit ihrer Kusine; zu dieser Stunde schlief sie ganz gewiss, in ihrem Atem süße Cocktails, ihr Kleid zerknittert auf dem Boden. Pico war in Albuquerque bei seinem kranken Vater. Jago war allein auf der Ranch. Mit ihm nur die siebzehn Pferde, die jedes einen Namen und eine Geschichte hatten und sich auf zweihundert Morgen Weideland verteilten, und die Feuersbrunst, die dem Wind gehorchte. Jago hörte die Schreie jetzt sehr deutlich, eine Folge schriller Laute, unter die sich entsetztes Wiehern und rastloses Hufgetrommel mischten.

Ihm blieb nichts anderes zu tun. Er eilte auf sie zu.

Robyn, Cornwall, die Gegenwart

Merrin war Jagos Reich gewesen, lange bevor es auch zu ihrem wurde. Selbst nun, da er fort war, war er überall. Er war im rostig roten Farngestrüpp und in den Windungen der Wege. Er war in jener Bucht, die sie Rockabilly nannte, in den perfekten Wellen und dem endlosen Meer in Blau und Grau und Grün und wieder Blau. Er war im Wiesengras und Meereswind. Er war sogar in ihrem Atelier.

Auf dem Tisch, zwischen ihren Pinseltöpfen, bewahrte Robyn kleine Schätze auf, Schätze, die einst verheißungsvoll geschimmert hatten und nun eingetrocknet waren. Sandige Muscheln, eine Handvoll Kiesel, so sanft und rund wie Karamellbonbons, eine Sepiaschale in ihrer zarten Makellosigkeit. Wenn Robyn dort saß und arbeitete, Farbe und Bleistift auf ihr Blatt setzte, streiften ihre Finger über die kleinen Reliquien und suchten Trost in der Erinnerung. Doch wenn sie die Erinnerung dann fand – den Blick aus seinen wasserblauen Augen, als er neben ihr am Strand gelegen, die Ahnung eines Lächelns, als er die Gitarre seiner Mutter sanft gehalten hatte –, wurde ihr bewusst, dass solche flüchtigen Momente bei Weitem nicht genügten. Nicht wenn er noch irgendwo da draußen war, ein Mensch aus Fleisch und Blut, und über einen anderen Grund und Boden als den Merrins schritt, mit anderen Menschen als mit ihr sprach und ein Leben lebte, das stets mit ihr verbunden bliebe, letztlich aber doch von ihrem abgespalten war. Dann wanderte ihr Blick zum Fenster. Dann schaute sie und schaute, als ob sie über den Atlantischen Ozean hinüberblicken wollte. Sie beschwor den Horizont und suchte einen Fixpunkt, den Umriss einer Andeutung, eine winzige Anhöhe aus Klippen, einen spindeldürren Leuchtturm: wenn es nur die andere Küste näher rücken, Jago nicht mehr ganz so fern erscheinen ließ.

Gischt

Ein fesselndes Schauspiel. Ablandige Winde wühlen die Wellenkämme auf, Schaumkronen stürzen weißen Pferden gleich ans Ufer.

eins

Sieben Jahre zuvor

Der Pfad zur Bucht war holprig und steil; tunnelgleich drängte er zwischen Rhododendren und Efeuschlingen in die Tiefe. Robyn bewegte sich nur vorsichtig voran, die sperrige Last behinderte sie. Beim Surfboard-Verleih hatte das Brett so leicht gewirkt, hatte es so forsch in Blau und Gelb geblitzt. Nun aber, da sie es an der Nase zog und das Brettende hinter ihr her holperte, gab sie sich schon als Neuling zu erkennen, noch ehe sie im Wasser war. Ihr Wetsuit klebte an den falschen Stellen an, hinten saß er eng, vorn beulte er aus, der Reißverschluss stieß ihr an das Kinn. Sie war froh, dass sie allein war, nicht an den Touristenstrand mit seinen Bergen hellen Sands und sanftem Wellengang gefahren war, sondern Rockabilly als den Ort ihres ersten Surfgangs auserkoren hatte.

Sie hatte die Bucht drei Wochen zuvor entdeckt, an ihrem zweiten Tag in Cornwall, und sich sofort verliebt. Mit dem Umzug in den äußersten Westen Englands hatten sich ihre Eltern einen Traum erfüllt, nicht sie. Die Swintons waren von Natur aus Vorstädter, ruhige Festlandbewohner, doch auch sie hatten den Ruf der See vernommen. Selbst als sie noch in einer Straße mit ordentlich geteerten Einfahrten und gepflegtem Gartengrün gelebt hatten, hatten im Wohnzimmer Seestücke gehangen, jedoch nicht von der harmlosen Art, wie sie die Wände von Kindergärten zierten. Bei ihnen gab es aufgeregte Ozeane, energische Farben auf Leinwand, die eine junge Robyn ebenso beunruhigt wie begeistert hatten. Im Laufe der Jahre hatten Marilyn und Simon Swinton ihr Leitmotiv in vielen Varianten durchgespielt: *Eines Tages kaufen wir ein Haus auf den Klippen, und weit und breit kein Nachbar, wir werden am Morgen wach, und der Geschmack von Meer liegt in der Luft, wir legen uns mit dem Klang der Wellen schlafen.* Robyn hatte ihre Nachbarschaft gemocht. Es wäre ihr nie in den Sinn gekommen, Meeresdonnern gegen das Radio von nebenan oder karge Klippen gegen die weißen Lattenzäune einzutauschen, die sämtliche Gärten voneinander trennten. Ben, ihr älterer Bruder, war schon längst ausgezogen; er war den Cornwall-Planungen entgangen. Robyn, dreizehn Jahre jünger, war das späte Kind, der Unfall, die Präsenz, auf die man zunächst mit blankem Entsetzen und dann mit schuldbewusstem Lächeln reagiert hatte. Ihr Platz im Haushalt der Swintons war der einer Katze ähnlich: An ihrer Zugehörigkeit bestand kein Zweifel, doch sie gab sich nie der Illusion hin, dass sich das Leben der Familie allein um sie drehte. *Robyn war immer schon unabhängig*, hatte ihr Vater gern gesagt, als ob es sich dabei um eine Leistung gehandelt hätte und dies nicht schlichter Notwendigkeit entsprungen wäre.

Von dem Haus aus, das nun wohl ihr Zuhause war, erwies sich der Pfad als der kürzeste Weg zum Meer. Mit schnellem Schritt benötigte Robyn sieben Minuten, mit einer schweren Last doppelt so lang und länger. Die Bucht trug sicher einen Namen, einen Namen, der auf Karten verzeichnet war, zum Wortschatz der Ortsansässigen gehörte, Robyn aber hatte sie Rockabilly getauft. Das Wasser war halbmondförmig von grob gekerbten Klippen umfangen, davor verlief zu beiden Seiten hin eine gezahnte Felsenreihe. Der linke äußere Felsen ragte in einer erstaunlichen Windung vor, gerade so, als würde er für eine Kamera posieren. An dem Tag, als Robyn Rockabilly entdeckt hatte, war sie bis zu seiner Granitformation hinausgeklettert und hatte sich mit Fingern und Zehen an der rauen Oberfläche festgeklammert. Um sie herum hatte der Wind gepfiffen, zu ihren Füßen die See getobt. Robyn hatte bis zehn gezählt und ausgeharrt, es war ihre eigene kleine Einweihungszeremonie. Als sie im Anschluss auf der Klippe gesessen und verfolgt hatte, wie die Flut zurückwich, hatte die Bucht es ihr gedankt. Zum Vorschein war ein Strand gekommen. Zwar war er voller Tang und Kieselnarben und im Vergleich zu anderen Orten dünn und schmal, doch es hatte etwas Magisches gehabt, dort einen Streifen Strand zu sehen, wo man ihn am wenigsten erwartete. Als die Sonne den dunklen Sand zu Gold gebacken hatte, war Robyn hinuntergeklettert und hatte auf seiner unberührten Fläche ihre Spuren hinterlassen.

Die Idee zu surfen war ihr später erst gekommen. Die Swintons waren mitten in der Feriensaison in Cornwall eingetroffen, als auf sämtlichen Wiesen Autos standen und die Strände zu Flickenteppichen aus Handtüchern und gestreiften Windabweisern wurden. Robyns Eltern hatten sich wie Landaristokraten bei einem Gang über ihr Anwesen durch die Touristenmengen bewegt und huldvoll in die Runde gelächelt. Robyn hatte sich ihrer Gesellschaft entzogen und nach Menschen Ausschau gehalten, die den Anschein erweckten, als würden sie in Cornwall leben. In Sennen war sie auf ein Trio aus Surferinnen gestoßen, junge Frauen mit schmaler Taille und muskulösen Armen, sommersprossigem Gesicht und vergnügtem Lachen. Robyn hatte beobachtet, wie sie ins

Wasser gelaufen, die Bretter scheinbar schwerelos unter den Arm geklemmt, und in die Brandung gepaddelt waren. Dann war der Moment gekommen, und sie waren aufgestanden, eins, zwei, drei. In rascher Folge hatten sie die Wellen geritten und vor Glück gejauchzt. Hinterher hatte Robyn zugesehen, wie sie sich neben ihrem zerbeulten Auto, in dem Musik gelaufen war, umgezogen hatten, wie sie rasch und unbefangen aus ihren Bikinihöschen hinaus und in Jeans und Pullover geschlüpft waren. Robyn hatte sich ihnen mit geübter Lässigkeit genähert und mit einer Hand an ihrem Haar gespielt. Sie hatte gefragt, ob sie aus der Gegend seien, und sie hatten den Kopf geschüttelt und grinsend *Schön wär's* gesagt. Robyn hatte ihrem Auto nachgesehen und sich gefragt, ob sie in Cornwall jemals solche Freunde finden würde und sie auch so etwas lernen könnte. Als die sommerlichen Menschenmassen abreisten, der September noch in warmem Glanz erstrahlte und die Semesterferien noch nicht ganz vorüber waren, hatte Robyn beschlossen, sich in Rockabilly selbst auf dem Surfbrett zu versuchen.

So stolperte sie nun aus dem Dickicht des Pfads hervor und mühte sich durch den Sand. Sie ließ ihr Brett fallen, stemmte die Hände in die Hüften und holte tief Luft. Sie stand eine Weile da und sah sich um. Das Wasser war, wo es an den Himmel stieß, tiefblau. Schneeschäumende Brecher krachten und zischten an den Strand, hinter ihnen eine stachelige Muschelspur. In Robyn kribbelte die Vorfreude, eine heiße Unruhe. Sie zerrte am Kragen ihres Wetsuits. Wie gut, dachte sie, dass sie niemand sah.

Jago beobachtete, wie sie auf den Sand stolperte. Das Brett hing mit dem Ende noch im dornigen Gestrüpp. Jago hatte gar nicht vorgehabt, ihr zu folgen, doch er führte Scout aus, und dabei hatte er gesehen, wie sie über die Weide gegangen und in dem Dickicht, das zur Bucht führte, verschwunden war. Ihr Gang wirkte entschlossen, obwohl sie mit dem Brett zu kämpfen hatte. Jago machte die lange Runde auf dem Weg zur Bucht. Seiner Bucht. Der Bucht, in die Touristen sich sonst nicht verirrten. Sein Hund folgte ihm auf den Fersen, die Nase in der Luft, als ob er einen Wetterumschwung wittern würde.

Vor drei Wochen hatte Jago das Mädchen zum ersten Mal gesehen und sie seither schon einige Male beobachtet. Womöglich teilte sich die Welt so auf, in Menschen, die sahen, und Menschen, die gesehen wurden. Er hatte auch erlebt, wie ihre Familie eingezogen war. Das Mädchen war aus dem Auto gestiegen, hatte die Arme in die Luft gestreckt, gegähnt und sich gedehnt. Dabei war ihr T-Shirt nach oben gewandert, und er hatte kurz die schwanenbleiche Haut gesehen. Das Mädchen war ihren Eltern ins Haus gefolgt. Begeisterter Jubel war erklungen. Jago kannte das Haus: Es hatte Steinböden und ausladende Fenster und einen Kamin so groß wie ein ganzes Zimmer; sie waren zu Recht angetan. Sie hatte den Kopf einziehen müssen, denn die Türen waren niedrig, und sie war groß. *Gertenschlank.* Wenn der Begriff auf irgendjemand passte, dann auf sie. An ihr war alles lang und zart, und das Haar, das ihr weit über die Schultern reichte, war weißblond.

Als später Umzugswagen, Sofas und Hutständer auf der Straße gestanden hatten und eine Kiste nach der anderen ins Haus getragen wurde, hatte er ihr Gesicht an einem der Fenster im oberen Stock gesehen. Sie hatte es weit aufgerissen, die Meeresluft tief eingeatmet und die Aussicht erkundet.

Er hatte ihr gewünscht, dass sie den glitschigen Kopf eines spielenden Seehundes erahnen könnte, das blitzende Segel eines großen Bootes, eines der vielen kleinen Wunder dort. Doch offenbar hatte ihr auch so gefallen, was sie sah, denn ihr Mund hatte sich zu einem Lächeln verzogen. Dann war sie wieder im Haus verschwunden; das Fenster blieb offen.

Und nun war sie in seiner Bucht. Sie hatte den Wetsuit verkehrt herum angezogen, der Reißverschluss saß vorn, das Neopren beulte sich am Bauch. Jago verkniff sich ein Grinsen. Er verfolgte, wie sie das Brett fallen ließ und aufs Meer schaute, und fragte sich, ob sie überhaupt bis zum Wasser kommen würde. Der waldige Pfad war kein leichter Abstieg, daher hatte die Bucht nur wenige Besucher. Mit einem Surfbrett, vor allem einer riesigen Banane, wie das Mädchen sie herumschleppte, musste es besonders mühsam sein. Jago ging in die Hocke und wartete ab. Das Mädchen packte das Brett und zog es Richtung Wasser, die Fußleine schlängelte sich zwei Meter lang träge hinterher. Dann stürzte sich das Mädchen von einem plötzlichen Entschluss getrieben in die See und landete anmutig, schwerelos auf dem Brett. Die magische Verwandlungskraft des Wassers. Vielleicht war es doch nicht das erste Mal. Vielleicht. Jago legte sich auf den Bauch und beobachtete, wie sie hinauspaddelte.

Robyn klatschte der ungestüme Ausläufer einer Welle ins Gesicht. Sie schluckte Salzwasser, senkte den Kopf und kämpfte sich mit zusammengebissenen Zähnen weiter vorwärts. Der Reißverschluss des Wetsuits bohrte sich in ihre Haut. Er würde einen Abdruck hinterlassen, genau in ihrer Mitte, die ersten Spuren ihres Kampfes, wenn auch schwache. Unter ihr hüpfte und schwankte das Brett, doch sie fand sich in den Rhythmus ein, ritt bäuchlings über Wellen und blinzelte in die Gischt. Vor ihr lag die See silbern schimmernd in der Sonne. Draußen in der Ferne, vor dem Horizont, war das Wasser ernst und schön, doch als sich ihr Brett bis an den Rand der Bucht vorschob, tobte eine wilde Brandung an den Felsen. Der markante Fels war Robyns Grenze. Als sie diesen Felsen erreichte, hörte sie zu paddeln auf und griff an die Kanten des Bretts. Mit aller Kraft schwang sie es herum in Richtung Strand. Sie strampelte mit den Beinen und streckte sich, damit sie an die Nase kam. Alles sah so anders aus. Die Bucht wirkte so viel kleiner, die Klippen neigten sich viel sanfter, das waldige Dickicht erschien so friedlich wie ein Bauerngarten. Eine forsche Brise griff nach Robyns Haar.

Sie war überraschend weit hinausgepaddelt. Jago hatte das Kinn in die Hand gestützt, hinter ihm schnüffelte Scout im Gras umher. Jago hatte nie gesurft; er fühlte sich am Ufer wohler: Er angelte, las Strandgut auf und führte seinen Hund aus. Er hatte einen seiner Großväter an die Nordsee verloren, Felsen hatten dessen Boot in einer sturmgepeitschten Nacht zermalmt. So war sein Dad, damals noch ein kleiner Junge, vaterlos und voller Argwohn aufgewachsen. Vielleicht hatte sich das auch auf Jago übertragen: ein angeborenes Empfinden für die Zwiespältigkeit des Meeres allem Leben gegenüber, mit Ausnahme seiner eigenen ungezähmten Seele. Wenn zu viele Gläser dunklen Ales in Jagos Vater wogten, wurde Denny Winters melancholisch; es sei das unselige Schicksal seiner Familie, sagte er, die ihr wichtigsten Menschen zu verlieren. *Wir können sie nicht halten, Jago, das ist unser Los, wir müssen damit leben.* Jago wusste, dass das nicht an mangelndem Willen oder Bemühen lag. Er hatte miterlebt, wie sich sein Vater im Krankenhaus von Penzance, seine kräftige Statur in einen kläglichen Stuhl gepresst, über den gebrochenen Leib seiner Frau gebeugt, seine Finger mit ihren verschränkt, geflüstert und gemurmelt hatte, und das lang, nachdem die Maschinen abgeschaltet worden waren.

Das Mädchen stieß einen wilden Schrei aus, der Jago aus den Erinnerungen riss. Die Fremde lag, wie ein sonderbarer Meeresvogel, der sich auf die Flügel stemmt, auf ihrem Brett. Sie paddelte heftig, eine Welle kam auf sie zu, packte sie und hob sie hoch, als wäre sie aus Luft. Erst jetzt bemerkte Jago, dass er den Atem angehalten hatte. Einen Augenblick lang wirkte es, als ob sie es schaffen würde, doch sie verlor das Brett. Wie eine mächtige Rakete schoss es aus der Brandung hoch. Einen Augenblick lang trotzte alles den Gesetzen und stand still, das Brett in der Luft, das Mädchen in den Wellen. Dann schlug das Brett auf dem Wasser auf und riss das Mädchen mit sich. Jago sprang auf. Unten, auf dem Meer, hüpfte das Brett in aller Unschuld auf und ab, hin und her im Sog des Wassers. Das Mädchen tauchte nicht mehr auf. Jago rannte los.

Robyn traf es mitten ins Gesicht. Sie schlug auf dem Meeresboden auf. Ein Fels streifte sie am Ellbogen. Sie ruderte, griff danach, strampelte wie wild. Eine ungeheure Kraft packte sie und zerrte sie zurück nach oben. Einen winzigen Augenblick nur war da Licht, sie schnappte nach Luft, wie ein Fisch, dann ging sie wieder unter. Die Strömung riss an ihr und hielt sie unter Wasser. Ihr Haar trieb im Meer, ihre Arme kämpften; sie hatte kein Gefühl dafür, wo oben war. Ein zweites Mal schlug sie auf Sand auf, Kiesel knirschten zwischen ihren Zehen, dann wurde sie erneut herumgewirbelt. Sie war orientierungslos, doch ihre Sinne waren wie geschärft: Da war ein Stechen in der Nase, ein Dröhnen in den Ohren, im Mund schmeckte es nach Eisen. Ein Feuer in der Lunge, ein Brennen in der Kehle. Sie öffnete die Augen. Sah Sterne. Dann war alles schwarz. Selbst wenn irgendjemand sie entdeckt hätte, sie hätte ihm nicht winken können. Selbst wenn irgendjemand sie gehört hätte, sie hätte ihn nicht rufen können. Entsetzen packte sie. Es schien unabwendbar. Und trotzdem strampelte sie, schlug um sich, kämpfte gegen den Griff der See.

Als die Hände kamen, kamen sie wie aus dem Nichts. Sie spürte den entschlossenen Griff, einen Körper, der sich dicht an ihren drängte. Erst kämpfte sie auch damit, dann erschlaffte sie, ergab sich. Was immer auch geschah, es sollte wohl geschehen. Langsam, sicher wurde sie zurück zum Licht bewegt.

Jago kam mit Robyn in den Armen an die Oberfläche. Er schnappte nach Luft. In den Augenwinkeln tanzten Sterne. Ihr Brett wippte auf den Wellen. Ruckweise, unbeholfen bewegte er sie beide darauf zu. Sie hatte sich um ihn gewunden, er konnte nur mit einem Arm und einem Bein schwimmen. Als er nach dem Brett griff, rutschte seine Hand ab, und sie gingen wieder unter. Doch er würde sie nicht verlieren, nicht jetzt, nicht, nachdem er so darum gekämpft hatte, sie zu finden. Anfangs hatte er nur ihren Schatten gesehen, dann hatte er Tritte an seinem Knie und ihr Haar zwischen seinen Fingern gespürt. Er hatte sie dem Trudeln entrissen, festgehalten, sich mit grimmiger Entschlossenheit zur Wasseroberfläche hochgekämpft. Er spuckte Salzwasser und griff erneut nach ihrem Surfboard; in seinen Augen brannten Tränen. Er hob sie aus dem Wasser und legte sie behutsam auf das Brett. Ihre

Augen blieben geschlossen, doch ihre Lippen bewegten sich, und eine Hand klammerte sich fest an ihn. Er mühte sich ebenfalls auf das Brett und legte sich hinter sie. Er keuchte vor Anstrengung. Er hielt sie mit seinem Körper sicher und stabil, den Kopf immer über Wasser. Seine Hände zitterten, in den Innenseiten seiner Handgelenke zeichneten sich ihre Fingernägel ab, ein Halbmond nach dem anderen. Sie lag still da, unter ihm, die Brust flach an das Brett gepresst, doch sie hustete, und dann erneut. Langsam, stetig begann er zu paddeln. In allen Muskeln brannte Schmerz.

Als das Brett am Strand auftraf, war er abgekämpft. Sie wiegten sich im Flachwasser, wie verankert. Nichts rührte sich. Dann bewegte sie sich, zuckte unter ihm. Mit feuerroten Wangen rollte er von ihr. Sie hustete Salzwasser, er löste Tang aus ihrem Haar. Zum ersten Mal sahen sie sich an. Ihre Augen waren grün wie Gras und ungewöhnlich hell. Angst stand nicht darin, auch nicht Erleichterung, nichts von alledem, was er erwartet hatte.

In Robyns Brust schlug das Herz wie wild, ihr Atem hatte sich noch nicht beruhigt. In ihrer Nase, sie war voller Blut, brannte es. Doch als sie ihn ansah, hatte sie nur Staunen, Staunen dafür, dass sich dieser fremde Mensch als so überlebensnotwendig erwiesen hatte.

»Du hast mich gerettet«, sagte sie, ihre Stimme nur ein Krächzen, »ohne dich …«

»Du hättest es auch so geschafft«, sagte Jago.

Schon als die Worte seinen Mund verließen, hätte er sie lieber aufgehalten, etwas anderes gesagt, alles, solange es nicht hieß, dass dieses Mädchen, diese Fremde, überleben konnte ohne ihn.

zwei

Dort, wo das Festland an sein Ende kam und das Meereswogen seinen Anfang nahm, da lag Merrin. An diesem winzigen Ort, auf Karten nichts als ein kleiner Punkt, brach die Erde auf, in üppiges Gewirr aus Efeuranken und Wälder voller Kletterpflanzen. Nebeldurchzogene Felder mit rundlichen Schafen und honigbraunen Kühen drängten sich an Heidelandgebüsch. Die See war überall.

Den Touristenbussen, die über die Straßen Richtung Land's End oder Sennen und Porthcurno zu den goldenen Stränden eilten, entging das kleine Merrin, wie auch den Spaziergängern, die auf den Küstenwegen wanderten. Wenn der Wasserstand gerade günstig war, erhaschten sie womöglich einen Blick auf jenen schmalen Strand in Robyns Rockabilly-Bucht, aus großer Höhe jedoch bot sich ihnen dort lediglich ein Getümmel schwarzer Felsen, ein rastloses wässriges Strudeln, und sie gingen weiter. Sie kamen nicht auf die Idee, sich ins Landesinnere zu wenden und das Feld zu überqueren, auf dem Weg zu jenen beiden Häusern, die eine Wegeskurve nur, eine Wiesenspitze und eine Gruppe Bäume trennten.

Die beiden Häuser waren recht verschieden. Mit seinen Nebengebäuden wies sich Hooper's House als Farm aus, obwohl es sehr lange her war, dass dort Landwirtschaft betrieben wurde. Das Haus war aus grauem Stein gemauert, besaß ein Satteldach aus grobem Schiefer und schien so alt wie die Erde selbst zu sein. Das andere Haus war blank und hell wie eine Welle vor dem Überschlag und zwinkerte mit seinen Fenstern in die Welt. Sein Name, White Sands, war in etwa so ausgefallen wie die Gedankenwelt der vielen Menschen, die dort kamen, gingen, wiederkamen. Der äußerste Westen war nicht ganz so wie der Rest von Cornwall. Er war wilder, der Himmel diffus und die Nebel wogend, und am falschen Tag, zur falschen Zeit, in der falschen Stimmung schlich sich etwas Trostloses heran. Dann fiel aus schwarzen Wolken Regen, im Nebel ging das Land verloren, Salz brannte auf der Zunge, und die See tobte; so mancher fragte sich an solchen Tagen, ob es die richtige Entscheidung war, den Urlaub auf ein ganzes Leben auszudehnen. Die Bewohner von Hooper's House jedenfalls hatten sich daran gewöhnt, dass sie in White Sands ständig neue Menschen sahen: Alle zwei oder drei Jahre kam und ging ein neuer Trupp.

»Wir wollten gleich nach Ihrem Einzug rüberkommen, aber unsere Manieren sind nicht mehr das, was sie mal waren.«

So stand Denny Winters vor der Tür. Marilyn Swinton streckte ihm eine kühle, zarte Hand entgegen, während die andere mit einer Perlenkette spielte. Sie neigte den Kopf und lächelte. Ihr aschblondes Haar, ein kesser Bob, blieb beinahe unbewegt.

»Ich bin Denny«, sagte er, »und das ist Jago, mein Junge. Wir sind Ihre nächsten, na ja, Ihre einzigen Nachbarn weit und breit.«

Robyn verfolgte die Szene von oben. Als es an der Tür geklopft hatte, war sie gerade auf dem Weg nach unten gewesen und hatte voller Neugier aus dem Fenster des Treppenabsatzes geschaut. Als sie gesehen hatte, wer es war, hatte sich der Boden unter ihr geneigt. Sie lauschte, eine Hand vor dem Mund, um ihr heftiges Atmen zu ersticken. Sie hatte ihn seit Rockabilly nicht gesehen, seit drei Tagen, denn sie hatte nicht gewusst, wo sie nach ihm suchen sollte. In der Hocke vor dem Fenster wiederholte sie den Namen. *Jago*. Es klang fremdländisch, hart und weich zugleich. *Jay-go*. Vermutlich war der Name kornischen Ursprungs, aber das wusste sie nicht, sie wusste gar nichts über diesen Jago.

Der Gedanke an ihn hatte sie überallhin verfolgt, mit einer Mischung aus Dankbarkeit und Ratlosigkeit. Man konnte einem anderen nicht das Leben retten und es mit einem Achselzucken abtun, einfach über den Strand schlendern und nach seinem Hund pfeifen. Wieder und wieder hatte sie versucht, die Einzelbilder ihres nassen Ringens aneinanderzureihen, doch das Ganze blieb verschwommen. Bei einem nur war sie sich sicher: Mit ihm, Jago, hatte sich alles gewendet. Wenn sie die Augen schloss, spürte sie noch immer seine Hände, seinen Griff, der so stark gewesen war, dass sie nicht länger um sich schlagen, kämpfen und sich fragen musste: *War es das?* Doch erst am Strand hatte sie ihn wirklich wahrgenommen. Und in dem Moment begriffen, dass es wirklich *das* war. Nicht das Ende, nein, ein Anfang. Sie hatte ihm nachgesehen, als er fortgegangen, dem Wasser ausgewichen war, seine Spuren in den Sand gegraben hatte. Und nun stand er vor ihrer Tür.

Ihre Eltern, die neuen Bekanntschaften sonst mit Überschwang begegneten, waren seit dem Umzug nach Merrin in sich selbst versunken, doch mit seinen schlierigen Fenstern und seinem verfallenen Innenhof, dem schlammbespritzten Pick-up und dem Stapel alten Brennholzes hatte Hooper's

House auch nicht gerade an ihre Geselligkeit appelliert. *Das gehört wahrscheinlich irgendeinem alten Kauz, der sich in Zeitungen hüllt*, hatte ihr Vater gesagt. *Ich schau vorbei, sobald wir eingerichtet sind, aber ich werde mit keinem Wort erwähnen, dass ich Arzt bin, sonst muss ich mir noch seine entzündeten Fußballen ansehen.* Ihre Eltern hatten gelacht, und Robyn hatte sich gegrämt, weil von ihren neuen Nachbarn offenbar nichts zu erwarten war. Doch nun kauerte sie da und drückte sich die Nase an der Fensterscheibe platt, hielt den Atem an und schaute hinunter zu Jago, Jay-go, Jaaay-go, noch nicht Freund und doch schon mehr als das, so viel mehr. Er machte nicht den Eindruck, als hätte er drei Tage zuvor ein Leben gerettet. Doch einen gewöhnlichen Eindruck machte er auch nicht.

Allmählich wurden ihre Knie steif. Robyn änderte die Haltung. Jago hob den Kopf und sah in ihre Richtung. Sie wich zurück. Als ihre Mutter lachte, wagte sie sich wieder näher vor. *Es wäre uns eine Freude*, sagte Marilyn, die nun in ihrem Element und ebenso hinreißend wie hingerissen war. Aus diesem Grund, hatte Robyns Dad immer gesagt, sei sie die perfekte Arztgattin: Sie versüße die Momente, in denen er angesichts all der körperlichen Leiden barsch und nüchtern bleiben müsse. Doch nun war er im Ruhestand und vertrieb sich die Tage mit Gin Tonic und Aquarellmalerei. Letzteres war ein neues Hobby, und obwohl er ein lausiger Künstler war, ermutigte ihn Robyns Mum und schaute lächelnd zu, wenn er Farbe auf das Blatt mühte. *Ich habe meine Freude daran, dass dein Vater einmal etwas macht, in dem er schlecht ist*, sagte sie. *Es ist so wunderbar, dass er ausnahmsweise nicht gewinnt.* Bei einer Gelegenheit hatte er Robyn eines seiner Seebilder gezeigt. *Grässlich, oder?*, hatte er gesagt. *Furchtbar*, hatte sie bestätigt, woraufhin er derart glücklich gestrahlt hatte, als ob einem erfolgreichen Mann nichts Schöneres widerfahren könnte als das Zugeständnis, dass es irgendetwas gab, in dem auch er versagen durfte.

»Es wäre großartig, wenn Sie uns besuchen würden«, sagte ihre Mum. »Sie müssen unbedingt kommen.«

Auf dem Gebiet der Dinnerpartys waren ihre Eltern Veteranen. Gesalzene Nüsse in Silberschalen, knallende Korken und Salatbesteck gehörten ebenso zu deren Ablauf wie die gespielte Erleichterung, wenn die Gäste wieder fort waren, gefolgt von einem Two-Step in der Küche und einem wissenden Lächeln. *Diese armen Menschen, da müssen sie hinaus in die Nacht, während wir auf ewig bleiben dürfen*, lautete der Lieblingssatz ihres Vaters, dessen Schluss stets im Gelächter ihrer Mutter unterging. Ihre Zweisamkeit war ein Fest für sich.

Robyn rückte näher an das Fenster, um Dennys Antwort zu verstehen. Würden sie kommen? Quer über das Feld, mit einer Flasche Wein unter dem Arm, die Schuhe an den Spitzen feucht, das Haar vom Wind zerzaust? Jago schaute wieder nach oben, doch diesmal war Robyn nicht schnell genug. Sie lächelte. Winkte lässig. Wirbelte herum und stapfte die Treppe hinunter.

»Ach, da bist du ja, Liebes. Grade habe ich von dir gesprochen.«

Ihre Mum zog sie an sich. Seite an Seite, die Arme um die Taille geschlungen, standen sie auf der Stufe vor dem Haus. Jago und sein Vater schauten hoch.

»Du bist also Robyn«, sagte Denny.

Jagos Lippen zuckten unwillkürlich, als ob er sich an ihrem Namen versuchen würde. Robyn. Sein Haar war diesmal trocken, dunkelblond, und auch die Nase war nicht länger blutig rot. *Robyn*. Es gefiel ihr, dieser ach so kleine Moment, das Zittern einer Lippe, dieses Kosten ihres Namens. Sie wippte auf die Zehen.

»Hallo«, sagte sie.

Jago trat vor und streckte die Hand aus.

»Schön, dich kennenzulernen«, sagte er.

Sie wartete darauf, dass dem ein »Und zwar richtig« oder »Auf dem Trockenen« folgte, dass er in irgendeiner Weise auf ihre Begegnung anspielte. Er tat es nicht. Und doch war da ein Schimmern in den Augen, ein Blick, der nicht völlig reglos war. Robyn fragte sich, ob sie ihm die Karte trotzdem geben sollte, selbst wenn die Wirklichkeit ihre Worte gerade überholte.

Robyn sammelte Kunstpostkarten, seit sie dreizehn war, und der Inhalt ihrer Schachtel wuchs beständig. Manche Karten stammten aus Secondhandshops, mit abgeknickten Ecken und verschmiertem Poststempel, andere waren makellos und kamen aus Museumsshops und zeigten Robyns Lieblingsbilder: van Goghs sternenüberstrahltes Straßencafé, die schlichten, farbigen Scherenschnitte von Matisse. Irgendwo hatte sich auch ein Roy Lichtenstein befunden. Auf der Karte sah man ein Paar kurz vor dem Kuss, mit geschlossenen Augen und begierig geöffneten Lippen, umgeben von wirbelnden Wasserbahnen. Neben dem Bild stand, einem Comic gleich, ein Text. *We rose up slowly*, fing er an, *wir tauchten langsam auf*. Die restlichen Zeilen waren Nebensache. Robyn ging es einzig um das Bild, um die Strömungen, die zwischen dem Paar verliefen, um die Lippen, die sich beinahe trafen. Das waren sie und Jago, so waren sie sich begegnet, so war es geschehen, zumindest in ihren Tagträumen. Robyn hatte die Karte aus der Schachtel gezogen und darauf geschrieben:

Ich kenne nicht mal deinen Namen, doch ich schulde dir mein Leben. Wie kann ich dir danken? Mit einem Kuss? Robyn X. Dann hatte sie gelacht, denn sie hätte ihm diese Karte nie gegeben, weil sie gar nicht wusste, wo sie nach ihm suchen sollte, und selbst wenn sie ihn gefunden hätte, hätte er das sicher doof gefunden, und dann hatte sie geweint, denn obwohl es wirklich gute Gründe dafür gab, dass die Karte in der Schachtel blieb, wollte Robyn unbedingt, dass er sie bekam.

»Freut mich auch, dich kennenzulernen«, sagte sie und ergriff seine Hand.

Am Tag nachdem das in der Bucht geschehen war, hatte Jago gesehen, wie sich Robyn im Garten auf der kleinen Anhöhe gesonnt hatte, auf einer leuchtenden Decke im fahlen Gras. Sie hatte sich, in einem Nichts von Bikini, auf die Ellbogen gestützt und in ein Buch vertieft; die Füße, an den Unterseiten so bleich und sanft wie eine Muschelschale, hatte sie nach oben gestreckt und träge auf und ab bewegt. Ein schmerzendes Verlangen hatte ihn durchdrungen. Er hätte zu ihr gehen können.

Nun stand er schweigend neben seinem Vater, der in sein unaufdringliches Flirtverhalten wechselte.

»Erwarten wir nur Sie beide?«, fragte Marilyn.

»Ja«, sagte Denny. Ein Zögern, dann ein rasches Grinsen. »Im Hooper's House gibt es nur Jungs.«

Robyn sah zu Jago, doch er hatte den Kopf gesenkt und die Hände in die Taschen gesteckt.

»Nun, wir freuen uns außerordentlich, nicht wahr, Robyn? Sagen wir um acht, und bitte kommen Sie mit leeren Händen.«

Mit widersprüchlichen Empfindungen verfolgte Robyn, wie die beiden Männer das Grundstück verließen. Er war eine

Traumgestalt gewesen, und plötzlich war er da, in den Kreis ihrer Familie gespült. Lieber wäre ihr gewesen, wenn sie sich ungestört gefunden hätten, in Rockabilly oder auf den ausgedörrten Feldern. *Jago.* Sie sagte seinen Namen, schob ihn auf der Zunge hin und her. Sie spürte dem Geschmack mit Wonne nach, und mit trotzigem Besitzanspruch. *Wir tauchten langsam auf.* Jago und sein Vater bogen in die Straße und entschwanden in den grünen Tunnel.

drei

»Glauben Sie, es war die richtige Entscheidung, dass wir hier rausgezogen sind?«

Simon hatte sich zurückgelehnt, die Hände hinter dem Kopf verschränkt, der Inbegriff des Wohlbehagens. Vor ihm auf dem Tisch standen Wein- und Wassergläser und die Reste ihrer Mahlzeit, ein traditioneller Hühnerbraten mit einer Sauce aus Tomaten und Oliven, dazu ein Salat mit einigen überraschenden Zutaten wie der einen oder anderen Kaper oder Aprikosenscheibe. Robyn war das Gericht als Swinton-Klassiker bekannt, ein scheinbar müheloses Mahl. Während Denny die Frage ihres Vaters bedachte, schenkte ihre Mutter Wein nach.

»Kommt drauf an, was Sie hier suchen«, sagte Denny und rieb sich das Kinn. Sein Gesicht war mit Stoppeln übersät. Im Kerzenlicht wirkte seine Haut viel dunkler, das Blau seiner Augen intensiver. Er war, so fand Robyn, auf eine ungehobelte Weise attraktiv, sonnengegerbt und kantig. Jago, neben ihm, war sein Ebenbild, jedoch weicher, sanfter, ohne eingefurchte Krähenfüße oder kratzende Gesichtsbehaarung; seine Lippen waren vielmehr so üppig und rosa wie die eines Mädchens, seine Wimpern lang und dunkel. »Wenn Sie mich fragen«, sagte Denny, »gibt es kaum 'nen Ort, der schöner ist.«

»Was machen Sie eigentlich beruflich?«, erkundigte sich Simon.

»Holz. Tischlerei.«

»Mein Vater hat so gerne handwerklich gearbeitet«, sagte Marilyn verträumt. »Als wir Kinder waren, hat er uns ganz wunderbare Spielzeuge gemacht. Denny, was für ein schöner Beruf.«

»Ich hab versucht, Jago alles zu vermitteln, aber meistens läuft es umgekehrt. Er hat ein Gefühl dafür. Das feinere Gespür. War gut, dass er mit dem College aufgehört hat und mein Kompagnon geworden ist.«

Robyn beäugte Jago erneut über den Tisch hinweg, doch er sträubte sich noch immer, ihren Blick zu erwidern. Wer nahm denn heutzutage den Beruf der Eltern an? Niemand, oder? *Winters und Sohn.* Es stand in Großbuchstaben auf dem weißen Lieferwagen, der über Cornwalls Straßen rumpelte und es nie über den Grenzfluss schaffte. *Eine echte Schande*, dachte sie.

»Ich hatte immer gedacht, mein Sohn würde mir in die Medizin folgen«, sagte Simon wehmütig, »doch er ist dem Sirenengesang des Radios erlegen. Jetzt ist er Produzent. Was soll man machen. Und du, Robyn, mit deinem Studium der Kunstgeschichte, was du mal eines Tages tun wirst, ist mir sowieso ein Rätsel.«

Robyn verdrehte gutmütig die Augen. Der Scherz war alt, und sie wusste, was sie zu erwidern hatte. »Mir ist es ebenfalls ein Rätsel, falls es dir ein Trost ist.«

»Hat Ihre Familie schon immer in Cornwall gelebt?«, fragte Marilyn an Denny gewandt.

»Meine Familie?« Er lachte schroff. »Nein, haben wir nicht. Wir stammen von überallher. Ich leb hier jetzt seit, warten Sie …«, er zählte an den Fingern ab, »seit 76, jenem furztrockenen Sommer.«

»Gott, an den Sommer erinnere ich mich gut«, sagte Marilyn. »Wir sind in London schier verrückt geworden. Die ganze Stadt im Griff der Hitze, dem Ersticken nahe. Ich war damals im Hyde Park schwimmen, in dem See, das Wasser war so warm wie eine Badewanne.«

»Wann war das?«, fragte Simon.

»Als Ben in der Schule war, du in der Praxis warst und ich ganz allein in dieser Hitze fast *geplatzt* bin«, erwiderte sie und griff in gespielter Theatralik nach der Hand ihres Mannes. »Es war unerträglich.« Sie blickte erneut zu Denny. »Ben ist um einige Jahre älter als Robyn, um nicht zu sagen, um töricht viele Jahre. Er ist schon vor einer Ewigkeit aus unserem kleinen Nest geflüchtet.«

»Und was hat Sie hierhergeführt, Denny?«, fragte Robyn. »Nach Merrin, meine ich natürlich.«

Es fühlte sich komisch an, seinen Namen auszusprechen, ein wenig zu vertraut. Robyn spürte Jagos Blick heiß auf ihren Wangen. Vielleicht wäre »Mr Winters« die passendere Anrede gewesen.

»Ein Mädchen, was sonst«, sagte er mit einem Lächeln.

»Ist es denn nicht immer so?«, erwiderte Simon und schenkte sich nach.

Alle lachten, nur Jago und Robyn nicht.

»Rosalind hatte immer schon hier auf der Halbinsel gelebt. Sie ist hier geboren, und sie ist hier auch gestorben.«

»Oh, das tut mir leid«, murmelten Marilyn und Simon gleichzeitig. Denny zog eine Schulter hoch, ein halbes Achselzucken, ein rasches Kopfschütteln.

»Damals haben alle gesagt, dass das Leben weitergeht, und so war's ja auch, oder?«

Denny sah zu Jago. Es wirkte, als ob er eine Hand ausstrecken oder ihn anderweitig mit in das Gespräch ziehen wollte, doch er unterließ es.

Robyn merkte mit einem Mal, dass sie den Atem angehalten hatte. Sie stieß ihn aus und musste husten. Eilig und mit brennenden Wangen griff sie nach dem Wasserglas.

»Oh, die Kerzen!«, rief Marilyn plötzlich. »Ich habe doch draußen im Garten lauter Kerzen angezündet, am Ende geht der Rasen noch in Flammen auf. Robyn, würdest du mal nachsehen? Das Dessert kannst du ja mitnehmen. Jago, vielleicht willst du mitgehen?«

Robyn ergriff dankbar die Möglichkeit zur Flucht. Sie stand eilig auf. Jago folgte ihrem Beispiel. Im gleichen Moment gingen sie zur Tür.

* * *

Im Garten zuckten Schatten. Kerzen in rubinroten Gläsern und brennende Fackelstöcke standen auf dem Rasen, eine Schnur papierner Lampions bewegte sich im Wind. Es war magisch und nur fast an der Grenze zum Zuviel. Jago atmete tief aus.

»Es ist ein bisschen übertrieben, oder? Mum kann nicht anders, sie muss alles dekorieren.«

»Es ist schön«, sagte Jago leise.

Robyn hatte statt nach dem Dessert nach einer nahezu unberührten Flasche gegriffen. Sie hielt den Wein hoch. »Willst du?«

Jago hatte sich abgewandt und den Kopf geneigt. »Und, schon an den Klang gewöhnt?«

»Was, den Meeresklang? Ich habe mich darin verliebt. Bei Nacht kommt es mir immer lauter vor.« Und dann: »Sollen wir runtergehen?«

»Wohin runter?«

»Nach Rocka…« Sie unterbrach sich selbst. »In die Bucht.«

»Es ist ziemlich dunkel.«

»Ach, irgendwo scheint ganz bestimmt ein Mond«, versuchte sie es mit Unbeschwertheit und einer lässigen Handbewegung. »Hey, nehmen wir uns eine hiervon.« Sie zog eine Fackel aus der Erde und hisste sie wie ein Signalfeuer. Jago tat es ihr nach und drehte seine Fackel hin und her. Die Flamme tanzte. »Ich kenne den Weg«, sagte Robyn.

»Ich zeig dir eine Abkürzung.«

»Woher weißt du, dass es nicht auch mein Weg ist?«

»Ich habe dich gesehen. Mit deinem Board.«

Es war das erste Mal, dass jener Tag erwähnt wurde.

»Du hast mich beobachtet?«

»Nicht vorsätzlich«, erwiderte Jago rasch.

»Ein Glück.« Sie machte eine Pause, doch er sagte nichts. Sie zuckte mit den Achseln. »Na gut, zeig mir deine Abkürzung.«

Jago ging voran, Robyn folgte ihm. Die Postkarte brannte in der Tasche ihrer Jeans. Es ging durch taillenhohes, taufeuchtes Rispengras. Etwas stieß an Robyns Beine, der warme Körper eines Tieres. Sie schrie auf.

»Hey, Junge, wie bist du denn rausgekommen?«, sagte Jago. Er blieb stehen, bückte sich, dann drehte er sich um. Er lächelte Robyn im Halbdunkel von unten zu.

»Alles gut, das ist nur Scout. Scout, das ist Robyn. Er sollte eigentlich im Schuppen bleiben. Aber er hat uns wohl gehört.«

Vorsichtig streckte Robyn eine Hand aus und stieß auf eine feuchte, begeisterte Zunge. Sie hatte Mühe, nicht erneut zu kreischen.

»Das ist ein guter Junge«, sagte Jago. »Er wird dir nichts tun.«

»Ich weiß«, sagte Robyn rasch. »Hey, Scout.«

»Im Grunde ist er sowieso halb Mensch. Seine Mum ist gestorben, als der Wurf noch winzig klein war, darum haben wir ihn viel früher geholt, als man sollte.«

Als Jago dreizehn Jahre alt gewesen war, hatte seine Mum den Welpen in ihrem Mantel mitgebracht. Sie hatte ihn Jago in die Hände gelegt, Jago hatte sich gebeugt, eine rosa Nase und rosa Pfoten geküsst und sich sofort in dieses kleine Wesen verliebt, das mehr nach Hamster als nach Hund ausgesehen hatte. An jenem ersten Abend hatten sie den Welpen in eine Decke gewickelt und wie ein Baby mit einem Fläschchen gefüttert. Sie waren die ganze Nacht lang wach geblieben, das Feuer im Kamin war nach und nach erloschen, das karge Morgenlicht schon durch die kaum geschlossenen Vorhänge gefallen. Jago erinnerte sich noch gut, dass sein Vater im Bademantel und mit wirrem Haar die Treppe nach unten gequietscht war und er selbst und seine Mum ihn mit riesengroßen Augen angesehen und einen Finger auf den Mund gelegt hatten: *Pst, er schläft.* Und eines Tages hatte Scout mit der unbeirrbaren Intuition des Tieres ihre Freundlichkeit erwidert. In einer tiefschwarzen Nacht fünf Jahre später war er auf Jago zugeschlichen, hatte seinen Kopf an Jagos Knie gelegt und ihn mit tiefblauen Augen angesehen, in denen stand: *Ich weiß. Auch ich habe sie geliebt.*

»Von selbst geht er nicht zurück, jetzt, wo er uns gefunden hat«, sagte Jago. »Na, dann los, mein Guter, lauf voran.«

Sie schlüpften in die Dunkelheit des Pfads. Sie schwiegen, nur der Klang der See durchbrach die Stille. Das Dröhnen kam immer näher, dann donnerte Wasser gegen Felsen, zischte auch die Gischt. Sie endeten auf der Klippe, oberhalb des Wegs, den Robyn nahm. Die Bucht lag unter ihnen. Robyn holte tief Luft, sie schmeckte Salz und Nacht und kühle Luft. Dort bei Dunkelheit zu sein machte sie schwindelig, es kam ihr vor, als würde sich der Boden neigen. Das Gebrüll der Wellen stieg immer höher, bis die Flut über den Rand der Klippe spülte. Robyn drängte es, nach Jagos Arm zu fassen, sich an ihm festzuhalten.

»Willst du dich setzen? Hier sind Felsen«, sagte er. Er kletterte ein Stück nach oben und wies auf eine Stelle unter sich. »Der Logenplatz.«

Robyn gab ihm ihre Fackel und kraxelte ihm nach. Scout sprang dazu und legte sich gleich neben sie, den Kopf auf seinen Pfoten.

»Siehst du? Er mag dich«, sagte Jago.

Robyn lehnte sich an einen Felsen. Der Fackelschein zuckte in die Nacht, hin und her wanderte der Wein. Ihre Ellbogen streiften sich beinahe. Sein Fuß war nur einen Schritt entfernt. Robyn nahm einen großen Schluck, doch sie fand Jagos Nähe viel berauschender. Sie musste keine Hand an ihre Wangen halten, um zu wissen, dass sie brannten.

»Die Fackeln hätten wir gar nicht gebraucht, oder?«, sagte sie plötzlich. »Du hättest mit verbundenen Augen hergefunden.«

»Kann sein. Hab's nie versucht.«

»Aber du warst hier schon? Bei Nacht?«

»Eine Weile nicht.«

Robyn drehte sich zu ihm. Hinter ihr rollte unbeirrt das Meer heran.

»Warum hast du so getan, als wären wir uns nie begegnet? Gestern, mein ich, als du mit deinem Vater bei uns warst.«

Er wartete, dann sagte er: »Ich wusste ja nicht, ob du irgendjemandem erzählt hast, was passiert ist.«

Nach dem Vorfall war Robyn unbemerkt ins Haus geschlüpft. Sie hatte im Badezimmer ihren Wetsuit ausgezogen, sich ein Bad eingelassen und mit Honigdüften und weichen Handtüchern umgeben. Ihr Kopf hatte gedröhnt, ihr Hals gekratzt. Ihre Nase hatte zwar nicht mehr geblutet, doch sie hatte sie vorsichtig auf bleibende Schäden hin befühlt. Mit der Zeit hatte sie sich wieder stark gefühlt. Verwegen. Fast schon kühn. Sie hatte sich mehr Wasser eingelassen, im wirbelnden Dampf die Augen geschlossen und unverrückbare Entscheidungen getroffen.

»Du hast recht, ich habe wirklich nichts gesagt«, erwiderte sie. »Sonst hätten Mum und Dad mir bestimmt verboten, noch mal hinzugehen.«

»Und, warst du wieder da?«

»Noch nicht«, sagte Robyn. »Aber bald. Was soll ich sonst hier machen?« Er schluckte ihren Köder nicht, und so legte Robyn nach. »Ich mein, wirst du hier nicht verrückt?«

»Ich bin hier geboren«, sagte Jago.

»Okay.«

»Das ist meine Heimat.«

»Aber Heimat ist doch öde. Ich mein, willst du nicht hier raus und mal die Welt sehen? Wissen, wie es ist, wenn man woanders ist? *Jemand* anders ist?«

»Jemand anders?«

»Okay, ich mein das ja nicht so, nur … wie es ist, ein anderes Leben zu versuchen. So was in der Art. Ich will sehen, wie andere Menschen leben. Ich will die Welt bereisen. Sobald ich mit der Uni fertig bin, bin ich hier weg. Ich will was erleben, damit ich mich, wenn ich alt bin, im Sessel zurücklehnen und ehrlich zu mir sagen kann, ich habe nichts verpasst.«

»Stell dir doch vor, dass das hier dazugehört. Erst kommt Cornwall, dann die Welt.«

»Du machst dich über mich lustig.« Robyn fragte sich, warum sie ihm so viel erzählte, sie alles auf ihn losließ, worüber sie je nachgedacht hatte, so als ob er sie vergessen könnte, wenn sie ihm nicht genügend von sich einprägte.

»Und du dich über *mich*«, erwiderte er in dem Bewusstsein, wie langweilig er klang, wie festgefahren und bleiern, während sie funkelte und sprühte. Er hätte gern mehr von ihr gewusst.

»Also, was, willst du ewig hierbleiben?«, fragte sie.

»Ich seh mich nicht an einem anderen Ort. Das ist Grund genug für mich.«

»Aber du meinst doch nicht wirklich *ewig*«, sagte sie fast ungläubig.

»Das vielleicht nicht ...«, setzte er an.

»Aha!«

»So etwas wie ewig gibt es ja nicht, oder? Aber in absehbarer Zukunft, doch ... da will ich bleiben. Hier arbeiten. Vermutlich werde ich hier alt. Und auch hier sterben.« Seine Worte kamen schneller und trotziger, als er gewollt hatte. Jago versuchte, die Wogen zu glätten. »Ich werde bestimmt zu einem dieser alten Seebären, mit Rauschebart und Pfeife und Muscheln an den Schuhen. Ich seh es vor mir. Gar nicht mal so schlecht.«

»Cool. Schön. Wenigstens weiß ich jetzt Bescheid«, sagte Robyn. »Wein?«

Ihre Finger streiften sich, als er nach der Flasche griff. Robyn hörte, wie er trank, erst erklang ein sachtes Schlucken, dann ein leichtes Schaben, als er sich mit der Hand über den Mund fuhr. Er gab ihr die Flasche zurück. Robyn nahm einen langsamen Schluck, ihre Lippen verweilten, wo seine gewesen waren.

»Kunstgeschichte also«, sagte er. »Wie kommt man darauf?«

»Ich habe in der Schule immer gern gezeichnet und gemalt. Das war besser, als sich mit Gleichungen rumzuschlagen oder über einem Bunsenbrenner zu schwitzen.«

Er lächelte. Selbst im Dunkeln waren ihre Schilderungen farbig.

»Aber auf die Kunsthochschule wolltest du nicht?«

»Na ja, als ich mich für meine Leistungskurse entscheiden musste, habe ich Kunstgeschichte und nicht Kunst gewählt. Ich fand, das klang irgendwie … akademischer.«

»Klar«, sagte Jago leicht verächtlich, »akademischer.«

»Ich weiß, ich weiß. Aber versuch du mal, bei meinem Vater aufzuwachsen. Und außerdem glaube ich nicht, dass ich für die Akademie gut genug gewesen wäre.«

»Sagt wer?«

»Sage ich. Alles, was ich je gemalt habe, hat ausgesehen wie … Keine Ahnung. Wie Kleckse auf Papier. Vielleicht klingt das dämlich, aber … es hat in meinen Augen nie gelebt. Ich glaube aber, dass ein Bild leben muss. Und ich glaube auch, dass man weiß, wenn das passiert, und erst recht, wenn nicht.«

Jago überlegte, was er bei seiner Arbeit mit dem Holz empfand. Das rhythmische Hin und Her beim Glätten, Feilen und Polieren war beinahe wie sein Herzschlag. Doch Robyn sprach vermutlich von ausgeklügelten Farbexplosionen auf Leinwand, nicht von Beistelltischen.

»Mein Dad ist der typische Hobbymaler«, fuhr sie fort. »Er hat mit der Aquarellmalerei erst angefangen, seit er pensioniert und hier rausgezogen ist. Und weißt du was? Er findet es toll, gerade weil es nur ein Hobby ist. Das muss ein großartiges Gefühl sein, wenn man auf diese Weise malen kann, wenn es einem egal ist, wie es aussieht, wie man das Ergebnis findet. Selig sind die Unwissenden. Ich könnte das nicht. Wenn ich malen würde, dann nur, weil ich auf keine andere Weise sagen könnte, was ich wirklich sagen will.«

Beim Reden wirkte Robyn ziemlich ruhig, äußerlich wie innerlich. Sie gestikulierte weder mit den Händen noch spielte sie mit ihrem Haar, das sah Jago selbst im Dunkeln. Und sie durchbrach ihre Sätze auch nicht mit *Ähs* oder *Ähms* oder anderen Verlegenheitslauten. Jago hätte ihr am liebsten die ganze Nacht lang zugehört. Vorsichtig, zögernd fragte er, was sie malen würde, wenn sie das Gefühl hätte, dass alles stimmte.

»Das ist ja das Problem«, sagte Robyn. »Das wüsste ich erst, wenn ich es *wüsste*, weißt du?«

Was sie wirklich sagen wollte, war: *Liebe, ich würde Liebe malen.* Denn war nicht alles, was von Herzen kam, sei es ein Aquarell oder ein Regal, welches Thema, welche Gestalt es auch hatte, von Liebe durchdrungen? Doch das sagte sie ihm nicht. Vielleicht aus Angst, sie könnte dem eine Dummheit folgen lassen. Und so äußerte sie nur, dass sie sich den ganzen Sommer lang darauf gefreut habe, wieder zur Uni zu gehen, und dass sie nun, wo das Ferienende nahte, sich da nicht mehr sicher sei. Er verstand die Andeutung nicht; er hielt sich an geografischen Fragen fest und sagte, dass er keine Ahnung habe, wo die Uni Warwick liege, und sie erwiderte lachend, *nicht in Warwick, das ist ja das Verwirrende.*

»Der Campus liegt mitten auf dem Festland, Jago, nicht dein Fall.«

»Deiner vielleicht auch nicht. Du hast dich auf dem Brett ganz gut gemacht. Bevor's dich weggerissen hat. Manche kriegen das nicht mal mit dem Paddeln hin.«

»Ehrlich? Surfst du auch?«

»Ich? Nein, zu gefährlich …«

»Du machst Witze?«

»Ich bin feige.«

»Aber du warst der Wahnsinn im Wasser. Du warst …«

»Voller Angst.«

Das musste Robyn erst einmal verdauen. Sie hatte es in die Situation hineingerissen; selbstverständlich war sie in Panik geraten, in dem tobenden Wasser, in den Wellen, die sie in die Tiefe gezogen hatten, aber sie hatte keine Wahl gehabt, sie hatte nicht die Angst ermessen und sich dann entscheiden können, ihr dennoch zu begegnen. Aber Jago, Jago hatte sich entscheiden müssen. Er hatte die Gefahr gewählt, während es bei Robyn umgekehrt gewesen war. Nie wäre sie auf die Idee gekommen, dass Jago Furcht empfunden hatte. Nun, im zuckenden Licht, halb Mond, halb Flamme, schaute sie ihn näher an. Und sie musste seine Augen gar nicht sehen, um zu wissen, dass auch er sie ansah.

»Gott, bin ich froh, dass wir das Haus verlassen haben«, rutschte es ihr heraus. »Sonst hätten wir womöglich den ganzen Abend lang kein Wort gewechselt.«

»Ich geh nicht oft auf Dinnerpartys.«

»Weil du nachts an Klippen lauern musst?«

»Das klingt ja überhaupt nicht, als wäre ich ein Freak! Nein, ich bin … nur kein großer Redner.«

»Na ja, du bist ein guter Zuhörer. Lässt mich hier endlos

quatschen über … keine Ahnung … allen möglichen Mist. Tut mir leid.«

»Das ist kein Mist.«

»Jago«, sagte sie, »kann ich dich was fragen?«

»Wenn du willst.«

»Dein Vater, was er über deine Mum gesagt hat … Wann ist sie gestorben? Ich mein, wie lang ist das her?«

»Zwei Jahre. Im Herbst werden es zwei Jahre. Im Oktober. Am zwölften.«

»Das tut mir leid. Ich kann mir echt nicht vorstellen, wie das ist. Es tut mir wirklich leid.«

Jago erwiderte nichts, und eine Zeit lang war die Stille laut. Robyn überlegte, ob sie das Schweigen durchbrechen, das Thema wechseln und nach etwas völlig anderem fragen sollte, doch sie beschäftigte allein der Wunsch, sie hätte diese Frage nie gestellt.

»Sie ist furchtbar gern geritten«, sagte Jago plötzlich.

Er sprach so leise, dass sich Robyn vorbeugen musste, um ihn zu verstehen. Jago hatte eine Hand auf seinen Hund gelegt und strich ihm mit den Fingern sanft über die Ohren.

»Wirklich?«, fragte sie ernst, erleichtert. »War sie … gut?«

»Bei Turnieren oder so was hat sie nie mitgemacht, das war nicht ihr Ding, sie ist immer hier geritten, an den Klippen, unten am Strand, raus in die Heide. Aber eines Tages ist sie ausgeritten und dann nicht zurückgekommen. Ich war im College, Dad bei der Arbeit. Jedenfalls hat das Telefon geklingelt. Ich bin rangegangen. Ich war grade nach Hause gekommen. Es war der alte Farmer aus St. Buryan. Er hat gesagt … na ja, er hatte sie gefunden. Genauer gesagt, ihr Pferd. Es war auf seinen Hof gekommen, Zaumzeug, Sattel, ohne Reiter, aber er hat das Pferd erkannt. Tomatillo muss wahnsinnig unruhig gewesen sein, hat nur rumgetänzelt, wollte sich nicht fangen lassen. Der Farmer hat uns angerufen, dann hat er sich seinen Land Rover geschnappt, und da hat er sie gefunden. Sie war gar nicht so weit weg. Auf einem Feld, bei einem Zaun. Der Farmer glaubt, dass sie mit dem Pferd darübergesprungen ist. Oder es versucht hat. Der Krankenwagen ist gekommen, hat sie nach Penzance gebracht, aber sie hatte sich den Hals gebrochen. Da war nichts mehr zu machen. Sie war so oft gestürzt, und nie ist was passiert, aber da … da schon.«

Tomatillo. Sie hatte das Pferd gesehen, von ihrem Fenster aus, als es am Rand der Weide graste. Ein vereinzelter grauer Wallach, groß und langbeinig. Er hatte kapriziös gewirkt. Und traurig, dachte sie nun.

»Aber ihr habt das Pferd behalten«, sagte sie. »Tomatillo.«

»Keine Ahnung, wieso«, sagte Jago. »Dad hat alles beseitigt, was irgendwie mit ihr zu tun hatte.«

Er reichte die Flasche zurück, Robyn leerte den Rest. In ihrem Mund war der Geschmack von roten Beeren, er war viel zu süß für den Moment.

»Wie fühlst du dich damit?«, fragte sie. »Ich meine, ist es besser als am Anfang? Wird es besser?«

»Wie *fühlst* du dich damit?«

»Tut mir leid, das ist eine blöde Frage, ich wollte nicht …«

»Das ist gar nicht blöd. Es ist nur … Das hat mich noch niemand gefragt. Alle haben immer nur gefragt, ›Wie geht es dir?‹, solche Sachen halt. ›Kommst du klar?‹ Aber, na ja, so was muss man sagen, oder? Weil man sonst nichts sagen kann. Zumindest glauben das alle. Und jetzt … na, hier in der Gegend, da glauben wahrscheinlich alle, die sie kannten, dass zwei Jahre eine lange Zeit sind. Dass das jetzt zur Vergangenheit gehört. Das denken sie wohl alle.«

»Was ist mit deinem Dad?«

»Oh, mein Dad … Mein Dad ist mein Dad. So wie er heute Abend war, so ist er wohl. Kommt mit allen klar. Immer gut drauf. Das ist Dad.«

»Wirklich?«

»Nein. Aber er weiß nicht, dass ich das weiß.«

Eine der Fackeln zuckte, dann erstarb ihr Licht. Die andere brannte noch mit dünnem, schwachem Schein. Vom Wasser her kam Wind auf. Robyn zitterte.

»Sollen wir zurückgehen?«, fragte Jago.

»Nicht solange du nicht willst.«

»Du hattest übrigens recht«, sagte er. »Ich kenne den Weg im Dunkeln. Ich war oft hier, gleich nach Mum.«

Robyn wandte sich zum Meer. Sie schaute in die endlos weite Dunkelheit, fühlte das ewige Kommen und Gehen der Wellen. Dem Meer konnte man alles sagen. Es gab auf seine, auf die ihm einzig mögliche Weise Antwort. Das Meer hielt für nichts und niemand inne, und darin lag ein Trost.

»Ich glaube, ich wäre auch hierhergekommen«, sagte sie.

Die zweite Fackel erlosch.

»Du hast noch keine richtige Antwort«, sagte er, »auf deine Frage, wie ich mich damit fühle.«

»Das war eine blöde Frage«, sagte sie.

Er stand auf. Robyn hörte, dass er sich mit den Händen durch das Haar fuhr. Sie stand mit ihm auf. Zwei schmale Gestalten auf einem dunklen Felsen. Sie streckte eine Hand aus, doch er sah es nicht. Stattdessen sprang er nach unten und landete dumpf im Sand. Scout folgte ihm und strich ihm um die Beine.

»Ich kann es nicht in Worte fassen«, sagte er. »Konnte ich noch nie. Und werde es wohl nie.«

Robyn spürte, wie sich seine Hand um ihre schloss, und kletterte zu ihm. Ihr wurde schwindelig. Plötzlich gaben ihre Beine nach. Sie fragte sich, ob auch er betrunken war.

»Danke, Jago«, sagte sie.

»Kein Thema.«

Sie ließ seine Hand nicht los. »Nein, ich meine wirklich *danke*. Für das, was du im Meer getan hat.«

»Das war doch nichts.«

»Das war alles.«

Da hätte sie ihn küssen können. Es wäre so einfach gewesen. Ein leichtes Strecken, auf die Zehenspitzen, ihre Lippen aneinander. Sie hätte es so gern getan.

»Wir sollten zurück«, sagte er. »Meinst du nicht?«

»Ich weiß nicht, meinst du?«

»Meine ich«, erwiderte er und ging los.

Robyn schloss ihre Finger um die Leere, dort, wo seine Hand gewesen war.

Ihre Schuhe quietschten über das nachtfeuchte Gras. Aus sämtlichen Fenstern im Erdgeschoss kam Licht, Bässe vibrierten. In der Einfahrt stand ein weiteres Auto.

»Ben!«, sagte Robyn. »Ich hätte nie gedacht, dass er kommt.«

»Ich geh dann lieber«, sagte Jago und pfiff nach Scout.

»Aber dein Dad ist garantiert noch da.«

»Solange noch eine Flasche offen ist, werdet ihr ihn auch nicht los.«

Plötzlich ging das Außenlicht an, der Garten glühte golden auf. Robyn und Jago blinzelten in die Helligkeit.

»Robyn Swinton, treibst du dich da draußen rum?«, dröhnte eine Stimme. Ihr folgte ein Mann, der mit raschen Schritten durch den Garten kam.

»Mein Bruder…«, setzte Robyn an, doch Jago machte schon auf dem Absatz kehrt. »Willst du ihn nicht kennenlernen?«

Jago zögerte. »Wenn man hier lebt«, sagte er, »ist man das viele Reden nicht gewohnt.« Am liebsten hätte er ergänzt, *und das gefällt mir hier*, doch er wusste, dass sie das falsch verstanden hätte.

»Heute Abend hast du geredet.«

Er zuckte mit den Achseln, als ob er selbst über seine Gesprächigkeit staunen würde. Obwohl er sich hinterher vorgekommen war, als hätte er sein Hemd gelüftet und ihr alle Wunden offenbart, war es ihm leichtgefallen, in der Dunkelheit zu reden. War es ihm mit Robyn leichtgefallen.

»Bitte bleib. Ich fände es schön«, sagte sie.

Jago zögerte, die unverhüllte Bitte rührte etwas in ihm an. Dann kam Ben und riss seine Schwester in eine stürmische Umarmung. Als sich Robyn endlich aus dem Griff ihres Bruders befreit hatte, war Jago fort.

vier

Ben blieb das ganze Wochenende. In seiner Gegenwart blühte Robyn auf, so wie stets. Ihr Bruder lebte im Herzen Londons, arbeitete bis in den späten Abend und machte am noch späteren Abend Musik. Er war in den Dreißigern, und aufgrund des großen Altersunterschieds hatte Robyn ihn weder als linkischen Teenager noch seine Pickel, seinen Babyspeck oder die Herzensschwankungen des Pubertierenden bewusst erlebt. Ihr war er immer nur als der strahlende, gereifte Erwachsene erschienen, der wie ein Leuchtkäfer durch ihr Leben schwirrte und genauso schwer zu fassen war. In seinen Teenagerjahren hatte er die Wochenenden mit Bands verbracht, die in Garagen spielten, in den Zwanzigern die Nächte auf den Bühnen mancher Kellerbar, und nun war er Produzent einer renommierten Sendung bei einem renommierten Sender. In Robyns Augen hatte er sich nicht verändert: Das Flair des älteren Bruders war ungebrochen.

Nachdem Denny endlich gegangen war, hatte Ben das Haus durchstreift, sich prüfend umgeschaut, als wäre er in einem Feriendomizil, Schränke geöffnet und hier und da etwas in die Hand genommen. Robyn war ihm bei seiner Runde gefolgt. Vor dem großen Wohnzimmerfenster war sie stehen geblieben und hatte ihm gezeigt, wo er das Meer hätte sehen können.

»Ein endloses Schwarz«, sagte Ben. »Um nicht zu sagen, ein unheimliches Schwarz. Und du sagst, es ist bei Tag ganz blau? Der perfekte Blick aufs Meer?«

»Ganz blau«, bestätigte Robyn. »Außer wenn es grau ist. Oder grün. Oder braun und suppig, wenn sich ein Sturm zusammenbraut.«

»Hör sie dir an, die kleine Meerjungfrau«, sagte er und stieß ihr in die Rippen. »Dad sagt, du willst dich auf dem Surfbrett versuchen?«

»Ich spiele mit dem Gedanken«, wich sie aus.

»Und offenbar«, er senkte bedeutungsschwer die Stimme, »gibt es sogar den sprichwörtlichen Jungen von nebenan. Dennys Sohn?«

Die Anspielung genügte, und Robyns unerfüllte Sehnsucht war geweckt. Und die Erinnerung an ihr Versagen: Die Postkarte steckte noch in ihrer Tasche. Sie hatte sie ihm geben wollen. Zumindest hatte sie vorgehabt, es zu *erwägen*, sich, abhängig von der Situation, an Ort und Stelle zu entscheiden. Aber in Jagos Gegenwart hatte sie alles vergessen. Es war, als ob sie sich allein auf den Moment konzentrieren könnte, ihre Empfindungen über das Unmittelbare nicht hinausreichten. Die Worte waren aus ihr herausgepurzelt, und sie hatte nicht gewusst, woher sie gekommen waren und wohin sie als Nächstes führen würden. Sie hatte seine Nähe gespürt, die Hitze seiner Blicke, seinen Fuß in ihrer Nähe, sein Knie beinahe an ihrem. Dann war die Flasche zwischen ihnen hin und her gewandert, mit den Abdrücken ihrer beider Finger, den warmen Spuren ihrer beider Lippen. Er hatte sich ihr geöffnet, ihr Dinge offenbart, die er sicher nicht mit jedem teilte, denn angeblich war er doch kein großer Redner.

»Robyn? Erde an Robyn?«

»Entschuldige, was?«

»Ich hatte gerade meine Befürchtung geäußert, dass man dich an den Arsch der Welt verschleppt hätte, ins Nichts und Niemandsland, doch dem ist wohl gar nicht so. Offenbar lauert hier überall das Abenteuer. Und dabei hatte ich den geheimen Plan ausgebrütet, dich in den Ferien nach London zu entführen. In die große Freiheit.«

»Was?«, rief Robyn. »Ernsthaft?«

»Mein windiger Mitbewohner ist endlich ausgezogen. Es war nur eine Idee.«

»Aber das wäre toll gewesen! Warum hast du nicht schon längst etwas gesagt?«

Ben lebte in einem Apartment in Peckham, dessen Sitzmöbel und freie Winkel sämtlich von Musikinstrumenten eingenommen wurden: Dickbäuchige Gitarren belagerten die Sessel, eine Basstrommel hockte plump in einer Ecke. Es war ein unkonventioneller, fröhlicher Ort, an dem Robyn sich sehr wohlgefühlt hätte. Für ihr Studium konnte sie von jedem Ort aus lernen. Sie hätte auch alles hinschmeißen und in dem Sender, für den Ben arbeitete, Tee kochen und so die erste Sprosse einer Karriereleiter erklimmen können, die nach oben und nach draußen führte. In wenigen Augenblicken nur eröffnete und verschloss sich ein ganz neues Leben vor ihr.

»Ich habe es Mum gegenüber mal beiläufig erwähnt, aber sie konnte sich mit der Idee nicht anfreunden«, sagte Ben. »Womit sie wahrscheinlich recht hat. Außerdem müsstest du dich dann mit meinen missratenen Jungs rumschlagen.«

»Aber ich mag deine Jungs! Wieso hat Mum bloß Nein gesagt? Warum hast du nicht zuerst mit mir geredet?«

»Du musst doch nur die Uni schaffen, danach kannst du den wahren Rock'n'Roll leben und nicht nur so tun, wie ich.

Du wirst sehen, die nächsten beiden Jahre werden nur so vorüberrauschen.«

»Hier?«, sagte Robyn und wies mit dem Arm auf das schwarze Fenster. »Du glaubst doch nicht, dass hier ein Jahr vorüberrauscht? Abgeschnitten von der Außenwelt, und das die ganzen Ferien lang?«

Sie schaute auf das Fenster, ihr Spiegelbild schaute zurück. Die Nacht war so schwarz und zäh wie Sirup. Für eine kleine Weile, als sie mit Jago am Wasser gesessen hatte, hatte sie den Eindruck gehabt, als ob sie doch an diesen Ort gehörte. Selbst wenn das Meer mit seinem Schlund nach ihr geschnappt hatte, selbst wenn die Wahrscheinlichkeit, dass Jago vor ihr floh, nicht kleiner war als die, dass er bei ihr blieb und mit ihr sprach. Beides, Jago und die Brandung, brauchten Zeit. Da war zu viel, was sie noch nicht verstand. Und nur weil sie hoffte, all diesen Geheimnissen eines Tages auf den Grund zu gehen, ließ sie zu, dass ihr Bruder einen Arm um sie legte, und protestierte auch nicht, als er sagte, dass das mit London zwar eine tolle Idee, die Stadt im nächsten Sommer aber auch noch da sei.

Nahe der Klippe, in Hooper's House, lag Jago auf dem Bett. Die Tür zu seinem Zimmer war geschlossen. Von seinem Platz aus hörte er das Meer, das unermüdliche Rauschen der Wellen, obwohl er sich nicht selten fragte, ob es nicht in seinem Kopf war. In dieser Nacht jedoch ergab er sich dem dunklen Hin und Her. Wenn er die Augen schloss, sah er immer noch das Lodern ihrer Fackeln, spürte er Robyns Nähe heiß an seiner Seite. Er war noch nie mit einem Mädchen zu den Felsen gegangen, nicht davor und nicht danach. An diesen Ort war er in der Nacht gegangen, als sie aus dem Krankenhaus gekommen waren, ohne sie. Sein Dad hatte das Auto über die Landstraßen gejagt, unter hastigen und zornigen Tränen. Im Hof hatte er mit Wucht auf die Bremse getreten. Er hatte sich an Jago geklammert und gesagt: *Es tut mir leid, Junge, es tut mir ja so leid*, und Jago war nur eines durch den Kopf gegangen: *Warum muss ich nicht weinen?* Doch er wusste, warum: Wenn einer stürzte, musste sich der andere aufrecht halten. Er musste für sie beide stark sein.

Als sein Vater ins Bett gegangen war, schwankenden Whisky-Schrittes, über Tränen stolpernd, hatte Jago eine Weile in der dunklen Küche gesessen, dann war er nach draußen zu den Klippen gegangen. Er hatte damals keine Fackel mitgenommen, denn am Himmel hatte ein gewaltiger Mond gehangen, ein Erntemond, so nah, dass man ihn berühren und sein weißes Licht ausgießen konnte. Jago hatte sich den Weg zu den Felsen gebahnt, war weit hinaufgeklettert, hatte die Lunge mit Luft gefüllt und sich all seinen Gefühlen ergeben. Er hatte geglaubt, dass nun die Tränen fließen würden. Er hatte die Tränen gewollt. Doch selbst als ein scharfer Seewind in seinen Augen gebrannt hatte, war keine einzige gefallen. *Mum*, hatte er geflüstert. *Mum*, dann lauter, bis er es gerufen hatte: *Mum, Mum, Mum!* Doch die Nacht hatte nichts erwidert, die Tränen waren nicht geflossen, nur das Meer hatte getost, so dunkel und so gleichgültig.

Er hatte Robyn nichts von alledem erzählt, doch er hatte kurz davorgestanden. Die Worte waren da gewesen, hatten sich in ihm gebildet. Er hatte ganz vergessen, wie es war, das Gefühl, wenn ein anderer bereitwillig alles annahm, was man ihm auch hinwarf. Sein Dad war immer an der Oberfläche des Lebens geschwommen, hatte Fragen in die Welt gesetzt, doch auf Antwort nie gewartet. So war er nun einmal. Nach

Rosalinds Tod hatte er seine Traurigkeit mit Pflastern und flüchtigen Stichen überdeckt, und offenbar gelang es ihm, die meisten Menschen so zu überzeugen. Denny schien geheilt, mit seinem breiten Lächeln und dem allzu strahlenden Blick. Er mühte sich voran, schuf sich lange Arbeitstage, trank im Pub und suchte die Gesellschaft von Frauen, die in einer Wolke billigen Parfums kamen und gingen und ihm mit morgendlich zerlaufenem Make-up am Hoftor eine Kusshand zuwarfen. Es war Zerrissenheit und Zorn, und es überzeugte Jago nicht.

Da hatte er angefangen, bei ihm zu arbeiten: hatte die Hobelspäne weggekehrt, Lasuren angerührt und irgendwann gesägt, geglättet und gefugt. Mit stillem Selbstvertrauen hatte er sich durch die Werkstatt bewegt, und sein Dad hatte ihm voller Stolz zugesehen, als sie Seite an Seite zu einem neuen Lebensrhythmus fanden. Jago mochte es, dass das Holz so formbar und so biegsam und doch stark, sehr, sehr stark war. Er liebkoste es, atmete seinen Duft und erfreute sich an neuen Formen. Er hatte damals geholfen, einen Küchenschrank, ein aufwendiges Stück für ein Ferienhaus in der Nähe von St. Ives, pünktlich zu vollenden. Sein Dad hatte den Scheck eingelöst und neue Werkzeuge gekauft, im Doppelpack, ein zweites Set für Jago. *Falls du willst*, hatte er gesagt und den Kopf geneigt. Eine flüchtige Scheu hatte seine Wangen eingefärbt.

Gemeinsam hatten sie vorangearbeitet, Vater und Sohn, und sich gerade so aufrecht gehalten. Wochenenden waren zu Werktagen zerflossen, und Jago hatte festgestellt, dass es einfach war, das College zu vergessen, das Lärmen seiner Altersgenossen, wenn die Scheune rief. Sie war so wohlig wie ein Kokon, eine Gebärmutter, voller warmer Holzgerüche. Als die Zahl der Aufträge, die Jago mit Kreide auf das Brett in ihrem Rücken schrieb, anwuchs, als er seinen bescheidenen Teil zum Gedeihen ihrer Unternehmung beitrug, arbeiteten die Winters-Männer mit gesenktem Haupt und rascher Hand; in stillschweigendem Einverständnis sprachen sie miteinander durch das Holz. Die Werkstatt wurde zu einem Ort des Friedens und der beharrlichen Geschäftigkeit, und Jago fand, wenn auch unerwartet, einen Teil seiner Mum.

Dort kehrte manches bruchstückhaft zu ihm zurück; vielleicht lag es an den langsamen, gleichförmigen Rhythmen, den vorsichtigen Gesten, doch seine Gedanken verweilten stets bei ihr. Es war nicht die verzweifelte, herzenspeinigende Art der Nacht, nicht die Taubheit, die im College jeden seiner Schritte umwölkt hatte – Gefühle, die er nicht beherrschen konnte, die in gleichem Maße Angst und Apathie mit sich brachten –, dort gab er sich einem Gedankenfließen hin, sanft wie die alten Countrysongs, die sie so gern gehört hatte. Rosalind war von einer gelassenen Ruhe durchdrungen, ihre Stimme weich gewesen, langsam, und wenn sie jemanden beurteilt hatte, war ihr Lächeln schief gewesen, allsehend, allwissend. Aus diesem Grund hatten Tiere sie geliebt, da war Jago sicher. Sie hatten auf ihre freundliche Bestimmtheit reagiert, ihre Fasslichkeit, ihr Unvermögen, zu lügen oder zu betrügen. An diesem Abend auf den Felsen hatte er in Robyn einen Teil von dem erkannt, was er durch den Tod seiner Mutter verloren glaubte. Eine sanfte Frage, genau die, die gestellt werden musste und ihn mitten ins Herz getroffen hatte. Ein Verstehen, noch bevor die Antwort kam.

Es war eine Schande, dass sie wohl nicht bleiben würde. Sie hatte einen beständigeren Eindruck auf ihn gemacht, angesichts der Flotte von Umzugswagen, mit der sie und ihre Eltern angekommen waren, der Begeisterung ihrer Eltern für alles, was den Stempel Cornwall trug, ihres nagelneuen Surfbretts. Doch an ihr war alles temporär. Robyn Swinton war herbeigeweht, und genauso rasch würde sie davonwehen. Das hatte er bereits erkannt, als er neben ihr am Strand gelegen, sie gekeucht und Meerwasser gehustet hatte. Er hatte es in ihr gespürt. Sie entglitt ihm. Sie würde diesen Tag und alles, was geschehen war, vergessen. Sie würde den Wetsuit richtig herum anziehen und lässig auf dem Brett stehen, und dann würde ihr die Bucht zu klein. Und so würde sie weiterziehen, auf der Suche nach größeren Welten und spannenderen Menschen. Sie trat auf, und sie ging ab. Allein die See rollte ewig weiter.

fünf

»Das ist ja echt das Ende der Welt.« Ben, das Haar vom Wind emporgepeitscht, schaute in die Ferne.

»Zwei Jahre«, sagte Robyn, »und ich kann gehen, wohin ich will.«

Sie waren über Land gefahren, im Sonnenglanz des späten Sommers, mit offenen Fenstern und lauter Musik. Kühe hatten träge aufgeschaut; über ihnen schossen Krähen und Möwen schwarz-weiß kreischend durch die Luft. Nun standen sie an dem Punkt, an dem das Festland endete und der Atlantik an den Felsen zerrte, der Horizont in einem tiefen Blau, wie mit dem Lineal gezogen.

»Hier gibt es wohl nur zwei Optionen«, sagte Ben. »Entweder flüchtest du in die nächstgrößte Stadt, oder du willst nie mehr weg.«

»Ich will hier weg«, sagte Robyn. »Darauf kannst du dich verlassen.«

Sie hatte sich Rockabilly bis zum Schluss aufgespart. Als sie in der Einfahrt vor dem Haus parkten, sagte Robyn: »Oh, eine Stelle gibt es noch.« Sie überquerten das Feld. Als sie an Hooper's House vorüberkamen, winkte Robyn, sagte abschätzig: *Hier wohnen Denny und Jago*, nahm ihren Bruder am Arm und tauchte mit ihm in den dichten Pfad ein.

Rockabilly übertraf sich selbst. Es war Ebbe, der Sand funkelte, am Ufer lagen Algenstränge und zahlreiche andere Meeresschätze. Die Brandung wogte und donnerte. Ben gab ein ehrfurchtsvolles Pfeifen von sich.

»Hierher verirrt sich niemand«, sagte Robyn mit leichtem Bedauern. »Nicht mal Einheimische.«

Jago hatte sie den ganzen Tag noch nicht gesehen, was erstaunlich war angesichts des kleinen Abstands zwischen ihren Häusern. Dabei hatte sich Robyn extra ihren neuen tiefschwarzen Bikini mit den Perlenschnüren angezogen. Bevor sie aus dem Haus gegangen war, hatte sie sich im Spiegel gemustert, zu allen Seiten gedreht und die Stellen betrachtet, wo ihre Haut von einem hellen Gold in Weiß überging. Nach diesen wenigen Wochen in Cornwall fühlte sie sich schon befreit und abgehärtet. Falls sie wieder surfen ging – *wenn* sie wieder surfen ging –, würde sie zäh und stark. Schnell wie ein Fisch. Genau das wollte sie, hatte sie beschlossen. Wenn sie schon am Ende der Welt leben musste, dann blieb ihr wenigstens ein Ziel.

»Also, gehen wir rein?«, fragte Ben.

Sie zögerte. Beim Anblick des Wassers verkrampfte sich ihr Magen, ihre Zehen krallten sich in den Sand. Sie schaute kurz zur Klippe hoch, dann erneut zu Ben. »Vielleicht sonnen wir uns lieber? Heute jedenfalls.«

»Musik in meinen Ohren.« Ben ließ sich auf den Sand fallen und krempelte die Jeans hoch. »Bassisten werden bekanntlich ungern nass.«

»Ich dachte, die Band hätte sich aufgelöst?«

»Hat dann wieder zusammengefunden und sich wieder aufgelöst. Ehefrauen. Babys. Steile Karrieren in diversen Branchen, die nichts mit der Musik zu tun haben.«

»Aber ich wollte doch zu einem Gig kommen.«

»Kannst du ja. Es wird nur nicht einer *unserer* Gigs.«

»Das hab ich doch gemeint«, erwiderte Robyn und zuckte zusammen, als eine gewundene Algenschnur in ihre Richtung geschwemmt wurde.

Ben fuhr am Sonntag wieder fort; Robyn musste am nächsten Tag an die Universität. Winkend und hupend düste Ben von der Ausfahrt auf die Straße. Robyn blieb wehmütig zurück. Im Haus dröhnte eine neue Stille. Simon holte seinen Aquarellkasten hervor und setzte Farbtupfer, Marilyn blätterte träge durch Wohn- und Gartenmagazine. Robyn rief ihnen zu, dass sie nach draußen gehen wolle. Sie signalisierten ihre Zustimmung mit einem erhobenen Pinsel, einem Winken. Robyn schnappte sich Surfbrett und Rucksack und machte sich auf den Weg nach Rockabilly.

Der Abstieg war nicht leichter als beim ersten Mal. Keuchend erreichte sie den Strand und schleifte das Board durch den Sand. Zumindest hatte sie den Wetsuit richtig angezogen. Zumindest war sie diesmal vorbereitet. Sie wusste, dass die Wellen brennen, schlagen, sie nach unten ziehen würden, ihr Brett versuchen würde, sie bei der erstbesten Gelegenheit abzuwerfen. Dass kein Jago auf sie wartete, sie im Auge behielt und im Notfall zu ihr eilte. Sie hatte gesehen, dass der Pickup den Hof verlassen hatte, Denny am Steuer, Jago daneben, mit einem Anhänger voller Holz. Sie war ganz allein in der Bucht, abgesehen von den silberköpfigen Seeschwalben, die nach Fischen tauchten, und einer dickbäuchigen Möwe, die sie von der Seite her beobachtete und dann unter empörtem Gekreisch davonflog. Robyn fühlte sich erstaunlich gelassen.

Sie watete ins Wasser, und als das Meer gegen sie anschob, holte sie tief Luft. Dann noch einmal, durch die Nase ein und den Mund wieder aus. Der Trick, so hatte sie beschlossen, bestand darin, nur so weit hinauszugehen, dass sie den Grund mit den Zehen noch erreichen konnte. Sie legte sich bäuchlings auf das Brett und paddelte los.

Als der richtige Moment gekommen war, mühte sie sich in den Sitz. Die Spätsommersonne würde bald untergehen, noch aber strahlte sie golden, eine wogenkräuselnde Brise im Gefolge. Robyn hüpfte auf den Wellen auf und ab. Die Brandung war ruhiger als letztes Mal, zahmer. Eine Welle nach der anderen rauschte vorbei. *Kein Grund zur Eile*, sagte sie sich selbst. *Beobachte, finde dich in ihren Rhythmus ein, und leg los, wenn du so weit bist.* Sie zählte die Wellen. Sieben in Folge. Eine Glückszahl. Einem plötzlichen Impuls gehorchend sank sie auf den Bauch, ihre Hände peitschten durch das Wasser. »Jago!« Ihr Schrei war wild, zäh ihre Entschlossenheit. Es war aus ihr herausgebrochen, ein plötzlicher, unkontrollierbarer Rausch, genau in dem Moment, als die Welle nach ihr griff. Robyn versuchte, sich aufzurichten, sich niederzukauern, doch es schleuderte sie kopfüber ins Wasser. Sie trudelte, strampelte und kam röchelnd an die Oberfläche. Ein Stück von ihr entfernt hüpfte unschuldig ihr Brett. Robyn lachte. *Jago!* Ein schnappendes, atemloses Lachen, dem es gleichgültig war, dass die Möwen in ihrem Segelflug innehielten, um auf das Mädchen zu schauen, dem in seinem Wahn der Name eines Jungen hilflos von den Lippen glitt, während es von der See verschlungen wird.

Doch es ging weiter. Sie stürzte. Sie stieg wieder auf. Stürzte. Und stieg wieder auf. Jedes Mal wenn sie in eine Welle paddelte, rief sie unwillkürlich: *Jago!* Es war kein Schrei, wie beim ersten Mal, eher ein entschiedenes Keuchen, ein Schlachtruf. Sie hielt durch, bis die Muskeln in ihren Armen heulten und das Salz in ihrer Kehle brannte. Doch dann, als die Sonne Richtung Wasser sank, geschah es. Sie ritt auf einer Welle. Mit herausgestrecktem Po, die Arme so zittrig wie Telegrafenmasten bei Starkwind, doch sie stand für zwei, drei Sekunden aufrecht. Dann stürzte sich das Wasser über ihren Kopf und schleuderte sie und das Brett in verschiedene Richtungen. Robyn schwamm, strahlend, wieder an die Oberfläche. Ihre erste. Es war großartig. Sekunden nur, die sich zu einer Ewigkeit gedehnt hatten. Eine ganze Welt in einer Welle.

Sie beschloss, auf dieser Welle noch ein Stück an Land zu surfen. Mit unverändert seligem Lächeln marschierte sie den Strand hinauf zum Pfad und quer über das Feld, doch sie bog nicht in die Einfahrt ein, sondern ließ das Brett am Tor fallen und wandte sich, von der Energie der See getragen, Richtung Hooper's House. Der Lieferwagen war noch nicht zurückgekehrt. Eilig wühlte sie in ihrem Rucksack. Die Karte hatte gelitten. Auch hatte Robyn den Satz »Ich kenne nicht mal deinen Namen« durchgestrichen und neben einen krummen Pfeil geschrieben: »Mittlerweile schon!!!« Allerdings war dort nicht viel Platz gewesen. Die Buchstaben drängten sich, waren kaum leserlich. Der Abend, den die Karte in Robyns Jeanstasche verbracht hatte, hatte die Ecken umgeknickt und angelöst. Robyn hatte die Postkarte in einen Umschlag gesteckt, in Großbuchstaben *JAGO* darauf geschrieben und außerdem einen mehrfach gefalteten Zettel hineingeschoben.

Am Eingang zum Hof der Winters stand ein alter, typisch amerikanischer Briefkasten, doch die Tür war lose und hing nur noch an einem Scharnier. Das Innere war ungeschützt, und so ging Robyn weiter Richtung Haustür, in der Hoffnung auf einen Briefschlitz. Den es dort nicht gab. Allerdings entdeckte sie einen winzigen Spalt zwischen Tür und Schwelle.

Robyn kniete sich hin und schob die Karte hindurch. Die Kanten stießen bei ihrer ansonsten ungestörten Reise nur auf kurzen Widerstand. Robyn stand auf. Sie malte sich den Anblick der Karte auf der Fußmatte aus, hinter der Tür, eine kühne Präsenz im Haus der Winters.

Robyn wandte sich zum Gehen, doch sie zögerte. Sie schaute zurück, auf die Tür. Als ihr bewusst wurde, was sie gerade getan hatte, weiteten sich ihre Augen. Sie dachte an ihre Worte – *War es zu viel? Es war zu viel!* –, an das Motiv, die junge Frau mit ihrem üppigen blonden Haar und den provozierenden Lippen, der Mann vom Typ umschwärmter Star. Bestimmt fand er die Anspielung auf sie beide lächerlich. Und ganz bestimmt hielt er Robyn nun für sonderbar, wenn sie seine besonnene Rettungsaktion auch noch irgendwie erregend fand.

In der Hoffnung, dass die Menschen auf dem Land ihrem Klischee entsprachen und die Türen nicht verschlossen, drehte Robyn am Knauf, doch er gab nicht nach. Da hätte sie Jago ihr Herz auch gleich in einer Schachtel mit Band und Schleife überreichen können. Sie eilte zurück, griff nach ihrem Brett und flüchtete sich in ihr sicheres Heim. Immer wieder schaute sie sich um, als ob ihr eine tückische Brandung auf den Fersen wäre.

sechs

Die Universität war nicht mehr der Ort, den Robyn vor den Ferien verlassen hatte. Nun wirkte sie wie eine Durchgangsstation, eine Ansammlung von Menschen und Gebäuden, die sich nur zu einem temporären Nutzen eingefunden hatten. Auch die Landschaft ringsumher erschien ihr öde, klaustrophobisch, wie erstarrt, ohne das Dröhnen und Schäumen und stete Wogen der See. In all den Wochen in Warwick, bei Pappbecherkaffee, endlosen Stunden in der Bibliothek und im Gedränge heißer, alkoholisierter Abende mit Freunden in den kleinstädtischen Clubs, kehrte ihr Denken unentwegt zu zwei Dingen nur zurück: zum Wasser und zu Jago. Es ließ sich nicht trennen, auch weckte beides gemischte Gefühle, Ruhe und Erregung, und diese Widersprüchlichkeit, ging Robyn auf, war das Schöne daran.

Sie hatte von Jago nichts gehört, aber das hatte sie, bei klarem Verstand betrachtet, auch nicht erwartet. In den vielen Stunden auf den hinteren Plätzen eines Hörsaals oder bei ihrem Job als Kellnerin in einem pseudoitalienischen Restaurant hatte sie alle möglichen Szenarien durchgespielt und war zu dem Entschluss gelangt, dass sein Schweigen angemessen war. Jago gehörte zu denen, die beobachteten, warteten, am Rand verweilten, sich nicht mitten ins Gefecht stürzten. Es hätte nicht zu ihm gepasst, in White Sands an die Tür zu klopfen und ihre Eltern nach ihrer Adresse zu fragen. Es erschien ihr nur folgerichtig, dass er auf ihre Rückkehr in den Weihnachtsferien wartete.

So stürzte Robyn sich aufs Wasser und ging ins Schwimmbad der Universität. Sie wollte ihre Technik verbessern und lernen, die Luft noch länger anzuhalten, doch als sie dort war, erlosch ihr Interesse. Sie setzte sich auf die Zuschauertribüne, den Badeanzug auf dem Schoß, beobachtete die Jungs mit ihren breiten Schultern, ihren schmalen Hüften und den knappen Badehöschen und die Mädchen, die sich mit Nasenklammern und Bademützen am gekachelten Beckenrand herumdrückten. Pfeifen gellten, Stoppuhren wurden gezückt, und obwohl sie nur Zuschauerin gewesen war, roch sie hinterher nach Chlor. Es gab dort keine ungestümen Möwen, keine Seetangknäuel. Keine Muschelreste zwischen ihren Zehen. Keinen sinnesbetörenden Schock im eisig kalten Wasser, kein Herzklopfen, wenn man unter eine Welle tauchte.

Das zehnwöchige Trimester zog sich hin. Robyn verträumte die Vorlesungen, ihr Stift lag reglos auf dem Blatt. Als ihr Dozent dann über Turners erstaunlichen Umgang mit dem Licht sprach, stellte sie sich vor, wie Rockabilly von seiner Hand ausgesehen hätte: das Tosen und die Ruhe, die lachsrosa Dämmerung und die pechschwarze Nacht. Sie zeichnete den Umriss des markanten Felsens an den Rand ihres Hefts, dann schwärzte sie alles ringsumher, bis ihr Stift durch das Papier drang. Zum ersten Mal verstand sie wirklich, weshalb so viele Künstler ihre Antworten am Meer suchten.

Von dem Trinkgeld, das sie beim Kellnern bekam, kaufte sie sich einen gebrauchten Wetsuit für den Winter auf eine Anzeige in der Tageszeitung hin. Sie probierte ihn in einem fremden Badezimmer an und trug ihn heim wie eine Kostbarkeit. Wenn sie abends ins Bett ging, von einer Woge lärmender Musik und den Gesprächen ihrer Freunde, die durch die Wand drangen, getragen, versuchte sie sich wegzudenken. Sich vorzustellen, dass Wellen an den Strand rauschten. Wenn sie Glück hatte, sah sie in ihren Träumen eine Gestalt mit dunkelblonden Locken, spürte sie seine Hände überall. Und sie dachte häufig an die Karte, die geöffneten Lippen, das unverhohlene Verlangen, die vielleicht auf Jagos Nachttisch stand oder zwischen den Seiten seines Lieblingsbuchs steckte.

Als sie in Penzance aus dem Zug stieg, trug der Wind kein *Robyn!* zu ihr. Auch zu Hause wartete kein Brief, der abgegeben worden war, nur einige Weihnachtskarten von Freunden aus ihrer Heimatstadt. Am ersten Abend, und beinahe die gesamte Nacht, ließ sie das Licht in ihrem Zimmer an – eine Leuchtboje in Merrins schwarzer Nacht –, doch es kam kein Antwortflackern durch die Bäume, klopften keine Steinchen an ihr Fenster, und als sie am nächsten Morgen aufwachte und in eine weiße, wässerige Welt sah, war auch keine Botschaft in das gefrorene Gras geschrieben.

Später ging sie surfen; mit dem neuen Wetsuit konnte sie sogar an beißend kalten Tagen hinaus ins Meer. Sie lief ins Wasser, riss Beine und Arme hoch, damit das Blut zirkulierte. Ihre Zähne klapperten nur leicht, als sie lospaddelte. Am nächsten und am übernächsten Tag surfte sie erneut, und auch am Tag danach. Sie lernte, das Gleichgewicht wiederzuerlangen, wenn das Brett sie abwarf und die Wellen sie nach unten zogen, machte die Ohren frei und kam zurück nach oben. Sehr langsam, und nicht immer, verbesserte sie sich. Dann kam der Tag, an dem sie den ganzen Weg bis zum

Strand auf einer Welle surfte, im flachen Wasser vom Brett sprang und vor Wonne schrie. Es waren nur Sekunden gewesen, doch Robyn waren sie endlos erschienen. Ohne Jagos Anblick, ohne die Beschwörung seines Namens hatte sie das Meer in Sicherheit getragen.

* * *

Als die Hecken mit ihrer Beerenpracht geprangt und die Haselnüsse auf den Straßen gelegen hatten, hatte Marilyn Weihnachtskuchen auf Vorrat gebacken. Nun verfolgte Robyn, wie ihre Mutter ein zartes Ilexästchen auf die eislaufweiße Glasur legte, zurücktrat, die Hände in die Hüften stemmte und ihre Schöpfung mit unverhohlenem Stolz betrachtete.

»Der hier ist für nebenan«, sagte sie beschwingt. »Willst du ihn eben rüberbringen?«

»Warum für die?« Dann rasch: »Okay. Was, jetzt sofort? Okay.«

Marilyn schnitt weitere Ilexzweige aus rotem und grünem Zuckerguss. Ein amüsiertes Lächeln umspielte ihre Lippen.

In ihrem Zimmer suchte Robyn nach dem jadegrünen Schal, weil irgendjemand irgendwann einmal gesagt hatte, dass er ihre Augenfarbe betonte. Rasch malte sie die Lippen an und wischte sie gleich wieder ab. Auf ihrem Handrücken blieb ein allzu roter Streifen. Sie bürstete sich noch einmal durch das Haar, flocht eine Partie, zog dann einige Strähnen aus dem Zopf, damit ihre Frisur unaufgeregt und lässig und so wirkte, als ob sie Jago, möglicherweise, gefallen könnte.

Aus dem Haus kam keine Reaktion. Robyn wollte den Kuchen schon vor die Tür stellen und die Flucht ergreifen, da hörte sie aus der Werkstatt ein Geräusch. Ihre Erleichterung und Enttäuschung wichen einem leichten Nervenbeben. Sie ging langsam über den Hof und spielte an den Haarspitzen. Als sie sich der Tür näherte, heulte laut und beharrlich ein Bohrer auf. Robyn wollte schon anklopfen, doch das war sinnlos bei dem Lärm. Sie stieß die Tür einfach auf.

Die Werkstatt war viel größer, als sie von außen wirkte. Drei riesige Fenster ließen eine fahle Wintersonne herein. In ihrem Licht sah man Werkbänke, stapelweise Holz sowie mehrere halb beendete Möbelstücke: ein großes Bücherregal, ein kirchenartiges Pult, den Anfang eines Tischs. Der Fußboden war mit Schwaden von Sägemehl bedeckt, in den Sonnenstrahlen tanzten Staubpartikel. Robyn holte Luft. Schon legte sich ihr der warme Honiggeruch des Holzes auf die Sinne. Trotz des kreischenden Bohrers, trotz des Durcheinanders war es dort berauschend, herrschten Fleiß und Friedlichkeit. Jago beugte sich in äußerster Konzentration über seine Arbeit, in einem blauen Overall, stählerner Ernst auf seiner Miene. Als seine Klinge in die Maserung hineinfuhr, rieselte ein Schneesturm aus feinen Holzspänen herab. Robyn war wie gebannt. Plötzlich legte sich ihr eine Hand auf die Schulter. Robyn fuhr zusammen. Denny grinste breit.

»Oh! Hi«, sagte sie. »Tut mir leid, im Haus war niemand, da …«

Jagos Bohrer kam abrupt zum Schweigen. Ihre Ohren dröhnten. Ihr Herz raste.

»Frohe Weihnachten, kleines Fräulein«, sagte Denny. »Was verschafft uns diese Ehre?«

Er verbeugte sich zum Scherz. Robyn lachte laut, um ihre Nervosität zu überspielen.

»Ich komme mit Kuchen. Mum hat gebacken.« Und dann: »Er ist voller Alkohol.«

»Dann sind wir voller Dankbarkeit.«

Er nahm Robyn die Dose aus der Hand und hob den Deckel an. »Bleib doch und trink einen Kaffee mit uns. Eine Scheibe hiervon?«

»Okay«, sagte sie, als Jagos Schuhe hinter ihr über den Boden quietschten. »Danke. Sehr gern.«

»Hallo.«

Er stellte sich neben seinen Dad. Er sah nicht anders aus als am Ende ihres Sommers. Auf Robyn wirkte er nicht, als hätte er zehn Wochen in Sehnsucht verbracht, unter dem Bann einer Karte und der Verheißung eines Kusses. Ihre Wangen brannten. Ihre Lippen waren trocken.

»Da bist du ja wieder«, sagte er mit einem mühelosen Lächeln. »Wie geht's?«

Der Kessel stand in einer Ecke, neben einem Glas löslichen Kaffees und alten Emailletassen. Denny machte sich ans Werk. Er griff eine Tasse, schüttelte sie kräftig aus, als ob er eine Spinne verscheuchen müsste, und wischte die Tasse daraufhin an seinem Pullover ab.

»Gut«, erwiderte Robyn und setzte sich an den Rand einer Werkbank. »Und dir?« Ihr Tonfall war betont beiläufig. Er hatte doch bestimmt den Umschlag aufgerissen und mit großen Augen auf das Bild geschaut, ihre Nachricht gelesen. Warum zeigte er keine Reaktion?

»Ja, auch gut. Wir hatten viel zu tun, sind nicht aus der Werkstatt rausgekommen, um die Aufträge vor Weihnachten noch wegzukriegen. Jetzt haben wir's im Griff. Wie war's an der Uni?«

»Hektisch«, sagte sie, damit es klang, als ob ihre Tage in Warwick so ausgefüllt gewesen wären, dass es für Gedanken jenseits ihres Studiums keinen Raum gegeben hätte. »Ich hatte eigentlich gedacht, ich würde in den Ferien nur schlafen, aber ich komm vom Meer nicht weg.«

»Dann bist du zäher, als du aussiehst.« Denny erschien mit dem Kaffee. Robyn nahm ihm dankbar eine Tasse ab, damit ihre Hände endlich beschäftigt waren, und probierte einen Schluck. Der Kaffee schmeckte fürchterlich, schwach und körnig. Denny reichte ihr eine dicke Scheibe Kuchen. Sie biss rasch hinein.

»Woran arbeiten Sie?«, fragte sie und sah betont zu Denny.

»An ein paar Beistelltischen für ein Hotel in Padstow«, sagte er. »Das reinste Zuckerschlecken.« Er verschlang sein Kuchenstück in beinahe einem Bissen und fuhr sich mit der Hand über den Mund. »Heilige Scheiße, ist das lecker. Frag deine Mum, wann sie hier einzieht.«

»Sie überlegt wirklich, etwas bei Ihnen in Auftrag zu geben«, sagte Robyn. »Eine Art Weihnachtsgeschenk an sich selbst. Falls Sie dazu bereit wären.«

»Ich bin immer bereit«, sagte Denny mit einem Augenzwinkern. »Tut mir leid«, ruderte er dann zurück. »Automatismus. Robyn, richte ihr aus, dass das sehr nett wäre. Wir haben wenig in der Werkstatt, aber wenn sie und dein Dad mal sehen wollen, was wir so machen, kann ich sie in ein paar Läden in Penzance oder Truro schicken.«

»Was hat sie sich denn vorgestellt?«, fragte Jago.

Robyn sah ihn an. Sie wusste nicht mehr, was sie denken sollte. Eigentlich hätte sie sich ärgern müssen, dass er so abgeklärt mit ihr sprach, doch zu ihrem eigenen Erstaunen war sie fast erleichtert. Vielleicht saß ihre uneingestandene Angst, sie könnte ihn verschrecken, doch tiefer als der Wunsch, er möge dasselbe empfinden wie sie. Sie war für die banale Frage dankbar.

»Keine Ahnung. Wahrscheinlich einen Tisch. Oder ein Regal.«

»Ich könnte Robyn zeigen, was wir so im Haus haben«, schlug Jago seinem Vater vor. »Als Anregung.«

Robyn hielt die Luft an. Etwas schwoll in ihrem Innern an, eine jähe Hoffnung. Nun ärgerte es sie, dass sie sich gegen den Lippenstift entschieden hatte.

»Das ist zwar alles alt, aber klar, okay. Nur, Robyn, wenn deine Mum und dein Dad da draufschauen wollen, müsst ihr uns entsprechend vorwarnen, damit wir Ordnung schaffen können.«

Es war düster, nur aus einer offenen Tür fiel ein schwaches Licht in den engen Korridor. Robyn folgte Jago an einem überfüllten Garderobenständer vorbei und stolperte über ein Chaos aus einzelnen Schuhen und Stiefeln. Die Steinplatten waren uneben. Sie schnupperte durch die Luft wie ein neugieriges Tier. Es roch nach Holz und ein wenig feucht. Jago führte sie in die Küche, einen kleinen, quadratischen Raum, den ein runder hölzerner Tisch beinahe aufzehrte.

»Der ist von Dad«, sagte Jago und tätschelte das Holz. »Kirsche. Dunkelt mit der Zeit nach, siehst du? Die rötliche Farbe? Das war früher heller.«

»Wie glatt«, sagte Robyn und fuhr über die Maserung.

»Ja, nicht wahr? Und sehr hart. Ist ein tolles Holz. Im Wohnzimmer steht noch ein Regal, auch aus Kirschholz.«

Robyn folgte ihm. Sie versuchte, sich zu beruhigen. Sie sah noch einmal in die Küche. Ihr Blick fiel auf ein trockenes, rissiges Seifenstück, das neben dem Spülbecken lag, und ein graues Geschirrhandtuch, das gleich neben dem Fenster an einem Haken hing. Auf dem Fensterbrett stand ein stacheliger Garten aus verstaubten, unförmigen Kakteen. Auf der Anrichte stapelte sich das Geschirr.

»Das hier ist ein Prachtstück«, sagte Jago und öffnete die Tür.

Robyn stand Schulter an Schulter neben ihm in dem engen Durchgang. Wie gern hätte sie den Moment hinausgezögert.

»Ihr habt ein Bücherregal, aber kaum Bücher. Wie geht das?«

»Dad hat alle verschenkt.«

»Wieso? Lest ihr nicht?«

»Mum hat viel gelesen. Aber Dad hat aussortiert. Die Bücher waren bloß noch Staubfänger.«

»Aber so ist das mit Büchern. Man kann immer nur eins nach dem anderen lesen.«

»Kann sein. Jedenfalls, das Wichtigste hab ich aufgehoben«, sagte Jago. »Komm mit rauf.«

Jagos Zimmer. Es war eines der leersten, die Robyn je gesehen hatte. Sie ließ den Blick über einen moosgrünen Teppich, ein dunkles hölzernes Bett und einen Schreibtisch mit plumper Leselampe wandern. Sie suchte vergeblich nach ihrer Karte. Andererseits – hätte jemand wie Jago sie nicht an einem sicheren Ort verborgen? Im Nachttisch, in der Strumpfschublade? Das einzig Dekorative im gesamten Zimmer war ein Schiffsmodell aus Holz. Es nahm die gesamte Fensterbank ein, ein schlankes, dunkles Boot mit detailgetreuer Takelage und sorgfältig gespitztem Bug.

»Ist es das, was du mir zeigen wolltest?«, fragte Robyn und ging in Richtung Fenster. Sie stellte sich vor, wie es wäre, wenn Jago ihr folgen und sie in den Nacken küssen würde.

»Was, das? Nein. Das hatte ich schon als Kind. Aber das ist auch von Dad.«

»Es ist fantastisch«, sagte Robyn aufrichtig. Sie fuhr mit einem Finger über das Heck und zeichnete den Namen nach, Buchstabe für Buchstabe. *Wunder.*

»Angeblich ist es seetüchtig, aber ich hab es nie getestet.«

»Wieso nicht?«

»Keine Ahnung. Wahrscheinlich wollte ich es nicht beschädigen.«

Robyn konnte sich gut vorstellen, wie ein kleiner Jago mit dem Schiff in seinem Zimmer verschwunden war und dort den Rumpf poliert hatte. Wäre es ihres gewesen, der Bauch wäre von Salz gebleicht, das Segel von Sonnenlicht verschossen, und im Heck wäre sicher eine Kerbe. Sie wog ab, ob sie den Gedanken äußern sollte, ob sie das rabaukig oder unbekümmert wirken ließ. Sie drehte sich zu Jago. Er kauerte vor dem Bett und zog etwas hervor.

»Das hier wollte ich dir zeigen.« Er stand auf und wischte sich die staubigen Hände an seiner Jeans ab. Auf dem Bett lag ein Gitarrenkoffer, wild und bunt bemalt, in Rosa, Violett und Sonnengelb. Jago löste die Schnallen und nahm das kostbare Gut heraus.

»Hier«, sagte er voller Ehrfurcht. »Das ist sie.«

Es war eine meeresfarbene Gitarre. Je nach Lichteinfall war sie blau oder grün, besetzt mit schimmerndem Perlmutt. Der Gurt war aus schwarzem Leder mit einer raffinierten Prägung, Vögel und Fische traten vor und zurück. Robyn streckte instinktiv die Hand aus, fuhr über den glatten Korpus und flüsterte ein *Wow.*

»Auch die hat er gemacht«, sagte Jago. »Vor langer Zeit. Lange vor dem Boot. Lange vor meiner Geburt.«

Er ließ zu, dass Robyn die Gitarre anhob. Sie legte sich den Gurt um den Hals und hielt den Korpus in den Armen. Ihre

Finger fuhren, lautlos, über das Griffbrett. Da sah sie den Satz, der in winzigen Buchstaben mit einem Pinsel aufgetragen worden war. *Rosalind, du bringst mein Herz zum Klingen.*

»Er weiß nicht, dass ich sie habe«, sagte Jago.

Robyn dachte an das Regal ohne Bücher. In diesem Haus fehlten sämtliche Dinge, die wirken könnten, als hätten sie einst einer Frau gehört.

»Ich finde sie wunderschön«, sagte sie mit einem Krächzen.

»Das hatte ich mir gedacht.«

»Mein Bruder war viele Jahre in einer Band«, sagte Robyn und ließ die Finger sanft über die Saiten wandern.

»Ah ja? Was für Musik?«

»Hm, kommt drauf an, wen du fragst. Laut Ben war es eine Mischung aus Led Zeppelin und den Doors.«

»Wirklich?«

»Na ja, nicht ganz … Wenn ihnen das gelungen wäre, hättest du bestimmt von seiner Band gehört. Aber laut waren sie. Laut, das war ihr Ding.« Sie zögerte, dann fragte sie: »Was ist mit deiner Mum, was für Musik hat sie gespielt?«

»Eher ruhige«, sagte er.

Sanfte Musik. Rosalind war durch das Haus geschwebt, ihre Röcke hatten die Knöchel umspielt, das Haar war ihr lang über den Rücken gefallen. Sie hatte die Saiten locker angeschlagen, sich mit der eigenen Stimme begleitet, die Finger gehoben, gebeugt und aufgesetzt. Als Jago noch sehr klein gewesen war, war sie an sein Bett gekommen und hatte ihn in den Schlaf gesungen und gespielt. Jago war zum Klang der Saiten und dem Auf und Ab ihrer Stimme eingeschlummert. An manchen Abenden hatte sie sich in das alte Korbsofa unter dem Apfelbaum gesetzt und ihre Musik in die Nacht geschickt, manchmal hatte sich Denny neben ihr eine Zigarette gedreht und im Takt dazu genickt. Sie hatte von Reisen und ewiger Liebe gesungen, von Sonnenuntergängen über unberührten Wassern und von Augenblicken glücklichen Erwachens. Manchmal hatte ihre Stimme tief geklungen, mit einer Rauchigkeit und Kehligkeit, die in starkem Widerspruch zu ihren hellen Augen und dem blütenpollenblonden Haar gestanden hatte, dann hatten sie erstaunt zu ihr gesehen und sich vielleicht sogar gefragt, welche Tiefgründigkeiten noch in dieser sanften, zufriedenen Frau lauerten, die ihnen Toasts machte, Marmelade auf die Brote strich und die Erde von den Möhren schüttelte, die sie aus dem Beet gezogen hatte.

»Sie hat oft gesagt, dass sie sich vorgekommen wäre, als habe es sie von Amerika hier angespült. Country, all der alte Kram, Folk, das war ihr Ding. Dad hat sie immer damit aufgezogen, dass sie wohl am liebsten eine Art Hippie-Cowgirl gewesen wäre. Sie hat nur über blaue Berge und den Ruf der Kojoten gesungen, über Zäune zwischen Menschen und liebeskranke Herzen, die geheilt werden müssen.« Seine Wangen röteten sich. »Ihre Worte, nicht meine. Ganz so poetisch bin ich nicht.«

»War sie jemals da? In Amerika?«

»Nein. Sie hatte nicht mal einen Reisepass. Aber es war eine schöne Fantasie.«

»Sie ist mit ihrer Musik gereist«, sagte Robyn.

»Ja.« Er lächelte und schüttelte den Kopf. »Genau das hat sie auch immer gesagt.«

Er streckte die Hände nach der Gitarre aus. Robyn zog den Gurt über den Kopf und reichte Jago das Instrument. Er drehte es, ein kurzes Streicheln, dann legte er die Gitarre wieder in den Koffer.

»Kannst du spielen?«, fragte Robyn.

»Nein. Ich habe es versucht, aber … nein. Ich würde es dir gern anbieten, falls du willst, aber ich möchte nicht, dass Dad das hört.«

»Ich kann sowieso nicht spielen«, sagte Robyn. »Mein Bruder ist der Musikalische, nicht ich.«

»Sie hat aber gut an dir ausgesehen«, sagte Jago. »Die Gitarre. So als ob du wüsstest, was zu tun ist.«

»Klar. Nicht so wie beim Surfen«, erwiderte sie.

»Findest du? Du wirst besser.«

»Woher weißt du das?«

Einmal hatte er sie unbemerkt beobachtet, sich oben auf den Klippen hinter die Felsen gekauert und jedes Mal, wenn sie auf das Brett gestiegen war, den Atem angehalten. Er hatte beobachtet, wie sie auf einer Welle bis zum Strand gesurft war, einer kleinen, flachen, die sich kaum erhoben hatte, aber einer Welle. Am liebsten wäre er zu ihr gerannt und hätte sie beglückwünscht, hätte die lachende, vom Meer durchnässte Robyn wild herumgewirbelt. Doch er hatte gezaudert, an seinem Daumennagel herumgekaut und überlegt, was er sagen sollte, und dann war es zu spät gewesen, sie war mit ihrem Brett schon auf dem Pfad verschwunden.

»Indizien«, sagte Jago. »Du hast weniger blaue Flecken.«

Robyn hob den Ellbogen und zeigte ihm eine Stelle am Innenarm mit einem dunklen Bluterguss. Jago malte mit einem Finger die Konturen nach und zog dann, als ob ihm plötzlich bewusst geworden wäre, was er tat, die Hand zurück.

»Ich weiß nicht mal mehr, wie das passiert ist«, sagte Robyn unbeirrt. »Und, guck mal, hier ist noch einer.«

Sie zog die Jeans hoch und balancierte auf einem Bein, das andere Knie erhoben. Dort war ein gelblich brauner Flecken gerade noch zu erahnen. »Es verschwimmt total, all die Stöße und die Prellungen. Bis auf das erste Mal. Daran erinnere ich mich gut.«

Sie sahen einander in die Augen. Dann schloss Jago den Gitarrenkoffer. Das Klacken dröhnte wie ein Donnerschlag durch das stille Zimmer.

»Ich muss noch einen Stuhl fertig machen«, sagte Jago mit plötzlicher Entschlossenheit. »Der muss morgen nach Fowey.«

Robyns Hand fuhr verlegen hoch und spielte an ihrem Zopf.

»Red mit deiner Mum mal darüber, was sie will«, fuhr er fort. »Aber ganz bestimmt ist es kein Boot. Und auch keine Gitarre.«

Robyn hatte den Grund, warum sie ins Haus gegangen waren, fast vergessen. Sie nickte, versuchte sich an einem Lächeln, versuchte es noch einmal mit etwas mehr Entschiedenheit.

»Danke, dass du mir das hier gezeigt hast«, sagte sie schließlich.

Als sie ihm nach unten folgte, bildete sie bruchstückhafte Sätze, konnte sich aber nicht dazu überwinden, auch nur einen davon auszusprechen. Jago öffnete die Tür, kalte Luft strömte ins Haus. Der klare Tag war einer frühen Dämmerung gewichen; auf dem Hof hatte sich das Licht eingeschaltet. Jago stand in seinem Strahlenkranz auf der Stufe vor der Tür.

»Könnte ich mal kurz auf die Toilette?«, fragte Robyn.

Er sah sie verblüfft an.

»Tut mir leid, ist dringend«, sagte sie.

»Klar, hier unten ist eine. Gleich da hinten, die grüne Tür.«

»Danke.« Dann: »Mach du nur, ich brauch 'ne Weile. Ich find selbst raus.«

Jago nickte. Er lächelte. »Falls ich dich nicht mehr sehe, frohe Weihnachten. Und sag deiner Mum, danke für den Kuchen.«

Er schloss die Tür. Robyn, nun allein im Flur, stieß bebend ihren Atem aus und rieb ihre zitternden Hände aneinander. Sie hatte vorgehabt, schnell wieder nach oben zu sausen und sich in Ruhe, ohne Jago, umzusehen. Wenn sie herausfinden könnte, wo er die Karte versteckt hatte, könnte sie seine Gefühle ergründen, denn die wertvollen Dinge wohnten stets an ganz bestimmten Orten. Doch bevor sie sich erneut in sein Refugium wagte, schaute sie erst nach, ob er nicht doch draußen auf sie wartete. Sie ging zur Tür, öffnete sie einen Spaltbreit, spähte in den Hof, er war leer, und sie schloss die Tür leise wieder. Unschlüssig blieb sie auf dem Fußabtreter stehen. Der Gedanke war ihr schon in der Werkstatt gekommen, als sie sich darüber gewundert hatte, wieso Jago ihr so gleichmütig begegnet war. Einer perversen Hoffnung gehorchend kniete sie sich hin und fasste an die Matte. Sie war grob geflochten, alt und abgenutzt. Robyn hatte Mühe, sie zu heben, sie passte genau in die Vertiefung vor der Tür. Als sich die Matte schließlich ruckhaft löste, kippte Robyn nach hinten. Sie schaute auf die leere Stelle. Auf alten Staub, eine tote Assel, die auf dem Rücken lag, und einen cremig weißen Umschlag mit der Aufschrift *JAGO*.

sieben

Die Swintons feierten Weihnachten jedes Jahr mit viel Elan. Efeugirlanden wanden sich um die Geländer, in den Türen hingen Mistelzweige, und die gesamte Familie befand sich in einem Zustand dauerhafter Fröhlichkeit. Marilyn summte Weihnachtslieder, Simon pfiff dazu, und Ben kam mit drei Flaschen Port und einem gewaltigen stinkenden Stück Stiltonkäse im Gepäck aus London. Robyn bemühte sich, ihre Rolle in dem Stück so natürlich wie möglich zu verkörpern, und wich nur manchmal an den Bühnenrand zurück. Dann spielte sie ganz und gar unentschlossen mit der Postkarte. Schließlich musste sie sich eingestehen, dass das Ganze wohl ein Zeichen war und die Karte bei ihr bleiben sollte. Nur den Zettel zerriss sie in winzige Fetzen. Vielleicht würde sie es Jago eines Tages selbst sagen, wenn der richtige Moment gekommen war.

Zwei Tage später, am Nachmittag des Heiligabends, traf sie Jago, als er mit dem Pick-up über die Straße brauste. Scout jagte auf der Ladefläche hin und her. Jago hielt an, kurbelte das Fenster nach unten und fragte Robyn, ob sie mitfahren wolle. Robyn stieg ein, graziös, vorsichtig, nachdem Jago den Abfall vom Beifahrersitz gewischt hatte. Erst da ging Robyn auf, dass er sie nicht gefragt hatte, wohin sie unterwegs war. Sie nannte ihr Ziel und wünschte sich, es wäre deutlich ferner und aufregender als die Tankstelle im Ort.

»Einpack-Krise«, erklärte sie mit dramatischer Stimme. »Uns ist das Klebeband ausgegangen.«

Im Wagen roch es nach Sägemehl und Diesel. Jago packte das Lenkrad. Robyn musterte ihn von der Seite, sein unergründliches Profil. In gewisser Weise fühlte sie sich stärker, weil sie ihre Gefühle für sich behalten hatte, und so begegnete sie Jago mit einer neuen Unbefangenheit. Aber weil es im Wagen so warm und er so nahe war und es so einfach gewesen wäre, eine Hand auf sein Knie oder einen Arm um seine Schultern zu legen, auch mit einer neuen Ungeduld und einem heißen Verlangen. Wenn sie sich an der Universität begegnet wären, wäre alles anders verlaufen. Es hätte eine alkoholisierte Nacht in einem Club gegeben, ihre Freunde hätten sich gegenseitig aufgestachelt, irgendwann wäre eine Musik gekommen, die selbst den größten Tanzmuffel bezwungen hätte, sie hätte seine Hand genommen, sich von ihm herumwirbeln lassen und wäre immer näher an ihn herangerückt. In solchen Nächten fanden Lippen leicht zueinander. Hände fassten an Hüften, ein rascher Atem, und schon hätten sie sich inmitten der Menge geküsst, sich in einer leidenschaftlichen Umarmung und der Musik verloren. Doch im windgepeitschten, meerumtosten Merrin war es anders. Hier war Jago so entrückt wie die Gegend selbst. Hier verlor sich selbst eine Karte, die man persönlich überbrachte.

Robyn lehnte sich im Sitz zurück und schaute auf die Straße. Am liebsten wäre sie weitergefahren, die Straße entlang, weiter, immer weiter. Begleitet vom Surren der Reifen und dem Dröhnen des Motors fanden sie es leicht, sich zu unterhalten. Und so erzählte Jago, dass er in einem Nachbarort in der Fußballmannschaft war. Das konnte Robyn sich kaum vorstellen: Jago in einem Umkleideraum mit muskelbepackten Kerlen, zwischen zotigen Witzen und Wolken aus Deodorant, mit anderen Spielern auf dem Platz. Sie hatte ihn immer als Einzelgänger gesehen. Aber vielleicht passte sie genauso wenig in das Bild, das er sich von ihr gemacht hatte. Denn sie, so erzählte sie, hatte keinen Hang zu Gruppen, allerdings machte sie beim Theaterprojekt der Universität mit und spielte die Ophelia. Hamlet, einem galanten jungen Mann mit sandigem Haar und bürgerlichem Namen Rufus, hatte sie erlaubt, ihr hinter der Bühne die Blumenkrone aufzusetzen. Sie hatte ein weißes Baumwollkleid aus den Sechzigerjahren angezogen, das aus dem Schrank ihrer Mutter stammte. Sie hatte sich darin sehr gefallen, so lässig und wehend. Die Proben hatten ihr durch das Herbsttrimester geholfen, außerdem hatte die Truppe viel gefeiert, Bierdosen zerdrückt, Monologe aufgesagt, thespische Küsse und sehr großzügige Komplimente verteilt. Sie gestand Jago auch, dass sie vor der Premiere gewaltiges Lampenfieber gehabt und es beim Gedanken an das Surfen und Rockabilly in den Griff bekommen habe.

»Ich denke viel daran«, sagte sie.

»An das Gute oder Schlechte?«

Sie neigte den Kopf und überlegte. »Ich glaube nicht, dass das eine ohne das andere bestehen könnte.«

»Sein oder Nichtsein«, sagte Jago. Seine Lippen verzogen sich zu einem Lächeln. »Und spricht nicht irgendwer von einer ›See von Plagen‹?« In ihrer Verblüffung fragte sich Robyn, ob er sich über sie lustig machte oder anderes im Sinn hatte.

An der Tankstelle bot Jago an, zu warten und Robyn nach Hause zu bringen, doch sie sagte, dass sie laufen würde, weil sie wie eine zähe Einheimische klingen wollte. Und so fuhr

Jago davon, und sie schaute ihm nach. Von der Ladefläche blickte ihr Scouts lachendes Gesicht entgegen.

Als sie auf dem Rückweg war, den Beutel voller Klebe- und Geschenkband, verlor die Landschaft an Gestalt. Die kurvige Straße verschwand. Der Seenebel holte sich die Welt, und Robyn musste sich mit ausgestreckten Armen und stolpernden Schrittes vorwärtsbewegen. Als sie mit feuchtem Haar endlich in White Sands ankam, gab sie ihrem Zittern nach; allein der Gedanke, dass Jagos Lieferwagen mit heulendem Motor in der Düsternis erscheinen könnte, hatte ihre Angst bis zu dem Moment gebannt.

War Jago der Bucht zu Beginn der Ferien ferngeblieben, so traf sie ihn dort nach Weihnachten wieder. Er saß auf den Felsen, neben ihm Gerätschaften, im Wasser eine Angelschnur. Als Robyn näherkam, winkte er, sie winkte zurück, dann wandte er sich wieder seiner Angel zu. Robyn paddelte hinaus ins Meer. Sie hatte das Gefühl, als ob sein Blick auf ihr läge, also konzentrierte sie sich sehr auf ihre Schwimmbewegungen, achtete sehr darauf, welche Figur sie auf dem Brett machte. Der Nachmittag war kalt, metallen, das Meer ungewöhnlich still. Nur vereinzelte Wellen rollten hier und da vorbei, und nach einer Viertelstunde vergeblichen Versuchens surfte Robyn holpernd an den Strand, sprang vom Brett und spritzte dort müdes Wasser auf. Sie spürte seinen Blick noch immer. Robyn zog sich ihren alten Parka über, schob die Kapuze ihres Neoprenanzugs zurück und kämmte sich mit den Fingern durch das nasse Haar. Als sie wieder aufsah, kletterte Jago über die Felsen. Er streckte einen Arm in die Höhe und winkte mit zwei Fischen.

»Ich war richtig mies heute«, setzte Robyn an, »na ja, *es* war mies …«

»Lust auf Makrelen?«, fragte er.

Später fragte sie sich, ob er das Ganze geplant hatte, weil sich so schnell die nötigen knochentrockenen Zweige fanden. Jago machte mit raschen, geübten Gesten Feuer. Schon loderten die Flammen auf, wehte ihnen Asche vor die Füße. Sie saßen dicht beieinander, ihre Ellbogen berührten sich beinahe.

»Wenn ich das nächste Mal hier bin, will ich von diesem Arktiswasser nichts mehr spüren«, sagte sie und hielt die Hände an die Flammen.

»Der Frühling ist hier spät«, sagte Jago. »Tut mir leid.«

»Typisch Merrin«, sagte Robyn und verkniff sich ein Lächeln. »Alles geht so langsam hier.«

»Warum surfst du nicht woanders?«

»Was?«

»Diese Bucht … ist ja nicht gerade die Watergate Bay. Willst du's nicht mal woanders probieren? Dir Gleichgesinnte suchen? In der Zeit, in der du dein Brett hierher gezerrt hast, kannst du auch nach Sennen fahren.«

Doch für Robyn bedeutete Surfen Rockabilly, und Rockabilly Surfen. Normalerweise war sie nicht so festgefahren, hatte immer schon den nächsten Horizont im Blick.

»Ich finde, ich bin noch nicht gut genug«, sagte sie und wartete auf Jagos Einwand, da sie wusste, wie sehr sie sich gesteigert hatte. »Ich will mich ja nicht blamieren.«

»Hier, nimm«, sagte er stattdessen und reichte ihr einen Stock mit einem Fisch. »Ja, genau so, direkt über die Flamme. Du musst ihn drehen, und pass auf, dass er dir nicht runterrutscht.«

»Warum angelst du nicht woanders?«, fragte sie. »Und suchst dir Freunde, denen das auch Spaß macht, anstatt hier ganz alleine rumzuhocken?«

Jago sah sie von der Seite an. »Das Alleinsein gehört zum Angeln. Das gefällt mir so daran.«

»Und warum bist du dann hier?«

»Der Fang wird geteilt. Ist so üblich.«

»Das hast du früher nicht getan.«

»Da hatte ich auch nicht so viel gefangen.«

»Also ist das heute mein Glückstag? Pech beim Surfen, Glück beim Angeln. Oder … Pech, wenn man ein Fisch ist.«

»Ich werf sie sonst immer zurück.«

»Wow, du langweilst dich hier aber wirklich, oder?«

Jago lächelte ins Feuer.

»Hast du gute Weihnachtsgeschenke bekommen?«

»Nicht wirklich«, sagte er. »Das Übliche. Dad ist nicht gut im Schenken.«

»Und umgekehrt?«

»Bin ich das wohl auch nicht«, gab er zu.

Dabei hatte er ein Geschenk sogar selbst gemacht. Das Problem bestand nur darin, und es war wirklich das einzige Problem, dass er es ihr nicht geben konnte. Es war eine Finne für ihr Brett, aus Zedernholz, mit einer derart feinen Maserung, dass man das Muster nachzeichnen konnte. Aber Weihnachten war verstrichen, und sein Geschenk lag noch immer in der Werkstatt in einem Schrank.

»Ich nehme an, Silvester passiert hier auch nichts, oder?«, fragte sie.

»Bleibst du über Neujahr?«

»Nein«, sagte sie. »Ich fahr morgen zurück. Meine Freunde feiern eine Hausparty. Ich mag Silvester gar nicht, aber …«, sie lächelte ihm zu, »… immer noch besser, als auf einem einsamen Felsen zu hocken.«

»Klar, ja.«

»Im Ernst, hast du was vor?«

»Irgendwo wird schon 'ne Party sein.«

»Echt entspannt.«

»Na ja, mich macht Silvester auch nicht grade an.«

»Was meinst du, woran liegt das? Ich mein, ich liebe Partys. Ich liebe Feste. Aber irgendwas … Vielleicht sind es die Erwartungen.«

»Und die unvermeidliche Enttäuschung.«

»Ha. Vielleicht sollte ich doch bleiben. Dann könnten wir uns gemeinsam in Zynismus üben«, erwiderte sie schlagfertig, aber doch nicht ganz im Spaß.

Jago lachte, holte seinen Stock aus dem Feuer und hielt den perfekt gegrillten Fisch triumphierend in die Höhe. Robyn äußerte ihr Lob. Das Thema Silvester war abgehakt.

Mit den Fingern aßen sie den Fisch, verbrannten sich die Lippen, spuckten Gräten aus und spülten Tee aus ihren Thermoskannen hinterher. Vom Wasser her peitschte der Wind. Robyn und Jago rückten näher an das Feuer und taten so, als ob es noch genügend Wärme spenden würde, obwohl es das schon nicht mehr tat.

»Du fährst also morgen? Das … ging schnell.«

»Das ist mit Ferien immer so. Vor allem hier.«

»Findest du?«

»Für das, was ich eigentlich tun will, reicht die Zeit nie«, sagte Robyn.

»Und was wolltest du eigentlich tun?«

»Hä? Oh …« Robyn verließ der Mut. Sie winkte ab, ein misslungenes Lächeln auf den Lippen. »Einmal Hang Ten, durch den Tunnel und rauf auf die perfekte Welle.«

»Dir bleibt immer noch Ostern«, sagte Jago.

Dann kam die Dämmerung sehr plötzlich übers Meer, wie

eine dunkle Wolke. Sie einigten sich, dass sie nach Hause gehen sollten. Robyn, die Wollmütze über dem nassen Haar, zog ihr Brett hinter sich her, Jago nahm den langen Weg über die Klippen und rief ihr über die Schulter *Dann bis zum nächsten Mal* zu, als ob sie ständig Lagerfeuer machen, aneinanderrücken und in einer Stille sitzen würden, in der jedes ungesagte Wort und jede ungetane Tat mitschwangen.

acht

Robyns Osterferien dauerten fünf Wochen, und in der Zeit wurden sie und Jago Freunde. Es war keine Freundschaft von der Art, bei der man Stunden am Telefon oder ganze Nachmittage an einem Tisch im Pub verbrachte, eher eine ungezwungene Bekanntschaft, die von zufälligen Begegnungen in der Rockabilly-Bucht lebte. Jago angelte in einem fort, scheinbar ungerührt, er war die stoische Gestalt auf den Felsen, die ihre Leine nach Makrelen, Schollen oder Barschen auswarf. Robyn hingegen tobte und schrie, sie wurde getroffen und umhergeworfen, sie keuchte, hatte Schmerzen, manchmal sogar Angst, doch sehr gelegentlich erlebte sie Momente von solch intensiver Freude und Schönheit, dass es all das immer, immer wert war. Dazwischen offenbarte Jago ihr die Geheimnisse der See, öffnete eine Hand, in der sich eine glitzernde Muschel in der Form eines Zauberhutes fand, lockte sie zu einem Felstümpel, in dem sich eine Wasserschnecke träge über den Grund schob. Ihre Gespräche wurden vom Glucksen der See, vom Zischen der Brandung untermalt. Er scherzte nie, dass er sie wieder retten müsse, er nickte nur anerkennend, wenn ihr etwas gelungen war, oder reagierte mit einem angedeuteten Lächeln oder einem Achselzucken, wenn sie in die Gischt geschleudert wurde.

Manchmal grillten sie Fisch, ein andermal gab es eine Flasche Cider oder flachgedrückte Sandwiches mit dicker Kruste und rauchigem Käse. Außer ihrem Surfbrett schleppte Robyn oft auch einen Rucksack mit; jedes Mal wenn sie ihren Proviant dort hineinstopfte, kam sie sich wie in einem altmodischen Kinderabenteuer vor. Das lag an Merrin: Die moderne Welt ließ sich dort mühelos beiseiteschieben. In solchen Momenten waren Robyns Kommilitonen mit ihren bestempelten Handgelenken, die von langen Nächten in den Clubs erzählten, die Mädchen im Glitzertop, die Jungs im selbst ernannten Aufreißerhemd, meilenweit entfernt. Robyn belud ihren Rucksack mit Schokolade, dicken Pfirsichen und Bierdosen aus dem elterlichen Kühlschrank. Mit einer Decke. Einer Schachtel Streichhölzer. Einem Pullover, damit die Kälte sie nicht früh nach Hause trieb, und einem zweiten, größeren, falls die Kälte drohte, Jago zu vertreiben. Wenn sie in die Bucht kam und er nicht da war, irrten ihre Augen suchend umher, bis er endlich erschien. Wenn er nicht kam, legte sie sich an seiner statt die Gründe zurecht: ein dringender Auftrag, eine Verletzung vom Fußball, die ihn ans Haus fesselte. Manchmal sahen sie sich tagelang nicht, und wenn sie sich dann wieder trafen, wirkte Jago derart nonchalant, als wären ihre Leben ohnehin nicht dazu bestimmt, sich zu verzahnen. Vielleicht verhielt sich Robyn ebenso, denn auch sie verlor nie ein Wort über diese Phasen, sie packte nur ihr Board mit festem Griff, lächelte, eilte zum Wasser und jauchzte, wenn es sich ihr entgegenhob.

Einmal schlich sie sich mit einem langen Algenband an Jago an, als er auf seinem Felsen angelte, ließ den Tang über Jago baumeln und kitzelte sein Ohr.

»Hab 'dich längst gehört«, sagte er und schob den Seetang fort.

Sie ließ sich neben Jago auf den Boden plumpsen.

»Ich bin erkältet.«

»Das ist Pech.«

»Hatte heute keine Lust aufs Wasser.« Sie schniefte. »Aber vielleicht kannst du mir zeigen, was es damit auf sich hat.«

»Damit?« Er wandte sich ihr zu. »Soll das heißen, dass du angeln willst?«

»Allerdings.« Sie nickte entschieden. »Ich will angeln. Heute bin ich einmal Fischerin.«

Jago stand leise auf und ging zu seiner Ausrüstung. Er kehrte mit einer Angel zurück, so als ob diese die ganze Zeit schon dort gelegen und auf Robyns Bitte nur gewartet hätte. Jago kauerte sich neben Robyn und zeigte ihr, wie man den Köder aufzog und die Leine auswarf.

»Und jetzt«, sagte er, »heißt es warten.«

»Warten«, wiederholte Robyn und änderte die Sitzhaltung. »Gut, das kann ich.«

Der Himmel spuckte Regen aus und malte Pockennarben auf das Wasser. Robyn rückte ihre Kapuze zurecht und kuschelte sich tiefer in ihre Jacke. Sie stützte das Kinn auf eine Hand und schaute auf den fernen Horizont. Die andere Hand lag an der Angelrute. Plötzlich sprang Robyn auf.

»Ich hab genau das Richtige«, sagte sie, »gegen die Erkältung. Und die Warterei.«

Jago war nicht schnell genug. Er wollte protestieren, doch Robyn hatte ihre Angel schon auf den Felsen abgelegt. Eine rückläufige Welle zog die Rute in die See; die Leine glitt über den Stein, dann war sie fort.

»Oh mein Gott!«, rief Robyn. »Scheiße, war das ein Fisch?«

Jago war auf den Beinen und machte einen langen Hals.

»Wo ist sie? Die kann doch nicht einfach weg sein!«, sagte Robyn. »Jago?«

Die Wellen nahten und wichen zurück, schwappten an die Felsen, Gischt schäumte. Die Angel tauchte mehrere Meter entfernt wieder auf, dann wurde sie erneut unter Wasser gezogen und ging an die Brandung verloren. Robyn und Jago schauten auf die Stelle, wo die Angel eben noch gewesen war.

»Das tut mir wahnsinnig leid«, sagte Robyn und sah zu Jago. »Was für ein Anfängerfehler. *Gott.* Da sitz ich ewig mit dem Ding hier rum, und es passiert absolut nichts. Und dann mein ich, ich kann einen Augenblick lang loslassen ...«

Jago rieb sich das Kinn. Sein Blick war noch immer auf das Wasser geheftet.

»Du denkst doch nicht etwa daran, ihr hinterherzuschwimmen? Bitte nicht. Ich kauf dir eine neue. Sag mir, was für eine Angel das war, und ich besorg sie dir.«

Er sah zu Robyn. »Mach dir keinen Kopf. Das war eine alte Angel. Die war nur Ersatz.«

»Mir ist sie aber ziemlich neu und glatt vorgekommen.«

»Glatt, aber nicht gut. Im Ernst, vergiss es.«

Er lächelte, doch sein Blick huschte immer noch zur See, und er war so zappelig, als ob er erwarten würde, dass die Angel jeden Augenblick wieder auftauchen würde und er losspringen und sie greifen könnte.

»Egal. Was wolltest du eben holen?«

»Was? Oh. Ich hab ein bisschen Brandy mitgebracht. Viel ist nicht mehr in der Flasche, aber ich dachte, vielleicht ...«

»Ja«, sagte Jago mit Nachdruck. *»Ja.«*

Sie standen auf den Felsen und tranken aus der Flasche. Der Alkohol brannte süß.

»Hey, wir steigern uns«, sagte Robyn. »In der ersten Flasche, die wir uns hier geteilt haben, war noch Wein. Ist eine Ewigkeit her.«

»Heute brauchen wir was Härteres.«

»Im Gedenken an die Angel«, sagte Robyn.

»Genau.«

»Willst du eine kleine Ansprache halten?«

»Nein, lass uns einfach trinken«, sagte er.

»Ich wünschte, in der Flasche wäre mehr.«

»Alles besser als nichts.«

Eine Weile später verabschiedeten sie sich auf der Straße voneinander. Der Weg von der Bucht war ein wenig wackelig verlaufen. Robyns Erkältung war einem warmen Summen in der Brust und einem schwirrenden Gefühl im Kopf gewichen.

»Jago, bitte lüg mich diesmal nicht an. Das war eine wirklich gute Angel, oder?«

»Nein.«

»Ich kauf dir eine neue.«

»Nein, das wirst du nicht. Ich wollte sie sowieso wegwerfen. Die Mühe hast du mir erspart.«

Doch Robyn wusste noch genau, wie der Griff in ihrer Hand gelegen hatte; er war aus Holz gewesen, in der Farbe dunklen Karamells. Plötzlich ging es ihr auf – es war die Angel, mit der Jago immer fischte. Sie hatte ihn so oft damit gesehen. Wahrscheinlich hatte er den Griff selbst gemacht, die Maserung gewählt, das Stück gedrechselt. Ihre Hände hatten an der Stelle gelegen, an der seine sonst gelegen hatten, und sie hatte die Angel fallen lassen und verloren.

Zwei Tage später stellte sie ihm eine Angel vor die Tür. Sie stammte aus einem Anglerbedarf in Penzance, und es war die schönste, die sie dort finden konnte. Der Griff war ebenfalls aus Holz, mit einer perfekten honigfarbenen Maserung. Robyn würde zwar in den ersten Wochen an der Universität von Bohnen aus der Dose leben und im Restaurant um zusätzliche Schichten bitten müssen, im Gegenzug aber durchfuhr es sie nicht mehr, wenn sie an das Aufklatschen und den Anblick Jagos auf den Felsen dachte. Sie hatte eine Schleife um die Angel gewunden, sie abgestellt und war leichten Herzens fortgegangen.

Am nächsten Abend gab es bei den Swintons Steinbutt. Jago war, die Wangen vom Triumph und seinem schnellen Marsch gerötet, an die Tür gekommen und hatte Robyn den Fisch in die Arme gelegt. *Nur ein wenig Zitrone und schwarzer Pfeffer*, hatte er gesagt. Robyn hatte das Gewicht gespürt, erwartungsvoll den Mund gespitzt.

»Das war echt nicht nötig«, hatte er gesagt.

»Fand ich wohl«, hatte sie entgegnet.

Er hatte sich umgedreht und war gegangen.

»Demnach klappt es damit gut?«, hatte Robyn ihm nachgerufen.

»Geradezu traumhaft!«, hatte er zurückgerufen und bis über beide Ohren gegrinst.

* * *

Es war ein grauer Sonntag im April. Jago spielte Fußball und hatte Robyn ausnahmsweise von dem Spiel erzählt. Es ging um die Lokalliga. Seine Mannschaft bestand aus einer wechselnden Truppe von Trawlerfischern, einem Zahnarzt, einem Bildhauer und einem Landwirt, der im Tor stand. Seenebel hing am Spielfeldrand, vom Himmel sprühte Regen. Eine kleine Schar von Unterstützern drängte sich an der Seitenlinie, die Hände in den Taschen, die Köpfe unter feuchten Kapuzen eingezogen. Jago sah sie kommen, er erkannte sie an ihrem Schal. Es war der grüne, den sie zu Weihnachten getragen hatte, er wehte hinter ihr her, als sie beschwingt über die Wiese ging und ihren bunten Regenschirm hin und her drehte. Die Farben verwischten, als wäre es ein Kreisel. Sie hatte nicht gesagt, dass sie kommen wollte, aber sie war da.

»Wer ist das denn?«, fragte jemand. Es klang beinahe ehrfurchtsvoll. In Jago meldete sich gleich Besitzanspruch, gefolgt von etwas Dunklerem, einer Traurigkeit.

Ihn hatte sie noch nicht entdeckt. Wahrscheinlich sahen sie von Ferne alle gleich aus. Grün-schwarze Hemden. Das Haar vor Nässe schimmernd. Sie liefen in einer losen Formation über das Feld, ihre Rufe gingen hin und her.

Sie waren in der zweiten Halbzeit. Jago geriet in einen Zweikampf, den er mühelos gewann, rutschte aus, rappelte sich auf, kam wieder an den Ball und trat ihn in einem hohen, kreiselnden Bogen direkt vor den Stürmer, der ihn himmelwärts über das Tor schoss. Jago applaudierte dem Versuch. Als er zurücklief, sah er zu Robyn. Sie hatte sich zu der kleinen Zuschauergruppe an die Seitenlinie gesellt und unterhielt sich mit Caroline Murphy.

Caroline war eine feste Größe am Spielfeldrand. Sie war die Schwester des rechten Verteidigers, und wenn es hinterher in den Pub ging, war sie auch dabei, mitten im Gedränge, die Lippen stets an einem Bierglas, ein Kuss aus Lippenstift an dessen Rand. Sie war zwei Klassen über Jago gewesen, hatte von allen Mädchen die kürzesten Röcke getragen und besaß an ihrem Handgelenk ein winziges Schmetterlingstattoo. Als Jago aufs College gegangen war, hatte sie in einem Souvenirladen in Penzance gearbeitet. Damals waren sie einige Monate lang ein Paar gewesen. Seit Neuestem verhielt sie sich ihm gegenüber wieder ziemlich aufreizend, zwinkerte hier, lächelte da, doch das war ihm lieber als die unbehagliche Stille, der er nach dem Tod seiner Mutter überall begegnet war. Es ließ sich leichter ignorieren.

»Bist du wegen ihm hier?«, fragte Caroline und nickte in Richtung Jago, der über das Spielfeld stürmte. Sie beäugte Robyn misstrauisch und rieb sich die Nase.

»Wir sind direkte Nachbarn, in Merrin«, sagte Robyn, verblüfft, dass es so offensichtlich war. »Ich wollte nicht glauben, dass er spielt, ich musste mich mit eigenen Augen überzeugen.«

»Jago? Er ist einer unserer Besten. Du wohnst in dem großen weißen Haus, oder?«

»Ich wohne in dem einzigen anderen Haus.«

Caroline inspizierte einen langen Nagel, der perfekt französisch manikürt war. Hastig kaute sie an der Nagelhaut, so begierig wie ein kleines Tier.

»Ist dir hier bestimmt ein bisschen zu ruhig, oder? Woher stammst du?«

»Das hab ich nicht gesagt.«

»Und, ihr seid Freunde?«

»Ja, sind wir.«

Caroline nickte und blickte wieder auf das Spielfeld. »Das war klar. Jago lässt sich nicht auf eine feste Freundin ein. Nicht mehr.«

Robyn wechselte den Schirm in die andere Hand und hauchte sich die Finger warm. An der Seitenlinie wehte ein kräftiger Wind und trieb den Regen vor sich her. Robyn zog den Schal noch fester um sich und sah erneut zu Jago. Das Haar klebte ihm am Kopf, die Locken waren fort. Seine Schienbeine waren schlammbespritzt, auf der Brust prangte ein Ballabdruck. Wohin er auch lief, wie rasch das Spiel sich auch bewegte, ihn fand sie mühelos.

»Wieso sagst du das?«, fragte sie Caroline.

»Ich war seine letzte«, entgegnete sie mit einem gerissenen kleinen Lächeln. »Und seine erste, glaub ich, auch, obwohl er das nie zugegeben hat.«

»Du warst mit Jago zusammen?«

»Ach, hat er vergessen, das zu sagen? Sieht ihm ähnlich. Der stille Typ. Aber so war er schon vor der Sache mit seiner Mum.«

Da war ein Unterton, etwas allzu Wissendes, Vertrautes, das Robyn davon abhielt, mehr zu fragen. Jago gehörte nach Rockabilly, in die weitläufige Hügellandschaft, auf die vom Wind zernagten Klippen, nicht in die Welt der Mädchen, die mit scharfem Blick und manikürter Hand am Spielfeld warteten.

»Ich mochte ihn«, sagte Caroline. »Er war anders als die anderen Typen, aber Spaß hatte ich mit ihm. Er hat mich zum Lachen gebracht.«

Sie klang wehmütig, der spielerische Ton war fort. Ihr Blick folgte Jago, wie er dem Ball nachjagte, und Robyn beobachtete Caroline beim Beobachten. Dann richtete auch sie ihren Blick auf Jago.

Als das Spiel zu Ende war, kam Jago zu ihr. Sie hatte sich von den anderen, von Caroline gelöst und wartete am Clubhaus.

»Hallo«, sagte er.

Sie war vollkommen zerzaust, die Wangen von dem scharfen Wind gerötet, das Haar im Nieselregen wild gewellt. An den Ohren trug sie kleine, körnige Seesterne aus Silber.

»Der perfekte Tag dafür«, sagte Robyn und schwenkte ihren Regenschirm, damit Jago auch darunter trat. Er stieß mit dem Kopf gegen die Streben, das Wasser lief ihm in den Nacken, doch er blieb unter dem Schirm und atmete sie ein. Ihr Parfum roch warm und süß, nach Kokos. Er war ihr so nah, dass er die bräunlichen Sprenkel in ihren edelsteingrünen Augen sah.

»Was machst du hier?«, fragte er mit einer Stimme, die verriet, wie sehr er sich darüber freute.

»Ich wollte mir mal anschauen, ob du wirklich spielen kannst.«

»Und, dein Urteil?«

»Na ja«, sie neigte den Kopf, als ob sie ihn mustern würde, »du hast kein Tor geschossen.«

»Das tun wir selten.« Ein Lächeln erschien in den Augenwinkeln. »Dann hast du dich gelangweilt?«

»Ich habe eine neue Freundin gefunden. Eine aus deinem Bestand.«

»Caroline redet gern.«

»Besonders über dich«, erwiderte Robyn grinsend.

»Dann *hast* du dich gelangweilt.«

»Wahnsinnig. Hey, sag, geht ihr nach dem Spiel was trinken?«

»Manchmal.« Er zögerte. »Willst du?«

»Schon, aber …«

»Muss ja nicht.«

»Nein, ich dachte nur, vielleicht könnten wir woandershin? Ich mein, falls du nicht bei deiner Mannschaft sein willst … Es ist nur, ich fahre diese Woche wieder nach Warwick, und ich dachte, wir könnten …«

»Das wäre schön«, sagte Jago, noch bevor sie ihren Satz beendet hatte.

Sie liefen durch Pfützen, mit gesenktem Kopf, zum Wagen. Robyn spürte Carolines Blicke auf sich, hörte, wie die Jungs aus Jagos Mannschaft hinter ihnen herjohlten, und ergab sich einem kurzen, flackernden Triumphgefühl, bis ihr einfiel, dass Caroline gehabt hatte, was sie selbst nicht gehabt hatte. Caroline hatte nicht nur als Exfreundin in der Vergangenheitsform gesprochen, sondern auch weil es ihren Jago nicht mehr gab. Robyns Jago versteckte die Gitarre seiner Mum unter dem Bett. Streichelte die Ohren seines Hundes mit der geübten, sanften Geste, mit der eine Mutter ihrem Kind einen Kuss auf die Stirn drücken würde. Stürmte, noch bevor er ihren Namen wusste, sie zu retten durch die Wellen. Ihr Jago war einzigartig.

Eine Krähe trippelte auf der Motorhaube auf und ab. Als Jago und Robyn näher kamen, erhob sie sich mit lautem Flügelschlagen. Es dauerte eine Weile, bis der Motor ansprang. Die Scheibenwischer quietschten hin und her.

»Wohin soll's denn gehen?«, fragte Jago.

»Entscheide du.«

»Das Coake Inn?«

Robyn grinste und entgegnete: »Klingt gut«, als ob sie ständig in den Pub führen und der Ausflug nichts Besonderes wäre.

Der Pub war klein und dunkel. Der Boden wellte sich, die Balken streiften fast den Kopf. Jago und Robyn waren um mindestens dreißig Jahre jünger als die meisten Gäste. Fotografien in Sepia hingen an den Wänden, auf einem Bord über der Bar reihte sich verstaubter Nippes auf – Kuss-Figuren und Toby-Krüge. Es war lauschig, aber irgendwie auch gruselig, Robyn war in ihrem Urteil unentschieden. Als Jago mit einem Bier in jeder Hand von der Bar kam, fiel die Wahl auf lauschig.

»Einer der wenigen Pubs, die mein Dad nicht frequentiert«, sagte er und setzte sich zu Robyn.

»Versuchst du, ihm aus dem Weg zu gehen?«

»Ihm nicht«, erwiderte Jago. »Seinem Ruf.«

Er trank einen Schluck Bier und sah zu Robyn. Sie hielt ihr Glas mit beiden Händen fest, Schaum umspielte ihre Lippen.

»Es ist so voll«, lachte sie. »Ich will nichts verschütten. Hey, ich bin so froh, dass wir hierhergekommen sind. Wieso haben wir das nicht längst getan?«

»Ich hatte ein paarmal vor, es vorzuschlagen.«

»Warum hast du nicht?«

Jago zuckte mit den Schultern. »Ich hab wahrscheinlich gedacht, du hast was anderes vor.«

»Ich? Wenn ich hier bin? Ich kenne hier doch niemanden außer dir.«

Ihre Worte waren unbeschwert. Sie fuhr sich durch das Haar. Jago spielte mit einem Bierdeckel, schlug ihn an den Tisch, dann legte er ihn wieder ab und griff hastig nach seinem Glas.

»Ich nehme an, Caroline hat sich, was mich betrifft, nicht zurückgehalten?«

»Doch, hat sie.«

»Aber sie hat erzählt, dass wir mal zusammen waren?«

»Hat sie.« Robyn hob das Glas an den Mund und beäugte Jago über dessen Rand hinweg.

»Das ist lange her.«

Robyn stellte das Glas ab.

»Was hat dir an ihr gefallen?«, fragte sie.

»An Caroline?«

»Reine Neugierde.«

Jago wirkte nachdenklich, doch um seinen Mund zuckte es.

»Was?«, fragte Robyn.

»Nichts. Ich hab nur …« Er lachte. »Okay, ganz ehrlich? Ihre Titten waren die ersten, die ich je gesehen hab. Jetzt weißt du's. Ausgesprochen tiefschürfend.«

Robyn schnaubte, wischte sich das Bier vom Mund und lachte.

»Was soll ich dazu sagen? Ich hab allerdings bemerkt, dass sie, äh, sehr gut ausgestattet ist.«

Jago rutschte vor.

»Aber echte Freunde waren wir nie.«

»Nicht?« Sie fixierte ihn mit ihrem Blick.

»Nein. Nicht …«

»Nicht so?«

Manchmal, in der Dunkelheit von Merrin, nachts in ihrem Bett, lag sie voller Sorge wach, die Spannung, die bei ihren ersten Begegnungen geherrscht hatte, wäre einer reinen Kameradschaftlichkeit gewichen. In dieser Situation aber kam es ihr vor, als ob der ganze Nachmittag auf diesen einen Moment hinausgelaufen wäre. Als ob sich nach langem Hin und Her ihre Entscheidung, dann aufzutauchen, wenn er es am wenigsten erwartete, auszahlte.

Jago rutschte nervös zurück und schlug die Beine übereinander.

»Ich wünschte, du hättest mich früher gekannt«, sagte er.

Robyn sah ihn an. Die Worte waren aus ihm herausgeplatzt, als hätten sie schon lang in ihm gebrodelt, als wäre der Druck zu groß geworden.

»Ich war so anders«, sagte er. »Damals.«

»Was meinst du mit ›anders‹?«, fragte sie sanft.

»Früher habe ich nie daran gedacht, dass irgendwann mal was passieren könnte, weil ich nie mit so etwas gerechnet hätte.«

»Aber so sind wir alle, wenn wir jung sind.«

»Und, was, mit einundzwanzig ist man völlig abgestumpft? Du bist doch nicht abgestumpft. Du bist …«

So wie ich mal war, wollte Jago sagen. Doch als sie ihm so gegenübersaß, das lange Haar in wirren, feuchten Wellen, ein Glitzern in den Katzenaugen, ihr vorsichtiges Lächeln so strahlend wie die Sonne nach dem Regen, war sie von seinem Selbstbild unendlich weit entfernt. Sein Satz blieb unvollendet in der Luft hängen. Jago blickte in sein Glas. Als er wieder aufsah, schaute Robyn ihn noch immer an.

»Ich glaub, ich hab mich ziemlich lang von allem ferngehalten«, sagte er, »und irgendwann war es dann Gewohnheit. Meine Kumpels nennen mich schon *No-go*.«

»No-go?«

»Ja«, sagte er. »Weil ich nirgendwo mehr hingehe.«

Robyn brach in lautes Lachen aus.

»Tut mir leid«, sagte sie und legte sich eine Hand auf den Mund. »Es ist nur … Das ist wirklich komisch.«

Seine Lippen zuckten in den Ansatz eines Lächelns. »Ah ja, findest du? Nennst du mich jetzt auch so?«

»Wer weiß? Wenn ich das nächste Mal in der Bucht bin, und ich seh dich nicht, rufe ich am besten *No-goooooo*! Ja, das kann ich mir allerdings vorstellen.«

»Rechne nicht mit einer Antwort«, erwiderte Jago und verbarg das Grinsen in seinem Glas.

Es regnete noch immer, als sie heim nach Merrin fuhren, ein konstantes Prasseln, hinter dem der Nebel wogte. Jago hatte eine zweite Runde bestellt, und als er Robyn das Glas gereicht hatte, hatten sich ihre Hände berührt. Robyns Finger hatten hinterher geprickelt, und als Jago kurz abgelenkt gewesen war, hatte sie ihre Finger an die Lippen gedrückt und insgeheim über sich selbst gelacht. Nun hielt sie ihre Finger im Schoß. Jede Minute brachte sie dem Abschied näher. Wieder einmal.

»Der Regen soll bald aufhören«, sagte Jago. »Laut Wetterbericht kommt in den nächsten Tagen die Sonne raus. Kalt und klar soll es werden. Wenn du bleiben würdest, würdest du sicher ein paar Wellen sehen.«

»Sag das nicht«, erwiderte Robyn. Sie drehte sich zu Jago, doch er kauerte über dem Lenkrad, den Blick stur auf die diesig-düstere Straße gerichtet. Die Scheibenwischer schoben den Regen hin und her. Robyn seufzte, laut, deutlich, um einen Seitenblick zu provozieren. Sie seufzte noch einmal.

Viel zu schnell erreichten sie White Sands. Die Lichter waren erloschen, in der Einfahrt stand nur ein Auto.

»Willst du mit reinkommen?«, fragte sie plötzlich.

Jago behielt die Hände am Lenkrad; der Motor zitterte und hustete.

»Ich könnte uns was zu essen machen«, fügte sie hinzu. »Meine Eltern sind weg. Die Küche gehört uns.«

Sein Gesicht wurde zu einem Lächeln. »Nach einem Spiel hab ich immer Hunger.«

»Ich mach die besten Käse-Makkaroni auf der ganzen Welt. Nur damit du's weißt«, sagte sie triumphierend.

»Ich hab noch nie welche gegessen.«

»Was? Wie ist denn so was möglich? Okay, dann wird es dich jetzt umhauen, Jago Winters.«

Robyn strahlte. Plötzlich nahm der Abend eine ganz neue, verheißungsvolle Wendung. Sie öffnete die Wagentür und hüpfte in den Regen.

neun

Der Schlüssel wollte sich nicht drehen. Ein Schubs gegen die Tür verriet, dass sie gar nicht abgeschlossen war. Als Robyn in den Flur trat, wischte sich Jago säuberlich die Schuhe an der Matte ab. Die mächtige alte Standuhr schlug gerade sechs. Jago erschrak. Es war das erste Mal, dass sie allein bei Robyn waren, und sie war sich seiner Gegenwart überaus bewusst.

Zwei Tage zuvor hatte sie in einem Plattenladen in Penzance eine LP entdeckt, die sie Jago vorspielen wollte. Sie hatte sich das Album unter gewaltigen Kopfhörern anspielen lassen und an Rosalind Winters gedacht: wegen der klirrenden Akkorde und der tiefen, süßen Stimme, die von fernen Roadtrips und dem Ende einer Liebe sang. Robyn hatte sich gefragt, ob sie mit ihrer Ahnung richtiglag. Vor allem aber sollte Jago diese Platte hören, damit Robyn sah, wie sich seine Miene änderte. Weich wurde. Sich öffnete. Doch die Schallplatte würde nun an ihrem Platz bleiben und auf die nächste Gelegenheit warten. Robyn wollte Jago auf andere Weise aus seinem Schneckenhaus herauslocken.

Sie hatte gleich beim Hereinkommen Jacke und Schal über den Hutständer geworfen und rasch, unbemerkt, einen Knopf an ihrer Bluse geöffnet. Vorher schon hatte sie mit Bedacht ihre Unterwäsche ausgewählt und sich dabei vorgestellt, wie Jago aus der Mannschaft ausbrach, sie an der Hand und zu den Walnussbäumen zog, die am Rand des Spielfelds standen. Wenn er ihr die Bluse von der Schulter gestreift hätte, wäre er auf einen rubinroten Büstenhalter gestoßen; unter ihren Jeans trug sie einen neuen, zarten Slip aus Spitze. Unwillkürlich wanderten ihre Gedanken zu Caroline, sie sah vor sich, wie Carolines üppige Brüste aus einem raffinierten Korsett quollen, sah sie, wie Jago, dem ein Lächeln, ein Lachen so leicht von den Lippen kam, mit großen Augen darauf schaute. Robyn öffnete rasch einen weiteren Knopf und schob, um sich selbst in ihrer Absicht zu bestärken, die Schultern weit nach hinten.

Jago folgte ihr durch den Flur. Als er sah, wie sich ihr Haar über den Rücken ergoss, sich ihre schmalen Hüften in den zerrissenen, verblichenen Jeans wiegten, änderte sich etwas. Er holte tief Luft. Robyn drehte sich um und lächelte ihm zu. Es war ein Lächeln, wie er es noch nie an ihr gesehen hatte, das Kinn geneigt, ein absichtsvolles Glitzern in den Augen. Auch fiel ihm auf, dass sie ihre Bluse nun geöffnet hatte, um mindestens zwei Knöpfe; er sah den Ansatz ihres Dekolletés. Er versuchte, cool zurückzulächeln, doch er konnte nur breit grinsen.

Sie gingen in die Küche.

»Also, was ist das Geheimnis«, setzte Jago an, »deiner ...«

Robyn blieb abrupt stehen. Jago stolperte in ihren Rücken.

»Dad? Was machst du da?«

Der Raum war düster, er badete in der frühen Dämmerung. Simon Swinton kauerte über dem Tisch. Er hatte die Arme schützend um den Kopf gelegt, als ob er Deckung suchen würde.

»Dad?«, sagte sie erneut. Ihre Hand griff nach Jago, fand seinen Ärmel und hielt sich daran fest.

Simon hob den Kopf, langsam und verwirrt. Robyn nahm an, dass er getrunken hatte und am Tisch kollabiert war. Es war ein beunruhigender Anblick, ein unschöner Anblick, aber so bedrohlich, dass ihr das Herz in der Brust rasseln und sich ihre Hand noch immer an Jagos Pullover klammern musste, nicht. Sie schaltete das Licht an. Vater und Tochter sahen einander an.

»Robyn«, fing er an. »Ich dachte, du wärst unterwegs …«

Er lallte nicht, sein Gesicht war bleich und angespannt.

»Mr Swinton, ist alles in Ordnung?«

Jago ging auf ihn zu. Plötzlich kam Leben in Simon. Er schlug wie wild um sich und verscheuchte Jago.

»Du musst deine Mutter suchen, Robyn. Es geht um deine Mutter, nicht um mich.«

Seine Stimme war heiser, die Worte rieben über Kies. Er klang so gar nicht wie ihr Dad.

»Was ist passiert? Wo ist Mum?«

»Sie ist mit dem Auto los. Sie ist weg.«

»Weg? Wohin?«

»Keine Ahnung, wohin.«

»Dad, du machst mir Angst.«

»Was können wir tun?«, fragte Jago ruhig.

»Robyn, ich fürchte, dass sie etwas Dummes macht«, sagte Simon. »Sich wehtut, um mir wehzutun. Weil ich es verdiene, ich es so verdiene. Gott weiß, wie sehr.«

»Was hast du getan? Dad, was geht hier vor?«

Sie packte ihren Dad an den Schultern und schüttelte ihn. Wenn er sich völlig fremd benahm, konnte sie das auch. Sie schüttelte ihn erneut, seine Hände schlossen sich um ihre und hielten sie sehr fest. Er nahm einen tiefen Atemzug, einen Atemzug, in dem Tränen drohten, und senkte dann erneut den Kopf.

»Ein verdammter Mist ist das«, sagte er. »Ich habe einen Fehler gemacht, vor Monaten, vor so vielen Monaten habe ich einen Fehler gemacht. Und das habe ich ihr erzählt. Heute. Heute habe ich es ihr erzählt, und jetzt ist sie weg. Ich habe solche Angst, dass sie eine Dummheit begeht.«

In der Hitze des Gefechts hörte niemand, dass draußen Reifen knirschten, der Motor brummte, die Haustür schlug und leise Schritte durch den Flur kamen. Marilyn stand wie eine plötzliche Erscheinung da. Mit fahlem Gesicht und roten Augen. Ihre Stimme war so brüchig wie ein Glas vor dem Zerschellen.

»Nein, mein Lieber«, sagte sie, »du bist der Einzige, der eine Dummheit begangen hat.«

Marilyn ging zum Kühlschrank, nahm sich eine Flasche Wein und schenkte sich mit zitternden Händen ein. Der Sauvignon blanc lief ihr über die Hand. Sie fluchte leise.

»Kann mir bitte jemand sagen, was hier los ist?«, flehte Robyn. Es hatte autoritär klingen sollen, doch ihre Stimme bebte so kläglich wie die eines kleinen Mädchens.

»Simon?«, sagte Marilyn mit schriller Stimme und fuchtelte mit dem Glas herum. »Willst du das übernehmen?«

»Ich gehe«, sagte Jago leise, dicht an Robyns Ohr, »oder?«

Robyn sah zu ihm. Ihr Gesicht war weiß vor Fassungslosigkeit. Ihre Augen flackerten und sagten: *Bleib*. Doch sie nickte. Ihre Lippen bewegten sich. Es kam kein Wort. Sie nickte erneut, heftiger.

»Nein?«, fuhr Marilyn fort. »Willst du nicht? Nun, verständlich. Es ist ja auch ziemlich peinlich für alle Betroffenen. Robyn, dein Vater hat eine kleine, schäbige Affäre eingestanden. Bitte. Da … da … hast du es.«

Ihre Fassade brach ein, ihre Stimme folgte. Marilyn lehnte

sich an die Wand, eine Hand vor dem Gesicht. Ihre Schultern bebten unter der Macht der stummen Tränen.

Jago eilte aus dem Haus. Draußen wandte er sich um. Das Licht aus den Fenstern legte sich in Keilen auf den Rasen. Jago stand im Dunkeln und besah sich das Schattenspiel, traurige Konstellationen aus drei Silhouetten. Dann kam Robyn an ein Fenster und legte ihr Gesicht an die Scheibe. Erst dachte er, sie würde nach ihm Ausschau halten, und trat rasch vor, doch dann griff sie an die Seite und ließ die Jalousien herunter. Der Garten war in Dunkelheit getaucht.

Robyn verbrachte ihren letzten Tag zu Hause mit dem Ohr an Türen und auf spitzen Zehen im Flur, wo gellende Stimmen zu ihr drangen. So setzte sie sich die Geschichte nach und nach zusammen. In seiner Arztpraxis hatte Simon eine Partnerin gehabt, Jennifer, eine zierliche Erscheinung mit Kunststoffclogs, die stets mehr nach Arzthelferin als nach Ärztin ausgesehen hatte. Sie hatte auf der Feier zu Simons Pensionierung eine Rede gehalten, stockend und nervös angesichts der vielen Menschen. Am Ende des Abends hatte Jennifer ihre Lippen mit den Worten *Alles Gute für dich, du wirst eine große Lücke hinterlassen* auf Simons Wange gedrückt, und Marilyn hatte wohlwollend gelächelt und sich gefreut, dass ihr Mann die Gabe hatte, so viele Menschen in seinen Bann zu ziehen. Dann war jener verregnete Nachmittag in Merrin angebrochen, an dem Robyn am Rand eines Fußballfelds gestanden und den stürmenden Jago beobachtet hatte und Simon aus dem Wohnzimmerfenster geschaut und das Gefühl bekommen hatte, ihm würde, wenn er jetzt nicht etwas sagte, der Kopf platzen.

Morgens war ein Brief eingetroffen von Jennifer, ein harmloser Brief mit *Wie geht es dir*? und *Wie ist es denn, das gute*

Leben?. Ein Brief, der keine einzige Anspielung auf das, was zwischen ihnen vorgefallen war, enthalten hatte. Allerdings war darin die Rede von einem Besuch gewesen, einem *Ich schaue in den nächsten Tagen mal spontan vorbei*. Simon hatte zwischen den Zeilen gelesen und dort seine neurotischen Schuldgefühle hineininterpretiert. Die Vorstellung, dass Jennifer mit einem Mietwagen in die Einfahrt rauschen und in sein neues, so geliebtes Leben eindringen könnte, hatte ihn überfordert. Und so war er, fünfzehn Monate nachdem er Jennifer Elton zum letzten Mal gesehen hatte, zu seiner Frau gegangen, hatte ihre Hände gegriffen, sie massiert und ein Geständnis gemacht. Bei einer Konferenz, sagte er, in irgendeiner faden Stadt. Nach zu viel Alkohol. Sie unglücklich. Er der Tröster. Das eine hatte zum anderen geführt. Monatelang hatte er das Geheimnis mit sich herumgetragen, länger als ein Jahr, in dem er nur halb präsent gewesen war, in seinem Haus, in seinem Leben. Nach dem Umzug, in Cornwall, hatte er, der Narr, der Gequälte, festgestellt, dass Jennifer mitgekommen war. Und das war vor dem Brief gewesen. Der Brief hatte alles nur beschleunigt. Er hatte Marilyn gesagt, Jennifer sei die einzige andere Frau in siebenunddreißig Ehejahren gewesen, und das entsprach offenbar der Wahrheit.

Seine Frau hatte sich ins Auto gesetzt und war in Richtung See gerast. Viel später erst sollte Robyn erfahren, dass ihre Mum an jenem Tag einen grimmigen Entschluss gefasst hatte: dass sie es ihm heimzahlen, für Gleichstand sorgen würde. Und diese klare Absicht hatte Marilyn so weit gestärkt, dass sie trotz des schweren Kummers und der Wut, die in ihr brannte, nach Hause fahren, sich die Schuhe im Flur ausziehen, ein Glas Wein einschenken und ihrem Mann sagen konnte, dass dies nicht das Ende ihrer Ehe bedeutete.

Jago sah Robyn vor ihrer Abreise nicht noch einmal. Er hatte sich lang überlegt, was er zu ihr sagen, welchen Trost er bieten könnte, denn er spürte immer noch, wie ihre Hand nach seinem Arm gegriffen hatte, und er sah immer noch den Blick, als er sie gefragt hatte, ob er lieber gehen solle. Am Ende aber verpasste er sie. Er war gerade auf dem Weg nach White Sands, in der inständigen Hoffnung, nicht als Erstes Marilyn oder Simon zu begegnen, da kam ein Taxi aus der Einfahrt und gab Gas. Jago sah Robyns Kopf von hinten auf dem Rücksitz. Dann verschwand das Taxi um die Kurve. Die Nesseln unterhalb der Dornenhecke schwankten.

Robyn war noch nie so froh gewesen, Merrin zu verlassen. Ihr Zuhause war voller seltsamer Strömungen gewesen. Die übliche Ausgelassenheit ihres Vaters war einem stillen Selbsthass gewichen, und sosehr Robyn ihm wegen des Betrugs auch gram sein wollte, sie konnte es nicht, nicht wenn ihre Mum so sehr darauf bestand, dass alles wieder *gut, wirklich gut* würde. Marilyn hatte nur dieses eine Mal die Fassung verloren, seither schritt sie in Gelassenheit gehüllt durch die Welt, ihre Miene das Inbild der Beherrschung. In Robyns Brust hatte sich ein beharrlicher Kummer verknotet, den sie auch im Taxi mit nach Penzance nahm. Sie hatte ihrem Vater gegenüber darauf bestanden, er müsse sie nicht zum Bahnhof bringen, und zu ihrer geistesabwesenden Mum geblickt. Robyn hatte bereits eine Stunde vor Abfahrt ihres Zuges auf dem Bahnsteig gesessen, in ihren warmen Mantel gehüllt, die Zehen in den Turnschuhen angespannt, und verzweifelt auf den Zug gewartet, Richtung Inland, Richtung Osten, weit, weit fort.

zehn

Jago hatte sich mit der Seinsweise seines Vaters versöhnt. Längst war er mit Lippenstift an Kaffeetassen, den Spuren blumiger Düfte in den Handtüchern, einem Seidenschal, der im Flur vergessen bei den Regenmänteln hing, vertraut. Die Frauen selbst hingegen sah er selten. Sie kamen spät und gingen früh. Er hörte manches Mal im fahlen Morgenlicht den Pick-up knattern, wenn Denny die Frauen da hinbrachte, wo sie herkamen. Und dann tauchte Marilyn Swinton auf.

An einem Nachmittag im April, keine Woche nachdem Robyn fortgefahren war, kam sie quer über das Feld. Marilyn pochte mit einem forschen Klopfen an, ein absichtsvoller Klang. Jago ging an die Tür, Marilyn trat zurück und hielt die Hände vor der Brust. Ihre Lippen waren rot geschminkt – er hatte Robyns Mum noch nie mit Lippenstift gesehen –, und ihr Parfum war frisch und pur und überwältigend.

»Oh. Ich wollte eigentlich zu Denny.«

»Er ist in der Werkstatt.«

»Was dagegen, wenn ich mit ihm rede?«

»Kennen Sie den Weg?«

»Ich kenne den Weg.«

Etwas Enthemmtes lag in ihrer Stimme, der Tonfall war anders, ihre Worte drängten sich aneinander. Gewöhnlich sprach sie mit der Präzision einer Schauspielerin. Jago sah ihr nach. Sie umrundete die Pfützen auf dem Hof, doch der Saum ihrer hellen, wehenden Hose war bereits verschmutzt, der einzige Makel an ihrer ansonsten tadellosen Aufmachung. Dieses Detail und das Zucken über dem Augenlid, als sie mit ihm gesprochen hatte. Marilyn trug einen Beutel in der Hand, im Innern klirrte es. Jago begriff. Und wurde panisch.

»Warten Sie!«, rief er. »Ich hab mich geirrt!«

Marilyn wandte sich mit fragender Miene um.

»Da ist er nicht, er ist …«

In dem Moment schnitt das Heulen eines Bohrers durch die Luft. Marilyn zog eine Augenbraue hoch.

»Das klingt doch ganz nach ihm«, sagte sie, »oder nicht?«

Jago sah zu, wie sie, ohne auch nur anzuklopfen, die Tür zur Werkstatt aufstieß und verschwand. Das Geräusch des Bohrers erstarb. Jago stand eine Weile da, lauschte, dann wandte er sich um und ging zur Bucht.

Nach über einer Stunde kehrte er langsamen, widerstrebenden Schrittes heim nach Hooper's House. Er wollte gerade schon die Haustür öffnen, doch er zögerte, machte auf dem Absatz kehrt und ging laut pfeifend quer über den Hof. Er klopfte nicht, er stieß die Tür einfach auf. Die Werkstatt war verlassen. Aus Jago wich die Anspannung. Er hatte sich umsonst geängstigt. Auf seiner Werkbank lagen die Einzelteile eines Esstischs aufgestapelt. Jago fuhr mit den Händen über die unfertige Oberfläche. Falls es ein Denny-und-Marilyn gab, so flüchtig dieser Bund auch sein mochte, wäre mit Robyn alles ausgeschlossen. Er ging zurück zum Haus. Eine fahle Nachmittagssonne hatte den Nebelschleier zerteilt und malte die Umgebung an. Er wandte sein Gesicht der Wärme zu. In dem Moment sah er sie. An einem der oberen Fenster, es war das Schlafzimmer seines Vaters, die Vorhänge waren halb geöffnet. Dort stand eine Gestalt, flink wie ein Star huschte sie, der Stoff zuckte nur, dann schlossen sich eilig die Vorhänge. Jago erstarrte. Er hatte sich nicht geirrt. Er hatte die weichen und durch nichts durchbrochenen Konturen einer entblößten Marilyn Swinton gesehen. Und es bestand kein Zweifel, dass auch sie ihn gesehen hatte.

Als der Sommer kam und Robyn aus dem Zug stieg, schien es, als ob Simon und Marilyn zu ihrem alten Rhythmus zurückgefunden hätten. Robyn wusste, dass ihr die schweren Tage entgangen waren, denn sie hatte mit ihnen am Telefon gesprochen, sich in den Korridor ihres Wohnheims gekauert und hinterher auf ihr Bett gelegt und in ein Kissen geweint. Etwas Unabdingbares war zerbrochen, doch ihre Eltern hatten ihr gesagt, dass sie es zu flicken wüssten. Sie wollte daran glauben. Marilyns Stimme hatte einen neuen, gelösten Unterton, den Robyn so nicht kannte. Marilyn sagte, dass sich Simon beinahe überschlage, um ihr sein Bedauern zu beweisen, er in seiner Reue kleinlaut, stiller sei und sich in einer sanfteren Gangart durch das Haus bewege. *Fast tut er mir leid*, hatte sie gesagt, den Satz wiederholt und das *fast* mit einem leisen Lachen unterstrichen, und Robyn hatte über Marilyns vermeintliche Fähigkeit zu verzeihen gestaunt. Ihr Dad hatte auf ihren Anruf mit großer Erleichterung reagiert, mit einem dankerfüllten Redefluss. Sie hatte ihn unterbrechen, ihm sagen wollen, dass sie seine Tat nicht vergessen könne, selbst wenn ihre Mum das könne, doch sie hatte es nur still bei sich gedacht, war hart und einsilbig geblieben.

»Ich werde den Rest meines Lebens damit verbringen, all das wiedergutzumachen«, hatte er mit gedrosselter und doch entschlossener Stimme gesagt, als ob er genau gewusst hätte, was sie dachte.

Robyn beobachtete das Verhalten ihrer Eltern sehr genau. Die kleinen Zeichen der Zuneigung hielten wieder Einzug: das Drücken einer Hand, ein Streicheln über den Rücken, das entschiedene Klingen zweier Weingläser, die miteinander anstießen. Ben hatte mit der für ihn typischen robusten Heiterkeit gesagt: *Überlass das ihnen, das geht uns nichts an*, doch Robyn war nachhaltig erschüttert. Die Harmonie in ihrer Familie war zerstört, und was immer ihre Eltern nun auch taten – ein gemütliches Frühstück, ein heiteres Abendessen, ein gemeinsames Gelächter –, kam ihr nur wie Flickwerk vor.

Manchmal war Rockabilly selbst im Hochsommer kein einladender Ort. Bei Ebbe schwappten die Wellen an den Strand, bei Flut ergossen sie sich weit über die Felsen. Robyn jedoch griff unbeirrt zu ihrem Surfbrett und ließ sich malträtieren. Wenn es Regen sprühte, wandte sie ihm das Gesicht zu und zwinkerte ihn wie Tränen fort. Manchmal ließ sie ihr Brett auch am Strand und kletterte hinaus zu den Felsen, zu Jagos Angelplatz. Ihre Wege hatten sich stets gekreuzt, durch Zufall oder Absicht, doch in diesen Ferien noch nicht. Robyn vermutete, dass es an *dem Tag* lag. Alles Schöne – wie sie sich zu zweit unter ihren Regenschirm und im Pub gedrängt hatten, Jagos elektrisiertes Lächeln, als er ihr durch den Flur gefolgt war – hatte das dann Folgende hinweggespült: ihre Eltern, die aus ihrer üblichen Rolle als Mum und Dad ausgebrochen waren und sich in zwei ungestüme, erschreckend reale und daher so beängstigende Wesen verwandelt hatten. Kein Wunder, dass Jago ihr aus dem Weg ging.

Robyn hatte an der Werkstatt sehr wohl Anzeichen von

Geschäftigkeit gesehen, Lieferwagen wurden befüllt und entladen, altes Holz wurde hinein-, neue Möbel wurden hinausgetragen, und gehört hatte sie die Zeichen auch: Sägeblätter fraßen sich durch Holz, Hammerschläge dröhnten. Auch Denny blieb in Deckung. Früher hatte sich ihr Leben tagein, tagaus mit dem ihrer Nachbarn verzahnt, ein Gespräch am Gartenzaun, ein Wortwechsel im Morgenmantel, wenn jeder die Milch ins Haus holte. Im Vergleich dazu wirkten ihre beiden Häuser auf diesem windumtosten Hügel so vereinzelt wie zwei ferne Planeten, wo sie doch Trost suchend aneinanderrücken sollten. Robyn hätte gern vorbeigeschaut und dort angeknüpft, wo sie aufgehört hatten, doch sie wusste nicht recht, wie.

Es war nun auf den Tag beinahe ein Jahr her, dass sie sich begegnet waren, ein Jahr, seit Jago sie aus dem Wasser gezogen hatte. Seine Hände hatten Robyn niemals wirklich losgelassen. Sie spürte sie noch jeden Tag: Wenn sie in einem Hörsaal saß, wob sie in Gedanken Seetang zwischen ihre Finger und hielt sich dann an Jago fest; wenn sie in der Badewanne lag, malte sie sich Schaumgebilde auf die Brust. Nicht die gemeinsamen Momente rief sie sich immer wieder ins Gedächtnis, sondern nur diesen einen Tag. Sie durchlebte nicht erneut die Angst in dem Davor, sie dachte immer nur an das Danach: das Sie-und-Er. Manchmal fantasierte sie ein wilderes Ende herbei. Wenn noch mehr Zeit vergangen wäre, sie noch mehr Wasser geschluckt hätte, sie tiefer und länger gesunken wäre, vielleicht hätte er dann seine Lippen auf ihre drücken und ihr neues Leben einhauchen müssen. Vielleicht hätte er seine Hände auf ihren Brustkorb gelegt, ihn eingedrückt und eingedrückt und wieder eingedrückt, und ihr Herz hätte Schlag um Schlag geantwortet. Vielleicht hätte dies ihr gemeinsames Los besiegelt. Doch so wie es nun stand, hatte er sie losgelassen.

Es kam ein Tag im August, an dem das Wasser spiegelglatt war. Robyn überlegte, sich auf den Felsen zu sonnen, doch wenn sie in die Bucht gegangen wäre, hätte sie sich doch nur ständig umgeschaut, als wäre sie auf einem Wachposten. Es wäre ein Tag voller Hoffnung und Enttäuschung gewesen, wenn die Sonne über den Himmel gewandert und kein Jago erschienen wäre. So verließ Robyn das Haus und ging stattdessen durch die Wiesen. Ohne Brandung, ohne Jago fühlte sie sich zum ersten Mal in Merrin einsam.

In dem Moment fiel ihr Blick auf Tomatillo, der sich wie eine Statue reglos und steifbeinig vor dem Horizont abzeichnete. Tomatillo wirkte immer einsam. Robyn ging näher. Das Pferd drehte sich um und beobachtete sie. Dann schlug es träge, lustlos mit dem Schweif und trottete davon.

»Hey, heißt es nicht, in der Not hält man zusammen?«, sagte Robyn und streckte eine Hand aus. Sie schnalzte mit den Fingern und der Zunge. »Na, du, komm her.«

Von Nahem war er sehr groß. Viel größer, als er wirkte, wenn sie ein Gatter von ihm trennte. Seine Augen waren feucht und verdrießlich. Sein Maul zuckte.

»Hallo, Tomatillo«, sagte Robyn. »Wie geht es dir? Bist du auch so einsam? Wo ist denn dein Herrchen, hm? Versteckt sich wohl.«

Erneut streckte sie die Hand aus. Sie ärgerte sich, dass sie keinen Apfel oder Würfelzucker mitgebracht hatte. Das Pferd machte einen Schritt auf sie zu und riss den Kopf hoch.

»Ich tu dir nichts, das weißt du doch, oder? Ich will nur Hallo sagen.«

Tomatillo kam noch näher. Robyn spürte seinen heißen Atem, als er sanft an ihre Hand stupste. Dann scheute er, von nichts erschreckt, zurück, den Schweif erhoben.

»Er ist an Fremde nicht gewöhnt«, sagte eine Stimme hinter ihr.

Robyn drehte sich um. Es war Jago mit einem Eimer Futter. Er wirkte derart entspannt – als ob er jeden Tag auf die Weide käme und sie dort anträfe –, dass Robyn wütend wurde. Er schaute auf das Pferd, nicht auf sie. Tomatillo kehrte zurück. Jago streckte unbefangen eine Hand aus und klopfte ihn am Hals.

»Hey, Junge, alles gut, brauchst keine Angst zu haben.«

»Wir beide hatten keine Probleme«, sagte Robyn.

»Ich habe dich vom Fenster aus gesehen. Da ist mir aufgegangen, ich hatte sein Frühstück vergessen.«

Sie stemmte eine Hand auf die Hüfte und sah Jago trotzig an.

»Ich hab dich nicht einmal gesehen, seit ich hier bin. Wie ist das möglich, wo wir so nah wohnen? Das ist fast schon eine Meisterleistung.«

»Ich war hier.«

»Klar. Du hast dich nur versteckt.«

»Ich hab mich nicht versteckt.«

»Du kommst überhaupt nicht mehr in die Bucht.«

»Das Wetter war Mist.«

»Das hat dich doch sonst nicht gestört.«

Jago stellte das Futter ab. Rieb die Hände aneinander.

»Was machst du überhaupt hier draußen?«, fragte er.

»Nichts. Abhängen«, erwiderte Robyn. Und dann sagte sie, obwohl sie bis zu diesem Moment gar nicht daran gedacht hatte, sie nicht einmal wusste, ob sie das wirklich ernst meinte: »Eigentlich würde ich ihn gerne reiten. Darf ich?«

Jago sah sie scharf an. Unter seinem Blick schwand ihr Übermut.

»Also, ich mein, war nur 'ne Idee. Er tut mir einfach leid, immer so allein hier draußen. Ich dachte, das könnte ... Spaß machen.« Ihre Stimme wurde immer kleiner. In dem Schweigen, das folgte, stieg Bedauern in ihr auf. »Hey, ich kann nicht mal richtig reiten. Vergiss es.«

»Du kannst ihn reiten, wenn du willst«, sagte Jago.

»Was, ehrlich?«

»Ich hol dir ein paar Sachen.«

»Ich wollte ohne Sattel reiten«, sagte Robyn. Sie würde es darauf ankommen lassen, sollte Jago sie beim Wort nehmen.

»Nein, wolltest du nicht«, sagte er, schon auf dem Weg zurück zum Haus.

In Jagos Gegenwart hatte Tomatillo sich beruhigt. Robyn fuhr ihm mit den Fingern durch die Mähne. »Du musst mal gekämmt werden«, murmelte sie, »du bist ja ganz zerzaust.« Das Pferd blähte die Nüstern. Robyn erschrak und lachte dann über sich selbst. Sie war froh, dass Jago nicht in der Nähe war. Er kehrte nur Minuten später zurück, Sattel und Zaumzeug über dem Arm, einen Helm in der Hand.

»Du bist nicht richtig angezogen«, sagte er beim Näherkommen. Robyn trug Sandalen, Shorts und ein T-Shirt, das ihren Bauch erahnen ließ. Das Haar fiel ihr ins Gesicht. Sie fasste es zu einem Pferdeschwanz zusammen und wand es in ein Band.

»Doch, bin ich wohl«, erwiderte sie. »Ich bin bereit.«

»Aber das hier ziehst du an«, sagte Jago und reichte ihr den Helm. Robyn drehte ihn hin und her und setzte ihn dann widerspruchslos auf.

Jago sattelte das Pferd, legte ihm das Zaumzeug an und

schob ihm das Mundstück zwischen die samtenen Lippen. Robyn beobachtete ihn dabei.

»Ich bin dir nicht aus dem Weg gegangen«, sagte Jago, als er sich aufrichtete.

Er sah sie ruhig an. Robyn wich seinem Blick aus.

»Doch, bist du. Du hast hinter den Vorhang geblickt, und da waren die Swintons gar nicht mehr perfekt. Es hat dir nicht gefallen, aber das ist okay, ich mach dir keinen Vorwurf.«

Jago rieb sich den Kopf. Er wirkte sehr verlegen.

»Im Ernst, ich versteh das. So was muss man wirklich nicht erleben.«

Er seufzte still über ihre beneidenswerte Ahnungslosigkeit. Sie wusste es also nicht.

»Ich wollte dich ja sehen«, sagte er. »Und mich vergewissern, dass er dir gut geht, aber du warst so plötzlich weg.«

»Na, wärst du nicht abgehauen? Ich konnte gar nicht schnell genug weggekommen.«

»Ich wollte dich anrufen, aber…« Er zögerte. Er hatte mit dem Gedanken gespielt, um ihre Telefonnummer, ihre Adresse zu bitten, aber dann hätte er mit Simon reden müssen, oder Marilyn, und das hatte er nicht über sich gebracht, nicht nach dem, was er gesehen hatte. Außerdem hatte er nicht gewusst, was er Robyn hätte sagen oder schreiben sollen; über allem hing das unbequeme Wissen über seinen Dad und ihre Mum.

»Na jedenfalls«, sagte Robyn, »ist es auch egal. Ich fahr sowieso wieder weg. Nach Italien. Am Samstag. Backpacking mit meiner Freundin. Sie hat billige Flugtickets bekommen und mich überredet mitzufahren. Ich hatte eigentlich vorgehabt zu bleiben, aber… tja, einen wirklichen Grund gibt's ja nicht.« Sie versuchte, den bitteren Unterton abzuschütteln, doch vergeblich. »Vordergründig reisen wir der Kunst wegen, aber wohl eher wegen der Bars und Pools und jungen Italiener. So wie ich Ruby kenne. Für mich ist der Sommer in Merrin vorbei. Von Italien aus geht's gleich zurück nach Warwick.«

»Ich bin dir nicht aus dem Weg gegangen«, sagte er erneut.

»Doch, das bist du wohl. Also, hilfst du mir jetzt rauf?« Robyn hüpfte auf der Stelle auf und ab und legte die Hände auf Tomatillos breiten Rücken. Das Pferd trat von einem Bein auf das andere und gab ein leises glucksendes Geräusch von sich. »Siehst du, er freut sich, er will mal ausgeritten werden.«

»Robyn.« Jago fasste sie an der Schulter. Robyn wandte sich um. Er stand sehr nah vor ihr. Sie blinzelte.

»Ja?«

»Er ist lange nicht geritten worden. Ich weiß nicht, ob das eine gute Idee ist. Er könnte ein wenig nervös sein.«

»Er ist nicht im Mindesten nervös, sondern lammfromm. Und ein bisschen Aufmerksamkeit tut dir gut, oder, mein Guter?«, sagte Robyn und rieb ihm über die Nüstern. »Über ein bisschen Aufmerksamkeit freut sich jeder«, ergänzte sie.

Jago sah sie an. Eine sanfte Brise wehte über den Hügel und spielte an Robyns Haar. Sie wippte ungeduldig auf den Zehen und streichelte Tomatillos Flanke. Es war eine zärtliche Geste. Robyn hatte sich von Jago abgewandt und murmelte dem Pferd Koseworte zu. Jago trat näher. Robyn wirkte überhaupt nicht ängstlich; das war das Erstaunliche an ihr, es war, als ginge sie in einem Mantel aus Unbezwingbarkeit durch die Welt. Es kümmerte Robyn nicht, dass die See sie mit ihrem wässrigen Schlund beinahe vertilgt hätte: Robyn kehrte unbeirrt zurück, immer wieder, und vollführte ihren kantigen Tanz, spuckte, lachte, stürzte, sank und schwamm. Doch bei dem Zerwürfnis ihrer Eltern hatte er ihre bestürzte Miene gesehen, also sank auch eine Robyn auf die Knie. Das Wissen um Marilyn und Denny drückte ihn, doch die Vorstellung, dass Robyn das erfahren könnte, war noch belastender. Also hatte er sie den ganzen Sommer lang gemieden, denn sein Schweigen wäre ihm wie eine Lüge vorgekommen. Natürlich war sie wütend. Und natürlich wollte sie ihm nun beweisen, dass dem nicht so war.

»Na, dann«, sagte er und hielt ihr einen Steigbügel hin. »Ein Fuß hier rein, und dann hoch. Wenn er scheut, ich halte ihn. Okay?«

»Okay«, sagte sie.

Sie schwang sich auf den Rücken des Pferdes, ergriff die Zügel und grinste triumphierend.

»Weißt du, was zu tun ist?«

Robyn schwenkte die Zügel. Tomatillo bewegte sich und trottete vorwärts.

»Es geht los!«, rief sie.

Jago ging neben dem Pferd her. »Du musst mit den Schenkeln etwas Druck ausüben, aber nicht zu viel, sonst glaubt er, dass du schneller reiten willst.«

»Ich will aber schneller reiten!«, sagte sie und ließ erneut die Zügel schnalzen.

»Nein, das willst du nicht, Robyn, warte. Tomatillo! Hey!«

Das Pferd ging nicht mehr im Schritt, sondern wechselte gleich in einen leichten Galopp, der Robyn rasch über das Feld trug. Sie lachte aus voller Kehle. Der Helm rutschte ihr über die Augen; Robyn hob eine Hand, um ihn zurechtzurücken, doch als sie dabei im Sattel verrutschte, fasste sie schnell wieder zum Zügel. Sie biss die Zähne zusammen. Plötzlich waren alle Muskeln angespannt. Jago war weit abgeschlagen, doch Robyn wagte nicht, sich nach ihm umzuschauen. Der anfänglich so sanfte, wiegende Rhythmus ging verloren. Robyns Füße baumelten in den Steigbügeln hin und her.

»Okay, langsamer«, sagte sie. »Mach mal etwas langsamer.«

Das Feld endete an einer Hecke, einem dichten, wuchernden Gestrüpp, das mit Brombeeren bewehrt war. Und es kam bedrohlich näher, immer näher. Robyn riss verzweifelt an den Zügeln, zerrte an Tomatillos Mähne.

»Okay, bleib stehen!«, rief sie. »Stopp!«

Er würde springen, da bestand kein Zweifel, auch wenn die Hecke viel zu hoch und dornig war. Unter ihr regten sich die Muskeln, als ob sich Tomatillo vorbereiten, das Tempo noch mehr steigern wolle. Als ob er sich wie ein Pegasus von der Erde aufschwingen wolle, ein geflügeltes, schreckliches, besessenes Wesen, das auf die Hecke zustürmte und dann weiter Richtung Klippen, Richtung See. Sie hätte sich abwerfen können, wie aus einem fahrenden Auto, zweimal, dreimal kullert man über den Asphalt, und schon ist man in Sicherheit, gebeutelt, doch in Sicherheit, doch der Boden war sehr weit von ihr entfernt, und er raste viel zu schnell davon. Also hielt sie aus. Sie kniff die Augen fest zusammen. Sterne blitzten hinter ihren Lidern.

»Robyn, du kannst loslassen.«

Sie öffnete die Augen. Alles verschwamm. Robyn spürte, dass ihr eine Träne über die Wange lief. Seine Hände lagen auf ihr, eine unten an ihrem Rücken, die andere befreite ihre Hand sanft aus Tomatillos Mähne.

»Ich kann nicht«, sagte sie. »Ich häng fest.«

Ihre Finger waren geballt, dazwischen Büschel grau-weißen Pferdehaars. Robyn sah auf ihre Finger, als ob sie nicht zu ihr gehören würden.

Jago bog ihr sanft jeden Finger einzeln los. Dabei murmelte er unentwegt, halb mit Robyn, halb mit Tomatillo. Dann fasste er sie unter den Armen und hob sie an. Es war ein wahrer Kraftakt. Das Pferd war groß, und Robyn kam ihm nicht entgegen, doch als er sie hielt, war er wieder überrascht, wie leicht sie war. Er hob sie vom Pferd. Robyn löste sich nicht aus seinen Armen. Tomatillos Flanken hoben und senkten sich im Takt zu Robyns Keuchen. Dann neigte das Pferd den Kopf und rupfte gleichgültig an einem Büschel Gras.

»Ich hab gedacht, er springt«, sagte sie leise.

»Ich hätte dir das nicht erlauben sollen. Es ist mein Fehler.«

»Ich hätte auf dich hören sollen. Ich war einfach dämlich. Es tut mir leid, es tu mir so ...«

»Du warst nicht dämlich. Du warst ...«

Robyn schaute auf. Ihr Gesicht brannte, ihr Nackenhaar war feucht. Sie blinzelte, schob es auf das grelle Licht, den scharfen Wind, der ihr Tränen aus den Augen lockte. Jago trat noch näher. Robyn sah die grauen Sprenkel in seinen blauen Augen, den Schwung seiner dunklen Wimpern.

»Was war ich?« Ihre Stimme wurde rau.

Jago schaute zu ihr, tief sahen sie sich in die Augen, hielten den Blick des anderen fest. Robyn fragte sich, wie lang sie dort so stehen, einander nur ansehen könnten, ohne ein einziges Wort. In ihren Ohren dröhnte es, laut wie die See. Es machte sie taumeln, sie hatte das Gefühl, dass sie sich setzen musste, doch sie trat stattdessen auf ihn zu, streckte auf der Suche nach Balance eine Hand aus und verfing sich in seinem Ärmel. Ihr Blick wanderte zu seinem Mund, folgte der Kurve seiner Lippen, sie hörte, wie sein Atem immer schneller ging, dann küsste er sie, und sie erwiderte den Kuss. Sie sanken in die Unterwasserwelt, wo alles tief ist und verlangsamt, alles strömt, wo man glaubt, dass man, hört man auf, gewisslich untergeht, darum lässt man auch nicht los, niemals, gemeinsam schwebt man dann nach oben, langsam, und man küsst sich immer noch, wenn man an die Oberfläche kommt, selbst dann, wenn man aus dem Wasser in das Licht dringt.

elf

Sollte ein Kuss nicht alles ändern? Robyn konnte nicht verstehen, wieso etwas, das im Moment des Geschehens von solch vibrierender Intensität gewesen war, in nichts zusammenfallen konnte. In den fünf Tagen vor ihrer Reise nach Italien hatte sie Jago überall gesucht. Sich bemüht, da zu sein, wo er sie finden konnte. Sie war beim ersten Licht des Tages in die Bucht gegangen, hatte, soviel es ging, gesurft und sich dann im Bikini an den Strand gelegt. Gegen Mittag war sie meist eingeschlafen, Brett und Wetsuit, ihre beiden stummen Begleiter, neben ihr im Sand. In ihren Träumen hatte sie ein Kuss geweckt, an einer ungewöhnlichen Stelle, in der Kniekehle oder Innenseite ihres Knöchels, doch in der Realität war sie nur starr und benommen wieder aufgewacht. Auf dem Heimweg hatte sie sich länger als nötig auf der Straße herumgedrückt, damit er ausreichend Gelegenheit bekam, sie zu sehen. Sie hatte sogar einmal an Hooper's House geklopft, doch keine Reaktion. Sie hatte etwas aus der Werkstatt gehört, doch als sie durch das Fenster gespäht hatte, war dort nur Denny gewesen, der, das Haar in der Stirn, einen langen Balken glatt gehobelt hatte.

Ihre Reise begann in den letzten Tagen des Augusts in den römischen Museen, und es war das Werk Caravaggios, das den tiefsten Eindruck bei ihr hinterließ. Seine Figuren erhoben sich derart realistisch aus der Leinwand, dass ihr vor seinen Gemälden der Atem stockte. Sie war wie gebannt vom Anblick einer ausgestreckten Hand, die auf Robyn wirkte, als wolle sie ergriffen werden, und erst dann vollendet wäre. Robyn bewegte sich mit leisen Schritten durch das Flüstern der Gemäldegalerie, während ein unausgelebtes Verlangen in ihr tobte und ihre Gedanken immer nur zu Jago wanderten. Weiter ging die Reise nach Florenz und Siena, in Dörfer, die sich über Berge streckten, mit langsamen Zügen, mit eingeschweißter Salami und warmem Wein aus Plastikflaschen. Ruby fragte sie nach ihrem Liebesleben, doch sie zögerte. Wie sollte sie Jago beschreiben? In Italiens derber Hitze wuchs ihr Zorn. Jago hatte sie geküsst, und dann nichts. Ihr Merrin-Sommer lag längst hinter ihr, und Jago damit auch.

Der Winter kam nach Cornwall. In jenem Jahr schöpfte die See eisig Atem, der Frost grub seine Stacheln in den Küstenweg, die Schreie der Möwen klangen heiser und erstickt. Simon und Marilyn holten Robyn in Penzance am Bahnhof ab. Sie standen Arm in Arm dort, offenbar versöhnt. Robyn bewunderte, dass sie die Vergangenheit hinter sich lassen, sich neu finden und neu formen konnten. Sie winkten ihr eifrig zu, erdrückten sie fast in ihren Armen und griffen dann nach Robyns Taschen.

Weihnachten nahte und verging. Die Kälte schlang sich um die Landzunge. Robyns Brett blieb, anders als im Vorjahr noch, im Schuppen. An den toten Tagen vor Neujahr fiel eine Handvoll Schnee, doch die Flocken schmolzen, ehe sie den Grund erreichten. Robyn zog ihren Mantel an, schlüpfte aus dem Haus und atmete die Stille ein, die vor der Tür lag. Sie war auf dem Weg zu Jago, doch am Tor zu Hooper's House machte sie Halt. Ihre Mum stand an der Tür und sprach mit Denny, der sich mit verschränkten Armen an den Rahmen lehnte. Robyn wollte sie schon rufen, doch irgendetwas ließ sie zögern. Sie duckte sich hinter die vom Frost zernagte Hecke und lauschte.

»Es ist doch bloß eine Flasche Port, Denny, nun nimm sie schon, in Gottes Namen.«

»Und Simon macht das nichts aus?«

»Es war Simons Idee. Ein Weihnachtsgruß, von uns allen.«

»Dann weiß er also nicht Bescheid?«

»Natürlich weiß er *nicht* Bescheid. Und lass das. Hör damit auf. Wir waren uns doch einig, diese Sache niemals zu erwähnen.«

»Ich zieh dich ja nur auf. Das musst du mir schon zugestehen.«

»Ich habe dir noch viel mehr zugestanden, wenn ich mich recht entsinne«, sagte sie, und ein Lächeln zuckte über ihr Gesicht. »Aber das reicht jetzt. Wie wir es besprochen haben.«

Als sich Marilyn und Denny voneinander verabschiedeten, hielt Robyn den Atem an. *Gutes Neues Jahr*, ein Gruß unter Nachbarn, in dem nichts weiter mitschwang. Dann kamen die Schritte ihrer Mum über den Hof. Robyn ergriff, ehe sie gesehen wurde, schnell die Flucht.

Zum Jahreswechsel fuhren die Swintons Richtung Osten, um den Feiertag bei Verwandten nahe Cambridge zu verbringen. Die Einladung war in letzter Minute erfolgt. Robyn hatte ihren Freunden aus Warwick abgesagt, weil sie in Cornwall bleiben wollte, und versuchte nun vergeblich, sich den neuen Plänen zu entziehen. Die Fahrt war lang und klaustrophobisch. Robyn saß wie ein mürrischer Teenager mit ihren Kopfhörern im Ohr auf der Rückbank. Simon und Marilyn unterhielten sich hin und wieder über das Radio hinweg, ihre Harmonie wurde allein durch den Feiertagsverkehr gestört. Der Silvesterabend verging mit Feuerwerk, das alle vom Garten aus verfolgten; es gab Champagner in Flöten und einen ganzen Lachs. Marilyn und Simon küssten sich unter einem Mistelzweig. Robyn beobachtete die Szene aus den Augenwinkeln.

Als Mitternacht vorüber und Robyn gerade auf dem Weg ins Bett war, klopfte ihre Mum leise an die Tür.

»Robyn, schläfst du schon?«

»Noch nicht.«

Marilyn huschte ins Zimmer. Sie hatte sich zum Essen schick gemacht, wie sie alle, und trug ein schwarzes Cocktailkleid. Schmuck funkelte, Absätze gruben sich in den Wollteppich.

»Hurra, das alte Jahr ist vorbei«, sagte sie mit einem leisen, glockenhellen Lachen.

»Stimmt«, sagte Robyn und richtete sich auf. »Weise Worte.«

Marilyn lächelte, doch Robyn sah selbst in dem schwachen Licht die Furche auf der Stirn, die Augen, die matt und dunkel blieben. So entschied sie sich, zu sprechen und den letzten Rest des alten Jahres hinter sich zu lassen.

»Mit dir und Dad, das ist okay, oder?«, fragte sie ruhig.

»Oh, Robyn, aber selbstverständlich. Das weißt du doch. Wir hatten so ein schönes Weihnachten, findest du nicht?«

»Wenn es anders wäre, würdest du es mir überhaupt sagen?«

Marilyn zögerte. »Ich wollte euch Kinder nie mit unseren Problemen belasten.«

»Mum, ich bin einundzwanzig. Und was meinst du mit Problemen? Habt ihr noch mehr Probleme?«

Marilyn senkte den Kopf. Sie schob sich eine lose Strähne hinter das Ohr und drückte sie mit den Fingerspitzen glatt.

»Nein, Liebes, alles bestens bei uns, wirklich.« Sie lächelte aufmunternd. »Unsere Ehe war das reinste Märchen. Da darf es auch mal einen Holperer geben. Dem kann sich niemand entziehen.«

»Das mit Dad würde ich nicht gerade einen Holperer nennen«, erwiderte Robyn.

»Nun, manchmal ist so etwas auch zum Besten. Erweist es sich auf verschlungenen Wegen geradezu als Segen. Inzwischen bin ich fest davon überzeugt, dass die Beziehung zwischen mir und deinem Vater stärker ist als je zuvor.«

Robyn zuckte unter den Laken mit den Achseln. Ihr war heiß. Sie hatte zum Essen zu viel Wein getrunken und auch noch die Reste des mitternächtlichen Champagners in der Küche geleert.

»Und was ist mit Denny Winters?«, fragte sie.

Marilyn wurde aschfahl. Sie versuchte sich zu fangen, schüttelte kaum wahrnehmbar den Kopf und brachte ein beinahe strahlendes Lächeln zuwege.

»Denny?«

»Jagos Dad.«

Marilyn runzelte verwirrt die Stirn. Sie rieb sich die Arme, als ob sie plötzlich frösteln würde. Sie schlang die Arme um sich und sah ihre Tochter an.

»Ich habe euer Gespräch mitbekommen. Und das war keine normale Unterhaltung.«

»Wann war das?«, fragte Marilyn sehr leise.

»Vor zwei Tagen.«

»Ich habe ihm eine Flasche Port gebracht.« Sie lachte kurz und schrill. »Das haben wir mit all unseren Nachbarn so gemacht, weißt du denn nicht mehr? Wir haben den Wiltons immer eine Flasche überreicht. Und den Jessops auch.«

»Auf mich hat es gewirkt, als wäre es nicht nur um eine Flasche Port gegangen.«

»Robyn …«

»Ich muss wissen, ob da etwas vorgefallen ist. Das musst du mir sagen.«

»Dein Vater und ich …«

»Hier geht es nicht um Dad.«

Marilyn steuerte unsicher auf das Bett zu und setzte sich ganz an seinen Rand. Robyn fühlte sich bedrängt, rutschte zur Seite und zog die Beine an sich. Sie schaute ihre Mum an. Mit brennendem Vorwurf, mit drohenden Tränen.

»Natürlich tut es das. Robyn, hierbei geht es nur um deinen Dad.«

Marilyn hatte ein Taschentuch aus ihrem Kleid gezogen. Es war alt und vertraut, ein zarter Stoff mit Spitzenrand, den Marilyn immer schon besessen hatte. Sie strich es immer wieder auf den Knien glatt. Das Hin und Her machte Robyn nervös. Als Marilyn das Wort ergriff, hatte ihre Stimme etwas Brüchiges, schwankte und verlor den Takt, doch ihre Rede war von einer solchen Klarheit, dass Robyn wie gebannt lauschte.

»Niemand sagt, was man tun soll«, begann Marilyn mit feuchten Augen, »wenn man sich einer derart unmöglichen Situation gegenübersieht. Robyn, nur weil wir dir alt erscheinen, heißt das nicht, dass wir auch entsprechend weise sind.« Sie presste ihre Finger an die Schläfen und fuhr fort. »Dein Vater hat mich sehr verletzt, und ich wusste beim allerbesten

Willen nicht, wie ich damit zurechtkommen sollte. Und dann, plötzlich, war es mir klar. Ich bin zu Denny gegangen. In einem Moment des schieren Wahnsinns. Na gut, wohl eher des kalkulierten Wahnsinns, aber ich hatte das ganz starke Gefühl, wenn ich dieses Eine täte, diese eine idiotische, rücksichtslose, lächerliche Sache, nur dies eine Mal, und nie wieder, würde das für Gleichstand sorgen. Und was soll ich dir sagen, Robyn, das hat es wirklich. Es ist tatsächlich so. Wenn dein Vater besser mit schwierigen Wahrheiten umgehen könnte, würde ich es ihm sogar erzählen. Vielleicht würde ihm das die Gewissheit geben, dass zwischen uns wirklich alles gut ist, dass das mit uns beiden ganz in Ordnung kommt, als Paar. Aber du weißt ja, wie er ist …«

»Weiß ich nicht«, sagte Robyn. »Ich weiß überhaupt nichts.«

»Robyn, Liebes, bitte sag das nicht. Du weißt, ich liebe deinen Vater. Und du weißt auch, dass er mich liebt. Und du sollst wissen, dass wir beide dich lieben, sehr, sehr lieben. Die Vorstellung, dass du leidest oder schlecht von mir denkst, kann ich nicht ertragen. Bitte sag mir, dass dem nicht so ist. Bitte sag, dass du mich verstehst.«

Marilyn sah sie so flehentlich an, auf ihrer Miene stand ein derart blanker Kummer, dass Robyn in eine Art Verständnis regelrecht hineinerschrak. Doch es war brüchig und paarte sich mit Schock und Schmerz.

»Ich will es zwar nicht«, sagte sie, »aber … irgendwie tu ich es.«

»Danke«, flüsterte Marilyn. Sie hielt Robyn das Taschentuch entgegen, ein kleines, feuchtes Friedensangebot. Robyn nahm es an und ballte es in ihrer Hand.

»Es war nur einmal?«

»Es war nur einmal.«

»Aber Mum, *Denny*? Wie konntest du?«

»Er ist ein guter Mann, Robyn.«

»Ich habe nicht das Gegenteil behauptet.«

»Und er war gut zu mir. Ich bin ihm dankbar, mehr als alles andere.« Sie lachte leise und traurig. Dann suchte sie nach Robyns Hand. »Es ist wirklich albern«, sagte sie, »aber irgendwie habe ich das Gefühl, dass wir wieder im Gleichgewicht sind. Dass Denny Winters unsere Ehe gerettet hat.«

»Was ich sagen wollte«, erwiderte Robyn, »ist, weiß Jago davon?«

»Nein. Nein, ich glaube nicht.«

»Bist du dir da sicher?«

Marilyn spreizte die Finger. Sie begann zu sprechen, dann verschloss sie ihre Lippen wieder und schüttelte den Kopf.

»Ich weiß es nicht«, sagte sie. »Aber, Robyn, das hat nichts mit dir und Jago zu tun, wirklich nicht. Diese Sache sollte nicht …«

»Es gibt kein Mir-und-Jago.«

Sie hatte nicht verzweifelt klingen wollen. Doch Marilyns Miene verzog sich voller Mitleid.

»Ach, Schatz«, setzte sie an. Robyn schüttelte den Kopf. Sie wollte nur, dass ihre Mutter ging, sie mit sich selbst allein ließ. Sie rutschte nach unten, zog demonstrativ die Decken um sich und sagte, dass sie müde, es schon spät sei. Marilyn stand widerstrebend auf.

»Wir haben dir ein furchtbares Silvester bereitet, oder? Gott, es tut mir leid.«

»Silvester bedeutet mir nichts, es spielt keine Rolle.«

»Robyn?«

»Was? Entschuldige … *Ja*?«

»Darf ich noch ein Letztes sagen? Wenn du dir eines für das neue Jahr vornehmen willst, dann, niemals aufzugeben. Die Dinge, die wirklich etwas wert sind, fallen einem nicht in den Schoß. Wenn ich irgendetwas gelernt habe, dann das.«

Als Marilyn gegangen war, legte sich Robyn das Taschentuch auf die flache Hand. Es war feucht und knittrig, bis hin zu seinem allzu hübschen Rand. Robyn drückte es sich kurz an die Nase, sog den so vertrauten Duft ein, so unverkennbar ihre Mum, dass es erneut in ihren Augen brannte und die Tränen kamen. Robyn schob das Taschentuch unter ihr Kissen und zwang sich einzuschlafen.

Denny hatte dem Pub mit seinem übertriebenen Flitter, den Liedern am Klavier und hungrigen Augenpaaren unter besonders viel Mascara eine Absage erteilt und Jago vorgeschlagen, den Abend gemeinsam zu Hause zu verbringen. Jago hatte gern eingewilligt und sich vorgestellt, dass er bei einem Whisky am Kamin all den Geschichten lauschen würde, die er seit Langem nicht gehört hatte. Rosalind-Geschichten. Vielleicht würde auch Musik, ihre Musik, sie wie eine sanfte Liebkosung umwehen. Doch dann verstrich der Abend wie ein jeder andere. Lauwarmes Essen, Fish and Chips aus Zeitungspapier mit Essigflecken. Bierflaschen. In einer Ecke flackerte der Fernseher. Denny griff sein Brett und machte erste Skizzen für einen neuen Auftrag, Gartenmöbel für ein exklusives Ferienhaus. Jago verfolgte, wie sich der Stift seines Vaters hungrig auf das Papier stürzte, die Gesichtszüge seines Vaters immer weicher wurden. Jago ging zum Fenster und schob die Hände in die Taschen. Draußen, hinter dem Feld, donnerte und wogte die See, die Abendluft trug ihr raues Lied davon.

Er blickte hinüber nach White Sands, doch er sah keine hellen Rechtecke, keinen Rauch über dem Kamin.

»Sind sie weggefahren?«, fragte er.

»Ich glaub, nur über Neujahr.«

»Das hab ich ja gemeint.«

Im Fernsehen lief ein alter Film, Frauen in Pelzmänteln und Männer in elegant geneigten Hüten zuckten in Schwarz-Weiß. Es wurde getanzt, ein Klavier klimperte.

»Das ist so ein mieser Film.«

»Schalt doch aus, wenn du willst.«

»Ich weiß nicht, dann ist es wenigstens nicht ganz so still …«

Denny sah von seiner Zeichnung auf. »Ich bin kein guter Unterhalter. Tut mir leid. Reden wir. Worüber willst du reden?«

»Ich weiß nicht …«

»Was machen deine Kumpels heute Abend? Es ist nicht zu spät, noch kannst du dazustoßen. Schreib mich einfach ab. Na geh schon. Ich an deiner Stelle würde.«

»Wieso? Hättest du lieber jemand anders hier?«

»Jemand anders? Wen denn?«

»Irgendjemanden. Das spielt für dich doch keine Rolle, oder?«

»Jago …«

»Glaubst du etwa, ich merk das nicht? Es macht mir nichts aus?«

»Du spielst beides sehr überzeugend, mein Sohn.«

»Und warum, glaubst du, tu ich das?«

»Klingt, als würdest du's mir sagen.«

»Was würde das denn ändern? Du würdest ja doch nicht damit aufhören, das hast du doch nie.«

»Das stimmt nicht, Jago.«

»Und ich würde es auch nie versuchen. Ich versteh ja, dass …«

»Dass was?«

»Dass du so damit umgehst.«

Ein Zucken an Dennys Unterkiefer. Jago wollte instinktiv wegsehen, doch er schaute hin. Er musste es sehen, er musste in der Miene seines Vaters lesen. Andernfalls wäre der Moment verloren, und er würde niemals wiederkommen, jedenfalls nicht so.

»Es ist über drei Jahre her, und ich weiß noch immer nicht, wie ich ohne sie leben soll«, sagte Denny. »Das ist alles. Mehr ist da nicht«, sagte er achselzuckend. »Mehr kann ich dir nicht bieten.«

»Aber warum *sie*, Dad?«

»Wer?«

»Marilyn Swinton.«

Denny klemmte sich den Stift wie eine Zigarre zwischen die Zähne und biss darauf.

»Sie ist zu mir gekommen, Jago. Und nicht umgekehrt. Außerdem ist das Monate her. Warum fängst du jetzt damit an?«

»Und du hättest nicht einfach Nein sagen können?«

»Ich schätze nicht.«

»Du hast seinen Port angenommen.«

»Woher weißt du das alles überhaupt?«

»Hier? Mitten am Tag? Schwer zu übersehen.«

»Sie war auf einem Feldzug. Du hättest sie mal sehen sollen.« Er riss sich zusammen. »Jago, ihr Alter muss irgendwas getan haben, worüber sie stinksauer war, das ist alles. Mach dir keinen Kopf. Ich tu es nicht. Sie tut es nicht. Vergiss es.«

»*Vergiss es?* Klar. Okay.«

»Was stört dich so daran? Dieses Mal? An ihr? Warte, Moment, das hat nichts mit Robyn zu tun, oder? Weiß sie Bescheid?«

»Woher soll ich das wissen? Ich rede mit ihr doch nicht darüber. Ich rede überhaupt nicht mehr mit ihr.«

Jago verschloss die Vorhänge, vor der Nacht, vor dem dunklen Ort, an dem er die Lichter von White Sands sehen sollte. Er drehte sich um und sah zu seinem Dad. Denny hatte sich wieder über seine Zeichnung gebeugt, die Schultern steif, der Mund ein fester Strich.

»Ich mache dir keinen Vorwurf«, sagte Jago.

»Du hättest jedes Recht dazu«, erwiderte Denny grimmig. »Man kann es sehen, wie man will, Grund genug gibt es.«

»Es ist nur, wenn Robyn das wüsste … es würde alles ruinieren. Aber dass sie es nicht weiß, ruiniert es auch.«

Jago und sein Vater sahen einander an, dann zog Denny ihn in seine Arme, in den Geruch von Rauch und Bier, Holz und Meersalz, und er sagte: *Tut mir leid*. Drei Worte, die so vieles in sich trugen, und Jago nahm es alles an.

zwölf

Einen Tag nachdem die Swintons von ihrem Neujahrsausflug heimgekommen waren, ging Robyn in die Rockabilly-Bucht. Das Meer war bitterkalt, es drückte ihr den Schädel zusammen, presste ihr den Atem aus der Brust. Als sie auf gleicher Höhe mit den Felsen war, wandte sie sich um. Und nach einem monatelangen Nichts war Jago da mit seinem Hund. Robyn spürte, wie die Brandung kam, neigte den Kopf und stürzte sich in die Welle. Das Weißwasser jagte hinter ihrem Brett her. Dann brach die Welle, so gewaltig wie ein Haus, über ihr zusammen. Robyn mühte sich keuchend an die Oberfläche, griff ihr Brett und paddelte erneut nach draußen.

Jago beobachtete Robyn ganz ungeniert, während Scout am Ufer entlangschnüffelte. Als Robyn schließlich durch das Wasser Richtung Strand drosch, hatte sie einen grimmigen Zug um den Mund, und ihre kalten Wangen brannten rot. Sie warf das Brett in den Sand, stemmte die Hände in die Hüften und atmete schwer.

»Du hast es gewusst«, sagte sie. »Oder nicht? Deshalb warst du so komisch. Deshalb hast du dich zurückgezogen.« Sie hustete. Schlug sich auf die Brust. »Deshalb hast du mich geküsst und dann die Flucht ergriffen. Du hast es die ganze Zeit gewusst und nicht ein Wort gesagt.«

»Ich weiß nicht, wovon du redest …«, setzte er an.

»Meine Mum und dein Dad.«

»Oh.«

»Oh? *Oh?* Als ob weiter nichts wäre?«

»Es war weiter nichts. Angeblich.«

»So etwas ist nie weiter nichts. Vielleicht bist du an so etwas gewöhnt, wir reden schließlich von deinem Vater, aber ich bin es nicht. Immer eine andere, das hast du doch selbst gesagt.«

»So war es nicht. Deine Mum ist zu ihm gekommen.«

»Ach, hör auf. Er schleicht doch überall herum und macht allem, was sich rührt, schöne Augen. Meine Mum war sehr verletzlich und ist ihm in die Falle gegangen, so war's.«

»Ich glaube, deine Mum weiß selbst, was sie will.«

»Ach, bist du auf einmal der Experte für meine Familie? Du warst so überlegen, so distanziert, als ob du der Einzige wärst, der hier irgendetwas zu entscheiden hat. Warum hast du nicht mit mir geredet?«

Er schaute sie an. Seetang hatte sich an ihrer Schulter verfangen. Ihr Haar war nass und wirr. Sie sah so wütend aus, und so traurig.

»Robyn, ich wusste nicht, wie. Ich fand es schrecklich, dass ich davon wusste.«

»Vergiss das mit dem Reden. Du hättest ja auch etwas *tun* können. *Irgend*etwas. Wovor hattest du denn Angst? Dass wir eine Grenze überschreiten? Eine Grenze, die nicht mal existiert? Nur weil unsere Eltern nicht wissen, wie man sich benimmt, heißt das nicht, dass wir wie Erwachsene sein müssen, die Menschen mit vornehmer Zurückhaltung. Monate und Monate, Jago, Monate und Monate, mittendrin ein Kuss und dann nichts.«

Sie bückte sich und klemmte sich ihr Brett unter den Arm.

»Ich muss jede Menge Zeug packen. Auf mich warten Hausarbeiten, die ich nicht geschrieben, Bücher, die ich nicht gelesen habe. Ich fahre morgen wieder nach Warwick. Und darum ist alles, was nicht passiert ist, all die Dinge, die … Ich werde es vergessen. Ich werde das Ganze einfach vergessen.«

Sie ging den Strand hinauf, ihr Knöchelband wand sich hinter ihr her, ihre Füße gruben sich tief in den Sand.

»Weißt du was«, sagte sie und drehte sich noch einmal um, »das hier«, sie wies mit dem Arm auf die Bucht, »dieser Ort, das«, sie schwenkte ihr Brett, »und *du*, sind die einzigen Dinge, die mir hier wirklich was bedeuten. Aber offenbar habe ich mir die ganze Zeit was vorgemacht, denn das ist nicht mein Leben.«

»Ich hätte reden sollen. Aber ich wusste nicht, wie ich es dir sagen sollte.«

»Erzähl mir was Neues«, erwiderte Robyn. »Das hab ich schon gehört.«

»Es tut mir leid. Ich hätte das nicht auf uns beziehen sollen.«

»Uns? Jago, welches ›uns‹? Du hattest mich hier vor deiner Nase, Woche um Woche war ich hier, und jetzt geh ich wieder weg. Es ist zu spät.«

»Das muss es doch nicht sein.«

Robyn sah ihn an, er sah zurück. Plötzlich wusste er nicht mehr, was er sagen sollte. »Jedenfalls«, fuhr er mit gedämpfter Stimme fort, »hättest du auch was unternehmen können. Wir sind ja nicht im achtzehnten Jahrhundert.«

»Oh, klar. Toll. Das ist deine Ausrede.«

»Ich habe keine Ausrede. Können wir nicht einfach …«

»Einfach, was?«

»Können wir nicht einfach jetzt anfangen? Neu anfangen?«

»Ich fahre morgen. Also, wie, willst du eine Fernbeziehung? Mich alle vierzehn Tage am Wochenende sehen? Anrufe, Briefe. Jeden Tag die große Sehnsucht, aber wir wissen ja, wenn wir uns sehen, wird es toll? Willst du das?«

»Nein.«

»Aber so was gibt es. So was gibt es ständig.«

»Ich will überhaupt nicht, dass du gehst.«

»Aber ich bin immer gegangen, Jago. In der Minute, in der ich hier angekommen bin, war ich wieder weg.«

»Ich weiß.«

»Also … das war es dann«, sagte sie, ließ ihr Brett wieder fallen und streckte die Hände aus. »Was willst du? Ich fahre morgen. Was willst du?«

»Was willst *du*?«, fragte Jago. »Du willst Merrin nicht. Du hast es grade selbst gesagt, es ist nicht dein wahres Leben. Das war es nie für dich.«

»Aber hier und jetzt, in diesem Moment, bin ich da. Das hier ist wahr.«

»Aber nicht für lange, oder?«

Sie ging auf ihn zu. »Und wenn schon?« Sie senkte die Stimme. »Es muss ja nicht um morgen gehen, oder nächste Woche oder nächstes Jahr. Was ist mit dem *Jetzt*? Was ist mit uns hier und jetzt? Wenn du mich wieder küssen, mich berühren, wenn wir irgendetwas von dem tun würden, was wir meiner Meinung nach beide wollen, würdest du dann wirklich über den *Moment* hinausdenken?« Sie griff nach seinen Händen, sie lagen warm und trocken in ihren kalten, feuchten. Robyn drückte seine Hände. Sie spürte, wie er von einem Bein aufs andere wechselte und Luft holte. »Im Ernst, Jago, würdest du das tun?«

Er bewegte seine Hände in ihren, ließ seine kantigen Daumen über ihre Finger gleiten.

»Ich will nicht, dass es nur für den Moment ist«, sagte er.

»Schön. Mit jemandem wie Caroline ist das okay, aber nicht mit mir?«

»Du bist aber anders.«

Da erklang in ihrem Rücken eine Stimme; ein fröhlicher, ahnungsloser Ruf schallte quer über den Strand.

»Hey, Robyn!«

Sie schloss die Augen. »Sag mir, dass das nicht mein Bruder ist.«

»Es ist … Ja.«

»Er ist zu früh. Er sollte doch noch gar nicht hier sein.«

Robyn fuhr herum. Ben tauchte oben am Strand auf dem Pfad auf. Sie wandte sich eilig wieder an Jago.

»Ich bin nicht anders. Ich will nicht anders sein.«

Bevor Jago etwas sagen konnte, rief Ben erneut nach ihr. Er hüpfte durch den Sand. »Da bist du ja! Du musst unbedingt meine Freundin kennenlernen. Ich habe allen Ernstes ein Mädchen mitgebracht. Gott weiß, was ich mir dabei gedacht habe. Mum und Dad spielen verrückt. Der Wein ist alle, es ist noch nicht einmal zehn Uhr, und der Wein ist alle. Ich habe das arme Mädchen dagelassen, und die beiden werden sie mit ihrem Charme erdrücken, wenn wir nicht bald wiederkommen. Hey«, sagte er, als er bei ihnen war. »Jago, oder? Wie geht's dir, Mann? Kleine Schwester«, er fasste sie an den Schultern und küsste sie auf die Wange, »du siehst ja vielleicht aus, und außerdem erfrierst du hier. Na komm. Ich brauche dich.«

»Warte«, sagte Robyn und wand sich aus seinem Griff. »Ich komm gleich nach. Gib mir fünf Minuten.«

»Vergiss es, dann gehst du wieder ins Wasser und bist Stunden weg. Na komm, komm mit.«

»Ben, du störst.«

»Es ist okay«, sagte Jago. »Robyn, wir … wir sehen uns später.«

»Später? Wann später? Heute später?«

»Oh, tut mir leid. Ich bin gar nicht da«, sagte Ben. »Ich …«

»Ich schreibe dir«, sagte Jago.

»Du *schreibst* mir?«

»Robyn«, flüsterte Ben dramatisch. »Ich warte im Haus auf dich.«

»Nein, schon in Ordnung, ich komme mit. Jago wird mir ja schreiben.« Sie griff ihr Brett und wischte mit einer barschen Bewegung den Sand von dessen Nase. »Dann heißt es wohl … Auf Wiedersehen. Wir sehen uns … irgendwann.«

Ben ging den Strand hinauf, Robyn folgte ihm. Jago stand wie angewurzelt da. Am Beginn des Pfads blieb Robyn stehen und sah zurück. Jago stand unbewegt an seinem Platz. Ein Windstoß zerrte an seiner Jacke, wehte sein Haar vor sich her, doch Jagos Füße steckten fest im Sand. Dann hob Jago eine Hand. Einen Augenblick lang dachte Robyn, dass er sie zurückrufen, zu ihm locken wolle, doch er winkte nur, er winkte, drehte sich um und ging in umgekehrter Richtung fort.

dreizehn

In Warwick schaute Robyn täglich in den Briefkasten. Auf dem Weg dorthin, mit dem Schlüssel spielend, stieg immer wieder Hoffnung in ihr auf, die abrupt in sich zusammenfiel, wenn Robyn in das leere Fach sah. Am Strand hatte sie darüber verächtlich geschnauft. Ein albernes Schreiben. Sie wollte etwas Reales. Aber nun, isoliert und desillusioniert, war der Brief ihr einziger Gedanke.

Nach fünf Wochen knickte sie ein und schrieb ihm. Es war spät am Abend, sie saß in ihrem Bett, ein Buch auf den Knien, und sagte, was sie sagen wollte. Sie zügelte sich nicht, weder Hand noch Worte; sie legte wild drauflos, mit grimmig angespanntem Unterkiefer.

Jago, wie geht es dir? Was macht Merrin? Sag's mir nicht, ich kann es mir ja denken. Es ist Februar, also werden weiße Flocken fallen, doch an den Klippen werden schon die ersten Narzissen leuchten. Die See dürfte mörderisch kalt sein, aber ich vermisse sie trotzdem. Wäre ich vor Ort, ich wäre drin, darauf kannst du dich verlassen. Die Möwen werden lärmen, so wie immer, und die Krähen an Land werden sich bemühen, sie zu übertönen. Das also ist Merrin. Was ist mir dir? Ich hatte eigentlich erwartet, dass ich mal von dir gehört hätte. Du hattest schließlich gesagt, dass du mir schreiben würdest … Ich weiß, in dem Moment war ich sicher nicht begeistert, na ja, aber ich hatte mich ja auch … dir mehr oder weniger angeboten, und es war, als wolltest du mich damit abspeisen. Warum hast du mich abgewiesen? Ich will es wissen. Oder vielleicht will ich es auch gar nicht wissen, doch ich habe das Gefühl, als müsste ich. Es ist mir wichtig. Ich will versuchen, dir das zu erklären. Anfangs hatte ich das Gefühl, dass es zwischen uns eine Verbindung gibt, wegen dem, was du für mich getan hast, wegen diesem Tag am Strand. Man kann den Menschen, der einen gerettet hat, nicht einfach gehen lassen. Das ist nicht richtig. Und du bist ja nicht gegangen. Du warst immer da, auf die eine oder andere Weise. Du sollst eines wissen, selbst wenn du glaubst, dass ich es nicht erwarten kann, aus Merrin rauszukommen, und vielleicht ist das wirklich so, doch ich will, dass du mitkommst. Ich möchte meine Abenteuer mit dir erleben. Ich will, dass wir zusammen sind, Jago. Ich will nicht, dass wir bloß befreundet sind, ich will mehr als das. Ich habe immer mehr gewollt. Und ich habe nur deshalb genügend Mut, dir das zu sagen, weil ich glaube, dass du dasselbe willst. Du hast irgendwann gesagt, dass du nicht daran gewöhnt seist, viel zu reden, an dem Ort, an dem wir leben. Nun, ich mache es dir leicht. Antworte mir einfach mit einem JA oder NEIN. Wenn es ein JA ist, steige ich in den nächsten Zug. Dann kannst du mich am Bahnhof abholen, wie man es aus Büchern oder Filmen oder Liebesliedern kennt. Habe ich gerade »Liebe« gesagt? Es sieht ganz so aus.

Robyn x

Seine Antwort kam rasch.

Ich habe über deinen Brief und alles, was du mir geschrieben hast, nachgedacht. Hier nun also, wie ich darüber denke… Ich weiß, dass du eigentlich nicht nach Merrin ziehen wolltest. Aber ich weiß auch, dass du einiges gefunden hast, was dir hier gefällt. Ich weiß, dass du die See magst und das Surfen, auch wenn beides deine Zuneigung am Anfang nicht erwidert hat. Ich finde es unglaublich, wie du dich geschlagen hast. Du bist eine richtig gute Surferin, Robyn. Du hast die Bucht zu deiner Bucht gemacht. Bald wirst du die größeren Wellen an den besseren Stränden suchen, und das solltest du. Ich weiß, dass du den Tag, an dem wir uns begegnet sind, vermutlich nie vergessen wirst. Ich genauso wenig. Du hast recht, es gibt eine Verbindung, und die wird sicher niemals abreißen, sie wird immer da sein. Aber du, glaube ich, wirst das nicht. Und das ist das Problem. Meine Welt ist viel zu klein für dich. Und obwohl ich »Ja« schreiben wollte, tue ich es nicht, nur damit du herkommst. Keine Ahnung, was das über mich sagt. Vermutlich, dass ich dämlich bin. Aber ich will auf keinen Fall wie mein Dad sein. Da draußen wartet die Welt, die große weite Welt, vermutlich eine viel schönere Welt, und du bist das Mädchen, um sie zu erobern. Und darum heißt es »Nein«.

Jago x

Robyn verbrachte die Osterferien in Warwick. Die Abschlussprüfung nahte. Sie versteckte sich in ihrem Wohnheim und bemühte sich zu lernen. Sie schlief in einem ungemachten Bett, zwischen Bücherstapeln hoch wie Wände, und hörte Musik, ohrenbetäubend laut. Nur manchmal fragte Robyn sich, was die Wellen wohl so machten, doch das war alles. Sie hatte Merrin, das sich immer schon ans Ende der Welt geklammert hatte, einfach darüber hinausgeschubst. Jenseits des Examens strahlte die Verheißung einer neuen Welt, und auf dieses Licht steuerte sie zu. Lieber dachte sie an das, was möglich würde, als an das, was möglich gewesen wäre.

In der Werkstatt fegte Jago die Späne seines Tagewerks zusammen. Dann warf er den Besen hin, ging zur Werkbank und zog eine Schublade auf. Ganz weit hinten, hinter Sandpapier, Quittungsblöcken und rostigen Scheren lag die Finne, die er einst für sie gemacht hatte. Es war eines seiner besten Stücke. Er nahm sie in die Hand und musterte die glatte Oberfläche, als ob er darin etwas Wahres lesen könnte. Wenn er ihr die Finne an jenem ersten Weihnachten gegeben hätte, hätte es vielleicht keines Briefes mehr bedurft, aber damals war er seinem Instinkt gefolgt, wie nun auch. Das war wichtig. Man sollte bei dem bleiben, was man kannte. Im Leben gab es so viel Ungewisses, da musste man das Ungewisse nicht noch einladen, so viel hatte er gelernt. Besser war man mit Besonnenheit beraten. Mit Gleichmaß. Wenn dann trotzdem Trauer kam, konnte einem niemand vorwerfen, man hätte es darauf angelegt.

»Schönes Stück.«

Jago fuhr herum. Es war, als ob ihn sein Vater bei etwas Verbotenem ertappt hätte. Die Finne glühte.

»Echt 'ne Schande, so was zu verstecken.«

»Ist uralt«, sagte Jago. »Ich will es grade wegwerfen.«

»Wegwerfen? Man verschwendet doch kein gutes Holz.«

Die Finne war voller Maserwirbel, kaffeebraun und glänzend. Sie hätte wie ein springender Delfin an einem Surfbrett ausgesehen, oder die perfekte Welle. Sie hätte wahre Wunder bewirkt und das Wasser so durchschnitten, wie ein heißes Messer durch die Butter fährt.

»Kennst du niemanden, der so was braucht?«, fragte Denny.

Jago schaute ruckartig auf. »Ich glaube nicht, dass sie es will. Nicht mehr«, sagte er.

»Du bist ein ziemlicher Idiot, was?«

»Wie? Was weißt du denn schon?«

»Ich kann's mir denken. Du hast sie entwischen lassen, wie es so schön heißt, auch wenn ich sagen würde, du hast es voll versaut. Läuft aufs selbe raus.«

»So war es nicht.« Dann: »Sie wollte immer von hier weg, Dad.«

»Und wo ist das Problem?«

»Na, das hätte nicht funktioniert.«

»Wir alle gehen irgendwann.«

Denny wirkte, als ob er mehr sagen wollte, doch dann streckte er nur eine unsichere Hand aus und klopfte Jago auf die Schulter.

In Liebesdingen hatte Jago sich bei seinem Vater niemals Rat geholt. Seiner Mutter hatte er von dem Mädchen mit den Sommersprossen und den zotteligen Zöpfen erzählt, in das er sich mit zehn verliebt hatte. Seine Mutter hatte ihm geholfen, zum Valentinstag eine Karte mit ausklappbarem, leuchtend rotem Herz zu basteln, und ihm ihre Kalligrafiefeder geliehen, damit er in bebenden Buchstaben *Laura* schreiben konnte. Und seiner Mutter hatte er sich auch mit vierzehn auf der Rückfahrt anvertraut, als sein Date für die Weihnachtsdisko in der Schule den letzten Tanz mit einem anderen getanzt hatte; seine Mutter hatte kehrtgemacht und war mit ihm nach Mousehole gefahren, dann waren sie weit über seine Schlafenszeit hinaus durch die steilen, engen Straßen gelaufen und hatten über die Weihnachtsbeleuchtung gelacht, die gewaltige Torte an der Hafenmauer und das blinkende Rentier, das größer war als Tomatillo. Im Anschluss hatten sie sich in einen Pub gezwängt, in dem es nach Pfeifenrauch, offenem Feuer und sehr viel Bier gerochen hatte, und sich einen heimlichen Teller Fritten und ein halbes Glas dunkel perlenden Ales geteilt. Und auch nach seinem ersten Date mit Caroline Murphy hatte er mit seiner Mum geredet. Sie hatte barfuß und mit einer jadegrünen Schürze in der Küche gestanden und in einem Topf gerührt, einer nächtlichen Suppe, die nach Fisch, Kräutern und Knoblauch geduftet hatte.

»Du hast doch nicht etwa gewartet?«, hatte er grinsend gefragt, war auf die Anrichte gehüpft und hatte die Beine baumeln lassen.

»Mir war nach einem Nachtmahl«, hatte sie erwidert. »Machst du mit?«

»Wo ist Dad?«

Sie hatte den Kopf in Richtung Decke geneigt, durch die ein leises Schnarchen gedrungen war. Dann hatte sie die dampfende Suppe in zwei Schüsseln gefüllt. Jago hatte sich mit gesenktem Kopf darüber hergemacht, obwohl ihm die klare, helle, heiße Flüssigkeit auf der Zunge brannte. Nach vier Glas Bier auf nüchternem Magen war ihm schwindelig gewesen.

»Und, wie war's?«

Er hatte aufgeschaut.

»Wahnsinn. Köstlich.«

»Köstlich … oh! Oh Gott, ich dachte schon, du meinst das Mädchen. Du sprichst von der Suppe?«

Sie hatten beide laut gelacht.

»Das Date war gut«, hatte er erwidert, nachdem er sich beruhigt hatte. »Okay.« Und dann: »Ehrlich gesagt, die Suppe ist besser.«

Dann hatten sie wieder gelacht, wie die Irren, sich aneinander festgehalten, Jago, weil er immer noch halb betrunken, Rosalind, weil er immer noch ihr Junge, er ihr nicht verloren gegangen war, noch nicht.

Jago starrte auf die Finne. Ohne Brett, ohne Wasser war sie nutzlos. Sein Vater hatte die Hand von seiner Schulter genommen. Er war auf dem Weg zur Tür. Jago griff erneut zum Besen.

»Wirf niemals etwas weg«, sagte Denny und wandte sich noch einmal um, sein Unterkiefer bebte leicht. »Erst recht nichts Schönes. Und erst recht nichts Wertvolles.«

vierzehn

Am Tag der Geburtstagsparty war es brütend heiß. Am Wegesrand verdursteten die Wildblumen, und der Sand glühte. Robyn wurde früh wach und ging hinunter in die Bucht. Die Brandung war perfekt, die Wellen überschlugen sich zu wildem Weißwasser. Robyn ließ sich Zeit und paddelte in aller Ruhe hinaus. Wenn ihr danach war, nahm sie eine Welle, fuhr in sie hinein und machte einen raschen Turn. Sie gab sich ganz dem salzigen Geschmack auf ihrer Zunge hin, dem Gefühl des kieseligen Grunds zwischen ihren Zehen.

Später würden Lampions die Bucht durchziehen, ihr Bruder würde mit seiner Band zwischen den Felsen sitzen und Gitarrenklänge in den Abendhimmel schicken. Ihre Freunde, zwanzig an der Zahl, würden von Aberdeen, Putney, Harrogate und Brighton bis nach Merrin kommen, die Ebbe würde, wenn sie tanzten, um ihre Füße spülen, und dann würden alle »Happy Birthday« singen. Robyn hatte auf Abendgarderobe bestanden, ihr gefiel die Vorstellung, dass die Jungen als Pinguine verkleidet über die Felsen klettern und die Mädchen ihre Pumps von sich werfen würden. Allerdings bedeutete das einen Einbruch in ihren geheimen Ort. Sie hatte lang und gründlich darüber nachgedacht und dann entschieden, dass sie es so wollte. Es würde sich ohnehin alles ändern. Wenn sie nach London ging, was sie hoffte, würde sie höchstens sporadisch ein Wochenende hier verbringen. Rockabilly wäre nur noch eine Erinnerung: ein Foto an der Wand, ein meeresglatter Kiesel in der Manteltasche. Die Bucht war viel zu sehr ein Nirgendwo gewesen, ein temporäres Heim zwischen all den Wochen in der Ferne. Dieser Ort hätte niemals solche Macht über sie haben dürfen. Robyn gab dem Meer die Schuld. Das Meer, das sie mit seiner rastlosen Präsenz vom Augenblick ihrer Ankunft an gerufen hatte. Und Jago, der mit seinem windverwehten Haar inmitten dieser Landschaft aufgetaucht war, mit seinem Lächeln Richtung Himmel, mit Händen, die sie aus dem Wasser hoben, und mit Lippen, die sie küssten und sich dann zu einer Linie verschlossen, so fern und gerade wie der Horizont der See.

Ihre Freunde entfachten ein Feuerwerk aus Glitzerkleidern und Riemchensandaletten, tadellosen Smokinghemden und Zigarettenrauch. In ihren Tragetaschen klimperten und klirrten viele Flaschen. Als Lauren, die aus Ely gekommen war, ihr Kleid anhob, blitzte ein türkisfarbener Bikini hervor, und Michael, der aus Durham angereist war, trug einen zerfetzten Strohhut über seinem Smoking. Die Aussicht auf eine Strandparty hatte sie gelockt, und White Sands erfüllte sämtliche Erwartungen. Robyn hatte am Vormittag eine Leuchtschnur nach der anderen gespannt, den ganzen Weg vom Haus zur Bucht. In den Ästen baumelten Laternen, die bei Beginn der Dämmerung entzündet werden sollten – ein Lichterrausch, den man sicher auch von Hooper's House aus sah.

Unten bei den Felsen stimmte Ben mit seiner Band die Gitarren, ein letzter Sonnenstrahl schimmerte auf einem Plektrum. Die Musiker waren vormittags in einem schäbigen blauen Miettransporter eingetroffen. Sie hatten sich zu diesem Anlass ein letztes Mal vereint. Robyn kannte alle bis auf einen: Da war Ross, der Schlagzeuger, mit seinem militärisch kurzen roten Haar und seinem langsamen Lächeln. Lucas, der die Rhythmusgitarre spielte und rundlicher war, als Robyn ihn in Erinnerung hatte, und dessen Wangen von der frischen Rasur glänzten. Richie, lange Jahre der Leadgitarrist, hatte mittlerweile Zwillingsmädchen und lebte auf dem Land, er ließ sich von seinem jüngeren Bruder Eliot vertreten. Eliot, so hatte Richie zu Ben und Ben zu Robyn gesagt, der hatte es wirklich drauf. Er hatte eine eigene Band, und die sei unaufhaltsam auf dem Weg nach oben, nur eine Frage der Zeit, bis die sich ein großes Label schnappte, hatte er gesagt. Als Robyn und Eliot einander vorgestellt wurden, verstand sie augenblicklich, was ihr Bruder meinte, und zu dem Zeitpunkt hatte Eliot noch keinen Ton gespielt. Er strahlte so viel Selbstbewusstsein aus und zugleich etwas in sich Ruhendes. Er war groß, schlaksig regelrecht, mit langen, muskelbepackten Armen. Das schmutzig blonde Haar fiel ihm in die Augen, und als er es mit einer achtlosen Geste beiseiteschob, sah Robyn in ihr Leuchten. Bei seinem Gang durch den Garten, um aufs Meer zu schauen, wirkte er wie eine Katze, immer auf dem Sprung und doch träge und geschmeidig. In seinen engen Jeans und dem verblichenen T-Shirt, die Schuhspitzen vom Tau geschwärzt, stand er dort wie eine Erscheinung, ein Großstadtcowboy, der sich aus seinem Kellerclub nach White Sands verirrt hatte. Robyn beobachtete ihn aus den Augenwinkeln. Als die anderen sie zur Begrüßung umarmten und küssten, kam Eliot zurück und streckte ihr die Hand entgegen. Robyn spürte die Schwielen und dachte kurz an Jago.

»Willkommen«, sagte sie, »Merrins Bewohner, also ich, heißen dich willkommen.«

»Hallo, Merrin«, erwiderte er mit einem Lächeln, das so weit und offen wie der Himmel war.

Jago schaute sich im Spiegel an. Er kam sich wie ein Fremder vor. Das Jackett war steif und spannte unter den Armen, die Fliege wirkte komisch und nicht kultiviert. Der Anzug war geliehen, und so fühlte er sich an.

»Sieh dir meinen Jungen an«, sagte Denny, der hinter ihm erschien. »Meinen Mann.«

»Ich sehe albern aus.«

»Das ist immer so. Aber irgendwann im Laufe eines Abends kommt der Punkt, meist wenn man genug getrunken hat, an dem du feststellst, du siehst absolut passend aus.«

»Wann hast du so was zum letzten Mal getragen?«

»Einen Smoking? Bei meiner Hochzeit.«

Jago versuchte sich an einer lockeren Erwiderung.

»Aber man heiratet doch nicht in Abendgarderobe … oder?«

»Wir wohl. Wir fanden es wahnsinnig glamourös.«

»Warum hab ich dann nicht deinen angezogen? Der hätte mir bestimmt besser gepasst. Oder hast du …«

»Was deine Mutter nicht verstanden hatte, war, dass sie selbst in einem alten Sack glamourös ausgesehen hätte. Ich, ich hatte es nötig.«

Jago wandte sich wieder zum Spiegel, rückte die Fliege zurecht und zupfte an seinem gestärkten Hemdkragen.

»Bei Robyn ist das auch so«, sagte er. Er sah zu seinem Vater, ihre Blicke trafen sich im Spiegel.

»Hast du ihr das je gesagt?«

»Ich mach es heute Abend.«

Jago hatte keine Einladung erhalten. Seit seinem dämlichen, unseligen Brief hatte er von Robyn nichts gehört. Dann hatte ihm Marilyn wie nebenbei, als sie sich auf der Straße begegnet waren, von der Party erzählt, und in Wochen voller Unentschlossenheit hatte sich, befeuert von der beharrlichen Stimme seines Vaters, die ihn einen Idioten nannte, ein Plan herauskristallisiert. Sämtliche Gründe, Nein zu sagen – und sie bestanden nach wie vor, was immer man auch einwenden mochte –, waren vor der Vorstellung verblasst, Robyn in einem Abendkleid zu sehen, inmitten all der Städter, in der Bucht, die sie Rockabilly nannte. Er konnte sich nicht länger den Kopf darüber zerbrechen, ob sie dauerhaft in Merrin bliebe oder nicht. Und selbst wenn es mit einem gebrochenen Herzen endete? Vielleicht, aber auch nur vielleicht, war das besser, als wenn es nie begonnen hätte.

»Tapferer Kerl«, sagte sein Dad, und sie lächelten gemeinsam. Der Zauber brach, als Denny zum Fenster schritt, es öffnete und sich weit hinauslehnte. Die Misstöne mehrerer Gitarren, die gleichzeitig gestimmt wurden, erklangen.

»Was zur …?«

»Das ist die Band«, setzte Jago an. »Ihr Bruder …«

»Tomatillo liegt auf der Seite«, sagte Denny. »Das sieht nicht gut aus …«

Jago trat zu seinem Vater. Weit hinten auf dem Feld, kurz bevor das Gras zur See hin abfiel, lag wie gefällt das Pferd, den Kopf im Gras, und selbst aus der Entfernung sah man deutlich, dass die Beine seltsam steif waren, seine Haltung irgendwie nicht stimmte.

»Warte!«, rief Jago, als Denny die Treppe hinunterstürzte. Er riss sich das Jackett vom Leib, zerrte seine Fliege los. »Ich komme, Junge«, keuchte er. »Halt durch. Halt bitte durch.«

Der Tierarzt wohnte in Penzance, und er kam, so rasch es ging. Jago und Denny warteten bei Tomatillo, sie hatten ihm eine Decke über den Rücken gelegt. Als sie auf der Weide eingetroffen waren, hatte er versucht aufzustehen, sich mühsam aufgerappelt. Doch er war wieder gestürzt. Nun lag er still da. Jago streichelte seine sanften Nüstern, wischte ihm einen kleinen Schaumfetzen vom Maul und schmierte ihn ins Gras. Tomatillos Atem ging mühsam, rasselnd, seine Brust hob und senkte sich, während alles andere, seine gewöhnlich zuckenden Ohren, seine so lebhaften Augen, unnatürlich still blieb. Unten am Strand begann die Party, die Rufe der Fremden drangen bis zur Wiese hoch, überall war Musik.

»Du magst den Lärm nicht, oder, mein Junge?« Jago legte dem Pferd eine Hand auf den Hals. Tomatillos Lider flackerten kurz, dann schlossen sie sich. Unverändert hob und senkte sich seine Brust. »Kommt der Tierarzt überhaupt durch, bei den vielen Autos?«, fragte Jago plötzlich.

»Mach dir keinen Kopf«, sagte Denny. »Du solltest trotzdem gehen. Und Robyn zum Geburtstag gratulieren.«

Jagos Hand strich hin und her über Tomatillos Fell. Er hätte in diesen Kreis sowieso nicht reingepasst. Der Junge aus dem Ort, im geliehenen Anzug, der Freund aus der Nachbarschaft, nicht der Freund, den man sich erwählt, sondern der, dem man zuerst begegnet war. Er trug Merrin in sich, das war nicht zu leugnen. Das raue Gras, die windschiefen Hecken, die wogende See. Ein krankes Pferd, das auf der Seite lag. Eine geistergleiche Mutter, deren Stimme sich mit jedem Tag mehr von ihm entfernte. Erinnerte er sich überhaupt an ihre Klangfarbe? Ihre Höhen, Tiefen und ihr Lachen? Alles entwand sich ihm, und die Hoffnung siechte auch dahin. Er neigte sich dem Pferd zu.

»Ich gehe nirgendwohin«, sagte Jago. »Nicht jetzt.«

Da erschien der Tierarzt, eine schmale, ferne Gestalt, die ein Bein über den Zauntritt schwang. Denny stand auf und ging ihm entgegen, während Jago mit der Hand über den Kopf des Pferdes fuhr und ihm etwas zuflüsterte. Es hätte ein Gebet sein können, hätte er an einen Gott geglaubt.

Sie hatte Musiker zwar nie verklärt, trotzdem glaubte Robyn, dass sie anders waren. Wenn sie an ihre Kindheit dachte, sah sie Ben vor sich, der sich mit seinen Freunden auf Sofas räkelte und Songs erfand. Sie warfen sich Textzeilen wie Bälle zu, und irgendjemand schlug im Hintergrund träge einige Akkorde an. Sie hatte oft beobachtet, wie sie ihr Equipment zu ihren alten Rostlauben getragen hatten, und obwohl sie kaum älter als sechs oder sieben Jahre alt gewesen war, hatte sie die Energie, die Aufgeladenheit gespürt, wenn der Kies unter den Reifen spritzte und sie in die Nacht gefahren waren.

Sie hatte Bens Band zum ersten Mal mit dreizehn spielen sehen, in einem Pub in ihrer Heimatstadt, wo sie verbotenerweise ein Bier mit Limonade getrunken und mit baumelnden Beinen auf einem Barhocker gesessen hatte. Als sie die Bühne betreten hatten, die Gitarren vor der Brust, hatten sie sich vollkommen verwandelt. Mit bebenden Lippen und sich weitenden Augen hatte Robyn diesen Fremden zugeschaut, diesem Sog aus Beat, Akkord und Stimme. Wie ein Schwarm exotischer Fische hatten sie sich hin und her bewegt, in perfektem Gleichklang, wogende Farbtupfer in der trüben Tiefe eines Pubs.

Die Magie war ungebrochen, so viele Jahre später, auf dieser improvisierten Bühne, die Amplifier auf den Felsen, unter dem Schlagzeug Seegras. Es spielte keine Rolle, dass sie ihre

Träume von einem Leben als Star der Nostalgie übereignet hatten oder nur noch Songs spielten, die anderen gehörten. Und Eliot, der Neuling, der geborgte Gitarrist, der es wirklich draufhatte, stach wie eine Lichtgestalt hervor. Ob sie wollte oder nicht, er zog ihren Blick immer wieder auf sich.

An jenem Abend brachte die Dämmerung etwas Sentimentales, etwas Nachdenkliches mit, als ob der Tag verschwimmen und die klaren Linien verwischen wollte. Es war Juli, die Nacht würde bis zum Ende fernbleiben. Jago musste die Schreie gehört haben, als sich ihre Freunde ins Wasser gewagt hatten. Und die Musik, die sich bis über das Kap erhob, über Seegras blies und an den Klippen rüttelte, konnte er genauso wenig ignorieren. Sie hatte ihn nicht eingeladen, aber angenommen, dass er trotzdem kommen würde. Seine Abwesenheit stach ihr in die Augen, hatte eine eigene Präsenz.

Ruby tanzte an ihr vorbei, zog sie am Arm und riss sie aus der Träumerei.

»Die Band ist der Wahnsinn. Dein Bruder ist der Wahnsinn.«

Sie sah zu Eliot.

»Mein Bruder ist der Bassist. Redest du von dem da? Das ist nicht mein Bruder.«

»Nicht? Oh, Ben, richtig, Ben ist dein Bruder. Und wer ist das? Er sieht aus wie du. Groß und blond, genau wie du.«

»Das ist Eliot«, sagte Robyn. »Und er sieht überhaupt nicht aus wie ich.«

Sie verfolgte, wie ihm das Haar in die Augen fiel und seine schlanken Finger in die Saiten griffen, wie er sich im Takt der Musik wiegte. In dem Moment schaute er auf. Er strich sich das Haar aus dem Gesicht, sah ihr in die Augen und lächelte, mitten im Gesang. Es war nichts Großes, so ein Lächeln, doch nicht jeder konnte das. Im Laufe des Konzerts kamen Robyns Freunde zu ihr, tanzten neben ihr, schlangen die Arme um sie und drückten ihr Drinks in die Hand. Doch immer wieder musste sie ihren Blick von dem Pfad lösen, von seiner Öffnung in die Bucht, sogar vom Kap und von dem Felsen, von dem aus sie auf das nächtliche Wasser geschaut, von fernen Kontinenten und von Rosalind gesprochen hatten. Langsam quoll die Dunkelheit hervor und verschluckte alle Formen. Robyn tanzte träge, wiegte sich in den Hüften und streckte die Arme in die Höhe. Über ihr funkelten Scharen von Sternbildern, und sie brannten derart lichterloh, als wollten sie vom Himmel stürzen. Robyn schloss die Augen.

»Es ist das Herz«, sagte der Tierarzt. »Es pumpt nicht genügend Blut zum Kopf.«

Tomatillo hatte sich noch zweimal aufgemüht und war jedes Mal gestürzt. Jago und Denny waren ihm mit ihren Bewegungen gefolgt, hatten die Arme ausgestreckt und waren, als das Pferd zu Boden schwankte, mit gesunken. Ein Huf traf Jago am Knie, er fluchte und rieb die Stelle mit beiden Händen. Tränen traten ihm in die Augen, doch er wischte sie nicht fort. Tomatillos Nüstern blähten sich. Sein Fell glänzte vor Schweiß.

»Deshalb wird er immer wieder ohnmächtig.«

»Was können wir tun?«, drängte Jago.

Denny und der Tierarzt sahen sich an. »Er kollabiert«, sagte Denny. »Herzinfarkt.«

Jago kniete sich neben seinen Vater, er zuckte leicht zusammen. »Das kann nicht sein. Dann würde er doch einfach sterben, oder? Wenn es so was wäre? Er würde umfallen und liegen …«

»Er ist ein zäher alter Bursche«, sagte Denny.

»Das ist er«, sagte der Tierarzt, »aber das überlebt er nicht. So was nicht.«

Jago streichelte das Pferd. Vom Strand her wummerte der Bass, der treibende Rhythmus prallte an die Klippen. Die Worte des Tierarztes gingen darin unter. Er musste sie, lauter, wiederholen.

»Eine Waffe ist oftmals der sanftere Weg«, sagte er. »Oder wir injizieren …«

»Die Waffe. Erlösen Sie ihn«, sagte Denny. »Wenn sonst keine Wahl bleibt …«

»Dad?«, bat Jago, die Augen groß und weiß im Strahl der Lampe, die der Tierarzt hielt.

Denny drückte seine Schulter. »Ich mach das«, sagte er. »Er wird gar nichts mitbekommen. Ich werde ihm helfen, Jago.«

Er hätte nicht zusehen müssen, doch er tat es. Sein Dad nahm das Gewehr und legte es sich an die Schulter. Und dann war es getan. Ein Schuss, ein sauberes Loch in Tomatillos Stirn. Genau an der Stelle, an die Jago zuvor seine Lippen gelegt und geflüstert hatte, *Wiedersehen, alter Junge*, und: *Wir lieben dich.*

Die Band hob zu einem letzten wilden Sturm der Bässe und Stakkatoschläge an. Der Hall dröhnte weit über die Klippen. Die Menge jubelte und pfiff nach Zugaben. Robyn bahnte sich einen Weg zu dem Eimer mit dem Eis, der im Sand steckte. Sie bückte sich nach einem Bier und spürte eine sanfte Hand an ihrer Taille.

»Gib mir auch eins.«

Sie fuhr herum, mit einem Strahlen.

»Oh, hi«, sagte sie.

»Du dachtest, es wär jemand anders.«

»Nein, dachte ich nicht«, sagte Robyn und reichte ihm die Flaschen.

Er löste beide Verschlüsse zugleich, eine geschickte Drehung, dann stieß er mit ihr an.

»Cheers. Alles Gute zum Geburtstag.«

»Danke. Cheers.«

Sie nahmen einen Schluck und wandten sich automatisch Richtung Meer, so wie es alle an einem offenen Gewässer tun, als ob jeder hoffen würde, dass diese Größe, diese Freiheit auch das eigene Leben weiten würde. Robyn bewegte sich von der Party fort, am Strand entlang. Eliot folgte ihr.

»Ich habe an einigen erstaunlichen Orten gespielt, aber das hier übertrifft echt alles«, sagte er. »Deine Idee?«

»Es ist komisch, dass plötzlich so viele Menschen in der Bucht sind. Ich hatte gedacht, es würde mir gefallen, aber … Ich weiß nicht. Ich bin daran gewöhnt, hier ganz allein zu sein. Oder mit Jago.«

»Dein Freund?«

»Nein. Es gibt keinen Freund.«

»Erstaunlich«, sagte Eliot.

»Erstaunlich?«

»Sehr.«

Robyn zuckte mit den Achseln. »Ich will nur noch nach London. Von hier weg.«

»Was gibt's in London?«

»Alles. Etwa nicht?«

»Klar, die Straßen sind mit Gold gepflastert, wenn man weiß, wo.«

»Und, weißt du's?«

»Hängt davon ab, welches Gold man sucht. Wann kommst du denn?«

»Sobald es geht.«

»Und wohnst du dann bei deinem Bruder?«

»Vielleicht.«

Sie gingen durch das seichte Uferwasser, Robyn barfuß, Eliot mit nassen Schuhen. Offenbar hatte er das nicht bemerkt.

»Ich mag Ben«, sagte er. »Aber er hätte bei seiner Musik bleiben sollen. Gilt auch für Richie. Diese Typen tun so, als ob sie damit abgeschlossen hätten, dabei haben sie dem nie eine richtige Chance gegeben.«

»Doch, das hat er. Jahrelang. All die Gigs, die Typen von den Plattenfirmen, die großen Versprechungen, und dann ... nichts. Manchmal muss man wissen, wann es Zeit ist aufzugeben.«

»Ah. Verstehe. Eine Realistin.«

»Irgendwann ist das Maß an Enttäuschung voll, findest du nicht?«

»Enttäuschung ist eine bewusste Entscheidung. Das Gefühl kommt nicht von außen.«

»Glaubst du das im Ernst? Das klingt wie ein Spruch aus einem Ratgeber.«

»Du darfst den Glauben nie verlieren«, erwiderte Eliot. »Wer soll denn sonst an dich glauben, wenn nicht du?«

»Entschieden also.« Robyn nickte. »Einverstanden.«

»Verlass dich drauf, das bin ich.«

»Na ja, du bist gut, also ...«

»Findest du?« Seine Miene war ernst, als ob ihr Urteil von Bedeutung wäre.

Robyn nickte. »Wirklich gut. Wie heißt deine Band? Ich werde mir den Namen merken. Euch im Auge behalten. Und dann sagen, dass ich euch von früher kenne, vor dem Ruhm und so.«

»The Fearless. Wir heißen The Fearless.«

»Die Furchtlosen. Gefällt mir.«

»Sag, dieser Jago … dieser Typ vom Strand … Läuft da was?«

»Ist nur ein Freund von hier.« Robyn machte eine Pause. Dann sagte sie: »Er hat mich mal gerettet, tatsächlich ganz genau an dieser Stelle. Ich hatte ein Problem im Wasser, und er hat mich rausgeholt. Mich zurück zum Strand gebracht. So haben wir uns kennengelernt.«

»Machst du Witze?« Eliot gab ein Pfeifen von sich. »Er hat dich gerettet? Wer soll denn dagegen ankommen?«

Das war eine interessante Formulierung. Robyn schaute Eliot von der Seite an. »Ist schon ein paar Jahre her«, sagte sie. »Ziemlich lang sogar.«

»Okay.«

»Es war wirklich keine große Sache. Ich hab zwar mal gedacht, das wäre es, aber … war es nicht.«

»Hast du darauf angespielt? *Irgendwann ist das Maß an Enttäuschung voll*?«

»Ich habe nicht von ihm gesprochen.«

»Gut«, sagte Eliot. Wieder warf ihm Robyn einen Blick zu.

Sie hatten die Felsen am Ende der Bucht erreicht. In den Schatten der Nacht wirkten sie wie ein schlafendes, urzeitliches Wesen. Abseits der Party mit all ihrem Getöse dröhnte die See viel lauter. Robyn lehnte sich an einen Felsen und nahm einen Schluck Bier. Eliot kam näher. Es war dunkel. Sie berührten sich beinahe.

»Also, auf deiner Party ist niemand, der dir was bedeutet? Niemand, von dem ich wissen sollte?«

»Nein«, sagte sie leise. Dann lauter: »Niemand.«

»Du weißt, dass man einen Menschen auf viele Weisen retten kann, oder? Nicht nur auf die naheliegende. Wenn ich …

beispielsweise das hier täte …« Er beugte sich vor und legte seine Lippen nah an ihren Mund. Ein rascher Kuss, wie dahingehaucht. Als Eliot weitersprach, war sein Mund immer noch an ihrem. »… würde ich dich vor einem Geburtstag ohne Liebe retten …«

Mich muss niemand retten, wollte Robyn sagen, doch seine Lippen hatten eine leise Beharrlichkeit, der sie sich ergab. Sie öffnete den Mund und ließ ihr Bier in den Sand fallen. Ihre Hände pressten sich an seinen Rücken. Es bestand eine Ähnlichkeit, damit hatte Ruby recht gehabt, doch die war nicht geschwisterlich, ganz und gar nicht. Aber es passte. Ein kurzer Kuss, und das war deutlich. Eliot wich zurück und legte seine Hände an ihr Gesicht. Er lächelte.

»Ich habe dich gewarnt, ich bin entschlossen.«

»Ich glaube, ich mag entschlossen.«

»Ein Strand, ein Mädchen, eine Sommernacht … Da will ein Lied geschrieben werden.«

»Das ist alt. Dieses Lied gibt es längst.«

»Aber nicht auf diese Weise.«

Er küsste sie erneut, seine Zunge bewegte sich in ihrem Mund. Robyn schloss die Augen.

»Nicht aufhören«, sagte sie, er lachte und verschloss ihren Mund mit seinen Küssen.

Hand in Hand gingen sie am Meer entlang zurück. Eliot sang leise vor sich hin, Zeilen aus Songs, die Robyn nicht kannte, die aber bekannt klangen. Hin und wieder schaute er in der Dunkelheit zu ihr, und sie wusste, dass er lächelte.

»Die anderen werden sich schon fragen, wo ich stecke«, hatte sie gesagt, und er hatte ihr Schlüsselbein mit Küssen bedeckt und zugestimmt.

»Gastgeberin und Ehrengast zugleich«, hatte er erwidert. »Da kann ich dich nicht lang entführen.«

»Nein, wohl kaum«, hatte sie nicht ohne ein gewisses Maß an Widerwilligkeit gesagt.

»Aber nachher, wenn die Party vorbei ist, wenn alle im Bett sind … komme ich zu dir … Wie klingt das? Ist das okay?«

»Ja«, hatte Robyn gesagt, »das ist okay.«

Die Musik kam nun aus den Boxen. Die Gäste hatten sich über das gesamte Ufer verteilt. Einige tanzten, andere waren halb im Sand versunken, flüsterten Vertrauliches und teilten sich Getränke. Glühende Zigarettenspitzen zucken durch die Dunkelheit. Plötzlich legte Ben einen Arm um seine Schwester. Robyn fuhr zusammen.

»Na, was habt ihr beide so gemacht?«

»Nichts Besonderes«, erwiderte sie.

»Bei Eliot klingt das aber anders. Ihn hat's voll erwischt, Robyn. Was hast du getan?«

»Nichts Besonderes«, sagte sie erneut, aber nun mit einem Lächeln, weil sie gern hörte, dass man sich in den wenigen Momenten, in denen man sich in den Armen lag, doch verlieben konnte. »Was hat er denn gesagt?«

»Dass meine Schwester umwerfend ist. Ich hätte ihn natürlich gerne eines Besseren belehrt, aber ich wollte ihm die Illusion nicht rauben.«

»Das hat er gesagt?«

»Das hat er gesagt.«

»Solltest du nicht den großen Bruder spielen? Den eifersüchtigen Beschützer?«

»Ich mag ihn«, sagte Ben.

»Ich glaub, ich mag ihn auch«, sagte Robyn.

Jago saß oben auf dem Kap. Die gellenden Gitarren und dröhnenden Trommelschläge waren Merrins ureigener Musik gewichen: dem Rasseln und Zischen des Wassers, dem Donnern der Brandung. Von oben wirkte es, als ob sich dunkle Tiere dort am Strand bewegten. Robyn konnte er zwischen ihren Gästen nicht erkennen. Ein Feuer war entzündet worden und züngelte hungrig empor. Jago war wie hypnotisiert von den Flammen, seine Augen brannten von der fernen Hitze. Er dachte an einen anderen Abend, ein anderes Feuer. An teure Besitztümer, die zu Asche wurden, die rußverschmierten Wangen seines Vaters, die klare Tränenspur, die sich darüber zog. So vieles ging verloren.

Jago hatte seine Smokingjacke geöffnet. Das einst weiße Hemd war fleckig und zerknittert. Er fuhr sich mit beiden Händen durch das Haar und sank in sich zusammen. Er legte sein Gesicht in die Hände. Die Totenwache im Fackelschein war vorüber. Als der Tierarzt zurück über das Feld gegangen war, hatte Denny nach Jagos Hand gegriffen.

»Es war eine lange Nacht. Und du hast Robyns Party versäumt. Warum gehst du nicht runter? Erklärst es ihr? Sie wird's verstehen.«

»Es ist zu spät«, hatte Jago erwidert. »Hat keinen Sinn.«

»Brauchst du keinen Drink? Na los, geh. Sonst wirst du es bereuen.«

»Und du?«

»Bin hundemüde. Ich geh ins Bett.«

»Und du wirst nicht …«

»Was?«

»Keine Ahnung … Kommst du klar?«

»Ich komm klar.«

»Und du willst keine Gesellschaft?«

»Geh. Geh zu Robyn.«

Doch Jago hatte sich langsam, von Traurigkeit gedrückt bewegt, und wer wollte so etwas auf einer Party sehen? Also hatte er sich unsichtbar gemacht und zwischen die Felsen und die Büschel rauen Ginsters gesetzt. Ob Robyn den Schuss mitbekommen hatte? Oben, am Hang, war es ohrenbetäubend gewesen, Jago hörte immer noch ein Klingeln, aber unten am Strand war der Knall wahrscheinlich vom Dröhnen des Schlagzeugs, dem Kreischen der Gitarren übertönt worden. Selbst wenn sie den Schuss gehört hätte, sie hätte nicht gewusst, was er bedeutete. Zu Jago drang Gelächter, dann wurde die Musik wieder aufgedreht. Er lehnte sich an einen Felsen, schloss die Augen und ließ sich von Meereswind umwehen.

»Wir sind fix und fertig«, sagte Phil und küsste Robyn im Vorübergehen auf die Wange. Ruby, Jenna und Guy taten es ihm nach. Robyns Freunde bahnten sich den Weg zurück nach oben, zu dem provisorischen Zeltdorf, das im Garten von White Sands errichtet worden war. Eine kleine Gruppe harrte in Jacken und Pullovern aus, um das frühe Licht der Dämmerung zu sehen. Die Band hatte ihre Instrumente längst gepackt; vermutlich hatten sie das Wohnzimmer in Beschlag genommen, sich über den Whisky und die Sofas hergemacht und die Jüngeren sich selbst und der Party überlassen. Nur Eliot war noch da.

»Wozu hast du Lust?«, fragte er.

»Wozu hast *du* Lust?«

»Es ist mittlerweile ziemlich kalt hier unten«, sagte er. »Wollen wir rein?«

»Was, ins Bett?«

»Wenn du willst«, sagte er mit einem Zwinkern.

»Das hab ich nicht gemeint«, sagte Robyn.

Er schob seine Hand in ihre, beugte sich zu ihr und gab ihr einen langen, tiefen Kuss. Er schmeckte leicht nach Ingwer, seine Bartstoppeln kitzelten am Kinn. Robyn keuchte leise, ungewollt. Sie lösten sich voneinander, lachten und küssten sich erneut. Irgendwann brachen sie in Richtung Haus auf, stiegen über die Felsen hinweg in den tunnelgleichen Pfad. Ihre Schritte waren drängend, Atem wurde atemlos.

»Pst«, machte Robyn, als sie im Garten um die Zelte schlichen und zur Haustür kamen. »Uns darf niemand hören.«

Eliot nickte und folgte ihr hinein.

fünfzehn

So war ihr das noch nie passiert. Nicht auf diese Weise. Es hatte einen älteren Kommilitonen an der Universität gegeben, Daniel, der im Wohnheim gegenüber gelebt und am offenen Fenster Saxophon geübt hatte. Einmal, spätabends, gegen Ende ihres ersten Jahres, als sie verwegener Stimmung gewesen war, hatte sie ihm etwas zugerufen, und er hatte sie zu sich eingeladen. Sie hatten sich geküsst, noch mehr geküsst und am folgenden Abend wiederum geküsst, und zwei Wochen später, nach noch mehr Küssen, einem Abendessen in einem der besseren Restaurants der Stadt und einem Kinofilm von der letzten Reihe aus waren sie zu ihm gegangen und hatten miteinander geschlafen. Es war ihr erstes Mal gewesen und bei Weitem nicht so übereilt oder schmerzhaft und auch gar nicht so dramatisch weltverändernd wie erwartet. Hinterher hatten sie Seite an Seite in seinem engen Einzelbett gelegen.

»Ich wünschte, das Timing wäre besser«, hatte er gesagt und sich ihr Haar um seinen Finger gewickelt.

»Ich fand das Timing ziemlich gut«, hatte sie anzüglich grinsend entgegnet, weil sie nicht das Gefühl gehabt hatte, dass sie ihn jemals lieben würde, nicht diesen lustigen, netten, rücksichtsvollen Mann, der auf seine ganz eigene, Teddybär-, Stoppelkinn- und Braune-Augen-Art attraktiv war.

Er war im Sommer nach New York gezogen, und dort

war er immer noch und spielte für Touristen Saxophon. Hin und wieder schickte er ihr eine Postkarte, doch sie stimmten Robyn immer traurig. Seine Zeilen waren geradeheraus und tief empfunden, doch er war der Falsche. Vielleicht war einer von beiden immer der Falsche.

Als Robyn wach wurde, schlief Eliot noch neben ihr, die Arme über dem Kopf, als würde er am Strand in der Sonne baden, die Lippen leicht geöffnet. Eine kindhafte Natürlichkeit lag auf seinen Zügen. Auf der Bühne war er pure Energie, cool und kantig, doch im Bett kam seine weiche Seite zum Vorschein. Robyn drehte sich zu ihm und musterte ihn etwas länger, dann rollte sie sich wieder auf den Rücken und schaute an die Decke. In ihrem Kopf herrschte Durcheinander, die Ereignisse der letzten Nacht wogten rastlos hin und her. *Okay*, dachte sie und holte tief Atem, *okay*. Sie rutschte zu ihm, legte versuchsweise einen Arm auf seine Brust und senkte sanft den Kopf. In seinem Schlaf zog er sie an sich. *Okay*, dachte Robyn, schloss die Augen und versuchte, ihm in sein Behagen, seinen schlaferfüllten Frieden nachzufolgen.

Nach dem Frühstück fuhr die Band zurück nach London. Ben verstaute den Rest des Equipments im Wagen, dann kam er zu Robyn, die bei ihren Freunden stand.

»Mach's gut, Nicht-mehr-kleine-Schwester. Pass auf dich auf.«

»Von wegen mach's gut«, lachte sie. »Ich komme mit.«

»Das ist mir neu.«

»Ich dachte, ich nutze die Gelegenheit und fahr umsonst nach London mit. Um mich nach Jobs umzusehen. Nach Wohnungen …«

»Okay. Guter Plan. Aber … gibt es einen Grund für diese plötzliche Entscheidung?«, fragte er.

»Eliot.«

Er war ihr in die Dusche gefolgt, hatte ihr einen Kuss in den Nacken gedrückt und sie zu sich herumgedreht.

»Komm mit mir nach London. Ich will dich zu einem richtigen Date ausführen.«

»War das gestern Abend etwa kein richtiges Date?«

»Ich will dich umwerben«, hatte er gesagt. »Du bist die Art von Mädchen, die umworben werden sollte.«

»Was redest du denn da? So redet heutzutage doch kein Mensch.«

»Sag einfach Ja«, hatte er gedrängt.

»Okay«, hatte Robyn daraufhin gesagt. »Ja. Warum nicht? Ja.«

Seine Augen waren über ihren nackten Körper gewandert, und sie hatte ihn mit einem Lachen fortgestoßen. Er hatte sie der Dusche überlassen und sich abgewandt, mit einem Wippen in den Beinen, einem Pfeifen auf den Lippen.

»Und wo willst du übernachten?« Ben sah sie scharf an.

»Bei dir?«, sagte sie. »Oder … bei Eliot. Vielleicht.«

»Bei mir«, sagte er.

»Danke«, sagte sie. »Vielleicht.«

»Wie lange?«

»Keine Ahnung, ein, zwei Tage. Oder auch drei, vier. Ich bin frei, die Uni ist vorbei. Ich habe buchstäblich *nichts* zu tun, außer … na ja, all den Dingen, die ich tun muss. Aber denken wir nicht daran. Ich bin frei!«

»Soll ich das für dich nehmen?«, fragte Eliot im Vorübergehen und wies mit dem Kinn auf ihren ausgebeulten Rucksack auf dem Boden.

»Danke«, sagte sie. Sie schenkten sich ein Lächeln, das von mehr als einer ritterlichen Geste und einem raschen Aufbruch sprach.

In dem Moment gesellten ihre Eltern sich dazu. Sie waren gelöst und aufgekratzt – sie hatten die Party und die jungen Gäste überstanden. Marilyn kam mit ihrem Kaffee in den Garten, Simon in erstaunlich gemusterten Strandshorts. Er hielt Robyn einen kurzen Vortrag über die Macht des ersten Eindrucks und ermahnte sie, sich vor jedem Vorstellungsgespräch die Schuhe zu putzen und auf einen festen Händedruck zu achten. Marilyn sagte nur, sie solle sich amüsieren, auf sich aufpassen und, wenn sie Zeit hatte, anrufen.

»Und überstürze nichts«, sagte Simon. »Denk daran, dir steht vieles offen.«

»Ganz genau, Robyn, überstürze nichts«, sagte Ben und sah sie wissend an.

»Danke euch für die Party«, sagte Robyn und umarmte ihre Eltern. »Und seid nicht einsam ohne mich.«

»Einsam? Kaum. Wir schnappen uns dein Brett und gehen in deine Bucht.«

Robyn lächelte, nur einen Wimpernschlag zu spät.

»Okay«, sagte Ben und klatschte in die Hände. »Brechen wir auf.«

»Ja«, sagte Robyn etwas kläglich, dann erneut mit Nachdruck. »Ja. *Ja*. Zeit, hier zu verschwinden.«

Als der Transporter aus der Ausfahrt fuhr, bückte sie sich und gab vor, mit ihrem Schnürsenkel zu kämpfen, doch in Wahrheit wollte sie einen Blick in den Seitenspiegel stehlen. Die Straße war leer. Sie sah das Dach von Hooper's House, einen wackeligen Zaunpfosten, weiter nichts. Nichts sonst.

Eliots Hand suchte nach ihrem Knie und drückte es. Er wandte Robyn sein Gesicht zu. Sie dachte, dass er sie küssen wollte, doch er legte seine Lippen an ihr Ohr und flüsterte: »Nun bringe ich dich von hier weg. Hast du eine Ahnung, wie glücklich mich das macht?«

Sie sah ihn an. Seine Augen waren haselnussbraun. Sie strahlten. Robyn konnte tief in sie hineinsehen.

»Ja«, sagte sie, »ich glaube schon.«

Simon ging an die Tür. Als er Jago sah, grinste er. Jago stand mit einem Paket da, das in braunes Packpapier gewickelt war.

»Morgen, Morgen«, trällerte Simon. »Wie schön, dass du auch verkatert aussiehst.«

Jago hatte den Eindruck, dass Mr Swinton ihm nur noch mit übermäßig guter Laune begegnete, als ob er demonstrieren wollte, dass jene dunkle Nacht am Küchentisch in weiter Ferne lag.

»Hi«, sagte Jago und wechselte auf den anderen Fuß. »Ist Robyn da?«

»Du hast sie grad verpasst.«

»Oh.«

»In ein paar Tagen, denke ich, ist sie wieder da.«

»Ein paar Tagen? Wohin fährt sie denn?«

»Nach London. Hat sich zu Ben und seinen Jungs in den alten Transporter gequetscht.«

»London? Wieso London?«

Simon machte eine abfällige Handbewegung. »Ach, Wohnungssuche, Jobsuche, zweifellos von diesem verfluchten Gitarristen orchestriert.«

Jago zog eine Augenbraue hoch. Simon schüttelte den Kopf und lachte gezwungen. »Ich entschuldige mich für meine

Wortwahl. Aber wir hatten das Haus voller junger Leute, und deren Ausdrucksweise hat wohl auf mich abgefärbt.«

»Sie verpasst heute Morgen ziemlich gute Wellen«, machte Jago Simons Ansprache ein Ende. »So gute Wellen hat's den ganzen Sommer nicht gegeben. Das wollte ich ihr nur sagen.«

Die Unterströmung

Wenn eine Welle bricht, drängt das Wasser unter der Oberfläche ins offene Meer zurück. Man kann nur warnen vor dem Sog der Rippströme und der anderen unsichtbaren Kräfte.

sechzehn

Er ging mit ihr ins Londoner Aquarium. Sie hielten den Sumpfschildkröten mit ihren seltsam runzeligen Köpfen die Finger vor das Glas und lachten, als die Tiere danach schnappten. Sie zählten die regenbogenfarbigen Hechtlinge, sie kamen auf siebenunddreißig, die sich durch das Laichkraut schlängelten. Danach setzten sie sich ins Café. Eliot spendierte Robyn eine heiße Schokolade mit Sahne und Marshmallows. Sie trank durch einen Strohhalm und kam sich wie ein Kind vor. Eliot nahm ihre Hand und küsste jeden einzelnen ihrer Finger.

»Blödes erstes Date?«, fragte er.

»Ich finde es toll«, sagte sie.

»Ich dachte, falls dir irgendwann das Meer fehlt, weißt du, wo du hingehen kannst. Das heißt, falls du hierherziehst.«

»Dir scheint ja viel daran zu liegen.«

»Mir? Ich verhalte mich neutral. Ganz und gar. Total. Ich …«, er lehnte sich zurück, verschränkte die Arme vor der Brust und seufzte, »… mache scheinbar niemandem was vor.«

»Es ist schön«, sagte Robyn, »wenn man gewollt wird. Es ist schön.«

»Sagt das Mädchen, das nichts anderes kennt.«

»Glaubst du das im Ernst? Wow, da liegst du aber völlig falsch. Ich … wäre beinahe nicht einmal geboren worden.

Meine Eltern haben damals überlegt, ob sie mich überhaupt haben wollten.«

»Hör auf. Das kannst du doch gar nicht wissen.«

Robyn zögerte. Eliot hatte irgendetwas an sich, dass man sich ihm öffnete. Er wirkte wie ein Hund, ein treuer, fröhlicher Hund mit Mir-kannst-du-alles-sagen-Blick. Mit diesem Blick und einem auffordernden Lächeln sah er nun zu Robyn. Sie ließ sich darauf ein.

»Mein Bruder hat es mir erzählt. In aller Unschuld. Ich glaube, er fand es einfach komisch und hat gedacht, dass auch ich darüber lachen würde. Ich war damals ziemlich jung, ich habe es nicht einmal richtig verstanden, aber gelacht habe ich definitiv nicht. Du kennst ja Ben, er ist ein gutes Stück älter als ich. Mum und Dad hatten wohl geglaubt, dass sie das mit den Kindern hinter sich hätten, und dann … Überraschung!, komme ich. Das muss ein Schock gewesen sein. Sie haben hin und her überlegt, alles abgewogen, und so hätte es mich beinahe nicht gegeben. Aber hier sitzen wir, trotz alledem.«

Eliot runzelte hinter seinem Struwwelhaar die Stirn. Er schüttelte den Kopf.

»Nein, Moment, kapierst du's nicht? Das Gegenteil trifft zu. Deine Eltern *haben* dich bekommen, *haben* dich behalten, sie haben sich *bewusst* dazu entschieden, nachdem sie alles abgewogen hatten. Dich haben sie wirklich gewollt. Mehr als viele andere. Ich zum Beispiel, ich bin einfach rausgeplumpst. ›Oh, schon wieder einer, Nummer fünf, leg ihn mal da drüben hin.‹ Und kaum waren wir alle mit der Schule fertig, sind meine Eltern nach Australien verschwunden. Du, du warst … bedacht. Erwählt.«

Robyn nahm ein Marshmallow, ließ es süß auf ihrer Zunge schmelzen und musterte Eliot.

»Du bist ein wahrer Optimist«, sagte sie. »Einer von diesen unbeirrbar frohen Menschen. Das Glas ist grundsätzlich halb voll. Also, wollen wir los und noch mehr Fische gucken?«

Als sie aufstanden und das Café verließen, legte Eliot einen Arm um ihre Schulter, lehnte Robyn sich an seine Seite, und das alles in einer einzigen rhythmischen Bewegung, die geübt und nahezu perfekt wirkte.

Als Letztes kamen sie zu den Seepferdchen. Robyn trat dicht an das Glas und schaute ins Aquarium. Eliot wippte nervös.

»Ich warte draußen, okay?«, sagte er. »Ich brauch dringend eine Zigarette.«

»Das sind meine Lieblingstiere. Ich werde 'ne halbe Ewigkeit hierbleiben.«

»Das sind deine Lieblingstiere? Ich fand die immer schon ein bisschen … gruselig. Die haben was von Ungeheuern an sich. Wie bewegen die sich eigentlich? Wie schwimmen die?«

»Geh rauchen, ich bringe dir ein Faltblatt mit, dann kannst du alles nachlesen.«

Robyn sah ihm hinterher. Mit seiner alten Lederjacke und den engen Jeans stach er zwischen all den Müttern mit ihren Kinderwagen und den Kleinen, die auf Fische starrten, vollkommen heraus. Sie fand es großartig, dass er mit ihr hergegangen war, aber schlug ihr Herz schneller? Beschleunigte sich ihr Atem, wenn er bei ihr war? Sie hatte die vergangene Nacht erneut mit ihm verbracht, und es war in jeder Hinsicht schön gewesen. Auch seine Wohnung hatte ihr gefallen, sie an Bens erinnert. Sie hatte sich sofort heimisch gefühlt: Bücher und Platten an den Wänden, in den Ecken Gitarren und Verstärker. Die Wohnung, im obersten Stockwerk eines eleganten Reihenhauses in Kentish Town, war allerdings viel schicker als erwartet.

»Wie kann sich ein Kellner so eine Wohnung leisten?«, hatte sie erstaunt gefragt.

»Ich bin kein Kellner, Robyn.«

»Okay, tut mir leid, wie kann sich ein unbekannter Musiker und gelegentlicher Kellner so eine Wohnung leisten?«

»Das klingt schon besser, aber lassen wir das unbekannt, bitte. Wir sind auf dem Weg nach oben. Und in Wahrheit… gehört sie meiner Mum. Sie hat die Wohnung geerbt. Und, na ja, was spricht dagegen?«

»Das Leben ist voller Magie, nicht wahr, Eliot Turner? Schicke Häuser und vor der Bühne ohnmächtige Mädchen.«

»Ich kann mich nicht erinnern, dass du ohnmächtig geworden wärst. *Ich* bin bei deinem Anblick in Ohnmacht gefallen. Und außerdem ist es ein Apartment, ein sehr kleines Apartment. Ein Apartment, das auf mich immer ziemlich gewöhnlich gewirkt hat. Bis heute. Ein Glas Wein?«

Er hatte sich eine gestreifte Schürze voller Saucenspritzer umgebunden, sich an den Herd gestellt, ihr ein Glas in die Hand gedrückt und sich entspannt mit ihr unterhalten. Als sie ins Bett gegangen waren, er hatte es frisch bezogen, hatte er Kerzen angezündet und eine Jazzsängerin mit rauchiger Stimme aufgelegt. Eine Verführung nach dem Lehrbuch, sicher, doch sie verfehlte ihre Wirkung nicht. Robyn hatte Vergangenheit und Zukunft ausgeblendet, das Wieso und das Wozu und nur an ihn gedacht, an den Moment, das Zimmer, die Musik, das Gefühl in ihrem Innern, das sich langsam, aber sicher aufgebaut und es so unvorstellbar leicht gemacht hatte, in seine Küsse und auf sein Bett zu sinken. Er hatte ihr gesagt, wie schön sie sei. Er hatte sie auf das Innere ihrer

Handgelenke und in die Kniekehlen geküsst, war ihr mit der Zunge über den Bauchnabel gefahren, und dieses Mal hatten sie sich langsamer und länger geliebt. Hinterher hatte Robyn wach gelegen, während Eliot ganz leicht in den Schlaf gesunken war. Da gab es nichts zu grübeln oder zu bedauern, und doch war sie … nachdenklich. Er machte ihr alles so leicht. Er hatte ihr mit einer solchen Offenheit in die Augen geschaut und sie so nah, so fest an sich gezogen. Nur weil es schnell und unerwartet war, hieß es nicht, dass es nicht real war. Das war ihr bewusst. Sie glaubte an die Liebe ebenso wie jeder andere, das war nicht das Problem. Doch um diese Liebe zuzulassen, musste sie eine andere loslassen. Und so hatte sie an die Decke geschaut, und es hatte sehr lang gedauert, bis der Schlaf gekommen war.

Die Seepferdchen bewegten sich auf ganz erstaunliche Weise durch das Aquarium, sie schwammen aufrecht und flatterten nur zart mit ihren engelhaften Rückenflügeln. Ein Paar tauchte aus den Wasserpflanzen auf, ineinandergeschlungen, den Schwanz eingerollt. Waren dies nicht die einzigen Fische, die sich ein Leben lang treu blieben? Waren diese urtümlichen Kreaturen mit ihren langen Nasen und gerippten Leibern nicht die Romantiker am Grund der See? Vielleicht war das ein Mythos, eine fantastische Erzählung, nichtsdestotrotz gefiel sie ihr.

Robyn löste sich von ihrem Anblick und ging ins Freie. Sie wusste, dass sie seinen Zigarettenatem atmen, die Hände in seine Jacke stecken und dann sagen würde: *Sollen wir zu dir gehen?* Eine jede dauerhafte Liebe musste irgendwo beginnen, und vielleicht konnte dies ihr Anfang sein.

An dem Tag, an dem sie von London Abschied nehmen sollte, ging Eliot mit ihr zum Fluss, an das Ufer der South Bank. Sie setzten sich und sahen zu, wie Spaziergänger flanierten, für Fotos posierten, wie kleine Kinder zwischen den Brunnen umhertollten. Die Stadt entschleunigte sich an diesem Ort, und Robyn folgte ihr darin. Sie schaute auf das Wasser. Eliot schlang einen Arm um ihre Schultern, glättete das windverwehte Haar und küsste ihre Fingerspitzen.

»Bleib. Leb mit mir«, sagte er.

Auf der Themse tuckerte ein Ausflugsboot vorbei und wirbelte dickliche Möwen hinter sich empor. An Deck stand ein Kind und winkte, wie man es auf Schiffen, in Zügen und bei allem tut, was fortfährt. Robyn winkte gedankenverloren zurück.

»Hast du mich gehört? Ich habe dich gebeten, zu mir zu ziehen. Geh nicht zurück nach Cornwall.«

Eliots Miene war so offen, dass es Robyn einen Stich versetzte. In seinen Augen brannte Ehrlichkeit, seine Lippen waren erwartungsvoll geöffnet.

»Ich weiß«, sagte er. »Ich weiß. Ich hätte so was nie erwartet, vor allem nicht so *schnell* … Aber ich will das wirklich. Ich will dich wirklich.« Er schüttelte über seine eigene Fassungslosigkeit vergnügt den Kopf. »So einfach ist das.«

»Aber du kennst mich noch keine Woche«, erwiderte sie.

»Spielt keine Rolle«, sagte er. »Wenn man es weiß, dann weiß man es.«

Robyn hätte gern weiter die Passanten beobachtet und sich entspannt unterhalten. Zwei Portionen Eis gekauft und an der Waffel des anderen geleckt. Sie wäre gern in seine Wohnung gegangen, hätte zu viel Wein getrunken, sich einen schlechten Film angesehen, seine Zahnbürste geborgt und eines seiner Hemden angezogen.

»Du bist wundervoll«, sagte sie. »Und du machst mich … glücklich. Ganz einfach, mühelos … Das weiß ich in jedem Fall.« Er holte hastig Atem, auf seinem Gesicht erschien ein unglaubliches Lächeln. Er nahm ihre Hand, seine Finger schlossen sich um ihre. »Aber«, sagte sie, »sosehr mir die Vorstellung auch gefällt, ich glaube, ich brauche meine eigene Wohnung. Zumindest für den Anfang. Es wäre sonst zu einfach.«

»An einfach ist nichts falsch.«

»Ich muss meinen eigenen Weg finden, und wenn die Zeit reif ist …«

»Aber du tust es? Jetzt? Du ziehst hierher?«

Er küsste sie, noch bevor sie eine Antwort geben konnte, und sie erwiderte den Kuss auf einer Bank, die an der Themse stand, während die Menschenmengen weiterzogen und ein Straßenmusiker eine liebeskranke Melodie anstimmte. Wir sind das Paar, dachte Robyn, das Paar, das man manchmal im Vorübergehen sieht, mit Bewunderung und Neid, dessen Anblick einen staunen lässt, dass für einige das Leben so etwas bereithält. Dieses Paar sind wir.

siebzehn

Als sich Robyn erst einmal entschieden hatte, nahmen London und ihr Leben schnell Gestalt an. Ruby hatte ihr schon auf der Party erzählt, dass sie eine Wohnung im Stadtteil Angel gefunden habe und Robyn zu einer entsprechend geringen Miete in das winzige zusätzliche Zimmer ziehen könne. Robyn hatte erwidert, sie sei interessiert, bräuchte aber einen Job, ehe sie den großen Sprung wagen wolle. Nun rief sie ihre Freundin an. Und sagte, dass sie das Angebot gern annehmen würde, falls das Zimmer überhaupt noch frei sei.

»Was, und du könntest sofort einziehen?«, rief eine begeisterte Ruby.

Ihre Eltern würden sich am Telefon leicht überzeugen lassen, ihren Kleiderschrank und ihre Schubladen in einige Koffer umzupacken. Sie würden sich auf einen Tag in der Großstadt freuen und nach London kommen. Mit ihr und Ben essen, vielleicht in die National Gallery gehen. Sie musste nicht zurückreisen, denn schon ein einziger Tag in Merrin wäre ihr erschienen, als ob sie in die Vergangenheit taumele.

»Ich hab das Nötigste schon bei mir«, sagte sie zu Ruby. »Im Prinzip kann ich morgen einziehen.«

»Ich muss dich warnen, es ist wirklich winzig, mehr Schrank als Zimmer. Willst du es nicht sehen, bevor du zusagst?«

Robyn zögerte. »Nein«, sagte sie dann. »Es klingt perfekt. Ich bin dabei.«

Als sie auflegte, zog Eliot sie in seine Arme. Lachend wich sie zurück.

»Ich muss mich bei Zeitarbeitsagenturen registrieren«, sagte sie. »Ich brauche einen Job, und zwar schnell.«

»Und den wirst du auch finden, mühelos«, sagte er.

»Für den Anfang ist mir echt egal, was es ist. Hunde sitten. Telefondienst. Kaffee kochen. Hauptsache, ich bin hier.«

Sie küssten sich mit einer Selbstverlorenheit, wie sie für eine so wunderbar überstürzte Entscheidung angemessen war.

Am gleichen Abend noch rief Ben an. Er klang gestresst und reagierte kaum, als Robyn ihm erzählte, dass sie zu Ruby ziehen würde, dass sie nun in London lebe. Sein Produktionsassistent hatte den plötzlichen Wunsch geäußert, um die Welt zu reisen, und das bereits in der folgenden Woche. Kannte Robyn jemanden, der in seiner Branche anfangen wollte?

»Du fragst mich?«, sagte sie.

»Ja, Robyn, ich frage dich. Gibt es unter deinen Freunden jemanden, der keine Angst vor Arbeit hat?«

»Du fragst *mich*, ob ich *jemanden* kenne, der einen Job in *London* will?«

»Beim Sender.«

»Beim Sender hier in London.«

»Was? Oh. Nein.«

»Ach, komm! Wie perfekt ist das denn?«

»Nein, in meinen Augen ist das keine gute Idee.«

»Aber du hast mir das selbst mal vorgeschlagen! Und vor drei Jahren habe ich bei dir ein Praktikum gemacht. Und alle haben gesagt, ich sei wirklich gut gewesen.«

»Alle wussten, dass du meine Schwester bist.«

»Ben, ich kann das. Das weißt du. Ich kann Notizen machen, Tee kochen, im richtigen Moment auf den richtigen Knopf drücken …«

»Knopf? Du wärst nicht mal in der Nähe eines Knopfes.«

»Ben, bitte. Mach ein Einstellungsgespräch mit mir. Na los, frag mich was. Du weißt, dass ich das kann.«

»Ich weiß, dass du das kannst, Robyn, aber *willst* du das auch? Bei uns stehen die Absolventen Schlange.«

»Und warum hast du mich dann angerufen?«

Am anderen Ende der Leitung erklang ein Seufzer.

»Ben? Benny?«

»Na schön«, sagte er. »Ich werde dir eine Chance geben. Das ist Vetternwirtschaft von der schlimmsten Art, aber tatsächlich halte ich dich für klüger, als du dich benimmst. Eine Woche zur Probe. Wenn du's nicht komplett versaust, bekommst du ein Vorstellungsgespräch mit der Chefin, und wenn sie dich mag, kannst du bleiben.«

»Ben, ich liebe dich.«

»Und wag es ja nicht, mich hängen zu lassen, sobald sich etwas Besseres auftut.«

»Das würde ich niemals. Außerdem, was sollte besser sein? Es gibt nichts Besseres.«

Sie bedankte sich mit allen Worten, die ihr in den Sinn kamen, und legte dann rasch auf. Einen Augenblick lang hielt sie inne. Holte Luft. Ballte die Hände zu Fäusten und entspannte sie. Alles geschah so schnell.

»War es das, wonach es klingt?«, rief Eliot.

Er stand in der Küche und schenkte ihnen Wein ein. Robyn eilte zu ihm. Eliot stellte die Flasche ab.

»Und?«

»Ich würde sagen, dem Mutigen gehört tatsächlich die Welt«, sagte sie.

Jago war ganz auf seine Arbeit konzentriert. Er trug eine verblichene blaue Schürze über seinen Jeans, eine Schutzbrille drückte seine Locken platt. Er hörte Musik, wie seine Mutter sie gemochte hatte: Gitarrenklänge, die über weite Landstriche hinwegzogen, Songs, die man auf einer Veranda oder an einem Lagerfeuer spielte. Er hatte eine Geräuschkulisse im Hintergrund gebraucht. Die See war ruhig, man hörte keine Brandung und auch keine Jubelschreie, wenn ein Mädchen eine Welle ritt. Von der Weide kam kein Wiehern, wenn Tomatillo galoppierte. Jago hatte die Musik laut aufgedreht und sich in seiner Arbeit verloren; die Zeit war unbemerkt verstrichen. Plötzlich hatte er den Eindruck, dass jemand bei ihm war. Er schaute auf und streckte den Arm zur Stereoanlage aus.

»Ich störe hoffentlich nicht?«, fragte Marilyn sehr laut; dann, als die Musik abrupt schwieg, senkte sie die Stimme.

»Nein«, sagte Jago, nahm die Schutzbrille ab und fuhr sich mit einer Hand durchs Haar. »Hallo.« Er wartete.

»Ich habe deinen Dad auf der Straße getroffen. Er hat mir das von Tomatillo erzählt. Es tut mir so leid.«

»Danke«, sagte Jago. »Er war ziemlich alt.«

»Wir fahren für ein paar Tage weg«, sagte Marilyn. »Nach London.« Sie äußerte sich sehr vorsichtig. »Robyn hat sich entschieden dazubleiben, wir bringen ihr ein paar Sachen.«

»Dazubleiben? Wie, für ein paar Wochen?«

»Ben brauchte jemanden beim Sender, sie springt ein.«

»Sie hat einen Job?«

»Und jemand aus ihrem Freundeskreis hat eine Mitbewohnerin gesucht. Es hat sich alles so ergeben.«

»Jemand aus ihrem Freundeskreis?«

»Ruby.«

Eine Hand schob sich in sein Haar, dann hielt er inne. »Und gibt es einen Freund?«, fragte er. »Einen Gitarristen oder …«

Marilyn legte die Lippen zu einem Nicht-wirklichen-Lächeln zusammen. Ihr Blick war weich.

»Ich glaube nicht, dass sie das geplant hatte, Jago. Nichts von alledem.«

Er spielte mit der Brille, die vor ihm auf der Werkbank lag. Dann setzte er sie wieder vor die Augen.

»Das wollte sie doch«, sagte er. »Oder? Das hier war ihr immer viel zu klein. Hat sie von Anfang an gesagt.«

Er sprach mehr zu sich selbst als zu Marilyn und suchte nach seinem Werkzeug. Er wollte das Gewicht des Hobels spüren, zurück in seinen Rhythmus finden.

»Ich war in ihrem Alter ganz genauso«, sagte Marilyn. »London war das Mindeste. Sie wird da eine Weile glücklich sein, dann wird es sie weiterziehen. So ist Robyn. Jedenfalls wollte sie, dass du Bescheid weißt.«

»Das hat sie gesagt?«

Marilyn ging in Richtung Tür. »Sie hat gesagt, falls ich dich sehe, soll ich dir von ihr Auf Wiedersehen sagen.«

Jago zögerte und spielte an der Brille.

»Soll ich ihr etwas ausrichten?«, fragte Marilyn.

Robyn war fort, und sie würde nicht zurückkommen. Wenn er auf ihre Party gegangen wäre, seine Traurigkeit abgeschüttelt und mit ihr geredet hätte, hätte sich alles anders entwickelt. Nun hatte ein anderer Ort, ein anderer Mensch sie mitgerissen, und er hatte keine Macht, sie diesem Sog zu entziehen.

»Viel Glück«, sagte er. »Sagen Sie ihr, dass ich ihr Glück wünsche.«

Er beugte den Kopf. Als Marilyn die Werkstatt verließ, drehte Jago die Musik wieder auf. Er verfolgte, wie Marilyn über den Hof ging. Als sie fort war, nahm er seine Maske ab.

Robyn zog nach Angel zu Ruby. Ihre Habe füllte das kleine Zimmer vollständig aus. Wenn Robyn im Bett lag, fühlte sie sich wie ein Kind, das sich im Schrank versteckte. Kleider und Mäntel streiften mit den Säumen ihr Gesicht, und die Wände rückten immer näher. Ruby arbeitete lange Tage in einer Werbeagentur, kroch abends vollkommen erschöpft nach Hause und dachte schon an den frühen Start am nächsten Morgen. Robyns Leben kreiste immer mehr um Eliot, der niemals sagte, er habe zu viel Arbeit oder etwas anderes vor. Robyn hatte unabhängiger sein wollen, doch ihre Freunde aus dem Studium hatten den Schritt in die Stadt nicht so rasch vollzogen, wie sie angekündigt hatten, und Eliot brannte derart unbeirrt für sie, und sie fühlte sich so ungebrochen wohl in seiner Gegenwart, dass seinetwegen Robyns erste Zeit in London neu und aufregend und einfach war.

Robyn wurde bald von ihrem neuen Alltag eingefangen, einem Alltag, der aus Pappbecherkaffee bestand, dem morgendlichen und abendlichen Geratter und Geschüttel in der Tube und dem Gedränge all der Menschen, die aus der Oxford Circus Station strömten. Wenn sie zum Himmel blickte, sah sie die Kondensstreifen, die in ferne Länder wiesen, und sie hatte das Gefühl, dass alles möglich war. Wenn sie auf den Erdboden zurückkehrte, wurde ihr bewusst, dass sie mitten in den Möglichkeiten war. London, das war Hektik, Farbrausch, irrwitzige Schönheit; Robyn tauchte in das Herz der Stadt und gab sich dem Pulsieren hin. Nur manchmal zog es sie in eine andere Richtung, wenn sie einen Wimpernschlag lang in der Menge dunkelblonde Locken sah oder jemand sich mit einer ganz bestimmten Schulterhaltung von ihr abwandte. In solchen Augenblicken musste sie sich ins Gedächtnis rufen, dass sie sich offenbart und das nicht genügt hatte, dass ihr zu widerstehen allzu leicht gewesen war. Diese Wunde stach, auch wenn Robyn versuchte, ihren Schmerz zu ignorieren. Im Leben ging es immer weiter, wie konnte jemand da erwarten, dass man stillstand. Manchmal jedoch schloss sie die Augen und spürte den Wind, der von der Themse kam, und sie roch Salz darin. Nur hin und wieder drehte sie sich nach dem Schrei einer Möwe um, der wie ein Signal durch die Geräuschkulisse Londons brach, als käme der Vogel mit einem Briefchen an den Füßen zu ihr, doch dann riss sie sich zusammen und verlachte ihre Albernheit und Träumerei.

Eliot nahm sie kaum weniger in Anspruch als die Stadt. Beim Sender folgte sie Ben. Der Job machte ihr Freude, auch wenn er nicht ihre Berufung war. Und Eliots Ehrgeiz wurde immer mehr zu ihrem. Er steckte so viel Energie und Herzblut in die Musik. In den ersten beiden Wochen ging Robyn gleich zu zwei seiner Gigs und lernte die Jungs aus seiner Band kennen: Simon, den Schlagzeuger, dünn wie ein Stock, Augen wie Bernstein, und Pete, den Sänger, mit einer Stimme sämig-süß wie Sirup. Am Bass war Ty, der ihre Hand nahm, seine Dreadlocks schüttelte und Robyn mit den Worten *Eliot hält dich für eine halbe Meerjungfrau* herumdrehte, um zu sehen, ob sie einen Fischschwanz hatte.

Robyn lernte auch einen anderen Eliot kennen: einen Eliot, der vor jedem Auftritt rastlos, mit nervöser Energie umhersprang und mit zitternden Händen Whisky und Gingerale in sich hineinschüttete. Dann gab er ihr einen langen und innigen Kuss und sprang, die Gitarre vor der Brust, auf die Bühne. Robyn gefiel, wie er im Anschluss roch, wie ihm das Hemd am Rücken klebte und wie aufgedreht er war, wie er seine Hände über ihren Körper fahren ließ, nicht anders als zuvor über Bund und Saiten. Zu einem der Gigs hatte es auch Ruby geschafft. Robyn hatte es genossen, ihre Freundin einzuhaken und sich mit dem Satz *Wir gehören zur Band* am Türsteher vorbeizulächeln. Hinterher hatten sie an der Bar umsonst Jack Daniel's bekommen, während Eliot und der Rest der Band das Equipment zum Wagen schleppten. *Alles klar, ich verstehe*, hatte Ruby gesagt. *Er ist echt cool.*

Auch Ben schien Eliot zu mögen. Einmal trafen sie sich zu dritt auf einen Kaffee nahe der Denmark Street in einer dunklen Ecke eines italienischen Sandwichladens. Robyn beobachtete ihren Bruder, sein langsames Lächeln, seine entspannte Gesprächsführung, und sie empfand es als großes Glück, dass sie Zugang zu seiner Welt erhalten hatte. Im Anschluss schauten sie in sämtliche Musicstores. Ben und Eliot fachsimpelten über Stratocaster und Gibsons, und Robyn hatte ihren Spaß daran, die beiden zu beobachten. Als sie sich trennten, griff Eliot nach ihrer Hand und führte Robyn durch die Seitenstraßen, navigierte sie zu Fuß und ohne Plan zurück nach Kentish Town. Auf Robyn wirkte er, als würde er die Stadt verkörpern, als ob der Rhythmus Londons seinem Puls entspräche. Er brauchte keine Orientierungspunkte, keine Uferseiten, er zickzackte, stromerte und tauchte durch die Stadt, war überall und bei jedem heimisch.

»Auf diese Weise entstehen meine Songs«, sagte er. »All die fremden Menschen. Du kannst in jedes andere Leben schlüpfen, gerade weil hier alle leben.«

»Genau so ist es in Merrin«, sagte sie zu ihrem eigenen Erstaunen. »Es ist das Gegenteil, und doch genau so. Wenn ich surfe, verschwindet alles andere. Es ist niemand da, und darum kann man auch in Merrin in ein anderes Leben schlüpfen.«

»Das muss dir doch inzwischen vorkommen, als läge es auf einem anderen Planeten«, sagte Eliot, zündete sich eine Zigarette an und schaute Robyn von der Seite an. Sie hakte sich bei ihm ein.

»In einer anderen Galaxie«, sagte sie.

achtzehn

Es war der Donnerstagabend ihrer dritten Woche in der Stadt. Robyn war zu einem Auftritt der Band gegangen, in einen winzigen Club in Farringdon, wo man sich bücken musste, um sich nicht den Kopf zu stoßen, und die Musik von den Wänden prallte. Robyn stand gebeugt neben einer der Boxen. Der Bass vibrierte regelrecht durch sie hindurch. Sie schob sich das Haar aus dem Gesicht, ihre Stirn glänzte vor Schweiß. Der Gin Tonic in ihrem Plastikbecher wurde immer wärmer, das Eis war längst geschmolzen. *Deswegen*, dachte sie, als die Musik dröhnte und die Menge vorwärtsdrängte, als sich die verschlungenen Rhythmen der Stadt im Taktschlag dieses kleinen Kellers konzentrierten, *deswegen bin ich in London.*

Eliot auf der Bühne zu beobachten war für Robyn von ungebrochener Faszination. Er war der geborene Showman. Beinahe wirkte es, als würde die Gitarre ihn spielen, sie schlingerte und hüpfte in seinen Händen, während Eliot darum rang, sie zu beherrschen. Er wiegte sich nach links und rechts, seine Gitarre stieg immer höher, doch er behielt sie im Griff und schlug auf die Saiten ein, bis Blut zu sehen war. Es gab viele Eliots, und Robyn mochte sie alle. Es gab den Mann, der ihr morgens einen Tee und einen blauen Teller mit dreieckigen Toastbroten ans Bett brachte. Der mit üppigen Blumensträußen aus dem Park, in eine kostenlose Zeitung eingewickelt, nach Hause kam.

An jenem Abend war die Menge unersättlich. Die Band hatte ihr Set gespielt und gab bereits die zweite Zugabe. Eliot stand vorn am Bühnenrand, die Gitarre hob und senkte sich. Robyn versuchte, seine Aufmerksamkeit zu erlangen, doch er war in einer anderen Welt. Plötzlich verlor sich ihre Konzentration. Robyn legte eine Hand an den Kopf. Der Kellerraum kippte und begann zu trudeln. Es war dort den ganzen Abend lang heiß und stickig gewesen, doch zum Ende hin war die Temperatur noch einmal angestiegen. Robyn war von allen Seiten eingeschlossen, die Zuschauermenge bewegte sich wie eine schwankende, undurchdringliche Wand. Robyn sah sich um, sie brauchte ein Glas Wasser, doch die Schlange an der Bar war viel zu lang. Robyn holte mehrmals tief Luft und drängte sich mit spitzen Ellbogen, durch enge Lücken bis zu den Toiletten durch. Sie eilte zu den Wasserhähnen, ließ sich kaltes Wasser über den Puls laufen und spritzte sich die Wangen nass. Doch Erleichterung verschaffte ihr das nicht. Ihr wurde übel. Sie würgte und sank über dem Waschbecken zusammen. Sie hustete. Die Kabine hinter ihr war besetzt. Robyn hustete erneut, ließ sich Wasser in die Hand laufen, nahm einen Schluck, dann noch einen. Sie schloss die Augen. Die Musik dröhnte durch die Wände, und als die Tür mit einem heftigen Schwung aufging, brach ein lauter Schwall herein. Robyn sank erneut über dem Waschbecken zusammen.

»Mit dir alles okay?«

Eine junge Frau mit rasiermesserkurzem Haar sah Robyn mit riesigen Augen an und legte ihr eine Hand auf die Schulter.

Robyn nickte. »Ist einfach zu heiß. Und dann noch Alkohol auf leeren Magen. Aber … danke.«

»Am besten raus damit«, sagte die Fremde.

»Ich hasse es, wenn ich mich übergeben muss«, gestand Robyn. »Ich hab dann immer das Gefühl, ich würde sterben.« Die Spülung ging, ein Mädchen kam aus der Kabine. »Du zuerst«, sagte Robyn. »Mir geht's gut.«

Sie drehte sich wieder zum Waschbecken und wusch sich die Hände mit Seife. Der klare, beißende Geruch half. Der Einlassstempel des Clubs verblasste. Eigentlich mochte Robyn es, wenn er am nächsten Morgen noch da war und sie mit den Spuren der Nacht auf ihrer Haut zur Arbeit ging. Sie drückte immer mehr Seife aus dem Spender und wusch sich erneut die Hände. Dann holte sie einen Kamm aus der Tasche, fuhr sich durch das Haar und betupfte ihre Lippen mit Gloss.

»Mir geht's gut«, wiederholte sie, doch ihr fahles Spiegelbild schaute wenig überzeugt zurück.

Sie öffnete die Tür und trat gegen die Wand aus Schall. In ihrem Magen drohte weiterhin die Übelkeit, in ihren Augenwinkeln blitzte es. Robyn drängte sich durch die Menge, ohne Rücksicht auf fremde Zehen oder Gläser. Eine Woge des Missfallens folgte ihr. Sie stolperte hinaus auf die Straße und schnappte nach Atem. Die Nachtluft war voller Abgase und würziger Gerüche eines Imbisses. Robyn ging in die Knie und erbrach sich in den Rinnstein. Sie stöhnte, dann erbrach sie sich erneut.

Die Übelkeit hatte auch zwei Tage später noch nicht nachgelassen. Sie hielt nicht an, sie kam in Wellen, und jeder neue Schub erinnerte Robyn daran, dass der letzte kaum zurücklag. Sie bewegte sich durch London, als wäre sie an Bord eines schwankenden Schiffes. Da ging ihr auf, dass sie seit fünf Tagen überfällig war. Sie holte ihren Kalender hervor und rechnete noch einmal nach, vielleicht hatte sie aus Versehen zwei Seiten auf einmal umgeblättert oder schlicht den Überblick verloren, sich im Datum vertan. Nein, sie war fünf Tage überfällig, und sie war niemals überfällig. So etwas passierte in Zeiten intensiver Emotionen, und natürlich hatten der Abschied von Merrin und das plötzliche Hineinstürzen in das Großstadtleben sie sehr aufgewühlt, so viel Erwartung, Hoffnung und Bedauern: Derart zwiespältige Gefühle konnten das Gefühlsleben auf den Kopf stellen. Aber dann war da diese Übelkeit.

Den Test kaufte sie auf der Great Portland Street in der Mittagspause. Als sie bezahlte, sah sie in das gleichgültige Gesicht der Apothekerin und wartete auf irgendeine Regung, Trost, womöglich Zuspruch, doch es war, als hätte sie eine Packung Taschentücher gekauft. Ihre Tasche wog schwer unter der neuen Last. Ihre Periode war noch nie zu spät gekommen. Robyn konnte sich auch nicht erinnern, dass ihr jemals grundlos schlecht gewesen wäre. Aber selbst als sie im Sender auf der Toilette im dritten Stock verschwand, die Verpackung öffnete und die Anleitung las, dachte sie noch immer, dass das überflüssig war. Deshalb hatte sie auch nichts zu Ruby gesagt. Und schon gar nicht zu Eliot. Der Test war eine symbolische Geste, die ihrer eigenen Gewissheit diente. Sie schützten sich immer, selbst wenn es sehr, sehr spät war, Eliots Atem verraucht und süß roch und seine Bewegungen lockerer und rascher waren. Oder wenn er sie in der Küche überrumpelte, sie küsste, an ihrem Saum herumspielte und ihre Hände eilig zu seinem Gürtel wanderten. Es gab immer eine Unterbrechung ihres Spiels, damit nichts geschah, eine

Pause, in der Eliot ins Nachbarzimmer eilte oder ein Kondom aus seiner Hosentasche zog. Robyn drückte die Spülung, hielt das Stäbchen in der Hand und wartete.

Am Abend, als sie erneut auf der Great Portland Street stand, mischte sie sich in die Flut der Angestellten auf dem Heimweg. Ein Pub spuckte seine Gäste auf den Bürgersteig. Robyn umkurvte die gelockerten Krawatten, aufgerollten Hemdsärmel und Salven von Gelächter und bahnte sich den Weg zur Tür. Im Innern des Pubs drängten sich Freunde und Kollegen. Robyn schlängelte sich zwischen den Gruppen hindurch, stemmte die Ellbogen auf die Theke und suchte die Aufmerksamkeit des Kellners. Sie bestellte und holte tief Luft. Das Lärmen dröhnte in den Ohren. Alle waren fröhlich und entspannt, der Arbeitstag lag hinter ihnen, nun begann der Feierabend. Robyn wurde von einem jungen Mann angesprochen, der schon etwas angetrunken war und mit seinem hippen Bart und ironischen T-Shirt sehr nach Medien aussah.

»Du solltest nicht alleine trinken«, sagte er.

»Tu ich auch nicht«, sagte Robyn, nahm dem Kellner das Glas mit einem »Danke« ab und reichte ihm eine Fünf-Pfund-Note. Sie ging gleich wieder auf die Straße, ohne auf das Wechselgeld zu warten. Draußen drängten sich die Raucher. Robyn wand sich durch die Menge und wich einer brennenden Zigarette aus, mit der wild gestikuliert wurde. Sie bog in eine Gasse neben dem Pub und lehnte sich mit dem Rücken an die Wand. Aus der Lüftung zu ihren Füßen kam schaler Biergeruch. Robyn stieß den Atem durch die Nase aus. Hielt ihr Glas an die Lippen und nippte vorsichtig daran.

»Hier bist du«, sagte er. »Hier versteckst du dich.«

Eliot gab ihr einen Kuss.

»Ich geh zur Bar. Was trinkst du Schönes?«
Ihre Augen brannten. Robyn rieb sie heftig.
»Bloß 'ne Cola«, sagte sie.

neunzehn

In den Tagen und Wochen nach dem Tod seiner Mutter hatte er sich ständig anhören müssen, dass niemand wirklich starb, solange man die Erinnerung lebendig hielt. Es war gut, es war freundlich gemeint gewesen, und damals hatte er es mit einem kleinen, dankbaren Lächeln und einem kaum merklichen Nicken hingenommen, auch wenn es ihm vollkommen falsch erschienen war. Die Erinnerungen an seine Mum waren nicht verschwommen, unter Sonnenlicht verblichen. Sie waren viel zu neu, zu scharf, zu sehr im Fokus, und sie waren ein allzu grausamer Kontrast zu seinem unerträglichen Verlust. Doch nun, vier Jahre später, wusste er um den Wert dieser Worte, und er glaubte ihnen. Wenn nun von Ferne Countrymusik sein Ohr streifte, versetzte es ihm keinen Stich mehr. Nun suchte er nach deren Quelle, öffnete sich der Musik und ließ seine Gedanken treiben. Er machte sich Sandwiches aus Vollkornbrot mit gesalzenen, frisch gezogenen Radieschen und genoss den beißenden Geschmack, weil das ihr Lieblingssnack gewesen war. Im Frühling ging er zu den Narzissen oben auf den Klippen, und auch wenn er sie nicht pflückte und zu Hause in Gläser und Milchflaschen stellte so wie sie, erlaubte er ihren prächtigen Blüten doch, ihm eine Art von Glück zu schenken.

Der Verlust von Robyn war ein anderer. Sie hatte er gehen

lassen. Der einzige Kampf, dem er sich hierbei je gestellt hatte, war ein innerlicher Kampf gewesen, und der kleinmütige Jago, der schwächliche Jago, hatte die Oberhand gewonnen. Aus diesem Grund ging er nicht mehr in die Bucht. Setzte er sich nicht mehr auf die Felsen und warf die Angel aus, folgte er seinem Hund bei Ebbe nicht entlang der Küste. Deshalb suchten seine Augen nicht die See nach einem Blondschopf ab, einem gelben Brett, das durch die Wellen schnitt. Er hatte sie verloren, und damit waren ihm auch ihre gemeinsamen Landschaften verloren. So verbrachte er all seine Zeit in der Werkstatt und stand bereit, wann immer es große Entfernungen zu fahren gab, um Holz zu holen oder fertige Stücke abzuliefern. Seine Sommerbräune war verblasst. Das Haus ihrer Eltern, das Heim, das niemals wirklich ihres geworden war, stand sauber, hell und spöttisch da.

Eines Tages, sechs Wochen nachdem Robyn fortgegangen war, sah er Marilyn auf der Straße, auf einem leuchtend blauen Fahrrad. Ihre aufrechte Haltung, der feste Griff um den Lenker verrieten die Gelegenheitsradlerin.

Er kurbelte das Fahrerfenster hinunter.

»Hi«, sagte er und hielt langsam an. »Neues Rad?«

»Wie kommst du darauf? Ich bin seit dreißig Jahren nicht gefahren.«

»Wohin wollen Sie?«

»In die Hecke, bei dem Tempo.«

Jago lachte. Manchmal sah er in Marilyn Swinton die Spuren Robyns. Ihr Haar war golden, das ihrer Mutter von Silber durchzogen, doch es hatte eine ähnliche Struktur. Es schimmerte, wenn das Licht richtig fiel. Und beide hatten sie grasgrüne Augen. Jago hatte vor Langem schon seinen Frieden mit Marilyns Besuch in der Werkstatt gemacht.

»Was ist mit dir? Dich sehen wir überhaupt nicht mehr«, sagte sie. »Hörst du was von Robyn?«

»Robyn? Nein. Nein. Sie?«

»Wir sind zwar nur ihre Eltern, aber ganz aus ihrem Leben gestrichen hat sie uns noch nicht.«

»Wie geht es ihr?«

»Nach wie vor großartig.«

Er nickte. »Gut. Das ist toll.«

»Du solltest dich mal bei ihr melden. Das würde sie sehr freuen.«

Marilyn saß unbeirrt und aufrecht auf dem Fahrrad, stützte sich aber mit einer Hand auf Jagos Laster ab. Sie trug für ihre erste Radtour einen Seidenschal, den sie am Hals geknotet hatte, und sogar ein wenig Lippenstift. Sie lächelte Jago an, und er lächelte unwillkürlich zurück.

»Glauben Sie wirklich?«, fragte er.

»Sie ist so schnell aufgebrochen, sie hatte gar keine Zeit, darüber nachzudenken, was sie hinter sich gelassen hat.«

»Wie meinen Sie das?«

»Oh, Jago, du weißt, wie ich das meine. Ich habe dir das schon einmal gesagt, sie hatte nichts von alledem geplant. Und sie liebt Merrin. Auch wenn sie immer das Gegenteil behauptet hat. Alles ist so schnell passiert, und nun ist sie in London, und das ist wunderbar und aufregend, aber … Merrin und du, das bedeutet ihr sehr viel.«

»Es hat aber nicht gereicht, um sie zu halten«, erwiderte er ruhig.

»Nichts ist für immer. Ihr Surfbrett ist im Schuppen. Vielleicht kommt sie eines Tages wieder.«

»Glauben Sie das wirklich?«

Marilyn zögerte. »Keine Mutter und kein Vater möchte

glauben, dass das Kind tatsächlich und auf immer fort ist. Dein Dad hat großes Glück, dass er dich bei sich hat.«

»Ich sollte mir eine eigene Wohnung suchen, aber …«

Marilyn suchte in ihrer Tasche nach einem Stift und einem Zettel. Triumphierend hielt sie beides hoch und schrieb Jago eine Adresse und Telefonnummer auf.

»Falls du dich irgendwann mal bei ihr melden willst«, sagte sie und drückte ihm den Zettel in die Hand. Sie radelte wackelig davon, aber erst nachdem sie ihm einen Blick zugeworfen hatte, der an jenem Tag von Ermutigung zu sprechen schien. Jago fuhr langsam an ihr vorbei und winkte aus dem Fenster.

»Seien Sie vorsichtig, Mrs Swinton«, rief er.

Die Antwort war ein Klingeln.

Jago hatte sich so oft schon vorgestellt, wie Robyns Leben wohl in London aussah, im Griff der großen Stadt. Es hatte ihn jedes Mal entmutigt. Verglichen damit war er sich öde, gering und provinziell erschienen. Er kam nicht an gegen den Glamour ihres Gitarristenfreundes, ihres Jobs beim Radio, ihrer ersten Wohnung. Die langen Nächte, wilden Nächte. Doch vielleicht, aber auch nur vielleicht, wollte sie tatsächlich von ihm hören. Ihn womöglich sogar sehen. Und so nahm nach und nach eine Idee Gestalt an, ein kurzweiliger Tagtraum, der ihn bis nach Penzance begleitete. Die See verschwand hinter den Hecken, vor ihm lag ein blauer Himmel. Ein steter Wind wehte von der Küste her, und er musste gar nicht hinsehen, um zu wissen, dass die Brandung ebenmäßig in die Bucht wogte. Es war, das musste er sich eingestehen, ein Tag, der für Robyn wie geschaffen war.

Endlich schloss sie ihre Hand um seine. Wie Trauernde saßen sie einander gegenüber, mit gesenktem Kopf.

»Sprich mit mir«, drängte Eliot. »Sag mir, was du denkst.«

Sie waren zu Fuß nach Hause gegangen, um den überfüllten Bussen und Bahnen, dem Strom gewöhnlicher Menschen an ihrem gewöhnlichen Freitagabend auszuweichen. Eliot hatte versucht, seine Finger mit ihren zu verschlingen, einen Arm um ihre Taille zu legen, doch Robyn hatte sich entzogen. Sie hatten Farringdon passiert, die Old Street, so viele junge Menschen, die so forsch, vergnügt und unbekümmert wirkten, wie auch Robyn und Eliot noch kurz zuvor. Wie flüchtig ihre Freiheit doch gewesen war. Das Gefühl, dass in dieser Stadt alles möglich war, war fort, war wie erstickt. Überall lauerten und lugten ragende Gebäude, und der kleine Streifen Himmel wirkte schwach und fahl. Alles war ihr eine Falle, nirgendwo gab es Entkommen.

Robyn konnte kaum atmen. Eliot wirkte fassungslos. Immer wieder nickte er, als ob er mit sich selbst sprechen würde. Robyn warf ihm hin und wieder einen Blick zu, doch die meiste Zeit schaute sie zu Boden, auf alte Kaugummis, Zigarettenstummel, holperige Bodenplatten. Irgendwie führten ihre Schritte sie zu Eliots Wohnung. Nur Tage zuvor hätte sich Robyn nach dem Satz *Lass uns nach Hause gehen* in eine entspannte Vertrautheit sinken lassen, doch nun empfand sie ihren Umgang als steif und distanziert, so als ob die Verschränkung ihrer Lebenswege zu einem plötzlichen Abstand geführt hätte. Sie kannten sich etwas mehr als einen Monat. So unbehaglich hatte es sich niemals angefühlt, doch nun tat es das.

Robyn wartete, bis Eliot den Schlüssel fand, stieg vorsichtig über den Haufen aus Lokalzeitungen und Take-away-Flyern und folgte ihm nach oben. Der holzige Geruch im Treppenhaus, die schiefen Bilder an den Wänden, das alles nahm sie wahr, als ob sie eine Fremde wäre.

Eliot zündete sich eine Zigarette an und machte sie sofort wieder aus. Zuvor hatte er sich ein Bier aus dem Kühlschrank geholt und gefragt: »Stört es dich?«, und nicht wie sonst: »Willst du auch eins?« Schon jetzt benahmen sie sich anders. Schon jetzt zerfaserte ihr altes, kurzes, gemeinsames Leben.

»Rauch«, sagte Robyn, »schadet nicht.«

Eliot warf das Päckchen auf die Anrichte. »Ich will, dass du eines weißt«, sagte er, »wie immer du dich auch entscheidest, ich bin da, ich werde dich unterstützen.«

Robyn schaute zu ihm auf und schüttelte den Kopf. Das Haar fiel ihr wie ein Vorhang vors Gesicht.

»Was, du glaubst mir nicht?«

»Ich verstehe nur nicht, wie das überhaupt passieren konnte. Ich verstehe nicht, wie wir in diese Situation, in dieses Gespräch geraten konnten. Im Ernst, wie kann das sein?«

»Wir haben wohl nicht so gut aufgepasst, wie wir geglaubt haben.«

»Sag nicht so was! Wir haben doch kein Portemonnaie verloren oder einen Zug verpasst. Ich bin … Gott. Ich bin schwanger …« Ihre Stimme verhallte, ihre Augen brannten.

»Ich kann mir nur vorstellen, dass es bei deiner Party passiert ist.«

»Beim ersten Mal?«

»Vielleicht.«

»Wir haben uns doch geschützt.«

»Vielleicht ist es ja geplatzt …«

»Aber das hättest du doch gemerkt. Oder? Eliot?«

»Ich weiß nicht. Es war dunkel. Wir waren betrunken. Wir waren berauscht. Ausgeschlossen ist es nicht …«

»Wie konnten wir so blöd sein?« Sie schüttelte den Kopf. »Sag mir bitte, dass das hier gerade nicht real ist.«

Eliot erwiderte nichts. »Ich bin da«, sagte er schließlich. »Und auch das ist real. Wir stehen das zusammen durch, okay? Zusammen.«

Robyn nahm Eliot das Bier ab und hielt sich den kühlen Flaschenhals an die Stirn. Sie schloss die Augen.

»Ich weiß nicht, was ich tun soll«, sagte sie. »Ich weiß nicht, was ich tun soll.«

Eliot stand auf und griff nach seiner Zigarettenpackung. Er zog eine Zigarette heraus und schob sie sich zwischen die Lippen. Sie wippte bei jedem Wort.

»Es gibt wohl nur zwei Optionen, schätze ich«, sagte er. »Oder? Oder drei?«

»Ja.«

»Und jede – wirklich jede, Robyn – ist für mich okay.«

»Ist für dich *okay*?« Sie stellte die Flasche mit einem lauten Klirren ab. »Keine ist okay. Sie sind alle schlecht. Sehr, sehr schlecht.«

Sie verfielen in Schweigen. Eliot machte sein Feuerzeug an und aus. Die Zigarette blieb unangezündet zwischen seinen Lippen. Unten auf der Straße lärmte eine Gruppe Teenager, sie brüllten und lachten. Ein lauter Bass in einem Auto fuhr vorüber. Der Klang der Nacht.

»Wie kannst du nur so ruhig sein?«, fragte sie mit verdrossener Stimme, mit schmalen Lippen.

»Ich bin nicht ruhig. Nicht wirklich.«

»Aber so gefasst, so vernünftig. Wie?«

»Meine Mum hat meinen ältesten Bruder mit achtzehn bekommen.«

»Okay. Dann ist das für dich also normal.«

»Nicht normal, nein. Aber es ist nun mal passiert, also müssen wir das regeln.«

»Mit regeln meinst du …«

»Nein, meine ich nicht. Es sei denn, du willst eine Abtreibung.«

»Ich will keine Abtreibung. Ich glaube nicht, dass das irgendjemand wirklich *will.*«

Robyn war bewusst, dass sie Eliot das Wort im Mund verdrehte. Sie sank auf dem Stuhl zusammen, vom Klang der eigenen Stimme angewidert.

»Es tut mir leid. Mir ist übel. Ich bin müde. Ich habe das Gefühl … was immer ich entscheide, es wird Konsequenzen haben, aber so oder so, ich hab keine Ahnung, wie ich klarkommen soll. Ich bekomme einen Hungerlohn, du jobbst in einer Bar. Und wenn du nicht in der Bar bist, probst du oder bist auf der Bühne oder träumst davon, auf Tour zu gehen. Und ich, ich bin frei. Keine Eltern, kein Studium, nur ich. Ich könnte machen, was ich will. Und jetzt … das. Das Gegenteil von frei. Ich kann nicht Mutter sein. Ich kann es mir nicht vorstellen. Ich habe Angst, Eliot, das ist wirklich los. Ich habe große, große Angst. Und ich komme mir total dämlich vor.«

Eliot kauerte sich vor sie. Er nahm ihre Hände. »Ich habe auch Angst. Aber solange wir zusammen sind und das hier zusammen entscheiden, wird alles gut. Wird für uns alles gut. Wir werden es nicht nur stemmen, wir werden es rocken. Das verspreche ich dir, was immer wir auch tun.«

»Aber wir kennen uns doch kaum. Jedenfalls nicht richtig. Einen Monat. Das ist nichts.«

»Das ist nicht nichts. Ich finde, es ist einiges. Ich finde, es ist sogar ziemlich großartig.«

»Also spielt es für dich keine Rolle?«

»Es ist deine Entscheidung, nicht meine. Aber nein, wie

lange wir beide zusammen sind, spielt für mich wirklich keine Rolle. Weil … ich dich liebe.«

Robyn stieß ihren Atem aus, tief und langsam.

»Das sagst du doch bloß. Das ist wirklich schön, aber … das sagst du doch bloß.«

»Nein, das sage ich nicht bloß. Sieh mich an. Robyn, ich liebe dich.«

Mit dem Zauber des Moments war es vorbei, als eine Sirene auf der Straße heulte und kreischend nah zum Stehen kam. Robyn hatte das Gefühl, als ob der Rettungswagen ihretwegen käme. Sie wünschte sich, es wäre so. Sie hätte sich so gern in die Hände eines anderen begeben, halb Gottheit, halb Arzt, jemand, der die Weitsicht hätte, ihr zu sagen, wie ihr Leben weitergehen würde, auf dem einen oder anderen Weg. Sie legte eine Hand auf den noch flachen Bauch. Eliots Hand folgte. Robyn brach in Tränen aus.

zwanzig

Die Atmosphäre im Warteraum der Klinik war von Leid gedrückt. Alle teilten eine ähnliche Not, doch geäußert wurde nichts, mit Ausnahme vielleicht eines allerflüchtigsten Augenkontakts, eines kaum merklich zuckenden Mundwinkels. Robyn saß auf einem der harten Plastikstühle und sah auf ihre Schuhe. Eliot trommelte nervös mit den Fingern auf den Knien. Hin und wieder schaute Robyn auf die kriechenden Zeiger der Uhr. Die Schwingtür ging auf und zu, Frauen und junge Mädchen, der Bauch noch kaum zu sehen, kamen und gingen, manche in Begleitung, manche nicht. Robyn wand die Finger ineinander, dehnte sie und konzentrierte sich auf ihre Atmung, ein und aus, ein und aus. Eliot trommelte seinen Viervierteltakt. Dann wurde ihr Name aufgerufen. Sie stand auf. Sie ging durch die Tür, die sich hinter ihr erneut schloss.

Sie war dort wegen der Blutungen. Sie waren schwach gewesen und trotzdem so stark, dass sie einen Arzt angerufen, sich um eine möglichst gelassene Stimme bemüht und zwei Tage später einen Termin für einen frühen Ultraschall bekommen hatte. Bis dahin hatte Widerstreben jeden Besuch im Bad begleitet, Robyn hatte sich durch die Wohnung bewegt, als ginge sie auf Glas. Am Tag der Untersuchung hatte sie sich förmlich angezogen, das Haar gebürstet und zurückgebunden. Sie hatte sich freigenommen, Bens misstrauischen Blicken standgehalten; sie war trotz der Wochen nahezu fehlerloser Arbeit noch zu sehr seine kleine Schwester, auf ewig das Baby der Familie. Sie wäre gern mit der Wahrheit herausgeplatzt, damit sie seine besserwisserische Miene nicht mehr sehen musste, doch sie hatte nicht gekonnt. Sie hatte es niemandem erzählt. Auch Eliot hatte es niemandem erzählt.

Einige Tage nachdem sie es herausgefunden hatte, hatte sie Eliot mitten in der Nacht geweckt und heftig an seiner Schulter gerüttelt. Er war sofort aufgefahren, mit bleicher Miene, die Augen angstvoll aufgerissen.

»Du erinnerst dich, was ich dir erzählt hab, von Mum und Dad, dass ich ein Unfall war, dass sie überlegt hatten, ob sie mich überhaupt bekommen sollten?«

»Ja«, hatte er gesagt, sein Atem hatte sich beruhigt, »ich erinnere mich.«

»Ich wäre nicht hier«, hatte Robyn fortgefahren, »wenn sie nicht entschieden hätten, dass ich leben sollte.«

»Nun, ja«, hatte er gesagt, »das stimmt.«

»Also … Ich hatte nur darüber nachgedacht. Ich bin davon aufgewacht, von dem Gedanken. Ich hatte mir vorgestellt, ich wäre nicht da, und das hat mir Angst gemacht. Denn obwohl gerade alles völlig irre ist, will ich trotzdem da sein. Ich wollte immer da sein.«

»Okay.«

»Das war alles«, hatte Robyn gesagt. »Ich habe nur darüber nachgedacht. Das wollte ich dir sagen. Ich weiß, es klingt albern, aber … Tut mir leid. Schlaf weiter.«

»Heißt es das, was ich denke?«

»Keine Ahnung. Gute Nacht. Ich weiß nicht. Doch, ich glaube schon.«

So hatten sie sich für den einen Weg entschieden, doch Robyn hatte sich nur zögernd aufgemacht, immer wieder über die Schulter geblickt, während ihre Füße und das winzige Geschöpf in ihrem Innern sie beständig vorwärtstrugen. Es war so klein – bei knapp sieben Wochen kleiner als ein Apfelkern –, doch es hatte längst schon alles auf den Kopf gestellt. Robyn war vollkommen seekrank dahingetrieben. In ihrem Denken hatte es in jeder Minute, jeder Stunde nur dieses eine Thema gegeben. Ihre Energie hatte nachgelassen, was die morgendliche Fahrt mit der Tube erdrückend, die Atemlosigkeit der Aufzüge beim Sender beinahe unerträglich machte. Sie hatte reichlich grünes Gemüse gegessen, flaschenweise Wasser getrunken, sehnsüchtig auf ausladende Weingläser und härtere Drinks geschaut und noch immer nicht gewusst, ob sie das Richtige tat. Sie hatte nicht den Eindruck gehabt, dass es *das* Richtige überhaupt gab. Und dann hatten die Blutungen eingesetzt.

Die Klinik war ausschließlich für Frauen zuständig, die Probleme oder Schmerzen, eine medizinische Vorgeschichte hatten und eine Betreuung vor Ablauf der zwölften Woche benötigten. Robyn hatte nicht einmal gewusst, dass es einen solchen Ort gab. Sie hatte gar nicht viel gewusst. Nicht, dass sich der Geruchssinn derart schärfte, dass man feuchte Teppiche, das Essen auf dem Herd der Nachbarn oder den Schweißgeruch auf der Haut eines Passanten wahrnahm. Dass die Brüste schmerzhaft anschwollen, sich die Brustwarzen durch das T-Shirt bohrten und sich der Büstenhalter in die Haut einschnitt. Und auch nicht, dass der Gedanke an Sex seinen Reiz verlor, aber vielleicht galt das auch nur für sie und Eliot. Er hatte ihr gesagt, dass er sie liebte, doch dann waren sie zwei Wochen lang umeinander herumgeschlichen, war es lediglich zu züchtigen Küssen und kuscheligen Umarmungen gekommen, was für beide plötzlich und radikal anders war. Robyn trug nun ein Nachthemd, Eliot behielt im Bett seine Boxershorts an. Zwar schliefen sie Arm in Arm ein, doch am Morgen lagen sie an entgegengesetzten Seiten, zwischen ihnen eine unbemerkte Kluft.

Die Dame am Empfang wirkte ältlich. Fahrig hatte sie durch gelbe Akten geblättert, und sie war so knapp und barsch gewesen, als ob Robyn wegen lästiger Kopfschmerzen oder eines Splitters im Finger in der Klinik wäre. Sie hatte ihren Namen genannt, ihren Platz eingenommen und gewartet, so wie alle anderen.

Das Untersuchungszimmer war klein und dämmrig, es erfüllte seinen Zweck, nicht mehr. Platz war nur für einen Monitor, eine Liege, einen Untersuchungsstuhl und die rundliche, lächelnde Hebamme, die sie erwartete und mit singender, freundlich-sanfter Stimme sprach. Robyn hätte das Lächeln gern erwidert, doch es gelang ihr nicht. Sie konnte nicht sprechen, weil ihr die Stimme gebrochen wäre. Eliot nahm Robyn die Tasche ab. Robyn tat, was die Hebamme ihr sagte, zog die Unterhose aus und zog die Bluse hoch. Sie ließ sich auf der Liege nieder und schloss die Augen. Sie gab ein kleines Wimmern von sich, als sie das kalte Gel und den Druck in ihrem Innern spürte. Sie biss sich auf die Lippe und wartete darauf, dass irgendjemand irgendetwas sagte.

Als kleines Mädchen hatte sich Robyn stets um die leidende Kreatur gekümmert. In einen jeden Garten waren kleine Tragödien eingezogen und hatten den ewigen Kreislauf des Lebens bezeugt – aber vielleicht haben alle Kinder hierfür einen Blick. Robyn hatte sich zu dem halb zerdrückten Wurm gebückt, der auf der Mitte eines Weges darbte. Einem Vogel, der mit gebrochenem Flügel unter einem Strauch gelegen hatte. Sie hatte Gras ausgebreitet, Erde aufgehäuft, Schuhkartons mit Taschentüchern ausgepolstert und Gebete geflüstert. Sie hatte geglaubt, etwas zu wollen würde genügen, damit das Leben weiterging: dass durch die Macht und den trotzigen Optimismus ihrer Worte ein Schmetterling genesen und sie dreimal umflattern würde, bevor er sich wieder auf in den blauen Himmel schwang.

In jenem dunklen Raum, an jenem Mittwochmorgen wurde Robyn dann gesagt, dass ihr kleines Wesen lebte. Bei sieben Wochen sprach die Hebamme von einem Baby, nicht von einem Fötus oder Embryo oder einem anderen Begriff, der distanzierte. Sie nannte es *Ihr Baby*. Diese Worte hatte Robyn bislang nicht gehört, nicht in dieser Weise. Sie lag mit erhöhten und gespreizten Beinen auf dem Untersuchungsbett der Klinik, und als die Frage kam, ob sie auf den Monitor schauen und das kleine, verschwommene Etwas, die kaum existierende Gestalt sehen wolle, zögerte sie erst und erwiderte dann: *Nein, nein, danke*. Weil die Hebamme da bereits gesagt hatte, dass das winzige Herz ihres Babys viel zu langsam schlug.

»Es ist noch sehr früh«, hatte sie in einem Tonfall gesagt, der von Mitgefühl durchdrungen war. »Es ist sehr schwer, zu diesem Zeitpunkt irgendeine Gewissheit zu erlangen. Wir können nur abwarten. Aber der Herzschlag sieht sehr langsam aus. Es tut mir leid.«

»Was heißt das?«, fragte Eliot, und Robyn hatte ihn noch niemals so bedrückt gehört. Sie reagierte, voller Angst, auf jeden Zwischenton.

»Ich fürchte, es kann ein Anzeichen für eine drohende Fehlgeburt sein …«

Die Außenwelt hörte auf zu existieren. Robyn brach in Tränen aus, in dem trüben Licht, dem kleinen Raum. Woher kamen diese Tränen? Sie wusste es nicht. Denn hatte nicht in ihr der Zwiespalt vorgeherrscht, sie sich nicht beinahe in stillen Momenten und unausgesprochenen Worten gewünscht, ihr würde die Entscheidung abgenommen, alles würde zum Normalzustand zurückkehren? Doch die Tränen fielen. Um sie herum schloss sich der Raum.

Fehlgeburt. Sie kannte den Begriff, doch was er wirklich bedeutete, hatte sie bis dahin nicht verstanden. Sie hatte niemals sein Gewicht gefühlt: den Verlust, den Schmerz, das Blut. Das passierte Frauen jeden Tag, das hatte ein Plakat im Wartezimmer so behauptet, als ob man in der Statistik Trost finden könnte. Doch dadurch wurde alles nur noch schlimmer: wenn sie sich die vielen Frauen vorstellte, an denen sie vorüberging, die der Welt ihr Alltagsgesicht zeigten, obwohl sie solche Traurigkeit in ihrem Innern trugen, diesen einzigartigen Verlust.

Die Hebamme führte sie in einen Raum, in dem ein Sofa mit vielen Kissen und Topfpflanzen standen. Es war das Zimmer für die schlechten Nachrichten, und der Kummer dünstete aus den weichen Möbeln und behutsam ausgewählten Bildern aus. Diese Wände wussten um traurige Geheimnisse. Robyn biss sich auf die Lippe, zerdrückte ein Taschentuch in ihrer Faust. Eliot hielt die andere Hand. Sie sollten in einer Woche wiederkommen. Die nächste Untersuchung, dann wird man weitersehen. Abwarten. Das war alles, was sie tun konnten.

Als sie aus der Klinik kamen, hielt Eliot sie unentwegt im Arm. An jedem Zebrastreifen lehnte sie sich an ihn und verbarg ihr Gesicht an seinem Hals. Sie wich den Blicken der Passanten aus, sie wusste um ihre bleiche Miene, die Tränenspuren auf den Wangen. Eliot versteckte seine Augen hinter einer Sonnenbrille und biss die Kiefer fest zusammen. Gemeinsam gingen sie, sie sprachen kaum, nach Hause, zu sieben Tagen Wartezeit. In Robyn war ein winziges Wesen, das nicht richtig lebte und nicht starb, und sie konnte nichts dagegen tun. Sie legte eine Hand auf ihren nicht vorhandenen Bauch, damit das Herz darin schneller schlug, kräftiger schlug. Sie dachte an die leidenden Geschöpfe ihrer Kindheit, die Streichholzschachteln, die sie mit Toilettenpapier ausgepolstert hatte, die geflüsterten Gebete für die flügellahmen Vögel. Sie durchforstete ihr Gedächtnis nach einer Kreatur, die überlebt hatte.

Zu Hause rollte sie sich auf dem Sofa zusammen und schloss die Augen. Sie konnte nur die Tage zählen, und die Stunden, bis sie dorthin zurückgehen, sich auf dieselbe Liege legen und in das Gesicht der Hebamme blicken musste. Eliot würde an ihrer Seite sein, seine Hand in ihrer. Sie würden den Atem anhalten. Seit sie erwachsen war, hatte Robyn kein einziges Gebet gesprochen. Nun aber tat sie es. Sie bat Gott, welchen Gott auch immer, dass er sich um dieses winzige Wesen kümmerte. Es stark machte. Ihm Lebenswillen schenkte. Es wissen ließ, wie viel Leben, Liebe und Lachen es erwarteten, solange es nur durchhielt. Eliot legte ihr einen Arm um die Schulter und zog sie an seine Brust. Robyn atmete ihn ein, ihre Tränen flossen.

»Es kommt, wie es kommt«, sagte er, seine Finger glätteten ihr Haar. »Was immer auch passiert, die Natur folgt ihrem Lauf. Es wird zum Besten sein.«

»Ich weiß«, erwiderte Robyn gedämpft. »Ich weiß. Aber die

Sache ist, das, was mir gerade bewusst geworden ist, die beiden Sachen …«

Sie verstummte, die Tränen nahmen ihr die Stimme.

»Was denn, Robyn? Was?«

»Ich will es«, sagte sie. »Ich will das Baby. Ich will nicht, dass es stirbt. Ich will unser Baby mehr als alles andere auf der Welt.«

Eliot hob ihr Gesicht sanft an und küsste sie. Die Küsse waren salzig, ihre Tränen mischten sich.

»Und das andere ist«, sagte sie, »dass auch ich dich liebe. Ich liebe dich.«

einundzwanzig

Jago rief sie von einem öffentlichen Telefon in der Paddington Station aus an. Er war bei Morgengrauen als einer der wenigen Passagiere in Penzance in den Zug gestiegen. Die lange Reise, die vielen Stunden waren an ihm vorbeigerauscht, und noch ehe er wusste, wie ihm geschah, wurde er schon in das Gedränge auf dem Bahnsteig ausgespuckt, stolperte er über Koffer, stießen Ellbogen an Ellbogen, wurde er von einer Woge Menschen mitgetragen, die genau zu wissen schienen, was sie taten. Den größten Teil der Reise hatte er entspannt verbracht, nur auf dem letzten Stück, als sich der Zug langsam seinen Weg zwischen gesichtslosen Bürogebäuden und heruntergekommenen, stadtschmutzigen Reihenhäusern gebahnt hatte, hatte er sich wie ein Fremder in einem unbekannten Land gefühlt. Er hatte zu einem Hochhaus aufgesehen, dessen monotone Fassade allein von zerschlissenen Flaggen, umgedrehten Fahrrädern und tristen Blumenkästen aufgelockert wurde. An einem Ort wie London waren so viele Leben ineinander verwirrt, so viele Menschen übereinandergestapelt, wie kam es, dass sie sich nicht erdrückten? Wie konnte Robyn sich hier wohlfühlen? Nirgends sah man einen Horizont, nirgends war Platz, um seine Flügel auszustrecken, von seinem Sitz aus ahnte er kaum einen Flecken Himmel.

Auf dem Bahnsteig blieb er auf halber Strecke stehen, damit

sich die Menschenfracht an ihm vorbeidrängen, er sich sammeln konnte. Er fischte Robyns Adresse aus seiner Tasche. Er hatte mit dem Gedanken gespielt, sie ohne Vorwarnung aufzusuchen, wie im Film, doch für das wahre Leben war ihm dieser Plan zu riskant. Was, wenn er auf die Fenster einer leeren Wohnung schauen, auf die Klingel drücken, sein Herz einen erwartungsvollen Satz machen würde und die Tür geschlossen, sein Klingeln unerwidert bliebe? Oder, schlimmer noch, ein Mann erscheinen würde, der Gitarrist, der ihm mit arrogantem Grinsen sagen würde: *Sie ist grad nicht hier*, und dann: *Und wer bist du?* Also rief er vorher an. An der Rückseite des Bahnhofs befanden sich mehrere Münztelefone. Das erste war kaputt, bei dem zweiten klebte frischer Kaugummi auf der Tastatur, also nahm er das dritte. Griff mit zitternden Händen zum Hörer und tippte ihre Nummer. Es klingelte fünfmal, dann meldete sich der Anrufbeantworter. Jago zögerte, legte auf und ärgerte sich noch im gleichen Moment über sich selbst. Er fing von vorn an und warf wieder seine Münzen ein. Robyns fröhliche Stimme forderte ihn auf, ihr eine Nachricht zu hinterlassen, und obwohl sein Mund trocken und seine Knie weich waren, befolgte er die Bitte.

»Robyn, hi, hier ist Jago. Aus Merrin. Na, jedenfalls, ich bin hier, in London, und ich dachte, ich schau mal vorbei. Ich hab neulich deine Mum getroffen, und sie hat gesagt … genau … Also, sie hat gesagt, was du so machst, Job, Wohnung, und da war mir klar, dass du so bald wohl nicht nach Hause kommst, also, ich mein, nach Merrin, und da hab ich gedacht, wenn ich sowieso hier bin, schau ich mal kurz rein. Bei dir. Um Hallo zu sagen. Und, na ja, Auf Wiedersehen wohl auch. Dazu sind wir gar nicht gekommen, oder? Vielleicht weißt du das gar nicht, aber ich war am Tag nach deiner Party bei euch.

Aber da warst du schon weg. Ich wollte mit dir reden, aber ich war zu spät. Ich hab nachgedacht, und, Robyn, mir ist aufgegangen, dass ich vollkommen dämlich war. Mein Brief von damals, das war alles falsch. Na, wie auch immer. Jetzt bin ich hier. Und es wär toll, dich zu sehen. Es gibt da ein paar Sachen, die ich dir sagen will. Ein paar Sachen, die ich längst hätte sagen sollen. Wahrscheinlich bin ich zu spät, aber falls nicht… Ich würde alles tun, um die verlorene Zeit wettzumachen. Ich hab noch immer kein Handy, also… Ich versuch's am besten später noch mal. Ich bin grad in Paddington. Okay, mach's gut.«

Er legte auf. Er fand seine Nachricht ganz entsetzlich. Er hatte sich nicht konzentrieren können, bei all dem Trubel in der Bahnhofshalle, den ohrenbetäubenden Durchsagen und der Schwere seines Eingeständnisses. Er schaute auf den Hörer und fragte sich, wie lang er warten sollte, bis er es ein zweites Mal versuchte. Ob er überhaupt den Mumm dazu hatte.

Zwei Stunden später hörte Robyn seine Nachricht ab. Beim Klang der vertrauten Stimme schnappte sie nach Luft. Die Stimme klang so leise, sie war kaum zu verstehen bei all den Geräuschen im Hintergrund, doch es war Jago. Nur hatte er so langsam vor sich hin gebrabbelt, dass ihn der Anrufbeantworter mitten in der Nachricht abgewürgt hatte. Jago hatte das anscheinend nicht bemerkt, denn es gab keinen zweiten Teil. Einen flüchtigen Moment lang fragte Robyn sich, warum Jago überhaupt in London war, und einen noch flüchtigeren, was er wohl auf dem Herzen gehabt hatte, als er, wie er sagte, zu ihr gekommen war, doch die Party, diese Nacht waren in eine solche Ferne gerückt, dass es ihr unmöglich war, bei dem

Thema zu verweilen. Sie hörte die Nachricht ein zweites Mal ab und löschte sie. Jago war vermutlich der einzige Mensch auf dieser Welt, der kein Handy hatte. Sonst hätte sie ihm eine SMS schicken, ihm danken und eine vage Ausrede, eine Krankheit vorschützen können. So aber warf sie das Telefon wieder auf den Nachttisch, rollte auf die Seite und verbarg das Gesicht in ihren Kissen.

Eliot machte ihr in der Küche einen Tee, den sie nicht trinken würde. Das Radio spielte Musik, der sie nicht lauschte. Es war Samstag, vor dem Fenster knisterte das Wochenende. Für Robyn war es bloß ein Tag, den sie überstehen musste, bevor es wieder in die Klinik ging. Ihre Welt war geschrumpft, so weit geschrumpft, bis alles Wesentliche, das Leben, der Tod, in ihrem Innern waren. Selbst wenn sie gewusst hätte, dass es Jago war, der anrief, sie wäre trotzdem nicht ans Telefon gegangen. Sie hätte nicht gekonnt. Ein Wort von ihm, und sie wäre kollabiert.

Drei Stunden nach seiner Ankunft stieg Jago wieder in den Zug. Er hatte an einem der Metalltische nahe der Bahnhofshalle einen schlechten, überteuerten Kaffee getrunken, während zerlumpte Tauben zu seinen Füßen pickten. Mit einem Auge und beiden Ohren war er bei dem Telefon gewesen, für den Fall, dass es klingelte. Er hatte es erneut bei ihr versucht, wieder nur die Aufnahme gehört und aufgelegt, noch ehe Robyns konservierte Stimme ihre fröhliche Aufforderung beendet hatte. Es würde keine zweite Nachricht geben. Es war alles gesagt. Er hatte den Zettel mit ihrer Adresse vorgeholt, erneut in seinen Stadtplan geschaut und sich zum wiederholten Mal gefragt, ob er zu ihr gehen sollte. Am Ende hatte er sich dagegen entschieden. Es sollte nicht sein. Die ganze

Fahrt war lächerlich, und die Tatsache, dass sie vergeblich war, bewies es ihm.

Obwohl er das Bahnhofsgebäude nicht verlassen hatte, hatte er alle Passanten angesehen, den Kopf hoffnungsvoll erhoben, für den Fall, dass unter den Millionen Menschen, die in London lebten, zufällig Robyn seinen Weg kreuzte. Mit feuchten Händen, trockener Kehle hatte er ihre Nummer gewählt und seine Nachricht hinterlassen. Was für wirres Zeug er da gestammelt hatte, seine große Offenbarung, die ganz zum Schluss hinterhergestolpert war, untermalt vom Plärren aus den Lautsprechern. Er war nicht einmal erleichtert oder stolz, dass er wenigstens versucht hatte, Robyn zu erreichen. Er setzte sich auf seinen Platz im Zug und stieß langsam seinen Atem aus. Nach und nach löste sich die Anspannung. Es war ein gutes Gefühl, wieder Richtung Westen zu fahren, den ganzen Irrsinn – das Schwitzen, das Herzrasen, seine verzweifelten Blicke in die Menge – hinter sich zu lassen. Sie würde ihn anrufen, wenn sie wollte. Ihm schreiben. Oder sogar, vielleicht, nach Hause kommen.

Nach einer Woche in Schockstarre, nach Tagen, an denen Robyn und Eliot allein beieinander Zuflucht gefunden hatten, gingen sie erneut in die Klinik. Der Termin war rasch vorüber, und ehe sie bei klaren Sinnen waren, standen sie schon wieder auf der Straße, hatte sich die Welt wiederum von Grund auf verändert. Diesmal fuhren sie mit dem Taxi nach Hause, kuschelten sie sich auf dem Rücksitz eng aneinander.

»Ich glaub es nicht«, sagte Robyn mit beinahe hysterischem Unterton.

»Ich auch nicht«, erwiderte Eliot.

Ihre Finger waren ineinander verschränkt, auf ihren Mienen stand dieselbe Fassungslosigkeit.

»Ich war so sicher, dass es schlimm würde«, sagte Robyn.

»Ich weiß«, sagte Eliot. »Ich auch.«

»Die Hebamme war so nett, so mitfühlend, da bestand für mich kein Zweifel, dass sie uns was Schlimmes sagen würde.«

»Für mich auch nicht.« Er schüttelte den Kopf.

»Weißt du«, sagte Robyn nach einer Weile und spürte sich in jedes ihrer Worte, »weißt du, was das heißt? Dieses kleine Baby hier, es will geboren werden. Glaubst du nicht? Es hält durch.«

Eliot holte tief Atem und rieb sich mit beiden Händen das Gesicht, schabte über seine Bartstoppeln. Als er die Hände fortnahm, waren seine Augen feucht.

»Ja«, sagte er. »Das tue ich.«

»Es will uns. Es hat uns erwählt. So habe ich das noch nie gesehen, aber … es will unsers sein.«

Robyn malte sich aus, wie sie mit den ersten Herbstwinden nach Merrin kommen würde, ihren runden Bauch unter einem losen Kleid verborgen. Wie ihre Eltern einen Wein öffnen, den sie ablehnen müsste, staunen und sich darüber freuen würden, dass sie mit ihrem Gitarristen kam. *Eliot*, würde ihr Vater sagen, seine Hand nehmen und sie schütteln, *wie schön, dich endlich richtig kennenzulernen*. Was würde sie dann tun? Zurücktreten, sich bei Eliot einhaken, ganz Bilderbuchpaar: *Übrigens, wir müssen euch was sagen*. Die Augen ihrer Mutter würden zu Robyns Finger eilen und den Diamanten suchen, ihre Eltern fänden das zwar übereilt, aber doch romantisch und würden in ihrer Verblüffung nach Champagner rufen. *Nein, das nicht*, würde sie darauf entgegnen, vielleicht das Kleid über ihrem Bauch glätten und verfolgen, wie auf ihren Mienen langsam die Erkenntnis dämmerte, ihre Mutter scharf Luft holte und ihr Vater unwillkürlich stöhnte. Eine irreale Szene.

»Ich habe darüber nachgedacht«, sagte Robyn. »Ich glaube, ich sollte meinen Eltern das allein beibringen. Da müssen sie einiges verdauen, und das will ich dir nicht zumuten.«

Über Eliots Gesicht huschte die Enttäuschung. Robyn liebte es, dass seine Miene so leicht zu entziffern war.

»Hinterher, wenn ich dir Bericht erstatte, wirst du mir dankbar sein. Es gibt garantiert Tränen, und auch Geschrei, und dabei rede ich allein von mir.«

»Aber wenn ich nicht mitkomme, denken sie garantiert, dass ich mich jetzt schon vor der Verantwortung drücke.«

»Ich werde ihnen sagen, dass dem nicht so ist. Sie werden ganz genau erfahren, wie du dich verhalten hast. Ich werde ihnen sagen, dass ich dich liebe und dass alles gut werden wird.«

Sie küsste ihn, besiegelte ihre Worte.

»Was ist mit *deinen* Eltern?«

»Ich ruf sie an. Nachdem du es deinen erzählt hast. Dann haben wir den Teil hinter uns.«

»Wie werden sie es auffassen?«

Eliot lachte. »Sie sind zwei Wochen nach meinem achtzehnten Geburtstag auf die andere Seite der Welt gezogen. Sie werden es ziemlich locker aufnehmen. Sie werden dich kennenlernen wollen, ganz bestimmt, aber sie gehören nicht zu den Menschen, die daraufhin in einen Flieger springen. Sie werden kommen, wann immer es ihnen passt.«

Robyn schwankte zwischen Erleichterung und Enttäuschung. Eliot sprach von seinen Eltern nur mit Gleichgültigkeit, und Robyn kannte seine Geschichte auch nur in einer

Kurzfassung. Seine Mutter war Lehrerin gewesen, für Psychologie oder Soziologie, sein Vater Anwalt, *einer von denen, die sich um die Müheseligen und Beladenen kümmern*, hatte Eliot mit einer Spur von Stolz erzählt. Sie hatten sich offenbar früh zur Ruhe gesetzt und waren nach Canberra gezogen, in einen Bungalow mit langem blauem Swimmingpool, einem Garten voller Bananenbäume, ihren Joni-Mitchell-Platten und einer dicken roten Katze namens Martha. Eliot hatte seine Eltern angeblich seit zwei Jahren nicht gesehen, was Robyn eine unglaublich lange Zeit fand, doch einen Bruch schien es nicht zu geben. Seine Eltern waren schlicht sporadische Erscheinungen in seinem Leben und nicht täglicher Bestandteil allen Aufs und Abs.

»Danach telefoniere ich meine verstreuten Geschwister durch. Was ist mit Ben? Wird er damit klarkommen?«

»Das spielt eigentlich keine Rolle«, sagte sie. »Aber, ja, natürlich. Ben kommt mit allem und jedem klar.«

»Und dieser Freund von dir, Jago, was ist mit ihm? Wirst du es auch ihm sagen?«

Erst in dem Moment fiel ihr der Anruf wieder ein. »Jago …«, setzte sie an und brach ab. »Ich denke, wenn er da ist, ja, wenn nicht, dann nicht.«

»Okay«, sagte Eliot.

»Ich lege mich ein wenig hin«, sagte sie. »Mir ist übel. Schon wieder. Ich sollte mich wohl langsam dran gewöhnen.«

»Soll ich dir irgendetwas bringen?«

Robyn schüttelte den Kopf. Plötzlich wollte sie allein sein. Ihre Stimmung hatte sich von Freude in Erleichterung in Zögern in … etwas anderes verwandelt. Sie musste sich zentrieren, auf ihr Bett legen, die Hände auf dem Bauch, und an das winzige Leben in ihrem Innern denken.

zweiundzwanzig

Jago saß am Küchentisch, eine fremde Frau ihm gegenüber. Ihre Haut war am Kinn leicht knittrig, und sie schob sich unentwegt mit einer nervösen, mädchenhaften Geste das Haar hinter die Ohren. Er hatte ihr einen Tee gemacht. Sie hielt die Tasse ehrfürchtig in Händen und lächelte ihm dankbar über deren Rand hinweg zu. Als sie, mit nichts als einem rosa Spitzennachthemd am Leib, in die Küche gekommen war, waren ihre Hände wie erschrockene Vögel vor ihre Brust geflattert. Jago hatte ihr einen guten Morgen gewünscht, so als ob es ganz normal wäre, dass eine spärlich bekleidete, unbekannte Frau noch vor der Sonne in der Küche erschien. Er hatte ihr einen Tee angeboten und sich ganz auf dessen Zubereitung konzentriert. Die Fremde hatte sich zurückgezogen und war mit einer Strickjacke und neuer Gelassenheit zurückgekehrt.

Jago hatte gehört, dass der Lieferwagen seines Vaters in der Morgendämmerung aus dem Hof gefahren war, und gewusst, dass hinter der Tür zum Schlafzimmer seines Vaters noch eine Frau schlief. Er hatte es am Abend mitbekommen, das gedämpfte Gelächter, das durch die Dielen zu ihm heraufgedrungen war, das Klirren der Gläser, die unregelmäßigen Schritte auf den Stufen. Sein Vater hatte sie bestimmt in einem Pub aufgegabelt, in St. Just oder Penzance, und sie hatte sich in sein schiefes Lächeln verguckt, in die Art, wie er den Kopf beim Reden neigte, so als ob er etwas anvertrauen wollte. Sein Dad war stets charmant gewesen, doch die Frauen, die er dieser Tage fand, schienen nicht zu hören, dass die Worte purzelten, nicht zu sehen, dass der Glanz in seinen Augen dem Drink in seinem Glas entsprach, und genauso wenig zu bemerken, dass sein Lächeln erlosch, sobald sie ihm den Rücken zudrehten, er es nach Belieben an- und ausschalten konnte. Oder sie merkten es doch, und es war ihnen egal. Obwohl Denny einen ziemlich zweifelhaften Ruf hatte, äußerte sich niemand laut darüber, und Jago hatte immer vermutet, dass sein Vater eher bedauert statt verurteilt wurde. Was alles noch schlimmer machte.

»Fängt die Arbeit immer so früh an bei deinem Dad?«, fragte die fremde Frau. Sie wählte ihre Worte vorsichtig.

»Gewöhnlich ja. Wir haben grade viel zu tun. Wo wir davon reden …« Er stand auf und rieb sich die Hände, als ob er dem Tag voller Tatendrang entgegensehen würde.

»Natürlich, tut mir leid, ich möchte Sie nicht aufhalten.«

»Lassen Sie sich Zeit«, sagte Jago. »In der Kanne ist noch Tee. Brauchen Sie ein Taxi, oder …«

»Ich bin mit dem Wagen hier.«

Jago nickte, und die Frau am Tisch streckte ihm die Hand entgegen.

»Ich bin Lucy«, sagte sie. »Ich nehme an, dass Sie die Namen in der Regel nicht erfahren, aber mir liegt daran, dass Sie meinen kennen.«

»Oh«, erwiderte er. »Lucy. Hi. Ich bin Jago.«

»Ich habe übrigens Ihre Mutter flüchtig gekannt.«

Er zuckte zusammen.

»Sie war eine wundervolle Frau.«

Sie lächelte beim Reden, und in dem Moment fiel Jago auf,

dass ihre Augen von einem warmen Braun, beinahe bernsteinfarben waren. Es war ein freundliches Gesicht, in das er schaute.

»Woher kannten Sie sie denn?«

»Mein Mann hatte einen kleinen Laden für Landwirtschaftszubehör. Sie ist hin und weder reingekommen, wegen Pferdefutter und ein paar anderer Dinge. Sie war immer so elegant. Sie war bemerkenswert. Ich sehe sie noch vor mir, in ihren glänzenden, makellosen Reitstiefeln.«

»Ich glaube, ich erinnere mich. Der Laden bei der Hauptstraße?«

»Genau der.«

»Hat der nicht geschlossen? Ich weiß noch, dass Mum so was in der Art erwähnt hat, dass sie jetzt woanders hingehen müsse, weiter weg und nicht so schön.«

»John ist gestorben, und damit kam alles zum Erliegen. Wir hatten hohe Schulden, von denen wir oder vielmehr *ich* nichts wusste. Wir mussten vor vier Jahren schließen.«

»Tut mir leid.«

Sie zog die Jacke fester um sich. Ihre Stimme blieb unverdrossen heiter. Jago merkte, dass seine Anspannung in Lucys Gegenwart nachließ.

»Jago, ich weiß, dass ich nicht die Erste bin, für die du einen Tee gemacht hat und bei der du so getan hast, als ob es ganz normal wäre, dass dein Vater noch vor dem Morgengezwitscher aus dem Haus flieht. Er und ich haben einiges gemeinsam.«

»Er trinkt zu viel.«

»Nun, daran hatte ich jetzt nicht gedacht.«

»Ich weiß nicht mehr, was ihn so beschäftigt«, erwiderte er.

»Ihn beschäftigt eine ganze Menge.«

»Er war nicht immer so.«

»Ich weiß.«

»Es ist nur…«, Jago zögerte, dann sagte er, »ich glaube nicht, dass ihn irgendjemand ändern kann.«

»Wäre es ein Problem für dich, wenn es jemand wagen würde?«

Jago dachte an die leeren Flaschen beim Kamin, die Schwaden fremden Parfums im Badezimmer, die Haare im Abfluss, lang und blond oder braun oder auch rot. An den fleckigen Lack auf einer komplizierten Kommode, an das Regal, dessen rechter Winkel nicht perfekt war, daran, dass sein Vater die heikleren Aufträge mittlerweile ihm übergab, diejenigen, die eine ruhige Hand und einen klaren Kopf erforderten. Vor allem aber dachte er daran, dass sein Vater wie ein Geist durch Haus und Felder schlich und es seit Tomatillos Tod noch schlimmer war.

»Ich hoffe, wir sehen uns wieder«, sagte sie, bevor er eine Antwort geben konnte.

»Das hoffe ich auch«, sagte er, und zu seiner Überraschung meinte er es so.

Zur Mittagszeit machte Jago einen Spaziergang mit Scout. Die Straße war mit kanariengelbem Laub besprenkelt. Er blieb stehen und las das stachelige Gehäuse einer Kastanie auf. Jago hatte den Herbst immer schon geliebt, denn es war die Zeit, in der das dichte Buschwerk, das sich während des restlichen Jahres neben dem großspurigen Meer mit der Statistenrolle begnügen musste, an seine Gegenwart erinnerte. In der die Sträucher in sämtliche Farben explodierten, und die feuchte Erde, wenn Nebel und Regenschwaden über sie hinwegzogen, ihr süßlich dunkles Aroma verströmte. Jago fragte sich, wie der Herbst in London war, ob man ihn dort überhaupt bemerkte oder die Stadt sämtliche Jahreszeiten niederrang. Robyn hatte nie zurückgerufen, und irgendwann hatte er sich davon überzeugt, dass sie seine Nachricht nie erhalten hatte. So war er, von der Scham über seinen misslungenen Kontaktversuch befreit, doch gebrannt genug, um der Versuchung eines zweiten Anlaufs zu widerstehen, zu seinen Tagträumen zurückgekehrt. Das war sicherer, verlässlicher. Er malte sich Robyn oft in einem der großen Parks aus, wie sie die Hände den fallenden Blättern entgegenstreckte oder den Kopf in den Nacken legte, um ein Stück vom Himmel zu sehen. Er stellte sie sich bei einem Spaziergang an der grau geschlängelten Themse vor, voller Sehnsucht nach der Welle, die sich überschlug, dem Gefühl der unendlichen Möglichkeiten, die der ferne Horizont ihr bot und dem sie mit solchem Elan nachjagte. Er konnte nur vermuten, welches London Robyns Augen sahen, und manchmal war er dabei nett zu sich und manchmal nicht.

Als er aus dem Gehölz kam, das gleich hinter White Sands lag, erklang ein Ruf. Er war fern, doch die Stimme war ohne Zweifel weiblich, fest und jung. Jago blieb stehen und duckte sich hinter die Hecke. Der Ruf erklang erneut, gefolgt vom Schlagen einer Tür. Jago schob einen Brombeerzweig beiseite und spähte in den Garten der Swintons.

Da war Robyn, in einer Art Nachthemd, darüber ein alter Pullover, in dem sie beinahe ertrank. Sie stand barfuß auf dem feuchten Gras, das Haar war ins Gesicht geweht. In dem Moment bellte Scout. Eine raue Salve. Robyn fuhr herum. Scout bellte erneut und lief mit wedelndem Schwanz auf die Straße, die Zunge ein appetitliches Schinkenrosa. Jago schüttelte den Kopf und legte pantomimisch einen Finger auf die

Lippen. Doch sein Hund gehorchte nicht, und so musste Jago widerstrebend sein Versteck verlassen. Eilig, mit heftigem Atem, sprang er über die Straße, bis er hinter der Kurve außer Sichtweite war.

Er ging sofort in die Werkstatt. Er griff zur Säge und legte sie gleich wieder beiseite. Er nahm seine alte Schürze und reichte sie von einer Hand in die andere. Dann machte er sich endlich an die Arbeit und verlor sich im Rhythmus des Schleifens und Polierens. Etwa eine Stunde später, länger hielt er es nicht aus, legte er sein Werkzeug wieder fort und stürmte ins Freie.

Sie war in der Bucht. Oben, auf der Klippe, blieb er stehen. All die Monate zerflossen, als er sah, wie sie auf dem Felsen saß und hinaus aufs Meer schaute. Sie hatte ihr Brett nicht mitgenommen, obwohl eine perfekte Brandung an den Strand rollte, doch wenigstens sah Robyn wieder wie sie selbst aus, mit Jeans und einer Bluse, an deren Nacken der Träger eines leuchtenden Bikinioberteils hervorschaute. Ein Trupp Möwen beobachtete ihn bei seiner Beobachtung und flog dann lärmend weiter.

»Ein schöner Tag, nicht wahr?«, sagte sie, ohne den Kopf zu wenden.

Jago sprang mit schweren Füßen übers Gras.

»Und wieso bist du dann nicht draußen auf dem Wasser?« Er setzte sich neben sie. Bei seiner Frage zuckte sie zusammen. Jago sah sie an und wechselte das Thema. »Wie lang bleibst du?«

»Wahrscheinlich nur heute.«

»Lange Fahrt, für einen Tagesausflug.«

»Ich bin gestern Abend angekommen.«

Steif saß sie neben ihm auf dem Felsen. Der Wind blies ihr das Haar aus dem Gesicht. Ihre Augen waren gerötet, ihre Wangen fleckig. Der Merrin-Wind konnte Tränen in die Augen treiben und auch das Gesicht färben, doch das hatte Jago an Robyn oft genug gesehen, den Unterschied kannte er.

»Wie läuft es denn so?«, fragte er behutsam.

Es dauerte eine Weile, bis sie antwortete. Ihr Blick zuckte mit den Wellen.

»Es würde besser laufen, wenn ich heute auf dem Brett gestanden hätte.«

»Das kannst du immer noch.«

Sie gab ein leises Lachen von sich. »Ja. Vermutlich schon. Also, sag, was hab ich hier verpasst?«

Sie hatte einen glühend heißen Septembertag verpasst, an dem die Felder geknistert und die See eine widerstrebende Gischt versprengt hatten. Es war der letzte Sommertag gewesen, obwohl er das in dem Moment natürlich nicht gewusst hatte, und sein erster Gang in die Bucht, seit Robyn fort war. Er hatte sich ausgezogen und war nackt geschwommen, hatte sich von trägen Wellen wiegen lassen, Arme und Beine wie ein Seestern ausgestreckt. Unbeobachtet, ungesehen hatte er sich treiben lassen und an sie gedacht. Er war im Wasser geblieben, bis die Haut an seinen Fingern schrumpfte, seine Brust schmerzte und ihm nur noch übrig blieb, langsam an den Strand zurückzukraulen.

»Tomatillo ist gestorben«, sagte er schließlich.

»Nein … Wann?«

»Vor drei Monaten.«

»Gleich nachdem ich weggegangen bin?«

»Davor.« Eine Pause. »Genau davor.«

Robyn drehte sich zu ihm. Sie griff nach seiner Hand und drückte sie heftig.

»Das tut mir leid«, sagte sie. »Das tut mir wirklich leid.«

»Ich wollte es dir sagen. Aber da warst du schon weg.«

»Hättest du nur.« Eine Pause. »Oh, hey, wegen deiner Nachricht. Ich hab nie zurückgerufen. Du warst in London, und ich hab dich verpasst. Es tut mir leid. Auch das tut mir leid.«

»Ist nicht schlimm«, sagte Jago rasch. »War eine spontane Idee. Ich war nur … auf der Durchreise.«

»Du wolltest mir von Tomatillo erzählen, und ich hab es nicht einmal gemerkt«, sagte sie. »Tut mir leid.«

Jago sah sie verwirrt an. Sie hatte das, was er gesagt hatte, mit keinem Wort erwähnt, jedenfalls nicht das Wesentliche: sein Kommentar über den Brief, dass er alles falsch aufgefasst, dass er falsch reagiert hatte. Aber nun war sie da. Vielleicht hatte das irgendetwas zu bedeuten. Vielleicht hatte es alles zu bedeuten. Er wartete, sein Atem wie geködert.

»Ich hatte nicht vorgehabt, ohne Abschied zu gehen«, sagte sie. »Mir fehlt das hier.«

»Bist du deshalb zurückgekommen?«, fragte er.

»Was? Nein.« Sie ließ seine Hand los und sah nach unten, auf ihre Fingernägel. »Diesmal nicht.«

Jago bemerkte, dass sie eine Hand auf den Bauch legte und ihn träge rieb. In ihren Augen regte sich die See, und da ging ihm auf, dass Robyn weinte.

»Das passiert mir grade ständig. Keine Ahnung, was mit mir los ist«, sagte sie.

Der Wind griff erneut nach ihrem Haar. Jago wollte es ihr hinter die Ohren streichen und einen Arm um sie legen.

»Ich mein, ich weiß sehr wohl, was mit mir los ist.« Sie

wischte sich mit der Hand über die Nase. »Ich muss dir etwas sagen.« Es war kaum mehr als ein Flüstern.

»Na, dann sag es mir«, erwiderte Jago mit bemüht gefasster Stimme.

»Es ist nur, meine Eltern sind völlig durcheinander. Wenn sie wenigstens gebrüllt oder gesagt hätten, was sie wirklich denken, aber es ist mir ein Rätsel. Sie hatten allen Ernstes nichts zu sagen, und das ist viel verstörender als Schimpftiraden oder Predigten. Ben hat genauso reagiert, und ihm fehlen nie die Worte. Ich weiß wirklich nicht, ob sie Angst haben, enttäuscht sind oder einfach denken, dass ich sehr, sehr blöd bin …«

Ihre Stimme brach. Sie schlang die Arme um die Knie. Und schaute an Jago vorbei auf die See.

»Ich bekomm ein Baby, Jago.«

Die Möwen brachen in Gelächter aus, ihr heiserer Chor hallte an den Felsen wider. Sie kreisten durch den Himmel und trieben mit dem Wind. Jago schaute ihnen nach.

»Jago, bitte, nicht auch du. Sag was.«

Die Möwen stürzten tiefer, glitten über das Wasser hinweg und flogen dann davon in Richtung Küste. Sie riefen laut und streckten ihre Flügel aus. Sie wirkten unerreichbar, rasch wie Wind und auch so flüchtig. Jagos Brust höhlte sich aus, als würde ihm der Atem ausgesaugt. Er hielt sich mit beiden Händen an den Felsen fest.

»Jago?«

»Herzlichen Glückwunsch?«, sagte er.

Sie gingen barfuß durch das flache Wasser, trugen ihre Schuhe an den Schnürsenkeln. Wenn der Sand zwischen ihre Zehen drang, fühlte es sich an, als würde sich die Erde unter ihnen rühren. Robyn blieb stehen, um eine Muschel aufzuheben, eine gewundene Molluske. Sie spülte das Gehäuse ab.

»Im Moment«, sagte sie und wies auf die Muschel, »ist es sogar noch kleiner.«

Jago nahm ihr das Gehäuse ab und legte es auf seine Hand. Er musterte es gründlich.

»Zwölf Wochen. Etwas mehr. Im Frühjahr ist es so weit.«

Jago gab ihr die Muschel zurück.

»Bist du glücklich?«, fragte er.

»Glücklich?«

Jago zuckte mit den Achseln.

»Im Grunde, ja. Doch, bin ich. Es ist nur … Ich muss mich noch daran gewöhnen. Mit so einem Abenteuer hatte ich wirklich nicht gerechnet, so was hätte ich mir nie erträumt. Aber … es ist aufregend. Wunderbar. Furchterregend. Aber … wunderbar.«

Die aufsteigende Flut schwappte gegen ihre Beine. Jago wich zurück und bot Robyn eine Hand. Sie schüttelte den Kopf.

»Ich hab Lust zu schwimmen«, sagte sie plötzlich.

»Die Sonne hat den ganzen Sommer lang geschienen, jetzt ist die beste Zeit dafür.«

»Machst du mit?«

»Ich hab kein Badezeug dabei.«

»Spielt das eine Rolle?«

Sie zog bereits die Bluse aus. Zum Vorschein kam ein türkisfarbener Bikini, eine Perlenschnur über jeder Brust. Als Robyn ihre Jeans auszog, huschten Jagos Augen zu ihrem noch flachen Bauch und eilig wieder fort.

»Vermutlich nicht«, sagte er.

»Dann sehen wir uns da draußen«, rief Robyn, warf ihre Kleider in den Sand und rannte los.

Jago zog seinen Pullover aus und knöpfte seine Hose auf. Als er in seiner Unterhose dastand, zögerte er kurz. Dann folgte er Robyn ins Meer.

Robyn wirbelte durchs Wasser und gab acht, was Jago tat. Sie musterte seine Figur, als er ins Wasser watete. Er war kantig, die Rippen schauten unter seiner leicht gebräunten Brust hervor.

»Was hat mir das gefehlt!«, rief sie.

Sie musste sich so etwas wohl vorgenommen haben, denn so waren sie niemals geschwommen, entblößt und glitschig wie die Aale. Seine Unterhose klebte an der Haut. Er dachte an ihren winzigen Bikini, ein Nichts. Noch nie waren sie sich beinahe nackt so nah gewesen. Er schwamm zügig zu ihr.

»Ich wusste bis eben gar nicht, wie sehr, aber *Gott*, hat mir das Meer gefehlt.«

Sie keuchte ihre Worte. Als die Brandung heranrollte, tauchte Robyn unter und kam strampelnd, mit einem Lachen, das ein wenig irre klang, wieder an die Oberfläche. Ihr Bikini war verrutscht, Jago sah das dunkle Schwellen einer Brustwarze, sie schaute neben dem kleinen Stückchen Stoff hervor. Er hätte gern eine lässige Bemerkung fallen lassen oder so getan, als ob er nichts gesehen hätte, doch er war wie gebannt. Robyn folgte seinem Blick.

»Oh«, sagte sie. »Bikini-Alarm.«

Ohne nachzudenken, streckte er den Arm aus und schob das Oberteil sanft an seinen Platz zurück.

Seine Finger strichen so flüchtig über ihre Haut, als wäre es eine Einbildung.

»Alles wieder richtig«, sagte er.

Sie sahen sich eine Weile in die Augen, dann wandte sich Robyn ab und schwamm davon.

Jago folgte ihr nicht, er hob sich mit den Wellen, ließ sie über sich hinwegspülen. Robyn kraulte entschlossen davon. Sie wurde immer kleiner. Er rief ihr nach, ein zweites Mal. Ihr nasser glatter Kopf wirkte wie der eines Jungen, ihr blondes Haar war dunkel, unter ihren Armen spritzte silbern Gischt.

»Robyn!«

Jago tauchte unter, immer wieder, spürte die wechselnd kalten Strömungen und den starken Wellengang. Er holte Robyn kurz vor dem Ende der Bucht ein. Sie trieb auf dem Rücken, ihr Bikini saß richtig, doch ihre Brüste ragten aus dem Wasser, und das Haar floss wie Seegras hinter ihr. Ihr Bauch war bleich und berührte fast die Oberfläche.

»Du bist zu schnell«, sagte Jago. Sein Mund schmeckte nach Salz, seine Lippen waren trocken.

Robyn drehte sich wieder auf den Bauch, ihr Körper wurde unsichtbar.

»Jago, du musst es mir sagen. Mache ich einen Fehler?«

»Darauf kann ich keine Antwort geben.«

»Eliot liebt mich.«

»Das ist doch gut, oder nicht?«

»Und ich liebe ihn.«

»Das ist doch noch besser.«

Robyn strampelte mit den Beinen. Sie kreiste langsam. Ihre Augen glänzten mit dem Meer. Sie waren so grün wie nie zuvor. Tang hatte sich in ihrem Haar verfangen.

»Ich habe nachgedacht, und es ist gut. Es ist alles gut. Es wird alles gut. Aber … es tut mir leid.«

Das blieb ihre einzige Anspielung auf das Wichtigste in seiner Nachricht. Der Ballast ihrer Worte, ihre Knappheit, die behutsame Entschlossenheit zogen Jago in die Tiefe. Er schwamm bis auf den Grund, streifte mit dem Bauch den Sand und öffnete die Augen in der Dunkelheit. Als er wieder auftauchte, zerriss es ihm die Brust. Sein Kopf dröhnte. Seine Augen brannten, das Salz trieb schnelle Tränen.

»Ich geh wieder raus«, rief er.

»Ich komme mit«, sagte sie. Aber dieses Mal holte sie ihn nicht ein. Als sie an den Strand stolperte, war Jago bereits angezogen und ging in Richtung Pfad. Robyn schlüpfte eilig in ihre Kleider. Plötzlich war der Wind beißend. Ihre bleichen Füße sanken in den Sand, und einen Augenblick lang glaubte sie, sie könnte sich nicht mehr bewegen, der Strand hielte sie fest.

»Jago!«, rief sie, doch der Wind nahm sich seinen Namen und peitschte ihn davon.

Dort fanden ihre Eltern sie, als sich das Wetter wandelte und ein trübes Licht die Bucht verschluckte. Sie kamen über den Strand, das Wasser zerrte schon an ihren Schuhen, und befreiten sie.

»Wir haben uns Sorgen gemacht«, sagte ihr Dad und faltete seine Hand in ihre.

»Ich hatte Angst, du wärst mit deinem Brett hier«, sagte ihre Mum. »Ich glaube nicht, dass es gut wäre, jetzt zu surfen, mit dem Baby.« Sie strich Robyn über das noch nasse Haar.

»Ich war nur schwimmen.«

»Wir haben Jago auf dem Feld gesehen. War er hier?«

»Ja.«

»Und geht es dir gut?«

»Ja.«

»Na komm«, sagte Simon. »Gehen wir nach Hause.«

Sie nahmen Robyn in die Mitte. Nach langer Zeit kamen

Robyn ihre Eltern wieder wie ihre Eltern vor. Sie lehnte sich an und ließ sich führen. Die Ausgelassenheit des Wassers, die Kraft, die sie daraus bezog, all das floss in dem Moment davon.

dreiundzwanzig

Der Zug ruckelte zurück nach London. Auf der Etappe zwischen Penzance und Plymouth drückte Robyn das Gesicht an die Scheibe. Die Aussicht verschwamm vor ihren Augen. Es ging über Mündungsarme mit geneigten Segelbooten auf dem Watt, vorbei an waldigen Hügeln voller Schafe und durch herbstliche Tunnel aus Grün und Gold. Robyn sah sich alles sehr bewusst an und prägte es sich ein. Irgendwo in der Ferne hinter ihr lag Merrin, mit seinen beiden Häusern, die sich an den Hügel krallten, der vom Meer umtosten Bucht und Jago Winters. Jago, der Unbeirrbare, Unbeugsame, der die wahren Worte für den Wind und die Klippenspitze aufhob. Nur der Köder, den er auf den Angelhaken schob, konnte wissen, wie Jago wirklich empfand, nur die Hundeleine, die er um seine Hand wickelte, und das Holz, das er glättete und formte.

Eliot machte seine Geständnisse mit offener Miene und offenem Herzen. Es war leicht, diese Liebe zu erwidern, bei einem solchen Mann. Widerstand wäre etwas Unnatürliches gewesen. Jago gehörte nun zu einem alten Leben, und in ihr begann ein neues. Sie spürte es noch nicht, es gab noch keine Tritte oder Stöße oder Regungen, doch ihr Bauch war ein ganz klein wenig angeschwollen, und sie fühlte sich anders. Das lag nicht an der Übelkeit, die hatte etwas nachgelassen, und auch nicht an den kurzen, heftigen Kopfschmerzattacken oder ihrem erstaunlichen Geruchssinn, sondern der unanfechtbaren Gewissheit, dass sie ein Baby in sich trug. Dieser Gedanke umfing und nährte sie mit all seiner Schönheit. Am Ende hatten auch ihre Eltern sie beinahe nicht mehr losgelassen. Ihre Mum hatte *Auf bald, mein kleiner Bauch* gesagt. Robyn hatte ein Prickeln in ihren Augen gespürt, den Kopf geneigt, gezwinkert und dann ihren Pullover angehoben. Ihre Mum war mit den Fingern über ihre Haut gefahren. Es war wie ein Pakt gewesen. Ihr Dad hatte zugesehen, mit einer seltenen Befangenheit.

»Weißt du, Robyn«, hatte Marilyn gesagt, »wir alle machen Fehler. Und manchmal stellt sich dann heraus, dass es gar keine waren. Dass es das Beste ist, was uns je passiert ist.«

»Nächstes Mal bringst du Eliot aber mit«, hatte ihr Vater mit brüchiger Stimme gesagt. »Wir möchten ihn gern richtig kennenlernen. Wir führen euch beide aus. Euch alle drei.«

Und die Swintons hatten sich in einem Lächeln vereint, das besagte: *Es wird alles gut.*

Jago war mit nassem Haar und feuchten Kleidern nach Hause gegangen. Dort trat er seine sandigen, verschlammten Schuhe von den Füßen und stürmte nach oben, obwohl ihm sein Vater aus der Küche etwas zurief. Jago schloss die Tür zu seinem Zimmer und warf sich auf das Bett. Sein Gesicht schmerzte von der Anstrengung, seine Miene zu beherrschen. Seine Augen brannten. Er lachte, und dann fielen Tränen. Er setzte sich auf und rieb sich mit beiden Händen das Gesicht. Robyn bekam ein Baby. Ungläubig schüttelte er den Kopf.

Mindestens drei Mädchen aus seinem Jahrgang hatten bereits Kinder. Eine Klassenkameradin, Liane Chambers, war mitten im Schuljahr weggegangen und an dem Morgen, an dem die Abschlussprüfungen begonnen hatten, mit einem Kinderwagen am Strand von Newlyn gesehen worden. Karenza Cook hatte mit achtzehn geheiratet, mit neunzehn ein Kind bekommen und ein weiteres mit zwanzig. Ihre Eltern betrieben den Cormorant Inn; Karenza zapfte dort manches Mal das Bier, während eine Etage über ihr die Dielen unter dem Getrappel von Kinderfüßen quietschten. Und Kate Matthews hatte dem Vernehmen nach flachshaarige, blauäugige Zwillinge bekommen, obwohl ihr Freund, ein Fischer, rothaarig und sie selbst brünett war. Aber diese Mädchen waren nicht wie Robyn. Sie waren selbst die Töchter junger Mütter, Mädchen, die ihre Zukunft immer schon, sobald die Schule vorüber war oder sogar noch davor, in Kinderwagen und Windeln und Fläschchen gesehen hatten. Sie hatten mit Robyn nichts gemein. Und auch Eliot klang nicht wie der Typ junger Vater, wenn er von London kam, um an einem Strand mit einer Band zu spielen, und sich dort ein Mädchen aufriss. Dass sich Robyn in so jemanden verlieben würde, machte Sinn, aber diese Wendung war in keiner von Jagos Fantasien über Robyns neues Leben vorgekommen.

Bevor Jago hinter dem Feld verschwunden war, hatte er sich vergewissert, dass Robyn nicht mehr im Wasser war. Es war bestimmt nicht gut für das Baby, wenn sie auskühlte, Finger und Zehen schrumpften und die Haut blau anlief. Er hatte gesehen, dass sie sicher, in ihren Kleidern, am Ufer gestanden hatte. Und er hatte auch verfolgt, wie Marilyn und Simon sie gesucht, sich alle drei am Strand zusammengefunden hatten.

In den Wochen und Monaten, die folgten, verloren sich Robyn und Eliot vollkommen ineinander. Als Robyn an jenem Tag, noch mit Merrins Seesalz in den Haaren, die Schwelle zu Eliots Wohnung überschritten hatte, hatte er sie in den Arm genommen und sehr lang gehalten. Er hatte sie in sein Schlafzimmer geführt, sie behutsam auf das Bett gelegt, sie an ihrem Schlüsselbein geküsst, das Innere ihrer Schenkel, seine Zunge in ihr Ohr gleiten lassen. Er hatte ihren Bauch gestreichelt und sanfte Worte geflüstert. Robyn hatte sich auf ihm bewegt, mit drängendem Verlangen. Ihre Schreie waren gleichzeitig gekommen. Hinterher hatten sie ineinandergeschlungen dagelegen, die Laken auf dem Boden.

»Ich weiß, es klingt albern«, hatte Eliot gesagt, »aber ich war mir bis eben nicht sicher, ob du überhaupt zurückkommst.«

Robyn hatte sich auf die Seite gerollt, ihm das strohblonde Haar aus dem Gesicht geschoben und mit den Fingerspitzen ein Muster über seine stoppeligen Wangen gezogen.

»Ich gehe nirgendwohin«, hatte sie erwidert. »Das ist doch mein Zuhause.«

Plötzlich klang Eliots Atem anders. »Machst du es endlich offiziell? Ziehst du ein?«

Ruby hätte zwar behauptet, dass ihr die Freundin fehlen würde, doch das stimmte nicht so ganz, denn sie war nie zu Hause. Robyns Zimmer hätte problemlos wieder zur Garderobe oder Abstellkammer werden können. Es hätte fünf Minuten gedauert, dann hätte Robyn ihre Postkarten von der Wand genommen und ihre Muscheln von der Fensterbank geräumt.

»Ja«, hatte sie gesagt, und in dem Moment war ihr bewusst geworden, dass es das Einzige war, was es für sie und Eliot noch zu tun gab.

In der zwanzigsten Woche hatten sie den nächsten Termin in der Klinik und sahen die erste Aufnahme von ihrem Kind.

Robyn legte sich in einen Raum, so klein, düster und funktional wie das frühere Untersuchungszimmer, dann flackerte das Bild eines Mädchens auf dem Monitor.

»Ein kleines Mädchen«, probierte sie die Worte aus, und ihre Lippen kräuselten sich zu einem unauslöschlichen Lächeln. Eliot nahm ihre Hand und küsste ihre Finger. Die Assistentin maß ab, zoomte auf den rundlichen Bauch, den mondartigen Kopf, und Robyn und Eliot sahen mit verschränkten Händen, voller Staunen zu.

Im Anschluss gingen sie, die Köpfe über einen Papierstreifen gebeugt, durch den Korridor. Sie folgten der Kontur eines vollendeten Fußes, eines Gesichts mit großen Augen, das aus dem Dunkel schaute, der zarten Rundung in der Wirbelsäule ihrer Tochter.

»Ich fass es nicht«, sagte Eliot.

»Ich weiß«, lachte Robyn, »ich auch nicht«, und es war, als ob anstelle der ausgeglichenen Wahrscheinlichkeit, dass es ein Mädchen oder Junge würde, etwas Magisches im Spiel gewesen wäre, die Reaktion in jedem Fall ein ungläubiges, ehrfürchtiges Staunen. »Ich liebe sie«, sagte Robyn. »Ich liebe sie schon jetzt.«

Und so war es. Wenn Robyn badete, sprach sie mit ihrer Tochter. Vielleicht lag es, so wie stets, am Wasser, dass sie sich dort öffnete, doch sobald sie in der Badewanne lag, fielen alle Ängste und Sorgen von ihr ab, und ihre Fantasie trieb Blüten. Robyn lehnte sich zurück und kreiste mit den Händen über ihren anschwellenden Bauch. Sie dachte an all die Wunder, die auf ihre Tochter warteten. Sie würde einen Sonnenaufgang sehen, das zarte rosa Licht, und einen Sonnenuntergang, wenn der Himmel brannte. Irgendwann würde ihre Tochter zum ersten Mal auch Sand zwischen ihren Zehen spüren und in eine Welle hüpfen. Sie würden über die Straße gehen, und aus der Hecke würde ein derart süßer Duft kommen, dass sie stehen bleiben mussten, bis ihnen aufgehen würde, dass es die Heckenkirschen waren, die sich zwischen den Dornen hindurchwanden. Sie würden hören, wie die Möwen riefen, und sich wünschen, sie könnten ihnen antworten, und das könnten sie, denn sie wären ganz allein in der Bucht, und die See würde ohnehin ihre Schreie mit sich tragen und an die Gischt verlieren.

»Es gibt so viel, was ich dir zeigen muss, mein Baby«, murmelte Robyn, »eine Welt des Zaubers und der Wunder, und sie wartet nur auf dich.«

Wenn Robyn frische Luft brauchte, schleppte sie Eliot mit nach Hampstead Heath, wo sie sich ins Grüne schlugen, unter Ahorn und Trauerweiden. Eliot schien immer froh zu sein, wenn er wieder Asphalt unter den Füßen spürte, Busse rumpelten und zischten und sich die Menschenmengen achtlos aneinander vorüberdrängten. Er ging mit Robyn in seine liebsten Plattenläden, suchte durch Vinyl, setzte ihr behutsam Kopfhörer auf und wartete mit hoffnungsvoller Miene, während sie sich seine Auswahl anhörte. *Ich will, dass wir beide dasselbe lieben*, sagte er zu ihr. Dann sah Robyn den Eliot vor sich, der bei ihr in Merrin erschienen, der ganz in Schwarz über den Strand gestolpert war. Sie konnte sich nicht vorstellen, dass er auf einem Surfbrett tanzte oder mithilfe eines scharfen Steins einen Fisch ausnahm. *Wir müssen nicht alles lieben, was der andere liebt*, sagte sie, *solange es genügend Gemeinsamkeiten gibt.*

Eliots Leben war zweigeteilt. Da waren die stillen Stunden, in denen er Texte schrieb, an seiner Gitarre zupfte und lautlos die Lippen dazu bewegte. In solchen Momenten hielt Robyn sich zurück, sie beobachtete nur, lauschte, ob eine Melodie herauskam, etwas klang, als ob sie es zuvor gehört hätte, denn dann, so hatte er gesagt, hatte man es hinbekommen. Und dann waren da die lauten, langen Nächte. Die Nächte, vor denen Ben sie gewarnt hatte, als sie ihm erzählt hatte, dass er Onkel würde – *Weiß Eliot auch wirklich, was da auf ihn zukommt? Denn in meiner sehr beschränkten Erfahrung passen Babys und Bands nicht wirklich gut zusammen.* Robyn hatte ihren Bruder in den Arm geboxt und gesagt, er solle sich nicht sorgen. Nach solchen Nächten kehrte Eliot erschöpft zurück, im Atem Alkohol und Zigaretten, ließ sich neben sie ins Bett fallen und bedeckte ihre Haut mit Küssen.

Robyn verfolgte die Liste der unzähligen Gigs in Pubs und Clubs und Bars, in Kellern, auf Dächern und in Hinterzimmern. Manchmal ging sie hin: Ihre schwellende Gestalt hinderte sie nicht daran, die Hüften zu schwingen. Doch mit der Zeit blieb sie immer häufiger zu Hause, schlüpfte in eine riesige Strickjacke und ein Paar handgestrickter Socken und kochte reichhaltige Eintöpfe, die stundenlang blubberten und spuckten. Das waren ihre ruhigen Momente, in denen ihre Gedanken zu ihrem winzigen und doch stetig heranwachsenden Mädchen wanderten, in denen sie Gläser voller Wasser trank, Möhren schnippelte und bündelweise Bananen verzehrte, damit ihr Baby so viel Gutes wie möglich bekam.

Wenn Eliot von einem Gig nach Hause kam, war er aufgedreht und lag rastlos neben ihr im Bett. Seine Finger zuckten noch Akkorde, seine Lippen wussten noch die besten Songs. *Hast du schon gegessen?*, fragte Robyn dann. *Ich habe einen Eintopf gemacht.* Eliot erwiderte dann etwas von einem Kebab oder Burger, und Robyn sank zurück in ihren Schlaf und überließ es Eliot, ihr zu folgen. Die restlichen Stunden bei Tag vergingen in der Arbeit, Robyn machte weiterhin Tee und Notizen, Eliot mixte Drinks und zapfte Bier.

»Du wirst für mich niemals selbstverständlich sein«, sagte er einmal.

»Das hätte ich auch nie gedacht.«

»Ich werde dafür sorgen, dass ihr beide stolz auf mich seid.«

»Eliot, das tust du schon.«

»Nein, warte es nur ab. Warte ab. Das kommt. All die Arbeit, all die langen Nächte, all die Zeiten, in denen du ertragen musst, dass ich nicht da bin, all das wird sich auszahlen, das versprech ich dir. Wir brauchen ein richtiges Label, und wenn es so weit ist, gehen wir durch die Decke. Dann hält uns niemand auf. Robyn?«

»Ja?«

»Was glaubst du, wie sie aussehen wird?«

»Ein bisschen wie ich, ein bisschen wie du.«

»Das wird schon werden, mit uns dreien.«

»Ich weiß. Hier, schnell. Sie tritt.«

Es war sanft, aber entschieden, ein unvergleichliches Gefühl. Robyn griff nach Eliots Händen und legte sie auf ihren Bauch.

»Hast du das gespürt?«

Er legte den Kopf zur Seite, als ob er lauschen würde. Seine Stirn legte sich in Falten.

»Ich hab's verpasst«, sagte er bedauernd.

»Bleib einfach neben mir, genau da, und wenn sie das nächste Mal tritt, spürst du es. Versprochen.«

»Robyn, ich muss los. Ich bin schon jetzt spät dran.«

»Los? Was ist denn heute?«

»Extraproben. Wir müssen uns durch neues Material arbeiten. Das hab ich doch gesagt, oder? Ganz bestimmt. Ich leg mich hinterher zu euch.«

»Dann schlafen wir längst.«

»Dann komme ich in eure Träume.«

»Jetzt hau schon ab. Gott, bist du schnulzig.«

»Zu viel?«

»Nun geh, sonst kommst du zu spät. Es wird noch viele Tritte geben. Viele. Verschwinde!«

Eliot ging nur widerstrebend zur Tür. Sein Mund formte ein *Ich liebe dich*.

»Ich liebe dich auch«, erwiderte Robyn.

Sie lauschte seinen schweren Schritten im Treppenhaus, dem Schlagen der Haustür, dann verschluckte ihn der Straßenlärm. Robyn blieb verwirrt zurück. Sie ging in die Küche und füllte den Wasserkessel. Sie lehnte den Kopf an den Kühlschrank. Konnte man sein Leben zu schnell leben? Das haben, was so viele wollten, lieben und geliebt werden, sogar ein Kind gebären, doch all das im Vorspulmodus? Wieder spürte sie, wie ihre Tochter trat. Nur noch wenige Monate, und sie wäre niemals mehr allein.

Robyns Körper wuchs in seine neue Form hinein, und zugleich fühlte sie sich immer stärker aufgeladen. Sie kannte das Gefühl aus Merrin, wenn sie in der Brandung eine vollkommene Ruhe und große Energie zugleich verspürte, und dieses scheinbar so widersprüchliche Erleben war nun ebenfalls in ihr. Oft wanderte ihre Hand ganz unwillkürlich an den Bauch und bestaunte dessen fremde Rundung, das Leben, das dort wuchs und ihren Körper aus sich herausdrängte. Robyn gewöhnte sich an, auf dem Weg zur Arbeit einige Stationen früher aus dem Bus zu steigen, weil sie spüren wollte, wie sich ihre Beine dehnten, wie sie auftrat und sich all das in ihrem Innern, im Kleinen wiederholte. Sie schlang behütend ihren Mantel um sich und lächelte Passanten zu, weil sie das allergrößte Geheimnis überhaupt in sich barg. Und sie schaute auch mit einem neuen Staunen in die Welt, als ob sie schon für beide sehen würde.

An einem dieser Tage entschied sie sich für eine andere Strecke, die sie durch das schicke Viertel hinter dem Piccadilly Circus führte. Das war nicht das London, durch das sie sich sonst bewegte. Es war nicht weniger urban, aber sehr elegant und diskret, eine flüsternde Kulissenwelt. Der Weg ging durch die Cork Street. Robyn kam an zahlreichen Galerien vorbei, ihr Blick huschte über all die Exponate hinter all den blanken Fensterscheiben. Vor einem Bild blieb sie stehen. Es war eine Flussansicht im ersten Morgenlicht. Der Himmel war vom zarten Rosa eines Milchshakes, das Wasser schillerte und schimmerte. Tief darüber flog ein Starenschwarm, Hunderte dunkler Tupfen formierten sich zu einem Flügelschlag. Ein Boot musste kurz zuvor hindurchgefahren sein, das Wasser schäumte noch und schlug mit einem Plätschern an den Rand der Leinwand. Robyn glaubte fast, dass sie die kühle Dämmerung im Nacken spürte, sich ihr Haar in einer leichten Brise hob, der Tau feucht an ihren Fingerspitzen saß. Der Künstler hatte den Moment mit einer solchen Perfektion eingefangen, dass das Bild wie ein Portal war. Robyn kannte, was der Maler gemalt hatte, nicht den eigentlichen Ort, nicht diesen Überklang aus Licht und Farbe, doch auch sie hatte an einem solchen Morgen mit einer seltenen Empfindung auf ein Wasser geschaut. Sie verstand, warum der Künstler das, was er gesehen hatte, wiedergeben wollte. Und zum ersten Mal empfand sie ebenso.

Um kurz nach neun kam sie in der Arbeit an und schob ihre Zugangskarte durch den Leser. Die nette Rezeptionistin sagte: *Sieh dich an, du glühst ja regelrecht, wann ist es denn so weit?* Das Glühen hielt den ganzen Morgen an. Ihre Gedanken waren so flatterhaft und flüchtig wie die Stare auf dem Bild. *Kleine Schwester*, sagte Ben, als er sie allein abfing, *du hast so einen entrückten Ausdruck. Willst du nach Hause gehen und dich auf dein Sofa legen, oder willst du heute doch noch arbeiten, hm?* Doch er sah ihr die Zerstreutheit nach, denn er hatte ihr eine große Tasse entkoffeinierten Kaffees mitgebracht. In der Mittagspause ging Robyn auf der Berwick Street in ein Geschäft für Künstlerbedarf. Sie wählte einen Skizzenblock, Acrylfarben und zwei Marderpinsel aus, der eine flach und breit wie ein Baumstumpf, der andere fein und zart.

Abends war Eliot mit der Band unterwegs. Robyn hatte das Apartment ganz für sich. Sie räumte den Tisch ab und breitete ihre Einkäufe aus, füllte ein Marmeladenglas mit Wasser und erklärte eine leere Margarinepackung zum Farbtopf. Sie löste die Kappe von der Tube mit dem Coelinblau und drückte die Farbe heraus. In dem Moment bewegte sich das Kind in ihr. Es war ein plötzlicher, seismischer Ruck, als hätte es mit einer raschen Wendung unter Wasser die Richtung geändert. Ihr Baby hatte so etwas noch nie getan, und Robyn sah darin ein Zeichen – dass ihre Tochter ihr Vorhaben guthieß. Und so griff sie zum Pinsel, tauchte seine Borsten in das Wasser und senkte ihn in ein ölig-tiefes Merrin-Blau.

vierundzwanzig

Tess Swinton wurde an einem Dienstag, dem vierzehnten Tag des Monats März geboren. Der Name war Robyn wie aus dem Nichts zugefallen, wie eine Einflüsterung im Schlaf. Er gefiel ihr, weil er schlicht war und zum Ende hin markant und sanft zugleich verklang. Auch Eliot hatte dem Namen zugestimmt, mit der Offenheit und Leichtigkeit, mit der er sich allem näherte. *Tess ist prima*, hatte er gesagt.

Tess kam lautlos in die Welt, erst ein leichter Klaps bewegte sie zum Schreien, so als ob sie von den qualvollen Stunden, die ihrer Ankunft vorangegangen waren, nichts wüsste. Zum Ende hin hatte Robyn nur noch gewimmert und sich weit heftiger als ihr Neugeborenes gewunden. Die Mischung aus Gas und Luft hatte ihr einen Höhenflug beschert, hoch über das Bett, die Stimmen der anderen gedämpft und fern, der Schmerz betäubt, das Bewusstsein umnebelt, doch solange sie das Gas atmete, konnte sie nicht pressen. Also wurde ihr das kostbare Mundstück wieder weggenommen. Robyn schrie sich durch jede einzelne Wehe, bäumte sich auf, glaubte, dass dies das Ende, ihr Tod beschlossen war, sie auf keinen Fall stärker pressen konnte und dazu verdammt war, dass der Kopf des Babys auf ewig zwischen ihren Beinen sitzen und sich dieser grässliche Schmerz durch ihren Körper ziehen würde. Und dann … geschah das Unmögliche. Tess kam, und es war vorbei. Jubelnd hielt die Hebamme das Baby hoch. Robyn schaute auf das Unfassliche, die ungelenken Ärmchen und Beinchen, die bläulich schimmernde Haut.

Robyn war niedergestreckt, das Gesicht schweißbedeckt. Tränen flossen. Die plötzliche Erleichterung war kolossal. Ihr wurde ihre Tochter auf die Brust gelegt. Robyn schaute voller Staunen auf sie hinab. Tess' Kopf war kaum größer als ein Pfirsich und genauso rund, so zart, mit sanften Furchen. Tess rührte sich, die winzigen Lippen öffneten sich, sie fand die Brust ihrer Mutter und trank augenblicklich mit Entschiedenheit. Robyn bestaunte die Goldfäden auf dem Kopf, die rötliche Haut, den offenen, emsigen Mund, und vom ersten Moment an ergriff sie eine mächtige, überwältigende Liebe. Nichts hatte ihr je ein derart vollkommenes Gefühl von sich selbst gegeben.

Da spürte sie eine Hand an der Schulter. Sie drehte den Kopf, die Verwunderung stand ihr ins Gesicht geschrieben, denn wer außer ihnen beiden war gerade noch im Raum? Eliot wirkte fahl, die Augen waren groß, die Pupillen winzig. Er öffnete den Mund, doch es kam kein Laut heraus. Er schüttelte den Kopf.

»Ich konnte es nicht«, sagte er schließlich. »Ich konnte nicht zusehen. Es tut mir leid.«

»Du warst nicht da?«

»Doch, doch, aber zum Schluss, als du solche Schmerzen hattest, da hab ich geglaubt, ich fall in Ohnmacht … Ich musste raus, an die Luft. Ich hab's verpasst. Es tut mir ja so leid.«

Robyn schlang ihre Finger in seine und sah erneut auf ihre Tochter. Tess lag noch immer an ihrer Brust, die Augen waren nun geschlossen, sie trank weniger. Ihre Wimpern waren so zart, man sah sie kaum. Ihr Näschen war wie eine Knospe. Das Wunder in Gestalt einer Hand, mit Fältchen an den Knöcheln und Nägeln wie Perlmuttsplitter, lag auf Robyns Haut.

»Das ist doch nicht wichtig«, hauchte Robyn, »im Vergleich hierzu ist nichts wichtig.«

»Viele Väter haben Mühe«, warf die Hebamme fröhlich ein, »machen Sie sich keinen Kopf. Aber Mami hat das toll gemacht, oder, meine Liebe? Wollen Sie sie ihm mal geben? Lassen Sie sie einen Augenblick lang los?«

Robyn nickte und sah sich an, wie Eliot Tess in den Arm nahm und lächelte. Er hielt sie, als wäre sie aus Glas. Mit starrem Arm, mit angespanntem Unterkiefer.

»Deine Tochter«, sagte Robyn. »Unsere Tochter.«

»Ich fass es nicht«, sagte er, und seine Stimme sprach von Staunen, ganz gewiss war da ein Staunen, doch da war noch etwas anderes. Und das andere klang wie Angst.

Robyn blieb zwei Nächte lang im Krankenhaus. In den grellweißen Fluren, unter den zu dünnen Laken wiegte sie ihre Tochter und lernte jeden Millimeter an ihr kennen: Dieses winzige Wesen war so fremd und so vertraut, so vollkommen Mensch und doch auch schnuppernde, tastende Kreatur. Tess konnte angeblich nicht sehen, noch nicht, aber manchmal richteten sich ihre blau-schwarzen Augen doch auf Robyn, und sie war fest davon überzeugt, dass ihr Baby bis in ihr Innerstes schauen konnte, jede Hoffnung, jede Angst und jede Faser ihrer Liebe sah. In solchen Momenten flossen hilflose, unkontrollierbare und unsagbar glückliche Tränen. *Das sind die Hormone*, sagten die geschäftigen Hebammen mit ihrer Pragmatik und reichten Robyn eine Packung Taschentücher, doch das klang so chemisch und automatisch und irgendwie herabmindernd, so als ob sich Robyns Gefühle für ihre Tochter nach dem Lehrbuch richteten und in keiner Weise von den Empfindungen der Frau im nächsten oder übernächsten Bett unterschieden. Also ignorierte Robyn die Taschentücher und goss Salzwasser über ihr Baby, küsste seine Haut und sagte: *Ich liebe dich*, als ob dieser Satz nie zuvor gesagt worden wäre. Wenn Eliot kam, lagen beide aneinandergekuschelt vor ihm. Robyn reichte ihm dann das eingewickelte Bündel namens Tess und sagte: *Dein Daddy ist hier*, doch sie musste den Hunger in ihrem Blick verbergen und die zuckenden, ungeduldigen Hände unter die Laken schieben.

In den Tagen und Wochen, die dem folgten, warf es Robyn und Eliot hin und her wie verlorene Seelen auf einer wütenden See. Ihre Tage wogten auf und ab, und manches Mal fragten sie sich, ob sie das Ufer je erreichen würden. Ihre Welt schrumpfte, sie drehte sich nur noch um Tess und ihren Rhythmus: ihre Schreie nach Milch, nach Schlaf, ihre Schreie, weil sie in einer Welt lebte, die so viel lauter, so viel voller, so viel seltsamer war als der dunkle, weiche Kokon, den sie verlassen hatte. Robyn hielt sie unentwegt im Arm, wiegte sie, schaukelte sie, drückte ihr Küsse auf das sanfte Haupt und versuchte ihr zu bedeuten, dass alles gut war, es auch in dieser Welt Wärme gab. Wenn Tess bei Tag schlief, gelang das Robyn häufig nicht; sie war viel zu aufgewühlt und konnte sich nur beruhigen, wenn sie auf ihre Tochter sah, den Kringel ihres Ohrs bestaunte, die vollkommenen Wimpern, die makellose Haut an ihren Wangen. Sie nahm die zierliche Hand in ihre, berührte Fingerspitze um Fingerspitze und zog die winzige Lebenslinie nach. *Du bist ich*, flüsterte sie dann.

Anfangs wachte Eliot mit ihr in der Nacht, lag bei ihr, wenn sie stillte, und blinzelte, damit ihm nicht die Augen zufielen. Bei Tag machte er Tee, der nicht getrunken, und Essen, das nicht angerührt wurde. Er nahm das gehetzte Aussehen eines jungen Vaters an, mit irrem Blick und dunklen Augenrändern. Er sagte Gigs und Proben ab, er rührte seine Gitarre zwei Wochen lang nicht an. Oft war Tess in dieser Zeit nicht zu beruhigen. Sie hörte nicht zu weinen auf, was immer sie versuchten.

»Was, wenn ich für sie spiele? ›Schlaf, Kindchen, schlaf‹?«

»Versuch's«, sagte Robyn. »Versuch irgendwas.«

Er stand auf und griff wie ein Troubadour zu seiner Gitarre. Auch Robyn weinte viel in jenen Tagen, obwohl ihre Ausbrüche im Vergleich zu Tess leise und auch nicht mehr nur aus Liebe waren wie im Krankenhaus. Vielleicht hatten die Hebammen mit ihrem Gerede über die Hormone doch recht gehabt. Robyn weinte in der Dusche, aus Erleichterung, weil der Moment nur ihr gehörte, aber auch weil sie wusste, dass er nicht von Dauer war. Sie weinte, wenn die Müdigkeit herankroch, still und leise erst, im Laufe der Zeit jedoch befiel die Erschöpfung sie mit einer solchen Wucht, bis sie ausgelaugt und schlaff war. Nun, als Eliot sein Lied begann, mit sanfter, rauchiger Stimme, schwammen wieder heiße Tränen in Robyns Augen, angesichts der reinen Hoffnung, dass es diesmal ihm gelingen könnte, Tess zu beruhigen. Eliot hatte den argwöhnischen Blick aus dem Krankenhaus nicht abgelegt. Er nahm Robyn selten ihre Tochter ab. Wenn, dann beäugte er sie nervös, und wenn ihr kleiner Körper starr wurde und das Weinen begann, lief er zu Robyn, klopfte an die Duschkabine, steckte den Kopf ins Schlafzimmer, wenn sie sich gerade umzog, sagte: *Sorry, sorry, es ist mal wieder so weit*, auf seiner Miene eine Verstörtheit, die es vor Tess nicht gegeben hatte.

»Guten Abend, gut' Nacht, mit Rosen bedacht, mit Näglein besteckt, schlupf unter die Deck«, sang er leise. »Morgen früh, wenn Gott will, wirst du wieder geweckt.«

»Das ist das brutalste Wiegenlied aller Zeiten«, flüsterte Robyn. »Sing was Tröstliches.«

»Aber sieh ...«

Tess' Lider flatterten, dann schlossen sich die Augen. Tess schniefte einmal kurz in Robyns Armen wie ein kleines Tier, das sich zur Ruhe legt. Ihr Rosenknospenmund teilte sich.

»Das ist Zauberei«, hauchte Robyn.

Eliot wechselte zu »Weißt du, wie viel Sternlein stehen«, und Robyn setzte sich vorsichtig und ganz langsam auf das Sofa. Sie sank in die Polster. Tess schlief tief und fest in ihren Armen. Eliot kauerte sich neben sie, auf ein Knie gestützt, sang und spielte.

»Woher kennst du all die Lieder?«, flüsterte Robyn.

»Die sind ja nicht gerade kompliziert«, flüsterte er zurück.

»Aber hast du dir die beigebracht?«

»Ja, hab ich.«

»Für unser Baby?«

»Für unser Baby. Für dich.«

Robyn lächelte und schloss die Augen. Eliot spielte weiter.

Als Eliot wieder zur Arbeit gehen musste, kam Robyns Mum für mehrere Tage zu Besuch. Erfahren hielt sie Tess in einem Arm, während sich der andere um praktische Dinge kümmerte, Geschirr spülte oder zahlreiche winzige Wäschestücke auf die Heizung legte. Robyn schaute zu und gewährte sich einen Augenblick der Entspannung. Sie zerfiel vor Müdigkeit.

»Danke, Mum«, sagte sie.

»Es ist mir eine Freude«, erwiderte Marilyn, die nur zu gut

wusste, dass jede Tochter ihre Mutter erst dann zu würdigen wusste, wenn sie selbst Mutter war, »hier bei euch zu sein. Eine Freude.«

»Ich meine das ernst, danke für … alles.«

»Mein Engel, was ist denn? Nicht weinen.«

Robyn legte die Hände vor die Augen. Ihre Mum warf das Geschirrtuch beiseite und setzte sich zu ihr.

»Erzähl schon«, sagte sie.

»Ich weiß es nicht«, erwiderte Robyn. »Das ist jetzt mein Leben, und es ist so seltsam. Ich kann es mir ohne Tess nicht vorstellen, ich will es gar nicht anders haben, aber das ist doch auch seltsam, oder?«

Zwischen Tag und Nacht bestand kein Unterschied. Robyn taumelte von Freude zu Verzweiflung und zurück zu Freude. Tess war in allem, war mit ihrem Leben von ihr abhängig. Mit diesem Wissen ging ein derart intensives Gefühl einher, das Robyn mit ihren alten, gebräuchlichen Worten nicht beschreiben konnte. Sie schaute auf zu ihrer Mum, und in ihrem Blick brannten all diese Empfindungen. Marilyn lächelte und nickte.

»Nichts, absolut nichts bereitet einen darauf vor«, sagte sie und strich ihrer Tochter übers Haar. »Es spielt keine Rolle, ob man seit Jahren schon Mutter werden wollte oder es plötzlich passiert, unerwartet … Es ist niemals einfach, es ist niemals leicht, aber ich verspreche dir, es ist das Großartigste, was du je im Leben tun wirst.«

Robyn atmete tief ein und aus. Sie streckte die Arme nach ihrer Tochter aus, drückte sie an ihre Brust und murmelte in ihren warmen Kopf: »Wir schaffen das schon, oder? Du und ich?«

»Eliot hilft dir doch, oder nicht?«

Robyn schaute auf. »Natürlich. Er ist toll. Er ist großartig. Er spielt ihr sogar auf der Gitarre vor …« Sie verstummte langsam. »Manchmal aber glaube ich, dass er Angst vor ihr hat. Er nimmt sie nicht gerade oft in den Arm. Und wenn sie weint, rennt er um sein Leben. War Dad auch so?«

»Dein Dad ist Arzt, Liebes, er hatte immer schon mit Babys zu tun. Allerdings hatte er zwei linke Hände beim Windelwechseln. Das hat er mir überlassen.«

Robyn hielt die Nase an den Kopf ihres Babys und atmete seinen Duft ein. Wenn ihre Tochter in ihren Armen lag, stieg in ihr ein Frieden auf, der so rasch und wirkungsvoll wie eine Droge war. Sie schloss die Augen. In solchen Momenten war alles andere vergessen.

»Du würdest mir doch sagen, wenn es bei dir und Eliot Probleme gäbe?«

»Wir kommen schon klar«, sagte Robyn geistesabwesend.

»Es ist für jeden Einzelnen ein fürchterlicher Stress, wenn man Eltern wird, doch für euch als Paar …«

»Als Paar?«, wiederholte Robyn, als ob sie das Wort noch nie gehört hätte. »Wir sind Tess. Und nichts anderes. Es gibt mich nicht mehr, und auch Eliot nicht. Wir sind nur noch Tess.«

Am Vorabend hatte Marilyn ihre Enkelin ins Bett gebracht. Ihr Gesang war bis ins Wohnzimmer geklungen, wo Robyn und Eliot einander befremdet angesehen hatten, allein, nur zu zweit. Eliot hatte Robyn gefragt, ob sie ein Glas Wein wolle, und sie hatte abgelehnt, weil sie stillte, weil sie wusste, dass sie in der Nacht aufwachen und sich dann noch elender fühlen würde, weil jeder Moment des Wachseins nun ein vergeudeter Moment war, wenn ihr Körper seine Erschöpfung regelrecht aus sich herausschrie und sich nur noch nach dem Bett sehnte. Eliot hatte betroffen dreingeschaut. *Nur ein Glas zusammen*, hatte er beharrt, *damit wir für fünf Minuten lang so tun können, als würden wir ein normales Leben führen*. Robyn hatte nachgegeben. Sie hatten sich aufs Sofa gesetzt. Sie konnte nicht mehr sagen, wann sie an Eliots Schulter eingeschlafen war, sie hatte bestimmt nicht häufiger als ein-, zweimal an ihrem Glas genippt, aber als sie von Tess' Weinen aufgeschreckt war, war die Flasche leer gewesen, hatte Eliot leise neben ihr geschnarcht. Robyn hatte ihn so gleichgültig angesehen, als wäre er ein Fremder. Vor nicht allzu langer Zeit wären sie erst gemeinsam über die Flasche und dann übereinander hergefallen. Robyn war aufgestanden und dem Weinen mit schwerem Schritt gefolgt.

Marilyn strich Robyn sanft übers Haar. Es fühlte sich wie die Geste einer jüngeren Mutter bei einer sehr viel kleineren Tochter an.

»Es wird leichter«, sagte sie.

»Wirklich? Gott, ich hoffe es.«

»Und wenn es wärmer wird, kannst du auch öfter raus und unter Leute.«

»Ja.«

»Du siehst Ben doch oft, oder? Ich habe ihn gebeten, dir zu helfen, wo es geht.«

»Ben ist Ben, Mum. Er kommt vorbei, knuddelt Tess für fünf Sekunden, und dann fällt ihm ein, dass er zehn Minuten später schon am anderen Ende der Stadt sein soll.«

»Robyn, du machst das großartig. Wirklich, ehrlich.«

»Danke«, krächzte sie, weil eine Gefühlswoge ihr die Stimme nahm.

»Ich weiß nicht, ob ich dir das je erzählt habe, aber als du sechs Wochen alt warst und in deiner Wiege gelegen hast,

hast du etwas absolut Ungewöhnliches getan. Du hast auf dem Bauch gelegen – damals wusste man noch nicht, dass man das nicht tun soll, nicht zu der Zeit –, jedenfalls habe ich gesehen, wie du, als winzig kleines Baby, dich mit aller Kraft auf deinen kleinen Ärmchen aufgestützt hast. Dann hast du dich in Ruhe und mit riesengroßen Augen in der Welt umgeschaut und zurück auf den Bauch sinken lassen.«

Auch noch zweiundzwanzig Jahre später hatte das Staunen in Marilyns Stimme einen ganz frischen Klang. Robyn schaute auf. Sie lächelte mit ihr.

»Habe ich das wirklich getan?«, fragte sie.

»Ich konnte es nicht fassen. Aber da war mir klar, was du von Natur aus bist, Robyn, und das hat sich nie geändert. Eine Abenteurerin, kühn und unerschrocken.«

Robyn hielt ihre Tochter hoch und drückte ihre Nasen aneinander. »Dann werden wir gemeinsam Abenteurerinnen sein.«

fünfundzwanzig

Wenn Eliot bei der Arbeit oder mit der Band unterwegs war, schlossen sich die Wände dichter um Robyn herum. Die Tage gingen ineinander über, die Nächte auch, eine nach der anderen, ein Tag wie der andere, allein der Zyklus des Stillens gab den Rhythmus vor. Eine erdrückende Klaustrophobie trieb Robyn ins Offene, Weite, zu schwappenden Wellen und wässrigen Gerüchen. Sie ging zum Ufer der Themse, Tess in einem Tragetuch warm an ihrer Brust. Sie ging ans Wasser, obwohl der Fluss zu zahm und zu umbaut war, obwohl der Anblick an trüben Tagen trostlos war. Auf einem ihrer Spaziergänge stieß sie auf einen kleinen Kiesstrand, einen Streifen nur, voller schwarzer Kiesel, Seilenden, Bierflaschen und einem einzelnen Schuh. Ein einsamer Kajakfahrer paddelte vorüber. Robyn hob die Hand und winkte, denn sein Wunsch nach Bewegung war ihr sehr vertraut, doch ihr Gruß wurde nicht erwidert: Der einsame Sportler war ganz in sich gekehrt, so wie sie früher oft.

Ein anderes Mal, als Tess unruhig und knatschig war, ging sie mit ihr zum See im Regent's Park. Sie mietete ein Ruderboot und fand sich ein im Rhythmus ihrer Paddel. Tess gluckste und verkroch sich tief in ihr Tuch. Robyn legte sich zurück auf die Ruderbank. Ihr Körper war gerissen und vernäht, ihr Inneres unter ständigem Beschuss, doch wenn sie sich ganz still verhielt und eine Hand in das seidige Wasser gleiten ließ, konnte sie beinahe einen sandigen Grund und Muscheln unter ihren Füßen spüren, das Gurgeln der herannahenden Flut hören. Zum ersten Mal seit langer Zeit spürte sie ein Stück von ihrem alten Selbst.

Mit zwei Monaten hatte Tess an den Gelenken Furchen, und die Beinchen waren auch schon rundlicher. Robyn zappelte beim Wickeln an ihren Beinen und prustete ihr auf den Bauch.

»Sie wird langsam pummelig«, sagte sie mit unverhohlener Freude zu Eliot. »Hier, nimm du sie mal, fühl mal, wie schwer sie schon ist.«

Eliot wiegte sie behutsam. Tess' Kopf kippte nach hinten. Robyn sprang herbei, legte eine Hand unter den Kopf und korrigierte Eliots Armhaltung. Tess schniefte, dann begann das Weinen.

»Das macht sie immer«, sagte er gekränkt.

»Sie ist ein Baby, natürlich weint sie, das machen Babys so.«

»Aber sollte das Weinen nicht mal nachlassen? Jetzt, wo sie älter wird?«

Robyn zuckte mit den Achseln. »Keine Ahnung. Mag schon sein. Aber nur so kann sie mit uns reden. Mehr kannst du ja nicht, oder, Baby?« Sie bückte sich und küsste ihre Tochter auf die Stirn.

Eliot machte Anstalten, sie Robyn zurückzugeben. »Vielleicht hat sie ja Hunger.«

»Sie hat eben erst gegessen.«

»Aber es klingt, als ob sie hungrig wäre.«

»Dann schaukel sie hin und her. Sing ihr was vor. Sie liebt deine Wiegenlieder.«

»Tut sie nicht«, sagte Eliot. »Das hat nur das eine Mal funktioniert.«

Robyn breitete die Arme aus und legte sich ihre Tochter an den Hals. Tess grub sich dort ein; das Weinen ließ nach. Robyn murmelte ihr besänftigend zu. Eliot schlenderte in die Küche, die Arme kraftlos an den Seiten. Robyn folgte ihm. Er stand vor der Spüle und starrte auf das dreckige Geschirr.

»Kümmer dich nicht drum. Das machen wir später weg.«

»Wollte ich auch nicht. Ich hab nur... War dir bewusst, dass es so hart würde?«

»Ich glaube nicht, dass irgendjemandem bewusst ist, wie hart das wird.«

»Aber du schaffst es«, sagte er. »Du schaffst es, und ich nicht.«

»Natürlich schaffst du das. Wir beide. Wir beide schaffen das gemeinsam.«

»So kommt es mir aber nicht vor«, sagte Eliot in angespanntem Tonfall.

Robyn legte einen Arm um seine Schultern und küsste ihn auf die Wange. Eliot hatte sich während ihrer Schwangerschaft so um sie bemüht, erwartet, dass Tess sie einander noch näherbringen würde, doch ihre Ankunft hatte ihn aus der Bahn geworfen. Robyn wünschte sich manches Mal, dass er das besser verbergen könnte, doch selbst wenn er ihnen zulächelte, sie beide in die Arme nahm und sagte: *Ich liebe euch*, blieb sein Blick trüb und vage. In seinem Benehmen lag eine Erschöpfung, die nicht nur von Schlafmangel sprach.

»Wie kommt es dir denn vor?«, fragte Robyn sanft.

»Ich weiß nicht«, sagte Eliot und spannte seine Schultern an. »So nicht.«

»Geh heut Abend aus«, sagte sie entschieden. »Geh mal raus und mach dir einen schönen Abend. Du brauchst das.«

»Du denn nicht?«

»Nein«, erwiderte Robyn. »Bei mir und Tess ist alles gut.« Das Baby schlief, sein Gesicht an Robyns Hals verborgen, die Beine unter seinem Körper. Robyn drehte sich hin und her und begann zu summen. »Na los, ehrlich, es wird dir guttun.«

»Du bist darin einfach besser als ich«, sagte er mit brüchiger Stimme. Robyn seufzte, lauter als beabsichtigt. Beinahe hätte sie gesagt: *Bin ich nicht, du machst das toll*, doch sie bremste sich. Es kam ihr so schon vor, als ob sie jede einzelne Stunde damit verbringen würde, Trost, Beteuerungen und Besänftigungen auszusprechen, wo sie ganz und gar an Tess gebunden war. Ihr eigenes Selbst war zerstreut und trübe, meistens fühlte sie sich nur wie ein schwaches Echo ihrer Tochter. Wenn sie sich abends ins Bett legte und Tess atmen hörte, so flach und schnell wie ein Vogel, folgte ihr Atem diesem Tempo; sie spitzte die Lippen wie ihre Tochter und legte einen Arm über das Laken. Wenn Tess im Dunkeln plötzlich und mit einem schrillen Schreien wach wurde, fuhr Robyn mit offenem Mund auf, auf dem auch schon ein Schrei lag. Und wenn Tess gestillt war, ihr Kopf trunken zur Seite rollte und ihr Milch von den Lippen tropfte, sank Robyn auf ähnliche Weise gesättigt in ihr Kissen.

Manchmal aber war ihr Tess unergründlich, wie ein wildes Tier, das sich nicht beherrschen, nicht bändigen ließ, und selbst dann war kein Entkommen. Einmal hatte Tess derart heftig geschrien, mit zornig-rotem Kopf, die Wangen tränenüberströmt, dass Robyn sie auf Armeslänge von sich gehalten und mit immer schrillerer Stimme zu beschwören versucht hatte, bis auch ihre Worte in Schluchzen untergegangen waren. Sie hatte ihre Tochter umklammert und war in einen Stuhl gesunken. Dort hatte Eliot sie vorgefunden, beide tief und fest schlafend, Robyns Wangen rot und voller Tränenspuren, Tess an ihre Brust gekuschelt. Robyn hatte seine Gegenwart gespürt und die Augen, gerötet und verquollen, aufgerissen. *Ich hasse, was dir dieses Baby antut*, hatte er bei ihrem Anblick geflüstert und nach ihrer Hand gegriffen. Und es war das Schlimmste, was er hätte sagen können, denn selbst in den dunkelsten Momenten hatte Robyn das Gefühl, dass Tess das Beste an ihr war.

»Glaubst du etwa, dass das kein Schock für mich war?«, sagte sie. »Mein Leben hat sich über Nacht verändert, ich hätte mir im Traum nicht vorgestellt, dass es so hart würde.«

Das Wort *hart* kam falsch heraus, brüchig, blass und unbestimmt. Eliot fuhr sich zerstreut mit den Händen durch das Haar und warf ihr einen gehetzten Blick zu. Robyn stand kurz davor, in Tränen auszubrechen. Sie biss die Zähne zusammen und atmete durch die Nase.

»Aber ich hätte mir auch nicht vorgestellt, dass es so wunderbar würde«, ergänzte sie.

Sie wartete auf eine Antwort. Selbst die simpelste aller Plattitüden hätte ihr gereicht, selbst ein wortloses Gemurmel, irgendeine Form der Zustimmung, doch von ihm kam nichts. Sie drückte das Gesicht an Tess und wandte sich ab.

Die Wochen vergingen. Als Tess vier Monate alt war, hatte sie sich zu einem regelrechten Wonneproppen entwickelt. Robyn hatte überlebt. Eliot auch.

»Ich will das Glück ja nicht herausfordern«, sagte sie, als sie Tess auf einem Knie hüpfen ließ, »aber ich habe das Gefühl, dass es etwas leichter wird. Oder haben wir uns bloß daran gewöhnt, dass es *nicht* leicht ist, was meinst du?«

Eliot reckte sich erschöpft. Er war am Vorabend mit der Band aufgetreten. Robyn hatte ihn nicht kommen hören, doch sie hatte seinen schlafenden Körper neben sich gespürt, als sie sich Tess an die Brust gelegt hatte und die ersten Vögel vor dem offenen Fenster gezwitschert hatten.

»Ich weiß nicht, ob ich mich je daran gewöhnen werde«, sagte er mit einer Stimme, die vom Gähnen hallte.

»Ach, komm«, erwiderte Robyn. »Das meinst du doch nicht ernst.«

Er drückte Tess' Hand und versuchte, ihre Aufmerksamkeit durch Pfeifen und Schnalzen zu erlangen. Ihr Kopf fuhr hoch, ein Spuckefaden fiel ihr von den Lippen, als sie in die andere Richtung schaute. Robyn lachte und griff zu einem Tuch.

»Vermisst du unser altes Leben nie?«, fragte Eliot plötzlich.

In den ersten Tagen hatte sie es manches Mal kaum ausgehalten, so funkelnd war die Nostalgie. Es waren nicht einmal die großen Dinge, die derart verlockend geschimmert hatten, sondern die kleinen, unbedeutenden: sich die Haare zu föhnen. Beim Zähneputzen Zeit zu lassen. Das Gemüse für das Abendessen klein zu schneiden und dabei nur Angst zu haben, dass die Zwiebeln in den Augen brannten. All das hatte sich geändert. Alles, was sie einst geängstigt hatte, war ein Nichts.

»Was bringt es, all das zu vermissen«, sagte sie. »Das ist vorbei. Das ist jetzt ein anderes Leben.«

Er musterte sie scharf, die Augen schmal. Robyn fühlte sich mit einem Mal sehr unbehaglich. Ihr ging auf, dass sie noch nicht geduscht und sich das Haar zu einem strähnigen Pferdeschwanz gebunden hatte. Tess hatte eine Mahlzeit ausgelassen, aus Robyns Brust war etwas ausgelaufen, und auf ihrem T-Shirt war ein dunkler Flecken. Doch ihre Tochter wippte auf ihrem Knie auf und ab, der kleine Rücken schon ganz gerade, die Arme vor Freude ausgestreckt.

»Wir schaffen das schon, dass du dich wieder wie du selbst fühlst«, sagte er, »keine Sorge.«

Robyn wusste, dass sie sich verändert hatte, sie wusste nur nicht, inwiefern. Manchmal hatte sie den Eindruck, dass sie tierhafter geworden, ihr Beschützerinstinkt viel ausgeprägter war, sie nur noch auf grundlegende Bedürfnisse wie Hunger, Wärme oder Schlaf reagierte. Ihr Verstand hatte sich selbst heruntergefahren, alles andere aber intensiviert, da sich ihre Welt nur noch um eine einzige Person drehte, die kaum größer als ein ordentlicher Brotlaib war. Trotzdem trug Robyn die Mutterschaft wie eine Ehrennadel, denn sie hatte sich durch die verzweifelten ersten Wochen hindurchgeschlagen, hatte ihr Baby ohne das geringste Vorwissen, ohne jegliche Erfahrung versorgt, genährt und behütet, und auch Tess hatte durchgehalten. Robyn war stolz auf das, was sie tat, sogar an den Tagen, an denen sie regelrecht aus dem Bett kroch, sie ein Kater plagte, der vom Schlafmangel kam, wenn sie ihren Pullover den ganzen Morgen lang verkehrt herum trug und es nicht bemerkte, wenn sie sich, nur für wenige Momente, eine Welt ohne Tess vorstellte und mit einer unbeschreiblichen Erleichterung feststellte, dass ihr das unmöglich war. Sie war stolz. Und sie wünschte, Eliot würde ebenso empfinden.

»Ich bin ich«, erwiderte sie leicht angepikst. »Nur … in einer anderen Ausführung.«

»Ich fände es aber schön, wenn die andere Robyn wieder da wäre.«

Sie versuchte es mit Unbeschwertheit und boxte ihm sanft in den Arm, doch er erwiderte ihr Lächeln nicht.

»Was?«, sagte sie. »Was ist los?«

»Mir fehlt, dass du zu unseren Gigs kommst. Mir fehlt, dass wir lange aufbleiben, uns betrinken und erst nachmittags wieder wach werden. Mir fehlt, dass wir den ganzen Tag im Bett bleiben können, wenn wir wollen. Und mir fehlt unser Sex. Der Sex fehlt mir echt.«

»Wir haben Sex«, sagte Robyn.

»Die paar Male kann ich an den Fingern abzählen.«

»Wir sind gerade erst Eltern geworden«, verteidigte sie sich rasch. »Das gehört dazu, oder? Und wenn wir Sex hatten, war es doch gut? War es nicht toll?«

»Wir sind gerade erst Eltern geworden, aber auch gerade erst ein Paar. Ich glaube …« Seine Stimme erlosch, dann kam sie umso stärker wieder. »Ich glaube, das vergisst du ab und zu. Das vergessen wir beide ab und zu.«

»Wir sind seit beinahe einem Jahr zusammen. Ich weiß nicht, ob man da von *gerade erst* reden kann.«

»Aber wie lange reden wir von *uns*? Von uns beiden, uns beiden allein, ohne … ohne etwas anderes in unserem Leben.«

Robyn sah ihn an. In dem Moment hätte sie es fast gesagt. *Bist du sicher, dass du das noch willst?* »Wie lange? Etwa drei Wochen«, sagte sie stattdessen. Was, so ging ihr später auf, fast das Gleiche war.

Mit dem Sommer kam eine drückende städtische Hitze. Eliot schlug Robyn vor, gemeinsam mit einer Bekannten aus dem Geburtsvorbereitungskurs ins Freibad zu gehen, damit sie schwimmen konnte, während Tess sicher in den Armen einer anderen Frau war. Doch bis auf seltene Treffen zum Kaffee mied Robyn die Gesellschaft anderer Mütter, was womöglich daran lag, dass die meisten Frauen Robyn ansahen, als ob sie selbst ein Kind wäre, und ihre Gesichter Bände sprachen, wenn Robyn ihre Geschichte mit Eliot erzählte. Außerdem redeten sie nur über Babys, Babys, Babys, und von ihrer eigenen wunderschönen Tochter abgesehen waren Robyn die meisten anderen Babys herzlich gleichgültig. Also überließ sie die anderen Mütter ihrem Schicksal und machte die Dinge auf ihre Weise. Manchmal traf sie sich mit Ben auf einen Kaffee in Soho und schaute zu, wie er den liebevollen Onkel spielte, wie er Tess hochhob und durch die Luft wirbelte, bis sie vor Vergnügen kreischte. Und immer noch lockte sie das Wasser. Nicht in Gestalt der ordentlichen Rechtecke, die Eliot im Sinn hatte, mit einem Rand aus Beton und Eintrittsgeld, sondern in Gestalt der ungezähmten Orte. Es zog sie zu den entlegenen Teichen in Hampstead Heath, wo sie Steine über Wasser hüpfen ließ und den Zickzackkurs einer Libelle verfolgte, während ihr Baby an ihrer Brust baumelte. *Tess, sie ist hellblau! Und grün! Und golden!* An die Treidelpfade am Kanal des Regent's Park, wo sie die Flussbewohner mit einem Lächeln und einem Nicken grüßte, hinter die Topfpflanzen und klapprigen Fahrräder spähte und sich einmal von einem Mann mit Bart und seelenvollen Augen auf eine Tasse Ingwerwein einladen ließ. *Vielleicht sollten wir auf ein Hausboot ziehen?*, hatte sie irgendwann zu Eliot gesagt, und er hatte gelacht, als ob sie einen Umzug auf den Mond vorgeschlagen hätte.

»Ich glaube, ich fahre mit Tess ans Meer«, sagte sie eines Tages.

»Deine Eltern wären bestimmt begeistert.«

»Ich dachte eigentlich an Brighton. Oder etwas in der Art. In der Nähe.«

Eliot zupfte an seinem Haar. Es war so lang, dass er es als Pferdeschwanz tragen konnte. Seine Wangen waren bleich, seine Augen trüb von langen Nächten mit der Band und den frühen Morgenstunden, die von Tess' Geschrei zerrissen wurden. Doch er wirkte weniger verstört. Robyn war bewusst, dass er umso glücklicher war, je mehr Freiraum er bei Spiel und Arbeit hatte, also drückte sie ihr Baby an die Brust und ließ ihn ziehen.

»Deine Eltern fragen sich bestimmt, warum wir mit Tess nie nach Merrin kommen.«

»Eigentlich nicht. Ihnen ist bewusst, wie weit das ist, und außerdem kommen sie gern hierher. Du darfst nicht vergessen, dass sie auch mal Städter waren, sie haben ja nicht immer so abgeschieden gelebt.«

»Dann frage *ich* mich vielleicht, warum wir mit Tess nie nach Merrin fahren. Willst du denn nicht, dass sie sieht, woher du stammst?«

»Ich stamme ja nicht von dort.«

Aber sie stammte von dort. Zwischen ihren Zehen war der Sand, und in ihren Haaren war der Tang. Obwohl sie nicht mehr auf dem Wasser war, kehrte ihre Surferfigur zurück, die Taille wurde wieder schmal, die Arme wurden sehnig. Sie hatte keine Mühe, in den frühen Stunden, in denen ihr Baby wach wurde, die Augen zu öffnen, denn sie war häufiger im Dunkeln aus dem Bett gesprungen und dem Ruf der Wellen gefolgt, als sie sich unter den Laken geräkelt hatte. Sie salzte ihr Essen über die Maßen, weil es dann nach Meer schmeckte. Eliot sagte, ihm sei zuvor noch nie ein Mensch begegnet, der beim Baden vollständig unter Wasser sank und spuckend wie ein Wal wieder auftauchte.

»Aber es bedeutet dir viel«, beharrte er. »Darum finde ich, wir sollten fahren.«

»Tess ist grade mal fünf Monate. Sie weiß doch gar nicht, wo sie ist. Ob wir mit ihr nach Sri Lanka oder Shangri-La fahren, für sie macht das keinen Unterschied.«

»Es geht um dich, nicht um Tess.«

»Wenn ich hingewollt hätte, wäre ich gefahren.« Das kam zu rasch. Eliot zog die Augenbrauen hoch. Robyn bemühte sich um einen sanfteren Tonfall. »Brighton macht doch viel mehr Spaß, nur unter uns dreien. Wir könnten dieses Wochenende fahren, mit dem Zug wären wir in einer Stunde da.«

»Vielleicht möchte ich ja Merrin wiedersehen. Ich habe da schöne Erinnerungen dran.«

»Ich staune, dass du dich erinnerst.«

»Ich erinnere mich an alles«, erwiderte er.

»Dann müssen wir ja nicht hinfahren, oder?«

»Gibt es womöglich einen anderen Grund, warum du nicht nach Hause willst? Schämst du dich für mich oder so?«

»Nein! Das ist doch verrückt, Eliot. Natürlich nicht. Meine Eltern lieben dich, das weißt du.«

»Dann vor den anderen Leuten, deinen Freunden da?«

»Du warst doch in Merrin. Da ist sonst niemand. Und ich war sowieso nur in den Ferien da. Ich gelte da als Touri, so wie alle anderen auch, kein Einheimischer würde mit mir reden.«

»Außer diesem Jago.«

»Jago und sein Vater. Stimmt. Die einzigen anderen Menschen in Merrin. Warum glaubst du, habe ich mit dem Surfen angefangen? Ich musste mich irgendwie beschäftigen, sonst hätte ich den Verstand verloren.«

Sie stellte sich auf die Zehenspitzen und küsste ihn. Aus dem Schlafzimmer kam ein Weinen. Instinktiv bewegte sich Robyn darauf zu.

»Aber denk darüber nach, ja?«, rief er ihr nach. »Du und ich und Tess, ein Wochenende bei deinen Eltern? Ich fänd's toll. Die beiden sicher auch.«

Robyn blieb an der Tür stehen.

»Willst du wirklich fahren?«

»Ja. Ich will wirklich fahren.«

»Endlose Stunden mit einem weinenden Baby im Auto, bis ans Ende der Welt und am nächsten Tag zurück?«

»Genau das.«

»Irgendwohin, wo es vermutlich regnet, während Brightons Strände in der Hitze glühen?«

»Klingt großartig.«

»Schön. Gut. Ich rufe Mum heute Abend an. Und hör, ob sie am Wochenende Zeit haben.«

Dann verschwand sie im Schlafzimmer und nahm die heulende Tess in ihre Arme. Sie setzte sich auf ihr Bett, schob ihr Oberteil hoch und legte sich Tess an die Brust. Als Tess zu trinken begann, sich stillen ließ und das Weinen abnahm, atmete Robyn tief und langsam durch. Sie entspannte sich und schloss die Augen.

sechsundzwanzig

Wach wurde sie in ihrem alten Bett. Sie lag ganz still da und genoss das seltene Gefühl, vor ihrer Tochter aufzuwachen. Es war früh, ihr Zimmer strahlte in dem Licht, das es nur in Cornwall gab und von dem ihre Eltern auch jetzt noch mit der Beglückung und dem Staunen all der Menschen sprachen, die zu diesem besonderen Licht gefunden hatten. Robyn war davon ausgegangen, dass ihre Eltern ihr Zimmer inzwischen in ein schickes Gästezimmer verwandelt hätten, mit weiß gekalkten Wänden und einem Buch hier und da, doch sie hatten es seit ihrem Auszug nicht mehr angetastet. Die einzige Neuerung war eine blaue Vase gewesen, die ins Wohnzimmer gehörte und sehr wackelig auf einem Bücherstapel im Regal gestanden hatte. Robyn war am Tag zuvor mit der Vase zu ihrer Mum gegangen und hatte gefragt, ob die Vase wirklich in ihrem Zimmer stehen sollte. Marilyn hatte ihr die Vase kopfschüttelnd mit beiden Händen abgenommen, sich ratlos umgeschaut und die Vase schließlich aufs Klavier gestellt.

Davon abgesehen war Robyns Zimmer Robyns Zimmer. Die Bücher aus dem Studium standen im Regal, eine ungenutzte Staffelei wartete in einer Ecke. Ihr Teddybär, ein Relikt aus Kindertagen, saß mit seinem Sonnenhut im Nacken unverändert auf dem Stuhl. Ihr Schreibtisch war die alte See aus Zetteln und Post-it-Aufklebern, aus zerbrochenen Muscheln und einem vierarmigen Seestern. Es war ein seltsames Gefühl gewesen, ihr Zimmer zum ersten Mal mit Tess zu betreten, so als ob sie sich erneut an einem Platz einrichten würde, der zu einem anderen Teil ihres Lebens gehörte. Sie hatte sich mit ihr auf das Bett gesetzt, Tess hatte sich aus ihrem Schoß gewunden und war mit dem Gesicht voran in die Laken geplumpst – Tess' Körper konnte der Entschlossenheit, mit der sie zu krabbeln versuchte, noch nicht nachkommen. *Das hier war mal Mamis Zimmer*, hatte Robyn gesagt, ihre Tochter sanft aufgerichtet und sie es erneut probieren lassen. Robyns Blick war zum Fenster gewandert. *Das hier war mal alles für Mami*, hatte sie gesagt.

Nun rührte sich Eliot neben ihr im Schlaf. Eigentlich hatten sie vorgehabt, sich beim Fahren abzuwechseln, doch Eliot war zu verkatert gewesen. Er war am Abend vor ihrem Ausflug sehr spät heimgekommen und mit einer gemurmelten Entschuldigung ins Bett gekrochen, hatte noch die Hitze eines Gigs verstrahlt. So war es an Robyn gewesen, sie aus dem Gewirr der Stadt auf die weiten, offenen Straßen Richtung Westen zu lenken, während Eliot in den Beifahrersitz gesunken war, Weingummi gekaut und Cola getrunken hatte. Nun musterte sie seine schlafende Gestalt, die stacheligen Stoppeln, den schlaffen Mund. Er hatte sich für ihre Eltern rasieren wollen, doch Robyn hatte nur lachend gesagt, das sei nicht nötig, also hatte er es bleiben lassen.

Tess schlief tief und fest in einer Wiege, die Robyns Eltern extra für Tess gekauft hatten. Robyn fragte sich, wie lang das Bettchen schon auf sie gewartet hatte. Ihre Eltern hatten sie nie zu einem Besuch gedrängt, doch der Anblick der Wiege versetzte ihr einen kleinen, traurigen Stich. Ein Stapel Babydecken hatte auch bereitgelegen, und ein langohriges weißes

Kaninchen. Tess hatte eine ihrer ersten guten Nächte in dem Bett gehabt, das sie ihr bereitet hatten. *Merrin-Luft*, dachte Robyn, obwohl sie selbst unter dem gegenteiligen Effekt gelitten hatte. Robyn hatte lang gebraucht, um einzuschlafen, und als es ihr endlich gelungen war, hatten ihre Träume an ihr gezogen und gezerrt, sie drei-, viermal aufgeweckt und ihr nichts Greifbareres hinterlassen als ein vages Unbehagen. Währenddessen hatte Eliot so entspannt wie eine Katze dagelegen und tief und gleichmäßig geatmet.

Robyn stieg aus dem Bett und ging zur Wiege. Tess' Gesicht lag auf der Seite, ihre Lippen formten einen Schmollmund. *Du bist so schön*, flüsterte Robyn, ließ Tess und Eliot schlafen und tapste nach unten in die Küche.

»Wusste ich es doch«, sagte ihr Dad.

»Was?«

»Ein morgendlicher Surfausflug.«

Robyn lachte und schüttelte den Kopf. »Daran hatte ich nicht einmal gedacht. Ich war wach und konnte nicht mehr schlafen. Also fand ich, könnte ich auch Kaffee machen. Was ist deine Ausrede?«

»Ich steh immer so früh auf.«

»Tust du nicht.«

»Deine Mutter hat angefangen zu schnarchen.«

»Hat sie nicht.«

Er zuckte mit den Schultern. »Ich dachte, du bist mit Tess vielleicht schon auf. Das wollte ich nicht versäumen.«

»Dad, wir sind das ganze Wochenende hier.«

»Um diese Zeit ist das Licht auf der Terrasse besonders schön. Ich habe den Belag erneuert. Ich dachte, wir könnten draußen einen Kaffee trinken.«

»Klingt toll, so machen wir's. Obwohl …«

Robyn hatte sich zum Fenster gewandt. Die See schimmerte silbern, die Sonne brannte ihr einen goldenen Streifen auf. Eine Brise würde gegen die Küste angehen, auf dem Sand der Schaum auflaufen.

»Da draußen ist es sicher auch schön.«

»Willst du's dir mal ansehen?«

»Ich glaube, ich weiß gar nicht mehr, wie das geht. Und was, wenn Tess wach wird?«

»Eliot ist doch da, oder? Wir sind da.«

»Er kann sie aber nicht stillen.«

»Ah«, sagte ihr Dad. Und dann: »Es sind nur fünf Minuten bis zur Bucht. Ich hole dich, falls nötig. Dein Wetsuit ist noch immer da, wo du ihn hingelegt hast. Dein Brett steht im Schuppen. Ich habe es gestern vorgeholt und gründlich abgewischt. Na los. Ich achte auf Tess.«

Robyn eilte voran, als hätte sie sich diese Zeit nur geborgt. Auf dem Pfad schlugen ihr die Farnwedel gegen die Beine, das Greiskraut verfing sich an ihren Knöcheln. Sie hätte den Weg mit geschlossenen Augen gefunden: noch drei Windungen, dann der Abstieg, sieben Schritte bis zum Strand. Als sie auf dem Sand aufkam, ließ sie ihr Brett fallen und legte die Hände vor den Mund. Der Rockabilly-Felsen schimmerte schwarz. Ein Möwenschwarm trieb tief über dem Wasser. Die Wellen, die an den Strand donnerten, klangen wie die ersten Takte eines Liebeslieds. *Robyn, reiß dich zusammen*, zischte sie sich selbst zu und rieb sich rasch die Augen. Sie griff nach ihrem Brett und rannte auf die Brandung zu. Ein Freudenschrei entfuhr ihr. Sie sprang ins Meer und paddelte hinaus. Ihr Kopf wurde augenblicklich frei, sämtliche Gedanken fielen von ihr ab, es blieb allein das herrliche Gefühl, dass sie im Wasser war.

Eliot wartete am Strand auf sie. Sein T-Shirt war zerknittert, sein Haar noch vom Schlaf zerzaust. Tess lag in seinen Armen und schlummerte seelenruhig.

»Du hättest mich früher reinrufen sollen«, keuchte Robyn.

»Dein Anblick hat mich regelrecht hypnotisiert.«

Er reichte Robyn das Baby, und sie drückte ihm ihre Meeressalzlippen an die Wange.

»Hallo, meine kleine Schlafmütze, tut mir leid, dass du hungern musstest. Aber jetzt bin ich ja da, ich bin ja da. Eliot, könntest du mich hieraus befreien?«

Sie gingen zu den Felsen, Robyn kauerte sich hin, den Wetsuit nach unten über die Schultern geschoben. Die scharfe Brise malte eine Gänsehaut auf ihre Brust. Tess war ungeduldig.

»Warte«, sagte Eliot. Er leckte sich einen Finger ab und fuhr über Robyns Brustwarze. »Das Salzwasser muss weg.«

Robyn lächelte. »So, nun hast du es gesehen. Das ist Surfen.«

»Du warst toll.«

»Nicht wirklich. Ich bin noch immer eine blutige Anfängerin. Aber eine glückliche.«

»Wenn ich monatelang nicht Gitarre spielen könnte, würde ich verrückt.«

»Das ist was anderes. Das ist ja auch dein Leben.«

»Wir stellen dich wieder aufs Surfbrett, wenn es das ist, was du willst. Irgendwo in der Nähe. Essex, gibt's in Essex Wellen?«

Robyn lachte. »Kann sein.« Plötzlich drehte sie den Kopf in Richtung Klippen.

»Was ist denn?«

»Nichts. Ich dachte, da wäre jemand.«

»Wer?«

»Keine Ahnung.«

Robyn legte Tess an die andere Brust. Sie begann zu trinken und brach in ein schrilles Weinen aus.

»Oh, nein, Baby, tut mir leid!«

Eliot machte wieder seine Finger nass und säuberte Robyns Brustwarze, berührte sie ein wenig länger als nötig.

»Da ist niemand«, sagte er. Aber sicherheitshalber schaute er immer wieder hoch zur Klippe.

Auf der Straße stießen sie auf Denny. Er brauste in seinem Truck vorbei, doch beim Anblick einer Frau in einem Wetsuit, mit triefend nassem Haar und einem Baby in der Armbeuge, neben ihr ein Mann, Typ Städter in superengen Jeans, ein Surfbrett so ungelenk unter dem Arm, dass es wirkte, als trüge das Brett ihn, kam er mit quietschenden Reifen zum Stehen.

»Hallo, Schönheit«, sagte er und lehnte sich aus dem Fenster.

Denny fuhr bei jedem Wetter mit offenen Fenstern. Eine Böe wehte in die Fahrerkabine und wirbelte sein wirres Haar auf. Er grinste schelmisch. Auf Robyn wirkte er um mindestens zehn Jahre verjüngt.

»Das ist Tess«, sagte sie und hielt ihm ihr Baby hin. Tess zeigte brav ihr breiiges Lächeln. Denny lachte, ein tiefes Dröhnen, und legte eine Hand auf ihren Kopf, als wolle er sie salben.

»Noch eine Schönheit«, sagte er. »Gut gemacht.«

»Und das ist Eliot«, sagte Robyn, »mein Freund. Tess' Vater.«

Eliot spähte hinter dem Brett hervor und bemühte sich, eine Hand auszustrecken.

»Wunderschöner Flecken Erde«, sagte er.

»Und das ist Lucy«, sagte Denny.

Da erst bemerkte Robyn die Frau, die neben Denny saß. Sie hatte Apfelkuchenwangen und ein rosiges Lächeln. Es war noch früh, noch nicht einmal acht Uhr, demnach hatte sie in Hooper's House die Nacht verbracht. Dabei hatte Jago gesagt, dass die Frauen niemals blieben. Sie, oder auch Denny, erhoben sich im Morgendämmer und ergriffen die Flucht, bevor das Licht des Tages sie erneut entblößen konnte.

»Wir haben uns schon gefragt, ob wir dich jemals wiedersehen«, sagte Denny. »Jago ist in der Werkstatt, falls ihr rübergehen wollt.«

»An einem Samstag?«, versuchte sich Robyn an Beiläufigkeit und strich sich über das Haar. Tess wand sich in ihren Armen. Robyn ließ das Baby auf und ab hüpfen. »Sie sind der reinste Sklaventreiber.«

»Der Junge arbeitet nur noch«, sagte Denny. »Geh und zeig ihm deinen kleinen Knopf.« Er zwickte Tess ins Kinn. »Dann legt er wenigstens mal kurz das Werkzeug beiseite.«

Denny war die Heiterkeit in Person, was Robyn freute. Sie fragte sich, ob das auch für Jago galt.

»Ich würde gerne, aber … wir sind nur am Wochenende hier. Ich glaube, meine Eltern wollen Eliot die gesamte Südspitze zeigen. Land's End, das Minack Theatre, einfach alles.«

»Er hockt direkt da drüben«, sagte Denny und wies mit dem Kopf in Richtung Werkstatt. »Dauert zwei Minuten. Geh lieber jetzt, ehe du unter all die Touristen gerätst. Ist nichts Persönliches«, ergänzte er mit einem Blick auf Eliot.

Dann brauste er davon, der Auspuff röhrte, und verschwand hinter der Ecke. Eine Hand winkte aus dem Fenster.

»So gesprächig war er früher nie«, sagte Robyn rasch.

»Das liegt an der Kleinen«, erwiderte Eliot. »Alle lieben Babys. Dein Freund Jago auch, wie man hört.« Da Robyn nicht reagierte, sprach Eliot für sie. »Robyn, hör zu, ich weiß, dass du hier Hals über Kopf verschwunden bist. Ich war dabei. Das war bestimmt nicht leicht für die Leute hier. Für keinen.«

»Na gut, ich könnte ja mal eben rübergehen«, sagte sie gedehnt.

Eliot nickte. »Solltest du.«

»Willst du mitkommen?«

»Ich trag dein Brett zurück. Verbring ein bisschen Zeit mit deinen Eltern.«

»Danke«, sagte sie und wollte sich schon auf den Weg machen. Da spürte sie Eliots Hand an ihrer Schulter.

»Warte«, sagte er und zog den Reißverschluss an ihrem Wetsuit zu. »Du bist nicht richtig angezogen.«

Er drückte ihr einen Kuss in den Nacken.

Jago schaute auf und grüßte sie so gleichmütig, als ob sie jeden Tag mit einem Baby in den Armen in die Werkstatt käme. Ihr sprang sofort in die Augen, wie klar er wirkte, wie aufgeräumt, im Gegensatz zu all den Menschen, denen sie in letzter Zeit begegnet war, denen sich die Großstadt ins Gesicht gegraben hatte. Lange Nächte und lange Tage hinterließen ihre Spuren.

»Robyn«, sagte er. »Hallo.«

»Hallo, Jago.«

Jago tat und sagte das, was jeder tat und sagte, wenn er Tess sah, nur fragte Jago nicht, ob er sie halten dürfe. Als sich die

Themen London und die Brandung in der Bucht erschöpft hatten, sprach Robyn die Begegnung mit Denny an, und die Frau an seiner Seite. Jagos Lächeln wurde schwächer.

»Er scheint glücklich zu sein«, erwiderte er, »und daran muss ich mich erst einmal gewöhnen.«

»Aber das ist doch gut, oder nicht?«

»Ja«, sagte Jago. »Doch, das ist gut.«

Robyn blieb nicht länger als zehn oder fünfzehn Minuten, trotzdem ließ Jago, während sie sich unterhielten, nie ganz die Arbeit ruhen. Er ging in der Werkstatt hin und her, griff nach Balken und fragte manche Dinge, während er ihr den Rücken zugekehrt hatte. Er war nicht unhöflich – er war niemals unhöflich –, doch bewusst oder unbewusst gab er ihr das Gefühl, dass die Welt nicht ihretwegen stillstand. Dass selbst in Merrin alles seinen Gang ging.

»Na, ich sollte wohl langsam zurück zu meinen Eltern«, sagte Robyn schließlich. Da war etwas Widerwilliges in ihrer Stimme, ein Gefühl von Unerfülltheit, und Robyn war bewusst, dass es sich zeigte. Sie ging in Richtung Tür.

»Wie lang bist du hier?«

»Wir fahren morgen zurück.«

Jago nickte, als ob sie nur etwas bestätigt hätte, was er wusste.

»Ich hab noch was für dich. Für Tess. Ich bring es rüber, bevor ihr fahrt.«

Robyn konnte sich nicht vorstellen, dass Jago Babykleidung gekauft hatte, eine pastellfarbene Decke oder einen rundlichen Stoffbären. Bestimmt hatte er selbst etwas gemacht. Sie ging zu ihm zurück.

»Möchtest du sie in den Arm nehmen?«

Einen Augenblick lang wirkte er verblüfft. »Ich glaube nicht, dass ich jemals ein Baby im Arm hatte.«

»Du machst Witze!«

Jago rieb die Hände zusammen, dann streckte er die Arme aus, als ob sich ein Baseballspieler auf den Fang seines Lebens vorbereiten würde. »Na, dann los.«

Robyn reichte ihm Tess. Sie wand sich, strampelte mit den Beinchen und schaute Jago mit großen Augen an.

»Alles gut?«, fragte er. »Wie geht es dir?«

Tess lächelte, schief und verwegen. Jago lachte. »Sie sieht aus wie du«, sagte er und drückte sie an sich.

»Findest du?«

Er nickte. Ganz sachte nahm er Tess' winzige Hand. »Ihre Finger sind vollkommen. Und ihre kleinen Nägel.«

»Du solltest ihre Zehen sehen.«

Jago legte Tess' Hand an seine Lippen und drückte einen zarten Kuss hinein.

»Du glückliches Baby«, sagte er.

Robyn verschwand zu Hause sofort in der Dusche. Sie stellte sich unter den siedend heißen Strahl, die Temperatur gerade noch erträglich. Als Eliot nach ihr suchte, war sie schon in ein Handtuch eingewickelt, Schweißtropfen auf der Stirn. Aus dem Badezimmer kamen Dampfschwaden.

»Deine Mum macht Frühstück«, sagte Eliot. »Und, wie war's? Bei Jago?«

»Gut. Nett.«

Sie löste sich aus dem Handtuch und rubbelte sich wütend das Haar. Sie stand vollkommen nackt vor Eliot, die Haut vor Hitze noch gerötet.

»Du siehst wundervoll aus. Ich würde die Situation ja gerne ausnutzen, aber alle warten.«

»Gib mir zwei Minuten, dann komm ich runter.«

Robyn machte sich aus dem Handtuch einen Turban und sah sich suchend nach ihrer Kleidung um. Eliot reichte ihr ein gelbes Sommerkleid, das über einer Stuhllehne hing, ihren BH, die Unterhose. Robyn zog sich an. Eliot kam auf sie zu und legte die Hände über ihre Brüste.

»Wenn ich es mir recht überlege«, sagte er, »könnte das Frühstück auch warten …«

Seit Eliots Bemerkung, dass sie gerade erst ein Paar geworden seien, hatten sie sich wieder mehr umeinander bemüht. Robyn hatte sich neue Unterwäsche gekauft, ein seidiges, aufreizendes Set, das eigentlich nicht ihr Stil war, und außerdem versucht, sich seinen Händen nicht mehr zu entziehen, auch wenn die Müdigkeit sie überwältigte. Für seinen Geschmack ging sie immer noch zu früh schlafen, auch leerte sie mit ihm noch immer keine Jack-Daniel's-Flaschen und hing bei seinen Gigs nicht mit großen Augen vor der Bühne herum, zumindest aber verglich er Robyn, die Mutter, nicht mehr mit Robyn, der Nichtmutter.

»Nein, lass, wenn wir so lang hier oben bleiben, sagen sie am Ende noch: *Kein Wunder, dass sie so schnell schwanger wurde.*«

»Was kann ich dafür, wenn ich meine Hände nicht von dir lassen kann.«

»Tess schreit«, sagte Robyn, wand sich aus seinem Griff und ging zur Tür.

Eliot folgte ihr widerstrebend nach unten. Robyns nasse Füße malten zarte Abdrücke in den Teppich. Eliot trat in ihre Spuren und bedeckte sie.

Um die Mittagszeit machten sie einen Spaziergang am Strand von Sennen. Eine Gruppe von Surfschülern ging gerade ins

Wasser. Robyn blieb stehen, um ihnen zuzusehen, und lächelte, weil es sie so leicht umwarf, wie besiegte Schachfiguren. Ihr hatten nur die Möwen zugesehen, der markante Felsen in seiner steinigen Gleichgültigkeit. Die Sandkrabben und die Fliegen, die sich in Schwaden aus dem Tang am Strand erhoben. Und Jago. Oft, nicht immer, Jago.

Die anderen waren weitergegangen. Ihre Eltern hatten Eliot in die Mitte genommen, in seinem Rücken kreuzten sich die Riemen der Babytrage. Robyn hörte, wie ihr Vater lachte, sah, wie ihre Mum eine Hand auf Eliots Schulter legte. *Meine Familie*, dachte Robyn, und plötzlich war da der schmerzliche Drang nach Tess, sie wollte es sein, die sie trug, die den kleinen Körper an ihrer Brust spürte. Sie eilte ihnen nach, durch den Sand.

Als sie das Ende des Strands erreicht hatten, wehten Wolken heran und stahlen sich den Sommertag. Die Swintons zogen sich in ein Café zurück. Simon bestellte eine Flasche Wein, dann stießen sie auf das Wochenende und Tess' ersten Besuch in Merrin an, beäugt von einer hartnäckigen Möwe, die sich den Kräckern auf dem Tisch näherte.

»Wir sind so froh, dass du mitgekommen bist, Jago«, sagte Marilyn.

Robyn stellte ihr Glas mit einem lauten Klirren ab.

»Du meinst Eliot«, sagte Eliot.

»Mum?«

»Das ist Eliot, Liebes«, sagte Simon mit einem ausdrücklichen Kichern. »Dein Schwiegersohn. Na ja, Fast-Schwiegersohn. Der Vater deiner Enkelin. Der Freund deiner Tochter. Eliot.«

»Selbstverständlich ist das Eliot. Was habe ich denn gesagt?«

Ihre Hand fuhr an den Hals und spielte nervös an ihrer Kette. Die Perlen waren aus Meerglas, aquamarinblau und unregelmäßig. Robyn fand die Perlen wunderschön und hatte ihre Mutter die ganze Zeit schon fragen wollen, woher sie die Kette hatte, nun aber sah sie ihre Mutter scharf an. Marilyn bekam davon nichts mit. Sie lächelte nur, sagte: *Dumm, wie dumm von mir*, und nippte an ihrem Wein.

»Alkohol bei Tag«, sagte Simon. »Das macht jeden kirre.«

Auf dem Weg zurück zum Wagen passte Robyn ihren Schritt dem ihrer Mutter an. Wieder kamen sie an Surfern vorbei, die barfuß und in glänzender Montur mit ihrem Brett unter dem Arm zum Meer gingen. Robyn sah ihnen nach, als sie über den Strand sprangen und auf das Wasser zustürmten.

»Mum?«, sagte sie. »Das vorhin war keine Absicht, oder? Dass du ihn mit Jago angeredet hast?«

Marilyn sah verwirrt, geradezu betroffen aus. »Warum sollte ich so etwas tun, Robyn?«

»Entschuldige, das war dumm. Es ist nur … Entschuldige. Hey, ich hab vorhin Dennys Freundin gesehen, Frau-Freundin, was auch immer. Sie hat nett gewirkt.«

»Sie ist sehr nett. So jemanden hat er auch verdient.«

»Mir ist nicht klar, ob Jago sie mag. Er lässt sich ja nicht wirklich in die Karten schauen.«

»Oh, Robyn, Liebes, das meinst du doch nicht ernst«, sagte Marilyn mit einem Blick, der halb Lächeln, halb Stirnrunzeln war. »Ich finde ihn auf dem Gebiet wahnsinnig durchschaubar.«

Jago erklomm die Spitze des Rockabilly-Felsens. Er setzte sich auf den sonnenwarmen Stein und schaute zu, wie die Wellen träge gegen die Felsen in der Tiefe schlugen. Niemand war im

Wasser. Für Robyn war Merrin nur noch ein Ziel am Wochenende. Für sie und ihre kleine Tochter. Es war seltsam, dass er sie nie während der Schwangerschaft gesehen hatte, nicht nach ihrem ersten, frühen Besuch. Sie war einfach ferngeblieben. Er wusste, dass ihre Eltern sie in London besucht hatten, wenn die Jalousien vor den großen, breiten Fenstern geschlossen und rückwärts aus der Einfahrt hinausgefahren wurde, aber sie selbst war nicht gekommen, nicht ein einziges Mal. War es besser so? Dass er nicht gesehen hatte, wie sich ihr Bauch gedehnt hatte, ihre Brüste angeschwollen waren, sich ihr Körper zu etwas formte, das nicht in einen Wetsuit passte, das nicht dem Gesicht nach unten auf dem Brett liegen konnte, das schön, wirklich schön war, aber einem anderen gehörte?

Veränderung. In der Vorstellungswelt der Zugezogenen änderte sich in diesem Winkel Cornwalls nichts. Robyn aber hatte nie so gedacht. Sie hatte die Veränderung im Innen und im Außen gespürt. Sie hatte es in die Wellen gezogen. Sie hatte entdeckt, was es hieß, über Wasser zu gehen – nein zu tanzen, Sekunden nur in einem Schwung, der so vollkommen war, so überwältigend, dass man gleich wieder hinauspaddeln und es erneut versuchen musste. Jago wusste, dass sich das Leben innerhalb eines Augenblicks zum Guten und zum Schlechten wenden konnte. Als ihm seine Mum an der Treppe *Bis nachher* zugerufen hatte, hatte er nicht einen Herzschlag lang vermutet, dass es nicht so käme. Doch mehr war gar nicht nötig. Es genügte das Werk von Millisekunden, und alles war verändert. Und mehr war auch nicht nötig, und man war verliebt.

In seinem Zuhause gab es neuerdings wieder Liebe, oder etwas, was dem sehr nahe kam. In Denny brannte ein anderes Feuer. Er ging pfeifend durch den Hof, und in der Werkstatt hatte er wieder jenes gesprächige Hin und Her begonnen, an das Jago sich kaum mehr erinnern konnte. Auch im Haus hatte Lucy ihre Spuren hinterlassen. Im Flur leuchtete ihr Regenmantel mit seinen Punkten in Weiß und Rosa zwischen Wachsjacken und blauen Overalls hervor. Im Küchenschrank stand nun eine Dose mit Kamillentee, ein Glas Pflaumenmarmelade war im Kühlschrank.

»Ist das okay?«, hatte Denny damals gefragt.

»Es ist toll«, hatte Jago erwidert. Sie hatten sich die Hand darauf gegeben. Vielleicht war die Geste etwas steif und förmlich, doch sie hatten beide im gleichen Moment die Hand ausgestreckt. Es war eine Art Pakt. Darüber, dass sich das Leben veränderte und das in Ordnung war.

Jago kletterte vom Felsen hinunter. Die Flut stieg immer höher, sie schwärzte das Gestein und ließ das Seegras leuchten. Schaute man zu lang nach unten, wurde einem schwindelig.

»Du bist ein Feigling«, sagte Jago laut.

Die See zischte zurück. Robyn hatte so wie immer ausgesehen, nur dass sie ein Baby im Arm gehalten hatte, ihr Spiegelbild. Er hatte sie nicht gefragt, wie es ihr ging, wie es war, ob sie Angst hatte, nun, wo sie dieses kleine, zarte Leben umhegen musste. Er hatte nicht gefragt, ob sie glücklich war. Und er hatte sie auch nicht gefragt, ob die Zeit mit dem Moment, in dem Robyn wieder bei ihm war, nicht doch vernichtet war. Vielleicht *konnte* sich in Merrin manches auskristallisieren, konnten sich jene flüchtigen Millisekunden über sich hinaus dehnen, blieben manche Menschen, manche Orte und Gefühle so, wie man sie verlassen hatte.

»Feigling«, sagte er erneut.

Am Sonntagmorgen trug Eliot die Taschen zum Wagen. Mit einem Schuhkarton in den Händen kehrte er ins Haus zurück.

»Das lag vor der Tür«, sagte er und gab Robyn die Schachtel. »Für dich.«

Robyn erkannte die Handschrift augenblicklich, das gezackte »R«, der scharfe Abwärtsschwung des »y«. Am liebsten hätte sie den Karton mit in ihr Zimmer genommen, ihn allein geöffnet, doch Eliot stand gespannt da. Ihre Eltern standen gespannt da.

»Nun, das ist eigentlich für Tess«, sagte sie.

»Du weißt, was das ist?«, fragte er.

»Ich denke mal, es kommt von Jago.«

Robyn löste die Schnur und nahm den Deckel ab.

»Oh, wie wundervoll!«, rief Marilyn, als Robyn ein hölzernes Pferd hervorholte. Jago hatte es auf Stroh gebettet. Robyn blies das Pferd sanft ab. Staub tanzte in der Sonne. Sie hob es hoch, damit es alle sehen konnten.

Das Pferd war etwa fünfzehn Zentimeter groß und aus hellem, glänzend poliertem Holz, so hell, es war beinahe weiß. Sie fuhr mit dem Finger über die Konturen, über die zarte Maserung. Die Knoten saßen exakt an den Stellen, wo sie sitzen sollten, an einem Huf, entlang der Mähne. Der Schweif stand ab, als ob die Meeresbrise ihn gehoben hätte, und der Kopf war hochgereckt, die Nüstern leicht gebläht, als ob das Pferd etwas wittern würde. Ein Fuß war kaum merklich angehoben. Alles verhieß Bewegung, es wirkte, als ob das Pferd jeden Augenblick davonstürmen, in einen Galopp ausbrechen wollte, bei dem ein Mädchen die Steigbügel verliert und ihr ein Junge nacheilen muss.

»Große Güte«, sagte Simon mit einem leisen Pfeifen. »Das ist fantastisch.«

»Das ist Tomatillo«, hauchte Robyn.

Auf der langen Rückfahrt nach London wunderte sich Robyn, wieso ihre Gedanken nicht laut aus ihr herausplatzten. Sie schwoll regelrecht mit ihnen an. Sie saß hinten neben der schlafenden Tess, eine Hand sanft auf ihrem Bauch, und redete mit Eliot über seinen nächsten Auftritt beim End-of-Summer-Festival als Support Act für eine wirklich große Band, worüber Eliot und seine Kollegen völlig aus dem Häuschen waren. Vielleicht, so sagten sie, war das endlich der ersehnte Durchbruch. Eliot hatte erst am Morgen per Telefon davon erfahren und war vor Aufregung ganz zappelig. Doch als sie sich in den fließenden Verkehr der Autobahn einreihten, verfiel er in Schweigen. Robyn lehnte sich vor, streckte einen Arm zwischen den Sitzen hindurch und suchte im Radio nach einem Song, der von der Gegenwart sprach und sie an nichts erinnerte.

Das hölzerne Pferd kam auf den kleinen Tisch neben Tess' Bettchen, und nach ein, zwei Wochen, vielleicht waren es auch drei oder vier, konnte Robyn darauf schauen und nur das darin sehen, was es war – ein Stück Holz, ein Ausdruck großartiger Handwerkskunst, ein gelungenes Geschenk von einem alten Freund. Nach einem Monat warf sie den Karton ins Altpapier. Als sie ihn platt drückte, fiel etwas heraus. Es traf sie am Fuß und sprang über den Boden. Ein kleiner, leichter Gegenstand. Robyn bückte sich, hob ihn mit zwei Fingern auf und hielt ihn an das Licht. Es war eine Muschel. Eine Jakobsmuschel mit feinen Rillen, in einem Rosa, zarter als ein Sonnenuntergang. Nur wenn man ganz genau hinsah, erkannte man, dass sie aus Holz war. Dass es eine dünne Lackschicht war, die die Muschel schimmern ließ, als wäre sie noch feucht vom Meer, als würde sie an einem sonnenwarmen Strand im Sand glitzern, sah man, dass die sanften Rundungen nicht das Werk ewig wogender Wellen waren, sondern eines sorgfältigen Meißels, eines feinen Messers und eines zart gekörnten Sandpapiers. Robyn drehte die Muschel hin und her. Sie holte den Karton von seinem Stapel und durchsuchte ihn nach einem Zettel, einer Nachricht, irgendetwas, doch es fand sich nichts.

Robyn setzte sich auf den Küchenboden, die Muschel in der Hand. Wie hypnotisiert blickte sie darauf, als ob in dieser flachen Schale, zwischen diesen zarten Rillen die Welt mit all ihren Geheimnissen enthalten wäre.

siebenundzwanzig

Es begann, als Eliot von dem Festival zurückkehrte.

Tess zahnte, Tag und Nacht wurde sie von Weinkrämpfen geschüttelt, und so war Robyn zu Hause geblieben. Sie hatte ihre Gummistiefel und ihre abgeschnittenen Jeans anziehen, in der Sonne Cider trinken, Tess einen Stoffhut aufsetzen und zusehen wollen, wie Eliot vor seinem bislang größten Publikum spielte, doch die Zähne ihres Babys hatten sich das anders vorgestellt. Und so hatte Robyn das Wochenende in einer Wohnung verbracht, in der das Geheul selbst dann noch hallte, wenn Tess vor Erschöpfung in einen kurzen, unruhigen Schlaf gefallen war.

Eliot war viel später heimgekommen, als er angekündigt hatte. Robyn hatte zur Feier des Tages ein Essen vorbereitet, doch seine Hälfte war im Topf geblieben, ihre war nur halb gegessen, kalt und zermatscht, weil Tess in dem Moment, in dem sich Robyn an den Tisch gesetzt hatte, von Neuem losgeschrien hatte. Am Ende war es Robyn leid gewesen, ständig auf ihr Handy zu schauen oder auf Schritte zu lauschen, und ins Bett gegangen. Sie hatte tief und fest geschlafen, doch dann wurde sie mit einem Ruck wieder wach. Sie fuhr auf und horchte auf Tess, doch sie hörte keine Schreie, sondern das Schlagen einer Tür, gefolgt von einem dumpfen *Rumms* und ziemlich vielen Flüchen. Ihr erster Gedanke war, ein

Eindringling, ihr zweiter, unmittelbar danach, dass ihr Baby davon wach würde. Tatsächlich erhob sich gleich ein markerschütterndes Geheul. Robyn stöhnte und schwang sich wütend und verängstigt aus dem Bett. Sie stürmte ins Wohnzimmer.

»Eliot? Soll das ein Scherz sein?«

Sein Gitarrenkoffer lag auf dem Teppich. Eliot versuchte, den Stuhl, den er umgeworfen hatte, aufzurichten, doch er griff die ganze Zeit daneben und begleitete jeden seiner Versuche mit *Oooh, Scheiße, ups, ja, Mist.* Robyn roch den Alkohol durch das ganze Zimmer. Tess' Schreie drangen durch die Wand.

»Weißt du eigentlich, wie lang ich gebraucht hab, damit sie sich beruhigt und endlich schläft? Das *ganze* Wochenende!«

Eliot schaute sie mit glasigen Augen an und lachte irre. »Ups!«

»Wie bist du überhaupt nach Hause gekommen? Du solltest doch fahren! Gott, sag mir bitte, dass du in diesem Zustand nicht gefahren bist.«

»Lee ist gefahren. Lee hat mich an den Rand des Wahnsinns gebracht, aber Lee hat mich auch nach Hause gebracht.«

»Schön. Lee. Wer ist Lee?«

»Ist 'ne alte Freundschaft. Bin auf dem Festival in die ganze Truppe reingelaufen. Wusste gar nicht, dass die kommen würden. Wusste ja nicht mal, dass Lee wieder im Land ist.«

Tess' Geschrei wechselte die Tonlage, es klang immer gepresster und verzweifelter. Robyn schob sich an Eliot vorbei.

»Na, ist ja schön, dass du eine tolle Zeit hattest, aber unsere Tochter wird gerade verrückt, also entschuldige, dass ich mir das jetzt nicht anhören kann.«

»Sei doch nicht so, Baby. Lee hat schon gesagt, dass du so

reagieren würdest, aber ich hab gesagt, nein, Robyn nicht, Robyn ist cool.«

»Robyn ist nicht cool. Sie ist total am Arsch, stinksauer und … und redet neuerdings in der dritten Person von sich. Eliot, lass das.« Sie stieß seinen Arm weg, als er sie an sich ziehen wollte. »Ich muss zu Tess.«

»Es ist immer Tess. Tess, Tess, Tess.«

Robyn machte ihm die Tür vor der Nase zu und nahm ihr Baby in den Arm. Tess' Wangen waren feuerrot, die Haare standen ihr vom Kopf. Robyn drückte sie fest an sich, küsste ihre salzigen Tränen fort, wand ihre winzige, heiße Hand in der ihren.

»Pscht«, machte sie besänftigend, »pscht, alles gut, alles fein. Das ist nur Daddy, Daddy ist wieder da, und morgen erzählt er uns von seinem Festival, morgen. Pscht, nicht doch, nicht, Baby, pscht, Tess.«

Eine verdrossene Stimme kam durch die Tür. »Wir haben übrigens, falls es dich interessiert, wohl den besten Auftritt aller Zeiten abgeliefert.«

»Natürlich interessiert es mich. Nur nicht jetzt. Nicht wenn du so drauf bist. Nicht wenn Tess das ganze Haus zusammenschreit.«

Danach herrschte Ruhe, auf beiden Seiten.

»Sie weint nicht mehr«, drängelte er nach einer Weile. »Darf ich reinkommen?«

Robyn drückte ihrer Tochter die Lippen auf den Kopf. Die Tür ging sehr langsam auf. Eliot spähte hinein. Im fahlen Schein des Nachtlichts wirkte seine zerknirschte Miene derart komisch, dass Robyn weich wurde.

»Pscht, ja, okay. Aber sei leise. Und atme nicht all deine Ausdünstungen hier rüber.«

»Du hast mir gefehlt«, sagte er. Er legte einen Arm um Robyns Schulter. »Es war nicht dasselbe ohne dich.«

»Wir wollten ja kommen«, sagte Robyn. »Du weißt, wie gerne wir gekommen wären.«

»Ich liebe euch so sehr«, sagte er. »Das weißt du, oder? Ich sage das doch oft genug, oder?«

»Tust du.«

Robyn legte Tess sanft wieder in ihr Bettchen und zupfte die Decke zurecht. Mit angehaltenem Atem schaute sie zu Tess. Ihr Mund stand offen, die Wimpern waren tränenverklebt, ihr Atem ging gleichmäßig. Es war die Ruhe nach dem Sturm. Robyn schlich, die Finger auf den Lippen, aus dem Zimmer. Sie griff nach Eliots Hand.

»Na, komm, gehen wir. Bringen wir dich auch ins Bett.«

»Ich hab echt viel getrunken, ich mein, *echt* viel. Ich hab Lee so lange nicht gesehen. So was wie zwei Jahre nicht. Wir haben auf dem ganzen Weg nach London nur geredet und geredet, und das war toll, echt, das war total toll.«

Robyn schloss leise die Tür hinter sich.

»Aber die ganze Zeit hab ich gedacht, ich wünschte, Robyn wäre da. Mir wär viel lieber, Robyn wäre da. Das glaubst du mir doch, oder?«

»Pscht, ja, das glaub ich dir.«

Er legte sich in Jeans und T-Shirt auf das Bett. Seine Füße ragten über die Matratze. Robyn löste die Schnürsenkel und zog ihm die Turnschuhe aus, nahm eine Decke und legte sie ihm um die Taille. Dann rutschte sie auf ihre Seite und löschte das Licht.

Am nächsten Tag kam Eliot vor ihr nach Hause. Robyn hatte den Nachmittag mit Tess am Fluss verbracht. Eine zähe Brühe war ans Ufer geschwappt, doch Robyn hatte darüber hinweggeschaut, in Richtung Albert Bridge. Sie liebte die Brücke mit all ihrem Pomp, den gusseisernen Ornamenten in Bonbonrosa, ihrem nächtlichen Geflacker, wenn die Brücke zur Geburtstagstorte wurde. Dagegen kam nur die altehrwürdige moosgrüne Hammersmith Bridge an. Der Sommer hatte seine Kraft verbrannt, nun kam der Herbst mit rieselndem Laub und weißen Atemwolken. Sie waren weit, weit gegangen und dann mit dem Bus nach Hause gefahren. Tess hatte an ihrer Brust gekichert, ihre neuen Zähne hatten in Perlweiß geschimmert. Robyn hatte Wind und Glück in sich gespürt.

»Etwas Tolles ist passiert«, wurde sie von Eliot empfangen und an den Händen genommen. Sie lachte instinktiv, gebannt von seinem tanzenden Blick, seinem hüpfenden Gang. »Robyn, setz dich, Baby, setz dich und hör zu.«

»Ich muss Tess wickeln, aber komm mit, erzähl's mir da.«

»Über einer dreckigen Windel? Nein, niemals. Wickel sie erst –nein, gib sie mir, ich mach das. Dann erzähl ich es dir. Aber erst holst du den Wein, er steht im Kühlschrank. Ich war versucht, Champagner zu kaufen, aber dann hab ich gedacht, nein, lieber nicht, fordere es nicht heraus.«

Robyn warf ihren Mantel ab. Sie nahm zwei Gläser und den Korkenzieher und holte den noch warmen Wein.

»Willst du mir nicht einen Tipp geben?«, rief sie. »Einen kleinen Tipp?«

»Rate mal«, rief er zurück. »Boah, das ist ja eine stinkende Windel, Tessie-Tess. Rate und schütte uns den Wein ein.«

Robyn ließ sich auf das Sofa fallen und zog die Knie an. Probierte einen Schluck. Der Wein war nicht kalt genug, aber gut. Besser als der, den sie sonst kauften.

»Jemand hat euch gestern spielen sehen«, sagte sie, »ein

A-&-R-Typ. Der findet euch großartig und will euch unter Vertrag nehmen.«

Eliot erschien mit einer strahlenden Tess in seinen Armen.

»Das wäre der Champagner-Moment gewesen«, sagte er.

Sie stießen an, Eliot setzte sich zu ihr aufs Sofa. Tess, zwischen ihnen, spielte hingebungsvoll mit ihren Zehen.

»Also …?«, drängte Robyn.

»Also, du hattest halb recht. Jemand hat uns gestern spielen sehen. Und findet uns tatsächlich ziemlich großartig. Und kennt zufällig ein paar Leute, von denen dieser Jemand glaubt, dass die uns auch großartig finden werden. Und will diese Leute mit zu unserem nächsten Gig bringen. Damit die uns sehen, wenn wir unser Ding machen. Und die betreffende Person glaubt, dass die Chance ziemlich groß ist, dass da was bei rauskommt, denn diese Person, die versteht was von Musik. Und diese Leute, um die es geht, die verstehen wirklich, *wirklich* etwas von Musik.«

Eliot holte Luft und trank an seinem Wein. »Also, was sagst du? Du sagst ja gar nichts.«

»Es ist gut, nein, das ist großartig. Es ist nur … Haben wir das nicht schon oft gehört? Es gibt doch immer jemanden, der jemand kennt. Und dieser ›Jemand‹ soll immer zu einem eurer Gigs kommen, aber dann passiert es doch nicht. Oder er kommt und kann nicht bleiben. Oder er bleibt und …«

»Das ist nicht dein Ernst, oder? Was du da machst?«

»Was mache ich denn?«

»Du machst mir grade alles madig. Du musst natürlich gleich das Haar in der Suppe finden.«

»Natürlich nicht, es ist nur … Eliot, du bist doch nicht naiv. Du weißt doch, dass wir das schon oft hatten. Warum bist du dieses Mal so außer dir?«

»Weil ich derjenigen vertraue. Weil sie nichts sagt, was sie nicht auch meint. Und sie findet uns gut. Richtig gut. Und sie hat Beziehungen. Du hast keine Ahnung, wie viel das in der Branche bedeutet…«

»Wer ist sie denn?«

»Lee Macintyre.«

»Lee, der dich nach Haus gefahren hat? Ich dachte, Lee wäre ein Typ.«

»Nein.«

»Und sie arbeitet in der Branche?«

»Sie ist Journalistin. Sie hat gesagt, dass sie als Freie arbeitet, und ich hab gedacht, wir reden immer noch von Kleinkram. Ich hab nicht mal nachgefragt, es hat mich wohl so umgehauen, sie zu sehen.«

»Daher der Alkohol.«

»Sie war in Australien, Japan, den Staaten. Für ihren Job. Hat sich einen Ruf erarbeitet, einen unglaublichen Ruf, von dem ich gar nichts wusste. Dann ist sie seit zwei Wochen wieder hier, und wir laufen uns über den Weg, einfach so. Das ist doch…«, er rieb sich den Kopf, »keine Ahnung. Schicksal oder so.«

»Dann ist es wirklich toll. Darauf müssen wir anstoßen. Ich freue mich so sehr für dich, wirklich.« Sie beugte sich vor und küsste ihn über Tess hinweg. »Ich bin sehr, sehr froh, dass jemand anders dich genauso großartig findet wie ich.«

Sie stießen die Gläser aneinander. Eliot trank einen hastigen Schluck, dann noch einen.

»Ich muss dir noch was sagen.«

»Wird es noch besser?«

Er erwiderte nichts.

»Eliot?«

»Wir waren mal zusammen.«

»Du und Lee?«

»Vor langer Zeit. Und es kommt mir noch viel länger vor. Ich wusste ja nicht mal, dass sie wieder hier ist. Wir hatten keinen Kontakt mehr.«

»Was war es denn, eine Episode?«

Er fuhr sich mit der Hand durchs Haar. So wie stets, wenn er müde war. Oder nervös. In dem Moment wirkte er müde und nervös.

»Du und ich, wir haben nie über Exbeziehungen gesprochen«, sagte er. »Wir sind bestimmt das einzige Paar auf der ganzen Welt, das nie über die Verflossenen gesprochen hat. Aber, tja, es ging ja auch alles so schnell, oder? Da haben wir wohl ein paar von den Sachen, die andere Paare tun oder besprechen, übersprungen, weil wir das beide nicht so wichtig fanden, oder?«

Robyns Finger schlossen sich fester um das Glas. Mit der anderen Hand strich sie Tess über den Kopf. Ihr Haar war so fein, so verweht, so blond wie Löwenzahn. Sie strich ihrer Tochter über das Haar und sagte: »Wir haben doch geredet. Wir haben immer geredet. Es gab genug Gelegenheit, so was zu besprechen. Wenn es wichtig war.«

»Du hast nie jemanden erwähnt. Nur diesen Jago, das eine Mal am Strand, und der ist kein Ex, oder? Eher so was wie 'ne Teenagerliebe. Derjenige, der's dann doch nicht war, so was haben wir doch alle.«

»Klar«, murmelte Robyn. Und dann: »Lee Macintyre, das ist also eine andere Kategorie?«

Eliot nickte. »Wir waren ein paar Jahre zusammen.«

»Wann?«

»Gott, das kommt mir vor, als wär's 'ne Ewigkeit her. Wann

das war? Ich glaub … Na ja, sie war ewig lange weg, also müssen wir uns vor … also, so vor zwei, drei Jahren getrennt haben.«

»Was denn jetzt? Vor zwei oder vor drei Jahren?«

Er zögerte und schob das Haar nach hinten.

»Vor zwei Jahren. Vielleicht war's auch weniger. So in der Art.«

Robyn schwieg. Sie rechnete nach.

»Also, als wir uns begegnet sind, da hattest du dich grade von deiner langjährigen Freundin getrennt? Ein halbes Jahr davor, höchstens? Allerhöchstens?«

»Vier Monate davor.«

»Vier Monate. Eliot, das ist doch gar nichts, nicht wenn die Beziehung wirklich wichtig war.«

»Ich weiß. Das weiß ich ja. Aber dann bist du aufgetaucht und …«

»… alles ging sehr, sehr schnell«, beendete Robyn seinen Satz.

»Ich habe mich sofort in dich verliebt, Robyn. Wirklich. Das weißt du. Ich habe es nur nicht gleich *gesagt*, damit du mich nicht für irre hältst, aber gewusst hab ich es. Du warst niemals so was wie ein Trostpflaster.«

Robyn schaute auf ihre Tochter. Nahm ihre kleine Hand in ihre. »Trostpflaster«, wiederholte sie leise.

»Niemals«, betonte er. Er hob ihr Kinn mit einem Finger an und sah sie scharf an. »Niemals sagst du dieses Wort.«

»Du hast mir erst gesagt, dass du mich liebst, als wir das mit Tess herausgefunden haben. Da hast du es gesagt.«

»Genau, denn in dem Moment hatte ich keine Angst mehr, das zu sagen. Und es war mir wichtig, dass du das weißt.«

Ihre Stimme drohte, in Tränen zu versinken. Sie kamen

aus dem Nichts, schnell wie eine Rippströmung. Robyn sagte nichts mehr, denn sie wollte nicht auf diese Weise reagieren. Eliot zog sie an sich. Tess gesellte sich dazu.

»Robyn? Es ist doch alles okay, oder?«

»Natürlich«, sagte sie und zeigte ihm ein Lächeln. So strahlend, wie es eben ging.

Windsee

Wind peitscht auf die Wellen ein und raut die Oberfläche auf. Schiffe drohen zu kentern in der aufgewühlten See.

achtundzwanzig

Lee Macintyre wurde zu einer ständigen Präsenz in ihrem Leben. Als The Fearless das nächste Mal spielten, brachte sie, genau wie sie es angekündigt hatte, einige Vertreter von Roaming Records mit. Denen gefiel, was sie sahen, und so feierten Lee und Eliot und der Rest der Band hinterher mit Wodka, alten Geschichten und neuen Plänen für die Zukunft.

»Wie ist es gelaufen?«, fragte Robyn, als Eliot viel später im Dunkeln zu ihr ins Bett kroch.

»Es hätte kaum besser laufen können«, erwiderte er, seine Zunge an ihrem Ohr, eine Hand auf ihrer Brust. »Ich habe ein gutes Gefühl.«

Robyn drehte sich zu ihm, drückte ihren Mund auf seinen und bog den Rücken durch. Sie gingen an den Ort, an dem keine Worte nötig waren.

Eliot hatte geredet, weil Robyn ihn darum gebeten hatte. Doch als Robyn gesagt hatte: *Du musst mir von Lee Macintyre erzählen*, hatte sie Fakten und keine Geschichten gewollt: den Anfang und das Ende. Stattdessen hatte sie Anekdoten gehört, die aus Eliots Mund wie folkloristische Legenden klangen, viel zu farbig, viel zu wichtig. Sie hatte erfahren, dass Lee zum ersten Mal als Kritikerin bei einem Gig der Band erschienen war und Eliot im Anschluss mit dem Satz *Ich gebe euch vier Sterne, ich hätte euch auch fünf gegeben, aber einen zieh ich wegen Selbstverliebtheit ab* provoziert hatte. Sie war es gewesen, die die vielen Soli aus ihm herausgeholt und ihn ermutigt hatte, seinen eigenen Bühnenstil zu finden. *Versuch nicht, die Großen nachzuäffen*, hatte sie gesagt. *Mach dein eigenes Ding, Eliot, denn du weißt, dass du das draufhast, und ich weiß es auch.* Als Robyn gefragt hatte, wie Lee denn war, hatte sie in Wahrheit wissen wollen, ob sie hübsch war. Eliot hatte erwidert, sie sei ihre schärfste Kritikerin und ihr größter Fan gewesen, und das verlieh ihr in Robyns Augen eine Schönheit, die weit über das Äußere hinausging; Lee war Teil seiner Musik. Wieso, hatte sich Robyn gefragt, war all das nicht schon längst aus ihm herausgesprudelt? In *ihr* gemeinsames Leben eingeflossen, und sei es nur versehentlich? Doch dann hatte sie verstanden, warum es einen Schlusspunkt, das große Schweigen gab: Lee Macintyre hatte Eliot betrogen. In ungeheuerlicher Weise. Nicht einmal, zweimal, sondern dreimal. Mindestens dreimal. Von da an, hatte Eliot gesagt, habe er dann nicht mehr mitgezählt.

»Wie hast du das rausgefunden?« Robyn hatte sich auf die Lippe gebissen, in ihren Augen hatte die Wut eines anderen gebrannt.

»Sie war, wie sich herausgestellt hat, Fan von vielen Musikern. Das war ihre Masche, nehm ich an. Geh hin und lern die Band kennen, frag sie zu all ihren Geheimnissen, schreib einen wirklich guten, intimen Text. So hat sie's gemacht.«

»Aber wie hast du es rausgefunden?«

Eliot hatte den Kopf geschüttelt. »Ich kann mich nicht mal mehr erinnern. Irgendwie.«

Das wollte Robyn nicht glauben. Wer würde jemals den Moment vergessen, in dem man solch einen Verrat bemerkte?

Sie sicher nicht. Niemals. Sie hatte nach Eliots Hand gegriffen und gedrückt.

»Tut mir leid.«

»Ich hab mich total blamiert gefühlt. Die Sache war nämlich so, sie hatte gar nicht das Gefühl, dass das ein Fehler war. Sie hat damals noch zu mir gesagt, dass sie unsere Beziehung nicht als exklusiv gesehen hätte. Ich hätte doch auch mit anderen schlafen können. ›Wir sollten einfach wir sein‹, hat sie mir gesagt. Das waren ihre Worte. ›Und nicht versuchen, der allgemeinen Vorstellung von einem Paar zu entsprechen.‹«

»Wow«, hatte Robyn gesagt. »Arschloch.«

»So hab ich mich gefühlt.«

»Nicht du, sie. *Sie*. Lee Scheiß-Macintyre. Wie hältst du das aus, dass sie in deiner Nähe ist? Du sie ständig um dich hast, ganz zu schweigen davon, dass du den ganzen Weg von Hampshire bis London neben ihr im Auto gesessen und dann noch bis in den frühen Morgen mit ihr Wodka getrunken hast? Das kapier ich nicht.«

»Weil«, hatte er erwidert und ihr tief in die Augen gesehen, »ich so glücklich bin. Ich *dich* habe. Und irgendwo hatte sie ja recht«, hatte er ergänzt. »Ich dachte, wir hätten etwas auf der Grundlage von, keine Ahnung, meiner Vorstellung davon, wie unsere Beziehung sein sollte. Das war nicht ihre Schuld. Sondern meine. Und deshalb halte ich auch ihre Nähe aus. Deshalb habe ich auch kein Problem damit, dass sie uns dabei hilft, da hinzukommen, wo wir hinwollen. Sie hat unsere Musik immer verstanden, und sie hat immer gedacht, dass wir mehr sein können. Es kommt nicht oft vor, dass jemand so an einen glaubt. Sie könnte uns wirklich, wirklich eine Hilfe sein. Sie könnte wirklich was bewegen.«

An einem Mittag traf sich Robyn mit Ruby in Soho. Ruby stürzte mit Verspätung ins Café, ihre Absätze klackten laut über die Bodenfliesen.

»Sorry, sorry, ich hab im längsten Meeting der Welt gehockt.«

Sie umarmten sich. Robyn musterte die elegante Silhouette ihrer Freundin, den engen Pencilskirt, die Seidenbluse. Sie bereute, dass sie sich so wenig Mühe gegeben, sich nicht wenigstens die Wimpern getuscht oder ein zusätzliches T-Shirt mitgenommen hatte. Auf der Fahrt im Bus hatte Tess ihr Milch auf die Schulter geniest, und das war hin und wieder noch zu riechen. Robyn zog an ihrem Haar, damit es den störenden Flecken überdeckte.

»Kundenbesuch«, sagte Ruby, die Robyns Blicke bemerkte. »Normalerweise lauf ich nicht so aufgebrezelt rum. Und deshalb hab ich auch nur eine halbe Stunde. Ist blöd, ich weiß. Du siehst übrigens toll aus, die Babykilos sind ja völlig weg. Oh, und sieh sie dir an, ist sie nicht eine Süße? Gott, sie ist seit dem letzten Mal ja um das Doppelte gewachsen.«

In den vergangenen Monaten hatten sich Ruby und Robyn wegen Job und Baby kaum gesehen. Ihre Welten kreisten um verschiedene Achsen, bei Ruby waren es hektische Pitchs, Cocktails mit den Kunden und eine besonders intensive Form des Yoga. Nun trank sie einen Smoothie durch einen gelben Strohhalm und sah Robyn an.

»Und, ist es der Baby-Wahnsinn? Geht es dir gut? Tut mir leid, dass ich mich so lang nicht gemeldet habe, aber bei mir ist die Hölle ausgebrochen. Dieser Job«, sie verdrehte die Augen, »ist das Anstrengendste, was ich je getan hab.«

»Wem sagst du das«, lächelte Robyn.

»Oh, bitte nicht! Ich weiß, ich weiß. Ich jammere auf hohem

Niveau, aber es ist halt so, jedes Mal wenn ich denke, dass ich endlich alles im Griff hab, kommt was Neues und wirft mich wieder aus der Bahn. Zumindest ist das, was du tust, immer dasselbe, richtig? Bestimmt ein bisschen langweilig, zermürbend, aber … machbar?«

»Na ja«, setzte Robyn an. »Mehr oder weniger. Auch bei mir heißt es, Learning by Doing. Wenn sie beispielsweise weint …«

Tess fing wie aufs Stichwort an zu quengeln. Es war kein lautstarkes Gebrüll, eher ein Wimmern mit aufgeregten Wangen. Robyn ließ sie auf und ab hüpfen.

»Aber du weißt immer, warum«, sagte Ruby, »oder? Wenn sie weint, hat sie Hunger oder …«

»… sie braucht eine neue Windel …«

»Genau. Und das ist es, mehr Optionen gibt es nicht.«

»Oder ihr ist zu heiß. Oder zu kalt. Oder sie ist müde. Oder … sie versucht, mir etwas völlig anderes mitzuteilen. Dass sie Blähungen hat. Ihr übel ist. Oder … nein, Rubes, es ist fast immer Rätselraten.«

»Aber wenigstens hast du Eliot.«

»Na ja, schon, aber meistens bin ich mit Tess allein. Wenn er nicht gerade in der Bar steht, dann probt er, tritt auf oder … macht irgendwelchen anderen Bandkram.«

»Drückt er sich etwa vor seinen Pflichten? Sag mir nicht, dass er sich drückt, dann nehm ich ihn mir vor.«

»Nein, er drückt sich nicht. Er ist halt so.«

»Ich bin ihm ja nur, was, viermal begegnet, und zweimal davon nach einem Gig, und da war er fix und fertig. Es ist schon komisch, aber irgendwie kenne ich ihn kaum. Die Liebe deines Lebens. Den Vater deines Kindes.«

Robyn verfolgte, wie Ruby argwöhnisch in ihrem Salat

stocherte und die Zwiebelringe aussortierte. Sie fragte sich, ob sie von sich sprechen sollte. Ruby hatte ihr bereits recht ausführlich von ihrem aktuellen Projekt erzählt, einer Pröbchen-Kampagne für eine Make-up-Firma, von ihrer Chefin, die eine nicht schwangere Kundin mit der Frage beleidigt hatte, wann das Baby fällig sei. Ihnen lief die Zeit davon. Bald musste Ruby zurück in ihr hektisches Leben hetzen. Bis zu ihrem nächsten Treffen konnten Wochen vergehen.

»Ich lerne immer noch dazu«, sagte sie.

»Beim Baby?«

»Bei Eliot.«

»So ist das, wenn man sich Hals über Kopf verliebt«, lachte Ruby, »vor allem in einen komplizierten Musiker. Aber das trifft auf Eliot gar nicht zu, oder? Du sagst doch immer, dass er eher der fröhliche und lebhafte und nicht der dunkle, grüblerische Typ ist.«

»Das stimmt«, sagte Robyn. »Normalerweise. Eindeutig vor Tess, aber ein Baby stellt wohl jeden auf die Probe …«

»Was, dieses Engelchen? Nicht doch!«

»Aber dieses ganze fröhliche Benehmen ist im Grunde ziemlich trügerisch, weil du glaubst, dass du alles schon gesehen hast, und dann … tja, dann stellst du fest, dass dem nicht so ist.«

Ruby quittierte diesen Satz mit einem kurzen Kommentar und ließ die Blicke schweifen. Sie winkte und lächelte einem Mädchen in der Kaffeeschlange zu, das genau wie sie gekleidet, genauso perfekt geschminkt war, mit der gleichen Unbeschwertheit auftrat.

Robyn zupfte ihre Freundin am Ärmel. »Es gibt eine Ex.«

»Es gibt immer eine Ex.«

»Aber die Sache ist, er hat sie nie zuvor erwähnt. Sie war

wohl am anderen Ende der Welt, aber jetzt ist sie wieder da, und sie sehen sich wieder. Wegen der Arbeit. Sie ist auch in der Musikbranche. Sie hilft der Band tatsächlich sehr, es kann sogar sein, dass sie einen Vertrag besorgt, aber … ich wünschte nur, ich hätte von ihr gewusst. Vorher. Ich wünschte, er hätte mir von ihr erzählt.«

Rubys Augen wurden schmal. Sie konzentrierte sich wieder ganz auf Robyn. »Du glaubst nicht, dass er noch Gefühle für sie hat?«

»Nein. Nein, natürlich nicht.«

Ruby leerte ihren gesunden Drink und schaute auf die Uhr. »Eine Ex ist dazu da, uns auf die Probe zu stellen«, sagte sie. »Mikes Ex ist die totale Psychopathin. Die hat ständig angerufen, mitten in der Nacht. Sich vorher betrunken und dann angerufen und ihm irgendwelche endlosen Geschichten über die Probleme mit ihrem neuen Freund erzählt, so als ob sie sich noch ewig bei ihm ausheulen könnte. Dem habe ich ein Ende gemacht. Und das musst du auch. Anders geht es nicht. Setz dich durch, Robyn.«

»Ganz so ist es ja nicht«, erwiderte sie.

»Das sagst du jetzt …«

»Ich kenne sie noch gar nicht. Vielleicht mag ich sie sogar.«

»Das wirst du nicht. Auch wenn du so tust, das wirst du nicht.«

»Wenn sie der Band hilft, hilft sie Eliot, und dafür muss ich ihr dankbar sein.«

»Robyn, darf ich etwas sagen? Du klingst, als ob du versuchen würdest, dir was einzureden. Hab keine Angst, sag, was du wirklich fühlst. Zu Eliot, meine ich. Es ist deine Beziehung. Die musst du beschützen.«

Ruby stand auf und strich den Rock glatt. Sie war immer sehr besitzergreifend gewesen, das hatte Robyn noch im Studium erlebt. Ruby hatte ihren Anspruch auf ihren jeweiligen Freund stets sehr deutlich gemacht. Mit kleinen, absichtsvollen Gesten, einem Griff an den Arm hier, einer scharfen Anweisung da. Robyn hatte sich über das ausgeprägte Revierverhalten ihrer Freundin immer amüsiert. Ihr war bewusst, dass Ruby für ein solches Thema nicht die perfekte Gesprächspartnerin war, besonders da Robyn selbst nicht wirklich wusste, was sie sagen wollte, doch sie hatte außer Ruby niemanden, mit dem sie reden konnte.

»Rubes, kann ich dich was fragen? Bist du je betrogen worden?«

»Ich?« Sie spitzte die Lippen und nickte heftig. »Ja. Einmal. Bastard.«

»Und … erinnerst du dich noch daran, wie du das rausgefunden hast?«

»Äh, ja klar, das hat sich mir auf ewig eingebrannt. So etwas vergisst man nicht. Oh, Süße, du machst dir Sorgen, oder? Du glaubst, dass er dich belügt.«

Robyn schüttelte den Kopf. »Ehrlich, das ist es nicht. Ich denke nur über Eliot nach, seine Zeit mit ihr. Ich … Ich denke vermutlich zu viel nach. Na los, verschwinde, du bist spät dran. Ich ruf demnächst mal an.«

Sie umarmten sich zum Abschied. Ruby hob den Zeigefinger, *Lass dir keinen Blödsinn gefallen*, dann eilte sie zurück in ihr Büro, das Handy schon am Ohr. Robyn legte Tess eine Hand auf das warme Haupt und wurde mit einem breiten Lächeln belohnt. Alles andere wich davor zurück, so wie stets. Robyn glättete ihrer Tochter das fliegende Haar.

»Was meinst du? Wollen wir noch einen Kaffee trinken?

Nein? Okay. Ich auch nicht. Ab nach Hause. Aber im Spaziertempo.«

Robyn lernte Lee an einem Sonntagnachmittag in einem Pub kennen. Auf dem Weg nach Kentish Town hatten sie und Eliot sich fröhlich, aber stockend unterhalten. Robyn war bewusst, dass sie beide an das Treffen dachten. *Wir machen keine große Sache draus*, hatte Eliot am Vorabend gesagt und ihr einen Kuss auf die Nasenspitze gegeben. *Du wirst sie sicher mögen, musst du aber nicht. Zu keinem Zeitpunkt.* Dieser Nachsatz hatte sie ein wenig alarmiert. Da hatte etwas Dauerhaftes mitgeschwungen, so als ob Lee Macintyre ihnen noch lange erhalten bliebe.

»Hey, ist die süß. Wie heißt sie noch mal?«, fragte Lee und beugte sich zu Tess.

Tess saß auf Robyns Schoß, rund wie eine Kugel. Robyn schlang besitzergreifend die Arme um Tess und musterte Lee. Nach allem, was Eliot ihr von Lees forschem Auftreten erzählt hatte, hatte sie sich jemand Toughes vorgestellt, doch Lee wirkte so zart wie ein Schmetterling. Ihr Gesicht war mustergültig angemalt, die Lippen in Signalrot, auf den Lidern ein blauer Strich. Ein Tuch hielt ihre blonden Korkenzieherlocken locker zusammen. Auch war sie älter, als Robyn erwartet hatte, an den Augenwinkeln zeigten sich schon zarte Fältchen, und insgesamt umgab sie etwas Weltgewandtes. Robyn fühlte sich neben Lee wie ein harmloses Kind.

Lee hatte einen Beitrag für ein Musikmagazin verfasst. Darin erklärte sie, wieso The Fearless in ihren Augen das nächste große Ding waren. Das Heft lag auf dem Tisch, auf der entsprechenden Seite aufgeschlagen. Eliot und die Jungs vertieften sich darin.

»Hört euch das an …«, er lachte, dann las er vor: »›Eliot Turner spielt seine Gitarre so, als ob es die letzte Nacht mit einer Geliebten wäre und es beide wissen. Seine Finger wandern Küssen gleich über ihren Hals, jeder Griff eine Liebkosung. In seinem Anschlag schwingt etwas Bittersüßes, eine Wut mit, die einem Unplugged-Stück wie ›Win Me‹ oder ›Fighters‹ eine kantig raue Note gibt. Es würde einem, ließe man es zu, das Herz brechen.‹ Gott. Nur du kannst so was schreiben, Lee.«

»Es stimmt doch«, erwiderte sie.

Robyn verfolgte, wie Lee ihn ansah. Gleichmütig. Cool. *Sie versteht unsere Musik wirklich*, hatte Eliot gesagt.

Der Nachmittag verging mit Drinks und Crackern und Gesprächen über Bands und Clubs und Labels, von denen Robyn nie gehört hatte. Tess wurde quengelig, und da Robyn die ständigen Beschwichtigungen leid war, machte sie Anstalten zu gehen. Eliot sprang auf, obwohl die anderen ihn anflehten zu bleiben. Als sie sich verabschiedeten, warf ihnen Lee einen Luftkuss zu. Es war für sie alle drei gedacht, doch nur Eliot verzog die Mundwinkel zu einem Lächeln.

»Morgen Abend!«, rief sie. »Sei ja pünktlich.«

Die Dunkelheit kam langsam in die Stadt, sie floss heran, entzündete in ihrem Gefolge eine Flut von Straßenlaternen und lauerte in Nebenstraßen.

»Was ist denn morgen?«

»Ein paar Drinks mit Lewis und Jake von Roaming Records. Lee glaubt, dass es Neuigkeiten gibt.«

»Würden sie euch nicht in ihr Büro bestellen, wenn es etwas Wichtiges wäre?«

»Das sind keine Buchhalter«, sagte Eliot. »Oder Makler. So läuft das in der Branche nicht.«

»Ich *weiß*, wie es läuft«, sagte Robyn. Sie versuchte, ihren trotzigen Unterton abzuschütteln. »Es ist nur so«, sagte sie, »mir fällt es schwer, sie anzusehen und nicht an das zu denken, was sie dir angetan hat, und mich nicht zu fragen, wie du damit umgehen kannst.«

»Das war vor einer halben Ewigkeit. Ich bin drüber hinweg, also solltest du das längst sein.«

»Sie hat mich übrigens nichts gefragt. Nicht eine Frage. So was finde ich immer komisch.«

»Sie weiß doch, dass du grade Mutter geworden bist.«

»Was soll das denn heißen? Es gibt immer noch ein *Ich*, es gibt immer noch ein paar andere Dinge, die ich tun will.«

»Du weißt, dass ich das so nicht meine. Es ist nur … Das Thema ist ziemlich beherrschend, oder nicht?«

Tess, in einem Schneeanzug, strampelte in der Schlinge vor Robyns Brust und gab ein schluckendes Lachen von sich. Robyn musste wider Willen lächeln.

»Hör zu«, sagte Eliot und schob davon ermutigt seine Hand in ihre, »du kannst sein und machen, was du willst. Du wirst großartig sein. Tess und ich werden dir voller Staunen dabei zusehen.«

»Und vielleicht schreibt dann jemand über mich«, sagte Robyn mit klirrender Stimme. Sie versuchte es mit neuer Wärme. »Es ist komisch zu erleben, wie sie dich bespricht. Als ob sie als Einzige Einblick in dein Wesen hätte.«

»Sie ist Kritikerin, das ist ihr Job.« In seinem Tonfall schwang Verstimmung mit. »Und, ehrlich, wir sind darüber sehr froh. Das sollten wir auch sein.«

»Ist wohl eine Art, was wiedergutzumachen.«

»Robyn, Lee hatte niemals das Gefühl, dass sie sich für irgendwas entschuldigen muss. Sie ist nicht wie die anderen.

Sie … hat ihre eigenen Regeln. Aber ihr Interesse an uns ist rein beruflicher Natur. Reines Selbstinteresse. Jeder Journalist träumt doch von der großen Entdeckung. Dass er die unbekannte Band fördert, deren Namen niemand kennt, und sich dann, wenn der große Durchbruch kommt, mit einem ›Ich hab es euch gesagt‹ entspannt zurücklehnt. Und jede Band ist froh, wenn so etwas passiert.«

»Dann benutzt sie euch also ebenso wie ihr sie.«

»Ja, aber ohne den zynischen Unterton, okay? Wir stärken uns gegenseitig. Sie könnte uns zum Durchbruch verhelfen und umgekehrt. Das Ganze ist echt gut.«

»Okay«, sagte Robyn. Dann lauter: »Okay.«

Sie gingen Seite an Seite nach Hause. Irgendwann hatten sie die Hände losgelassen, aber keiner hatte es bemerkt.

neunundzwanzig

»Weihnachten am Meer?«, fragte Eliot mit hochgezogenen Augenbrauen. »Also, ich weiß nicht.«

»Und wie war das in Australien? Sonne, Barbecues und Beachpartys?«

»Meine Eltern leben in Canberra. Da gibt es keine Beachpartys. Außerdem, englische Küste, also kalt und nass und grau. Keine Ahnung, ist das festlich? Kommt man da so richtig in Weihnachtsstimmung?«

Robyn sah das kleine Städtchen Mousehole vor sich, mit seinem Lichterspiel, dem Hafen, in dem das Wasser rot und gelb und golden schimmerte, den steilen, gewundenen Straßen, die funkelten wie eine Märchenwelt. Sie hätte gern am Tag vor Weihnachten mit halb Cornwall dem Lokalhelden Tom Bawcock gehuldigt und ihm zu Ehren Glühwein in einem vollen Pub getrunken, einen traditionellen Stargazy Pie gegessen und den Weihnachts- und Seemannsliedern gelauscht, die aus allen Kehlen kamen, bis die Fenster beschlugen und das Prasseln im Kamin unterging.

Am Morgen des Heiligabends hätte sie einen Spaziergang entlang der Klippen gemacht, Schäfchenwolken über ihr, vor ihr eine strahlend blaue See, eine kalte Brise an den Wangen. Am ersten Weihnachtstag eine Runde auf dem Brett, ein Ritt über das Silberwasser, durch Farbe und Licht, danach zurück ins Warme, an ein frühes Feuer, während das Haus allmählich zum Leben erwachte.

»Oh, warte es nur ab«, sagte sie.

* * *

Es gab in White Sands keinen Platz, der nicht mit Ilex oder Efeu dekoriert war. Im Flur hingen Mistelzweige. In den Fenstern brannten Kerzen. Ben hatte mit Freunden ein Haus in Schottland gemietet. Es war das erste Mal, dass ein Swinton an den Feiertagen fehlte. So stürzten sich Marilyn und Simon auf Robyn und Tess und glichen das Fehlen eines Kindes durch die Anwesenheit eines neuen aus. Marilyn schenkte ihrer Enkelin ein rotes Cordkleid und eine schneeweiße Strickjacke. Simon goss Wein in bauchige Gläser und setzte sich mit Eliot vor den Kamin, wo beide mit bloßen Händen Nüsse knackten. Das Haus funkelte und glitzerte, während sich draußen die See in einem Wintersturm hob und senkte. Regen schlug an die Fenster. Marilyn stellte die Weihnachtsmusik ein wenig lauter. Robyn schaute von ihrem alten Zimmer aus hinüber zu Hooper's House. Der Wind jagte Rauch aus dem Kamin, das Dach schimmerte nass und schwarz. In ihrer Vorstellung packte Robyn ihr Baby warm ein, eilte über den Hof, schüttelte die Regentropfen ab und trat ins Haus, mit einem Teller Mince Pies, mit Mistel- und mit Ilexzweigen. In Wirklichkeit blieben White Sands und Hooper's House für sich.

An Heiligabend schob sich eine frühe Dunkelheit heran. Um vier Uhr warfen die Fenster schon ein Spiegelbild zurück, der Regen fiel durch den Kamin ins Feuer. Simon saß daneben, mit Tess auf dem Schoß, und las ihr eine Geschichte vor, *Als der Nikolaus kam*. Eliot gesellte sich mit einem Glas in der

Hand dazu und lauschte höflich. Robyn saß am Tisch und zeichnete; ein zufriedenes Lächeln umspielte ihren Mund. Sie hatte außer den Sachen für Tess und den Paketen für Weihnachten auch ihre Blöcke und Stifte eingepackt. Seit Tess auf der Welt war, hatte Robyn kaum Gelegenheit gehabt, zu malen und zu zeichnen, aber wenn sich eine bot, griff sie mit beiden Händen zu. Sie saß still da und schattierte zarte Blautöne mit Mitternachtsfarben, bis ein Seestück entstand, mit dem sie fast, aber nicht ganz zufrieden war. Sie hielt es ans Licht.

»Wo ist Mum?«, fragte sie, kniff die Augen zusammen und begutachtete die Umrisse der Klippen, den steilen Fall.

»Oben, wegen Weihnachtskram«, sagte Simon.

»Geschenkepacken?«

»Geheimsache, Schätzchen, tut mir leid. Aber bring ihr doch ein Glas Wein. Sie braucht bestimmt eine flüssige Erfrischung. Also, ich glaube, die Geschichte ist zu Ende. Eliot, erzähl mir Näheres zu eurem Vertrag.«

Eliot rutschte vor und rieb die Hände zusammen. »Simon, das ist der Anfang von allem«, sagte er.

Robyn tapste in die Küche. Roaming Records war Wirklichkeit geworden, genau wie Lee gesagt hatte. Die Verträge waren unterschrieben, Eliot hatte sich in die Hände gespuckt, zum Stift gegriffen, mit großem Aplomb, dann hatte er Robyn in die Arme genommen und herumgewirbelt. Später hatte sie gehört, wie er zu Lee am Telefon gesagt hatte: *Das ist das beste Weihnachtsgeschenk aller Zeiten. Nein, das beste Geschenk überhaupt.*

Robyn füllte ihrem Dad und Eliot die Gläser nach, dann goss sie eins für Marilyn ein und rief ihr von unten zu: »Mum, ich habe ein Glas Wein für dich. Ich stelle es vor die Tür, wenn du da drin geheime Sachen machst.«

Als keine Antwort kam, quietschte sie die Treppe hinauf. Mit einem Mal war sie wieder Kind, ganz im Bann der Weihnachtsstimmung.

»Mum?«

Sie klopfte an die Schlafzimmertür. Sie ging zum Badezimmer, doch die Tür stand offen. Robyn schaute in den anderen Zimmern nach, doch auch die waren leer.

»Sie ist nicht da!«, rief sie und lärmte die Stufen wieder hinunter.

Ihr Dad schaute über Tess' Kopf hinweg auf. »Was?«

»Vielleicht ist sie ja rausgegangen«, warf Eliot ein.

»Raus? Da raus? Wo soll man denn da hingehen?«, erwiderte Robyn.

Ihr Dad reichte Tess an Eliot weiter und stand auf. Er rieb die Hände zusammen und strich sich übers Haar.

»Vielleicht ist sie zur Tankstelle gefahren«, sagte er. »Ehe morgen alles schließt. Und uns die Milch ausgeht oder … ein akuter Rosenkohlmangel eintritt.« Er ging zur Tür und sah nach draußen. Kalte Luft wehte ins Haus, es schüttete aus Kübeln. »Ihr Wagen steht da«, sagte er. Der nervöse Unterton entging Robyn nicht. Sie trat zu ihrem Vater.

»Mum!«, rief sie.

Die Hand ihres Vaters legte sich auf ihre Schulter. Er drückte sie. »Ich geh und seh nach.« Er zog sich Jacke und Mütze an und griff nach einem Schirm.

»Soll ich nicht mitkommen?«, fragte Robyn.

»Nein, auf keinen Fall. Du bleibst hier.«

Kaum hatte er einen Schritt vor die Tür gemacht, knickte eine Böe den Schirm um. Simon kämpfte, doch der Wind war stärker. Die Speichen waren verzogen. Simon warf den Schirm ins Haus, fluchte und zerrte die Mütze tiefer ins Gesicht.

»Ich bin bald zurück«, sagte er. »Behalt das Feuer im Auge.«

Jago sprang, als es klopfte, sofort auf. Sein Dad und Lucy waren nach Penzance gefahren, um sich in die Schlangen all der Kunden einzureihen, die auf den letzten Drücker noch Weihnachtscracker und Brandysauce aus den Regalen rissen. Er hatte am Tisch gesessen und Geschenke eingepackt, neben ihm ein Bier. In der Vorwoche hatte er einen großen, verstärkten Umschlag mit einem Poststempel aus London erhalten. Darin hatte sich eine Nachricht von Robyn befunden, wenige Zeilen nur, in ihrer schön geschwungenen Handschrift.

Lieber Jago,
ich habe dir nie geschrieben und mich für die Muschel bedankt. Ich habe sie erst im Nachhinein gefunden, sie hatte sich nämlich im Karton versteckt. Sie ist einfach wunderschön. Am liebsten hätte ich sie an mein Ohr gehalten und der See von Merrin gelauscht, aber mit so einer Muschel geht das natürlich nicht. Sie ist jedenfalls vollkommen. Ich danke dir. Was kann ich dir im Gegenzug schenken? Etwas, das nicht einmal ansatzweise so erstaunlich, aber hoffentlich genauso ehrlich ist. Weißt du noch, wie wir über Kunst gesprochen haben, an jenem Abend auf den Felsen, als wir uns noch gar nicht richtig kannten? Ich hatte dir doch gesagt, dass ich nur dann zeichnen und malen wollte, wenn es mich dazu trieb, wenn mich etwas dazu drängte. Ich war mir in dem Moment überhaupt nicht sicher, ob ich so was je erleben würde, aber nun ist es geschehen … Und das, was mich drängt, ist Tess. Mein Körper hatte so viel mit ihrer Schöpfung zu tun, dass das ein Stück weit auf mich abge-

färbt hat. Acryl, Pastell, Bleistift, ich habe einfach angefangen rumzuexperimentieren und … ich konnte nicht mehr aufhören. Als Tess geboren wurde, musste ich das natürlich, aber nun, da sie beinahe durchschläft, stehle ich mir hier und da ein wenig Zeit. So ist auch dieses Bild der Bucht entstanden, und ich dachte, vielleicht gefällt es dir. Ich komme Weihnachten nach Hause, aber nur für ein paar Tage. Ich wollte es dir lieber schicken, falls wir uns nicht über den Weg laufen. Ich habe aus dem Gedächtnis gezeichnet, also dürfte es eine gewisse künstlerische Freiheit geben. Trotzdem habe ich versucht, die Bucht genau so zu zeichnen, wie sie ist. Ich wollte, dass das Bild vollkommen ist.

Frohe Weihnachten.

Robyn x

Lucy hatte ihm zufällig am selben Tag erzählt, dass Robyn kommen würde. *Ich hab Marilyn auf der Straße getroffen. Ich soll dir sagen, dass ihre Tochter über Weihnachten nach Hause kommt.* Sie hatte es so beiläufig erwähnt, als hätte sie gesagt: *Übrigens soll das Wetter wieder besser werden.* Dann aber hatten sich über Cornwall sämtliche Schleusen geöffnet, in Merrin war es seit Tagen kalt und nass. Jeder blieb im Haus, und so hatte Jago nicht einmal einen kurzen Blick auf sie erhascht. Als es klopfte, stürmte er durch den Flur und riss die Tür auf.

»Tut mir leid, dass ich stören muss«, sagte Simon. »Eine komische Frage, aber … meine Frau ist nicht zufällig bei euch?«

Robyns Dad war triefend nass, der Regen strömte ihm über die Wangen.

Jago schüttelte den Kopf. Er griff nach seinem Regenmantel, nahm die Taschenlampe, die an einem Haken hing, und stieg in seine Wellingtons.

»Wo haben Sie schon gesucht?«, fragte er.
»Ich bin zuerst zu euch gekommen.«
»Okay«, sagte Jago. »Gehen wir.«

Er hatte sie schon einmal bei einer Wanderung gesehen, eine einsame Gestalt auf dem Küstenpfad. Zum ersten Mal war sie ihm an einem kalten Oktobertag begegnet. Marilyn hatte mit ausdrucksloser Miene auf seinen Gruß reagiert. Jago war seines Weges gegangen und hatte sich gefragt, ob er Marilyn beleidigt hatte, sich sein deplatziertes Verlangen womöglich auf anstößige Weise in seinen Geschenken für Robyn geäußert hatte. Ihre zweite Begegnung hatte in der Bucht stattgefunden. Marilyn war das Wasser über die Schuhe geschwappt, und Jago hatte sie mit ausdrücklicher Unbeschwertheit angesprochen.

»Marilyn, hallo«, hatte er gesagt. »Wollen Sie schwimmen gehen?«

»Heute nicht«, hatte sie erwidert.

Sie waren gemeinsam zurückgegangen. Jago hatte ungewöhnlich viel geredet, um die Pausen im Gespräch zu überbrücken. Als er sich vor Hooper's House verabschieden wollte, hatte Marilyn ihn am Ärmel gepackt.

»Wohin willst du?«, hatte sie voller Wut gefragt.

»Ich muss weitermachen«, hatte er gelacht.

Daraufhin hatte Marilyn genickt. »Natürlich musst du das.« Dann war sie gegangen.

Jago hatte viel darüber nachgedacht. Marilyns Betragen war seltsam gewesen, auch wenn er nicht genau sagen konnte, inwiefern. Auch hatte sie Robyn nicht ein einziges Mal erwähnt, und sie sprach immer über Robyn. Eine Woche später war Simon herübergekommen. Er hatte mit verschränkten Armen, in steifer Pose vor der Tür gestanden und erklärt, dass Marilyn Anzeichen von Vergesslichkeit entwickelt habe, nichts Ernstes, nichts, worüber man sich sorgen müsse, doch vor einem Monat sei sie zu ihrem üblichen Spaziergang aufgebrochen und habe sich verlaufen. Ein andermal habe er sie am Abend im Vorgarten entdeckt, in ihren rosa Hausschuhen, an denen Sand, Schlamm und eine Möwenfeder geklebt hatten. Simon hatte sie offenbar gefragt, warum sie um alles in der Welt so aus dem Haus gegangen sei, und Marilyn hatte geweint, langsame, leise Tränen, weil sie sich nicht erinnern konnte. *Es ist kein Dauerzustand*, hatte er zu Jago gesagt. *Ich würde mir Sorgen machen, wenn so etwas ständig passieren würde, doch das tut es nicht. Ich wollte es nur erwähnen, falls du ihr bei so etwas über den Weg laufen solltest.* Simon war verstummt. Er hatte die Stirn in tiefe Falten gelegt, in seinem Blick hatten die Sorgen gestanden, die er sich angeblich nicht machte. *Natürlich*, hatte Jago gesagt. *Kein Problem*. Und dann: *Weiß Robyn Bescheid?*

Der Wind kam von der See und peitschte ihnen den Regen ins Gesicht. Ihre Taschenlampen warfen einen schwachen Schein in das abgrundtiefe Schwarz. Jago zog seine Kapuze tiefer.

»Soll ich zur Bucht gehen?«, fragte er.

»Könntest du das tun? Ich nehm die Klippen.«

Jago schaute zu, wie Simon in der Dunkelheit verschwand, dann wandte er sich eilig um, sprang über den Zaun und schritt durch das ertrinkende Gras auf Tomatillos alter Weide zum Pfad. Der Bach, im Sommer nur ein schwacher Wasserlauf, drängte sich zum Meer. Jago watete mühsam durch das Wasser, dessen Kälte in die Gummistiefel biss. Der Grund war rutschig, zweimal hätte Jago fast den Halt verloren. Er leuchtete mit der Taschenlampe nach links und rechts, suchte nach einem Anzeichen, dass jemand vor ihm diesen Weg genommen hatte. Das Dröhnen der See kam immer näher. An diesem Abend klang es, als ob das Meer gegen die Bucht anrennen und auf seinem Rückzug alles mit sich reißen würde. Jago stand am Eingang zum Strand. Wasser schwappte und durchnässte seine Jeans.

»Marilyn!«

Es war Flut, der schmale Strand war überspült. In dem Moment rissen kurz die Wolken auf, und ein dünner Mond legte einen Faden Licht über das Wasser. Langsam gewöhnten sich Jagos Augen an die Dunkelheit. Er erahnte die Umrisse des Rockabilly-Felsens. Oben an der Klippe lauerte der brüchige Granit, als wollten Kiesel über den Rand der Erde rollen. Hier musste man selbst im Tageslicht auf seine Schritte achten, doch der Regen hatte alles angelöst. Ein Schritt in die falsche Richtung, und man stürzte ab. Plötzlich sorgte sich Jago um Simon und um Marilyn. Er ließ sein fahles Licht erneut über die Bucht gleiten. Doch er sah nichts, und so rutschte und glitt er auf demselben Weg zurück. Das Wasser floss ihm überall entgegen.

Jago lief über eine Stunde lang umher, umrundete das Kap, durchquerte die dunklen Wegestummel. Einmal glaubte er, er hätte Simons Rufen gehört, doch es ging im Heulen der See und im Trommeln des Regens unter. Der Wind riss an seinem Kragen und löste die Kapuze. Jagos Finger waren taub vor Kälte, doch er konnte sie nicht in die Taschen schieben, er benötigte beide Arme, um das Gleichgewicht zu halten. Die Dunkelheit war undurchdringlich, es war die tiefe Nacht fern der Stadt, angsteinflößend, wenn man daran nicht gewöhnt war, und manchmal sogar dann, wenn man es war. Als kleiner Junge hatte Jago manches Mal im Bett eine Hand vor das Gesicht gehalten und sich selbst mit der Tatsache, dass er sie nicht sehen konnte, Angst eingejagt. Er wusste noch, dass er einmal aus dem Bett gestiegen und Schritt für Schritt auf die Tür zugeschlichen war. Seine Mum hatte die Ohren eines Tieres gehabt, das leiseste Geräusch, vor allem wenn es von Jago kam, hatte sie geweckt. Und so hatte sie, noch bevor er bis zur Tür gekommen war, das Licht im Flur angemacht, Jago in die Arme genommen und seine Kindertränen weggeküsst. Das musste fünfzehn Jahre oder länger her sein, doch er erinnerte sich ganz genau, wie schnell sie seine Angst erstickt hatte, wie sicher es in ihren Armen gewesen war.

Er zog die Kapuze noch enger um sein Gesicht. Er durfte nicht zulassen, dass Robyns Mum etwas geschah. Er schritt voran durch Regengüsse, ging zurück auf Wege, auf denen er bereits gesucht hatte, und rief nach ihr, bis er heiser war.

Als Jago nach White Sands zurückkehrte und anklopfte, kam Simon fast im gleichen Augenblick zur Tür. Er war trocken, wohlig gewärmt von einem Strickpullover, mit leuchtend roten Wangen von Kamin und Wein und Heiterkeit. In der Hand hielt er eine Flasche und einen Korkenzieher, um seine Taille wand sich eine Schürze.

»Jago«, sagte er mit dem Nachdruck der Dankbarkeit.

Jago atmete erleichtert aus. »Sie haben sie gefunden?«

Simon blickte nach hinten und trat vor. Er schloss die Tür hinter sich.

»Viel Wirbel um letzten Endes nichts. Sie war in die andere Richtung gegangen, zur Hauptstraße, offenbar wollte sie Stechpalmen sammeln.«

»Und es geht ihr gut?«

»Bestens. Sie war nur ein wenig nass.« Simon nahm Jago in Augenschein, die dunklen Jeans, die glänzende Jacke, die durchnässten, strähnigen Haare. »Allerdings nicht so nass wie du. Oh, Jago, hast du etwa bis eben gesucht?«

»Es ist ein ungemütlicher Abend«, erwiderte er schlicht. »Mir hat der Gedanke nicht gefallen, dass sie darin unterwegs ist.«

»Das ist sehr nobel von dir.« Simon sah beschämt aus. Er rieb sich das Kinn, als ob er überlegen würde, was er als Nächstes tun oder sagen sollte. »Sehr sogar.«

»Ist schon okay. Ich bin … nur froh, dass es ihr gutgeht.«

»Ich habe ja versucht, dich zu finden«, sagte Simon mit leicht verlegenem Unterton. »Und mir ausnahmsweise mal gewünscht, es gäbe auf dieser verdammten Halbinsel Handyempfang.«

»Hab sowieso kein Handy«, sagte Jago mit einem schiefen Lächeln.

»Ich fühle mich schrecklich, dass ich dich da rausgejagt habe. Mit meiner albernen Panikmache. Kann ich irgendetwas tun? Ich würde dich ja auf einen Drink reinbitten, aber …« Er verstummte und schaute nach hinten. »Ich hätte Mühe zu erklären, warum du so durchnässt bist.«

»Robyn weiß also nicht Bescheid?«

»Weiß sie nicht.«

Plötzlich schauderte es Jago. Er rieb die Hände aneinander. »Aber was, glauben Sie, ist los? Mit Marilyn, meine ich. Ist alles in Ordnung?«

Jago spürte, dass Simon diese Frage unangenehm war.

»Es ist Heiligabend, Jago«, erwiderte er, als ob an einem solchen Tag allein strikte Heiterkeit erlaubt wäre, »und ich schulde dir eine Flasche, etwas Wärmendes.« Sein Blick wanderte zu seiner Hand. »Hier, nimm die. Das ist ein ziemlich guter Merlot. Danke für heute Abend, deine Hilfe und … deine Diskretion. Ich möchte niemanden unnötig in Unruhe versetzen, erst recht nicht Robyn.«

Simons Stimme hatte zu ihrer Wirkungsmacht zurückgefunden, sie war überzeugend, selbstbewusst und ließ keinen Raum für Widerspruch. Jago nahm die Flasche mit einem kurzen Nicken an. Damit war alles gesagt. Simon kehrte in den Schoß seiner Familie zurück. Jago verharrte. Die Wolkenbrüche waren vorüber, nun nieselte es leicht. Licht kam aus dem Fenster. Jago trat näher. Da waren sie alle. Marilyn in einem cremeweißen Pullover, ihre Enkelin im Arm. Eliot saß am Feuer, die Schuhe ausgezogen. Jago beobachtete, wie Simon zu seiner Frau ging, ihr einen Kuss auf den Kopf gab und einen Arm um ihre Schultern legte. Da erschien Robyn, so plötzlich, als wäre sie herbeigeflattert, ein prächtiger Vogel, der auf einer Wiese landet. Instinktiv wich Jago zurück, trat zur Seite und schlich dann wieder näher. Robyn trug ein seegrünes Kleid. Ihre schlanken Arme waren nackt und bleich, und als sie sich umwandte, funkelte eine silberne Kette an ihrem Hals. Sie stand ein wenig abseits, so als ob sie ihre Familie ebenso mustern würde, wie es Jago tat. Dann hob sich Eliots Kopf, und Robyn trat an seine Seite. Sie setzte sich auf die Lehne seines Sessels und schmiegte sich an ihren Freund. Jago durchfuhr ein Zittern. Mit einem Mal spürte er die nasse Kleidung und den kalten Griff der Nacht. Er wandte sich ab und überließ die Swintons ihrer glücklich geretteten Weihnacht.

dreißig

Am zweiten Weihnachtstag war der Himmel endlich klar. Die See lag still und blau da, der Sturm hatte sich erschöpft. Auf dem Weg über die Klippen fanden sich Spaziergänger ein, Paare in Zweierformation, Familien im lockeren Verband, darunter auch die Swintons und Eliot, alle in Mantel, Mütze und Schal. Simon hatte Marilyn untergehakt und lachte aus vollem Herzen. Eliot trug eine strampelnde Tess in ihrem Schneeanzug vor der Brust. Robyn ging daneben her, den Blick aufs Meer geheftet.

»Woran denkst du?«, fragte Eliot und knuffte sie.

»Dass ich gerne surfen würde, doch die See ist spiegelglatt.«

»Dann bleib doch. Du musst doch nicht zurückhetzen. Hauptsache, du bist rechtzeitig zur Party wieder da.«

An Silvester wollte die Band ihrem gesamten Freundeskreis die Neuigkeit vom Plattenvertrag verkünden. Sie hatten sich über einem Pub eingemietet und einen Überraschungsgig geplant. Neue Songs, neues Label, neues Jahr.

»Aber ich wollte dir bei der Planung helfen.«

»Es gibt nichts zu planen. Ist alles erledigt. Lee hat sich um fast alles gekümmert. Das wird eine hammermäßige Party.«

Robyn presste die Lippen zusammen und nickte.

»Das hier«, sagte Eliot, »wird unser Jahr. Ich hab das im Gefühl.«

Robyn hätte beinahe *Was meinst du mit unser?* gefragt, doch sie schaute nur auf die allzu glatte See und wartete auf Wellen.

Jago war mit Denny und Lucy zu einem Spaziergang aufgebrochen. Scout sprang herum und lief ihnen immer wieder vor die Füße. Jago hatte nicht aus dem Haus gehen wollen, doch Lucy hatte ihn beschworen, und ihr ließ sich schwerlich etwas abschlagen. Sie strahlte so viel Gutmütigkeit aus, dass es bisweilen ansteckend war. Sie hatte die Feiertage mit ihnen gemeinsam verbracht, und es war das erste Weihnachten ohne Rosalind, bei dem Jago ein wirkliches Gefühl von Festlichkeit empfunden hatte. Als Denny den Christmas-Pudding angezündet hatte, hatten die blauen Flammen dreißig Zentimeter hochgeschlagen. Alle hatten gejubelt. Dann hatte Jago den Glückspenny gefunden. Er hatte ihn gedreht und eingesteckt. Später hatten sie am Kamin Port getrunken und sich die Finger beim Maronenrösten verbrannt. Denny hatte eine Gespenstergeschichte erzählt. Jago war in seinem Sessel eingeschlafen, und als er aufgewacht war, hatten Lucy und Denny einen langsamen Walzer auf den Steinplatten im Flur getanzt.

»Jago, da kommt Robyn«, sagte Lucy und zog ihn am Arm.

Robyn schillerte im fahlen Licht der Wintersonne. Sie trug eine rote Strickmütze und verschlammte Gummistiefel. Ihr Blick war auf das Meer gerichtet. Jago musterte sie, bis auch sie in seine Richtung schaute. Sie sah ihn, und er sah ihr Lächeln. Vielleicht war es Einbildung, aber Jago war sich sicher, dass auch sie ihren Schritt beschleunigt hatte.

»Guten Morgen, Nachbarn!«, rief ihnen Denny entgegen.

»Was für ein wundervoller Tag«, hauchte Marilyn, »und

was für eine Erleichterung, endlich an die Luft zu kommen. Ich kann mich an kein so nasses Weihnachten erinnern.«

Jago spähte zu Robyns Dad, doch er suchte keinen Blickkontakt. »Ein wirklich wunderbarer Tag«, echote Simon.

Tess war von Scout verzaubert. Eliot ging näher und bückte sich, um dem Hund den Kopf zu tätscheln. Tess streckte einen Arm aus und gab ein schrilles, beglücktes Kreischen von sich. Denny und Lucy, Simon und Marilyn bildeten einen Kreis um die Szene.

»Oh, ist das nicht süß?«, rief Lucy. Marilyn lachte mit ihr.

»Hey, Jago«, sagte Robyn leise.

Tess riss alle hin. Als sich Eliot in das feuchte Gras kniete, eine Hand auf Tess, eine auf Scout, sonderten sich Jago und Robyn unbewusst von der Gruppe ab.

»Hey«, sagte Jago.

»Frohe Weihnachten.«

»Dir auch. Wie gefällt der Kleinen ihr erstes Fest?«

»Ich glaube, euer Hund ist für sie der Höhepunkt. Jago, ich wollte vorbeikommen, aber, na ja, ich wusste nicht…«

»Bei dem Wetter geht man auch nicht raus«, sagte Jago. »Nicht mal fünf Minuten.«

Er suchte in ihrem Gesicht nach einem Anzeichen von Sorge, und er glaubte, er hätte hinter ihrem Lächeln doch etwas entdeckt: einen harten Zug an ihrem Mundwinkel, einen Schatten unter ihren Augen. Simons Augen waren an jenem Abend schwarz vor Angst gewesen, Regen war ihm vom Kinn getropft, als er Jago aufgesucht hatte, doch wie schnell hatte Simon zu sich selbst zurückgefunden. Als Jago nach Hause gekommen war, hatte das Zittern gar nicht aufgehört. Er hatte seine Kleidung vor den Kamin gehängt und sich ein heißes Bad eingelassen. Er hatte an Robyn in ihrem grünen Kleid, mit ihrem unbeschwerten Lächeln gedacht. Er hatte ihr schon einmal etwas verheimlicht, und nichts Gutes war daraus erwachsen.

»Wie lang bleibst du?«, fragte er.

»Wir fahren morgen.«

»Du solltest bleiben.«

»Findest du?«

»Deine Eltern vermissen dich.«

»Meine Eltern? Klar. Ich weiß.« Ihr Strahlen schien vor seinen Augen nachzulassen. Sie sah hinüber zu der dicht gedrängten Gruppe, dann zurück zu ihm. »Ich sollte öfter herkommen, das ist mir bewusst.«

Also wusste sie Bescheid. Er nickte, die Erleichterung durchströmte ihn. »Ich glaube nämlich, dein Dad macht sich größere Sorgen, als er zugeben will.«

»Mein Dad? Weswegen?«

»Deiner Mum.«

»Was ist mit meiner Mum?«

Er zögerte. »Es ist nicht an mir …«

»Jago, *sag* schon.«

In ihrem Rücken kicherte Tess. Sie stand Nase an Nase mit Scout und gluckste vor Freude. Jago wandte sich um und sah, wie Marilyn eine Hand auf Lucys Arm legte und lächelnd ihre Freude äußerte, ein Enkelkind zu haben. Denny und Simon vertieften sich in ein Gespräch über das Wetter, über Warnungen vor Sturmflut und vor Hagelschauern. Jago drehte sich zurück und senkte die Stimme.

»Es ist nicht an mir, das zu erzählen, aber … dein Dad hat das Gefühl, dass sie in letzter Zeit nicht ganz sie selbst ist, mehr nicht. Offenbar wird sie ein wenig … vergesslich.«

Robyn sah ihn mit ausdrucksloser Miene an.

»Was meinst du mit vergesslich?«, fragte sie, und dann: »Woher weißt du das überhaupt?«

»Von deinem Dad.«

»Und warum hat er dir das erzählt?«

»Es waren … nur die Umstände. Ich bin nun mal hier. Und ich bin ihr ein paarmal begegnet, und irgendetwas war nicht richtig, aber … keine Ahnung.«

Robyns Hand fasste an den Schal. Sie schlang ihn fester um ihren Hals, so als ob sie sich rüsten würde. Verwirrung furchte ihr Gesicht. Jago hätte am liebsten nach ihrer Hand gegriffen, sie in seine gelegt und gesagt, dass alles gut würde.

»Heiligabend? War das so einmal?« Ein schwaches Licht der Erkenntnis war in Robyns Augen aufgeflammt, dahinter brannte Vorwurf. Sie waren den Pfad ein Stück entlanggegangen. Jago schaute andauernd nach hinten. Robyn zupfte ihn am Ärmel. »Sag schon«, drängte sie.

»Es war wohl falscher Alarm. Aber … ja, dein Vater hatte sich Sorgen gemacht.«

Ihre Wut verpuffte genauso schnell, wie sie gekommen war. Robyn stand hilflos da.

»Mum …«, setzte sie an. »Es geht ihr gut, sie … Warum hat Dad mir nichts gesagt? Jago, er ist Arzt. Wenn er wirklich glaubt, dass irgendwas nicht stimmt, hätte er doch was gesagt. Meinst du nicht?«

»Es sei denn …«

»Es sei denn *was*?«

»Manchmal«, sagte Jago, so sanft es ging, und rieb sich mit einer Hand unsicher den Nacken, »ich denke, ich weiß nicht, vielleicht«, er seufzte, »vielleicht fällt es uns am schwersten, die Dinge zuzugeben, vor denen wir am meisten Angst haben.«

Robyns Miene wurde hart, ihre Wangen wurden bleich. Das war seine Schuld, und Jago hasste sich dafür. Verzweifelt suchte er nach anderen Worten, doch sie kamen nicht zu ihm.

»Gut«, sagte Robyn mit starrer Stimme. »Danke. Danke, dass du's mir gesagt hast.«

Robyn bot ihren Eltern an zu bleiben, doch ihr Dad schüttelte den Kopf.

»Nein, fahr du zurück zu deinen hellen Lichtern«, sagte er.

»Würdet ihr euch denn nicht freuen?«

»Wir fänden es natürlich wunderbar, Robyn«, sagte Marilyn.

»Na, dann ist es entschieden.«

»Aber ihr wolltet doch Eliots Vertrag feiern?«

»Wir veranstalten eine Silvesterparty«, sagte Robyn. »Dann wird gefeiert.«

»Wir hatten vier wunderschöne Tage mit dir. Fahr zurück. Für uns ist das so gut.«

Marilyn ging in die Küche und rief: »Wer hilft mir beim Servieren?« Eliot sprang auf. Robyn fasste ihren Vater am Arm.

»Dad, kann ich … Ich muss dich was fragen. Ist alles okay mit dir und Mum?«

»Natürlich«, sagte er rasch.

»Ich meine, ist mit Mum alles okay? Jago hat da etwas angedeutet, und …«

Ihr Dad fuhr sich mit den Händen durchs Haar. Er sah müde aus und plötzlich auch ein wenig alt. Zum ersten Mal fiel Robyn auf, dass seine Wangen ein wenig eingefallen waren und sein Hemd am Kragen locker saß.

»Deiner Mutter geht es gut, Robyn«, sagte er.

»Willst du nicht wissen, was Jago zu sagen hatte?«

Simon spähte in Richtung Küche. Er sprach mit gedämpfter Stimme, mit einer Mischung aus Widerstreben und Erleichterung. »Ich kann mir denken, was er zu sagen hatte. Obwohl das nicht seine Aufgabe war. Ich wollte dich nicht unnötig beunruhigen. Sie ist nur ein wenig vergesslich, mehr nicht, nur ein bisschen zerstreut. Das sieht deiner Mum nicht wirklich ähnlich, wo sie doch sonst so blitzgescheit ist. Aber das ist nichts, weswegen du dir Gedanken machen solltest.«

»Aber dich hat es so sehr beunruhigt, dass du es Jago erzählen musstest?«

Er zögerte. »Aber nur weil sie häufig spazieren geht und ein- oder zweimal Mühe hatte heimzufinden.«

»Was?«, rief Robyn.

Simon legte ihr eine Hand auf die Schulter. »Das klingt viel schlimmer, als es ist. Du weißt doch, wie es hier aussieht. Die Pfade sind das reinste Labyrinth, die Küste ähnelt sich an vielen Stellen, und alles versinkt permanent im Nebel. Hier draußen kann sich jeder verirren. Ich selbst könnte das wohl auch, verdammt noch mal.«

»Aber an Heiligabend hast du sie gesucht, weil du geglaubt hast, dass so etwas passiert war, oder?«

»Und ich hatte mich geirrt. Sie hatte sich nur am Straßenrand etwas Ilex abgebrochen. Ich hatte Jago auf eine sinnlose Suche geschickt, wie er dir bestimmt erzählt hat. Am Ende hat er sich dabei noch eine Lungenentzündung geholt.«

»Nein, das hat er mir nicht erzählt«, erwiderte sie ruhig.

»Wir werden alt, Robyn, und wir alle haben unsere senilen Momente, manche mehr, manche weniger. Deiner Mum geht es überwiegend gut. Vielleicht gehen wir im nächsten Jahr einmal zum Arzt, nur zu einem Gespräch.«

»Aber du *bist* Arzt.«

Simon griff nach einem Wein und setzte den Korkenzieher an. Er hielt die Flasche hoch und schob seine Brille zurück, um das Etikett zu lesen.

»Das hier ist genau das Richtige zum Abendessen«, sagte er, nahm ein Glas und schenkte ein. Robyn beobachtete seine achtsame Konzentration, die geschickte Drehung der Flasche, damit es keinen Tropfen gab. Er reichte ihr das Glas.

»Sag mir, wie du ihn findest. Das soll ein ziemlich guter Sauvignon sein.«

»Dad«, krächzte sie, »ich …«

Er legte einen Arm um sie. »Keine Angst, Robyn.« Sie lehnte sich an ihn und wurde um Jahre jünger. Ihr Kleinmädchenkopf sank an seine Brust. »Es gibt nichts, weswegen du dich sorgen müsstest.«

In dem Moment kamen Marilyn und Eliot mit Platten voller Truthahnreste in das Zimmer.

»Das Essen ist serviert!«, trällerte Marilyn in gespieltem Zeremoniell.

* * *

Am nächsten Morgen fuhren sie in Merrin unter einem klaren, hellen Himmel los. Als sie in die Straße bogen, drehte sich Robyn zurück, um ihren Eltern zuzuwinken, die Seite an Seite, die Hände zum Abschied erhoben, vor dem Haus standen. Sie presste die Finger vor die Augen und sank in ihren Sitz. Eliot wich einem Fasan aus, der sich gemächlich in Richtung Wegesrand bewegte.

»Landstraßen«, schimpfte Eliot mit zusammengepressten Kiefern. »Ich hab erst Ruhe, wenn wir wieder auf der Autobahn sind.«

»Das war viel zu schnell vorbei«, sagte Robyn mit Bedauern. »Mum hätte gern gesehen, dass ich bleibe. Und ich hätte bleiben sollen.«

»Das hättest du doch tun können.«

Robyn drehte sich zu Tess und kitzelte sie am Kopf. »Sie waren gut drauf, oder? Meine Eltern?«

»Sie sind doch immer gut drauf.«

»Auch meine Mum?«

»Welche Mum denn sonst?« Eliot trat auf die Bremse. Wieder wackelte ein plumper, gemütlicher Fasan über die Fahrbahn. »Die *wollen* ja regelrecht, dass man sie zu Brei fährt. Gott, bring mich nach London, und zwar schnell.«

Robyn drehte sich wieder nach vorn und richtete den Blick ergeben auf den Weg, der vor ihr lag. Der Wagen jagte durch die Straßen. Merrin und das Meer rückten in die Ferne.

Silvester. Robyn trug ein nachtschwarzes Kleid, das an den Schenkeln anlag und die Brüste hob und mit nichts vergleichbar war, das sie seit Tess' Geburt getragen hatte. Sie hatte viel Zeit vor dem Spiegel verbracht, die Lippen rubinrot angemalt und einen Kamm durch ihr Haar gleiten lassen. Noch mehr Zeit hatte sie damit verbracht, die nette Babysitterin zu instruieren, die sie vom Sender kannte. Robyn wich nur widerwillig aus der Tür. Eliot wartete am Hauseingang. Er platzte vor Ungeduld.

»Ich kann mich nicht bei meiner eigenen Party verspäten!«, rief er, als Robyn nach unten stöckelte.

Der zusätzliche Raum über dem Journey's End war dicht gefüllt. Eliot und seine Bandkollegen hatten sich auf der Bühne eingefunden. Zuerst hatte Pete eine lange, weitschweifige Rede gehalten, woher sie kamen, wohin es ging. Er schloss mit der

Bemerkung, dass der Name des Pubs, Journey's End, nichts zu sagen hätte, dass sie nicht am Ende, sondern am Anfang ihrer Reise stünden. Er zuckte bei seinen eigenen Worten zusammen und reichte das Mikrofon an Eliot. Die Zuhörer, der Band loyal verbunden, stöhnten und lachten.

»Von mir wirklich nur noch ein paar zusätzliche Dankesworte zu allem, was Pete bisher gesagt hat, abgesehen vom letzten Teil der Rede, der, da werdet ihr mir sicher zustimmen, grässlich war.« Mehr Gelächter. Pfiffe. »Ich möchte meiner umwerfenden Freundin Robyn dafür danken, dass sie zu mir gehalten hat und dass sie zu unseren schwitzigen Gigs gekommen ist, selbst als sie mit unserer wunderschönen Tochter schwanger war. Um Mitternacht in einer Kellerbar in Camden zu stehen war bestimmt das Letzte, was du in dem Moment gewollt hast.«

Robyn lächelte und schob sich das Haar hinter die Ohren, als sich alle nach ihr umdrehten.

»Und Lee, wo ist Lee?«

Eine Hand schoss hoch und winkte. Robyn sah an jedem Finger Ringe schimmern. Aus der Menge kam ein Jubelschrei.

Eliot ging ganz nah an das Mikrofon und senkte die Stimme. »Ich glaub, du musst hier hochkommen«, sagte er.

Lee war Sekunden später auf der Bühne, ganz so, als ob sie auf diese Aufforderung gewartet hätte. Eliot legte einen Arm um sie.

»Dieser Frau schulden wir einen ganz besonderen Dank«, sagte er, »dieser Frau und ihrem Feenstab. Sie hat so vieles für uns bewirkt. Vielleicht wäre das auch so passiert, wer weiß, aber eines steht fest, wir sind sehr froh, dass wir dir auf diesem Feld in Hampshire erneut über den Weg gelaufen sind. An diesem Tag hat sich alles verändert. Danke.«

Und dann küsste er sie. Er beugte sich zu ihrer Wange, doch Lee war schneller und traf seinen Mund.

»Genug der Reden!«, rief Eliot in die Menge. »Spielen wir!«

Robyn fiel in den Applaus mit ein, doch als andere verfolgten, wie die Band ihre Position einnahm, zu den Gitarren griff und sich verschwörerisch zulächelte, wanderte ihr Blick zu Lee. Zu Lee, die von der Bühne sprang und sich wieder unter die Menge mischte. Sie strahlte über das ganze Gesicht. Eliots Worte hatten sie entflammt. Eliots Kuss.

Als Robyn an der Bar wartete, drängten sich zwei andere Frauen vor. Eine davon war Lee. Robyn richtete schnell ihr Äußeres und wollte schon Hallo sagen, doch Lee hatte Robyn nicht bemerkt. Lee war mit ihrer Freundin in ein Gespräch vertieft, halb geheimnistuerisch, halb betrunken lehnten sie aneinander, jedes Wort eine Verkündigung. Robyn erstarrte, als Eliots Name fiel. *El.* Es kam so lässig und war doch mit Geschichte aufgeladen. Robyn wandte sich zur Seite, damit sie nicht gesehen wurde und so besser lauschen konnte.

»An Abenden wie diesen, weißt du …«, sagte Lee.

»Ich weiß«, sagte die Freundin.

»Nicht dass ich mir wünschte, ich hätte damals Ja gesagt. Ich wünschte nur, ich hätte nicht … Nein gesagt. So massiv Nein, so dämlich Nein, so total ausdrücklich *Nein.*«

Sie warf ihr Haar nach hinten und lachte, tief und reuevoll. Dann beugte sie sich vor und nahm dem Barmann – der genau zu wissen schien, was die beiden tranken, und sie vor allen anderen bediente – die Drinks ab und mischte sich mit ihrer Freundin wieder ins Partygewühl. Robyn taumelte in ihrem Kielwasser hin und her.

Lee hätte alles meinen können. *Nein zu was?* Robyns Geist war angestachelt, die Gedanken überrannten sie, und kein einziger war gut. Sie ließen sich nicht abschütteln, so düster und unscharf sie auch waren. Es war, als ob sich Farben mischten, Weiß besudelt wurde. Eine kurze Begegnung nur mit einer anderen Farbe, ein versehentlicher Klecks in Rot oder Gelb oder Violett, und das Weiß war für alle Zeiten unweiß und verunreinigt. Es gab kein Zurück mehr an den Ausgangspunkt. Der Abend und das, was ihm an Schimmer noch geblieben war, waren verloren.

In Merrin brach das neue Jahr sehr ruhig an. Das gute Wetter hatte angehalten, die Nacht war frostig kalt und sternenklar. Jago hatte vorgehabt, sich in Penzance in einem Pub mit einigen alten Freunden aus dem College zu treffen, doch Denny stimmte ihn in letzter Minute um. Als sich Jago gerade zum Aufbruch fertig machte, klopfte Denny an.

»Hast du ’ne Minute?«

»Klar.«

»Ich hab was angestellt«, sagte Denny und trat bedächtig in das Zimmer. »Ich hab, äh, Lucy gefragt, ob sie mich heiraten will.«

Jagos Arme sanken zu den Seiten. Das Hemd blieb halb zugeknöpft.

»Dad, was hat sie gesagt?«

»Sie hat einfach Ja gesagt.«

»Aber das ist doch toll! Oder etwa nicht? Das ist toll?« Jago legte ihm eine Hand auf die Schulter. Denny zog ihn in seine Arme.

»Sie macht mich glücklich«, sagte er. »Das ist der Grund, sie macht mich glücklich.«

»Ihr beide seid ein tolles Paar.« Jagos Stimme klang gedämpft, sein Vater hielt ihn noch immer eng an sich gedrückt.

»Willst du mit uns feiern? Heute Abend? Ich weiß, dass du was vorhast, aber … es würde mir viel bedeuten.«

»Hat sich erledigt«, sagte Jago. »Ich fahr nirgendwohin.«

Denny klopfte ihm auf den Rücken. »Es fühlt sich einfach richtig an«, sagte er. »Komisch, dass man das so weiß. Du glaubst, nie, niemals wieder, und dann plötzlich, mit einem Tag, ist alles anders. Das wird auch dir passieren. Vielleicht sogar genau so. Ja, ganz bestimmt.«

Jago grinste, schüttelte seinen Vater ab und sagte, dass er in einer Minute nachkommen würde. Er lauschte den dröhnenden Schritten auf dem Weg nach unten, hörte die Beglückung seines Vaters, als das Trampeln plötzlich abbrach und zwei Füße in einem Freudensprung auf den Fliesen landeten. Jago setzte sich auf sein Bett. Musik kam durch die Dielen, perlendes Gelächter. Er stand auf und rieb sich mit beiden Händen das Gesicht. Er ging zu seinem Nachttisch und holte Robyns Bild hervor. *Rockabilly*. Er kannte diese Bucht in- und auswendig, er ging dorthin, seit er laufen konnte, schon auf Babybeinen war er neben seiner Mutter hergestolpert, doch niemals hätte er die Bucht so wiedergeben können, wie es Robyn tat. Die Neigung der Klippe, der purzelnde Ginster an ihrem Rand, der schmale Strand bei Ebbe. Der rundliche Felsen, auf dem ein Möwenschwarm wie ein Trupp müßiger Wächter hockte. Sie hatte alles ganz genau getroffen. Sie hatte Pastellfarben benutzt, daher wirkte das Gesamte leicht verschwommen, und doch waren die Details präzise. Ein solches Bild sollte, gut gerahmt, in einem Museum hängen. Jago hoffte nur, dass Robyn das ebenfalls bewusst war. Er schob das Blatt zurück in seinen Umschlag und legte es an seinen

Platz. Es fiel ihm schwer, es trotz all seiner Schönheit und Könnerschaft anzusehen. Er fragte sich, ob es ihr beim Zeichnen zumindest ansatzweise so ergangen war, ob sie das Bild für ihn gemacht oder sich erst hinterher überlegt hatte, dass Jago es bekommen sollte. Er dachte an die vielen Muscheln, die er geschnitzt hatte, bis sie ihm endlich gelungen war. Er hatte den Boden der Werkstatt mit Muschelstücken übersät, ein Paradies für Sammler, bis er in seinen Händen endlich die perfekte hielt, und die perfekte Muschel war für sie.

einunddreißig

Die ersten Tage des Januars waren elend. Hagel bohrte seine Stacheln in die Straßen. Robyn wurde mit nebeligem Atem wach, ihre Füße waren Eisblöcke. Wenn sie aus dem Haus gehen musste, erledigte sie ihre Einkäufe so rasch wie möglich und belud Tess' Kinderwagen mit randvollen Tüten. Einmal platzten sie im Treppenhaus, doch sie ging dessen ungeachtet weiter, in ihren Armen wand sich eine heulende Tess, ihre eigenen Nerven waren kurz vor dem Zerreißen, hinter ihr kullerten die Thunfischdosen und fleckigen Bananen her. Meist aber blieb sie zu Hause, packte Tess in zwei Strampelanzüge und verschloss die Vorhänge vor der Außenwelt. Einzig Eliot glühte. Die Band arbeitete an neuem Material, und in Eliot brannte das Feuer der Arbeit. Ständig stürmte er davon, das Label zahlte ihnen Zeit in einem Studio, das auf der anderen Seite Londons lag. Robyn hatte den Eindruck, als ob er ihr und Tess ständig einen Abschiedskuss geben, das Handy in seiner Tasche ständig piepsen würde.

An einem dieser Tage kam Ben zu ihr, das brüderliche Mitgefühl stand ihm ins Gesicht geschrieben. Der Sender betrachtete ihre Stelle als verzichtbar; Ben hatte sich für sie starkgemacht, so sagte er, doch er konnte nichts weiter für sie tun, ihr lediglich eine friedliche Trennung versprechen. Robyn setzte ein fröhliches Lächeln auf und machte eine Kanne Tee, denn verglichen mit den Gedanken, die in ihrem Kopf kreisten, war das, was Ben zu sagen hatte, Nebensache. Ben hatte Tess einen batteriebetriebenen, lauten, blinkenden Lastwagen mitgebracht. Ben setzte sich mit Tess auf den Boden, drückte auf Knöpfe und bejubelte jedes Aufleuchten, doch Robyn wollte bloß wieder allein sein, mit ihrem Baby und dem stillen Zimmer, in dem allein der Heizkörper zischte und klopfte. Als ihr Bruder endlich ging, holte sie ihre Zeichenblöcke und blätterte durch deren Seiten. Überall Wasser. Überall Meer. Wenn Tess schlief, mischte Robyn ihre Blaus, verwischte die Pastellfarben und zeichnete kräftige, dunkle Bleistiftlinien. Sie verlor sich in den Bildern und verschloss sich allem anderen gegenüber, bis auf das weinende Erwachen ihrer Tochter.

Nachdem sie eine Woche lang im Geist die Worte hin und her bewegt und versucht hatte, daraus halbwegs sinnvolle Sätze zu bauen, ließ es sich nicht länger aufschieben. An dem Abend, den sie dafür ausgewählt hatte, wirkte Eliot, als ob er den Konflikt erahnen würde. Robyn hatte Spaghetti gekocht, und er wand sie nur um seine Gabel und schob sie auf dem Teller umher. Er hatte ihnen Wein eingegossen, rührte sein Glas jedoch nicht an. Nach dem Essen sank er auf das Sofa und nahm seine Gitarre in den Arm. Er ließ die Finger träge über die Saiten wandern und bewegte stumm die Lippen.

»Schreibst du einen neuen Song?«, fragte Robyn.

»Ich spiele nur mit ein, zwei Sachen.«

»Du wirkst ein bisschen abgelenkt.«

»Wirklich? Vermutlich bin ich das.« Er lockerte den Griff um die Gitarre. Legte sie auf seinen Schoß. »Es hat sich was ergeben. Wir müssen darüber reden, aber… ich hab die ganze Zeit gezögert. Keine Ahnung, wieso.«

Robyn blieb an der Tür stehen. Sie rollte in ihren Hausschuhen die Zehen ein und wappnete sich für das, was kam.

»Uns ist eine Tour angeboten worden. Eine Wahnsinnstour.«

»Was?«

»Die Chance unseres Lebens.«

»Eine Tour.«

»Australien. Die Staaten. Vielleicht sogar Japan. Im Sommer. Lee hat sämtliche Kontakte, sie kann es uns ermöglichen. Aber das bedeutet, drei Monate weg. Vielleicht noch länger.«

»Verstehe.«

»Ich brenne drauf, endlich wieder unterwegs zu sein. Mir war gar nicht bewusst, wie sehr, bis das Angebot gekommen ist, und natürlich weiß ich, dass das Timing nicht gerade super ist, nicht für dich und Tess …«

»Wieso geht ihr denn auf Tour, wenn ihr noch gar keine Platte draußen habt? Macht das überhaupt Sinn?«

»Um die Sache anzuschieben. Lee kennt die richtigen Leute in Melbourne, Austin, Seattle, Tokio, ich mein, echt *überall.* Das Label steht dahinter, die finden die Idee gut.«

»Verstehe«, sagte sie erneut.

»Das ist eine unglaubliche Chance für uns.« Er war auf den Beinen, fasste ihre Hände. Ihre Finger lagen schlaff in seinen.

»Für dich und die Band«, sagte sie.

»Und für *uns*. Du könntest doch mitkommen, mit uns. Warst du jemals in den Staaten? In Japan? Vielleicht könnten deine Eltern Tess so lange …«

Robyn schüttelte seine Hände ab. Sie biss sich auf die Lippen, damit sie nicht so bebten. Sie hatte das Gefühl, wenn sie ein Wort sagte, nur ein Wort, verlöre sie die Fassung.

»Robyn, was? Ich weiß, da ist vieles zu bedenken, aber es ist doch toll, oder?«

Sie schüttelte den Kopf. Das Haar fiel ihr vors Gesicht. Sie schob es barsch beiseite. Sie starrte ihn an.

»Ich weiß, ich hätte es dir in der Minute sagen sollen, als ich durch die Tür gekommen bin«, gestand er ein. »Aber ich wollte es erst mal für mich abwägen. Warum siehst du mich so an?«

»Ich muss ebenfalls mit dir reden«, sagte sie.

»Über die Tour?«

»Und es klingt bestimmt total dämlich, aber seit der Party kann ich an nichts anderes denken…« Sie holte tief Luft. »Was hast du Lee gefragt? Wozu hat sie Nein gesagt?«

»Was? Wann?«

»Ich hab mitbekommen, wie sie mit einer Freundin über dich gesprochen hat. Sie hat gesagt, dass du sie etwas gefragt hast und sie Nein gesagt hat und das sehr bereut. Ich hasse die Gedanken, die mir durch den Kopf gehen, also bitte, nur damit… Hast du… es bei ihr versucht?« Ihre Stimme schrillte nach oben, Robyn fand es fürchterlich, doch sie sprach trotzdem weiter. »All die langen Abende, du und sie und, *angeblich*, die Band…«

Eliot blieb sehr ruhig. Dann schüttelte er sich. Er griff erneut nach ihren Händen. »Ich kann nicht fassen, dass du so was denkst.«

»Aber du streitest es nicht ab, oder?«

»Natürlich streite ich es ab.«

»Dann was? Was hat sie gemeint? Bin ich dämlich? Ich fühl mich nämlich so.«

»Ich hab dich nie betrogen, Robyn.«

»Weil sie Nein gesagt hat…«

Er gab ein seltsames Geräusch von sich. Ein Grunzen, der Verzweiflung nahe.

»Nur damit ich das richtig verstehe. Du hast einen einzigen Gesprächsfetzen aufgeschnappt, ohne jeden Zusammenhang, und schon schreibst du mich ab.«

»Nein, ich …«

»Ich würde dich nie belügen«, sagte er.

Sein Ärger und seine Ernsthaftigkeit rüttelten sie auf.

»Es tut mir leid«, platzte sie heraus. »Ich wusste einfach nicht, was ich denken soll. Ich weiß es noch immer nicht, ich …« Sie brach ab. Eliot hatte ihre Hände losgelassen. Es sah aus, als würde er wanken. Unsicherheit zog auf seine Miene. »Was?«, drängte Robyn.

»Aber …«

»Aber *was*?«

»Vielleicht gibt's da was, was ich nicht erzählt hab. Weil ich keinen Grund dafür gesehen hab. Weil es nicht wichtig war. Nicht wichtig *ist*.«

»Was immer es ist, es ist wichtig, weil wir jetzt hier sitzen und uns streiten und …«

»Robyn, vor Jahren, vor einer halben Ewigkeit, als ich ein dummer Junge war, der von nichts 'ne Ahnung hatte …«

»Was?«

»Hab ich Lee gebeten, mich zu heiraten.«

Robyn sank zusammen.

»Deshalb haben wir uns damals getrennt. Da war es dann aus. Es war ihr Nein.«

Als Robyn das Wort erneut ergriff, klang ihre Stimme kläglich. »Du warst kein Kind. Du warst fünfundzwanzig. Oder?«

»Aber ich war ein *völlig* anderer«, sagte er. »Vielleicht war es damals eine große Sache, das will ich gar nicht bestreiten, aber … ich bin längst darüber weg. Du hast mir darüber weggeholfen. Du warst wie eine frische Brise, als du damals über deinen Strand gelaufen bist. Du hast mir den Atem geraubt. Das *weißt* du doch.«

Seine Worte kamen schnell, und es war, als hätte er sie sich zurechtgelegt, sie vor Spiegeln aufgesagt, immer in dem Wissen, dass dieser Tag unvermeidlich kommen würde. Robyn hatte sich nicht vorbereiten können.

»Das hättest du nicht vor mir verheimlichen sollen …«, setzte sie an.

»Ich wollte, dass du mich für cool hältst«, fiel er ihr ins Wort, ein gezwungenes, schlaffes Lächeln im Gesicht, »und ein Typ, der betrogen, der abgewiesen, der auf dramatische Weise fallen gelassen wird, daran ist nun echt nichts Cooles, und sexy ist das auch nicht. Lee war damals auf der anderen Seite der Welt. Sie war überhaupt nicht wichtig.«

Robyn schlang die Arme um sich und verbeulte ihre Jacke. Im Zimmer war es frostig, die Kälte saß ihr in den Gliedern.

»Aber jetzt ist sie wieder in deinem Leben«, sagte sie gedehnt, »und zwar richtig. Was heißt, dass sie auch in meinem Leben ist. Wir haben doch über sie gesprochen, du hast mir doch gesagt, warum ihr euch getrennt habt, aber den absolut wichtigsten Teil hast du ausgelassen. Den Teil, der mir echt ein bisschen Angst macht.«

»*Angst* macht? Sei doch nicht verrückt, bitte, sag nicht so was.«

»Was verheimlichst du mir noch? Was weiß ich noch alles nicht?«

»Nichts. Es gibt nichts. Das ist alles.«

»Ich finde das, was du mit ihr durchmachen musstest, schrecklich. Wirklich. Ich kann mir nicht vorstellen, wie vollkommen furchtbar das gewesen sein muss. Aber … was ich jetzt empfinde, ist auch nicht grade toll.«

»Es tut mir leid. Ganz ehrlich.«

»Ich verstehe nicht, wie du ihre Gegenwart ertragen kannst. Das habe ich noch nie, aber jetzt ist es mir völlig unbegreiflich. Ich könnte das nicht, Eliot. Ich wollte jemanden, für den ich so stark empfunden habe und mit dem es nicht geklappt hat, nicht in meiner Nähe haben.«

»Wir haben während der ganzen Fahrt von Hampshire geredet. Wir haben alles geklärt. Und das hat sich gut angefühlt, das hat sich wirklich, wirklich gut angefühlt, und ich glaube, auch für sie. Nein, ich weiß das. Es gibt kein Problem. Keine ungeklärten Gefühle, bei beiden nicht.«

Bei seinen Worten schaute er ihr in die Augen. Aus ihm sprach kühle Überzeugung, nicht die Emotion, die sich zuvor durch seine Stimme gezittert hatte. Robyn wusste nichts mehr zu erwidern. Er zog sie in seine Arme.

»Ich wollte dir niemals Kummer bereiten«, sagte er. »Du und Tess, ihr seid alles für mich.«

»Und du bist alles für uns«, erwiderte sie mechanisch.

zweiunddreißig

Er erzählte ihr dann alles. Es habe keinen Ring in einem seidengefütterten Schächtelchen mit Schleife gegeben, sagte er. Keinen großen Plan. Ihm sei einfach das Blut in den Kopf geschossen, und schon waren die Worte in der Welt. Erst hinterher sei ihm aufgegangen, wie lächerlich das alles war.

»Du meinst, nachdem sie dir die Wahrheit über ihre Affären erzählt hat«, erwiderte Robyn.

»Nicht nur das«, unterstrich Eliot. »Ich war zu jung, sie zu zynisch, es war ein Fehler. Das Ganze.«

»Zu jung?«, fragte Robyn und schaute zu Tess, die zwischen ihren Holzklötzen auf dem Boden saß und den Rücken schon ziemlich aufrecht hielt. Im Frühjahr wurde sie ein Jahr. Robyn im Sommer dreiundzwanzig. Im Herzen fühlte sie sich älter.

»Ich will darüber hinwegkommen«, sagte sie. »Wirklich. Es ist nur … Ich wünschte, du hättest mir alles erzählt.«

»Babe, das sagst du ständig. Du brauchst mal Abstand. Du musst mal raus. Komm mit mir auf die Tour.«

»Was, mit Lee?«

»Vergiss Lee. Das ist doch die perfekte Zeit, um zu entscheiden, was du jobmäßig als Nächstes machen willst. Nimm dir die drei Monate und fahr mit. Mann, nimm halt auch Tess mit. Wir drei zusammen.«

Robyn stellte sich die Orte vor, an die sie kommen würden, die Straßen von New York, den Hafen von Sydney, Japans außerirdische Riesenstädte. Eine Familie auf Abenteuerreise. Die Band wäre immerzu präsent, doch die Band machte es möglich. Lee machte es möglich. Robyn kehrte zu ihren Skizzenblöcken zurück und zeichnete das Meer von Cornwall, wie es stieg und fiel. Sie sagte nicht Ja, und sie sagte nicht Nein.

Zu Tess' erstem Geburtstag luden sie Simon, Marilyn und Ben ein. Robyn hatte überall Narzissen aufgestellt und einen Zitronenkuchen gebacken. Einen Tag bevor ihre Eltern kommen sollten, rief ihr Dad an. Seine Stimme klang gedrückt und brüchig. Robyn sank auf das Sofa, biss sich auf die Lippe und spielte am zerschlissenen Saum ihrer Jeans herum.

»Dad, was ist los?«

»Nichts an sich, es gibt nur … eine neue Entwicklung. Bei deiner Mum. Ich habe gerade mit Ben gesprochen, und ich glaube, ich sollte auch mit dir sprechen.«

Sie dachte an das Gespräch mit Jago auf den Klippen, die Leugnung ihres Vaters, der sie sich in Ermangelung jeglicher Fakten angeschlossen hatte.

»Wir haben sie untersuchen lassen«, sagte er. »Ein Kollege ist ein Wochenende lang zu uns gekommen, was sehr großzügig war, weit mehr, als die Pflicht verlangt. Und dann sind wir mit ihr in seine Praxis nach Penzance gefahren.«

»Was, wegen ihrer Vergesslichkeit?«, warf Robyn in einem Tonfall ein, der das Thema leichtnehmen, es zu einem sanften Schleier der Zerstreutheit machen wollte, der sich bei einer Tasse Tee wegerklären ließ.

»In den letzten Monaten hat es sich wohl leicht verschlechtert. Sie setzt den Kessel auf und vergisst, warum sie Wasser kocht.«

»Aber so etwas passiert mir auch!«

»Und sie hat mir mehrmals dieselbe Frage gestellt, ohne es zu merken. Es ist, als ob es Zeitfenster gäbe, die einfach verschwinden. Es kommt und geht. *Sie* kommt und geht. Manchmal ist es ein ganz normaler Tag, und dann gerät ein Ding nur aus dem Lot. Ein Blick, den sie mir zuwirft, ein Kommentar. Gestern hat sie mich Graham genannt.« Er machte eine Pause, hörte Schweigen. »Robyn?«

Ihre Stimme klang erstickt, hölzern in ihrer Fassungslosigkeit. »Onkel Graham ist seit zwanzig Jahren tot. Willst du mir sagen, dass sie dich nicht *erkannt* hat?«

»Es hat in letzter Zeit einige Ausrutscher gegeben, darum die Untersuchung. Sie wurde durchgecheckt, es gab Fragen, Tests. Das Teuflische daran ist, dass eine verlässliche Diagnose unglaublich schwierig ist. Aber es gibt eindeutig Anzeichen für Demenz. So viel, denke ich, ist offiziell.«

»Ich weiß gar nicht, was das ist. Was das bedeutet.«

»Was es bedeutet, ist, dass sich all das, was ich bisher erwähnt habe, irgendwie summiert und wahrscheinlich, so muss ich leider sagen, die Symptome für Alzheimer sind.«

Als Kind hatte Robyn mit einer Freundin deren Großvater in einem Pflegeheim besucht. Sie erinnerte sich an den Kreis aus Stühlen in einem überheizten Raum, an ältliche Menschen mit ausdruckslosem Blick und permanent bewegtem Mund. An plötzliche Wutausbrüche, gefolgt von gemäßigten Reaktionen seitens der Schwestern. Es hatte nach Kartoffelbrei und stechend weißen Lilien gerochen. Es hatte Häkeldeckchen gegeben, und in einer Ecke des Raums einen Fernseher, in dem ein Billardspiel gelaufen war. Eine Frau im Morgenmantel und mit Perlenkette hatte sie Camilla genannt und ihr fröhlich zugewunken. Abends war Robyn ganz verstört heimgekommen, voller Angst, alt zu werden, und ihre Mum hatte Lauras Eltern angerufen und gesagt, dass es nicht richtig sei, mit einer Zehnjährigen an einen solchen Ort zu fahren.

»Ich dachte, nur alte Leute bekommen Alzheimer«, sagte sie verzweifelt. Im Nebenzimmer erklang Tess' Weinen, ein leises Wimmern, das Robyn ausnahmsweise zu ignorieren versuchte. »Wie geht es denn jetzt weiter? Wird das noch schlimmer? Oh Gott, sie muss doch nicht in ein Heim, oder?«

»Auf gar keinen Fall«, erwiderte er heftig. »Wir machen weiter wie bisher. Wir müssen uns wohl auf eine Verschlechterung einstellen, aber, na ja, das gilt wahrscheinlich für jeden von uns, oder? Außerdem kann das in weiter Ferne liegen. Jeder Fall ist anders. So viel weiß ich.«

»Sprichst du gerade als Dad oder … als Doktor?«

Er stieß einen heftigen Seufzer aus. Robyn fand es furchtbar, dass sie an ihm zweifelte.

»Ich spreche als jemand, der zwar keine Kristallkugel besitzt, aber an positives Denken glaubt. Wir alle können deiner Mum helfen, wir alle können für sie da sein. Darum kommen wir auch morgen und feiern Tess' Geburtstag. Und ich will nicht, dass du dir Sorgen machst. Versprich mir das.«

Tess' Gejammer wurde lauter, doch im Hintergrund, am Telefon, hörte Robyn die Stimme ihrer Mutter.

»Ist das Mum? Kann ich kurz mit ihr sprechen?«, fragte sie.

»Jetzt lieber nicht, aber morgen, wir sehen uns ja morgen. Tess wird eins! Ein tolles, großes Mädchen. Alles in Ordnung, Robyn? Mit dir?«

»Du sagst mir, wenn ich irgendetwas tun kann, oder?«

»Ich sage es dir.«

»Wie hat Ben reagiert?«

»In etwa so wie du.«

»Dad?«

»Ja?«

»Es geht ihr gut, oder? Seelisch, meine ich.«

»Deiner Mum geht es gut. Und morgen sehen wir dich und dein schönes Mädchen.«

Robyn legte das Telefon beiseite. Sie blieb noch eine Weile sitzen, obwohl im Nebenzimmer ihre Tochter schrie. Dann stand sie auf und ging zu ihr, hob sie hoch und drückte sie sehr fest an sich. Sie setzte sich mit ihr auf den Boden und wiegte Tess ganz sanft, bis sie wieder einschlief. Robyn blieb sitzen, die Beine angezogen, ihr Baby in den Armen. So wollte sie die Zeit anhalten, oder lieber noch hätte sie die Zeit zurückgedreht, bis zu dem Punkt, an dem sie alle noch glücklich waren.

Sie kamen zum Kaffee. Robyn hatte eine Farbenwelt aus Luftballons gekauft und in sämtlichen Räumen verteilt. Die Narzissen waren aufgegangen, ihre Sonnenscheinblüten verbreiteten eine unfassliche Heiterkeit. Tess besaß nun ein neues Stoffkaninchen, so groß wie sie selbst, mit riesigen flauschigen Ohren und einer rosa Nase. Simon und Marilyn saßen Seite an Seite auf dem Sofa, Tess spielte zu ihren Füßen. Ben füllte die Gläser. Robyn stocherte in ihrem Kuchen herum und behielt alles im Blick. Eliot übernahm an ihrer Stelle das Gespräch.

Sie hatte sich über Alzheimer informiert, und nun nahm sie jeden Hinweis ins Visier, doch sie sah nur ihre Mum. Ihr Haar war an den Ansätzen etwas grauer, ihre aschblonden Highlights waren nicht mehr ganz so hell wie sonst, doch das war kein Hinweis. Sie hatte neue Fältchen an den Augenwinkeln und neben dem Mund, doch auch das war kein Hinweis. An ihrem Daumen klebte ein Pflaster, ein blaues, an dem sie gelegentlich und in Gedanken zupfte, doch das war kein Hinweis. Marilyn spielte mit ihrer Enkelin, erfreute sich an den Blumen, trank rosa Sekt und lobte Robyns Kuchen. Robyn entspannte sich allmählich. Um vier Uhr stand ihr Vater auf.

»Wir sollten uns langsam auf den Weg machen«, sagte er.

»Und ihr wollt wirklich nicht bleiben?«

Er schüttelte den Kopf. »Ein andermal.«

Sie ging mit ihm in den Flur. Sie nahm seinen Arm und flüsterte. »Dad, mir ist nichts aufgefallen.«

»Es kommt und geht. Wenn sie müde ist …«

»Brecht ihr deshalb auf?«

»Es ist eine lange Fahrt.«

»Aber ihr hättet wirklich bleiben können.«

»Ich weiß. Es war sehr schön.« Er küsste sie auf beide Wangen. Sie umarmte ihn.

»Ich habe dem Tag heute mit einem gewissen Grauen entgegengesehen«, gab Robyn zu. »Ich wusste nicht, wie sie sich verhalten würde, aber es geht ihr gut, oder?«

»Es war ein guter Tag«, erwiderte ihr Vater mit einem Nicken.

Die anderen gesellten sich dazu. Eliot half Marilyn in den Mantel. Sie gab ihm einen Kuss und wischte ihm dann lachend die Spuren ihres Lippenstiftes von der stoppeligen Wange.

»Danke euch. Es war wundervoll. Na, und wo ist meine liebe Enkelin?«

Tess tapste auf unsicheren Beinchen vor, das Kaninchen in den Armen. Sie verschwand fast dahinter und lächelte zwischen den Ohren hindurch.

»Da ist sie ja«, lachte Marilyn. »Meine Robyn.«

»Du meinst Tess«, sagte Ben, »obwohl sie Robyn tatsächlich ähnelt, da hast du absolut recht.« Er wusste es, doch er überspielte es geschickt. Er sah zu Robyn und Simon. »Oder nicht?«

»Wer ist Tess?«, fragte ihre Mum vergnügt. »Ich kenne keine Tess. Simon, wollen wir fahren? Es ist Zeit zu fahren.«

Es war Jago, den sie anrief. Sie hatte ihn von London aus noch niemals angerufen.

»Ist das okay?«, fragte sie.

Sie wusste nicht einmal, wo sich das Telefon in Hooper's House befand. Sie versuchte, sich Jago vorzustellen, in einen Sessel gekauert, noch in Arbeitskleidung, eine farbbefleckte Hand am Hörer.

»Okay?«, sagte Jago. »Natürlich ist es okay.«

Seine Stimme in ihrer Londoner Wohnung zu hören, kam Robyn falsch vor. Sie schloss die Augen und stellte sich vor, sie wären am Meer, die Wellen schwappten in die Rockabilly-Bucht.

»Es ist so seltsam«, fing sie an. »Du weißt, wie meine Mum ist. Sie ist so … präzise. Und wenn sie solche Lücken hat, Jago, dann macht sie mir Angst. Ich habe Angst vor meiner eigenen Mum. Ich habe hinterher mit ihr gesprochen, und da hat sie nach Tess gefragt, als wäre nichts gewesen. Da ging es ihr wieder gut. Es ist, als ob sie in diesen entsetzlichen, kurzen Momenten einfach verschwinden würde, und auf einmal ist sie wieder da.«

»Es tut mir leid«, sagte Jago. »Es tut mir wirklich leid.«

Die Ernsthaftigkeit seiner schlichten Worte löste etwas in ihr aus. Sie hatte nicht vor Eliot geweint und nicht vor Ben, sie hatte nicht geweint, als sie erneut mit ihrem Vater telefoniert hatte, nun aber flossen Tränen. Sie legte ihr Gesicht an ihren Ärmel, um es zu verhindern, holte tief Luft und kämpfte sich an die Oberfläche zurück. Jago wartete, und in seinem Schweigen lag ein ruhiges Verständnis. Eine Weile saßen sie so da, das Telefon am Ohr, und lauschten allein dem Atem des anderen.

»Kannst du sie im Auge behalten?«, fragte Robyn schließlich. »Natürlich nur, wenn es geht. Ich weiß, dass du schon viel getan hast. Dad hat mir von Weihnachten erzählt. Ich hätte dir längst danken sollen, aber ich wusste nichts davon, ich hatte keine Ahnung.«

Er gab keine Antwort.

»Jago? Ist das okay für dich? Sie ein bisschen im Auge zu behalten?«

»Ich will dir helfen. Ich würde alles tun, um dir zu helfen. Es ist nur, ich werde nicht mehr lange hier sein. Jetzt, mit Dad und Lucy, hab ich das Gefühl, sie brauchen ihren Freiraum.«

»Du ziehst aus? Du gehst aus Merrin weg?«

»Am Ende gehe sogar ich. Ich weiß.«

»Aber wohin?« Robyn bemerkte, dass etwas Ungewolltes ihren Tonfall färbte. Sie riss sich zusammen. »Jago, das ist total aufregend. Wohin führt es dich?«

»Nach Amerika.«

»*Amerika.* Amerika?«

»Ich fand, dass es an der Zeit ist nachzusehen, was hinter all dem Wasser liegt.«

»Aber warum Amerika? Ich meine, wohin in Amerika? Wieso?«

Als er ihr davon erzählte, sah sie Bilder vor sich. Sie färbte aus, was er skizzierte. Eine rote staubige Landschaft im Südwesten, wo plateauförmige Berge violett schimmerten und Falken durch den weiten blauen Himmel kreisten. Eine Ranch, die den Namen High Desert trug, auf der Pferde galoppierten, sich die Zäune über Meilen zogen und Kakteen jeden Pfad säumten. Trotz seines Pragmatismus und ihrer poetischen Ausschmückung klang es, als ob die Ranch ein Ort wäre, an dem er ankommen, einen Halt finden, womöglich bleiben könnte.

»Ich fange unten an«, sagte er, »ganz unten. Ich werde Zäune flicken, nach den Stallungen sehen, alles, wofür man zwei gesunde Hände braucht. Ist im Grunde ein Aushilfsjob. Drecksarbeit. Aber mir wird wohl trotzdem Zeit bleiben, an meinen eigenen Sachen zu arbeiten.«

»Ich dachte, du wolltest Merrin nie verlassen. Nicht mal Cornwall. Woher weißt du überhaupt von dieser Farm?«

»Ich hab mich schlaugemacht«, sagte Jago. »Und ich brauch mal Luftveränderung.«

»Luftveränderung wird überbewertet«, erwiderte Robyn. »Aber … ich mein, wow. New Mexico. Gott. Wie bist du darauf gekommen? Ich mein, speziell darauf?«

Jago lachte leise. »Ah. Na ja. Durch ein Lied. Einen Song, den meine Mum vor langer Zeit gesungen hat.«

»Einen Song«, wiederholte Robyn. Die Erinnerung an Rosalinds lieblich-süße Stimme tauchte auf, eine Erinnerung, die nicht einmal von Robyn war, und doch wand sie sich um sie. Robyn lächelte traurig. »Das ist so schön.«

»Und irgendwie war jetzt genau der richtige Zeitpunkt«, sagte er.

Am liebsten hätte er hinzugefügt, dass er sich nicht mehr sicher war, dass er bleiben würde, wenn sie ihn brauchte, dass er alles tun würde, wenn sie es nur sagen würde, doch er schwieg.

»Es ist der richtige Zeitpunkt«, sagte Robyn, rieb sich noch einmal mit dem Ärmel über die Augen und versuchte, möglichst glücklich zu klingen. »Carpe diem. Du weißt nie, was geschehen wird.«

Ihre Hand schloss sich um die Muschel. Sie hatte sie die ganze Zeit gehalten. Seine Muschel.

Sie erzählte Eliot von ihrem Plan. Er hob sie hoch und wirbelte sie durch die Luft, als ob sie gar nichts wiegen würde, sich die Last, die sie in sich fühlte, gelöst hätte.

»Das ist perfekt«, sagte er, und seine Lippen trafen ihre.

Sie plante, zunächst nach Merrin zu fahren und einige Wochen bei ihren Eltern zu verbringen. Die Stimme ihres Vaters hatte zuletzt sehr ängstlich und angestrengt geklungen, die Stimme ihrer Mum fahrig, ihre Worte trieben und verloren sich auf unsichtbaren Strömungen, doch als Robyn gesagt hatte, dass sie zu ihnen kommen wolle, mit Tess, hatten sie wie aus einem Mund gesprochen. Robyn hatte durch das Telefon gespürt, wie die Freude aus ihnen herausgebrochen war. Sie hatten regelrecht gejubelt. *Danke*, hatte ihr Dad danach gesagt, und dieses leise Wort hatte ihr das Herz gebrochen.

»Es kommt mir wie die richtige Entscheidung vor«, sagte sie zu Eliot. »Danach folge ich dir mit Tess in die Staaten. Wir könnten zwei, drei Wochen bleiben, wenn nicht einen Monat. Ich buche uns ein günstiges Last-Minute-Ticket. Vielleicht überrasche ich dich auch und stehe einfach eines Abends mitten im Publikum.«

Allein bei diesen Worten fühlte sie sich frei und ungebunden. Die Abenteuerlust kribbelte durch ihren Körper, von den Zehen bis in die Fingerspitzen, und die Tatsache, dass ihre Tochter bei ihr wäre, machte Robyn nur noch kühner, machte alles nur noch schöner.

Abebbende Flut

Die Wellen ziehen sich zurück, zum Vorschein kommt der Meeresgrund, und seltene, tiefere Dinge werden offenbar.

dreiunddreißig

Robyn hatte kaum die Grenze nach Cornwall und den Fluss Tamar überquert, da kurbelte sie die Fenster hinunter und ließ den Nachmittag ins Auto wehen. Er trug den Geruch des Moors herein, die blühende Heide, den Wiesenkerbel am Wegesrand und, als Robyn immer näher auf das Blau zufuhr, den süßen Biss der Meeresluft. Als das alte, vertraute Kap in Sicht kam, bog sie in eine Seitenstraße, stieg aus dem Wagen und streckte sich. Sie holte tief Luft, und schon ließ ihr Kopfschmerz etwas nach. Sie massierte sich die Schläfen. Sie spielte mit dem Gedanken, einen Abstecher nach Sennen zu machen, ein kurzer Spaziergang am Strand, ein rascher Tee mit Blick aufs Meer. Das war reine Verzögerungstaktik, ein Moment himmelblau gefärbter Heiterkeit, bevor sie nach White Sands fahren, ihre Mum küssen und hoffen würde, dass sie sich zumindest im Moment der Ankunft an den Namen ihrer Tochter erinnerte.

Mit einem Blick ins Auto vergewisserte sich Robyn, dass Tess noch schlief, ihr blonder Kopf war nach vorn gesunken, ihre Hände lagen im Schoß. Tess hatte nicht geweint, als sich Eliot von ihr verabschiedet hatte, in erster Linie, weil sie es nicht verstanden hatte. Auch Robyn hatte nicht geweint. Eliot hatte schmächtig in seiner Lederjacke im Flur gestanden, die Koffer zu seinen Füßen. *Ich kann es kaum erwarten, bis ihr nachkommt*, hatte er gesagt. Robyn hatte für ihn gelächelt und ihm die Hand gedrückt. Sie hatte entschieden, dass der Abschied so verlaufen würde, wie er wollte. In den Wochen vor seinem Aufbruch hatten sie sich oft und aus nichtigem Grund gestritten – nicht mit heftigen, wütenden Wortwechseln, denen eine nicht minder leidenschaftliche Versöhnung folgte, sondern in einem beschwerlichen Hin und Her, auf ausgetretenen Pfaden, was es umso schlimmer machte. Eliot war oft fort gewesen, um an den Details der Tour zu feilen, in einem Pub oder Club oder in Lees höhlenartigem Loft in Bow, im Osten der Stadt. Dreimal innerhalb von vierzehn Tagen hatte Robyns Handy mitten in der Nacht vibriert, seine Nachricht hatte sich über den gesamten Bildschirm gezogen, sie hätten die Zeit aus den Augen verloren und er würde über Nacht dableiben, aber *Süße Träume, Robyn, süße Träume*, und dann war eine lange Reihe von Küssen gefolgt, in die sich jedes Mal ein Tippfehler eingeschlichen hatte, ein falscher Buchstabe, der den Fluss der Leidenschaft durchbrach.

Robyn hatte Eliots Abwesenheit mit Farben und strukturiertem Aquarellpapier, mit regenbogenfarbenem Pastell und Tusche ausgefüllt. Sie hatte sich an den Tisch gesetzt und war in ihrer Tätigkeit versunken. Minuten waren zu Stunden geworden, und wenn sie dann ins Bett gegangen war, hatte sie das Gefühl gehabt, als hätte sie den Abend anderswo verbracht, irgendwo am Wasser. Die Zimmer waren ihr nicht mehr vertraut, die Laken fremd und kühl. Sie hatte auf die schlafende Tess schauen müssen, um sich wieder zu verorten, jeden Finger geküsst und ihr Händchen sanft an ihren Kopf gelegt.

Eliot hatte ihrem Entschluss, etwas Zeit bei ihren Eltern zu verbringen, applaudiert. *Du tust das Richtige*, hatte er gesagt, ein Echo ihrer eigenen Worte, trotzdem hatte Robyn eine kindliche Enttäuschung schlucken müssen, weil er keinen Versuch gemacht hatte, sie umzustimmen. Er hatte sie lediglich gedrängt, ihm das genaue Datum ihrer Ankunft mitzuteilen.

»Aber ich habe euren Tourplan. Es wäre doch viel lustiger, wenn ich einfach auftauchen würde, oder?«

»So läuft das nicht. Ich muss Vorkehrungen für euch treffen.«

»Was für Vorkehrungen? Wir brauchen ja nicht grade viel Platz.«

»Lee muss Bescheid wissen.«

»Wieso muss Lee Bescheid wissen?«

»Sie ist unsere Tourmanagerin, Robyn, das weißt du doch. Sie hat kein Problem damit, dass ihr kommt, aber sie muss wissen, wann ihr kommt.«

Robyn war der Mund aufgeklappt. »*Sie* hat kein Problem damit?«

»So mein ich das doch nicht. Aber sie hat auf dem Gebiet echt viel Erfahrung. Familie und Tour, das verträgt sich nicht immer. Du bist anders, das weiß sie, aber ich kann verstehen, warum sie so denkt. Niemand sonst bringt jemanden mit.«

»Niemand sonst lebt mit seiner Freundin und dem gemeinsamen Kind zusammen.«

»Ich will dich dahaben, das weißt du. Ich wollte sogar, dass du die ganze Zeit dabei bist, aber … ich glaube, so ist es genau richtig. Alle sind zufrieden. Ich habe meine Zeit mit der Band, kann mich in unseren Rhythmus einfinden, und wenn du da bist, machen wir Amerika unsicher. Komm nach L. A. Bis dahin bin ich sicher ganz verrückt vor Sehnsucht.« Er hatte die Arme um sie geschlungen und ihren Hals geküsst. »My California girl.«

»Okay«, hatte sie gesagt und sich aus seinem Griff befreit. »Dann also L. A. Dann buche ich es so. Setz mich auf Lees Tourplan.«

Am Abend, bevor er gefahren war, hatten sie sich geliebt, Eliot hatte sich langsam, sanft bewegt, seine Hände waren an ihrem Körper entlanggeglitten.

»Wie kann ich das zurücklassen?«, hatte er ihr heiß ins Ohr gehaucht.

»Sing den Song noch mal«, hatte sie gemurmelt. »Den du vorhin gespielt hast. *I'm always with you, wherever you travel.* Ich bin immer bei dir, wohin du auch gehst.«

»Das hast du gehört?«

»Es war wunderschön.«

Die ungewöhnlich sanften Töne seiner Gitarre hatten den Weg zu ihr gefunden, als sie Tess die Windeln gewechselt hatte. Sie hatte innegehalten, gelauscht und war auf Zehenspitzen zur Tür geschlichen. Er hatte auf dem Sofa gelegen, sein Instrument an der Brust, die Augen geschlossen. Den Anfang hatte sie verpasst, doch sie lauschte bis zum Schluss und empfand etwas, das sie seit Langem nicht empfunden hatte.

I'm always with you, wherever you travel,
close at home or in a distant place.
Feel the strength of my arms around you,
rest assured in my warm embrace.

Should you be troubled, feeling down,
and nothing seems to fall into place,
I'm here to help you, ease off that frown,
bring a smile to brighten your face.

Our lives are busy, running around,
chasing things that hold us apart,
but I would be happy if you found
a little space for me in your heart.

Eliot hatte sich auf die Seite gerollt.

»Es ist ein trauriger Song«, hatte er gesagt. »Den kann ich jetzt nicht spielen. Nicht an unserem letzten Abend. Das würde mir den Rest geben.«

»Er ist nicht traurig. Er ist schön.« Dann hatte sie die Frage gestellt, obwohl sie die Antwort kannte. »Warum hab ich den noch nie gehört?«

Er hatte sie auf die Nasenspitze geküsst. »Weil er mir eben erst eingefallen ist.«

Als sie in den Schlaf geglitten waren, hatte sie sich an Eliot gedrückt, ihre Haut hatte sich überall berührt. *Your warm embrace*, hatte sie in dem Moment selig vor Glück gedacht, *ich liege in deinen warmen Armen. Er hat mir einen Song geschrieben.* Doch trotz der schönen Worte wusste sie, was in seinen Augen stand: Rastlosigkeit. Die Vorfreude auf die Straßen, über die sie reisen, die Bühnen, auf denen sie stehen würden. Er war sicher traurig, dass er gehen musste, doch er war froh, dass er fahren konnte.

Du weißt, dass du damit eine Entscheidung triffst, hatte Ruby gesagt, als Robyn sie angerufen und es ihr erzählt hatte, doch Robyn sah es anders. Ben hatte sie bestärkt und mit Wehmut in der Stimme gesagt, dass sie recht daran getan habe, Eliot den nötigen Freiraum für seinen großen Augenblick zu geben, und, mit deutlich weniger Wehmut, dass ihre Eltern sich sehr freuen würden, wenn sie nach Hause käme. Eigentlich spielte es keine Rolle, was die anderen sagten: Robyn war zu der Einsicht gelangt, dass das Leben sowieso tat, was es wollte. Jedes Mal wenn man glaubte, man hätte alles unter Kontrolle, warf es einen wieder aus der Bahn, und das ohne Vorwarnung. Es war Rippströme und Weißwasser. Eliot und Lee würden drei Monate eng beieinander sein, doch im Vergleich zu ihrer Mum, ihrer wundervollen, geistesabwesenden und manchmal einfach nur beängstigend fremden Mum, war das nichts. Dass sie Zeit in Merrin verbrachte und erst später zu der Tour dazustieß, erlaubte ihr, sich aufrecht zu halten, nicht zu versinken.

Robyn hatte außerdem noch andere Pläne. Sie hatte ihre Skizzenbücher, ihre Acryltuben und Pastellfarben eingepackt. Alles, was sie in London je gezeichnet und gemalt hatte, war ihrem Gedächtnis entsprungen – Träumen vom Wellenschlagen in der Bucht, dem seidigen Gefühl des Wassers an der Taille, wenn sie sich auf dem Brett wendete –, und genau das war das Schöne daran gewesen. Bei der Aussicht auf einen längeren Aufenthalt in Cornwall hatte sie plötzlich das Gefühl, dass ihre eigenen Reserven nicht mehr reichten. Die Erinnerung konnte einem Streiche spielen, sie kam und ging ganz nach Belieben, wichtige Details konnten entgleiten und waren dann verloren. Letztlich war die Erinnerung ohne Substanz, und wenn sie irgendetwas von ihrer Mutter lernen konnte, dann womöglich das: Der gegenwärtige Moment, der Akt des Sehens und des Einprägens, war, was zählte. Und so hatte sie ihre Utensilien eingepackt und mit ihnen eine neue Dringlichkeit. Sie machte den Umweg über Sennen und nahm tief in sich auf, wie der seevernebelte Himmel leuchtete, die eilig dahinfließenden Rinnsale hügelige Wellen in den Sand formten, eine Muschel karamellfarben unter der Wasseroberfläche schimmerte. Im Kofferraum warteten die Skizzenbücher, die unberührten Seiten auf ihren Strich. Sie hätte niemals Farbe auf ein Blatt Papier aufgetragen, wäre nicht Tess in ihr herangewachsen, vor ihren Augen aufgewachsen, hätte sie nicht jenes eine Gemälde damals in der Cork Street gesehen. Sie hätte niemals den Impuls verspürt, sich in sich selbst zurückzuziehen und zugleich etwas Neues zu eröffnen.

Als sie in die Einfahrt von White Sands einbog, kniete ihre Mutter im Garten und schnitt Rosen. Marilyn stand auf und winkte. Robyn winkte, leicht übertrieben, zurück. Sie mühte sich, den Gurt zu lösen, sprang aus dem Wagen und lief auf ihre Mutter zu.

»Hattest du eine gute Fahrt, Liebes?«

»Ja, alles gut«, erwiderte Robyn und schlang die Arme um ihre Mum. Sie roch nach ihrem Lilienparfum und sauber und frisch nach Kaschmirpullover. Robyn trat zurück und schaute ihre Mutter an. »Wie geht es dir?«

»Sehr gut. Also, wo ist meine süße Tess?«

Robyn sah zum Himmel und schickte ein *Danke* hinauf. Die Krankheit ihrer Mutter verfuhr auf eigene, geheimnisvolle Weise, hatte ihr Dad sie vorgewarnt und gesagt, jeder Moment der Klarheit sei ein Grund zur Dankbarkeit. Er hatte gesagt, dass sich Marilyn ihrer Vergesslichkeit manchmal bewusst war und den Grund dafür kannte, manchmal jedoch vergaß sie sogar das. In solchen Augenblicken war sie orientierungslos, ihr Blick umwölkt, die Miene düster und verwirrt. Was es zu tun galt, hatte er gesagt, war, sich ihr gegenüber friedfertig zu verhalten, geduldig und ruhig, ganz gleich, wie aufgewühlt man innerlich auch war. Sein Tonfall hatte darauf hingedeutet, dass er seinen eigenen Rat just in dem

Moment befolgte. Robyn ging, ihre Mutter an der Hand, zurück zum Wagen.

»Deine süße Tess hat ganz Cornwall verschlafen, den größten Teil von Devon und auch ein bisschen Somerset. Sie wird später das ganze Haus zusammenheulen.«

»Meine Kleine«, sagte Marilyn und hob Tess vorsichtig aus dem Kindersitz. »Sie kann so viel schreien, wie sie will. Sie ist ja jetzt zu Hause.«

Für Jago kam der Aufbruch. Er hatte seine Abreise um zwei Wochen verzögert, doch nun war der Tag beinahe da. Er würde sie noch sehen, sich noch von ihr verabschieden, mehr nicht. Es gelang ihm, dies mit einem schlichten Bedauern hinzunehmen. Womöglich tat Amerika schon seine Wirkung. Er ging, Scout im Gefolge, zu ihr, doch Robyn bat ihn nicht ins Haus, sondern schlug einen Spaziergang vor.

»Ich bin seit zwei Tagen wieder da, aber ob du es glaubst oder nicht, ich war noch nicht in der Bucht«, sagte sie.

Es war Flut, und so setzten sie sich gemeinsam auf die Felsen. Unter ihnen wogte die See. Der Granit leuchtete. Scout lag zwischen ihnen, den Kopf auf den Pfoten, und schaute mit elendem Blick zwischen ihnen hin und her.

»Tess findet es hier toll«, sagte Robyn. »Dad führt sie im Garten herum und zeigt ihr alle seine Pflanzen. Mum macht Blumensträuße, nur für sie. Gestern hat Tess einen Frosch gesehen. Ihren ersten. Sie hat gleich versucht, ihn zu fangen.«

»Und deiner Mum geht es einigermaßen?«

»Ich denke schon.«

Das stimmte, und auch nicht. Bislang war ihre Mum überwiegend die Mutter gewesen, die Robyn immer gekannt hatte, doch hin und wieder verschwand sie, und eine seltsame Doppelgängerin trat an ihre Stelle. Eine Frau, die ihr Gegenüber mit leerem Blick ansah, die ein Wort verlor, noch während sie es aussprach, die aus *Kasserolle* nur noch *Kass, Kass, Kasse* machte oder die um einen Tee bat, wenn sie ihre Tasse längst in der Hand hielt. Am Tag zuvor war Ben zu Besuch gekommen und hatte heftige Umarmungen, ein fröhliches Lächeln und Pragmatismus verbreitet und nur gelegentlich *Das meinst du doch nicht ernst, Mum?* gefragt, als wolle er Marilyn mit gesundem Menschenverstand und guter Laune in die Realität zurückcoachen. Allein Robyn schien sich an der Grenze entlang der Angst zu bewegen, so als ob ihre Mum durch eine falsche Anrede oder eine komische Frage ihre Welt zum Kippen bringen und in den Abgrund reißen würde.

Jago änderte die Sitzposition. Robyn sah ihn an.

»Ich werde malen, während ich hier bin«, berichtete sie ihm.

»Ich habe dir nie für das Bild gedankt, das du mir zu Weihnachten geschickt hast.«

»Ich finde es nicht wirklich gut.«

»Blödsinn. Du hast Talent.«

»Meinst du ehrlich?«

»Mir hat gefallen, was du mir geschrieben hast, über das Gespräch von damals, dass du erst dann malen würdest, wenn du das Gefühl hättest, du musst.«

Robyn lächelte. »Daran hab ich oft gedacht. Ich hab das damals wirklich so gemeint, und vermutlich gilt das immer noch. Mehr denn je.«

»Und alles wegen Tess?«

»Mit Tess hat es angefangen. Seit ich mit ihr schwanger war. Sie hatte mich selbst da schon fest im Griff.« Robyn rieb sich die Nase. »Als ich erst einmal vor dem Blatt gesessen habe, war es keine Frage mehr, was ich malen würde. Das hat mich wirklich überrascht. Mir war wohl damals gar nicht bewusst, wie fern mir manches war. Was mir gefehlt hatte.«

»Das Meer?«

»*Dieses* Meer«, sagte Robyn. Sie lachte bitter. »Dieses Meer, von dem ich einst so dringend wegwollte.«

Eine See aus Stille breitete sich zwischen ihnen aus. Robyn legte die Hände im Schoß fest zusammen.

»Wenigstens kannst du wieder surfen«, sagte Jago schließlich, »solange du hier bist.«

»In New Mexico hast du ja nicht gerade viel Wasser. Ich hab's mir auf der Karte angesehen.«

»Ehrlich?«

»Höhenwüste. Einen größeren Kontrast in der Landschaft konntest du nicht finden. Aber vermutlich gibt's da Flüsse, zum Angeln. Dann bist du nicht ganz verloren.«

»Vielleicht doch«, sagte Jago. »Vielleicht bin ich doch verloren.«

»Weißt du schon, wie lang du bleiben wirst?«

»So lange, wie ich bleiben kann«, erwiderte er. »Ein halbes Jahr, ein ganzes, oder … Keine Ahnung. Wir werden sehen.«

Robyn entfuhr ein ungewollter Seufzer. Sie spürte, dass Jago sie ansah, doch sie konnte ihm nicht in die Augen schauen. »Der alte Kerl hier wird dir sicher fehlen«, sagte sie und schubste Scout sanft mit dem Fuß an. »Er weiß, dass du gehst. Sieh doch nur, wie traurig er dreinschaut.«

»Ich weiß. Ich würde ihn liebend gerne mitnehmen. Aber er hat Lucy echt ins Herz geschlossen. Ihm wird's prima gehen.«

»Tja, du musst uns allen schreiben. Uns wissen lassen, wie es dir ergeht. Es wird einsam werden hier auf diesem Felsen.

Du stellst einen beträchtlichen Teil der hiesigen Bevölkerung dar.«

»Du wirst doch den Kopf mit Berichten von der Tour voll haben, oder? Sie spielen doch in Amerika?«

»Tun sie«, sagte sie. »Überall.«

»Auch im Südwesten? Ich könnte sie mir ansehen. In Albuquerque oder Phoenix oder … irgendwo.«

»Sie spielen in Austin«, sagte Robyn. »Glaube ich.«

Irgendetwas hielt sie davon ab, Jago von ihren Reiseplänen zu erzählen. Sie stand auf. Der Wind peitschte durch ihr Haar, ihr Sommerkleid umflatterte die Knie. Auf Jago wirkte sie so zart wie nie zuvor. Ihre Füße schauten bleich aus den Sandalen. Die See hatte sie noch nicht gestählt, noch war sie weich und städtisch schmal.

»Ich sollte zurückgehen«, sagte sie.

Jago stand ebenfalls auf. Er hatte auf einem niedrigeren Felsen gesessen. Nun waren sie gleich groß.

»Das mit dem Timing tut mir leid«, sagte er.

»Welches Timing?«

»Wegen deiner Mum. Du hast mich gebeten, sie im Auge zu behalten, und …«

»Jetzt bin ich ja wieder da. Zumindest eine Zeit lang. So ist alles, wie es sein soll.«

»Das hab ich wohl auch gemeint.«

»Aber du stürzt dich in ein Abenteuer. Wir alle brauchen Abenteuer. Ich werde gerne an dich denken, da drüben.«

»Und deins hat sich gelohnt«, sagte Jago. »Oder?«

»Du hast Tess erlebt«, sagte Robyn, strich sich das Haar aus dem Gesicht und hinter die Ohren. »Sie ist toll. Finde ich zumindest.«

Der Wind zerzauste ihr das Haar erneut, und Jago hatte

Mühe, nicht nach den hellblonden Strähnen zu greifen und sie an ihren Platz zu legen.

»Nun, sie ist das tollste …«, er zählte an den Fingern ab, »fünfzehn Monate alte Mädchen, das ich kenne, keine Frage.« Und dann: »Also … heißt das wohl Auf Wiedersehen?«

Es sollte eine Frage sein, doch der Wind trug sie fort und verwehte ihren Schluss. Heraus kamen fünf Worte, eine Aussage. Robyn nickte. Sie beugte sich vor und küsste ihn auf die Wange. Nicht rasch, aber auch nicht langsam. Nur ein Kuss. Dann sprang sie von den Felsen.

»Viel Glück!«, rief sie gegen den Wind. »Du wirst uns fehlen!«

Sie winkte und verschwand hinter den Klippen.

vierunddreißig

Wenn die Brandung richtig war, schlüpfte Robyn beim ersten Licht des Morgens aus dem Haus. Rockabilly schimmerte in der Dämmerung, Kristalle tanzten auf dem Wasser. Die Möwen jauchzten, wenn sie kam, sie kreisten und kreischten durch den Himmel, während Robyn ihre Turnschuhe von sich warf und auf das Wasser zulief. Sie liebte den Schub der ersten Welle, die schmerzende Eiseskälte, die ihr in die Glieder fuhr und ihr den Atem nahm. Sie leckte sich die salzigen Lippen und paddelte hinaus, dann ließ sie sich im fahlen Morgenlicht auf ihrem Brett treiben und sah zu, wie die Wellen nahten. Die ersten ließ sie stets vorüberziehen, zählte, eins, zwei, drei, dann stieß sie voran, ruderte mit den Armen und richtete sich mühelos auf. Was folgte, waren die kurzen, unendlichen Sekunden, in denen sie auf der Welle Richtung Strand ritt, oder sich, wenn sie die Welle von der Seite her erwischte, mit dem Wasser wand. Das Taumeln, wenn die Welle brach, Robyn Salzwasser ausspuckte und lachte. Ihr morgendlicher Wellenritt gewährte ihr nie mehr als eine Minute vollkommener Euphorie. Doch eine Minute war nicht schlecht. Eine Minute war ziemlich gut.

Im Laufe des Tages ging sie oft mit ihrer Mum und Tess spazieren. Sie sprachen über dies und das und manchmal auch über das Unerwartete. Es kam vor, dass Marilyn plötzlich von einer Erinnerung aus ihrer Kindheit redete, als ob eine Schatzkiste mit einem *Plopp* vom Grund des Meeresbodens aufgestiegen wäre. Robyn fragte sich gelegentlich, ob ihre Mutter vergessen hatte, dass es Eliot gab, ob er in eines ihrer Gedächtnislöcher gefallen und dort geblieben wäre, weil sie ihn nur selten, wenn überhaupt, erwähnte. Doch eines Tages tat sie es. Sie waren nach Porthcurno gefahren. Ein Schleier aus Gischt hing vor der Sonne, der Sand war feucht, die Flut zog sich zurück. Sie sanken bis zu den Knöcheln ein. Tess summte in ihren roten Gummistiefeln herum, mit stolperndem Schritt und unaufhörlichem Gelächter. Ihre gute Laune war, wie immer, ansteckend. Robyn lächelte auf sie hinunter. Ihre Mutter auch.

»Ihr habt das mit ihr toll hinbekommen, du und Eliot«, sagte Marilyn.

»Aber der Weg ist noch weit. Im Grunde dauert er ein ganzes Leben.«

»Ihr werdet das schon schaffen, das wird euch gelingen. Problemlos.«

»Ich hatte ja keine Ahnung, wie sehr sie mich in Anspruch nehmen würde«, sagte Robyn. »Ich meine nicht nur zeitlich, das auch. Ich meine nur … Ich kann kaum an etwas anderes denken.« Sie lachte schrill. »Manchmal frage ich mich, ob da überhaupt noch Platz für andere ist.«

Marilyn nickte. »Mir ist wohl aufgefallen, dass du nicht oft von ihrem Vater sprichst.«

»Wirklich?« Sie war entwaffnet. »Er ist weit weg.«

»Aber du denkst doch an ihn, oder nicht?«

Sie blieben stehen. Tess hatte sich hingehockt, um irgendetwas im Sand zu untersuchen. Es war die rosa Schale eines toten Krebses. Tess bemühte sich hingebungsvoll, sie auszugraben.

»Natürlich«, sagte sie. »Aber es ist nicht immer leicht.« Sie sah zu ihrer Mum. »Manchmal habe ich das Gefühl, dass es noch so viel gibt, was wir nicht voneinander wissen.«

Marilyn lachte leise, traurig.

»Robyn, den anderen kennt man niemals voll und ganz. Und selbst wenn man das glaubt, tja, Menschen ändern sich, glaub mir. Wir verändern uns, ob wir wollen oder nicht. Beständig ist im Grunde niemand.« Sie plättete sich das Haar. Ein wehmütiger Ton schwang in ihren Worten mit. »Ich mag Eliot. Er ist gut zu dir und Tess. Es hätte wirklich schwer werden können, und doch glaube ich, dass er es euch so leicht gemacht hat, wie es ging. Und das gilt auch für dich. Ich glaube, ihr habt beide eine Menge Kompromisse gemacht, damit es funktioniert.«

Vielleicht lag es an der Meeresbrise oder der salzigen Luft oder der perfekten Zielgenauigkeit ihrer Mum, doch Robyns Augen brannten. Sie blinzelte rasch.

»Manchmal frage ich mich, ob Eliot größere Kompromisse gemacht hat, als er bereit ist zuzugeben«, sagte sie.

Tess hob triumphierend die leere Krebsschale in die Höhe und kreischte vor Freude. Mit ihrem Fund im Arm stolperte sie vorwärts, ihre Stiefelchen sanken in den Sand. Robyn fragte sich, ob sie ihrer Tochter die Schale lieber wegnehmen sollte. Sie sprach rasch weiter, bevor sie ihre Mutter erneut verlor.

»Stell dir vor, er hat einer anderen einen Antrag gemacht. Vor ein paar Jahren. Sie hat ihn abgewiesen. Sie heißt Lee. Sie war längere Zeit im Ausland, aber jetzt ist sie wieder aufgetaucht und spielt die gute Fee für die Band. Sie macht alles möglich. Der Plattenvertrag, das lag allein an ihren Kontakten. Und bei der Tour ist sie auch dabei, drei lange Monate.«

Gelegentlich dachte Robyn daran, dass Lee neben der Bühne stand, ihre Kritiken schrieb, die Bars stürmte und alles teilte, was Eliot auf der anderen Seite der Welt erlebte. Aber die Vorstellung erschütterte sie nicht so sehr wie noch in London. Sie war innerlich distanzierter, so als ob sie einen Film betrachten würde. Nur bei Nacht kamen die Gedanken und bedrängten sie, wenn Lee und Eliot gemeinsam in ihren Träumen erschienen und ihr Unterbewusstsein keine Ruhe gab.

Sie gingen langsam weiter, folgten Tess auf ihrer Zickzackroute. Robyn gab knappe Details aus der gemeinsamen Vergangenheit und Gegenwart von Lee und Eliot preis, in einem lockeren Tonfall, der gleichgültiger klang, als sie empfand.

»Aber macht es dir nichts aus«, fragte Marilyn und kniff die Augen zusammen, »dass sie bei ihm ist und du nicht?«

»Nicht mehr lang, und ich bin auch da.« Robyn zählte es an den Fingern ab. »Morgen in drei Wochen, dann treffen wir uns in L. A.«

»Du wolltest nicht früher fahren?«

»Ich will bei dir sein.« Sie lachte kurz. »Und außerdem stehe ich vorher nicht auf Lees verdammtem Tourplan.«

Ihre Mum nahm ihre Hände. Sie waren warm und trocken und fühlten sich wie immer an.

»Du musst dein Leben nicht unseretwegen unterbrechen.«

»Aber das *ist* mein Leben. Oder nicht?«

»Robyn, bist du glücklich?«, fragte Marilyn mit solcher Sachlichkeit zurück, als hätte sie gefragt, ob Robyn eine Tasse Tee wolle.

Robyn musterte ihre Mum, doch Marilyns Augen waren klar, ihr Blick fokussiert.

»Weiter als über den Sommer hinaus kann ich nicht sehen«, sagte sie zu ihrer eigenen Überraschung. »An manchen

Tagen kann ich mir nicht einmal mehr vorstellen, nach London zurückzukehren. Ich weiß nicht, was das heißt.«

Als sie von ihrem Spaziergang zurückkehrten, lotste Simon Robyn in die Küche. Aufgeregt rieb er die Hände aneinander, seine Handflächen knisterten beim Reden.

»Wie finanzierst du eigentlich deine Reise?«

»Mit meinen letzten Ersparnissen. Wenn die Tour vorüber ist, muss ich mir einen Job suchen.«

»Aber in London sind Tagesmütter furchtbar teuer, oder?«

»Allerdings. Mehr als ich mit mehreren Jobs zugleich verdienen würde. Ich bin ja gewissermaßen ungelernt.«

»Da bin ich mir nicht so sicher«, sagte Simon. »Ich habe mir deine Skizzenbücher angesehen.«

»Dad, das ist privat...«

»Robyn, ich bin beeindruckt. Ich hatte keine Ahnung... Wann hast du überhaupt mit der Malerei angefangen? Ist ja auch egal. Tatsache ist: Deine Arbeit ist zu gut, um sie zu verstecken. Ich selbst mag ja vollkommen unfähig sein, doch ich erkenne ein Talent, wenn es vor mir steht. Gott, du *beschämst* mich regelrecht.«

Simon hatte nicht von seinen Aquarellen abgelassen. Er hatte den Blick aus dem Garten von White Sands über zwanzig Mal gemalt. *Und jedes Mal sieht es anders aus*, hatte er lachend bestätigt, als Robyn ihn darauf hingewiesen hatte. *So was aber auch.*

»Warum nutzt du deinen Aufenthalt nicht nach Kräften aus? Dieses Stückchen Erde hier scheint die Künstler wie kein anderes zu inspirieren«, sagte er, »und wenn du begabt bist, kann dabei nicht nur Vergnügen, sondern auch Geld herausspringen.« Er deutete auf die Wände ringsumher. Sie waren vom Boden bis zur Decke mit Gemälden behangen, die aus den Galerien entlang der Küste stammten. »Also, wie wäre es, wenn du mir dein jüngstes Werk verkaufst, das mit der Heide hinter unserem Haus, in Rot und Braun und was nicht alles? Du hast die Farben wirklich perfekt getroffen.«

»Dad, ich brauche keine milden Gaben. Ehrlich, ich schenke dir das Bild.«

»Du bist blank bis auf die Knochen, denke ich mir zumindest, und ich will eine arme Künstlerin unterstützen. Zumal sie von hier stammt.«

»Sehr von hier.«

»Lass es rahmen – aber vernünftig, nicht mit einem dieser billigen Rechtecke, die jedes Bild ruinieren –, und ich bezahle dich entsprechend.«

»Dann bräuchte ich unter Umständen einen Vorschuss, für den Rahmen …«, sagte Robyn.

»Abgemacht«, sagte er, und sie gaben sich die Hand. »Aber …«

»Was ›aber‹?«

»Du musst mir versprechen, ernsthaft über meine Worte nachzudenken. Dir könnte weit Dümmeres einfallen, als zu versuchen, ein paar von deinen Bildern zu verkaufen. Du hast Talent, da stimmt mir deine Mum zu.«

In dem Moment kam Marilyn in die Küche, Tess im Gefolge, eine patschige Hand an ihrem Rock.

»Wobei stimme ich dir zu?«, fragte sie.

»Dass Robyn etwas aus ihren Bildern machen sollte.«

»Ich habe immer schon gesagt, dass sie eine Künstlerin ist.«

Robyn schaute zu ihrer Mutter. Das hatte sie zwar nie gesagt, doch vielleicht war da trotzdem etwas dran.

Und so fuhr Robyn mit Tess nach St. Ives und aß mit ihr ein Eis am Strand. Sie spähten in die Ateliers der Seitenstraßen und gingen in die Galerien. Sie umrundeten das Kap und schauten der Malerklasse einer Sommerakademie zu, die gruppenweise auf dem Sand saß und ihre Staffeleien in Richtung Meer ausgerichtet hatte. Der Drang zur Malerei war wie aus eigenem Antrieb aufgetaucht, und vielleicht musste sie einfach abwarten, wohin sie das führte. In ihrem Londoner Versteck, wenn Eliot fort gewesen war und Tess geschlafen hatte, war es eine einsame Beschäftigung, eine geheime Welt für sie allein gewesen. Nun, mit der Ermutigung ihrer Eltern im Rücken und einem bestärkten Glauben an sich selbst, wurden ihre Bilder zu etwas anderem; sie gewannen an Leben, und sie selbst auch.

Bevor Robyn mit Tess nach Hause fuhr, erklommen sie die steilen Straßen, die zum Barbara-Hepworth-Museum führten, dem ehemaligen Wohnhaus der Künstlerin. Der Tag neigte sich, die Touristen hatten sich verzogen. Robyn und Tess durchstreiften den Garten bis in seine fernsten Winkel und entdeckten eine Bank, die unter einer großen Palme stand. Durch die Lücken im Blattwerk waren Bruchstücke von grauen Schieferdächern sichtbar und gelegentlich ein Stückchen blaues Meer. Robyn stellte sich vor, wie es wäre, jeden Morgen nach dem Erwachen in solch eine private Oase zu gelangen, über den Rasen in das weiß gekalkte Atelier zu gehen, sich über sein Werk zu beugen und die Außenwelt, so sanft sie dort auch war, auszusperren. Ein solches Leben wirkte so erfüllt, und doch auch sehr umfriedet. *Sehr friedlich*, dachte sie, und dann, wie aus dem Nichts: *Eliot würde so ein Leben hassen.*

Als sie wieder in White Sands war, blätterte sie erneut durch ihre Skizzenbücher. Ihre Mum gesellte sich zu ihr.

»Die gefallen mir«, sagte Marilyn und wies auf frühe Studien. Es waren die ersten Seestücke, die sie in London angefertigt hatte. Manchmal leuchtete eine grüne Weide oder eine flammende Heide auf, doch alles war durchtränkt vom goldenen Licht der Erinnerung. Ob mit Pastellstift oder Deckfarbe, mit zartem Strich oder energischem Pinselschwung – aus allen Bildern sprach die Sehnsucht. Eine Zuneigung zu ihrem Motiv. Womöglich sogar der Verweis, dass dieser Ort ihr wertvoll, etwas ganz Besonderes war.

»Das hier«, Marilyn wies auf eine spätere Arbeit, »gefällt mir auch. Eigentlich am besten. Es ist … alles da. Es ist wahr.«

Als Jago nach Amerika aufgebrochen war, war sie in die Bucht zurückgekehrt. Sie hatte rasch gemalt, ihre Augen hatten hungrig geflackert, ihnen sollte nichts entgehen. Das Blatt zeigte Rockabilly bei Sonnenuntergang, und es war das erste Mal gewesen, dass Robyn im Freien gemalt hatte, den Block auf den Knien, die Farben neben ihr im Gras. Die See war ein glühendes Schimmern und verschwamm zu einem fernen Horizont, einer unbekannten Küste in Amerika. Robyn hatte sich nur eine Freiheit erlaubt und die beiden Figuren, die oben auf den Granitfelsen saßen, hinzuerfunden. Innerhalb der Landschaft nahmen sie sich winzig und unbedeutend aus, doch Marilyn hatte sie entdeckt und wies nun mit dem Finger darauf. Was sie dazu sagte, konnte Robyn nicht recht deuten. Sie wusste nicht, ob sie noch bei ihr war und als Mutter auf das Bild ihrer Tochter sah oder ob sie an einen fernen, losgelösten Ort entschwunden war.

»Die Künstlerin will etwas, das sie nicht haben kann«, sagte Marilyn, »und mit diesem Bild kommt sie dem am nächsten. Siehst du«, sie zeigte auf die beiden Figuren, »siehst du, es ist alles da. Alles, was sie will, ist da. Aus diesem Grund ist es vollkommen.«

Wegen des Zeitunterschieds und der ständig wechselnden Aufenthaltsorte der Band hatte Eliot vorgeschlagen, sich nur einmal in der Woche anzurufen, doch wenn Robyn Tess den Hörer hinhielt, sagte sie immer noch voller Freude und Gewissheit *Dadadada*. Eliot erzählte von Sydney, wo sie auf dem Dach eines Hauses aufgetreten waren, unter einem Nachthimmel, an dem gewaltige Sterne glühten. Sie hatten in einer Hotelbar mitten in Tokio gespielt, und später waren sie in der weißen Dämmerung durch eine makellose Stadt gelaufen, die Bühnenoutfits hatten ihnen noch am Leib geklebt. Er sagte, dass er nicht viel schlief, ungenügend aß und vermutlich zu viel trank, doch seine Begeisterung strömte durch die Leitung. Robyn sagte ihm, sie freue sich, dass er das tun konnte, was er liebte. Sie sagte ihm, dass sie ihn vermisse, und er sang es durch das Telefon zurück, die perfekte Reaktion auf ihre Worte.

Die Wochen waren schnell vergangen, und schon sagte sie: »Ich seh dich übermorgen. Wir landen nachmittags um vier.«

»Ich bin da«, sagte er.

fünfunddreißig

»Tut mir leid, dass ich zu spät bin«, sagte Eliot zum vierten Mal.

Robyn tat seine Entschuldigung mit einer Handbewegung ab. »Alles gut, hab ich doch gesagt. Wir hätten uns wirklich auch ein Taxi nehmen können, das wäre völlig okay gewesen.« Sie versuchte, ein Gähnen und mit ihm den Jetlag zu unterdrücken. Die Sonne Kaliforniens stach ihr in die müden Augen. Tess quengelte. Eliot hockte auf dem Stuhl neben ihr und drehte ihre Hand in seinem Schoß.

»Ich hatte mir ausgemalt, wie ich mit einem Schild in der Ankunftshalle stehe, dann kommst du mit deinem Gepäck durch die Tür, und wir geben uns mitten im Flughafen einen irrsinnigen Wiedersehenskuss.«

»Großes Kino«, erwiderte Robyn. »Ich kann es mir bildlich vorstellen.«

Sie saßen in einem Café in der Nähe des Hotels, in einer Nebenstraße des Sunset Boulevard. Eine hochgeschossene Palme warf Schattenflecken, in ihrem Rücken lud eine heruntergekommene Mall zum Shoppen ein, jeder Artikel 99 Cent. Der Verkehr ließ niemals nach, die Autos standen Stoßstange an Stoßstange, aus ihren Fenstern dröhnte Musik, und über allem hing ein Benzingeruch, der sich Robyn in den Rachen setzte und sie besorgt auf Tess blicken ließ. Robyn hatte von einer Dachterrasse geträumt, lässige Cocktails mit viel Eis in der Hand, davor die Promenade und der wirbelnde Pazifik.

»Und im wahren Leben scheitert das große Wiedersehen an verstopften Straßen und, was hast du gesagt, zu viel Tequila in der Nacht davor?« Sie lachte und legte ihm eine Hand an das Gesicht. »Du siehst verändert aus. Du siehst fertig aus.«

»Danke.«

Seine Augen waren glasig, die Wangen fahl. Die Sonne Australiens hatte keine Spuren hinterlassen. Eliot sah man lange Nächte an, mit reichlich Alkohol und Zigaretten, doch so mitgenommen er auch wirkte, ihn umgab ein Strahlen. Vor Glück, so dachte Robyn, das war pures Glück.

»Du hast die Zeit deines Lebens, oder?«

»So toll hätte ich es mir nicht vorgestellt.« Er drückte ihre Hand, seine Augen glühten. »Robyn, es ist mir erst bewusst geworden, seit ich unterwegs bin, aber ich glaube, ich liebe es, auf Tour zu sein. Japan war irre, einfach wahnsinnig. Australien auch. Und dann Seattle, San Francisco. Lee hat uns eine Irrsinnstour organisiert. Ich glaube, erst dann geht einem auf, dass man wirklich was am Laufen hat. Wenn man damit überall hingehen kann und es überall funktioniert. Genau das haben wir gebraucht. Zum ersten Mal fühle ich mich … bedeutend.«

Robyn lachte.

»Das mein ich ernst.«

»*Bedeutend?*«

»Wir spielen nicht einmal vor großen Mengen, aber allein die Tatsache, dass wir unterwegs sind, dass es immer um den nächsten Auftritt geht, das fühlt sich so real an, so bedeutend.«

»Es ist nur eine komische Wortwahl«, erwiderte Robyn. »Wie wäre es mit ›zufrieden‹?«

»Zufrieden? Nein, das ist viel zu beschaulich. An dieser Tour war bislang wirklich nichts Beschauliches.«

»Das wird mir langsam klar. Du bist völlig aus dem Häuschen.«

»Ich bin doch nicht Tess. Ich bin doch keine Zweijährige vor einem Becher Eiscreme.«

»Sie ist keine zwei, Eliot.«

»Robyn, bitte … Ich sag ja nur … Ich weiß nicht. Es ist toll. Und ich will nicht, dass es aufhört. Aber«, fügte er eilig hinzu, »ich bin so froh, dass ihr beide hier seid. Wir haben erst mal ein paar Tage frei. Also werden wir uns amüsieren. Ich dachte, wir fahren morgen vielleicht nach Disneyland und machen ein paar alberne Bandfotos. Auf der Achterbahn, mit Zuckerwatte im Gesicht. Ty, wie er Minnie Mouse unter den Rock guckt. Das wird cool. Wenn wir morgen gleich früh aufbrechen, haben wir den ganzen Tag. Was ist denn? Was ist los?«

»Ich dachte, wir hätten vielleicht ein bisschen Zeit für uns. Nur wir drei.«

»Werden wir, dafür ist noch reichlich Zeit. Jetzt bist du ja hier.« Er beugte sich quer über den Tisch und küsste sie. Er küsste sie noch einmal richtig. Robyn spürte seine eilige Zunge, den drängenden Mund. »Das hat mir gefehlt«, sagte Eliot.

Das Hotel war ein Motel, ein zweigeschossiger Kasten, der um einen Parkplatz herumgebaut war und auf dessen Gängen mehrere Essensautomaten Posten bezogen hatten. Ihr Zimmer lag im Erdgeschoss, und als Robyn die Jalousie öffnete, bot sich ihr der Ausblick auf Plastiksnacks und Limonaden.

»Ich dachte, wir hätten ein Apartment, ein Condo, oder wie immer das hier heißt.«

»Nein«, sagte Eliot. »Das hier ist es.«

Sie setzte sich auf das Bett. Die Matratze neigte sich zu einer Seite, die Federn quietschten. Eliot warf sich neben sie und legte sich Tess auf den Bauch. Er fuhr ihr mit den Fingern durch das Haar und spielte geistesabwesend daran herum. Tess wand sich von ihm fort. Robyn rollte auf die Seite und schaute ihnen zu.

»Ich habe vor meiner Abreise ein Bild verkauft«, sagte sie. »Ich würde uns gerne etwas Gutes tun. Wie wäre es mit einem Hotel am Strand? Oder zumindest einem Zimmer mit einer etwas schöneren Aussicht?«

»Wir können jetzt nicht umziehen, die ganze Band ist hier. Und außerdem liebe ich diese Motels, das ist purer Kitsch.«

»Aber das hier ist weniger Kitsch, sondern eher … Schäbigkeit. Und das Zimmer ist so groß wie ein Schuhkarton, mit der Wiege ist doch kaum noch Platz für uns.«

»Wir müssen rechnen«, sagte Eliot. »Wenn wir es geschafft haben, geben wir uns die Fünf-Sterne-Nummer, aber bis dahin … sind wir eine Motel-Band.«

Robyn rieb sich mit beiden Händen über das Gesicht. Der Flugzeuggeruch war in ihren Haaren und auf ihrer Haut. Sie spielte mit dem Gedanken, die Reise wegzuduschen, doch der Jetlag setzte sich immer tiefer in ihr fest und lockte sie in Richtung Schlaf. Draußen heulte ein Motorrad, es dröhnte durch die Wände. Schritte und viele laute Stimmen gingen vor dem Fenster vorüber. Robyn hätte Eliot gern von ihren Bildern erzählt. Nicht nur, dass sie eines an ihren Dad verkauft hatte – seine überaus großzügige Summe war ihr wie eine wohltätige Spende und nicht wie ein angemessener Preis erschienen –, sie hatte in Cornwall auch zu einem neuen Rhythmus gefunden und einer neuen Entschlossenheit. Doch sie entschied, das auf später zu verschieben, wenn sie sich wieder aneinander gewöhnt hatten. Zwischen ihnen lag eine Distanz, unausgesprochen zwar, aber wahrnehmbar. Sie rutschte näher an Eliot heran und legte einen Arm um seine Brust. Sie atmete seinen Geruch ein, suchte das Vertraute.

»Also, wann können wir uns endlich aufeinanderstürzen?«, murmelte sie.

In dem Moment donnerte es an der Tür. Sie fuhren alle drei zusammen.

»Die Jungs!«, rief Eliot und sprang auf. Tess wippte hinter ihm auf und ab. »Kommt rein!«

Alle strömten in das Zimmer. Robyn schnappte sich Tess und stand zur Begrüßung auf. Ty, Pete und Simon, alle in den gleichen schwarzen, tiefsitzenden engen Jeans, lächelten und küssten sie und zwickten Tess in die Wangen. Lee kam als Letzte herein und ließ die Tür offen stehen. Sie trug ein violettes Crepekleid, das bis auf den Boden reichte. Sie hauchte Luftküsse in Robyns Richtung, Armreifen klirrten an ihren Gelenken. Sie war eine Wolke aus Parfum und Nikotin. Sie ging zu Eliot, küsste auch ihn und blieb an seiner Seite.

»Also, wie hast du dich entschieden, El, kommst du mit?«, fragte sie.

»Heute Abend nicht«, sagte Eliot. »Meine Mädchen sind fix und fertig. Ich glaube, wir ordern uns eine Pizza und bleiben einfach hier.«

»Okay, deine Entscheidung, dein Verlust. Aber morgen früh um neun geht's los, klar?«, sagte Lee. »Leo ist jetzt auch dabei. Er will ein bisschen filmen. Und falls du deine Meinung änderst, ruf mich an. Das Ticket ist noch da.«

Eliot schüttelte den Kopf und wechselte mit Lee einen vielsagenden Blick.

»Amüsiert euch, Jungs«, sagte Eliot, als sich alle wieder nach draußen drängten. Er schloss die Tür und wandte sich mit einem Lächeln an Robyn.

»Also, Pizza? War das eine gute Ansage?«

»War es. Wohin gehen sie denn alle?«

»Ins Troubador. Merlin Scott ist in der Stadt, Lee hat Tickets klargemacht.«

»Aber du liebst Merlin Scott.«

»Aber euch liebe ich noch mehr.«

Er setzte sich neben Robyn auf das Bett und fuhr ihr mit einem Finger über eines der nackten Beine, die unter ihren Shorts hervorschauten.

»Du siehst gut aus. Hast Farbe bekommen. Auch dein Haar ist heller.«

»Das ist Cornwall.«

»Cornwall steht dir.«

»Du hättest mit den anderen mitgehen können. Wenn du gern gewollt hättest.«

»Ich glaube nicht, dass es Tess im Troubadour gefällt.«

Eliot hatte sie in die Reisewiege gelegt. Sie brabbelte empört und rüttelte an ihrem Gefängnis.

»Was sagtest du eben von wildem Sex?«, fragte er.

In dem Moment nieste Tess, hoch, kurz, dann fing sie an zu weinen, anfangs noch ein wenig unentschlossen, dann mit anschwellender Wut.

»Oder doch lieber Pizza und früh schlafen? Und grässliches amerikanisches Kabelfernsehen?«, rief Eliot über das Geheul hinweg.

»Nicht gerade Rock'n'Roll«, erwiderte Robyn.

Die Nacht war unruhig. Tess wälzte sich in ihrer Wiege, ein Husten, der von der Klimaanlage des Flugzeugs kam, quälte sie in ihrem rastlosen Schlaf. Robyn lag mit geöffneten Augen neben Eliot in der Dunkelheit. Jenseits ihres Zimmers glitzerte Los Angeles – der endlose Ozean, die steilen Hügel, die tiefen Canyons, das Gedränge von Downtown, mit seinem tief hängenden Smog und Palmendächern, mit seinem Luxus, seinen Bruchbuden. Die Vorstellung war gewaltig und verlockend, doch als es auf dem Wecker drei Uhr morgens blinkte, schrumpfte Robyns Welt in sich zusammen. Sie lag sehr still da und lauschte auf ihren Atem. Sie wurde das Gefühl, so vage es auch war, nicht los, dass sie am falschen Ort war.

Sie wurde vor den dünnen Lichtstreifen wach, die durch die geschlossene Jalousie kamen. Robyn reckte sich und rollte zur Seite, doch der Platz neben ihr war leer. Sie schwang die Beine aus dem Bett und schaute in die Wiege. Tess lag schlafend da. Robyn ging zum Fenster und zog die Jalousien leicht auf. Ein stechendes Licht drang ins Zimmer. Sie blinzelte. Die Uhr besagte, dass es Mittag war. Ein Zettel lehnte gleich daneben.

Morgen (Nachmittag!), meine Schlafmütze. Ich habe versucht, euch aufzuwecken, aber ihr wart völlig ausgeknockt. Ich habe euch schlafen lassen, denn wahrscheinlich habt ihr das gebraucht und werdet mir später dafür danken. Außerdem warst du eh nicht so wild auf Disney – kann ich dir nicht wirklich verübeln, ist vielleicht echt eine dämliche Idee. Wir sind gegen Abend wieder da, pass bis dahin auf dich auf. XXXX

Robyn ging erneut zum Fenster und öffnete die Jalousie ganz. Der Snackautomat, zahlreiche Motorhauben glitzerten in der Mittagssonne. Aus der Wiege kam ein Rascheln. Robyn drehte sich zu Tess. Sie hatte ihre blauen Augen weit geöffnet, sah Robyn aus runden Knöpfen fragend an und streckte die Arme in einer seltsam erwachsenen Weise hoch über den Kopf.

»Morgen, mein Baby«, sagte Robyn. »Na, wozu hast du heute Lust?«

Am Abend trafen sie sich in einem mexikanischen Restaurant, einer Touristenfalle in der Nähe des Sunset Boulevard. Sie schaufelten an langen Tischen grässliche Guacamole in sich hinein, begleitet von einer freudlosen Mariachi-Band. Tess schlief in ihrem Buggy unter einem Tuch. Robyn trank einen überzuckerten Cocktail, eine Hand auf dem Kinderwagen, und lauschte den Gesprächen. Sie hatte Eliot von ihrem Ausflug mit Tess erzählen wollen, davon, dass sie mit dem Bus nach Santa Monica gefahren waren und die Surfer bei ihren Kunststücken beobachtet hatten, aber er hatte nur das Fotoshooting im Kopf, und sie litt unter Sonnenbrand und Müdigkeit und fand es viel zu anstrengend, durch die ungestümen Gespräche hindurchzudringen.

Lee hatte die besten Aufnahmen schon ausgedruckt. Die Fotos kreisten am Tisch. Die Band wischte sich die fettigen Finger an Servietten ab und stieß über jedem Bild mit einem Bier an. Auch Robyn schaute sich die Fotos an. Auf ein Bild sah sie länger als auf alle anderen. Es zeigte Eliot und Lee in einer riesigen Teetasse, einem Kinderkarussell, aus grässlich buntem Plastik. Sie hielten sich aneinander fest, Eliot war zur Seite gerutscht, Lee in ihn hinein. Sie lachten beide in die

Kamera, die Gesichter aneinander, in völliger Verzückung. Robyn lächelte, so wie alle lächelten, dann reichte sie das Bild weiter.

Als sie später im Bett lag und Tess längst schlief, rollte sie zu Eliot und ließ die Hände an seinem Körper bis in seine Shorts hinunterwandern. Er murmelte etwas, drehte sich zu ihr und legte seine Lippen auf ihre.

»Ich hab plötzlich Lust auf eine Dusche«, flüsterte Robyn.

»Was, jetzt?«

»Ich meine … willst du *mitkommen*?«

»Bleiben wir doch hier«, sagte er, legte sich auf sie und drückte sich an sie.

»Eliot, das geht nicht, was, wenn Tess wach wird?«

»Wird sie nicht, sie ist besinnungslos.«

Robyn rutschte unter ihm weg und entzog sich seinen Küssen. »Wir sind hier im kleinsten Zimmer der Welt eingepfercht. Na komm, ich werde duschen, mach doch mit.«

Eliot rollte wieder auf den Rücken und blieb liegen. Er rieb sich mit beiden Händen das Gesicht.

»Wir haben das nicht richtig durchdacht«, sagte er, »die ganze Logistik.«

»Dann müssen wir eben kreativ sein.«

»Ich war den ganzen Tag lang kreativ. Jetzt will ich einfach nur Sex mit meiner Freundin haben.«

»Wow«, sagte Robyn, »das klingt echt romantisch.«

Sie legte sich neben ihn auf den Rücken und schaute an die Decke. Wenn sie sich ausstreckte, stieß sie mit dem Zeh an Tess' Wiege.

»Was sieht das in den anderen Städten aus? Habt ihr da richtige Apartments gebucht? In Vegas? Phoenix?«

»Ich hab keine Ahnung.«

»Aber wenn ich für uns bezahle, könnten wir uns doch ein Upgrade leisten, oder? Eliot?«

»Ich will die Planungen nicht durcheinanderbringen.«

»*Lees* Planungen.«

»Was soll das denn heißen?«

»Nichts. Es ist nur … Spielt keine Rolle.«

»Morgen ist unsere Show«, sagte Eliot mit angestrengter Stimme und rollte auf die Seite. »Ich muss sowieso schlafen. Ich bin am Ende.«

»Okay«, sagte Robyn. »Klar. Ich auch. War ein langer Tag.«

Am nächsten Abend spielte die Band in einem riesengroßen Plattenladen. Robyn stand ganz vorn und balancierte Tess auf der Hüfte. *Jetzt sieh dir deinen Daddy an*, flüsterte sie und drückte ihre Lippe an Tess' winzige Ohrmuschel, und tatsächlich sah Tess mit einem leicht erstaunten Ausdruck auf. The Fearless hatten eine andere Energie als bei ihren Gigs in London, sie wirkten wilder, geschliffener, doch als Robyn sich zu erinnern versuchte, wann sie die Band zuletzt gesehen hatte, konnte sie es nicht. Es musste noch vor Tess' Geburt gewesen sein. Sie sah Eliot mit den Augen einer Fremden an. Er war perfekt ausgeleuchtet, es wirkte, als wäre dies sein Platz. Seine Finger tanzten über die Saiten, seine Lippen waren geöffnet, sein Ausdruck war die perfekte Balance aus Konzentration und Hingabe.

Robyn spürte, wie ihr jemand an den Ellbogen tippte. Sie drehte sich um. Es war Lee. Um den Hals trug sie, überflüssigerweise, wie Robyn fand, ihren Presseausweis, und er lag genau zwischen ihren Brüsten.

»Falls das Baby unruhig wird, du musst nicht das ganze Set lang bleiben«, sagte sie. »Gleich draußen gibt es ein Café.«

»Uns geht's gut«, sagte Robyn. »Wir finden's toll.«

Lee verschwand, und als die Band fertig war, stand sie als Erste auf der Bühne, passte sich an Eliot an, sprach in schnellem Tempo, während Eliot grinsend nickte und ihr unbeirrbares Lob in sich aufsog. Robyn flüchtete auf die Toilette, und als sie sich mühsam mit Tess' Kinderwagen aus der Kabine hinausmanövrierte, stand Lee vor dem Spiegel und zog sich summend die Lippen nach.

»Ich kenn den Song«, sagte Robyn.

»Ist mein Lieblingssong«, sagte Lee und presste ihre frisch erröteten Lippen aneinander.

»Wirklich? Meiner auch.« Sie besaß von diesem Lied nur die Erinnerung – wie Eliot es am Abend vor seiner Abreise gespielt hatte –, doch sie hatte daran festgehalten. »Haben sie den auf der Tour gespielt?«

Wie gern hätte sie den Song zuvor von ihm gehört, als heimliche Hommage an sie und Tess. *I'm always with you, wherever you travel.* Es wäre wie bei einem seiner ersten Gigs gewesen, gleich im Anschluss an ihren Umzug, als sie ihm auf der Bühne zugesehen, sie ihn mit ihren Blicken verzehrt hatte. *Feel the strength, of my arms around you, rest assured in my warm embrace.*

Lee brach in ein kurzes Lachen aus, so als ob die Frage vollkommen grotesk wäre.

»Das ist Eliots Ding, das hat nichts mit der Band zu tun. Außerdem ist der Song uralt.«

»Er hat ihn grade erst geschrieben«, widersprach Robyn, »kurz vor der Tour.«

Lee musterte sie im Spiegel. Sie sah aus, als ob sie etwas sagen wolle, doch sie unterließ es. Sie spitzte die Lippen und legte einen Zeigefinger an den Mundwinkel.

»Wie auch immer«, sagte sie leichthin. »So eine Akustikballade passt nicht gut ins Set.«

Hinterher standen alle auf dem Bürgersteig im warmen Strom der Abendluft. Der Besitzer des Plattenladens wollte die Band zu Drinks einladen, in einer Kellerbar zwei Straßen weit entfernt.

»Geh schon«, sagte Robyn zu Eliot. »Genieß es.«

»Ich fühl mich mies«, sagte er.

»Unnötig. Wir kommen klar. Für Tess ist längst Schlafenszeit, und für mich vermutlich auch.«

»Aber muss das jetzt jeden Abend so sein?«, fragte er. »Dass wir getrennte Wege gehen?«

Robyn zuckte mit den Schultern. »Das liegt bei dir.« Sie besserte nach. »Du bist auf Tour. Mir war bewusst, wie das läuft. Geh. Amüsier dich.«

»Darüber hatte ich nicht nachgedacht«, sagte er. »Ich wollte all das mit dir teilen. Ich hatte die Vorstellung, dass wir zwei ...«

»Aber das geht nicht. Und ich glaube auch nicht, dass es jemals wieder gehen wird.«

»Sag so was nicht.« Das kam rasch und betroffen.

»Aber so ist es doch, oder? Lange Nächte und kleine Kinder passen nicht zusammen. Und zu deinem Job ... gehören viele Nächte.«

»So denkst du also darüber, als meinen *Job*?«

»Ist es das denn nicht?«, fragte sie kühl.

»Robyn, es ist mein Leben.«

Lee drängte sich zwischen sie und legte jedem eine Hand auf die Schulter. Ihre Stimme war hoch und ein wenig unsicher.

»Sorry, wenn ich störe, aber die Jungs werden unruhig. Wenn wir nicht gleich ein paar Drinks in sie hineinschütten, werden sie verglühen.«

»Ich ruf ein Taxi«, sagte Robyn, ohne auf Lee einzugehen. Sie gab Eliot einen flüchtigen Kuss auf die Wange. »Gute Nacht.«

»Es wird nicht spät«, sagte Eliot.

»Das sagst du jetzt«, gurrte Lee und fasste ihn am Ellbogen. Dann riss sie sich zusammen. Fast bekümmert schaute sie zu Robyn. »Bist du sicher, dass du zurückfindest? Kommst du klar?«

Robyn streckte den Arm aus, und beinahe augenblicklich hielt ein Taxi an. Sie gönnte sich ein kleines Grinsen der Genugtuung.

»Wir kommen klar«, sagte sie.

sechsunddreißig

Robyn las erneut den Tourplan durch. Am nächsten Morgen war Aufbruch in Los Angeles. Es sollte nach Las Vegas gehen, dann weiter nach Phoenix, Austin und Denver. Ihr Finger folgte der Linie, die auf einer Karte eingezeichnet war und nach Osten führte, bis New York. Robyn biss sich auf die Lippe. Eliot saß ihr gegenüber, versteckte sich hinter seiner Sonnenbrille und trank vorsichtig einen Kaffee. Robyn hatte im Laufe der Nacht verfolgt, wie die Ziffern auf dem Wecker erst zwei, dann drei und schließlich vier Uhr morgens angezeigt hatten. Als Tess sie um acht Uhr mit ihrem Weinen geweckt hatte, hatte Eliot endlich neben ihr gelegen, das Gesicht in den Kissen, ein schützender Arm über dem Kopf. Er war weit weg, und darum hatte Robyn ihn auch nicht geweckt, sondern war nach draußen geschlichen und mit Tess in ein Café auf der anderen Straßenseite gegangen, wo sie die frühe Sonne genossen und Orangensaft getrunken hatten. Eliot war einige Stunden später zu ihnen gestoßen, als er ihre Nachricht gefunden hatte. Er war mit dem Gang einer großen Katze die Straße entlanggeschlichen, das Haar noch nass von der Dusche.

»Morgen, die Damen«, hatte er gesagt und beide geküsst. Robyn hatte ihn angelächelt, die Augen ebenfalls hinter einer Sonnenbrille verborgen. Über dem Frühstück hatte sie dann das Gespräch begonnen.

»Weißt du eigentlich, dass du mich überhaupt nicht gefragt hast, wie es Mum geht?«

»Hab ich wohl.«

»Hast du nicht. Nicht einmal.«

Eliot hatte sich Rührei bestellt und stocherte darin herum. Er ließ die Gabel klirrend fallen.

»Das kann ich nicht essen«, sagte er. »Das schmeckt nach Tequila. Alles schmeckt nach Tequila.« Er fuhr sich mit der Zunge über die Zähne.

»Ich mache ja keine große Sache draus. Ich wollte es nur erwähnen.«

»Okay. Tut mir leid. Ich hab's vergessen. Ich schätze, im Moment ist alles, was irgendwie mit England zu tun hat, für mich sehr weit weg.« Er streckte eine Hand aus, und Robyn legte ihre hinein. »Robyn, es tut mir leid, wirklich. Mein Denken verläuft hier in ziemlich engen Bahnen. Aber wir haben doch jede Woche telefoniert. Du hast mir am Telefon von deiner Mum erzählt. Was gibt es denn noch mehr zu sagen?«

»Vermutlich nicht viel.« Sie wartete, dann sagte sie: »Freust du dich wieder auf London?«

»Das ist erst in einem Monat. In einer halben Ewigkeit.«

»Aber freust du dich?«

Eliot schob den Teller von sich und griff zu einem Päckchen Zigaretten. Er drehte es in seinen Händen.

»Ja. Klar. Ist ja mein Zuhause. Und wir müssen eine Platte rausbringen.«

»Manchmal«, sagte sie, »habe ich Mühe, mich wieder in London zu sehen.«

Eliot beklopfte seine Taschen auf der Suche nach einem Feuerzeug. Robyn hielt sich mit beiden Händen an ihrem

Kaffee fest. Tess lachte und pustete in ihren Strohhalm. Der Saft spritzte.

»Es ist ein schleichendes Gefühl«, sagte Robyn. »Es war nicht einfach plötzlich da. Da kommt vieles zusammen, vor allem die Sache mit Mum.«

»Das ist Klaustrophobie, sonst nichts. Du warst zu lang in diesem Haus eingesperrt, mit deinen Eltern, einem Baby und… Nein, warte, ich mein das andere Wort, wie heißt das noch, wenn man Angst vor Plätzen hat, vor Freiheit…«

»Eigentlich verhält es sich genau umgekehrt.«

»Da komm ich nicht mit.«

»Ich habe mich gefragt, was ich tun soll, wegen eines Jobs, ob ich Tess in eine Tagesstätte schicken soll oder…«

»Irgendwann muss das sein.«

»Warum? Es muss doch nicht so laufen.«

»Dann halt nicht. Dann spiel Hausfrau und Mutter, wenn du das wirklich willst.«

»Ich will auch etwas für mich tun. Wenn ich dich so ansehe, euch alle, ihr habt ein Ziel. Selbst Lee.« Sie schaute rasch zu Eliot, doch sein Blick war hinter der Sonnenbrille nicht zu sehen. »Du tust, was du wirklich liebst«, sagte sie, »und das zu beobachten ist ziemlich eindrucksvoll.«

»Du wirst schon noch rausfinden, was dein Ding ist. Das ist dir doch klar«, sagte er leichthin.

»Das ist es ja. Das habe ich bereits. Ich will malen.«

»Malen?«

»Ich will es ernsthaft versuchen. Genau wie du. Ich will wirklich hart für etwas arbeiten und sehen, wohin es führt.«

»Robyn, Babe, nimm's mir nicht übel, aber ich mache seit Jahren Musik. Ich hab meine erste Gitarre mit sieben bekommen. Ich wollte immer nur Musik machen.«

»Na, vielleicht habe ich ein wenig später zu meinem Traum gefunden. Oder er war immer in mir und hat nur auf den richtigen Moment gewartet rauszukommen.« Eliot sah sie verständnislos über den Rand seiner Sonnenbrille an, darum fügte sie hinzu: »Ich hab halt nicht mit vielen darüber geredet, das ist alles.«

»Ich mag die Seebilder, die du machst, die sind ziemlich gut«, fing Eliot an, »aber …«

»Sie sind besser geworden, Eliot, wirklich. In den beiden Monaten in Merrin habe ich anders gearbeitet. Ich war draußen, habe nach der Natur gemalt, und zum ersten Mal habe ich wirklich ein Gefühl für das, was ich will. Ich schaue nicht nur hin, ich *sehe*. Eigentlich …«

»Also, woran denkst du?«, fragte Eliot mit gerunzelter Stirn und unverändert skeptischem Tonfall. »Die Kunsthochschule? St. Martin's oder so was?«

Robyn blickte zu Tess, die hingebungsvoll auf ihrem Strohhalm herumkaute und zarte Abdrücke in das Plastik grub. Robyn stieß langsam ihren Atem aus.

»Ich habe das Gefühl, ich muss es einfach tun«, sagte sie. »Malen, meinen eigenen Weg finden. Ich will Luft, und ich will die See. Ich will das alles in mich aufnehmen, und ich will, dass Tess bei mir ist und all das ebenfalls bekommt. Ich will, dass sie frei und wild aufwächst, an einem schönen Ort. Ich glaube … Ich schätze, was ich wirklich sagen will, ist, dass ich mir all das in London nicht vorstellen kann.«

»Ich kann nicht wegziehen.«

»Das weiß ich. Das würde ich auch nie verlangen.«

»Was willst du damit sagen?« Er wurde laut, seine Stimme schwankte. »Es gab mal eine Zeit, das ist noch gar nicht lange her, da wolltest du unbedingt nach London. Da hast du die

Stadt geliebt. Du hast Cornwall Hals über Kopf mit mir verlassen, weil du da unbedingt wegwolltest.«

»Und dann ist Tess gekommen.«

Sie beide wandten sich zu ihrer Tochter. Robyn nahm die Sonnenbrille ab. Ihr brannten die Augen, sie rieb sie heftig. Eliot strich Tess sanft über den Kopf. Die Geste rührte Robyn zutiefst.

»Vieles hat sich in den letzten beiden Jahren verändert. Das weißt du«, sagte sie leise und bemühte sich, das Beben aus ihrer Stimme zu verbannen. »Eliot, wir sind so schnell ein Paar geworden. Alles ging so schnell.«

»Ich mochte unser Tempo«, sagte Eliot. »Tu ich immer noch.«

»Aber das ist es ja gerade«, erwiderte Robyn. »Ich habe nicht mehr das Gefühl, dass es vorangeht. Ich habe das Gefühl, dass wir … auf der Stelle treten.«

Eliot rutschte auf seinem Stuhl herum. Er fuhr mit dem Fingernagel über einen losen Hautfetzen. Es machte Robyn wahnsinnig, am liebsten hätte sie ihm auf die Hand geschlagen. Er schüttelte den Kopf.

»Wie lange empfindest du schon so?«, fragte er.

»Wie lange du?«, fragte Robyn.

Eliot nahm die Sonnenbrille ab. Zu Robyns Erstaunen waren seine Augen feucht, trotz der lässigen, gleichgültigen Miene.

»Okay. Am Anfang war es hart, als Tess grade auf der Welt war. Aber dann, dachte ich, wurde es doch besser. Zwischen uns, meine ich.«

»Ich glaube«, sagte Robyn, »wir haben uns nur daran gewöhnt, dass es nicht so toll ist.«

Er stieß einen langen Atem aus.

»Ich wollte, dass das mit uns klappt«, sagte er. »So sehr.«

In der sengenden Sonne des späten Vormittags saßen sie beide so reglos da, als ob bei der kleinsten Bewegung alles auseinanderfallen würde. Um sie herum ging das Leben weiter: Die Kellnerin räumte gelangweilt Tische ab, zwei Teenager saßen in einen Kuss verschlungen da, ein alter Mann mit Panamahut murmelte in seine Tasse. Aus den Autos kam plärrende Musik. Palmen warfen ihre Schatten. Tess griff mit beiden Händen nach ihrem Strohhalm und stocherte damit durch die Luft, plapperte vergnügt und schaute von einem Elternteil zum anderen.

»Ich auch«, sagte Robyn.

Sie folgten dem Klang der See. Tess saß auf dem Rücksitz ihres Mietwagens, hielt sich an den eigenen Füßen fest und lachte gurgelnd, selbstvergessen. Als sie auf die Küstenstraße kamen, schaltete Robyn die Klimaanlage aus und kurbelte das Fenster nach unten. Das Haar wehte ihr ins Gesicht. Sie hielt das Lenkrad sehr fest. Den Blick auf die Straße gerichtet folgte sie den Kurven und Windungen. Neben ihr schimmerte der Ozean vorüber, ein endloses Meer der Hoffnung.

Eliot hatte Lee erst zum Schluss erwähnt. Als sie sich auf dem Parkplatz des Motels getrennt hatten, hatte er ihren Namen mit erstickter Stimme ausgesprochen. In dem Moment hatte Robyn es verstanden. Er war am Boden zerstört. Alles, was ihr an ihm an jenem ersten Abend in Merrin aufgefallen war, sein Funkeln, sein Strahlen, war in diesem Augenblick dahin.

»Bitte nicht«, hatte sie gesagt. »Das muss nicht sein.«

»Doch, es muss«, hatte Eliot erwidert. »Ich habe das nicht gewollt, doch … es muss.«

»Ich will es wirklich nicht wissen.«

»Es ist nicht wirklich etwas vorgefallen«, hatte er gesagt. »Das hätte ich dir niemals angetan, aber …«

Nun, wo sich der Highway an sandigen Stränden vorbei und in die blauen Berge wand, wusste sie zumindest so viel: Lee war wieder aufgetaucht, weil sie niemals fort gewesen war. Bei manchen Menschen war das so. Sie machten einen Teil dessen aus, was man war, gleichgültig, ob sie jahrelang fort oder auf der anderen Erdseite waren, früher oder später kamen sie zurück, weil sie nirgendwo mehr hingehen konnten, selbst wenn man sie in seine Arbeit einfließen ließ oder sie in einen Song einschrieb, in dem Glauben, dass es reichte. Sie wollte gar nicht wissen, wo Lee ihr Herz geöffnet und Eliot ihre Hand genommen, ihr in die Augen gesehen und gesagt hatte: *Ich weiß, ich auch.* Vielleicht ordnete sich die Welt auf diese Weise selbst. Lee hatte ihm sehr wehgetan, aber vielleicht hatte auch er ihr wehgetan, indem er nach vorn gesehen, seinen Kummer an Robyn herangetragen und ihn als etwas anderes, Neues, Kostbares maskiert, womöglich sogar an dessen Substanz geglaubt hatte. Robyn war überzeugt, dass Eliot sie wirklich geliebt hatte. Und sie glaubte auch, dass seine Worte, als sie über das Baby gesprochen hatten, das plötzliche, ungewollte, beinahe verlorene und dann zutiefst geliebte Baby, ehrlich gewesen waren. *Ich wäre glücklich, wenn du einen kleinen Platz für mich in deinem Herzen finden würdest.* Lee hatte sich geirrt, der Song war nicht alt, denn sonst wäre er Geschichte, und das war er nicht, nicht einmal ansatzweise.

Als die Straße auf Santa Barbara hin abfiel, als rote Ziegel und Palmen vor ihr lagen, musste Robyn anhalten. Sie fuhr auf einen Hotelparkplatz und ließ den Kopf auf das Lenkrad sinken. Ihre Hände zitterten. Sie fragte sich, was sie Tess sagen sollte. Es spielte keine Rolle, dass Tess die Worte nicht wirklich verstehen würde, weil das, was sie zu Tess sagte, sie eigentlich sich selbst sagte. Sie kletterte auf den Rücksitz und setzte sich neben ihre Tochter. Tess war eingeschlafen, ihre winzigen Lippen waren leicht geöffnet, eine Haarlocke war ihr in die Stirn gefallen.

»Ach, mein kleines Mädchen«, murmelte Robyn. »Hoffentlich wirst du das eines Tages verstehen. Hoffentlich weißt du, wie sehr es mir leidtut.«

Das Hotel am Meer, vor dem sie parkte, war zu teuer. Robyn fuhr in die Nebenstraßen und entdeckte ein pistazienfarbiges Motel mit bonbonrosa Fensterläden. Danach ging sie mit Tess zum nächstbesten Strand und spazierte Hand in Hand mit ihr am Kai entlang. Tess bückte sich immer wieder, um einen blauen Flaschenverschluss zu untersuchen, einen verkratzten Stein. Robyn ließ sie in aller Ruhe hierhin und dorthin streifen. Sie blieben stundenlang im Freien. Als Robyn zurücksah, brach der Abend an. Mit der untergehenden Sonne wurde aus den strahlend weißen Fassaden, die am Ufer leuchteten, ein dämmeriges Rosa, die See dahinter wogte in einem dunkleren Blau. Violett erhoben sich die Berge, unzählige Lichter gingen an und an und an.

»Bettchenzeit in Santa Barbara«, sagte sie laut und dachte an all die Familien, die ihre Kinder nun zum Schlafen legten, an die Väter, die ihrem Baby ein Bad einließen, an die Mütter, die den Tisch abräumten, die Küsse, die Gutenachtgeschichten, das Versprechen, dass auch der nächste Tag ein schöner würde. Sie hob Tess hoch und umarmte sie, dann setzte sie sich Tess auf die Hüfte. Tess ließ die Beine baumeln und legte einen müden Kopf an Robyns Hals.

»Ab jetzt sind wir auf uns gestellt«, murmelte Robyn. »Aber so schlecht ist das gar nicht, oder? Wir schaffen das schon, oder? Du und ich?«

Sie war dankbar, dass ihre Tochter rasch und einfach einschlief, denn ihrer Stimme fehlte es an Überzeugungskraft. In Robyns Hals saß ein Kloß. Sie holte tief und rasselnd Luft. Dann verschwamm vor ihr die Sicht, verliefen alle Farben wie auf einem Aquarell.

siebenunddreißig

Der Bahnhof von Penzance. Für die Jahreszeit untypische Böen rüttelten an den stacheligen Palmen, am Himmel dräute ein Augustschauer. Robyns Eltern erwarteten ihre Tochter auf dem Bahnsteig, die Hände zum Gruß erhoben. Ihre Mum half ihr mit dem Kinderwagen, ihr Dad schulterte den Rucksack. Beide plauderten fröhlich vor sich hin, doch Robyn sah die Besorgnis, die ihre Mienen überschattete. Niemand erwähnte Eliot. Robyn hatte ihre Eltern vor der Rückreise vom Flughafen aus angerufen, und noch einmal von London aus, als sie zwischen den Resten ihres alten Lebens gesessen hatte: zwischen Plattenhüllen, die auf dem Teppich lagen, einer Gitarre, an der eine Saite gerissen war, ihrer Schürze, die voller Suppenspritzer über einem Stuhl hing. Sie hatte klar und entschieden geklungen, ihre Stimme hatte nur gezaudert, als sie über Tess gesprochen hatte.

»Es tut uns unglaublich leid, dass es so gekommen ist«, hatte Marilyn gesagt. »Aber du ahnst ja nicht, wie froh wir sind, dass du heimkehrst.«

Dann hatte ihr Dad den Hörer übernommen und gesagt: »Das meint sie wirklich so, deine Mum. Und das sehe ich ganz genauso.«

Als sie das Apartment verlassen hatte, hatte sich Robyn noch einmal umgewandt und hochgeschaut; es hätte sie nicht überrascht, wenn dort flüchtig eine Hand gewunken hätte, ihr eigenes Gesicht erschienen wäre, das zu ihr hinunterblickte; ihr Selbst, in einem anderen Leben.

Sie waren zwei Wochen lang die Küste Kaliforniens auf und ab gefahren. Eine intensive Sonne, weißer Sand und geviertelte Melonen hatten ihren Tag bestimmt. Irgendwo in Big Sur hatten sie angehalten, als ein Delfinschwarm in großen Sprüngen vorüberzog. Im Anschluss hatte Robyn die Tiere mit ihrem cartoonesken Lächeln auf Papier gebannt und Tess das Bild gegeben, die es in ihrer kleinen Hand zerknüllt hatte. Auf Point Lobos hatten sie von den Wanderwegen aus auf Wasser geschaut, das sich von Papageiengrün in ein tiefes Blau verwandelte, zwischen Klippen, auf denen es wild und üppig wuchs: Zypressen und Lebenseichen, Flickenteppiche voller Gauklerblumen in leuchtendem Orange. Eine perfekte Welle nach der anderen war herangewogt. Robyn hatte sie mit hungrigen Blicken angesehen und war im Geist den Surfern gefolgt, die auf das Wasser zuhüpften und mühelos über das Meer wirbelten. Sie hatte einen ganzen Skizzenblock mit Farben und Licht gefüllt, während Tess mit einem Blaubeerlächeln umhergesprungen war.

Sie hatte Eliot von einer Telefonzelle in Carmel aus angerufen. Die Münzen waren rasch gefallen, ihre Finger hatten an der Schnur gespielt. Sie hatte ihn gefragt, wie es mit den Gigs lief. Seine Antworten waren rasch und beschwingt gekommen, dann hatte er abrupt den Tonfall verändert, so als ob ihm plötzlich eingefallen wäre, dass es Grund zur Traurigkeit gab. Robyn hatte ihm von Tess erzählt: was für Muscheln sie gesammelt, dass sie nun braune Zehen und Gefallen an Pfannkuchen mit Sirup hatte.

»Und du?«, hatte Eliot gefragt. »Wie geht es dir?«

Eine Pause. Robyn hatte eine Frauenstimme im Hintergrund gehört, die sich deutlich vor dem anschwellenden Lärmpegel einer Bar auf dem Weg in die Nacht abgehoben hatte.

»Mir geht es gut«, hatte sie erwidert. »Alles okay.«

Und es *ging* ihr gut. Nur manchmal verspürte sie einen so durchdringenden Schmerz, dass sie stehen bleiben und eine Hand auf die Brust legen musste. Sie wusste nicht, ob es Einsamkeit, Angst oder schlicht der Kummer war, doch wenn es sich heranstahl und von ihr Besitz ergriff, musste sie dagegen ankämpfen – indem sie tief und keuchend atmete, ihre Tochter ganz fest in den Arm nahm oder hinter ihren Händen ein paar Tränen fließen ließ.

In ihrem Zimmer in White Sands wartete der Brief. Ihre Mum hatte ihn auf den Nachttisch gelegt, neben einen Strauß schwerer Pfingstrosen. Es war ihr Willkommensgruß. Robyn hatte in Kalifornien an Jago denken müssen, zum Ende ihrer Reise hin. Sie waren in Santa Cruz gewesen, und im Vergnügungspark auf der Promenade hatten sie ein altmodisches Karussell entdeckt, auf dem sich hölzerne Pferde in tänzelnden, bewegten Posen drehten. Tess hatte an Robyns Hand gezerrt. Ihr hölzernes Pferd stand Tausende Meilen entfernt neben einer Wiege, in einer Wohnung, in der sie nie mehr schlafen würde. Hingerissen hatten sie den Pferden bei ihrem Wirbeln zugesehen. Robyns Gedanken hatten eine alte, vertraute Richtung eingeschlagen.

Sie setzte sich auf ihr Bett und riss den Umschlag auf.

Liebe Robyn,

ich bin angekommen! Es ist heiß und staubig, und ich kann bei Nacht das Meer nicht hören, aber an all das gewöhne ich mich gerade. Ich bin erst seit zwei Monaten hier, doch es kommt mir länger vor. Komischerweise fühlt es sich schon wie ein Zuhause an.

Es tut mir leid, dass ich jetzt erst schreibe. Wahrscheinlich musste ich erst überlegen, was ich sagen will. Und nun fragst du dich bestimmt, was ich damit meine, denkst, dass nichts gesagt werden muss, weil es alles so lang her ist, aber … es muss an diesem Ort liegen, dem weiten Himmel, dem offenen Land, der Tatsache, dass es so weit weg ist … Jedenfalls habe ich hier endlich die richtigen Worte gefunden, auch wenn sie vielleicht nicht besonders schön oder klug sind. Das tut mir leid.

Ich weiß, wenn du das hier liest (ich hoffe, dass es dich von White Sands aus erreicht), hast du Merrin schon wieder verlassen und bist in London, bei deiner Familie, zurück in deinem »wahren Leben«. So wie du es einmal ausgedrückt hast. Na ja, vielleicht ist Merrin auch für mich nicht mehr das wahre Leben. Aber weißt du was? In eine solche Richtung hätte ich niemals gedacht, wenn du nicht weggegangen wärst und Merrin dadurch weniger geworden wäre. Ich hatte geglaubt, dass sich dieses Gefühl mit der Zeit legen würde, doch das ist nicht passiert. Von daher ist dieser Brief, was er sonst auch sein mag, vor allem ein Dankeschön, weil ich ohne dich niemals in diesem Teil Amerikas gelandet wäre, ich das Meer vielleicht niemals überquert hätte. Es ist der Ort, von dem Mum immer geträumt hat, und sie ist mir hier irgendwie näher – was ich nicht erwartet hätte. Und du? Vielleicht bist du ein bisschen weiter fort.

Ich habe dich geliebt, das weißt du. Ich habe es dir nie gesagt, aber immer getan. Ich hatte meine Chance, vermutlich sogar mehrere, doch ich habe sie nie ergriffen, und dann war es zu spät. Vielleicht bedeutet das, dass wir nie füreinander bestimmt waren. Für dich sind das mit Sicherheit alte Geschichten, für mich aber nicht. Denn die Sache ist: Die meisten Menschen kann man leicht vergessen. Und wenn nicht, kann man sie zumindest so lange verdrängen, bis man bereit ist, sie wieder vorzuholen. Ich kenne nur zwei Menschen, die sich geweigert haben zu gehen, die immer bei mir sind, vielleicht weil sie es … gerade nicht sind. Mum und du, Robyn. Das kommt dir jetzt hoffentlich nicht komisch vor. Ich meine das in einem guten Sinn. Im besten Sinn, wirklich.
Jedenfalls, fühl dich nicht verpflichtet, mir zu antworten. Ich wollte dir nur schreiben, was mir seit einer ganzen Weile im Kopf herumschwirrt. Hier draußen lassen sich die Dinge irgendwie leichter in Worte fassen. Irgendwie fühlt sich hier alles leichter an.
Ich hoffe, die Zeit in Merrin hat dich zum Malen inspiriert. Eines Tages wirst du eine Berühmtheit sein, das weiß ich. Und dann kann ich überall erzählen, dass wir einmal Freunde waren. Es dann noch immer sind, hoffe ich.
Jago

PS: Ich hoffe, deiner Mum geht's gut. Gib Tess einen Kuss von mir.

Robyn las den Brief noch zweimal. An manchen Zeilen blieb sie hängen, über andere fuhr sie mit den Fingerspitzen. Jagos Aufrichtigkeit war verstörend, die Vergangenheitsform änderte daran nur wenig. Sie schob den Brief zurück in seinen Umschlag und stellte ihn auf das Tischchen zu den Blumen. Dann legte sie sich auf das Bett, denn sie wusste, was als Nächstes kommen würde. Tess war unten. Sie hörte, wie ihr Dad Tess ein albernes Lied vorsang und Tess kreischend und vergnügt lachte. Dahinter erhob sich Marilyns beglückte Stimme. Es bestand keine Gefahr, dass sie jemand störte. Robyn war allein. Robyn war allein. Ganz allein.

Sie schloss die Augen. Die Tränen drangen schon durch ihre Wimpern. Sie schlug die Augen wieder auf. Salzwasser strömte über ihre Wangen. Das war kein gewöhnlicher Tränenausbruch, das war ihr bewusst. Das war die Sintflut, die so oft gedroht hatte, aber niemals losgebrochen war. Sie hörte ihr eigenes Keuchen. Es entfuhr ihr derart unwillkürlich, als käme es aus einer fremden Kehle. Robyn holte so verzweifelt Luft wie ein müder Schwimmer, der dagegen ankämpft, dass er untergeht. Ihre Brust schmerzte. Doch es war niemand da, um sie zu retten. Diesmal ragten keine Hände aus dem Wasser, drängte sich kein Körper gegen ihren. All der Mut, zu dem sie unter Kaliforniens blendend heller Sonne gefunden hatte, floss davon. Sie dachte an Eliot, und sie dachte an Jago, und in dem Augenblick verwob sich alles, was sie für beide je empfunden hatte, und war doch verloren.

achtunddreißig

Tess lebte sich in Merrin ein. In der wilden Natur wurden ihre Schritte immer kühner, bis sie irgendwann so flink und heiter wie ein bunter Kinderdrachen über Strand und Rasen stürmte. Ihr Haar wellte sich hinter den Ohren und verwehte im Wind, ihre runden Säuglingswangen färbten sich. Verzückt schaute sie in Felstümpel, malte auf dem Wasser Formen nach und kreischte vor Vergnügen, wenn ein Krebs an die Oberfläche kam und an ihrem Fuß vorbeihuschte. Sie lernte die Worte *Opapa* und *Oma. Möwe. Sandi. Surf-Surf.* Als Eliot von der Tour zurückkam, sagte sie wochenlang und beinahe regelmäßig *Daddy* ins Telefon. Einmal hörte Robyn, wie sie rief: *Wir leben am Meer!* Tess war zu klein, um dem die Frage folgen zu lassen: *Wann kommst du zu Besuch?* Doch manchmal weinte sie, wenn sie ins Bett ging, und murmelte *Dadadada* in den Bauch ihres Kaninchens, doch wenn Robyn sich zu ihr beugte und sie in die Arme nahm, wechselte sie rasch zu *Mami, Mami, Mami.*

Robyn fand ihren Trost in Rockabilly, auf dem Surfbrett und im glühenden Licht des frühen Morgens. Mit jedem Mal hielt die reinigende, klärende Wirkung des Wassers sie auch an Land ein wenig länger aufrecht. Wenn sie wieder ins Haus kam, wartete ihr Dad schon mit einer Kanne Tee und ihre Mum mit Tess im Arm. Noch im Wetsuit, das Haar zerzaust und nass, bückte sich Robyn dann, um ihrer Tochter einen salzigen Kuss zu geben, und in ihr reifte das Gefühl, dass sie letzten Endes am richtigen Ort gelandet war.

»Du und Tess, ihr bleibt doch, oder?«, sagte ihr Dad eines Tages und berührte sie am Arm, als sie durch die Küche ging. »Ich meine, wir sind davon ausgegangen, aber vielleicht sollten wir das nicht. Ich habe dich das schließlich nie gefragt.«

»Sei nicht albern, Simon«, warf Marilyn ein. »Das ist doch Tess' Zuhause.«

Robyn und Simon wechselten einen Blick.

»Mum hat recht«, sagte Robyn mit Nachdruck. »Das hier *ist* Zuhause.«

Robyn fand einen Job in einem beliebten Café in Penzance. Sie servierte Tagesgästen Scones mit Sahne und lernte die Stammgäste mit Rang und Namen kennen. Wenn sie heimkam, schmerzten ihre Waden, ihre Finger rochen nach Kaffeebohnen, in ihren Taschen klimperte das Kleingeld. Manchmal, in einer Nachmittagsflaute, wenn sie Besteck polierte oder Tische abwischte, wenn sie durch die großen Fenster schaute, trieb sie innerlich davon. Dann dachte sie an rote Busse und an Kellerbars, das Tosen und Brausen der Stadt, an die drängenden Hände und tiefen Küsse, an die Worte von Lust und Liebe, mit denen Eliot von seinen Gigs heimgekommen war. Es erschien ihr, als wäre dieses kurze Leben sehr lang her, dennoch wurden in solchen Momenten ihre Augen feucht, und in ihrer Brust war ein Ziehen. Dann fiel eine Gabel scheppernd auf den Boden. Stieß ihr Wischtuch einen Salzstreuer um. Dachte sie an Tess. So gern hätte sie Tess dann an sich gedrückt, die Wärme ihres kleinen Körpers an ihrer Brust gefühlt und ihr gesagt: *Es tut mir leid, es tut mir so leid, dass es nicht zu schaffen war.*

An den Café-Tagen passte ihre Mum auf Tess auf und ihr Dad auf ihre Mum. Es war eine Dreieckslösung, die für alle funktionierte. Tess zuckte nie zusammen, wenn Marilyn nach einem Wort suchte, und Tess schaute nie besorgt, wenn Marilyns Blick auf einen Zwischenort umschaltete. Sie kletterte am Bein ihrer Großmutter hoch oder zeigte ihr eine Handvoll Schätze: zerkrümelte Platanenblätter, die Scherbe einer Muschel. Oft steckten sie wie Verschwörer die Köpfe zusammen und flüsterten und lachten.

Mehr als einmal musste Robyn sehen, wie ihr Dad in sich zusammengefallen am Küchentisch kauerte oder, den Teelöffel in der Hand, auf den heißen Kessel starrte. In solchen Momenten umarmte sie ihn fest oder machte einen Scherz, erzählte etwas Albernes, das Tess gesagt oder getan hatte, und sah zu, wie ihr Vater wieder zu sich selbst fand. *Danke*, sagte er dann stets. Auch wenn sie damals den Respekt für ihn verloren hatte, die Art und Weise, wie ihr Dad mit ihrer Mutter umging, seine unermüdliche Hingabe und grenzenlose Geduld, stellte Robyns Achtung wieder her. Und zwischen ihren Eltern war die bedingungslose Liebe ohnehin wieder da.

Als ihre Freundin Ruby sich einmal aus dem Griff des Großstadtlebens löste, kam sie zu Besuch. Gemeinsam übernachteten sie in einem schicken Hotel an der Nordküste und tranken an der Bar zu viele Cocktails. Es war ein lustiger Abend, doch dann fing Robyn an zu weinen. Ihre Lippen klebten vom Manhattan, die Wimperntusche, die sie nur noch selten trug, zog sich über ihre Wangen.

»Es kommt mir komisch vor, abends wegzugehen und Tess allein zu lassen«, sagte sie, das Gesicht an der Schulter ihrer Freundin. »Es fühlt sich so unglaublich seltsam an.«

»Ist das alles?«, lockte Ruby sie aus der Reserve.

Robyn holte tief Luft und nippte an ihrem Cocktail. »Und ich will nicht, dass sie mich irgendwann für meine Entscheidung hasst. Ich kann die Vorstellung nicht ertragen, dass sie mich eines Tages fragen könnte, warum wir keine Familie mehr sind, und ihr meine Gründe dann nicht gut genug erscheinen.«

»Robyn, Robyn«, sagte Ruby und sah ihre Freundin mit einer Wärme an, die noch mehr Tränen fließen ließ. »Tess kann nicht einmal richtig *sprechen*. Aber wenn sie es erst kann, wenn die Zeit gekommen ist, weißt du längst, was du ihr sagen wirst. Und dann wird dir aufgehen, dass sie sowieso schon alles weiß, weil sie niemals an dir zweifeln würde. Du bist eine großartige Mutter. Und Eliot wird immer ihr Dad sein. Gurrt er ihr denn nicht die ganze Zeit am Telefon was vor? Steht deine Tür nicht immer offen, kann er Tess nicht sehen, wann er will? Du hast ihr gar nichts weggenommen, und du gibst ihr so unglaublich viel.«

Robyn putzte sich die Nase. Die Einheimischen an der Bar beobachteten sie. Sie wandte das Gesicht ab.

»Sie ist die Liebe meines Lebens, Ruby.«

»Ja«, sagte Ruby, »ja, sicher. Aber sie sollte nicht die einzige Liebe sein. Und eines Tages wird sie das auch nicht mehr sein.«

Aus einem Impuls heraus schickte Robyn eine E-Mail an einen ortsansässigen Künstler namens Peter Brent. Sie hatte seine Arbeit in St. Ives gesehen und deren Strahlkraft, die Magie von Pinsel und Leinwand bewundert. Sie erhielt eine unerwartet ausführliche Antwort, und nach einigen weiteren vorsichtigen E-Mails und einem wagemutigen Vorstoß ihrerseits, der sie hochgradig nervös auf seine Reaktion warten ließ, willigte er ein, dass sie zwei Tage zu ihm an die Nordküste kam. Er zeigte ihr, an welcher Stelle er im Freien malte, bei einer alten Hütte an einer brüchigen Stelle an den Klippen, in einer Bucht aus weißer Kreide, die am Ende eines kleinen, kurzen Tals lag. Robyn schaute ihm beim Malen zu und stellte ihre Staffelei neben seine. Er arbeitete rasch, beinahe wild, sein Pinsel folgte dem unablässig wandelbaren Wasser, dem Segelflug der Möwen und dem Wehen der Farnkräuter. Unter seinen Strichen erwachte ein Bild zum Leben, seine Landschaften vibrierten mit einer tiefen Energie, die Robyn niemals mit seiner in sich gekehrten Art und seiner sanften Redeweise in Verbindung gebracht hätte. Gemeinsam tranken sie Tee aus einer alten Thermoskanne und teilten platt gedrückte Schinkenbrote. Sie sprachen kaum, die Stille war für beide gesellig genug. Anfangs war Robyn in seiner Gegenwart befangen, zu stark war das Gefühl, dass sie ein Neuling war, ohne Ausbildung und Meisterschaft, ihre Striche waren langsam und zögernd gekommen, ihre Farbe war schon fast getrocknet, bevor sie sich entschieden hatte, den Pinsel wieder anzusetzen.

»Mach dich locker«, sagte Peter Brent und rollte derart anschaulich die Schultern nach hinten und ließ die Handgelenke kreisen, dass Robyn laut lachen musste. »Mal das, was du siehst *und* fühlst.«

Sie folgte seinem Rat, und da wurde ihr bewusst, dass sie die kühnen Farben Kaliforniens doch mit sich getragen hatte. Und so fand die Palette ihres Roadtrips – die violetten Himmel über Santa Barbara, die Häuser in Zitronengelb, Rosa und Pistazie, Wasser grün wie Schildkröten und zähe Blumenbüschel in Orange zwischen roten Felsen – Eingang in die Landschaft Cornwalls. Sie malte Bäume mit blauen Stämmen, einen Streifen Mauve, wo das letzte Sonnenlicht das Wasser traf, einen pudrig rosa Pfad, der sich zwischen kalkig weißen Felsen wand. Der Gebrauch überraschender Farben, die sie sparsam und vereinzelt einsetzte, nicht als flirrendes Allover, machte sie kühner, ihr Strich wurde souveräner. Der Anblick der Farbe an ihrem Pinsel brachte sie zum Lächeln. Es war das reinste Hochgefühl, als sie eine Linie in Kadmiumgelb über den Horizont hinwegzog, als sie das perfekte Violett mischte und es auf den Himmel legte. Peter Brent beobachtete sie mit Wohlwollen. Er lobte sie, sie sei gut, in der sachlichen, beinahe beiläufigen Weise, in der man längst Bekanntes nur bestätigt. *Gut*. Ein *Gut* aus seinem Mund hieß *großartig*.

Wenn das Wasser in der Bucht wie ein Spiegel dalag oder der Wellengang ungleichmäßig war, wenn die Himmel tiefblau leuchteten oder bleiern dräuten, ging Robyn mit ihrer Staffelei nach Rockabilly. Sie drückte das Seegras flach, stellte ihre Staffelei auf, ordnete Acrylfarben und Pinsel. Die Gewissheit, dass sich ihre Eltern um Tess kümmerten, gewährte ihr Ruhe, Zeit, und so vergingen Stunden. Sie arbeitete methodisch, und doch hatte das Tempo von Peter Brent ein wenig auf sie abgefärbt. Tess war stets in ihrem Denken. Robyn kniff die Augen zusammen und blinzelte, sie nahm eine Szene auf die gleiche Weise in den Blick, wie sie von ihrem Brett aus nach Wellen Ausschau hielt. Sie wartete auf den richtigen Moment, um den Pinsel zu schwingen und die Linie zu reiten. Ihre Bilder waren voller Hingabe, rein und hell und kühn. Wenn sie nach Hause kam, strahlte die Zufriedenheit aus ihr heraus, ihre Tochter stürzte sich in ihre Beine, sobald sie durch die Tür trat.

In einem ersten Schritt fragte sie in dem Café in Penzance,

ob sie einige ihrer Bilder zeigen dürfe. Nervös, schon fast entschuldigend, hängte sie die Arbeiten in diskrete Winkel und Nischen. An einem ruhigen Nachmittag kam eine Frau, die Robyn noch nie gesehen hatte, ins Café. Sie trug einen Schal in der Farbe eines kalifornischen Sonnenuntergangs und bestellte einen Jasmintee. Robyn fiel auf, dass die Fremde ihre Bilder musterte, mit geneigtem Kopf und prüfendem Blick. Als sie bezahlte, erkundigte sie sich nach dem Künstler, und Robyn wischte sich die Hände an der Schürze ab und lächelte ein anderes Lächeln.

»Na ja, das bin ich.«

»Sie? Wirklich? Eines will ich Ihnen sagen. Diese Bilder sollten nicht an diesen Wänden hängen.«

Das Lächeln erlosch. Robyn war auf Gleichgültigkeit gefasst gewesen, nicht jedoch auf den Stachel der Kritik. Sie war froh, dass keine anderen Gäste da waren und dem folgten. Sie suchte nach einer würdevollen Entgegnung, doch die Fremde sprach schon weiter.

»Verstehen Sie mich nicht falsch, das hier ist ein reizendes Café, aber Ihre Gemälde sind, offen gesagt, viel zu gut. Ich bin Mary. Mary Dodds. Ich betreibe die Rock Gallery.« Sie streckte die Hand aus. Robyn ergriff sie. Ihre Augen weiteten sich. »Haben Sie ein paar Minuten?«

»Natürlich, ich …«

»Ich sehe viele Arbeiten – das können Sie mir glauben, hier mangelt es ja nicht gerade an begabten Künstlern. Manches ist auch wirklich gelungen, technisch geradezu beeindruckend. Aber gelegentlich stoße ich auf jemanden, dessen Arbeit eine besondere Qualität hat, etwas Eigenes, eine persönliche Handschrift, die sich in jedem einzelnen Pinselstrich zeigt. Und dann bin ich hellwach.«

Mary wandte sich um, um Robyns Bilder noch einmal zu betrachten. Sie sprach nach hinten gewandt. »Genauso selten kommt es vor, dass man auf jemanden trifft, der mit derart lebhaften Farben umgehen kann, einen derart extravaganten Pinselgestus hat und nicht darin versinkt – wenn ich mir den Kalauer erlauben darf. Offensichtlich haben Sie eine starke emotionale Bindung an Ihr Motiv. Sie kennen es sehr gut, nicht wahr?«

»Ich habe mich sofort verliebt«, sagte Robyn, als sie endlich die Sprache wiederfand, »in die Gegend, meine ich, und …«

»Das kommt vor«, sagte Mary und drehte sich mit einem wissenden Lächeln zurück zu Robyn. »Es ist wild und wundervoll, und wenn man den richtigen Tag erwischt, wirkt es immer noch, als wäre das hier ein Geheimtipp. Aber nur wenige können das wirklich wiedergeben. Die Galerien entlang dieser Küste sind rappelvoll mit erstaunlichen Arbeiten, aber vieles ist doch, offen gestanden, ziemlich oberflächlich. Wenn ein Künstler einmal ein Rezept gefunden hat, das sich gut verkauft, legt er los und kreiert – bei allem Respekt – unzählige Klone. Es kommt mir oft vor, als ob ein einziges riesiges Bild einfach in mehrere kleine zerschnitten worden wäre. Dazu kommt dann ein Titel wie *Morgendliche Flut an der Westküste*, und mehr als das, was auf dem Etikett steht, ist es nicht, es ist irgendwo an der Westküste, irgendeine Flut an irgendeinem Morgen. Natürlich gibt es für so etwas einen Markt, aber mein Ding ist das nicht. Aber das hier …«, sie wedelte mit den Fingern in Richtung der Bilder, »*das* ist so authentisch. Das ist mein Ding. Robyn, ich glaube nicht, dass Sie wirklich wissen, wie gut Ihre Arbeit ist. Und da komme ich ins Spiel. Da *würde* ich gern ins Spiel kommen, falls Sie das erlauben.«

Sie reichte Robyn eine weiße, längliche Visitenkarte, auf der in klarer, schnörkelloser Schrift *The Rock Gallery* stand. Robyn hielt sie mit zarter, ehrfürchtiger Hand und willigte noch immer fassungslos ein, dort nach ihrer Schicht vorbeizugehen.

Die Galerie lag drei Straßenzüge hinter dem Hafen, in einer engen Verbindungsstraße. Vielleicht, so sagte Robyn, habe sie die Galerie deshalb übersehen.

»Nein, die Galerie ist neu«, sagte Mary, legte lässig einen Arm um Robyns Schultern und lenkte sie auf eine Wand zu. »Und genau das suche ich bei meinen Künstlern. Das Neue.«

Auf dem Boden glänzende Dielen, die Wände museal weiß, jedes Bild eine Behauptung. Die Preisschilder waren sehr diskret angebracht, die Summen dagegen beträchtlich. Mary wollte mehr von Robyn wissen. Sie erkundigte sich, bei wem sie studiert hatte, wie sie malte und ob sie weitere fertige Arbeiten besaß. Was Mary gesagt hatte und was das für sie selbst bedeuten konnte, wurde Robyn erst richtig bewusst, als sie wieder Richtung Merrin brauste, damit sie rechtzeitig zur Badezeit zu Hause war.

Als sie Tess die Windeln wechselte und ihr einen Kuss auf den teigweißen Bauch gab, flüsterte sie: *Baby, mir ist heute etwas Tolles widerfahren*, doch Tess reagierte nur mit einem tieftraurigen Heulen, da sie jüngst beschlossen hatte, dass die Vorbereitungen für das Bett das Schrecklichste der Welt waren. Als ihre Tochter das Gesicht vor Zorn zusammenzog und heiße Tränen aus den Augen strömten, holte Robyn tief Luft und begann unbeirrt ein Lied.

Später am Abend, Tess hatte sich längst beruhigt und war eingeschlafen, rief Eliot an. Robyn hätte es ihm während des kurzen Telefonats beinahe erzählt, doch nur beinahe.

Stattdessen schrieb sie alles in einem Brief an Jago nieder, den sie auf den kleinen Stapel zu all den anderen Briefen legte, die sie nie verschickt hatte. Ganz unten war sein eigener Brief, ein Brief, der von Abgeschlossenem erzählte, mit all seinen Vergangenheits- und den wenigen Zukunftsformen. Robyn wusste nicht, wie sie auf einen solchen Brief reagieren sollte, und darum wartete sie darauf, dass die Worte zu ihr fanden – in Form eigener oder seiner nächsten Worte. Sie hätte ihm so gern geschrieben, wie sehr es sie freute, dass er seinen Platz gefunden hatte, doch ein Brief, der nicht auch ihre Trennung erwähnt hätte, kam ihr wie Verrat vor; an wem, konnte sie nicht sagen. Und so wartete sie ab. Wenn die See es erlaubte, ging sie surfen, sie malte mit noch größerer Verve, schüttete auch weiterhin für die Gäste des Cafés in Penzance Blattmotive in den Milchschaum und baute sich ihre Welt aus Tess, ihrer Mum und ihrem Dad. Wenn sie je das Gefühl bekam, dass ihr Leben rückwärtslief, musste sie nur auf ihre Tochter schauen oder zum Pinsel greifen, und schon sah sie, dass dem nicht so war.

Aus Herbst wurde Winter wurden die Geburtswehen des Frühlings. Marilyn rutschte in der Einfahrt auf einem Stück Eis aus und kam mit einem eingegipsten Handgelenk wieder aus dem Krankenhaus. Robyn bemalte den Gips über und über mit winzigen blauen Blümchen. *Vergissmeinnicht?*, fragte ihr Dad mit hochgezogener Augenbraue. Robyn zuckte mit den Achseln. *Ist blöd*, sagte sie, *ich weiß*. Er drückte ihr einen Kuss auf den Kopf, ungefähr so, wie Robyn es bei Tess tat.

Ihre Gemälde hatten die Winkel des Cafés verlassen und Marys Galerie bezogen. Als das erste verkauft wurde, eine Studie von Rockabilly im frühen Morgenlicht, stießen sie und Mary mit Champagner an. Das Prickeln des Triumphs schmeckte süß auf ihrer Zunge. *Das erste von vielen*, sagte Mary mit einem funkelnden Lächeln, und Robyn erfasste eine große Zuneigung zu dieser Frau, die so sehr von ihr überzeugt war. Auch schickte sie Peter Brent eine E-Mail und dankte ihm erneut für die beiden Tage in seiner Gegenwart und alles, was sie dabei gelernt hatte. Er schrieb ihr nett und bemessen zurück, und Robyn spürte die kribbelnde Freude, die aus beruflicher Anerkennung kam, aus dem Glauben eines anderen an die eigenen Fähigkeiten. Dann erzählte Mary ihr von einem Freund aus London, der an Robyns Arbeit ebenfalls Interesse hatte. Er besaß eine Galerie in Marylebone und wollte, dass Robyn zu ihm kam.

In Penzance stieg sie in den Zug nach Paddington. Während der gesamten Fahrt sah sie aus dem Fenster. Sie hatte ihre sandigen Turnschuhe gegen Lederstiefel eingetauscht, die auf dem Bürgersteig *tap-tap* machten, und trug einen eleganten roten Mantel. Zuerst traf sie sich mit ihrem Bruder. Ben küsste sie auf beide Wangen, was sonst nicht sein Stil war, und sagte: *Ich bin so unglaublich stolz auf dich, kleine Schwester*. Als sie später Marcus Broughton die Hand schüttelte und er so deutlich, so fröhlich ihren Namen nannte, *Robyn Swinton*, dachte sie daran, wie sie sich Mary gegenüber an jenem Tag im Café verhalten hatte, und da wurde ihr bewusst, dass sich wieder etwas Entscheidendes verändert hatte. Die Galerie gefiel ihr sehr, und Marcus Broughton sagte ohne Zögern, dass er Robyn gern vertreten würde. Als sie aus der Galerie kam, nachdem sie unmissverständlich eingewilligt hatte, schwebte sie durch die Straßen Marylebones, wie sie es an ihren besten Tagen in Rockabilly auf dem Wasser tat.

Mit Eliot traf sie sich in einem altmodischen Café nahe des Piccadilly, wo die Kellner mit ihren zerfransten Epauletten und matten Knöpfen wie Hotelpagen wirkten. Sie gossen einander Tee aus Metallkännchen ein. Es war ihr erstes Wiedersehen seit Los Angeles. Robyn war auf einen emotionalen Tumult gefasst gewesen, hatte voller Nervosität auf Eliot gewartet, ständig ihren Rock geglättet und an ihrer Kette herumgespielt, doch sie empfand nichts weiter als die reine Wiedersehensfreude, wie bei der Begegnung mit einem guten, alten Freund. Sie sagte, dass es schön sei, ihn zu sehen. Er bestätigte das, und sie meinten, vergleichsweise ehrlich, was sie sagten.

Bevor sich ihre Wege trennten, holte Eliot sein Portemonnaie hervor und gab Robyn einen Scheck.

»Es ist nicht viel«, sagte er, »aber ich will meinen Beitrag leisten. Sie werden größer, das verspreche ich.«

»Das musst du wirklich nicht«, sagte sie. »Mir geht es gut.«

»Ich möchte aber«, sagte er. »Lass mich, bitte.«

Robyn hatte einen Stapel Fotos mitgebracht, den sie Eliot nun gab. Tess, die in Gummistiefeln und gelbem Regenmantel über das Kap sauste. Tess mit schokoladenverschmiertem Mund, ein zuckersüßes Lachen im Gesicht. Tess, auf dem Sofa eingerollt, die Wangen aufgeblasen, der Mund zu einem Lächeln leicht geöffnet. Die Fotos vermittelten einen wundervollen Eindruck, nicht jedoch ihren Duft nach frischen Sahnebonbons oder das Gefühl, wenn ihre heißen, winzigen Hände nach Robyns griffen, oder das klingende Läuten ihres Lachens, das so arglos fröhlich war, dass jedes Herz davon mitschwang. Im Vergleich zu der wahren Tess waren diese Bilder nichts, und Robyn hatte vor, sich zu entschuldigen und zu sagen, dass sie Tess beim nächsten Mal mitbringen würde. Eliot sah sich jedes Bild einzeln und mit einem Lächeln an.

»Glaubst du, dass sie mir eines Tages vergeben wird?«, fragte er und schaute plötzlich auf.

»Dir vergeben? Was meinst du damit?«

»Dass ich nicht genügend da war.«

»Du kannst so viel da sein, wie du willst, das weißt du doch.«

»Ich mein davor. Als wir beide noch zusammen waren. Ich wollte ja, ich habe nur …« Seine Stimme trieb davon. Eliot kratzte sich gemächlich am Kopf.

»Eliot«, sagte Robyn, »du bist ihr Dad. Da gibt es nichts zu vergeben.«

Sie fragte nicht nach Lee. Es war nicht nötig. Eliot besaß die Ausstrahlung eines Menschen, der genau da angekommen war, wo er sein sollte, der das gefunden hatte, von dem er nicht einmal gewusst hatte, dass es ihm fehlte.

An einem feuchten Apriltag, als die Glockenblumen am Wegesrand blühten und ein stickiger Salzgeruch in der Luft hing, ging Robyn mit Tess über die Straße und traf Denny.

»Wir brechen endlich auf«, sagte er.

»Wohin, nach Amerika? Zu Besuch?«

»Nach Somerset. Ins Landesinnere, in ein Dorf mit Ententeich. Wir haben ein kleines Haus gefunden. Daran muss zwar unglaublich viel gemacht werden, aber Lucy findet es bildschön.«

»Sie ziehen weg?«

»Es ist an der Zeit«, sagte er.

Robyn schüttelte den Kopf. »Alles verändert sich.«

»Sagst ausgerechnet du, die Künstlerin. Ich hab gehört, deine Bilder gehen so gut.«

»Viel passiert noch nicht«, erwiderte sie. »Aber vielleicht kommt das eines Tages noch.«

»Und da waren wir übrigens schon«, sagte Denny. »In Amerika. Wir sind letzte Woche erst zurückgekommen.«

Robyn war nicht aufgefallen, dass Hooper's House still dagelegen hatte. Sie sah nun immer in die andere Richtung.

»Ein ziemlicher Brocken, den er sich da angetan hat«, sagte Denny. »Die nehmen ihn auf der Ranch hart ran, aber ihm gefällt's. Hat mehr Schwielen an den Händen als ich. Und jede Menge blaue Flecken, von der Begegnung mit einem Bullen. Braungebrannt ist er auch.«

»Und es gefällt ihm wirklich?«, fragte Robyn.

»Er macht das, was er immer schon geliebt hat«, sagte Denny. »Er muss zwar auf der Ranch schuften, aber er arbeitet auch mit Holz. Macht Zäune. Ställe. Schnitzt noch mehr Pferde, so wie das, was er für Tess gemacht hat. Verkauft sie wohl, wie man hört, über so 'ne schicke Galerie in Santa Fe. Das ist eine andere Welt, Robyn.«

Sie lächelte. Sie wollte, dass er weiterredete. Sie wollte alles hören, denn dann konnte sie nach Hause gehen und ihren Brief beenden. Sie hatte ihm so viel zu sagen, und endlich wusste sie, wo sie anfangen konnte.

»Ich hab ihm nie erzählt«, sagte Denny, »dass du wieder hier bist. Lucy findet zwar, das hätten wir, doch wir haben's gelassen.«

Denny legte ihr eine Hand auf die Schulter. Seine Nägel waren brüchig und rund wie Monde.

»Er hatte genug Zeit, um über verpasste Chancen nachzudenken«, sagte er. »Und so wie wir das sehen, hätte er sonst seine Chance verpasst, da drüben zu tun, was er tun musste. Wenn er wüsste, dass du mit Tess allein bist …«

»Ich habe es ihm auch nicht erzählt«, setzte sie an und wollte schon ein »Noch nicht« hinterherschieben, doch Denny fiel ihr ins Wort.

»Siehst du? Du weißt es nämlich auch. Du bist eine gute Freundin, Robyn, das warst du immer. Du weißt besser als jeder andere, dass man die Vergangenheit irgendwann abschütteln muss. Sich die Gelegenheit zu etwas Neuem geben muss. Und Jago, so wie er da drüben ist, was da alles für ihn passiert, nun ja, ich habe ihn noch nie so glücklich erlebt. Es ist ein Wunder, das zu sehen. Möge es lange anhalten.«

Denny ging zurück nach Hooper's House. Robyn sah ihm nach. Bald würde ein *Zu-Verkaufen*-Schild vor der Hecke stehen. Tess wurde in der nächsten Woche zwei. Und Jago war so glücklich wie noch nie.

Springflut

Wenn die Flut ihren höchsten und die Ebbe ihren tiefsten Stand erreicht. Sonne, Mond und Erde stehen auf einer Linie.

neununddreißig

Es war Marilyn, die das Feuer sah.

»Das musst du dir anschauen«, sagte sie.

Robyn saß am Wohnzimmertisch und zeichnete, mit dem Rücken zum Fernseher. Sie schaute über die Schulter. Auf dem Bildschirm ruckelten Bilder, die von einem Hubschrauber aus aufgenommen waren, der Blick auf einen ausgedehnten Wald, über dem Rauch und Flammen standen. Das Feuer war irgendwo weit, weit weg. Die Kameras stürzten sich auf die Spitzen knochiger Tannen, auf kahle, aschene Bereiche eines vom Feuer verzehrten Landes. Es war eine urzeitliche Szenerie, nirgends eine Spur von Leben. Robyn hörte Worte wie *Lauffeuer*, *Hitzewelle* und *Zerstörung*. Ihre Mum rückte näher an den Fernseher, die Hände zu lockeren Fäusten geballt. Draußen, vor dem Fenster, ergoss sich ein Sommergewitter in die Kanalisation, dahinter erhob sich unruhig die See; einen größeren Kontrast zu brennendem Buschland gab es kaum. Robyn wandte sich wieder ihrer Arbeit zu.

»Das ist da, bei ihm!«, rief Marilyn.

Robyn nahm den Ausruf ihrer Mutter mit einem *Hm* zur Kenntnis. Sie hielt das für die beste Methode, mit solchen Situationen umzugehen. In der Vorwoche hatte Marilyn noch Simon angesehen und gesagt: *Wer sind Sie, und was machen Sie im Haus meiner Tochter?* An einem Nachmittag war im

Radio ein Hörspiel gelaufen, ein Krimi, und Marilyn hatte gesagt: *Da spricht Denny, kommt und hört euch das an*. Seit der Diagnose waren nun über drei Jahre vergangen, und der Zustand ihrer Mum hatte sich nicht so rapide verschlechtert, wie Robyn anfangs befürchtet hatte. Manchmal dachte sie sogar, dass sie einfach so weitermachen könnten, dass die Jahre vorüberziehen würden und Marilyn mit unberechenbaren Wogen kommen und gehen, sich aber dennoch wohl und oft auch glücklich fühlen, noch genügend Freude an den Dingen finden würde. Dass sie Tess nicht nur auf ihren Grundschulfotos erkennen würde, sondern auch auf denen der höheren Schule. Nächtliche Recherchen im Internet hatten ihr gezeigt, dass die Krankheit nicht so mild verlief, doch das hinderte Robyn nicht daran zu hoffen. Daran hinderte sie nichts.

»Das ist bei Jago«, sagte ihre Mum. »Robyn, komm und sieh dir das an.«

Robyn mischte neue Farbe an, verteilte sie lose auf dem Blatt, zog ihren Pinsel über das Papier. Es war nur Spielerei, eine Skizze, und deshalb arbeitete sie am Tisch ihrer Eltern. In den drei Jahren, in denen sie nun wieder in Merrin lebte, hatte sie sich ein neues Leben aufgebaut – sich selbst einen wunderbaren Ort zum Arbeiten erschaffen, während Tess glücklich durch die Vorschule tobte –, und trotzdem löste die Erwähnung seines Namens noch immer etwas in ihr aus. Er war nie zurückgekehrt. Und sie hatte nie geschrieben.

»Ich komme gleich«, sagte sie, und ihre Stimme klang ein wenig angestrengt. »Ich mache das nur gerade fertig.«

Sie verunklärte zwei blaue Linien mit einem Streifen Silber. Eine frühe Sonne auf dem morgendlichen Wasser. Robyn blinzelte und schaute prüfend auf die Farben.

Dann kam der Moment – wie man ihn in Filmen oder im

schweißkalten Erwachen eines Alptraums sieht, manchmal auch bei anderen, aber nie bei einem selbst –, der Moment, in dem deutlich wird, dass einer der vielen Unglücksfälle, die sich jeden Tag auf der Welt ereignen und aufgrund ihrer Distanz, ihrer Losgelöstheit vom eigenen Leben ein Gefühl der Sicherheit vermitteln, trotz einer Entfernung von fünftausend Meilen viel näher war, als man es sich je hätte vorstellen können. *Im Norden von Santa Fe, New Mexico. Die High Desert Ranch.*

In ihrer Hektik verpasste sie genaue Einzelheiten, doch sie hörte genug: Es gab Verletzte, die man ins Krankenhaus gebracht hatte. Einen Todesfall. Zwei junge Hengste waren in einem Feuerring gefangen, ein Adler war lodernd vom Himmel gefallen. Robyn kniete sich vor den Fernseher, doch der Nachrichtensprecher war schon beim nächsten Thema. Bilder von wütenden Arbeitern erschienen, Streikende, ein Politiker, der auf seinen Worten kaute. Robyn mühte sich auf und ging zu ihrem Laptop. Sie gab die Worte ein, vor denen sie sich fürchtete, und klickte sich durch zahllose Berichte. Auf einem Video sah man eine gewaltige Feuerwalze, von einem Garten in Santa Fe aus aufgenommen; eine ehrfürchtige Stimme – ein Vater, der mit seinen Kindern im Innern war und das Feuer mit großen Augen durch ein Fenster verfolgte – schilderte die Macht des Feuers, den Gestank der Asche, den man noch in fünfzig Meilen röche. Man hörte ein Glucksen, dann sagte der Mann, jetzt müsse er sich den Mund mit einem Bier ausspülen, zum Schluss ein mattes Seufzen. Und endlich der Bericht einer Lokalzeitung, darin, zwischen den Namen unbekannter Personen und Orte: *Jago Winters, 27, wurde mit dem Hubschrauber ins Krankenhaus von Santa Fe gebracht.* Es gab kein Bild, keinen Schnappschuss von seinem lockigen

Haar, dem breiten Mund, dem winzigen Leberfleck an seinem linken Ohrläppchen, den meerblauen Augen, in denen so viele Geschichten standen, von denen er nur wenige erzählt hatte. Trotzdem sah ihn Robyn so, wie er immer vor ihr stand. Ebenso deutlich wie unerreichbar.

»Mami, was ist denn?«

Tess stand an der Tür. Sie balancierte auf einem Bein und neigte den Kopf zur Seite. Robyn streckte die Arme aus. Tess lief zu ihr und grub sich an ihre Brust. Robyn drückte ihre Tochter fest an sich. Sie roch nach Erdbeershampoo, sauber und fröhlich, nach einer Welt fern von Rauch und Asche und Lauffeuern. Robyn nahm das Gesicht ihrer Tochter in die Hände. Tess war erst vier Jahre alt, und doch war sie eine alte Seele. An windigen Tagen rief sie aus: *Du liebe Zeit, ist das pustig!*, und manchmal aß sie ein Stück Kuchen mit geschlossenen Augen und sagte: *Es ist vollkommen.* Ihre Mandelaugen waren weit und besorgt; sie spürte Robyns Furcht.

»Du solltest hin«, sagte Marilyn. »Du solltest zu Jago.«

Robyn wandte sich um. Ihre Mum schaute aus dem regenüberströmten Fenster, ihre Pose war entrückt, ihre Stimme aber klar und entschieden. Marilyn spielte beim Reden an ihrer Perlenkette, knotete und drehte, knotete und drehte.

»Los, steig in einen Flieger, such nach ihm, sei für ihn da.«

»Ich glaube nicht, dass ich …«

»Denny hat uns sicher die Adresse dagelassen, aber die habe ich natürlich verlegt. Ich habe auch keine Telefonnummer. Ich bezweifle, dass dein Dad eine hat. Es gibt keinen anderen Weg. Du musst hin. Robyn?«

Sie schüttelte den Kopf. »Mum, ich kann nicht einfach …«

»Wir reden nicht besonders viel, vor allem nicht über meine Krankheit, und das ist mir lieber so. Aber eines will ich dir sagen. Solange ich es noch kann. Alles, was ich habe, ist der Moment. *Dieser* Moment. Die Vergangenheit, die Vergangenheit ist … nicht immer verlässlich … was vermutlich eine Untertreibung ist, aber so ist es nun einmal. Und die Zukunft … tja, was weiß ich, wie die Zukunft aussieht, doch wer weiß das schon? Aber jetzt, in diesem Moment, Robyn, in dieser Minute bin ich da. Bin ich ganz da. Nicht wahr? Und wenn man auf diese Weise leben muss, nun, dann macht man das Beste daraus, oder? Man lernt Wertschätzung. Für eine gute Tasse Tee. Eine wunderschöne Aussicht. Meine Enkelin, die lacht, weil sie … weil alles wundervoll und lustig und hinreißend und angstfrei ist, und … ich bin unglaublich stolz, weil sie wegen dir so ist.«

Robyn wagte kaum zu atmen, als ob die kleinste, plötzliche Bewegung ihre Mutter in die Zerstreutheit schrecken könnte. Robyn spürte, wie ihr die Hitze in die Augen stieg, und presste fest die Lippen aufeinander.

»Was ich meine, was ich dir sagen will, ist, dass du in der Gegenwart leben musst, denn früher, wenn auch auf andere Weise, hast du das getan. Ich habe den Eindruck, dass dir das ein wenig verloren gegangen ist. Ach, sieh mich nicht so an. Habe ich etwas Falsches gesagt? Ich weiß es nicht. Robyn, du bist jetzt seit … also, seit wann genau bei uns? Seit einer langen Zeit …«

»Seit drei Jahren.«

»Glaubst du nicht, es ist an der Zeit?«

»An der Zeit wozu?«

»Zu gehen. Zu ihm. Deiner Liebe. Jago.«

Robyn verschränkte ihre Finger mit Tess'. Ihre Tochter sah mit großen Augen zu Marilyn und Robyn.

»Einmal hat er mich gerettet«, sagte Robyn mit nicht ganz

fester Stimme. Sie griff nach ihrem Pinsel und strich die Borsten glatt. Ein Gelb färbte ihre Fingerspitzen. »Das war gleich, nachdem wir hergezogen sind. Ich hatte versucht zu surfen, es war total schiefgegangen, und auf einmal war er da. Er hat mich aus dem Wasser gezogen. Ich habe dir und Dad das nie erzählt. Ich hatte Angst, dass ihr mich nicht mehr surfen lassen würdet, aber ich wollte es auch für mich behalten, als etwas, das nur zwischen mir und diesem Jungen war … diesem Jungen, von dem ich nicht einmal den Namen wusste.«

Sie verstummte. Sie würde ihre Mum bald wieder verlieren. Doch Marilyns Worte, die sie so langsam, so bewusst gesprochen hatte, als ob sie jedes einzelne erst prüfen wollte, bevor sie es in die Welt entließ, waren wie ein Leuchtfeuer im Nebel, wie ein Fackelschein in schwarzer Meeresnacht. Marilyn sah bereits an ihr vorbei, ihr Blick suchte die Ferne. Robyn drückte die Hände ans Gesicht, schmierte die Farbe an ihre Wangen und versuchte, nicht die Fassung zu verlieren, weil Jago in einem Feuer Tausende Meilen entfernt gefangen war und ihre Mum in dem Moment genau gewusst hatte, was und wie sie zu ihr sprechen musste.

vierzig

Sie landeten im rosa Licht der Morgendämmerung in Albuquerque. Tess hatte sich auf dem Flug wie ein Kätzchen in ihren Sitz gerollt, den Mund beim Schlafen leicht geöffnet, mit schlummerroten Wangen. Robyn hatte die Filme, die auf dem kleinen Schirm blinkten, die zerknitterten Zeitschriften und Tablett um Tablett mit Plastikessen ignoriert. Sie hatte den Arm schützend um ihre Tochter gelegt. Ihre Gedanken waren auf Wanderschaft gegangen. Die flirrende Diaschau in ihrem Kopf hatte jeden Schlaf verhindert. Sie hatte sich im Schneidersitz im Sand gesehen, hinter den züngelnden Flammen eines Lagerfeuers, während er einen Fisch an einem Stock drehte und sich der Reihe nach die Finger ableckte. Sie hatte gesehen, wie er sie vom glatten Rücken eines Pferdes hob, das durchgegangen war, und ihr die Angst auf eine Weise von den Lippen küsste, die für immer hätte dauern können, dauern sollen. Sie hatte sich erschrocken, als Tess im Schlaf gemurmelt hatte. Robyn hatte ihre Finger sanft gedrückt, einen Schluck Wasser getrunken und die Augen erneut geschlossen. Vielleicht war es falsch, zu ihm zu fliegen. Im gedämpften Innenraum des Flugzeugs hatte sich das Gefühl der Dringlichkeit, das sie in Merrin noch empfunden hatte, schon verflüchtigt, es war der grundlegenden Sorge, dem schlichten Bedürfnis gewichen, dass sie wissen wollte, ob es ihm gutging. Ihre Leben, ihres und Jagos, verliefen in getrennten Bahnen. Abgesehen von einigen wenigen vollkommenen Momenten, in denen sie beide so verbunden gewesen waren, wie zwei Menschen es nur sein können, hatten die Jahre sie in verschiedene Richtungen gezogen, waren die Zeiten der Abwesenheit bestimmender als die der Anwesenheit gewesen. Vielleicht hatte sie nicht das Recht gehabt, ein Flugzeug zu besteigen, die See zu überqueren und Land und Erde seines Lebens zu betreten, doch in jenem Moment war ihr das, durch Marilyns sanften Druck darin bestärkt, als das einzig Mögliche erschienen.

Nach sechzehn Stunden Reisezeit stieg sie mit Tess aus dem Flugzeug. Es war früher Morgen, doch an ihrer Stirn kribbelte bereits die Hitze. Robyn leckte sich die trockenen Lippen und glaubte, sie würde Asche schmecken. Ihre müden Augen waren riesengroß.

»Bevor wir losfahren, brauche ich noch mehr Kaffee«, sagte sie, als sie auf das Flughafengebäude zugingen. »Und was sagst du zu einem Muffin, der so groß ist wie dein Kopf? Wenn man in Rom …«

»Sind wir in Rom?«

»Nein, wir sind nicht in Rom, das ist nur ein Sprichwort. Wir sind in Albuquerque. Und frag mich nicht, wie man das schreibt.«

»Mami, du klingst komisch.«

Robyn rieb sich mit beiden Händen das Gesicht. Plötzlich war ihr übel. »Ich hab mich im Flugzeug nicht sehr schlau verhalten. Ich bin die ganze Zeit wach geblieben.«

»Aber du hast doch gesagt, dass wir schlafen müssen.«

»Ich weiß. Du bist die Kluge von uns beiden, aber das weißt du, oder?«

»Ist jetzt wieder Schlafenszeit?«

»Ich wollte eigentlich gleich zur Ranch fahren. Das sind, glaube ich, ungefähr drei Stunden.«

Um sich zu beleben, klopfte sie sich auf die Wangen. Sie hatte Eliot immer gescholten, wenn er trotz Müdigkeit gefahren war, aber bei ihm war es auch nie allein die Erschöpfung gewesen. Bei ihm waren immer auch ein Kater und ein Ohrensummen dazugekommen, die Nacht, die in den nächsten Morgen drang. Sie konnte daran nun mit beruhigten Gefühlen denken, es war etwas, das zu seinem Leben gehörte und nicht mehr schmerzlich zu ihrem.

Entschlossen schlug sie die Hände zusammen. »Schön. Holen wir das Auto, fahren wir los, und am ersten Diner halten wir an und machen eine richtige Pause. Okay?«

»Darf ich einen Burger essen?«

»Du darfst einen Burger essen. Und ich werde schlafen.«

Sie parkten zwischen zwei Trucks mit silbernen Fahrerkabinen und gewaltigen Rädern. Robyn hatte die Sitze zurückgeklappt. Auf dem Armaturenbrett lagen die Reste ihrer Mahlzeit: das Einwickelpapier des Burgers, ketchupverschmierte Kartons, schlaffe Salatblätter. Tess schloss die Augen und schlug sie gleich wieder auf.

»Ich halte lieber Wache.«

»Wache? Wieso? Hier ist es sicher, Tess.«

Als sie in das Diner gekommen waren, hatten sie sämtliche Blicke auf sich gezogen. Sie hatten sich so britisch benommen, alles so anders ausgesprochen. Vor allem die beiden Trucker, die an der Theke gehockt hatten, einer mit drahtig dünnem Bärtchen, der andere mit einem Bauch, der sich wie eine Bowlingkugel durch sein T-Shirt gedrückt hatte, hatten sie beäugt. Tess hatte nicht reagiert. Robyn hatte trotzig gelächelt und nach den Essenstüten gegriffen.

»Ich mein das Feuer«, sagte Tess. »Falls es auch zu uns kommt.«

Eine Stunde später, nach einem Schlaf, den nur ein Truck, der röhrend losgefahren, und ein Motorbike, das knatternd angekommen war, gestört hatten, waren sie wieder unterwegs, in Richtung Norden, Santa Fe. Das rosa Morgenlicht war zu einem lebhaft blauen Himmel mit Wattewölkchen geworden. An einem anderen Tag hätte Robyn ihr Skizzenbuch gefüllt. Sie spielte an den Tasten des Autoradios, schaltete durch Predigten, Werbung und Stahlsaitenrock. Sie blieb bei einem Countrysender hängen, der Cowboylieder mit rauen Stimmen und zuckersüßen Worten spielte. *Rosalind-Musik*. Obwohl sie Jagos Mum nie kennengelernt hatte, fühlte sie sich ihr verbunden. Robyn deutete das als Zeichen und griff fester um das Lenkrad. Sie schaute zu ihrer Tochter, das Haar im Sonnenschein, ein Vagabundenlächeln auf den Lippen. Auf ihren Knien lag eine zerknitterte Karte, Tess tat so, als ob sie mit dem Finger dem Fortschritt ihrer Reise folgen würde. Robyn wurde von einer Woge der Liebe erfasst, der schönsten und einfachsten Liebe, die es gab. Dann schaute sie wieder auf den bergigen Horizont, den Fuß auf dem Gaspedal, getrieben von der anderen Art von Liebe, der komplizierten, schwierigen, die auch in ihrem Innern brannte.

Sie kamen näher. Sie folgten dem Turquoise Trail, und Tess war sehr enttäuscht, dass die Straße nicht, wie der Name verhieß, in Meisenblau geteert war. Robyn bestaunte die verdorrten Ebenen, das dürre Gestrüpp, das allgegenwärtige Gefühl einer Trockenheit, die sich tief in die Natur eingegraben hatte. Nichts konnte Merrin ferner sein, selbst wenn die Landschaft hier Theater spielte: Die Straße schimmerte so trügerisch, dass Robyn das Gefühl hatte, sie würde geradewegs auf das Meer zufahren. *Nichts liegt zwischen uns und Amerika*, hatte Jago einmal auf ihrem Felsen gesagt, und ein selten sehnsüchtiger Klang hatte sich in seine Stimme eingeschlichen. Damals war es eine schillernde Vorstellung gewesen, dass ein Ort so fern und doch so nah sein konnte, dass die Wellen zwischen zwei so entlegenen Punkten hin- und herwogten. Auch darum liebte sie das Wasser: wegen seiner Flüchtigkeit, seiner Fähigkeit, sich immer wieder neu zu formen und sich weiterzubewegen, was immer auch geschah.

»Tess, was habe ich dir von Jago erzählt?«, fragte sie und sah ihre Tochter durch den Rückspiegel an. Tess hatte die Nase ans Fenster gedrückt und schaute auf die neue Welt, die vorüberglitt.

»Warum gibt es hier denn keine Schafe?«

»Da, wo wir hinfahren, gibt es Pferde … Die sind doch viel spannender, findest du nicht?«

»Er hat Locken, hat mal bei uns gewohnt und konnte tolle Sachen aus Holz machen«, zählte Tess an den Fingern ab und beantwortete damit Robyns Frage.

Die Reifen summten durch den Sand, im Radio spielten weiter Countrysongs, die Hitze brannte durch die Windschutzscheibe. Robyn schaute wieder in den Rückspiegel. Tess hatte die Hände im Schoß gefaltet, die Sandalen ausgezogen, die nackten Füße überkreuzt. Es waren Robyns Füße, mit eckigen Zehen und hohem Spann.

»Als du noch ein ganz kleines Baby warst, hat er dich im Arm gehalten. Und an den Zehen gekitzelt.«

Tess quietschte vor Lachen. »Ich mag's nicht, wenn mich jemand an den Zehen kitzelt.«

»Einmal hat er versucht, mir das Angeln beizubringen, aber das hat nicht grade gut geklappt.«

»Hat er dich wirklich aus dem Meer gerettet? So wie du's Oma erzählt hast?«

»Ja«, sagte sie. »Das glaube ich wirklich.«

In dem Moment setzten die Takte eines Liebeslieds in ihrem Kopf an. Sie übertönten das Radio. Es war Eliots Song. Der Song, den er in Wahrheit doch nicht und trotzdem irgendwie für sie geschrieben hatte. Im Laufe der Jahre hatte sich der Song für sie verändert. Er stimmte sie nicht mehr traurig oder bitter, nun gab er ihr Trost und Hoffnung. Manchmal summte sie ihn unbewusst vor sich hin. *I'm always with you, wherever you travel.*

»Und jetzt retten wir ihn«, sagte Tess.

In Momenten der Panik hatte sie ihn sich mit gerußten Fingern, losen Bandagen und gebrochener Stimme vorgestellt. Ein Klinikgebäude mit Flachdach und braunen Ziegeln und Pick-ups auf dem Parkplatz, im Innern der gleiche beißende Geruch, die gleiche Unbehaglichkeit, die jedes Krankenhaus verströmte. Sie fuhr zuerst zur Ranch, weil sie nicht wusste, was sie sonst tun sollte. Erst bog sie falsch vom Highway ab, es ging über einen rumpeligen Schotterweg und zurück über eine Kehrtwende inmitten sonnengebleichter Kakteen. Dann entdeckte sie das Schild, *High Desert*, ein schmiedeeiserner Schriftzug über einem Reiterornament. Nirgendwo eine Warnung vor dem Feuer, keine *Durchfahrt-verboten*-Schilder, keine Nachrichtenteams oder rußgeschwärzten Felder. Doch viele Fahrzeuge standen dort, sieben oder acht. Chrom blitzte in den Nachmittag. Robyn fand einen freien Platz am Zaun und blieb bei laufendem Motor sitzen. Dann stieg sie aus dem Auto, streckte sich, wie man es nach einer langen Reise tat, reckte die Hände zum Himmel und stellte sich auf die Zehenspitzen. Sie öffnete die rückwärtige Tür. Tess stolperte ins Freie.

»Sind wir da? Ist es das hier?«

»Ja, Baby. Das hier muss es sein.«

Sie schlurften durch roten Sand. War da der Geruch von Asche? Ganz schwach vielleicht, doch der Wind war abgeflaut. Plötzlich hörte Robyn fernes Stimmengewirr und leise Musik. Sie blieb stehen. Sie schaute zum Farmhaus. Es war ein schlichter Ziegelbau. Sein gesichtsloses Äußeres verriet nicht, was im Innern lag. An der Außenwand hingen zahlreiche Tierschädel, die bedrohlich knochig-weiß durch das grelle Licht schauten. Tess sah sie mit bebenden Lippen an. Robyn nahm ihre Hand. Gemeinsam traten sie durch hölzerne Säulen hindurch zur Tür. Robyn klopfte an und trat mit einer plötzlichen Befangenheit zurück, denn das Pochen klang mutiger, als sie war. Sie wartete vier, fünf Sekunden; niemand kam. Sie klopfte erneut. Dann drückte sie auf die Klinke.

Die Tür öffnete sich auf einen großen Raum, der voller Licht und Farbe, aber menschenleer war. Dann sah sie das Pferd. Es graste auf der Fensterbank, eine kunstvolle Schnitzerei aus karamellfarbenem Holz, ohne Frage Jagos Werk. Auf Robyns Handflächen kribbelte der Schweiß, das Herz schlug ihr bis zum Hals. Eilig stürmte sie, Tess im Gefolge, durch die Eingangshalle auf eine weitere Tür zu. Robyn riss sie auf, und da waren sie. Zwanzig, wenn nicht mehr Personen, die sich am Ende eines vertrockneten Rasens versammelt hatten. Ein luftiges Zelt stand dort, ein Grill qualmte und zischte. Im Schatten eines blühenden Fliederbaums wartete ein Bierfass.

Mit der Intuition, wie sie nur kleinen Kindern eigen ist, wählte Tess genau diesen Moment, um in plötzliche, ungewöhnlich laute Tränen auszubrechen. Robyn nahm sie in den Arm und raunte ihr tröstende Worte zu. Tess griff mit einer Faust in ihr Haar, zerrte wütend daran und presste ihr heißes Gesicht in den Hals ihrer Mutter. Um ihre Tochter zu beruhigen, damit der Auftritt insgesamt weniger Aufsehen erregte, stemmte Robyn sie auf ihre Hüfte und ging auf die Menge zu. Die Stimmung war eindeutig festlich und stand in einem harschen Kontrast zu allem, was Robyn erwartet hatte. Ihre Blicke erkundeten die Menschen auf dem Rasen. Sie wusste nicht mehr, was sie suchte.

Da trat ein Mann aus der Menge vor. Er hielt eine leere Kanne in der Hand und ließ sie fallen, als er aufsah. Es gab einen dumpfen Ton, auf dem Rasen verteilten sich Zitronenscheiben. Er fuhr sich rasch mit der Hand durch das Haar, dann erschien auf seinem Gesicht ein breites, strahlendes Lächeln, befeuert von einer solchen Fassungslosigkeit, dass Robyn laut lachen musste. Er war heil und gesund, nirgendwo verletzt. Erst als Robyn näher kam, merkte sie, dass doch etwas nicht stimmte. Das Lächeln war noch da, doch in seinen Augen brannte ein Schmerz, der so greifbar, so *eindeutig* war, dass sie anstelle einer Begrüßung nur seinen Namen sagen konnte. Er wurde zu einer Frage, als ob Robyn zweifeln würde, dass es wirklich er war, oder als ob doch etwas Schreckliches geschehen wäre.

einundvierzig

Sie standen in der Küche, zwischen ihnen dehnte sich der Fliesenboden. Tess saß am Tisch, pustete Blasen in ein Colaglas und baumelte, schnell und rasch getröstet, mit den Beinen. Jago füllte seinen Krug mit Wasser, zerkleinerte Eiswürfel und ließ sie klirrend und klatschend hineinfallen. Überall war Klang, doch nichts davon war Sprache.

»Bitte sag was«, drängte Robyn.

Jago griff zum Krug und stellte ihn gleich wieder mit solcher Macht ab, dass das Wasser spritzte.

»Zitronen«, sagte er. »Ich habe die Zitronen vergessen.«

Er sah aus wie der Jago, den sie kannte, doch seine Unruhe war ihr neu. In seiner Stimme schwang etwas Gehetztes, Angespanntes mit.

»Jago, bitte«, sagte sie. »Sprich mit mir. Denn ich bekomme langsam das Gefühl, dass das alles eine echt miese Idee war.«

»Was alles?« Sein Kopf schnellte hoch.

»Dass ich hier bin.«

Er sah sie an. Dann schüttelte er den Kopf. Seine Locken fielen, wie sie immer gefallen waren. Er verzog den Mund zu einem traurigen Lächeln. Plötzlich wollte Robyn weinen. Nicht laut und kurz und öffentlich so wie Tess, sondern an einem menschenlosen Ort in diesem riesigen Haus, mit dem Gesicht zur Wand.

»Ich fass es einfach nicht«, sagte er. »Das ist alles.«

»Ich weiß. Ich hätte vermutlich anrufen oder schreiben sollen oder … was auch immer. Ich fass es auch nicht, dass es drei Jahre sind. Jetzt, wo ich hier bin und du noch immer derselbe bist. Du … Oh Gott, ich bin ja so erleichtert, dass du nicht verletzt bist. Ich hatte wirklich geglaubt …«

»Jago!«

Eine junge Frau erschien an der Tür und sang seinen Namen. Sie trug ein fließendes Satinkleid in einem leuchtenden Scharlachrot, das ihrer Haarfarbe fast gleichkam.

»Wo bleibt das Wasser? Meine Mum kommt vor Durst fast um. Oh!« Als sie Robyn sah, verstummte sie. Dann erschien ein strahlendes Lächeln. »Hi. Tut mir leid, dass ich hier so reinplatze. Ich bin Annie.«

Sie schwebte auf nackten Füßen auf Robyn zu und streckte ihr die Hand entgegen. Robyn stellte sich vor, und ihr Name klang so lahm und jungenhaft, dass sie ihn noch einmal nannte, mit neuer und bewusster Heiterkeit.

»Aus England? Nicht doch! Ich glaub es nicht, dass du gekommen bist, das ist ja Wahnsinn.«

Sie nahm Robyn in den Arm. Annie roch süßlich nach Vanille, ihr üppiges Haar kitzelte Robyn am Hals. Annie löste sich, noch immer strahlend, als ob sie darauf wartete, dass Robyn etwas sagte.

»Ich hab es in den Nachrichten gesehen«, sagte Robyn. »Und … ich musste einfach herkommen.«

»Okay, Jay, dann darfst du dir mit dem Wasser natürlich Zeit lassen«, lachte Annie. »Ihr zwei quatscht euch erst mal aus.« Sie nahm den Krug und ging zur Tür, aber erst nachdem sie Jago einen raschen Kuss auf die Wange gegeben hatte. Es war eine Geste, in der sich, zu Robyns Erschütterung, das absolute Vertrauen in den eigenen unangefochtenen Anspruch zeigte.

Robyn stand im Badezimmer, vor einem Waschbecken mit türkisfarbenen Kacheln. Die komplizierten Muster der Navajo verschwammen vor ihren Augen. Sie öffnete beide Wasserhähne und spritzte sich das Nass ins Gesicht. Im Spiegel schaute ihr ein bleiches Selbst entgegen, mit dunklen Augenringen und strähnigem Haar. Plötzlich fühlte sie sich sehr fern von zu Hause. *Das ist bloß der Jetlag*, rief sie sich zur Vernunft, als sie vor ihren eigenen Augen zerfiel, der Jetlag und der Schock, dass es ihm bestens ging, dass er sie nicht brauchte und dass er, so schien es jedenfalls, sich nicht wenigstens ein bisschen freute, sie zu sehen. Sie grub das Gesicht in ein weiches Handtuch, das ansatzweise vertraut roch, doch sie scheute erst zurück, als ihr aufging, dass es der süße Vanilleduft war, der nach Annies stürmischer Umarmung an ihrer eigenen Haut gehangen hatte. *Annie*. Sie legte das Handtuch wieder über die Stange, schaute noch einmal in den Spiegel und probierte ein Lächeln. Es lag keine Überzeugung darin, nicht einmal die bittere Belustigung über ihre Naivität und Dummheit, mit der sie angenommen hatte, sie könnte einfach wieder so in seinem Leben auftauchen und ihn so vorfinden, wie sie ihn verlassen hatte.

Als sie aus dem Bad kam, wartete er in der Eingangshalle auf sie, die Hände an den Seiten. Sie blieb abrupt stehen, brachte ihre Miene nicht schnell genug unter Kontrolle. Jago sah das Stirnrunzeln, den herabhängenden Mund. Robyn lief rot an.

»Tut mir leid. Mir ist ein bisschen schwindelig. Der Jetlag …«

»Ist mit dir alles in Ordnung?«

»Wo ist Tess?«

»Sie spielt mit Slingshot.«

»Was?«

Jago machte eine lässige Bewegung und gab ein halbes Lachen von sich. »Der Hund. Der Hund heißt Slingshot. Das ist ein Softie, also mach dir keine Sorgen. Sie sind in der Küche. Robyn …«

»Es tut mir leid, dass ich nie geschrieben habe.«

»Was?«

»Das heißt nicht, dass ich nicht an dich gedacht habe. Das habe ich.«

Er hustete, es war ein Rasseln. Das womöglich einzige Verräterische seines Kampfes mit den Flammen. Er ballte eine Faust, schlug sich gegen die Brust und hustete erneut.

»Erzähl mir von dem Feuer«, sagte sie. »Bitte.«

In der Halle stand eine niedrige Bank. Robyn setzte sich. Jago zögerte, dann kauerte er sich an das Ende und streckte die Beine aus.

»Ich kann noch immer nicht fassen, dass du gekommen bist«, sagte er. »Also, was willst du wissen?«

»Was immer du erzählen willst.«

Es verbreitete sich wie ein Lauffeuer. Das Sprichwort hatte er gekannt, es vermutlich sogar selbst benutzt, doch nun kannte er wirklich den Wahrheitsgehalt. Die Flammen hatten die Landschaft regelrecht verzehrt, den Himmel mit ihren Rauchschwaden erstickt. Der Rauch hatte ihm Tränen in die Augen gejagt, sich in seine Haut gesetzt. Und es hatte gebrüllt, das Feuer, lauter als eine stürmische See. War es seltsam, dass er in dem Moment an Merrin gedacht hatte? Vielleicht nicht, denn auch dort hatte einst das Feuer gewütet. Das Feuer, das

Denny in der Woche nach Rosalinds Tod in einer herbsttrockenen Nacht entzündet hatte. Als der Wind den Rauch erfasst und über das schwarze Meer getragen hatte. Als Aschewolken ihm gefolgt waren, gen Südwesten, und Erinnerungen an Taschenbücher, Schwarz-Weiß-Fotografien, bestickte Schals und fransenbesetzte Lederstiefel auf die Wellen gerieselt waren. Alles, was ihres war, war fort, alles, was sein Vater gegriffen und mit seinen zittrigen Whisky-Händen herbeigezerrt hatte, in einem Anfall von Wahnsinn, dem Jago trotzig beigewohnt, sein Bedauern nie geäußert hatte, denn der Verlust der Gegenstände war nichts, gar nichts, verglichen mit dem Verlust ihres Lebens. Jago hatte alles mit offenem Mund und tränenden Augen angesehen. Er war erst eingeschritten, als Denny ihre Gitarre am Hals gepackt hatte und auch sie ins Feuer werfen wollte. Er hatte seinen Dad beschworen, sie zu behalten, sie sei zu schön, um sie zu vernichten, vielleicht wolle er sie eines Tages doch wieder in die Hand nehmen. Das war nie geschehen, Jago aber hatte die Gitarre jahrelang versteckt, für den Fall, dass sein Vater seine Meinung änderte. Ja, er kannte Feuer, er wusste, was es anrichten konnte, er wusste, dass manche Menschen ihren Kummer in ein loderndes Flammenherz schrien. Das Feuer hatte heftig auf der Ranch gewütet, und Jago hatte gesehen, wie sich die Pferde in ihrer Angst aufgebäumt und getanzt hatten. Er war auf sie zugestürmt, das eigene Entsetzen hatte ihn nicht abgehalten, sondern angezogen, bis die Hitze ihn umsprungen, ihn verschluckt hatte.

»Es war knapp«, sagte er. »Wenn ich die Augen schließe, spüre ich die Hitze immer noch. Höre ich die Flammen immer noch. Ich hatte geglaubt, ich säße in der Falle.«

»Aber du bist zu den Pferden durchgekommen?«

»Nicht zu allen.« Sein heftiger Husten kam erneut und schluckte seine Traurigkeit.

»Aber du hast es geschafft. Dir ist nichts passiert. Und das … das ist eine Feier wert. Das verlangt nach einer Party. Wer sind all diese Leute? Deine Freunde?«

»Ja.«

»Und Annie ist … deine Freundin?«

»Ja.«

»Wenn ich dir geschrieben hätte, wüsste ich das vermutlich.«

Sie schenkte ihm ein schuldbewusstes Lächeln, das er nicht erwiderte. Er senkte den Kopf, schaute auf seine Hände und spielte an einer schwieligen Stelle herum. Er hatte immer Arbeiterhände gehabt, doch nun wirkte er am ganzen Körper härter. Seine Schultern waren breiter, an den Unterarmen knoteten sich Muskeln, um ein Handgelenk wickelten sich Armbänder aus Leder, ein für ihn untypischer Schmuck. Die Hochwüste hatte seine Haut mit ihren drei heißen Sommern in ein dunkles Honigbraun gefärbt. Robyn sah zum allerersten Mal, dass auf seinen Wangenknochen Sommersprossen saßen. Plötzlich spürte sie Verlangen, ein Gefühl strömte durch sie hindurch, dessen Vertrautheit sie erschreckte. Jegliche Distanz – die Jahre, die Menschen, die Orte –, sie war fort. Robyn streckte eine Hand aus, er ergriff sie, beinahe instinktiv. Er fuhr mit dem Finger über die bleiche Innenseite ihres Handgelenks, eine so flüchtige, so zarte Berührung, dass sie sich später fragte, ob es eine Einbildung gewesen war. Dann ließ er sie los.

»Ich habe nie eine Antwort erwartet«, sagte er und sah sie an. »Ich habe dir geschrieben, weil ich wollte. Als ich hier war, ist mir aufgegangen, dass ich das eine oder andere zu sagen hatte. Neues und, na ja, auch Altes. War wohl meine Art, mich davon zu verabschieden.«

»Altes«, wiederholte Robyn und lehnte den Kopf an die kühle Wand. Es war seltsam, für einen anderen in der Vergangenheit zu leben, wenn man sich allem Anschein nach in der Gegenwart befand. Ein solcher Zeitsprung konnte einen innerlich zerreißen, spalten. »Es ist echt lächerlich«, sagte sie. »Ich hatte gedacht, ich wäre die Heldin, die aus dem Nichts erscheint. Und für dich tut, was du für mich getan hast. Aber … bei dir ist alles gut.«

»Ein Hubschrauber. Ich bin mit Glück davongekommen.«

»Das meine ich gar nicht. Ich hatte geglaubt, dass du verzweifelt wärst, in einem Krankenhaus, weit weg von zu Hause, aber …« Sie verstummte. »Das ist dein Zuhause, oder?«

»Es kommt dem sehr nahe.«

»Und Annie? Du hast eine Annie. Erzähl mir von ihr.«

»Sie war einer der ersten Menschen, die ich hier kennengelernt habe.«

»Sie ist nicht gerade das typische Mädchen von nebenan, oder?«

»Nein, ist sie nicht.« Nun lächelte er schuldbewusst. »Robyn, das Feuer hat ihr Angst gemacht. Sie ist normalerweise nicht leicht zu erschüttern, aber ich glaube, das hat sie aus der Bahn geworfen.«

»Manchmal brauchen wir so was. Einen Schock, der uns daran erinnert, was wir wirklich empfinden.«

»Wie ein Blitz aus heiterem Himmel«, murmelte Jago.

»Es ist so leicht, in seinem gemeinsamen Trott einfach immer weiterzumachen. Von Eliot musste ich erst getrennt sein, um herauszufinden, dass das besser für uns ist. Uns glücklicher macht.«

Jago ruckte auf der Bank vor. »Ihr seid nicht mehr zusammen?«

»Nein.« Sie zögerte, dann sagte sie: »Tess und ich leben jetzt in Merrin.«

Er lachte, kurz und bellend, Fassungslosigkeit schwang darin mit. »Du lebst in *Merrin*?«

»Ich habe Merrin immer geliebt, tief im Innern. Das weißt du.« Sie sah ihn an. Der veränderte Ausdruck auf seinem Gesicht erschütterte sie. »Ich bin Mum und Dad zuliebe hingezogen – na ja, eigentlich Mum zuliebe«, sagte sie, »aber am Ende bin ich mir zuliebe geblieben. Und Tess zuliebe.«

»Wie lange? Wie lange bist du schon zurück?«

»Etwa drei Jahre.«

»Also war ich weg und du … warst da. Die ganze Zeit warst du da.«

»Ja.« Sie versuchte es mit Leichtigkeit. »Ich hatte das nicht vor. Absolut nicht.«

»Wieso weiß ich davon nichts?«

Robyn ließ die Frage im Raum stehen. Es gab so viele Antworten, doch als sie ihn ansah, als sie erkannte, dass der gleiche Schmerz auf seiner Miene brannte, der bei ihrem plötzlichen Erscheinen dort gestanden hatte, erschien ihr keine davon richtig.

In dem Moment hüpfte ein bunter Tennisball durch den Raum. Tess und Slingshot, der Hund, eilten in einer wilden Verfolgungsjagd hinterher. Rasche Schritte auf dem Kachelboden, Kind und Tier, Tess' blubberndes Gelächter. Robyn fuhr erschrocken herum. Sie schaute ihre Tochter mit Erstaunen an, so als ob sie vergessen hätte, dass Tess da war, oder erwartet hätte, dass sie wieder so klein und unselbständig war, wie Jago sie zuletzt gesehen hatte.

»Es tut mir leid«, setzte sie an, »ich wollte es dir erzählen …«

»Nicht.«

Er sprang auf, schnappte sich den Ball und hielt ihn hoch vor Tess, die sich auf die Zehenspitzen stellte, während Slingshot bellte. Dann warf er den Ball quer durchs Haus. Weiter ging die Jagd. Danach kehrte wieder Ruhe ein. Jago blieb stehen.

»Warum nicht? Jago, deshalb bin ich hier.«

»Du musst damit aufhören«, sagte er. »Bitte. Halt den Mund.«

Wut stieg in ihr auf. »Ich fliege fünftausend Meilen, und du sagst mir, ich soll den Mund halten?«

»Drei Jahre. Drei Jahre, du in Merrin und ich hier.«

»Ich weiß. Es tut mir leid. Aber ich brauchte das. *Du* brauchtest das. Dein Dad hat mir gesagt, dass du glücklich bist. Ich wollte, dass du glücklich bist. *Ich* wollte auch glücklich sein, und ich habe die Zeit gebraucht, da hinzukommen.«

»Glücklich? Na, das allerdings. Das hier ist meine Verlobungsparty, Robyn. Annie hat mir einen Antrag gemacht. Und ich habe Ja gesagt. Wir werden heiraten.«

Sie schaute ihn an. Er schaute zurück.

»Herzlichen Glückwunsch?«, sagte sie schließlich mit einer Stimme, die so schlaff und kläglich war wie ein durchlöcherter Ballon.

Der Tag verging. Die Zeit machte unbeeindruckt weiter, und Robyn gab sich alle Mühe, so zu tun, als ob sie mitmachen würde. In einer entschlossenen Demonstration von Heldenmut stürzte sie sich in die Party. Die Atmosphäre war wohltuend, nachbarschaftlich, zwischen den Bäumen hingen Wimpel aus Papier, in Marmeladengläsern welkten Wiesenblumen, unter den Gästen waren Ältere und Kinder und der eine oder andere Hund, der sich in den Schatten flüchtete. Dies war keine Party für Wut und Tränen, dort waren keine Strömungen, die einen mitzureißen drohten, keine dunklen Ecken, in die man sich verkriechen konnte. Robyn nahm einer Frau, die wie Annies Großmutter wirkte, ein Glas Sekt ab und leerte es recht schnell. Die Bläschen brannten in den Augen und stachen in der Kehle. Sie wurde als »alte Freundin aus der Heimat« vorgestellt, doch Robyn hatte dadurch nicht das Gefühl, an Jagos Leben oder einer gemeinsamen Geschichte teilzuhaben, es erinnerte sie vielmehr daran, dass sie nicht ins Hier und Jetzt gehörte.

Jemand reichte ihr einen Teller mit buntem Salat und außergewöhnlich großen Fleischstücken, und trotz ihres leeren Magens – der Halt am Diner schien Stunden her zu sein – brachte sie nur wenige Bissen hinunter. Sie versuchte, sich abseits der Runde aufzuhalten, doch der Kreis brach immer wieder auf und bildete sich neu, sodass Robyn am Ende alle kennenlernte: Erwin, einen benachbarten Rancher, der wie ein Hollywoodcowboy sprach, eine Frau mittleren Alters, die Kerry oder Cherry hieß, auf unglaublich hohen Absätzen schwankte und immer wieder sagte: *Wie schön, dass Sie es geschafft haben, Sweetie*, so als ob Robyn auf der Party erwartet worden wäre. Eine Mädchenclique, Annies Highschoolfreundinnen, versuchte ihr mit großer Heiterkeit und roten Lippen peinliche Jugendgeschichten über Jago zu entlocken, so als hätte sie einst mit Jago im Planschbecken gesessen oder mit ihm in einem Baumhaus Comics gelesen. Es war wie ein Taumel – die Wüstenhitze, der leichte Sekt, die sprudelnden Gespräche. Robyn verbarg sich hinter ihrer Sonnenbrille, wischte sich nur ab und zu über die Stirn und versuchte, die folgende Minute durchzustehen, und die nächste und die übernächste.

Tess hatte irgendwann genug von Slingshot, schloss sich den anderen Kindern an, stürmte quer über den Rasen und kreischte vor Vergnügen. Robyn beobachtete ihre Tochter voller Wehmut. Sie wünschte sich, Tess wäre immer noch so weinerlich und ängstlich, dass sie ihre Finger mit Tess' verschlingen, ihr Beschwichtigungen zuflüstern, sich nützlich und gebraucht fühlen könnte, ihr Dasein einen Sinn ergab. Jago war eine Weile wie verschwunden, doch auch als er wiederkehrte, kam und ging er, war er hier und da, selten lang an einem Ort. Heimlich und leise beobachtete sie ihn. Sie sah, welche Wärme und Zuneigung ihm alle entgegenbrachten, wie sie ihm auf die Schulter klopften, mit ihm anstießen, Dinge zu ihm sagten, die ihm ein langsames Lächeln, ein leises Lachen entlockten. Er sprach sie mit Namen wie Pico, Cassie oder Buck an, und es klang aus seinem Mund überhaupt nicht fremd, sondern so normal wie Simon, Marilyn und Lucy einst. Mehr als einmal vernahm sie bei ihm einen neuen Einschlag, einen leichten Akzent. Wahrscheinlich passierte das, wenn man eine Amerikanerin häufig genug küsste.

Annie. Ihr rotes Kleid tanzte immer irgendwo in Robyns Blickfeld. Ihr Lachen übertönte jedes andere. Sie rief nach ihm – *Jay, komm her!* –, und in Robyns Ohren klang es leicht und locker. Unbeschwert. Robyn wusste, dass sie gratulieren musste, doch als sie das *Herzlichen Glückwunsch* in einem stillen Moment übte, als sie sich bückte, um Tess einen Schuh anzuziehen, den sie bei einem ausgelassenen Spiel verloren hatte, kam ihr die Floskel unnötig lang und übertrieben vor. Die vielen Silben jagten ihr unbehagliche Schauer über den

Rücken. Vielleicht war *Glückwunsch* besser, doch das wirkte wiederum zu heiter und zu lässig, und sie hätte es niemals mit der nötigen Beiläufigkeit äußern können.

»Ich freue mich so für euch«, brachte sie schließlich eilig hervor und fasste Annie am Arm, als sie mit einem Tablett voller Drinks vorübereilte.

»Hey, danke. Vielen Dank. Das bedeutet mir viel, wirklich.«

Annies Lächeln war breit, und es reichte zu den Augen. Sie war die Tochter eines Ranchers, hatte Jago gesagt, sie war im Sattel geboren, ritt noch immer beim Viehtreiben mit und sprang auf einer rotbraunen Stute namens Flashdance draußen in der Wüste über die Kakteen. Außerdem sang sie wie ein Vogel, sie war Mitglied einer Bluegrass-Band. So hatten sie sich kennengelernt, nach einem Auftritt in einer Bar, als Jago gerade angekommen, einsam war, Heimweh hatte und sich mit der Frage plagte, ob es nicht doch Wahnsinn gewesen war, das große weite Meer zu überqueren. Die farbigen Details hatte Robyn hinzugefügt, denn Jago hatte nur die Umrisse skizziert. Und Robyn hatte auch an Rosalind gedacht, als ihr Jago von Annie und den Pferden und der Musik erzählt hatte, daran, dass er in dem Mädchen, das er heiraten würde, womöglich die Essenz von Rosalind gefunden hatte.

Annie bot Robyn einen der Drinks auf dem Tablett an, einen süßlichen Limettencocktail mit Zuckerrand. Robyn fühlte sich bereits benommen, an ihren Schläfen pulsierte schon der Schmerz, doch sie nahm ein Glas und trank es durstig aus.

»Ich kann mich nicht an diese Hitze gewöhnen«, sagte sie dabei.

»Hab nie woanders gelebt und kann es trotzdem nicht.«

Dann: »Ich hatte geglaubt, dass ich ihn in dem Feuer verloren hätte.«

»Ich weiß. Das hat er gesagt.«

»Hat er dir erzählt, dass ich ihm den Antrag gemacht habe?«

»Hat er.«

»Natürlich«, fuhr sie vergnügt fort, »weißt du auf diese Weise nie, ob er von selbst auf die Idee gekommen wäre. Wir haben nie übers Heiraten geredet. Auf immer und ewig, darüber haben wir geredet, was ja wohl dasselbe ist, oder?«

»Jago macht nichts, woran er nicht glaubt«, erwiderte Robyn.

»Kennt ihr beide euch schon lange?«

»Fühlt sich wie immer und ewig an.« Sie verbesserte sich rasch. »Sieben Jahre. So in der Art. Bei allen wichtigen Dingen, die mir passiert sind, war er da, auf die eine oder andere Weise.«

»Es ist schön, so einen Freund zu haben. Er wird dir sicher fehlen.«

Robyn hob das Glas an die Lippen, doch es war schon leer. Sie kippte das halb geschmolzene Eis in ihren Mund und fragte sich, wie sie darauf antworten sollte.

»Wo übernachtest du eigentlich?«, fragte Annie.

»Hier.«

Beim Klang von Jagos Stimme fuhr Robyn herum.

»Wenn du willst«, ergänzte er.

»Wirklich?«, fragte Robyn. »Bist du sicher? Wir können uns doch ein Hotel nehmen, oder ein Motel, ich hab auf dem Weg hierher ein paar gesehen …«

»Die reinsten Löcher. Da holt sich Tess nur Flöhe.«

»Na ja, in dem Fall …«

»Kaffee wie Maschinenöl. Wenn man Glück hat.«

»Also sind wir hier besser aufgehoben?«

»Gerade so«, sagte Jago mit einem halben Lächeln.

Annie lächelte auch. Nur diesmal endete es an den Lippen. Ihre Augen blickten matt und argwöhnisch.

Mit dem Sonnenuntergang neigte sich die Party ihrem Ende. Die letzten Nachbarn brachen mit ihren Pick-ups über rumpelige Pisten auf und zogen Staubwolken hinter sich her. Sie fuhren viele Meilen zu niedrigen Häusern, die mitten in der Wüste standen oder sich an einen waldigen Berghang drängten. Jago und Annie standen Seite an Seite auf der Veranda, winkten ihren Freunden nach und wirkten so entzückend wie Braut und Bräutigam auf einer Hochzeitstorte. Robyn beobachtete sie vom Fenster des Gästezimmers aus, das Jago ihr gegeben hatte. Sie sah auch, wie Annie sich zu Jago drehte und ihn küsste. Er sie an den Schultern fasste und sie an sich zog, wie ein Windhauch Annies feuerrotes Haar ergriff und in sein Gesicht wehte.

Robyn hatte sich nicht davonstehlen, ans Fenster stellen und lauern wollen. Sie hatte Tess gesucht und sie im Tiefschlaf in der Mitte des Doppelbetts gefunden. Mit roten Wangen von der Sonne, mit ausgestreckten Beinen und dem Staub noch an den Füßen. Robyn hatte auf ihre Tochter geblickt, und in dem Moment hatte Müdigkeit sie überwältigt, der Wunsch aufzugeben, das Schauspiel zu beenden und neben sie zu sinken. Dann hatte sie die Autos gehört, das Rufen und Grölen, die guten Wünsche. Das hatte sie zum Fenster gezogen. Als sie sich abwandte und Jago und Annie ihrer Umarmung überließ, kapitulierte sie. Sie sank auf das Bett und wand sich um Tess' schlafende Gestalt herum. Die Erschöpfung war stärker. Als sie in den Schlaf sank, zerrten wilde Strömungen an ihr. Sie hatte weder Danke noch Gute Nacht gesagt, nichts von dem, was ein Gast sagen sollte. Sie hatte gar nichts von dem gesagt, was sie sagen wollte.

Als sie mitten in der Nacht wach wurde, mit steifem Nacken, mit taubem Arm, lag das Zimmer so dunkel wie die Nacht der Wüste da. Unter ihrem Kopf war das Laken feucht. Tess murmelte im Schlaf. Ihre Stimme kam kläglich, ängstlich durch die Dunkelheit.

»Mami, wer weint da?«

Robyn brauchte eine ganze Weile, bis ihr aufging, dass es ihre Tränen waren.

zweiundvierzig

»Wohin bist du gestern Abend so plötzlich verschwunden?«

Robyn blieb zögernd an der Tür zur Küche stehen. Sie war bei Morgenanbruch mit hämmernden Kopfschmerzen wach geworden, einem Stechen in der Brust und dem dringenden Wunsch, heimlich und sofort zu fliehen. Doch als sie zu ihrem Wagen gegangen war, hatte sie ihn nur sehnsüchtig angeschaut, mit den Schlüsseln gespielt und dann ihre Tasche aus dem Kofferraum geholt. Sie hatte geduscht, sich gekämmt und frische Kleidung angezogen, während sich Tess auf dem Bett gelümmelt und auf Robyns Handy Zeichentrickfilme angesehen hatte. Der Wunsch nach Kaffee hatte Robyn aus der Sicherheit ihres Quartiers getrieben.

Sie hatte damit gerechnet, dass Annie in der Küche ihr Revier markieren, ihre schmale Gestalt dort in einem von Jagos alten Hemden stehen und Schinken und Pfannkuchen brutzeln würde, doch er war allein. Er saß am Tisch, eine Zeitung aufgeschlagen. Er hob den Kopf. Sein Blick war klar und scharf und fragend.

»Gestern Abend«, wiederholte er. »Du bist einfach verschwunden.«

»Ich hab schlappgemacht«, sagte Robyn. »War nicht geplant. Der Jetlag, die vielen Cocktails …«

Sie sank auf den Stuhl ihm gegenüber.

»Wo ist Annie?«

»Draußen, sie läuft.«

Robyn wartete, doch mehr sagte Jago nicht. Sie musterte ihn, die sonnenverbrannte Stirn, die feinen Fältchen an den Augenrändern, die blasse Narbe, die sich über seinen Daumen zog. Sie konnte nicht sagen, was er davon hielt, dass Annie joggte, ob es ihm gefiel, dass sie die Wüste auf ihren langen Beinen durchquerte, das rote Haar zu einem Pferdeschwanz gebunden, die knochigen Ellbogen im Takt. Sie konnte überhaupt nicht sagen, was er dachte.

»Kaffee?«, fragte er mit plötzlichem Elan.

»Gerne«, sagte Robyn.

Er sprang auf. Bald schon herrschte Geschäftigkeit, raschelten Filtertüten, schlug ein Löffel an die Dose, gurgelte und spuckte die Maschine.

»Habt ihr schon ein Datum?«, fragte Robyn.

»Was bitte?«

»Ein Datum. Für die Hochzeit. Habt ihr eins?«

Zwei Tassen schlugen aneinander. Jago trat den Kühlschrank mit dem nackten Fuß zu.

»Nein. Noch nicht.«

Robyn schaute besorgt auf einen eingerissenen Nagel. »Wie kommt's?«

»Annie hat immer von einer Hochzeit im Winter geträumt. Oben in den Bergen. Mit Schlitten und Feuer. Gästen auf Skiern. Ich weiß nicht.«

»Werden dein Dad und Lucy rüberkommen?«

»Ich denke schon.« Er wartete einen Augenblick. »Erzähl mir von Merrin. Erzähl mir, was ich da versäumt habe.«

Und so erzählte sie. Sie erzählte, dass ihre Mum in der Vorwoche einen Kuchen gebacken hatte, eine ihrer berühmten Biskuittorten, und sie mit Rasiercreme überzogen hatte. Robyn hatte ihre Mum in der Küche überrascht, als sie mit konzentrierter Miene und roten Wangen an den perfekten Rosetten gearbeitet hatte, und nicht die Worte gefunden, ihrer Mum zu sagen, dass das falsch, ganz falsch war. Sie erzählte ihm, dass sich ihre Bilder verkauften, in einer Galerie in Cornwall und sogar in London, sie von ihrer Kunst nicht nur leben, sondern richtig gut leben konnte und dass die innere Unruhe, wenn sie malte, an ihrem üblichen Platz in Rockabilly, einem inneren Frieden wich. Sie erzählte ihm, dass sie immer noch in ihrer Bucht surfte, das dies immer ihr Lieblingsort sein würde, sie nun aber auch nach Sennen fuhr, nach Porthmeor und Godrevy und manchmal sogar hoch bis Fistral. Sie erzählte ihm, dass Tess schon ein Bodyboard hatte, auf dem sie an den flachen Stellen trieb, und vor Lachen kreischte, wenn ihr die Gischt ins Gesicht spritzte und sie an den Strand schob, sie in ihrem gelben Wetsuit und mit ihren nassen Locken wie ein Cherub mit Schwimmflügeln aussah, ein Mini-Surfermädchen, und sie nicht glauben konnte, dass es ihres war.

»Ich wollte, dass sie dieses Leben führt«, sagte Robyn. »Ich wollte, dass sie den Sand zwischen ihren Zehen spürt und die Namen sämtlicher Blumen am Wegesrand lernt. Jedes Mal wenn ich mich darüber gräme, dass alles so gekommen ist, muss ich mir nur ansehen, mit welchem Ausdruck sie aufs Wasser zuläuft, und dann weiß ich, dass ich richtig gehandelt habe. Sie hat jetzt schon einen Haufen Freunde in der Vorschule, echte kleine Cornwall-Kinder. Neulich hat sie mir gesagt, dass sie eines Tages in einem Leuchtturm leben und einen Jungen namens Arthur heiraten will.«

»Ich wette, deine Mum und dein Dad sind überglücklich, dass du wieder da bist.«

»Sie sind überglücklich, dass ihre Enkelin bei ihnen lebt, das in jedem Fall. Es ist, als ob ich ihnen etwas geschenkt hätte. Anfangs hatten sie geglaubt, ich hätte mein Leben ruiniert – das haben sie so nie formuliert, aber so war es –, und jetzt, na, Tess bedeutet ihnen alles. Das gilt für uns alle. Manchmal scheint es mir sogar so, als ob sie uns zusammenhalten würde. Sie ist ein Ausbund an Freude, an unerschöpflichem Optimismus.« Heiße Tränen stiegen ihr in die Augen. Sie rieb sie energisch fort und zwang sich zu einem Lachen. »Von den Momenten abgesehen, in denen sie die verrückte Vierjährige spielt. Sich nicht anziehen will. Wegen nichts und allem heult. Um fünf Uhr morgens in mein Zimmer stürmt, sich auf mein Bett wirft…«

»Du bist eine gute Mum«, sagte er sanft.

»Ich?« Sie lachte schrill. »Wie willst du das wissen? Sieh mich an, ich schleppe Tess mit mir um die halbe Welt, und das nur…«

»Und das nur?«, fragte er.

Sie holte tief Luft. Am liebsten hätte sie sich die Finger in die Ohren gesteckt, um sich auszubalancieren, so wie sie es beim Surfen machte, wenn das Wasser über ihr zusammenschlug.

»Hooper's House«, sagte sie stattdessen. »Ich muss dir von Hooper's House erzählen.« Denn sie wusste nicht, wie weit Annie lief und wie rasch, und wenn sie mehr gesagt hätte, hätte sie geweint, und das wollte sie auf keinen Fall, sie wollte nicht das Mädchen sein, das bei Annies Heimkehr heulend in der Küche hockte.

»Was ist damit? Noch immer voller Touris? Ich hab Dad ordentlich den Marsch geblasen. Wie konnte er das Haus an einen Urlaubsvermittler verkaufen.«

»Ah. Na ja, nicht ganz. Obwohl … so in etwa. Sollte man meinen.« Plötzlich war sie verlegen, doch das Thema war sicheres Terrain, und darum wagte sie sich weiter vor. »Ich will in der Nähe von Mum und Dad sein, aber wir brauchen auch alle unseren Freiraum. Ich habe mit dem Typen gesprochen, dem es jetzt gehört, und wundersamerweise will er es mir vermieten.«

Sie wartete auf seine Reaktion. Endlich lächelte er. Eine neue Helligkeit flutete den Raum. Robyn erwiderte das Lächeln. Sie hätte nur dort sitzen, ihm zulächeln können, während alles Übrige in weite Ferne rückte.

»Aber wie kannst du dir das leisten?«, fragte er. »Die Touristen zahlen in der Saison doch sicher richtig Geld.«

»Na ja, meine Bilder verkaufen sich. Was ich nach wie vor unfassbar finde. Außerdem … habe ich einen guten Preis bekommen. Der Besitzer mag meine Bilder. Ich habe ihm versprochen, dass ich ihm ein paar kleinere Arbeiten für seine anderen Cottages gebe, und damit war der Deal besiegelt. Es macht dir doch nichts aus? Falls ja, mache ich es rückgängig, noch ist es nicht zu spät.«

»Es macht mir nichts aus«, sagte Jago. »Mir gefällt der Gedanke. Dad und Lucy würden das genauso sehen.«

»Ich habe vor, eure Werkstatt in ein Atelier zu verwandeln. Der Raum hat viel zu schönes Licht, um es nicht zu nutzen. Das wird großartig. Das wird … mir ein Gefühl von Dauer geben.«

»Du wirst tatsächlich bleiben?«

Sie nickte. Hielt seinem Blick stand. Ein erstauntes Pfeifen.

»Das hätte ich nie erwartet.«

»Fehlt es dir denn gar nicht?«, fragte sie. »Nicht einmal ein kleines bisschen?«

»Hat es dir gefehlt, als du in London warst?«, gab er zurück.

»Jeden Tag. Das weißt du. Das habe ich dir gesagt.«

»Du hast gesagt, dass dir das Meer fehlt. Die Freiheit. Ich weiß, dass dir das Surfen gefehlt hat.«

»Es war nie nur das.«

Jago war immer ein stiller Mensch gewesen, hatte auf nahezu unergründliche Weise in die Welt geblickt und, wenn überhaupt, langsam nur gelächelt. Nun färbten sich unter seiner Bräune seine Wangen rot. Er wirkte wie ein Kind, das ein wundervolles Geschenk erhalten und sofort wieder verloren hatte. Er fuhr sich mit einer Hand durch seine Locken, die länger, lässiger waren. Robyn schnürte es die Kehle zu.

»Ich habe vor, mit Tess einen kleinen Roadtrip zu machen«, sagte sie und sah auf ihre Hände. »Die gute alte Route 66, mal sehen, ob wir bis Kalifornien kommen. Der Rückflug ist erst in zwei Wochen.«

»Zwei Wochen?«

»Ich musste irgendetwas buchen«, sagte Robyn. »Ich wusste ja nicht wirklich, was.«

»Und du willst nicht bleiben?«

»Ich glaube … lieber nicht.«

Jago drehte seine Tasse hin und her.

»Robyn, was willst du? Wieso bist du hier?«

»Das hab ich doch gesagt.«

»Hast du nicht. Nicht wirklich.«

»Ich schuldete dir was. Ich hatte gedacht, du wärst verletzt, und ich wollte für dich da sein. Ich hatte gedacht, dass du mal dran wärst …«

»Und du hast gedacht, das wäre *jetzt*?«

Jago glitt die Tasse aus der Hand. Der Kaffee lief quer über den Tisch. Jago wischte mit seinem Ärmel darüber, der Stoff färbte sich dunkel.

»Das machst du jedes Mal«, sagte er. »Du tauchst auf, machst, was du willst, und zwar nur das, und dann bist du wieder weg. Du denkst nie darüber nach, was das für andere bedeutet.«

Die Worte drängten sich aus ihm heraus, sie rempelten sich an. Robyn ließ sich davon anstecken, dass er seine Zurückhaltung aufgegeben hatte. Es spielte keine Rolle, dass die Worte schmerzten, dass sie ihr nicht wahr erschienen. Sie waren real. Sie waren Gegenwart.

»Ich hatte gedacht, dass du dich freuen würdest, mich zu sehen«, sagte sie und sah ihm in die Augen. Sie kümmerte nicht mehr, ob Annie in die Küche kam. »Nach allem, was du geschrieben hast.«

»Das habe ich vor langer Zeit geschrieben. Über eine Zeit, die noch davor lag.«

»Vielleicht ändert sich manches nicht so sehr, wie wir glauben. Vielleicht ist manches immer da, selbst wenn wir es eine Zeit lang ignorieren, selbst wenn es scheint, dass etwas anderes an dessen Stelle tritt.«

»Ich bin hier glücklich«, sagte er.

»Das weiß ich.«

»Und ich will hier weiterhin glücklich sein.«

»Jago, das wirst du.«

»Du hast leicht reden.«

»Hab ich nicht.«

Als die Tür klickte, wandten sie sich um. Im Eingang wurden Turnschuhe abgestreift, dann tapsten Füße durch den Gang.

»Das Problem, Robyn, ist«, sagte er mit glühenden Augen

und leiser Stimme, »dass ich die ganze Zeit gedacht habe, dass du ein bestimmtes Leben leben würdest, und das hast du gar nicht. Du hast unser Leben gelebt. Du hast unser Leben gelebt, und ich habe nichts davon gewusst.«

Gegen Mittag waren Robyn und Tess fort. Vor ihrem Aufbruch war Robyn mit Jago zum Rand einer aschenen Landschaft gegangen, dort, wo die Erde in einen Canyon stürzte. *Willst du sehen, wo das Feuer gewütet hat?*, hatte Jago sie gefragt, und sie hatte *Ja, ja, will ich* gesagt, als ob ihr nur noch die Betrachtung der Spätfolgen bliebe. Annie hatte ihnen die Gelegenheit dazu gegeben; sie hatte Tess an die Hand genommen und gesagt, sie wolle ihr zeigen, wie man ein Band in die Mähne eines Ponys flocht. Robyn hatte ihr gedankt, mit Verbundenheit, schlechtem Gewissen und mit Neid.

Das Feuer hatte eine Mondlandschaft geschaffen. Jago und Robyn schauten auf ein Bild der Zerstörung. Robyn spähte zur Seite, während Jago stur nach vorn sah, die Hände in den Taschen. Er strahlte eine unglaubliche Ruhe aus, und das an dem Ort, der ihn beinahe das Leben gekostet hätte.

»Wenn das Schlimmste eintritt«, sagte er, »spornt das manche Menschen dazu an, Dinge zu tun, die sie nie zuvor getan haben; sie greifen nach allem, was das Leben ihnen hinwirft, und werfen es zurück. Ich war nie so. Nach der Sache mit Mum habe ich einfach weitergemacht. Mit gesenktem Blick. Ich habe nie über Merrin hinausgeschaut, ich wollte es auch nicht. Und dann bist du aufgetaucht, und ich wusste nicht, was ich damit anfangen sollte. Plötzlich war alles anders. Aber ich wusste, dass du nicht bleiben würdest. Ich wusste, das bist nicht *du*, selbst wenn du selbst das eine Zeit lang geglaubt hast. Selbst wenn du jetzt …« Er verstummte.

»Ich wollte es, schon damals. Du bist derjenige, der mich abgewiesen hat, falls du dich daran erinnerst.«

»Selbstschutz. Ich wusste, es wäre dir langweilig geworden.«

»Wir waren so jung. Was wussten wir denn überhaupt?«, sagte sie.

»Ich wusste, dass du mir zu viel bedeutest. Zu viel, um mich mit weniger als allem zu begnügen.«

Robyn holte scharf Atem. Die erloschene Luft schmeckte immer noch nach Rauch und kratzte ihr im Rachen.

»Aber du mir auch«, sagte sie. »Ich wollte dir ja sagen, dass ich wieder in Merrin bin, aber ich musste erst ein paar Dinge klären. Auf einmal war ich alleinerziehend. Ich wollte nicht, dass Tess ihren Vater verliert, aber ich wusste, dass das mit ihm und mir nicht richtig war. Du machst dir keine Vorstellung davon, wie es war, diese Entscheidung zu treffen, ihr die seltsame kleine Familie, zu der wir geworden waren, zu nehmen. Und dann ist da Mum, und meine Angst, dass sie eines Tages in sich selbst verschwindet und nie wieder hervorkommt. Bei all dem, da war … einfach nicht viel von mir selbst übrig. Und dann schreibst du mir auch noch genau in dieser Zeit, dass wegzugehen das Beste war, was du je getan hast. Du hast so glücklich gewirkt. Dein Vater hat das auch gesagt.«

»War ich auch. Bin ich auch.«

»Drei Jahre, das klingt nach einer langen Zeit, doch das ist es nicht. Nicht für mich. Es ist wie im Nu vergangen.«

»Und dann reist du fünftausend Meilen weit. Tauchst wie aus dem Nichts auf.«

»Wie Nichts ist es mir nicht vorgekommen. Jago, ich wollte dich nicht verlieren«, sagte sie plötzlich mit einem bitteren

Lachen. »Deshalb bin ich hier. Ich habe das Feuer gesehen, und da ist mir bewusst geworden, wie sehr ich dich nicht verlieren wollte. Ich habe gar nicht daran gedacht, dass jemand anders auf dieselbe Idee kommen könnte. Auf eine noch viel bessere. Annie … ist reizend. Sie ist …« Robyn grub die Nägel in ihre Handflächen. »Ich hätte dir längst sagen sollen, dass ich wieder da bin. So einfach ist das, oder? Ich habe dir geschrieben. Ich hatte nur nie den Eindruck, das Richtige zu sagen, und darum habe ich keinen einzigen Brief beendet. Ein Stapel nutzloser Worte, ungesagt und ungelesen. Mein einziger Trost war, dass du glücklich warst.«

Jago scharrte mit den Füßen, seine Schuhe waren hell von Asche. Er grub die Hände tief in die Hosentaschen.

»Das hier hat sich nicht von Anfang an wie zu Hause angefühlt. Aber dann, eines Tages, doch«, sagte er.

»Als du Annie begegnet bist.«

»Das tust du immer. Ob du willst oder nicht, immer glaubst du deinen eigenen Geschichten.«

»Schön, dann erzähl es mir. Erzähl mir, wie es ist. Denn wenn ich dich so ansehe, wirkst du wie das Inbild der Zufriedenheit. Und dann … sagst du was, siehst mich an, und das mit einer solchen *Wut*, Wut auf mich, und plötzlich wirkst du nicht mehr wie ein Mann, der alles hat. Sondern wie ein Mann, dem etwas fehlt.«

Jago blickte zu ihr, einmal, ein zweites Mal. Dann senkte er den Kopf erneut, als ob er sich still mit sich selbst beraten würde.

»Es gab einmal eine Zeit, da hätte ich alles getan, damit du vor meiner Tür stehst«, sagte er.

»Abgesehen davon, mir zu sagen, dass du so empfindest.«

»Ich habe es versucht. Ich bin nach London gefahren. Ich

habe dich angerufen und dir ganz genau gesagt, was ich für dich empfinde.«

»Wann? Wann war das?«

»Siehst du? Du erinnerst dich nicht mal mehr daran.«

»Doch nicht damals? Auf meinem Anrufbeantworter? Als ich mit Tess schwanger war und … Moment, von dir und mir hast du nichts gesagt.«

»Doch. Aber du hast niemals reagiert.«

Robyns Gesicht legte sich in verwirrte Falten.

»Und als wir uns das nächste Mal gesehen haben«, fuhr er fort, »hast du mir gesagt, dass du ein Kind erwartest.«

»Das hätte dich nicht davon abhalten müssen.«

»Das ist nicht fair.«

»Nein, das nicht. Aber … wahr.«

»Aber wahr ist auch: Selbst wenn du sagst, dass du mich nicht verlieren wolltest, haben wir uns längst verloren, oder nicht?«, sagte Jago. »Ohne Feuer, ohne Drama, bloß zwei junge Menschen, die sich in verschiedene Richtungen bewegt haben, und jetzt …«

»Die Nachricht, Jago, von der du sprichst, war abgebrochen. Den Schluss habe ich nie gehört. Falls du mir gesagt hast, was du wirklich fühlst, habe ich das nie erfahren. Das bisschen, was ich gehört habe, war bloß … Gerede. Und zu dem Zeitpunkt hatte ich geglaubt, dass ich Tess verlieren würde. Ich war gerade schwanger geworden, es war ganz am Anfang, und ich hatte gedacht, ich würde sie verlieren, und dann hast du angerufen und …«

»Du hast das nie gehört?« Jago klappte der Mund auf. Er wirkte wie ein Junge. Fassungslos stand er vor ihr. Er schüttelte den Kopf. »Das mit Tess wusste ich nicht. Es tut mir leid.«

»Wie solltest du auch?«

»Du hättest sie fast verloren?«

Robyn nickte. »Aber … sie hat's geschafft.«

Jago blinzelte. Er legte eine Hand vor den Mund, weil er husten musste. Wieder etwas, was er nicht gewusst hatte, wieder ein Moment, in dem er nicht da gewesen war. Es spielte keine Rolle, dass er sich seinen Platz außerhalb ihres Lebens selbst gesucht hatte, ihn vermutlich auch verdiente: Es schmerzte. Jago wandte sich ab. Er ging drei, vier Schritte in die andere Richtung, dann blieb er stehen und wandte sich um. Die Arme hingen an den Seiten, seine Finger rollten sich in schlaffe Fäuste. Was er sagte, klang sehr sanft, aber so präzise, als ob er einstudierte Sätze rezitieren würde.

»Es erfordert viel Kraft, jemanden zu lieben, wenn die Liebe nicht erwidert wird. Aber ich glaube, dass das Wissen, wann man diesen Menschen gehen lassen muss, noch mehr Kraft erfordert.«

Robyn holte tief Luft. Die Asche schmeckte nach Erlöschen. Sie brannte ihr im Rachen, als sie sprach.

»Ich finde Annie toll.«

»Toll? Darauf folgt für gewöhnlich ein ›Aber‹«, sagte Jago.

»Wirklich? Ich habe es noch nie benutzt. *Toll.* Wahrscheinlich weiß ich nicht, wie ich sie sonst nennen soll. Wahrscheinlich … weiß ich überhaupt nicht, wie ich über dich und Annie sprechen soll. Und du womöglich auch nicht, nicht vor mir. Aber du musst auf meine Gefühle keine Rücksicht nehmen, wirklich nicht.«

Jago kam zu ihr zurück. Seine Schritte malten eine Schleifspur in den Staub. Robyn schaute sie gebannt an.

»Das mit Eliot und dir tut mir leid«, sagte er ruhig.

»Danke. Das … bedeutet mir viel.«

»Woher hast du es gewusst? Dass er nicht der Richtige ist?«, fragte er. In ihr flammte kurz die Hoffnung auf. Jago rieb sich den Nacken. Robyn sah das Haar, das an den Kragen stieß, die Haut, von einem Leben unter der sengenden Sonne gebräunt. Und dann sah sie Annies Lippen vor sich, wie sie Küsse über seinen Hals legten und das Salz der Arbeit schmeckten. Die Hoffnung schwand so schnell, wie sie gekommen war. »Es waren viele kleine Dinge und letztlich nur ein großes.«

»Weil du ihn nie wirklich geliebt hast«, sagte Jago in einem Tonfall, der verriet, dass er das glauben wollte, vielleicht immer geglaubt hatte.

»Ich habe ihn geliebt. Aber ich habe ihn wegen Tess geliebt. Und das hat nicht gereicht, nicht für ihn, nicht für mich, für keinen von uns.«

Jago dachte an den Tag, an dem Robyn mit ihrem kaum gerundeten Bauch in Rockabillys Wellen eingetaucht war. Er hatte sich in dem Moment gewünscht, dass es zu ihm gehören würde, dieses winzige Wesen, größer als ein Sandkorn, kleiner noch als eine Muschel. Dass er es umsorgen, nähren könnte, dass es seine Welt auf den Kopf stellen, neu ausrichten, seine Welt besser machen würde. Wenn es zu dem Zeitpunkt Liebe gegeben hätte, in welcher Form auch immer, er hätte sie ergriffen. Es hätte ihm gereicht. Damals.

»Du solltest zu Tess zurückgehen«, sagte er. »Sie fragt sich sicher schon, wo du bleibst.«

»Annie auch.«

Sie streckte eine Hand nach ihm aus, und nach einem kurzen Zögern ergriff er sie.

»Bevor wir fahren – und wir werden fahren, wir sind vermutlich schon zu lange hier –, lass mich nur noch eines sagen.

Mum hat darauf bestanden, dass ich herkomme. Und sag mir nicht, dass sie nicht klar im Kopf ist, denn manchmal, nur manchmal, ist sie es noch. Jago, sie hat mir geraten, in der Gegenwart zu leben, und sie hat recht, denn die Erinnerung ist trügerisch und unzuverlässig: Wir können Menschen in etwas verwandeln, was sie nicht sind, oder so tun, als ob bestimmte Dinge keine Bedeutung mehr für uns hätten. Entweder tun wir das selbst, oder uns widerfährt etwas Unerwartetes, Ungebetenes, Grausames und erledigt das für uns. Ich will nicht, dass du eine Erinnerung bist. Ich will nicht, dass meine Gefühle für dich eine Erinnerung sind. Ich will, dass du meine Gegenwart bist. Ich will, dass du immer meine Gegenwart sein wirst. In deinem Brief, von dem ich mir ewig wünschen werde, ich hätte gleich auf ihn geantwortet, steht, dass du mich geliebt hast. Nun, das Tragische ist, dass auch ich dich geliebt habe. Und das wirklich Tragische ist, dass ich es noch immer tue. Ich weiß, dass es vergeblich ist, dass ich drei Jahre, fünftausend Meilen und einen Heiratsantrag zu spät bin, aber … ich musste es dir einfach sagen.«

Sie drückte seine Hand, sie spürte seine rauen Finger, seine Wärme, ihn in seiner ganzen Fasslichkeit. Dann ließ sie ihn allmählich, sehr bewusst los.

Robyn fuhr langsam, bei offenen Fenstern. Die stickige Luft blieb dennoch unbewegt. Der Motor rasselte und klirrte, die Reifen knirschten. Tess saß auf dem Rücksitz und hielt ein Pferd in ihren Armen. Es war aus dunklem Holz und zu schimmerndem Sirup poliert. Jago hatte es hervorgeholt, als sie sich auf der Veranda voneinander verabschiedet hatten. Er hatte sich vor Tess gekniet und es ihr mit schüchterner Geste überreicht. Robyn hatte wegsehen müssen. Wenn sie nach

Hause kamen, würde Tess das Pferd neben das andere von Jago stellen. In solchen Dingen war sie ordentlich. Sie liebte kleine Dinge und baute sich aus ihnen eine Wunderwelt.

Robyn griff fester um das Lenkrad. Am Ende war ihre Trennung sehr förmlich verlaufen. Eine kurze Umarmung, ein Kuss auf die Wange. Sie waren mit strammem Schritt, in angespannter Atmosphäre von dem Ort des Feuers heimgekehrt. Ihr *Ich liebe dich* hatte sie vorangetrieben, sein entsetztes Schweigen und der eine Satz: *Es tut mir leid.* Als es Zeit zum Aufbruch war, war alles gesagt.

Ein kurzer Blick in seine Werkstatt hatte ihr gezeigt, wo sie dieser Tage hingehörte. Als sie ihre Tasche zum Wagen getragen hatte, war sie in die riesige Scheune gehuscht. Jagos Arbeitsbereich befand sich in einer Ecke, mit Werkbank, zerfransten Handschuhen und ordentlich aufgereihtem Werkzeug. Er hatte Bilder an die Wand geklebt: eine Fotografie seiner Mum im Garten von Hooper's House aus der Zeit, als dessen Beete voller Wicken und Löwenmäulchen und Gänseblümchen mit ihren sonnigen Köpfen gewesen waren. Sie trug langes Haar und einen noch längeren Rock, ihre Finger streichelten den Hals ihrer Gitarre. Ihr Lächeln war das von Jago. Daneben hing ein Bild von Tomatillo, in vollem Galopp, mit wehender Mähne, auf der Weide Richtung Meer. Und ihr Bild. Die pastellverwischte Skizze von Rockabilly. Sie wusste noch, wie sie entstanden war, am Küchentisch in Eliots Wohnung. Sie hatte alles in diese Zeichnung fließen lassen. Jago hatte sich ein Wandbild aus den Dingen gemacht, die er hinter sich gelassen hatte, die Menschen und Orte, die nun fort waren.

Robyn hatte in ihre Tasche gefasst. Sie hatte die Lichtenstein-Postkarte all die Jahre aufbewahrt. Zu Universitätszeiten hatte sie die Karte an die Wand ihres Zimmers geheftet. In London hatte sie zwischen den Seiten ihres Tagebuchs gelegen, in Merrin in ihrem Nachttischchen. Robyn hatte unten an Tomatillos Foto den Klebefilm gelöst und die Postkarte an der Wand angebracht, neben ihrem ausgebleichten Bild von Rockabilly, unter die lachende Rosalind. *Macht's gut*, hatte sie gemurmelt. *Es ist an der Zeit zu gehen.*

Nun schaute sie ein letztes Mal in den Spiegel. Jago stand allein da, die Hand zum Abschiedsgruß erhoben. Robyn hupte eine lässige Erwiderung. Sie bog um eine Kurve, und als sie erneut nach hinten schaute, war er selbstverständlich fort.

»Was hältst du davon, wenn wir uns die amerikanische See anschauen, Tess?«, fragte sie. »Die großen Wellen. Den Pazifik. Wir waren schon mal da, als du noch ganz klein warst. Damals waren wir beide auch allein.«

»Können wir von da bis nach Hause gucken?«

»Ist die falsche Richtung«, sagte Robyn, »und die falsche Küste. Aber es wird ein Abenteuer. Und wenn wir nach Hause kommen, haben wir Oma und Opapa ganz viel zu erzählen.«

»Ist Jago auch da?«

»Zu Hause?«

»Am amerikanischen Meer.«

Wie sollte sie Ja sagen? Wie sollte sie sagen, dass er jedes Mal, wenn sie das Salz der See roch, bei ihr war? Dass er jedes Mal, wenn sie auf das unendliche Blau schaute, die Wellen mit ihren weißen Schaumkronen sah, da war. Wenn sie ihre Zehen in den feuchten Sand bog, sich bückte, um eine Muschel aus flachem Wasser aufzuheben, mit ihrem Brett unter dem Arm auf das Meer zulief, er immer, immer da war.

»Nein«, sagte sie. »Jago lebt jetzt hier.«

Als sie nach hinten sah, war Tess eingenickt. Mit rosa Schmollmund, das hölzerne Pferd im Arm. Sie hatte vollkommenen Frieden. Robyn zwinkerte und blickte auf die Schotterpiste. Die Fahrt nach Kalifornien war lang. Und der Weg zum Wasser auch.

dreiundvierzig

Von ihrem Atelier aus hörte sie, wie die Wellen klatschten und der Wind in den Ahornbäumen rauschte. Vor dem Fenster hing ein grauer, blecherner Herbsthimmel, düstere Wolken jagten darüber hinweg.

Hooper's House fühlte sich inzwischen wie ihr Heim an. Tess' Zimmer war als erstes fertig geworden, gefolgt von ihrem Atelier in Dennys und Jagos alter Werkstatt. Sie hatte die Fenster geputzt und das restliche Sägemehl von den rissigen Rahmen gewischt. Dann war Licht in den Raum geflutet. Sie hatte ihre Staffeleien aufgebaut und ihre Farbtöpfe und die Gläser mit den Pinseln in die Regale gestellt. Vorbei war die Zeit der Feriengäste mit ihren Badmintonschlägern und Luftmatratzen, nun zog wieder Unternehmergeist in die alte Werkstatt ein. In einem Schrank hatte sie Dennys altes, fleckiges Radio gefunden. Sie hatte es an die Steckdose angeschlossen und den Sender spielen lassen, auf den es eingestellt gewesen war. Countrymusik mit ihren alten Geschichten und traurigen Herzen war erklungen. Robyn hatte Farben gemischt, auf die Leinwand aufgetragen und die Musik über sich hinwegfließen lassen. Ein Gefühl von Sinnhaftigkeit und Frieden war in ihre Seele eingezogen.

Tess war bei ihren Großeltern. Am Vortag hatte Marilyn sie bei strahlender Oktobersonne im Garten herumgeführt und ihr die Namen der Pflanzen beigebracht. Simon war ihnen gefolgt und hatte im Anschluss mit vor Erstaunen brüchiger Stimme berichtet, dass Marilyn sich an jeden einzelnen erinnert hatte, und Tess auch. So bestanden die Tage aus den kleinsten Wundern. An diesem Tag ging es zu einem Reitstall. Nach ihrer Rückkehr aus Amerika kannte Tess, zu Robyns Erleichterung, nur ein Thema, und das war nicht Jago, es waren Pferde. Simon hatte sich nach dem nächsten Stall erkundigt, und nun besuchten sie zu dritt die Ponys, mit Möhrenstückchen und einem Beutel Fallobst. Robyn war zu Hause geblieben. Sie war früh aufgestanden, so wie immer, doch die Wellen waren ungleichmäßig, gestalt- und richtungslos in die Bucht geschwappt, und so war sie in ihr Atelier gegangen.

Sie musste sich auf ihre bislang größte Einzelausstellung vorbereiten, bei der sie fünfzehn Arbeiten zeigen sollte, darunter eine Serie von vier großformatigen Gemälden: Rockabilly im Verlauf der Jahreszeiten. Sie hatte im vergangenen Jahr daran gearbeitet, von einem Platz unterhalb der Felsen aus. Ob mit Sonnenhut, dicker Jacke oder Gummistiefeln, Robyn hatte bei Wind und Wetter gezeichnet und getuscht und ihr Skizzenbuch gefüllt, die Seiten mit Datum und Zeitangabe versehen. Sie hatte sich nur schwer entscheiden können, wie sie die einzelnen Jahreszeiten auf jeweils eine Leinwand bannen sollte, denn das Merrin-Wetter änderte sich in Sekunden, und sie wollte alles sagen, alles zeigen. *Aber das ist das Schöne am Malen*, hatte Peter Brent gesagt. *Man ist niemals fertig, das kann man nur beschließen. Doch immer wartet schon das nächste Bild, und das wird dann das beste sein.* An diesem Morgen hatte Robyn bereits vier Stunden lang über ihrem Werk gehockt. Sie benötigte eine Pause. Sie wollte doch ins Wasser gehen.

Sie stellte ihre Pinsel in Terpentin und ging zur Tür,

knöpfte auf dem Weg ihr Malhemd auf. Sie wollte hinauspaddeln und nehmen, was an Wellen da war. Tief unter Wasser tauchen, bis zum Grund. Tess würde nicht vor dem Nachmittag zu Hause sein, und Robyn musste schon bei der Vorstellung lächeln, dass Tess mit von Omas und Opapas Küssen geröteten Wangen heimkehren würde und die Geschichten nur so aus ihr herausplatzen würden. In Jeans und Unterhemd durchquerte sie den Hof. Im Haus zog sie sich rasch aus, lief barfuß, nackt nach oben in ihr Zimmer. Der Bikini war Sekunden später angezogen, ihr Wetsuit gleich darauf. Robyn blickte in den Spiegel. Da war ein Farbfleck an der Wange. Sie versuchte, ihn abzukratzen, doch dann gab sie auf. Ihre Haut trug noch immer die Bräune Kaliforniens, die Winde Merrins trugen das Ihre dazu bei. Robyn sprang die Treppe hinunter, Eliots Song auf den Lippen. *I'm always with you.* Inzwischen kam es Robyn vor, als wäre es ihr Song, so wie das bei allen guten Songs der Fall war, sogar, erstaunlicherweise, stärker noch als früher. Es war der Song für jeden, der ihr einst etwas bedeutet hatte oder immer noch bedeutete.

Ihr Brett stand auf der Veranda. Sie griff danach und eilte auf den Hof. Sie blieb kurz stehen, weil sie dachte, sie hätte Stimmen von White Sands gehört, dann lief sie weiter, über das Feld, den Zaun und hinaus auf den Pfad. Achtlos streifte sie die Nesseln, verfing sich mit der Hand in einer Brombeerranke und sprang über eine kleine Matschpfütze. Es hatte in letzter Zeit viel geregnet. Bäche hatten sich von den Hügeln bis zum Fuß der Klippen ergossen. Am Strand stieg Robyn aus den Turnschuhen und rannte los. Die See zischte und grummelte ein zweifelhaftes Willkommen. Robyn sprang in die Wellen und lachte die Kälte hinweg, so wie stets, warf sich auf ihr Brett und schwamm hinaus. Es war kein Tag zum

Surfen. Die Wellen rollten lustlos in die Bucht. Robyn wogte auf dem Brett auf und ab, strampelte mit den Beinen und behielt die See hinter sich im Auge. Manchmal gab es Überraschungen, und die perfekte Welle kam, wenn man gar nicht damit rechnete. Robyn wartete. Geduldig. Hoffnungsvoll. Sie gab sich eine Viertelstunde, dann surfte sie auf einer gemächlichen Erhebung zum Strand zurück. Sie sprang vom Brett und überlegte, ob sie wieder hinauspaddeln sollte. Nur noch einmal. Nur noch ein Versuch. Doch ihre Hände waren rot vor Kälte. Sie hatte eine Gänsehaut. Da wartete nichts mehr.

Widerwillig ging sie durch den Sand, zerrte das Brett wie eine lustlose Anfängerin hinter sich her. Plötzlich glaubte sie, sie hätte ihren Namen gehört. Sie schaute auf. Ein Schwarm Möwen erhob sich aus den Felsen und kreischte laut sein Missfallen. Hinter ihr schlug eine kräftigere Welle an den Strand und riss rasselnd kleine Kieselsteine mit sich. Am Meer gab es immerzu Bewegung und Geräusch, den ewigen Rhythmus. Fern der See mochte man glauben, die Welt könnte zum Erliegen kommen, hier nicht. Hier änderte sich alles, unentwegt, und das zu erleben war wie ein Geschenk. Wenn sich Robyn vorstellte, dass sie einmal alt und allein am Meer leben würde, dann tröstete sie der Gedanke an die See über alles andere hinweg. Tess wäre dann erwachsen und längst fortgezogen, doch Robyn würde sich, kantig und faltig, mit ihrem Brett unter dem Arm in die eisig kalten Fluten stürzen. Mit braunen Flecken an den Händen. Den Blick am Horizont. Womöglich ging es ihrer Mum genauso, an den Tagen, an denen sie in ihrem leeren Geist verloren war. Solange sie in White Sands am Fenster saß und auf das Wasser schaute, flutete Erinnerung zu ihr zurück, Stück um Stück, wie Treibgut, Strandgut, viele kleine Kiesel. Nichts stand still, nichts verharrte. Wer ging nicht auf solche Reisen in die Innenwelt? Ihr Vater tat es. Er spazierte oft entlang der Klippen, eine Hand an der Mütze, damit der Wind sie nicht davontrug. Er füllte seine Lunge mit salziger Luft, und wenn er davon heimkehrte, war die See noch in ihm. Sie hielt ihn in Bewegung, wenn er kochte, Marilyn etwas vorlas, er die Laken wechselte. Die See hielt sie alle in Bewegung und brachte sie immer wieder zueinander. Die Flut kommt, die Flut geht. Alles ändert sich und nichts.

Als Robyn an den Klippen angekommen war, blickte sie erneut nach oben. Möwen kreisten über den Wellen und segelten mit dem Wind. Die Felsen lagen kahl da. Robyn tauchte in das Dickicht ein und an der ehemaligen Weide der Winters auf. Sie gehörte nun einem Farmer aus St. Just, der seine beträchtlichen Ländereien so um noch ein Feld vergrößert hatte. Er ahnte nicht, dass dort ein altes graues Pferd umhergestreift und auch gestorben war, in einer Nacht, in der E-Gitarren in den Himmel gebrüllt und Trommelschläge das Geräusch der Waffe übertönt hatten. Er ahnte nicht, dass einst an einem Abend spät im August ein Junge und ein Mädchen, noch keine Freunde, noch nicht ganz, durch das Weidegras gegangen waren. Nun grasten dort die Schafe. Der Futtertrog stand auf dem Kopf, und um alles spannte sich ein elektrischer Zaun in störendem Orange.

Der Weg zum Haus führte an ihrem Atelier vorbei. Nach dem misslungenen Surfversuch wollte sich Robyn gleich wieder an die Arbeit machen, den verregneten Blick aus dem Fenster ignorieren und ihre Farben mischen. Ein Rosa für einen Baumstamm. Ein Violett für einen Küstenpfad. Ein glühendes Orange für eine Wolke. Sie beschleunigte den Schritt. Vorher eine heiße Dusche, der Teekessel und dann hinein in die gemalte Welt. Sie blieb abrupt stehen. Die Tür zum Atelier war einen Spaltbreit geöffnet. Ihr Dad und ihre Mum konnten es nicht sein, auch nicht Tess, die sich übermütig zwischen den Staffeleien herumdrückte und sich Pinsel mopste. Robyn lehnte ihr Brett an den Zaun und ging zur Tür. Sie erschrak entsetzlich, als ihr plötzlich ein Hund entgegenlief. Er sprang an ihr hoch und legte ihr die Pfoten auf die Beine. Sein Mund lachte so wie stets. Sie fuhr mit den Fingern über seine Ohren, dann hielt sie ihm die Hand hin, damit er das Salz ablecken konnte. Sie sagte nichts.

Als sie in ihr Atelier kam, sah sie ihn. Er stand mit dem Rücken zu ihr und sah sich eines ihrer Bilder an. Sie hatte das Gemälde erst in der Vorwoche beendet und mit dem Blick ins Atelier aufgestellt, sodass es wie ein weiteres Fenster wirkte. Es zeigte das Meer bei Merrin, wie sämtliche ihrer Leinwände, doch auf diesem Bild waren Menschen, und Menschen malte sie fast nie. Man sah zweimal dasselbe Mädchen, das eine größer, das andere kleiner; sie hielten sich an den Händen auf dem Weg zum Meer. Das kleine Mädchen winkte. Auf der anderen Seite, auf einem Felsvorsprung, der sich braun vor der See abhob, stand ein Mann. Er hatte beide Arme erhoben, ein Winksignal, ein Zeichen seiner Freude. Es war eine winzige Gestalt, das galt für alle drei, und doch sprangen sie ins Auge. Was womöglich daran lag, dass man auf einem derart kühnen Bild, auf dem die Landschaft mit ihren wilden Farben und gewagten Konturen alles übertrumpfte, Menschen nicht erwartete. Doch dieses Detail hatte Robyn am längsten in Anspruch genommen.

Scout sauste hinter ihr ins Atelier und schlitterte über den Schieferboden. Jago drehte sich um. Er sagte nicht einmal Hallo. Er nickte nur, als ob er ihr beipflichten oder etwas bestätigen würde, was er sich längst gedacht hatte.

»Was sagen sie einander?«, fragte er und wies mit dem Daumen auf das Bild.

»Ich glaube nicht, dass sie irgendetwas sagen.«

»Aber die Münder sind geöffnet.«

»Sie sind vermutlich glücklich. Und eigentlich sollte niemand dieses Bild sehen.«

Es konnte so vieles bedeuten. Vielleicht wartete Annie draußen auf der Straße und pflückte erste Brombeeren, bestaunte die grünen Straßentunnel, die Feuchtigkeit, den Geruch nach Salz und Erde. Vielleicht war es eine Stippvisite, und er musste gleich wieder los, zu seinem flachen Himmel, dem roten Staub und nächtlichen Kojotenruf. Doch er sah sie anders an. Er fuhr sich mit der Hand durchs Haar und schenkte ihr ein Lächeln. Und an diesem grauen, verregneten Tag, in ihrem dunklen Atelier wurde er zu einem Licht. Scout drückte seine feuchte Nase gegen ihre Hand, aus ihrem Haar fielen Tropfen auf den Boden, ein Windstoß packte sich die Tür und schlug sie zu. Robyn stand reglos da.

»Du hast recht«, sagte er. »Sie sind glücklich.«

Er hatte vorgehabt, ihr alles zu erzählen. Dass er, nachdem sie mit Tess gefahren war, an den Ort des Feuers zurückgegangen war, als hätte er etwas verloren und würde bei seiner verzweifelten Suche jeden Schritt zurückverfolgen. Dass er dort gestanden hatte, am Rand der Zerstörung, und ihm aufgegangen war, es war Angst, es war immer Angst gewesen, denn von Anfang an hatte sie sein Herz gehabt, und so hatte er noch nie empfunden, niemals. Und dann war sie fortgegangen, vielleicht weil er nichts von alledem gesagt hatte, vielleicht auch nur weil so das Leben war; warum auch immer, sie war fortgegangen. Doch eines Tages war sie wieder da und unfasslicher als je zuvor, denn nun gab es sie zweimal. Das hatte alles noch schlimmer gemacht, denn er liebte beide und hatte doch kein Recht, so zu empfinden. Also war es nun an ihm gewesen. Er hatte den weiten Weg über das Meer genommen, war so weit gezogen, wie es ging, doch sie war ihm gefolgt und war überall, wo er auch war. In den Wäldern, in der Wüste, in den Bergen. Und dann, eines Tages, war sie wirklich da, hatte sie an einem heißen Nachmittag vor ihm gestanden, ihre Tochter in den Armen, und seinen Namen gesagt. Und wieder hatte er solche Angst gehabt. Deshalb hatte er sie ziehen lassen, deshalb hatte er sie glauben lassen, dass er ohne sie glücklich war. Aus Angst.

Als er am Ort des Feuers gewesen war, die Asche gerochen hatte, hatte er die Augen geschlossen und die züngelnden Flammen gesehen. Als er seine Augen aufgeschlagen hatte, hatte er gewusst, was zu tun war. Er hatte versucht, es Annie zu erklären, dass Liebe ohne Angst womöglich keine Liebe war, sondern Zuneigung, Gemeinschaft, und sie hatte den Ring von ihrem Finger gezogen und ihn Jago mit nicht ganz ruhiger Hand gereicht. Mit eisiger Stimme und feuchten Augen gesagt, dass sie etwas Besseres verdiene, und er auch. Dass sie tief in ihrem Innern vielleicht immer schon geahnt habe, dass er dorthin zurückgehen würde, wo er wirklich hingehörte. Sie hatte nur nicht gewusst, dass dieser Ort ein Mädchen namens Robyn war.

Er trat auf sie zu, und sie auf ihn. Sie waren Zentimeter, Zentimeter nur getrennt. Sie sah den Schatten seiner Bartstoppeln, die tintenfleckigen Pupillen. Näher noch. Ihre Lippen berührten sich beinahe, doch nicht ganz. Vor dem Fenster sang die See ihr Lied, irgendwo wehte fern ein Sturm, eine Welle nach der anderen rollte an das Ufer. Robyn und Jago standen da und waren bereit. Dann stürzten sie sich tief hinein.

Danksagung

Danke meinem Agenten Rowan Lawton – was liebe und schätze ich deine unerschöpfliche Begeisterung, deinen Zuspruch, deinen Intellekt. Danke meiner Verlegerin Leah Woodburn, die beste Komplizin, wenn es heißt: Kill your Darlings. Ich betrachte es als großes Glück, mit euch zu arbeiten, und ich bin euch für euren Esprit und eure Weisheit so verbunden. Danke Vicky Palmer, Amy Perkins, Yeti Lambregts und dem gesamten Team bei Headline – ihr rockt meine Bücher.

Danke Kate Haines und Robyn Etherington, meinen zutiefst geschätzten Erstlesern. Dies ist unser dritter gemeinsamer Roman, und ich schulde euch beiden viel für euren Mut, euch immer wieder in die stürmischen Wasser der ersten Entwürfe zu begeben.

Danke meiner Familie, den Halls, meiner Mum, meinem Dad und meiner Schwester, ihr habt diesen Roman vor der Zeit gelesen und mir auf diesem Weg so viel Liebe und Unterstützung geschenkt. Ich hoffe, ihr habt auf diesen Seiten das eine oder andere unserer Abenteuerfahrten Richtung Westen entdeckt, aus Vergangenheit und Gegenwart. Danke den Etheringtons für die vielen hilfreichen Worte und den Antrieb bei dem Buch.

Danke Gary Egerton, meinem krassen Surfberater, der dafür gesorgt hat, dass aus einem Hang Ten kein Hang Five geworden ist, und seine Liebe für das Meer mit mir geteilt hat. Danke Jeff und Mary Dodds, für Ihre großzügige Spende bei unserer Wohltätigkeitsauktion CLIC Sargent Get In Character – es war mir eine Freude, Mary, die Inhaberin der Rock Gallery, nach Ihnen zu benennen.

Danke meinem klugen Dad, Alwyn Hall, dass ich deinen Song »I'm Always With You« nutzen durfte. Wer hätte gedacht, dass das Lied, das du uns damals auf Mallorca vorgespielt hast, eines Tages in einer meiner Geschichten vorkommen würde. Danke Kate Haines, Ed Wallis und Jim Walls, die Dads Song so wunderbar interpretiert haben, danke Gary Egerton und John McLaren, die dieses wunderbare Video dazu gedreht haben. Für eine einsame Autorin gibt es nichts Schöneres als Teamarbeit, mit alten und mit neuen Freunden, und ihr alle seid so großzügig mit euren Gaben. Danke, danke.

Am 6. Februar 2014 wurde Calvin Jack Etherington geboren, viereinhalb Wochen zu früh und genau zehn Tage vor dem Termin, an dem ich die erste Fassung einreichen sollte. Siehst du, mein kleiner Sohn – du hast das Geschehen vom ersten Tage an bestimmt. Große Teile des Romans sind in Cornwall während meiner Schwangerschaft entstanden – bei unseren Abenteuern, als wir in Porthmeors Septembersee geschwommen sind, wir uns im Winter in das Old Coastguard in Mousehole eingeigelt haben – und wieder umgeschrieben worden, als du da warst (als ich eingesehen habe, dass meine Schilderung einer Geburt und der ersten Wochen mit einem Neugeborenen der Wirklichkeit nicht einmal ansatzweise nahekamen). Ich glaube, deinetwegen ist es ein besseres Buch geworden. Calvin, deinetwegen ist alles besser. Wenn ich dir dieses Buch in die Hände drücken würde, würdest du doch noch darauf kauen, und dennoch, es gehört dir.

Und schließlich danke meinem geliebten Mann, Robin Etherington. Ich übertreibe nicht, wenn ich sage, dass ich dieses Buch ohne dich nicht geschrieben hätte – dass wir die Aufgaben 50:50 teilen, macht aus mir eine sehr glückliche Ehefrau und ebenso glückliche Schriftstellerin. Du überraschst und erstaunst mich immer wieder, als Ehemann, Vater, Autor und als mein früher Kritiker mit rotem Korrekturstift. Ich danke dir, wie stets, für alles.

Melanie Raabe

Die Falle

Thriller

352 Seiten, btb 71417

Sie kennt den Mörder ihrer Schwester.
Dieses Buch ist für ihn.

Die berühmte Bestsellerautorin Linda Conrads lebt sehr zurückgezogen. Seit elf Jahren hat sie ihr Haus nicht mehr verlassen. Als sie im Fernsehen den Mann zu erkennen glaubt, der vor Jahren ihre Schwester umgebracht hat, versucht sie, ihm eine Falle zu stellen – Köder ist sie selbst.

»Liebe, Spannung, Tiefgang und ein Hauch von Stephen King: Von all dem steckt etwas in dieser großartigen Geschichte.«
Stephan Bartels, Brigitte

SPIEGEL-BESTSELLER